NEOCOGITO

阅读即行动

[法]

MARCEL PROUST

马塞尔·普鲁斯特　著

陈太乙　译

追忆　逝水年华

À LA RECHERCHE DU TEMPS PERDU

I

斯万家那边

Du côté de chez Swann

上海文艺出版社

Shanghai Literature & Art Publishing House

图书在版编目（CIP）数据

追忆逝水年华.第一卷,斯万家那边 /（法）马塞尔·
普鲁斯特著；陈太乙译.—上海：上海文艺出版社，
2024.1

ISBN 978-7-5321-8867-3

Ⅰ.①追… Ⅱ.①马… ②陈… Ⅲ.①长篇小说—法
国—现代 Ⅳ.① I565.45

中国国家版本馆 CIP 数据核字（2023）第 201811 号

追忆逝水年华 第一卷：斯万家那边
[法] 马塞尔·普鲁斯特 著 陈太乙 译

发 行 人　毕　胜
出版统筹　杨全强　杨芳州
出版协力　林家任
责任编辑　肖海鸥
特约编辑　金　林
封面设计　SOBERswing
出　　版　上海世纪出版集团　上海文艺出版社
地　　址　上海闵行区号景路 159 弄 A 座 2 楼　201101
发　　行　上海文艺出版社发行中心
　　　　　上海闵行区号景路 159 弄 A 座 2 楼 206 室　201101
印　　刷　苏州市越洋印刷有限公司
开　　本　1092×889　1/32
印　　张　16
插　　页　2
字　　数　330,000
版　　次　2024 年 1 月第 1 版　2024 年 1 月第 1 次印刷
书　　号　ISBN 978-7-5321-8867-3/I.6988
定　　价　82.00 元

告读者: 如发现本书有质量问题请与印刷厂质量科联系

出版说明

普鲁斯特的《追忆逝水年华》是毋庸置疑的文学巨著，也是对译者的巨大考验。此前已有数种中文译本面世，但未能有译者独力译完全书，诚为憾事。2020年，读书共和国及木马文化与知名法文译者陈太乙女士订立十年之约，拟填补此项空白。新行思有感于此项翻译计划之重要意义，将与木马文化合作，同步推出各卷之简体中文版，以期更多中文读者感受到陈太乙译笔之下普鲁斯特的精妙魅力。

目前在读者手中的是此书第一卷《斯万家那边》。

简体中文版编辑过程中，得到译者陈太乙女士、繁体中文版编辑林家任先生，以及木马文化的全力帮助，特此鸣谢！不足之处，也请读者不吝赐教！

新行思

2023 年 8 月

目　录

第一部

贡 布 雷

一

很长一段时间，我早早就寝。有时，烛火才刚熄灭，我的眼睛便已阖上，甚至还来不及告诉自己："我要睡了。"然后，过了半小时，一想到寻求入睡的时间该到了，我又清醒过来。我想放下自以为还拿在手里的书，吹熄蜡烛；入睡的同时，不断思考着方才读到的内容。但那些思绪转化成了个有点特殊的样貌，我觉得自己仿佛就是书里讲述的：一座教堂、一曲四重奏、弗朗索瓦一世和查理五世的敌对竞争[①]。醒来后，信以为此之念还残留了几秒，并未惊动理智，但有如鳞片压住我的双眼，阻碍我以眼睛去感知蜡烛并未点亮。然后，我开始感到那念头非我的智力能理解，如同灵魂转生之后不再理解先前某世的思想。书的主题从我身上脱离，我得以自由决定运用与否。一旦视觉恢复，我十分讶异周遭竟如此幽暗，对我的双眼而言温和恬适且没有负担，但对我的神智或许更是如此，因那幽暗宛如一件没有缘由之事，无从了解，像一件真正晦暗之事。我揣测现在可能是几点钟。我听见火车的汽笛，时而较远，时而稍近；有如一只林中鸟儿

——————

① 普鲁斯特在此很可能置入了个人阅读法国历史学家米涅（François Mignet）所著的《弗朗索瓦一世与查理五世之争》（*Rivalité de François 1er et de Charles Quint*）的回忆。

的啼唱，标示距离，向我描述荒芜的乡野何等辽阔。穿越其中的旅人匆匆赶往下一站；新的地方、不习惯的行为模式、最近一次闲谈，至今仍在深夜寂静中挥之不去的那异乡街灯下的诀别，以及归乡的温暖，由于这一切引发的激动，他走的这条小径将深深印刻在他的记忆中。

我将脸颊轻轻靠上枕头舒适柔软的颊，那饱满而清新的触感一如我们孩提时的脸。我擦亮火柴照看手表。午夜已近。就在这种时刻，当一个被迫踏上旅途、不得不住进陌生旅店的病人因病情发作而惊醒，瞥见门缝有光，会感到庆幸。多幸运啊！已是早上了！不久后，仆人们就将起床，他就能按铃，就会有人过来救他。病痛得以缓解的期望给了他受苦的勇气。正好，他相信他听见脚步声了，那脚步逐渐走近，却又随即走远。房门下那一缝亮光亦已消失。原来是午夜。煤气灯刚被关掉，最后一个仆人离开，他必须整晚受苦，没有解方。

我复又睡下，仅仅偶尔短暂醒来，就那么一小会儿，让我听到墙面镶板缩胀的咔啦声响，我睁开眼睛注视幽暗有如万花镜般的千变万化，借着片刻的微醒意识，以及很快又恢复的迟钝无感，我品尝睡意：家具，房间，所有一切，以及只占一小部分的我，皆沉浸其中。又或者，睡着睡着，我毫不费力地便回到人生初期某段至今从无演变的岁月，稚龄时的恐惧再现，像是叔公揪住我的卷发，还有这头卷发被剪落、散去的那一天——那一天，对我而言，一个全新时期就此展开。睡梦中的我本已忘记这件事，为了逃脱叔公的魔掌而清醒，便又立刻回想起来。不过，为求谨慎，我先用软枕将头整个围起护住，而后才又回归梦境的世界。

偶有几次，如同夏娃诞生自亚当的肋骨，在我入睡之际，一个女人从我大腿上某个不当的位置诞生。她从我正在享受的欢愉中成形，我兀自幻想是她给了我那份快感。在她体内，我的躯体感受到自身的炙热，想再次与之相连；我总在此时就醒来。相较于刚刚才分离的这个女子，所有人在我眼中皆显得十分疏远。那不过是一会儿前的事；我的脸颊还因她的热吻而发烫，身上的肌肉还被她的体重压得酸痛疲累。如果，像以前曾出现过的几次，她的长相近似我在真实人生中认识的某位女性，那么我将尽全力达成这个目标：找到她。如同那些人，为求亲眼见到一座渴望已久的城市而踏上旅途，并想象在现实中竟可能享受到梦境的魅惑迷人。关于她的回忆点滴消散，我已忘记梦中的女孩。

一个睡着时的人将时刻流逝的迹线、岁月年华，以及世界景物的序列圈绕在身边。一醒过来，直觉便驱使他前去探询，一秒即能辨识所在地点，判别在清醒之前已过了多少时间。但这些排序可能混乱，中断。历经些许失眠后，时近早晨，正当读书之际，忽然遭到睡魔侵袭；与平时睡姿实在太不相同，只消抬起手臂便能阻挡太阳，令亮光倒退。结果在醒来的第一分钟，他再也不知那时究竟是几点，会以为自己才刚上床。若他以另一种更偏差、更凌乱的姿势陷入昏沉，比如，晚餐后瘫坐在沙发上，那么，脱离轨道的世界里必然全面颠倒错乱：神奇的沙发椅会带他在时空中疾速旅行，而在睁眼那一瞬间，他会以为自己还在几个月前，躺在另一个国度里。不过，就算在我的床上，只要睡意够深，让我的心神完全放松，这次睡眠就会与我所睡之处的空间配置脱钩；那么，夜半醒来时，由于我不知自己身在何处，甚至，在乍醒那瞬间，连自己是谁都不知道，只有或许在动物心灵深处轻颤着的那种原始、真朴的存在感，我简直比穴居山洞的人类更一筹莫展。然而回忆——关乎的尚非我所在之处，而是我曾住过、而且可能置身其中的地方——宛如从天而降的援兵，将我拉出凭我一己之力难以脱困的虚无之感。一秒不到，我便穿越了几个世纪的文明；蒙胧睡眼望见的景象：煤气灯，还有大翻领衬衫，一点一滴重组了我的自我的天生特质。

　　也许周遭事物静止不动是我们的确信强制生出的结果。由于我们对它们的想法顽强不摇，故而坚信在周遭的就是这些，而非其他。尽管如此，当我这么醒来，神智便开始骚动，徒然寻求得知我在哪里，努力在幽暗中环视种种事物、地域国家、韶光年华。我的身体麻木迟钝，难以翻动，试图根据疲惫的形态判辨肢体的位置，借此归纳出墙壁的方位，家具的摆设，以便重新建构并说出当下所在的住处。肢体的记忆，肋骨的记忆，膝盖和肩膀的记忆，一个接一个地为我呈现了好几个这躯体曾睡过的寝室；然而，在它周围，一道道看不见的墙，依据想象中的房间格局变换着位置，在漆黑中不停旋转。我的思考在时间与形状的门槛上迟疑，甚至在思绪比对环境条件指认出卧室之前，它——我的身体——已回想起每间卧房所用的床铺类型，房门方位，窗户采光方式，是否有走廊存在，以及我在那里入睡和睡醒时所想的事。关节僵直的那一侧试着猜测它朝向何方，想象自己，比方说，卧躺在一张华盖大床里，面对着墙。于是我立即告诉自己：“对了，最后我还是睡着了，尽管妈妈没来和我说晚安。”那时我在乡下，外公家。他已过世多年；而我的身体，重心压着的那一侧，仿佛忠心的侍卫，守护着一段我的神智原本永远不该忘记的过去，让我回想起波希米亚玻璃夜灯中的火光，瓮状造型的灯，用细链吊挂在天花板上；锡耶纳大理石砌的壁炉：贡布雷，外公外婆家，我的卧房。那一段遥远的岁月，此刻我还以为是现在，呈现并不精准，等我待会儿完全清醒后，应能看得更确切。

然后，另一种姿势的回忆也重新浮现。墙壁移换到另一个方向：我在圣卢夫人位于乡间的宅邸，那里有我专属的房间。我的天！少说都十点钟了，晚餐恐怕已经结束了！每天晚上，我跟圣卢夫人散步回来后都要小憩一会儿，然后才穿戴整齐去用餐。这次恐怕睡太久了。因为，那已是贡布雷之后多年的往事。在贡布雷，就算非常迟归，我在玻璃窗上看见的总也是夕阳火红的霞光。而在汤松村，圣卢夫人家，过的是另一种生活，发现的是另一种乐趣：我们只在晚上出门，跟着月光，沿以往在阳光下玩耍的路径走。而在回程时，远远望去，后来我用来入睡而非为赴晚餐更衣的那个房间，灯火通明，是夜色中唯一的灯塔。

这些联想天旋地转，模糊混乱，永远持续不到几秒。通常，不知自己身在何处的短暂不确定感无法清楚辨别造成不确定的各种假设，这种感受，不比我们在活动电影放映机[1]中看见一匹马奔跑时无法解析它的连续动作好到哪里去。但我一下看见这个房间，一下又看见另一个，那都是我此生曾住过的房间，最终，在清醒后的漫长梦境里，我终于想起所有房间。在冬天住的那些房间里，睡下时，我会把头缩进一

---

[1] 活动电影放映机（Kinétoscope），是爱迪生发明的早期电影设备，只能供单人观看，利用光源打在连续动作的照片胶条上，产生动态视觉。

个用无比零散的各项事物编织而成的巢窝：枕头的一角、被子的上沿、一截毛毯、床铺边缘，还有一期《辩论报粉红版》①，最后再采用禽鸟的技巧，不特定时间长短和力道大小的挤压，把它们全部黏着在一起。气候严寒的时节，在这个巢里能享受到的乐趣是感到自己与外界隔离（如同燕鸥将巢筑在地下深处的温热土壤中）；而在那里，壁炉里的火苗持续整夜，我裹着暖热烟熏空气围成的大衣入睡，受柴火的亮光照拂；火光仿佛照亮某种触摸不到的凹室，某种在房间中挖凿出的温暖洞穴。这个区块因热腾腾的环境而炽亮浮动着，而来自角落、邻近窗户或离炉火较远之处，气流已经冷却，吹来通风，我们的脸庞得以清凉。在夏天的房间里，我喜欢与微温的夜晚合而为一。月光打在微微敞开的百叶窗遮上，犹如被施了魔法的层层光影流泻至床脚；我几近是在大自然中露天而睡，宛如山雀栖立在一道光线顶端，随微风徐徐摆荡——偶尔是路易十六式的房间，布置得那般愉悦，甚至让我在入住的第一晚也不觉得太难受。轻轻支撑着天花板的小圆柱如此优雅地分列两旁，以便腾出空间展示床铺。偶尔，相反地，是那个狭小、但天花板很高的房间，凿成两层楼高的金字塔形状，有几处镶嵌着桃花心木板。在那儿，从进去的第一秒开始，我就被陌生的岩兰草气味精神荼毒，打心底受不了紫色窗帘的可憎至极，还有粗鲁无礼的挂钟，仿佛我不在场似的，不顾我的感受，径自高声滴答——一面诡异又无情的长方形立镜斜放在房间一角，在我习惯柔和的全

---

① 为 1789 年至 1944 年间发行、原为日报的《辩论报》（Journal des Débats）所发行的晚报，因以粉红色纸张印刷而得名。

景视野中无预警地造成一块突兀的凹陷——在这间房里，我的思绪挣扎了多少个钟头，努力脱钩、抽离，站上高处，以便得知房间确切的形状，然后将它巨大的漏斗填装到最高、最满，如此煎熬了好几个痛苦的夜晚；而我躺在床上，眼睛睁得老大，耳朵焦虑难安，鼻息紧绷，心脏怦怦跳动，直到习惯养成，让窗帘换一种颜色呈现，让挂钟闭嘴不吵，教那面歪斜、残酷的镜子学会同情，尤其是降低天花板明显偏高的高度。习惯！这家伙具有聪明灵活的协调能力，但缓慢费时，会让我们在暂时的安顿中先承受好几个星期的精神折磨。尽管如此，能找到这一时的安稳仍令人高兴，毕竟，若非习惯相助，只凭神智单打独斗，恐怕也无能为力，无法让一个住处堪合我们的心意。

的确，我现在已完全清醒：最后一次翻身结束，掌管确定感的好天使已让我周围的一切静止下来，让我好好躺在我的房间里，睡入被毯下，并在黑暗中将我的矮柜、书桌、壁炉、面对街道的窗和房里的两扇门大致归位。但是，即使知道自己不在睡醒时的懵懂迷糊短暂呈现的住处也没有用——那呈现的画面就算不清晰，至少也让我以为那是一种可能——我的记忆已受到动摇。通常，我无意立即又入睡；整个夜里绝大部分时间我都用来回忆我们以前的生活：贡布雷的姑婆家、巴尔别克、巴黎、冬希艾、威尼斯，还有其他地方；我回忆那些地点，在那里认识的人，亲眼从他们身上所见，以及人家对我讲述的种种。

在贡布雷，每天从下午将尽算起，还要等好长一段时间我才该上床就寝，然后，一直睡不着，因为妈妈和外婆远远不在我身边；我的卧房又变成烦恼的痛苦定点。在我显得极度闷闷不乐的晚上，为了替我排遣，他们想了一个好办法：给我一具魔幻灯。等待晚餐时，有人来将幻灯片灯罩架设在灯上，然后，好比哥特时期最初几位建筑师和彩绘玻璃大师莅临现场，不透明的墙面摇身化为捉摸不定的七彩光芒，超自然的缤纷显像，仿佛在一扇摇摇晃晃又仅仅闪现片刻的玻璃花窗上描绘出一则则传奇故事。但我的忧愁反而因此更加强烈，因为只要照明一改变，我适应那个房间的习惯就会被破坏，而正多亏那习惯，对我来说，除了睡觉这场酷刑以外，那房间才变得堪可忍受。但现在我已认不得那房间，坐立难安，仿佛下了火车之后来到一间初次投宿的旅馆或是"山中木屋"的客房。

戈洛心怀不轨，骑着马，一蹦一跳地从三角形小森林出来，那毛茸茸的深色绿意覆盖着一座小山坡。戈洛的马儿不时跃起，朝城堡前进：那儿住着可怜的洁妮维艾芙·德·布拉邦①。这座城堡沿着一条曲线裁切而成，其实不过是一片镶在框中、在灯箱轨道间滑动的椭圆玻璃。那只是城堡的一面墙，前方是洁妮维艾芙朝思暮想的一片荒原。她系着蓝色腰带。城堡和荒原尽是一片澄黄，我不必等到眼见才晓得它们是这个颜色，因为，早在框中的玻璃片投映出来之前，布

---

① 戈洛（Golo）及洁妮维艾芙·德·布拉邦（Geneviève de Brabant）是中世纪传说中人物。洁妮维艾芙是布拉邦公爵的女儿，嫁给席格夫里德（Siegfried）伯爵。伯爵参军出征时不知她怀有身孕，离开前将她托付给侍卫戈洛照顾。戈洛因向洁妮维艾芙示爱不成，继而恼羞成怒向伯爵诬指洁妮维艾芙私通生子。伯爵恕而将母子逐出宫外，并派戈洛将他们杀掉。途中，戈洛心软，将母子遗弃在森林中便离开。洁妮维艾芙用树果和鹿奶养育幼子。多年后，伯爵因追猎母鹿来到洁妮维艾芙的山洞，因而相信了她的清白。这则故事被奥芬巴赫写成轻歌剧，1859年在他创立的巴黎喜歌剧院上演，再度流传。

拉邦这个姓氏铿锵有力，如金棕闪亮，在我听来早已理所当然。戈洛停下一会儿，哀哀地凝听我姑婆高声朗读对他的歌功颂德，似乎完全明了，配合着文字的指示调整态度，不卑不亢，顺从却不失庄严。然后，同样一蹦一跳地，他策马走远。没有任何东西能阻止他缓慢的骑行。即便挪动魔幻灯，我也能辨识出戈洛那匹马仍继续在窗帘上前进，随着布帘的褶凸蹦起，在褶缝中陷下。戈洛的身体也和他的坐骑一样拥有超自然魔力，化解了所有材质上的障碍，适应任何遭遇到的麻烦物品，把它们当成结构骨架，让自己融入其中，哪怕是门钮，他身上的红色长袍或苍白的脸孔也都立即贴合，不屈不挠地浮掠而过；他的面容总是那么高贵，那么哀伤，但在这改换骨架的过程中，绝不显露任何困扰的神情。

当然，我觉得这一幕幕明亮而精彩的幻灯影像非常迷人，仿佛源自一段墨洛温王朝①的过往，那么古远的历史浮光就在我周围游移。但我无法说明这神秘与美丽的外来异物让我多么不舒服，它侵入了一个我最终以自我填满的房间，填得那么满，以至于我再也没去注意房间，而只注意自我。习惯带来的麻木作用既已停止，我于是开始思考，感受，如此沉闷的事物。我房间的门钮，对我而言与世上其他的门钮都不同，也就是它仿佛能自动开门，无需我去转动。这操作对我来说早已变成一种下意识，于是它现在被戈洛用来充作星光体②。一听到晚餐铃摇响，我便急忙跑到餐厅。在那儿，

---

①　墨洛温王朝（Mérovingiens, 457—751），法兰克人的第一个王朝。
②　在能量脉轮的概念中，人有七个身体，星光体（corps astral），是在肉身体与以太体之上的第三个身体。普鲁斯特用这个灵修专业术语比喻另一个"我"的现形。

巨大的吊灯没听过戈洛和蓝胡子[①]，但认识我的父母和炖牛肉锅，它每天晚上绽放光亮。我投入妈妈的怀抱；洁妮维艾芙·德·布拉邦的不幸遭遇让我益发觉得妈妈的珍贵，而戈洛的罪行则让我持最大的质疑检视自己的良知。

可惜，晚餐过后，我很快就不得不离开妈妈。她要留下来跟其他人聊天。若是天气好，大家会待在花园，如果不好，就会撤离到小沙龙。大家，除了我的外婆。她觉得"住在乡间却被关在屋子里太可惜"；而下大雨的日子，她又跟我父亲争论个没完，因为他会遣我回房去读书，不让我待在外面。"按照您的方式，他可没办法长得活泼健壮，"她幽幽地说，"尤其这孩子又那么需要培养体力和意志力。"父亲耸耸肩，转身查看气压计，因为他喜欢研究气象。在这期间，我的母亲在小心避免发出噪音以免打扰他的同时，也以带着敬意的温柔眼神凝视他，但又不至于盯得太紧，这是为了不去戳穿他自以为优越的秘密。但我的外婆，她呢，无论什么天气，即使是大雨倾盆的日子，法兰索瓦丝赶忙将珍贵的藤椅搬进屋内，生怕椅子被淋湿，却也只见外婆在空荡荡的花园里任凭骤雨打在身上，甚至拨开凌乱的灰白发丝，露出额头，以便吸收更多风雨带来的健康成分。她常说："好不容易，终于能透透气了！"接着走遍湿答答的小径——新来的园丁对大自然缺乏感情，他依自己的喜好将植物修剪得过度笔直对称；而我父亲却一大早就问他天气会不会转好——外

---

① 欧洲著名传说，长相奇特的富有贵族蓝胡子杀掉历任妻子藏于地窖的故事。奥芬巴赫曾写成轻歌剧，1866 年于巴黎的综艺剧院（Théâtre des Variétés）首演。

婆迈着她兴奋热烈、断断续续的小步伐，调整节奏，配合心灵的各种激动，那激动端视对风雨的陶醉，环境的卫生程度，父母教育我的方式之愚蠢，还有花园的呆板对称而定，但总之并非迫于她未曾想过的渴望：避免身上的枣红色长裙沾满泥渍，弄得裙子在某个高度以下被污泥盖过，让她的清洁女仆绝望头疼。

当外婆在晚餐后进行这样的花园巡礼时，倒是有一件事能驱使她赶回来；那就是，散步绕圈到了某一个时刻，会让她像只昆虫似的，周期性地来到亮着灯的小沙龙对面，沙龙里的牌桌上已摆出各式餐后酒——若是姑婆喊她："巴蒂尔德！还不快来阻止你丈夫喝白兰地！"事实上，为了故意整她（她为我父亲的家族带来一种完全不同的观念，以至于所有人都会开她玩笑，折磨她），姑婆明知我外公被禁止喝烈酒，却偏偏要让他喝上几滴。我可怜的外婆进到屋内，殷殷恳求丈夫别喝白兰地。他却大发脾气，执意要饮下那一口。外婆只得离开，她难过、沮丧，却微笑着，因为她是如此谦卑，如此心软，以至于会对别人温柔以待，却不把自己及自己的痛苦当一回事，而这一切皆化解成了她眼中的一抹微笑。与在许多人脸上看到的相反，那当中并无嘲讽，若有，也只是针对她自己；对我们所有人来说，那仿佛是她用眼睛所给的一个吻：当她看着珍爱的人，她无法不借目光给予热烈爱抚。姑婆施加在她身上的那种折磨，外婆苦苦相求却徒劳无功的那一幕，还有她的软弱，试着抢走外公的酒杯却没有用，提前认输，就是一些我后来看到也习以为常，甚至会笑着看待，还颇为干脆且愉快地站在加害者那边，借此说服自己那不算一种迫害的事。但在当时，这些事却对我造成极大的惊恐，我甚至想打姑婆一顿。然而，一听见"巴蒂尔德，还不快来阻止你丈夫喝白兰地！"，早已是懦弱凡人的我，只做了大家一旦长成大人，在面对眼前的苦痛与不公之时都做的事：不愿正视。我爬上屋子最高处，到屋顶下方的楼层，躲进书房旁的小房间里啜泣。房间里隐隐有鸢尾花香，还散发着一株野生黑醋栗的芬芳：它长在屋子外墙的石缝间，一枝花茎从微微敞开的窗户伸了进来。这个房间的用途比较特殊也比较粗鄙，白天从这里可以眺见鲁森维尔－勒－班城堡的塔楼；长久以来，这里是我的避难所，想必因为唯有这房间能上锁，我在这儿能做一切日常需要且不可侵犯的孤独之事：阅读、痴梦、泪水与快感。唉！我一直不知道，远比丈夫小小违反饮食禁令更令她难过的，是我的缺乏意志力，我孱弱的身体，还有这样的身心状态为我的未来投下的不确定因子。午后及晚上，大家看她来来去去，不停徘徊、游荡，仰头斜望天空，原来外婆那时心中忧烦的是这些事。她那张有着小麦色双颊和分明纹路的美丽脸庞，到了更年期变得几乎呈现淡紫色，近似秋季田里翻耕过的泥土；若是在她出门时那双脸颊还被一片半掀起的面纱遮住，那上头因为寒冷或某种伤悲，总有一滴不由自主的泪水正待风干。

　　上楼去睡时，我唯一的慰藉就是上床后，妈妈会来亲吻我。但这个晚安仪式实在太短，她又那么快就下楼，以至于听见她上楼，以及随之而来、缀饰着几截麦秆织绳的蓝色薄纱花长裙走进那条有两道门的走廊时的窸窣轻响，对我来说，倒成了一段痛苦的时刻。那一刻宣告了接下来的一刻：她即将离开我，转身下楼。结果，这段我那么喜爱的晚安时光，竟让我希望它尽量晚点到来，希望妈妈还没来，那么我有喘息空间的这段时间就能够延长。偶尔，她吻过我，开门准备离开时，我好想叫住她，跟她说："再亲一下。"但我知道她会立刻气恼变脸。因为，迁就我的愁绪和激动，上楼来亲亲我，带来这个抚平心境的吻，这举动总会激怒我父亲，他认为这些仪式纯属荒谬。于是母亲多半是想试着让我戒掉这项需求，戒掉这个习惯，万万不让我染上她人都已经走到门口，我却还向她多索一个吻的习惯。那生气的模样将会摧毁她前一刻带给我的所有平静：她满是慈爱的脸孔朝我的床铺俯下，脸颊朝我凑近，仿佛一场宁静圣餐礼中的圣体饼；我将嘴唇迎上，汲取她真实的存在，以及让我睡着的力量。有些夜晚，妈妈待在我房中的时间就是那么短；但比起因为有客人来家中晚餐所以就不上楼跟我道晚安的那些夜晚，这已算是甜蜜幸福。所谓客人，通常也仅限斯万先生。在贡布雷，除了几个外地过客以外，他是唯一会到我们家来的人。有几次是以邻居的身份过来晚餐（自从那桩门不当户不对的婚事之后他就比较少来了，因为我爸妈不想接待他的妻子），另有几次则是晚餐过后无预警来访。那些晚上，我们围着铁桌，坐在屋前的大栗树下，听见花园那头传来的不是愉悦的摇铃哗哗响亮——那滔滔不绝又冰脆的铁质音色震耳欲聋，凡"不按门铃"径入的家人经过时都会摇响——而是外来访客专用的椭圆金黄小钟铃两声怯怯的哐当。所有人心中立刻产生疑问："有访客，会是谁？"但大家都知道，来者非斯万先生莫属。我的姑婆以身作则，提高了嗓门，用一种尽量装作自然的语气说：大家讲话不该如此轻声细语，一个乍到此地的人会以为人家正在说一些他不该听到的话，没有比这样的接待更冒失的了。然后，他们会派我外婆去探个究竟。她总是很高兴有借口能再去花园逛一圈，并顺路趁机悄悄拆掉几根撑住玫瑰株的支架，好让花儿长得自然些，一如一位母亲伸手拨弄儿子被理发师理得太过扁塌的头发，好让它蓬松一点。

我们全都悬着一颗心，等待外婆带回敌情，仿佛有众多人选可供猜疑侵略者究竟是谁。不久后，外公便说："我认出斯万的声音了。"由于我们在花园时总会尽可能减少亮光，以免引来蚊子，所以的确也只能靠声音认出斯万，根本看不清他的脸：那几近棕红色的金发梳成演员布列松①的发型，高高的额头下方的鹰钩鼻，绿眼睛。而我，外表看似不动声色，却差点脱口叫人快点端上糖浆。外婆非常重视这件事，她不让糖浆看起来有特殊意义，不是专门保留给访客的饮料；她觉得这样比较可亲。斯万先生尽管年轻得多，却与我外公十分交好。外公曾是他父亲最要好的朋友之一。他的父亲是个优秀、但很特殊的人。据说，有时一点小事就足以打断他内心的冲动，改变他的思路。一年中总有好几次，我会听到外公在餐桌上老调重弹，讲起斯万父亲的传闻轶事，关于他在日夜守护的妻子死去后的行为举止。当时，已经很久没与他见面的外公急忙前去斯万家族在贡布雷附近的庄园陪他，成功阻止他参加入殓仪式，把泣不成声的他拉走，暂时离开亡妻的房间。他们两人在照着几许阳光的园子里走了几步。忽然，老斯万先生抓住我外公的手臂，惊呼："啊！我的老友，天气这么好，一起散步是多么幸福的事！这所有的树木，这些白山楂，还有您从来没有对我赞美过的池塘，

---

① 19世纪当时，名演员布列松（Jean-Baptiste Bressant, 1815—1886）前短后长的发型一度引领潮流。

您不觉得很美吗？您看起来活像一顶睡帽一样无精打采。您可有感觉到这微微的凉风？啊！再怎么说，人生还是有美好的一面哪，亲爱的阿玛迪！"这时他突然想到死去的妻子。约莫是因为实在难解自己怎能随兴地在这样的时刻产生喜悦的悸动，他只信手做了个每次遇上尖锐的问题就会做的习惯动作，抬手轻抚额头，揉揉眼睛，擦拭他的手持眼镜。然而他无法平抚丧妻之痛，在后来鳏居的两年中，他常对我外公说："真奇怪，我常想起我可怜的妻子，但没办法一次想太多。""经常，但一次只有一点点，就像可怜的老斯万"，这句话成了外公的口头禅，谈论各种天南地北的事情都能用上。外公是我心目中最公正的判官，而且他的判决对我来说合乎法理，后来我还经常用来宽恕我倾向谴责的错误；若不是他大声嚷说："那又怎么样？他可是有一颗纯金打造般的高贵心灵啊！"我多半会将那位老斯万先生视为怪物。

　　有好几年，特别是结婚之前，斯万先生，身为儿子的那位，经常到贡布雷探望我的姑婆和外公外婆。但他们根本没想到，不再活跃于家族昔日往来的社群，而且顶着这个姓氏来到我们家的斯万算是隐姓埋名微服出访；因此他们招待的其实是——天真老实的客栈老板们浑然不知家里来了一位赫赫有名的大盗——赛马俱乐部①最优雅的会员之一，巴黎伯爵②

　　① 1833年成立的赛马俱乐部（Jockey Club de Paris）堪称法国19世纪末当时入会限制最严格、集结最多富裕精英的俱乐部。
　　② 巴黎伯爵（Comte de Paris），也就是路易－菲利普二世（1838—1894），奥尔良王朝路易－菲利普国王的长孙（见第23页注③）。1848年的二月革命之后，法兰西第二共和成立，奥尔良王朝结束，但他以菲利普七世的名号宣称自己仍是法国国王。1860年流亡英美，1870年返回法国，1886年被判流放英国，最终辛于英国。

与威尔士亲王①最亲密的挚友，圣日耳曼区上流社会中数一数二的宠儿。

　　我们之所以对斯万缤纷耀眼的上流社会生活一无所知，显然有部分是因为他个性低调不张扬，但也因为当时的布尔乔亚对社交圈抱持着一种略带印度教式的看法，认为其中包含几个封闭的种姓，每一个人从出生之后，便被归在父母亲所占的阶级，除非事业生涯中出现偶然的特殊际遇，或是一段意料之外的婚姻，否则没有任何事情能拉您一把，让您往上晋升一阶。斯万先生，做父亲的那一位，以前是证券经理人，于是"小斯万"一辈子就属于那个阶级：如同某一类纳税人的财产，只会在这项收入与那项收入之间变动。我们知道他父亲都跟哪些人往来，所以也知道其中哪些人是他的同伴，哪些人又跟他"处于稳定友好的状态"。如果小斯万认识了其他人，那就是他这个年轻人自己的人脉，而世交的家族友人，例如我的长辈们，对此也会宽厚地睁一只眼闭一只眼，更何况自从他父母双双过世后，他仍十分有情有义，继续来探望我们。不过，他那些我们不认识的朋友，若是在他和我们在一起的时候遇见了，有极大的几率会是一群他不敢当场打招呼的人。如果有人无论如何要拿斯万和其他家境与他父母相当的证券经理人之子并论评比，计算他个人的社交系数，那么这个系数的数值应该会稍微偏低，因为，由于他做人非常简朴，对古董和绘画始终又有一份"痴迷"，所以目前住在一间古老的饭店，把个人的收藏都堆在那里，那

①　威尔士亲王（Prince de Galles）传统上为英国王储称号，此处是指日后的爱德华七世（1841—1910）。

是我外婆一直梦想去参观的地方。但那地方位于奥尔良码头[①]，我姑婆认为住在那里有辱家门名声。"话说，您真的识货吗？我会这么问可都是为了您好，因为您应该会被商人硬塞了些劣等画。"姑婆常这么对他说。事实上，她根本不认为斯万有任何本领，甚至在知识层面上对他也毫无敬意；不仅在他进入最微小的细节，把各种食谱都告诉我们的当下，甚至在我外婆的姊妹们谈及艺术时，姑婆都不像是在对待一个懂得在闲谈中避开严肃话题，同时又流露出一种极度淡化之精准的男人。她们怂恿他表达对某一幅画的赞赏，他却保持一阵几近冒犯的沉默；继而反过来在可能的状况下，以提供收藏这幅画的美术馆、绘制的日期、材质方面的资讯作为弥补。不过，他习惯地想逗我们开心，每次重讲一个刚发生在他身上的新故事，就从我们认识的人当中选一个当主角：贡布雷的药房老板，我们家的厨娘，我们家的马车夫。这些故事的确让我姑婆哈哈大笑，但她很难分辨那究竟是因为斯万每次都由自己扮演那个可笑的角色，还是因为他讲述得生动有趣："果然没错，您真是个好样的，斯万先生！"由于我们家里唯有姑婆稍懂俗事，在谈论斯万时，她总会刻意提示外人：只要他愿意，他大可住在奥斯曼大道或歌剧院大街；他可是老斯万先生的儿子，老先生应该留了四五百万给他，但他就爱随性突发奇想。此外，依她判断，这种奇想对别人来说应该非常具有娱乐性，以至于，在巴黎，当斯万先生每年元旦那天带一袋糖渍栗子来给她时，要是在场刚好人

---

　　① 奥尔良码头（Quai d'Orléans）位于巴黎的圣路易岛上，19 世纪向往波希米亚式生活的作家、艺术家和贵公子常聚集于此。

多，她更是绝不放过机会，会当众对他说："哎呀！斯万先生，您老是住在储酒仓库附近，难道是为了确保要去里昂时不会赶不上火车吗？"接着透过手持眼镜，斜睨其他在场访客的反应。

但就算先前有人告诉我姑婆，他身为斯万家之子，完全"有资格"受到所有"高尚布尔乔亚族"、公证人，或是巴黎最有名望的诉讼代理人款待（这项特权，他似乎已任凭遗忘），但这位斯万暗地里似乎过着一种截然不同的生活；其实，在巴黎，离开我们家、说他要回去就寝之后，他常在一转弯后就折返，前往某个没有任何经理人或经理人的伙伴看得上眼的沙龙。在我的姑婆看来，这绝非寻常之举。这就好比一位文学素养颇高的女士设想她个人与阿瑞斯泰俄斯交好，后来却又明白，原来在和她闲聊之后，他就打算深入蒂缇丝的国度，进入一个凡人之眼无从得见的帝国，而根据维吉尔告诉我们的，他在那里会受到双臂大张的热烈欢迎①；又或者，借用一个姑婆比较容易想到的画面，毕竟她在我们贡布雷的点心盘上看过那些图像：她与阿里巴巴共进晚餐，而那个家伙一确定四下无人，就潜入山洞，谁也没想到那儿堆满了璀璨耀眼的宝藏。

有一天，他在巴黎来看我们，已用过晚餐，为自己一身礼服致歉；在他离开后，法兰索瓦丝说她从马车夫那里打听

---

① 阿瑞斯泰俄斯（Aristée），古希腊神祇，阿波罗与宁芙仙女奇兰尼（Cyrène）之子，擅长养蜂，因为追求俄耳甫斯的妻子欧律狄刻（Eurydice）而害她被毒蛇咬死。众神于是毁掉他的蜜蜂作为处罚。绝望的阿瑞斯泰俄斯去找生活在河川中的母亲，母亲为他破浪领路。蒂缇丝（Thétis）则是掌管海洋的女神，古希腊英雄阿基利斯（Achille）的母亲。古罗马诗人维吉尔（Virgile, 前70—前19）在《农事诗》（Géorgiques）中讲述了这个故事。

到，他先前是在"一位亲王夫人"家用餐。

"对，一位半上流社交圈[①]的亲王夫人家！"姑婆这么回应，耸耸肩，埋头编织，眼睛连抬也没抬一下，讽刺的语气从容又平静。

同样地，姑婆对待他的方式也是傲慢粗鲁。由于她认为，斯万受到我们的邀请，应该深感荣幸才是，因此便觉得他夏天来探望我们时必提着一篮自家园子所产的桃子或覆盆子，每次从意大利旅行回来必会带几张经典杰作的照片给我，皆是再自然不过的事。

一有需要就派他去取得一份熟蛋黄酱[②]或菠萝色拉的食谱，以便准备一顿盛大、却没有邀请他的晚餐，我们可是完全不会不好意思。不邀请他，是因为觉得他不够气派称头，不好介绍给初次来家里做客的外人。倘若话题落在法兰西王室的王储，"那是您和我，我们都永远不会认识的人，而且跟我们也毫无关系，不是吗？"姑婆总是对斯万这么说；殊不知他口袋里或许正好就有一封来自特威肯汉姆[③]的信。她叫他去搬移钢琴；某些晚上，在外婆的姊妹兴致一来高歌时叫他去替她翻谱。姑婆之所以会这么使唤这位其实如此难能可贵之人，是因为她性格天真鲁莽，活像一个会将珍藏逸品当成便宜货把玩，不知谨慎小心的小

---

　　① 源自小仲马的剧作《半上流社会》（*Demi-monde*），描绘混乱、走调的上流社会。在 19 世纪法国，"半上流社交女"（la demi-mondaine）的地位介于高级妓女和被巴黎富商包养的情妇之间，会高调出入剧院等公众场合，尤以第二帝国时期最兴盛。

　　② 熟蛋黄酱（Gribiche），在 19 世纪末相当流行，常用于搭配小牛头。

　　③ 特威肯汉姆（Twickenham）位于伦敦西南部，1848 年奥尔良公爵路易－菲利普流放英国时曾在此长居。

孩。在此同时，那许多俱乐部成员所认识的斯万，想必与我姑婆自行创造出的那个斯万有天壤之别：那天晚上，贡布雷的小花园里，小钟铃两声怯怯的喱当之后，她搬出对斯万家族所知的一切，灌注到领着我外婆从一片漆黑幽暗中走来、我们只能凭声音辨认的那个阴暗不明的人物身上，将他说得活灵活现。但即使就生活中最微不足道之事而言，我们也不是一个以物质建构的整体，并非人人都是从同一个模子里印出来，只需查验规格或认证即可；我们的社交人格是他人用思想创造出的结果。即便是我们称之为"看见一位我们认识的人"这样的动作，有部分也属于智力行为。我们用对那人的所有成见填满他的外在样貌，而在我们自行想象的完整外表中，这些成见必然占据了最大一部分，最后终究如此完美地饱满了双颊，如此精准地紧贴鼻梁线条，糅合得宜到竟能稍微影响声音的质感，仿佛那人不过是一只透明的皮囊，每每看见这张脸，听见这个声音，就印证了这些成见，顺从这些成见。想必，由于无知，我的亲人没想到该将大批上流社交圈生活的特性导入他们自行建构出来的斯万身上；也因此，在他面前，其他人看见的却是他脸上优雅的气质昂然流露，止于那高挺的鹰钩鼻，以此为天然界岭。但在这张卸下显赫声名、坦荡开阔的脸上，在这双被低估的眼眸中，我家人曾经也能够点滴存积那朦胧又柔美的吉光片羽——半是记忆，半是遗忘——那是在我们比邻乡居的那段岁月，每周一次的晚餐后，围着牌桌或留在花园，一起度过的那些悠闲时光。我们这位朋友的皮囊被填装得那么满，还加上几段与他的父母相关的回忆，使得这个斯万成了一个完整、而且生气蓬勃的存在，而且与我后来精确知道的斯万截然不同。每当在记忆中从这个斯万转换到先前那个斯万，我总感觉像是离开了一个人，转而奔向另一人——我从那个斯万身上又见到那些自己年少时犯下的迷人错误，而且，他不像另一个斯万，与我在同一时期认识的其他人并不相似，就好像我们的人生可比喻成一座美术馆，但凡同时期画作中的肖像看似都像同一家人，呈现出同一种调性——早年那个斯万充满闲情，散发着香气，那香气来自那棵大栗树、一篮篮刚采收的覆盆子，和一把龙蒿。

然而，有一天，外婆去找一位她在圣心修女会①堂认识的贵妇帮点忙（由于我们家的门第观念，即使互有好感，她也不想继续跟那位女士有所牵扯）：维勒帕里西斯侯爵夫人，出身名门布依庸家族②。这位夫人对外婆说："相信您跟斯万先生很熟，他是我洛姆家那些侄子的挚友。"外婆回家前兴奋地参观了面向花园的大房子，维勒帕里西斯夫人建议她租下；她还造访了一名背心裁缝师和他的女儿，他们的店铺就设在中庭。外婆进了店里，请他们修补一下她刚在楼梯间扯破的裙子。外婆觉得这些人无可挑剔，大赞小女孩如珍珠般难能可贵，裁缝师无比杰出，是她这辈子见过最优秀的男人。因为对她而言，出类拔萃这件事与社会阶级绝对无关。她为背心裁缝师给的一句回答欣喜若狂，这么告诉妈

① 圣心修女会（La Société des religieuses du Sacré-Coeur de Jésus），法国修女玛德莲-苏菲·芭哈（Madeleine-Sophie Barat）在1800年创立的天主教协会，以教育年轻布尔乔亚女性为宗旨。

② 布依庸家族（Famille de Bouillon）的最后成员布依庸公爵在1802年去世，后继无嗣，但19世纪有许多家族都冠上了他的姓氏德·拉图尔·德·奥维涅为名号。普鲁斯特在本作品中数度提及此事。

妈:"由塞维涅夫人 ① 来说也不过如此!" 相反地,说到在维勒帕里西斯夫人家遇见夫人的侄子:"啊! 女儿呀,那是多么平庸的一个人!"

然而关于斯万的言论非但没有抬高他在我姑婆心目中的身价,反而贬低了维勒帕里西斯夫人。看在外婆的份上,我们赋予维勒帕里西斯夫人一份敬重,这似乎对她构成了一份义务,不可做出任何有损尊严之事;而在得知斯万的存在,并纵容自己的亲戚与他交往时,她便已经失格。"什么?! 她认识斯万? 她可是你号称麦克马洪元帅 ② 亲戚的人耶!"对于斯万的人际关系,我的亲人秉持的这种看法似乎随后就从他娶进一名低贱女子之事得到印证:她根本就是个交际花。而且,他从来无意把她介绍给众人,依旧独自前来我们家,即使次数越来越少,但他们还是自认能评断那个女人的出身——并猜想他就是在那种地方把她娶来的——那是他们陌生、而他惯常出入的场所。

但是有一回,外公在报纸上读到:斯万先生是某某公爵周日午餐的忠实常客之一……这位公爵的父亲及伯父曾是路易-菲利普 ③ 执政的王朝中位高权重的两位大臣。我的外公

---

① 塞维涅夫人(Madame Sévigné, 1626—1696),法国书信作家。写给女儿的书信集反映了路易十四时代的贵族生活,文笔脱俗,风格活泼多变,被奉为法国文学的瑰宝。

② 麦克马洪(Maréchal de Mac-Mahon, 1808—1893),曾任法兰西第三共和国第二任总统。在克里米亚战争及意大利马真塔战役(Magenta)中扬名,升为法国元帅,并受封为马真塔公爵。

③ 路易-菲利普一世(Louis-Philippe I, 1773—1850),法国大革命后参加支持革命政府的贵族团体,1793年起前往瑞士、美、英等国避难。1814年路易十八复辟时返回法国。1830年的七月革命后,查理十世退位,路易-菲利普加冕为法兰西人之王,1848年二月革命后逊位。

对此类小事向来好奇，那有助他透过想象潜入名人的私生活，例如莫雷[①]、帕斯奎耶公爵[②]、德布罗意公爵[③]之流。得知斯万与那些名流的熟识交往，他倒是十分高兴。我的姑婆却相反，她站在不赞成斯万的立场诠释这则消息：将他视为是一个无视宗族门第选择往来对象的家伙，逾越了他的社会"阶级"，这在她看来造成了可恼的阶级紊乱。她觉得，这就好像突然舍弃了与高尚人士的各种良好关系，而那可是祖上高瞻远瞩、为子孙辛苦维系积存下来的甜美成果（姑婆甚至因此不肯再见我们一位公证人朋友的儿子，因为他硬是娶了一位王室公主。结果，为了她，公证人之子的他降格成了一个传言中后妃偶尔宠幸的前朝贴身内侍，或是马厩小仆之流的大胆狂徒）。她斥责外公竟动念这么计划着：斯万隔天应该会过来晚餐，他打算趁机探听他那些被我们发现的朋友。另一方面，外婆的两个姊妹，两个老处女，性情如她一般高贵，才情却不然，声称不懂姊夫谈论这类幼稚蠢事有何乐趣可言。这两姊妹都是憧憬高远，正因为如此，无法对所谓的八卦感兴趣，尽管这些闲言闲语具有部分历史价值；而且，一般而言，只要不是与某项具有美感或美德的事物有直接连结的话题，她们都不感兴趣。无论关系远近，对于任何似乎牵扯到上流社会的一切，她们不感兴趣的成见之深——一旦

---

① 莫雷（Comte Louis-Mathieu Molé, 1781—1855），法国奥尔良七月王朝时期的政府高官，曾任司法部长，海洋与殖民地部长，外交部长与议会主席。

② 帕斯奎耶公爵（Duc Pasquier, 1767—1862），波旁复辟与七月王朝时期的政治官员，法国旧政王朝最后一位总理大臣。

③ 德布罗意公爵（Duc de Broglie, 1821—1901），第四代德布罗意公爵，法国政治家，文学家与君主主义者，曾翻译出版莱布尼兹关于宗教体系的著作。1862 年当选为法兰西学院院士。

晚餐的闲谈染上轻浮的调性，或是尽说些现实琐事，已非这两位老处女能挽救，拉不回她们珍爱的话题——两人终于明白自己的听觉暂时也无用，索性便让五感进入休息状态，任由感官真的萎靡不振。这时候，外公若是需要引起两姊妹注意，就得搬出精神病医生针对某些注意力涣散成瘾者所用的那套警告动作：拿一把小刀，用刀锋重复敲打玻璃杯，猛然出声喊他，眼神频频示意；那是精神病医生平日与正常人相处时经常转嫁到他们身上的暴烈手段，有时是出于职业病，有时是因为他们相信这世上所有人都有点疯。

　　斯万在该过来晚餐的前一天，亲自派人先送来一箱阿斯蒂白酒①；而我的姑婆，手里那份《费加罗报》刊登了一幅柯罗②画展上的画，作品名称旁写着："夏尔勒·斯万私人收藏"，她对我们说："你们看见了吗？斯万竟有登上费加罗的'殊荣'？"此时，两姊妹的兴致可就比较高昂了。

　　"我可是一直都说他很有品位。"外婆说。

　　"你当然会这么说，总之就是要跟我们唱反调。"姑婆回敬，明知外婆跟她意见从来就不一致，又不确定我们每次都会认为有道理的是她，因此想套我们的口风，要让我们齐声谴责外婆的看法，试图借我们的力量巩固她的主张。但我们都保持沉默。外婆的姊妹们表示要向斯万提起《费加罗报》上刊出的讯息，姑婆要她们打消这念头。每次她在别人身上见到自己没有的好处，哪怕只有一点点，都要自我安慰，认

---

　　① 产于意大利阿斯蒂省（Asti）的知名气泡白葡萄酒。

　　② 柯罗（Jean-Baptiste Camille Corot, 1789—1876），法国巴比松派著名画家，画风自然朴素，充满迷蒙诗意的空间感。

定那不是好处，而是灾厄，并埋怨他们，以免自己羡慕他们。"我相信这么做不会让他高兴。我知道，若换作是我，看到自己的名字这样清清楚楚地印在报纸上，我会非常不舒服，人家跟我说起，我也不会有受到赞美的感觉。"不过她倒也不顽固，没有坚持说服外婆的姊妹们，毕竟这两位对庸俗之事深恶痛绝，常用各种奸巧的迂回说法掩饰自己对某人的指涉，而且已把这项绝技练得高深莫测，就连被隐射的那人经常也都浑然不自知。至于我的母亲，她只想试着和我父亲达成共识，要他跟斯万闲聊时别提起他的妻子，只提他的女儿就好；那是他的掌上明珠，而且，人家说，他正是为了她，最后才会结这个婚。

"你可以只跟他稍稍提一句，问候她过得如何就好。对他来说这多残酷啊！"

但父亲发起脾气：

"才不！你的想法太荒谬了，简直可笑。"

不过，我们当中会因为斯万的到来而苦恼的，只有我。这是因为，在某些外人或只有斯万先生一人来访的晚上，妈妈就不会上楼来我的房间。我得比大家都早吃晚饭，然后去餐桌旁坐着，直到八点，那是我必须上楼的时间。平常睡着之前妈妈来到床边给我的那个珍贵又脆弱的吻，这时我只得改从餐厅带回房间，在换衣服那整段时间里小心呵护，不破坏它的温柔，不让它稍纵即逝的效果外逸或消散。而且，偏偏就在我原本需要用更谨慎的态度接纳这个吻的那些夜晚，我更是非得到它不可，非要抢到它，粗暴地，公开地，甚至没有足够的时间和所需的自主意识，无法如那些连在关一扇门时也强迫自己不去想其他事情，以便能够像在病态的不确定感再度发作时，得意扬扬地用关门当时之记忆来对抗的偏执狂一样，专注于自己正在做的事。当小钟铃两声怯怯的哐当响起时，我们都在花园里。我们知道那是斯万，但所有人都露出疑问的表情面面相觑，并派我外婆去弄清楚来者是谁。

"记得要明确感谢他送来的酒，你们也知道那酒的滋味多美妙，而且又是多大一箱。"外公建议他的两位小姨子。

"别这样说起悄悄话，"姑婆说，"来到一户所有人都小声说话的家里，人家心里该会有多好受！"

"啊，斯万先生来了。我们来问问他相不相信明天会是好天气。"我父亲说。母亲认为，或许她一句话即可抹去我们家里的人自从斯万结婚之后对他造成的所有痛苦。她找到办法稍微把他带开。但我紧紧跟着她；我无法狠下心离开她一步，心里惦念着：再等一下我就得让她留在餐厅，自己上楼回房，不能跟其他夜晚一样，拥有她来亲吻我这项安慰了。

"哎呀，斯万先生，"她对他说，"跟我聊聊您的女儿吧！我相信她一定已经像爸爸一样有艺术品位。"

"请过来跟我们一起到玻璃暖房里坐坐吧！"外公走过来说。

母亲只好中止攀谈。不过，她从这次阻碍中多学到了一种细腻的思考方式，一如被专制的韵脚逼出自己最美丽文采的好诗人："等我们两人独处时再来聊她的事，"她低声对斯万说，"只有做母亲的才够资格了解您。我相信她的母亲也同意我的看法。"

我们全都围着圆铁桌坐下。如果可以，我宁可不去想今晚要独自在房里度过辗转难眠的焦虑时刻。我试着让自己相信那些时间完全不重要，反正隔天早上我就会忘记；我试着紧扣关乎未来的想法，它们本该像一座桥，架在即将到来的恐怖深渊上方，引导我渡过难关。但我的神智因烦恼而紧绷、膨胀，如同我投向母亲的目光，不让任何外来的陌生印象进入。想法本身依然涌入，前提是把关于美感甚或趣味的一切元素摒除在外，因为它们恐怕会令我感动，或让我分心。仿佛一个病人，借着麻醉药效之助，完全清醒地参与在他身上施作的手术，却什么也感受不到；我能背诵喜爱的诗句，或观察外公为了怂恿斯万谈论欧迪斐—帕斯奎耶公爵 ① 所费的努力，但前者并未让我产生丝毫悸动，后者也引发不了任何愉悦乐趣。那些努力徒劳无功。外公对斯万提出有关那位演说家的问题，听在外婆的姊妹们耳中，这个问题就好比一阵深沉又不凑巧的静默，应及时打破才不失礼。于是外公才刚问出口，其中一个就跟另一个说：

“想象一下，赛琳娜，我认识了一位年轻的瑞典女教师，她告诉我许多有关斯堪的纳维亚各国合作社的细节，极其有趣。哪天晚上真该找她过来晚餐。”

“我想也是！”她的姊妹芙萝拉回说，“不过，我也没虚度光阴。我在凡特伊先生家遇见一位老学者，这人对莫邦 ② 了如指掌。莫邦曾经巨细靡遗地对他说明自己如何塑造出一个角色。这真是再有趣不过的事。这人是凡特伊先生的邻居，我先前完全不知道；而且他十分亲切友善。”

“有亲切邻居的可不只凡特伊先生一人。”姨婆赛琳娜脱

---

① 欧迪斐－帕斯奎耶公爵（Duc Audiffret-Pasquier, 1823—1905），法国第三共和时期的国会主席，巴黎伯爵的顾问，前述帕斯奎耶公爵的侄孙。

② 莫邦（Henri Maubant, 1821—1902），巴黎奥德翁剧院（Odéon）及法国喜剧院演员，擅长演贵族父亲的角色。

口而出，音量因害羞而故意放大，声调因预谋而听来虚假，同时对斯万投以她所谓意味深长的目光。芙萝拉姨婆立即明白这句话是赛琳娜对阿斯蒂酒的感谢，于是也用一种赞赏中掺杂着调侃的表情看着斯万，此举或是纯粹为了强调出自己姊妹的聪慧，或是恼妒斯万给了她灵感，或是忍不住想嘲笑他，因为她认为他已被架上了拷问台。

"我想我们能邀得这位先生过来晚餐，"芙萝拉继续说，"一跟他提起莫邦或玛特纳夫人①，他可以滔滔不绝讲上好几个小时。"

"那想必十分美妙。"外公叹了一口气。很不幸地，老天爷完全省去了在他的脑子里加进对瑞典的合作社团体，或是对莫邦如何塑造各种角色产生热烈兴趣的可能性，也忘了要在外婆姊妹们的脑子里洒上必须添加的那一小粒盐，以便在关于莫雷或巴黎伯爵的叙述中寻出一点滋味。"对了，"斯万对我外公说，"我即将告诉您的与您先前问我的，这两件事之间的关联可要比表面上看起来的还深，因为在某些点上并无多大差异。今天早上，我重读圣西门②时，读到一个东西，您应该会觉得很有趣，就出自在他出任西班牙特使时期的那一册。那排不上顶好的几册，不过是一本写得非常精彩的日记，但和我们每天早晚以为非读不可的那些日报相比，已有初步的差异。"

---

① 玛特纳（Amalia Materna, 1847—1918），1876 年在拜罗伊特演唱瓦格纳歌剧《女武神》中布伦希尔德一角的奥地利女歌手。

② 圣西门（Duc de Saint-Simon, 1675—1755），法国政治人物，曾效忠路易十三、路易十四及路易十五。著名的回忆录作家，其作品《回忆录》兼具回忆者的主观与史学家的观点，呈现 17 世纪与 18 世纪的宫廷文化及贵族美学，是法国文学史上的重要著作。

"我的看法跟您不同。就是有那么些日子，读报纸让我觉得分外愉快……"姨婆芙萝拉打断他，以示她读到《费加罗报》谈及斯万收藏柯罗画作。

"如果报上谈论的是我们感兴趣的事情或人物！"赛琳娜姨婆再加码强调。

"我并非不同意，"斯万回答，颇为讶异，"我责怪的在于，报章让我们每天净是去注意一些没有意义的小事，然而内容精要的书，我们一生顶多却只读三四次。既然如今我们每天早上兴冲冲撕掉报纸封条，那些人其实应该做点改变，在日报中刊登，我不知道，像是……帕斯卡尔的《思想录》！（他刻意用一种讽刺夸大的语气将这个词分开来说，以免像个老学究。）而在我们十年才翻开一次的烫金书背精装本里，"他补充说，印证了某些上流人士就爱假装对上流圈事物嗤之以鼻，"我们该读到的是希腊王后[1] 去了戛纳，或雷昂亲王夫人[2] 举办了一次化装舞会。应该这么重新调整比重才正确。"不过，他后悔自己这么随口轻谈严肃的事，于是又说，"刚才的对话十分美妙，"语气中带着自嘲，"真不知道我们怎么会攀上这些'尖峰话题'。"然后他转身面向我的外公，"所以，根据圣西门所述，莫勒维利耶[3] 竟胆敢伸出手来与他儿子们握手。您知道的，莫勒维利耶就是他说

---

[1] 此处是指 1867 年成为希腊王后的沙皇尼古拉一世的侄女欧尔加·康斯坦丁诺芙娜（Olga Constantinova, 1851—1926）。

[2] 雷昂亲王夫人（Princesse de Léon, Herminie de La Brousse de Verteillac, 1872—1926）在本书出版后曾致信普鲁斯特，感谢他记得她在 1891 年 5 月所举办的这场舞会。

[3] 莫勒维利耶（Marquis de Maulévrier, 1677—1754），是圣西门担任特使前往西班牙准备路易十五与西班牙公主的婚事时的驻西班牙大使。

'在这只肥厚的酒瓶里，我只看到臭脾气、粗俗不堪和愚蠢'的那位。"

"无论肥不肥厚，我倒是知道，有些酒瓶里装的可是截然不同的东西。"芙萝拉热切地说，坚持也要谢过斯万，毕竟眼前的阿斯蒂酒在在提醒着这两姊妹。赛琳娜笑了起来。斯万说到一半被打断，只得拉回话题，"'我不知道那是无知之过或是故布疑阵，'圣西门写道，'他竟想与我的孩子们握手。幸好我及早发现，加以阻止。'"听到"无知之过或是故布疑阵"外公已经飘然陶醉，但赛琳娜小姐——文豪圣西门之名打断了她听觉器官的彻底麻醉状态——却立刻气呼呼地嚷了起来："怎么？您竟赞美这样的事？好呀！做得可真漂亮！但那究竟想表达什么？这个人跟那个人难道有何不同？如果他聪明懂事且心地善良，是公爵还是马车夫又有何关系？您那位圣西门，假如不告诉孩子应该与所有正直的人握手，那他教养孩子的方式可真有一套。简直糟糕透顶，没什么好说的。而您竟然还敢引述这一段？"外公沮丧极了；眼前出现这样的阻挠，他觉得不可能再请斯万说说那些逗他开心的故事。他低声对我妈妈说："你先前教过我的那句诗是怎么说的？那句子在这种时刻能给我无比安慰。啊，对了：'主啊！祢要我们痛恨多少美德！'[①]啊！说的真贴切！"

我目不转睛地望着妈妈。我知道，大家上桌之后，他们不会允许我留下来等到晚餐结束；而且，为了不要违逆爸爸，妈妈不会让我像在房里一样，当着众人的面前亲吻她好几

---

① 普鲁斯特在此改造了法国17世纪悲剧作家高乃依（Pierre Corneille）的名句，将原句中的"上天"改成"主"，"我"改成"我们"。

次。于是，我下定决心，到了餐厅，当大家开始用餐，而我觉得时候就快到了时，便要提前为那个短暂而易逝的吻做我自己能做到的一切：用目光选定脸颊上亲吻的位置，调整好思绪，以便透过已在脑子里开始运作的这个吻，将妈妈赐予我的那一分钟全部用来感受她那抵着我双唇的脸颊；如同一个只能得到模特儿短时间摆姿势的画家，预先备好调色盘，并依速写记录提前唤回记忆，尽力做到模特儿就算不在场也无妨的状态。但此时晚餐铃都还没响呢！我的外公说出残忍的狠话而不自知："这孩子看起来累了，该上楼去睡了。况且今天也要很晚才会开饭。"而我父亲，他不像外婆或妈妈那样严格地信守约定，也说，"对，去吧，快去睡觉！"但就在晚餐铃响起的那一刻，我想亲吻妈妈。"噢，不，拜托，别缠着你妈妈。你们这样好几次互道晚安已经够了，上演这些戏码很可笑。来吧，上楼去！"我等于连旅费都没领到就得上路走人；必须，如时下流行语所说的，"心不甘情不愿地"踏上每一阶楼梯，不甘不愿地上楼，一心只想回到母亲身边，因为她刚才没有吻我，没给这颗心通行证，允许它跟我一起走。这道讨人厌的楼梯，我走上来时总是那么悲伤；它散发一股漆釉的味道，某种程度上，已吸收、凝集了我每晚感受到的特别的忧伤，而且，对敏感的我而言，或许还将这伤悲变得更加残酷，因为，这伤悲透过嗅觉散播，我的理智再无用武之地。睡觉时，剧烈牙痛的感受只像是有个少女溺水，我们费尽力气连续拉了两百下都还救不起来；又或者，像是一句莫里哀的诗，我们一再反复背诵不停；若在这种时候醒来，而且凭着理智摆脱了梦中为盖过牙齿剧痛而生出的英雄救美或规律重复等等伪装，着实令人松了一大口气。但我感受到的恰恰是这种解脱的相反：透过鼻腔嗅吸这楼梯间特殊的漆釉味——那比从心理上入侵还毒得多——独自上楼回房时的这股忧伤以一种更迅速、几近实时，既阴险又粗暴的方式进入了我的心中。回到房间后，我必须堵住所有出口，关紧窗遮，掀乱被毯挖掘自己的坟墓，换上睡袍充作寿衣。但在将自己埋进家人因我夏天睡厚厚的棱纹布帘幔大床会太热，因而另外加设的铁架床上，我心中涌出一股反抗的冲动，想本着被判刑之人的狡猾姑且一试。我写信给母亲，求她上楼来，因为有件事很严重，我无法在信里告诉她。我最忧心的是，住在贡布雷这期间负责照顾我的，姨妈的厨娘法兰索瓦丝会拒绝替我传信。我猜，对她而言，要她在有宾客在场时捎信给我母亲，大概就和剧院门童要拿一封信交给正在台上演出的演员一样棘手。对于事情的可为和不可为，她自有一套准则，那准则专横、条例不胜枚举、吹毛求疵，尽管区别难以掌握或毫无帮助，也绝不妥协（这让她的准则有如上古时代的法律，制订凶残规定的同时，例如屠杀襁褓中嗷嗷待哺的婴孩，却又端出夸张的细心巧思，禁止将羔羊放在母羊奶中炖煮，或是食用某种动物后腿筋脉之类的行为）[①]。若从她忽然不肯执行派得的传话任务的顽固程度评断，她这套准则似乎是对上流社交圈的复杂和讲究已早有预见，那是法兰索瓦丝完全无法从她的周遭环境及小村女仆的生活中得知的。于是你不得不告诉自己：她身上有一股昔时

---

　　① 典故为《圣经·旧约》的《出埃及记》23:19 及《申命记》14:21 之"不可用山羊羔母的奶煮山羊羔"，以及《创世记》32:32 之"故此，以色列人不吃大腿窝的筋"。

的法国味，非常古老、高贵且不为他人理解，就像那些制造
业林立的城区中曾见证昔日宫廷生活的古老大宅里，化学工
厂的工人穿梭在呈现圣泰奥菲勒奇迹[①]或埃蒙四子[②]等精雕
细琢的雕刻之间工作着。出现特殊状况时，基于准则，除非
发生火警，否则法兰索瓦丝不太可能会当着斯万先生的面，
为我这么一个小角色去打扰妈妈。这恰恰表现出她主张的敬
意，对象不仅止于亲人——一如对逝者、神父和君王——甚
至也包含主人招待的外人。这种敬意若是出现在书上，也许
会令我感动，但从她口中说出总令我火冒三丈，因为她说起
这规则时的语气既严肃又带着疼惜。尤其今晚，她赋予晚餐
的神圣性使得她拒绝去扰乱这场仪式。然而，为了给自己争
取机会，我毫不犹豫地撒谎，告诉她：其实根本不是我想写
信给妈妈，是她在我离开时嘱咐我别忘了回报她托我去找某
样东西的结果；要是我不交回这则讯息，她必然会十分生气。
我想法兰索瓦丝不相信我，因为，就和感应力比我们强的所
有原始人一样，她总能立刻从各种我们捉摸不到的讯号中，
辨别出我们有意对她隐瞒的所有真相。她盯着信封看了五分
钟，仿佛能从检查纸质和笔迹得知内文性质，或是她应该引
用哪一条准则。然后，她一副无可奈何的表情走出去，似乎
在说，"有个像这样的孩子，父母亲能不可怜吗？"一会儿
过后，她回来告诉我，他们现时还在吃冰激凌，实在不可

---

①　相传圣泰奥菲勒（Saint Théophile）出卖灵魂给魔鬼以换取世间荣华，
但他事后懊悔，诚心祈祷，最终在圣母之助下，得以将魔鬼契约作废。这则彰显
圣母奇迹的故事是许多大教堂雕刻的题材，也出现在巴黎圣母院北面侧门。
②　中世纪传说，埃蒙公爵（Duc Aymon）的四个儿子与查理大帝作战的
英勇事迹。

能要管家在这时候当着众人的面前传信；不过，等上漱口水时①，他们会设法把信交给妈妈。我的焦虑马上平息。现在，状况与刚才截然不同，我不再和妈妈久别到明天了，因为我的短信——想必会让她生气（而且加倍生气，因为这伎俩应该会让我在斯万眼中显得可笑）——即将让我至少得以开心地隐身在信中，进入她所在的同一个空间，即将在她耳边诉说我的讯息；因为，就在刚才，那禁止我进入的可恶餐厅里，冰品——"格兰尼达"②——还有漱口水，似乎暗藏着邪恶又令人伤心欲绝的享受；因为，妈妈在离我好远的地方品尝着。而这餐厅如今对我敞开，宛如熟软的果子撑破了果皮，即将让妈妈在读到我的信的同时关注喷涌，直接射入我陶醉的心里。从现在起，我不算与她分离；阻碍已经排除，一条美妙的线将我们重新牵起。而且，还不止如此：妈妈一定会来找我！

　　刚才感受到的焦虑，我想，若是斯万读到我的信，而且猜想到那封信的目的，应该会嗤之以鼻。然而，正好相反：我后来才知道，在他这辈子，类似的焦虑也折磨他多年；或许没有人能比他更懂我。至于他，他要感受的是心爱的那个人身处一个欢乐的场所，但他却不在，无法前去与那人聚首。这股焦虑由爱而生，某种程度上也注定为爱而生，被爱独占，视为专有；但是，正如我的状况，若焦虑之感在尚未出现在我们生活中之前便已进入我们心中，那么它便会漂

---

　　①　19世纪法国上流社会用餐后，会以大碗呈上添有香气的温水，供宾客漱口，并在碗中清洗手指。漱口水礼仪象征注重卫生的良好教养，福楼拜小说中的包法利夫人对此十分向往。

　　②　源于西西里岛的冰品格兰尼达（granita），结晶较粗，口感类似冰沙。

浮、游移，静静等候，空泛且自由，没有特定的任务，今天
为某种感受出力，明天则鼓动另一种情绪，有时是亲子间的
温情，有时是同侪间的友爱。当法兰索瓦丝回来告诉我那封
信将被转交时，那伴随我初试的成果而来的喜悦，斯万早已
领略过。这是一场欺人的喜悦；如同某个友人，我们心上人
的亲戚，在抵达她参加的某场舞会、餐宴或首演所在的酒店
或剧院，正要找她会面之际，却瞥见我们茫然在场外游走，
绝望地等待有机会与她交谈时给予我们的空欢喜。他认出我
们，亲切地前来攀谈，问我们在那里做什么；由于我们编称
有急事要告诉他那位女性亲戚或友人，他便向我们保证，这
件事再简单不过；接着，他带我们进到衣帽间，允诺五分钟
内必会把她送到我们面前。我们真是喜欢他啊——一如此时
我喜欢法兰索瓦丝——这位热心体贴的中间人，一句话就让
我们觉得那莫名其妙、没完没了的欢乐宴会变得堪可接受，
有人情味，几乎大吉大利；事实上，我们总认为宴会中那一
群居心叵测、打扮高雅的敌人就有如团团漩涡，卷走了我们
心爱的女子，使得她远离了我们，嘲笑我们。但自动找上我
们的那位亲戚也是熟知这残酷神秘奥义的其中一员；我们从
他的举止分析，其他与会嘉宾应该不至于那么邪魔古怪才
是。在她品尝着我们所不知的享受的期间，那遥不可及、又
将人折磨得苦不堪言的那段时间，此时，透过一个出乎意料
的小缺口，让我们也得以钻入其中；现在，在组成那漫长时
间的连续片段中出现了这么一刻，与其他片刻同样真实，或
许对我们而言甚至更加重要，因为我们的爱人在当中掺和更
深。我们对自己呈现这一刻，拥有这一刻，介入其中，那
几乎就是我们创造出来的：那一刻，有人去告诉她说我们来

了，就在楼下。而那欢宴上其他时刻的本质想必不会与此刻相去太远，不会有任何更美妙之处，也应该令我们同样痛苦，既然那位热心的朋友对我们说："她一定会心花怒放地下楼来！对她来说，和您聊聊，绝对远比在那上面无聊发慌有趣得多。"唉！斯万早已有此经验：当一个女人察觉被自己不爱的人处处跟踪，甚至追到宴会场所，故而恼怒，第三者的好意也无济于事。通常，下楼来的只有那位好心的朋友一人。

母亲没来，而且无视我的自尊心（悬系于她要求我找东西并回报成果的那个谎话不被拆穿），要法兰索瓦丝告诉我这句话："不予回应"——此后，我便时常听见各"豪华宫殿酒店"的门房或是在赌场跑腿打杂的小差传达这句话给某个惊愕不敢置信的可怜女孩："怎么？他什么也没说？不可能！但您确实把我的信交给他了。好吧，我再等等。"于是——一如她坚持不需要门房给她多点的煤气灯，死心塌地守在那里，只听得门房与一名跑腿仆人少少聊上几句天气，猛然发现时间不早，那门房赶忙派他去冰镇客人的饮料——我谢绝了法兰索瓦丝替我泡香草茶或留下来陪我的提议，让她回去工作，自己则躺上床，闭起眼睛，试图不去听亲人们在花园里喝咖啡交谈的声音。但是才过几秒，我便感觉到，写那封短信给妈妈，甘冒惹她生气的风险，让自己贴她那么近，近得我一时间以为即刻就能再见到她，这举动等于是自己删除了没再看她一眼就睡着的可能性。而每过一分钟，我的心就跳得更痛苦，因为我强迫自己接受不幸的命运以求平静，激动的情绪反而却随之高涨。忽然，我的焦躁不安瞬间落定，一阵至福喜悦洋溢全身，就像一颗强效药开始作用，解除了我们的疼痛：我刚做出明智的决定，不再试着在没能再见妈妈一面的状态下入睡，我要不计代价地努力亲吻到她，即使我确信，她上楼来睡的时候，我们两人必定会闹僵许久。焦虑过后带来的平静让我感受到一种非比寻常的愉悦，那程度不亚于等待、渴望及对危险之恐惧。我悄悄打开窗户，倚着床脚坐下，几乎不动，以免楼下听到。屋外，万物似乎也凝止不动，默默静候，以免干扰了月光。在那月光照耀下，天地万物仿佛退缩一方，影子却往前延伸，拉长一倍，显得比物体本身更浓、更具象；风景既被冲淡又被放大，一改此前犹如折起地图的模样，得以舒展开来。需要动一动的，例如大栗树的枝叶，振动着。但那叶丛的轻颤微弱而完整，任何一点点差别或究极的细腻皆无遗漏，不渲染至其余部分，不融入、不混淆，保持着清晰可辨的轮廓。从极远处传来的杂响想必来自城另一端的花园，凭空出现在这什么也不吸收的静谧之中，点滴细节皆被清楚感受，如此之"透彻"，以致那来自远方的声效成因似乎只能归于极弱的演奏力度，如同音乐学院管弦乐团 [①] 最擅长的悄声乐句，尽管一个音符也不差，却叫人以为是在距离演奏厅很远的地方奏出；而所有忠实的爱乐之友——包括外婆的两个姊妹，每逢斯万将自己的席位赠予她们时——皆竖起耳朵仔细凝听，仿佛听着远方一支军队行进，而他们还没转过特雷斯街 [②]。

　　我知道，我将自己推入的处境，可能会让我从父母那儿

　　[①]　音乐学院管弦乐团（Orchestre du Conservatoire）是巴黎最古老的管弦乐团，该团自 1900 年起，每逢 4 月到 11 月的周日下午会在音乐学院举办公开演奏。

　　[②]　特雷斯街（Rue de Trévise），与巴黎音乐学院所在的 Rue du Conservatoire 平行。

招来最严重的后果；事实上，远比外人能臆测到的还严重，是他本以为唯有犯下真正可耻的过错才可能产生的后果。不过，在我接受的家庭教育中，过错的轻重顺序与其他孩子的家教有所不同；如今我已明白，长辈们让我习惯摆在第一位的那些过错有一项共同特色，那就是一旦神经冲动，就容易犯下（想必是因为我没有其他必须更小心警戒的过失）。然而，他们那时不将"神经冲动"一词说出口，不宣称过错由此而来，因为那可能会让我以为自己忍不住犯错，甚或无能抵挡，是可被原谅的。不过，从犯错前的那股焦躁，以及犯错后所受的严格惩罚来看，我倒是能清楚辨识出这些过失，而且知道我刚犯下的错与其他曾被狠狠处罚的过错属于同一类，尽管更加严重。若是我在妈妈上楼准备就寝时半路拦下她，而她看到我竟然还醒着，只为了在走廊上跟她重新道晚安，他们恐怕不会让我继续留在家里，隔天就会找间中学把我送进去，一定会变成这样。那好！就算五分钟后不得不越窗跳楼，我也宁愿这么做。此时此刻，我想要的是妈妈，是跟妈妈说晚安，这条实现渴望的道路我已走得太远，没有回头的余地。

我听见爸妈送斯万出门的脚步声；门上的铃铛响起，提示我斯万刚离开，我往窗边走去。妈妈问父亲觉得龙虾好不好吃，还有，斯万先生有没有多吃几口咖啡开心果冰品。"我觉得普普通通，"母亲说，"我想，下次应该试试另一种口味。"

"我无法形容我感觉斯万变了多少，"姑婆说，"简直就像个老头！"

姑婆总习惯把斯万当成以前那个少年看待，因而诧异他突然竟不如她一直以为的岁数年轻。其他亲人们也开始察觉到他有单身汉那种不正常、极端、可耻，而且活该应得的老态，一如所有觉得没有未来的漫长一天比其他人的一天更加漫长的单身汉；因为，对他们来说，长日虚无，从一大清早开始，分秒时刻即逐渐累积，却没有孩子们来分摊。"相信他那个风骚的妻子给他带来不少烦恼，全贡布雷都知道她跟某个叫夏吕斯的先生见面。这可是城里的头条绯闻。"母亲提醒说，然而相较于前一阵子，他看起来已没那么悲伤，"也比较没那么常做出那个跟他父亲一模一样的揉眼睛和伸手抚过额头的动作了。依我看，其实他已不再爱那个女人了。"

"他当然不爱了，"外公搭话，"我早在很久以前就收到一封他的信，讲的正是这件事。当时我连忙避免随之起舞。那信里完全表明他对他妻子的感情，至少是关于爱情那部分。对了！知道吧，你们没有答谢他的阿斯蒂酒。"外公转身对他两个小姨子说。"什么，我们怎么没有感谢他？我以为，私底下，我甚至用颇为巧妙委婉的方式传达给他了。"芙萝拉姨婆回应。

"对，你打点得非常好，我当下佩服得很。"赛琳娜姨婆说。

"话说你也是啊，你也表现得很好。"

"没错，关于亲切邻居那段话，我还颇为得意呢！"

"什么？那就是你们所谓的感谢？！"外公惊呼，"我的确听到你们说了那些话，但鬼才相信你们那是在感谢斯万。不必怀疑，他根本什么都没听懂。"

"拜托，斯万又不笨，我确定他很欣赏我们的做法。只是我没办法跟他直接提起酒有几瓶，一瓶又是多少钱！"

　　我爸妈独处坐了一会儿之后，父亲说："好吧！要是你不反对，我们就上楼去睡吧！"

　　"如果你想睡的话，亲爱的朋友；虽然我毫无睡意。话说，那么一点咖啡冰激凌不可能让我这么清醒。不过，我看到仆人房里的灯还亮着，既然可怜的法兰索瓦丝还在等我，那么趁你更衣时，我去请她帮我解开马甲好了。"母亲于是打开位于楼梯旁衣帽间的格子门。没过多久，我听见她上楼关窗。我悄悄走进走廊，心跳得好快，几乎无法迈步向前；但至少这狂跳不再是源于焦躁难安，而是因为恐惧和喜悦。我看见楼梯间里映出妈妈手中的烛光。然后，我见到了她本人，于是冲上前去。第一瞬间，她惊讶地看着我，不明白发生了什么事。接着，她脸上露出怒意，对我甚至只字不语；其实，即便情况没这么严重，大家也会好几天不跟我讲话。若是妈妈对我开口说一句，那就表示大家获准再与我交谈。此外，在我看来，那一语不发或许更可怕，就如同一个征兆，意味着相较于正在酝酿的严厉惩罚，静默冷战、闹僵不愉快，皆像一场场儿戏。一句话，相当于冷静镇定的态度，用以回应刚刚决定开除的仆人；一个吻，原要献给送去参军的儿子，如果不得不跟他生两天气，还是要拒绝吻他这一下。但她听见父亲从厕所更衣后要上楼来，于是，为了避免他给我难堪，她愤怒得上气不接下气，对我说："走开，快走开，至少别让你父亲看到你像个疯子一样痴痴在等！"但我只反复要求她："来跟我说晚安。"同时也惊恐地看见墙壁上已映出父亲手中的烛光；但我也把他的逼近当成威胁手段，希望妈妈别再坚持拒绝，以免让父亲发现我还在那里，让她最终会对我说："回你房间，我等下就来。"一切都太迟了，父亲已来到我们面前。不经意地，我喃喃说了这几个没人听见的字："这下子我可糟了！"

事实并非如此。母亲和外婆对我的管教比较宽松纵容，往往她们已同意的，父亲却始终不肯答应，因为他并不在乎"原则"，也不讲"人权"，为了某种无关紧要的理由，甚至毫无理由，可以在最后一刻取消那么习以为常、那么约定俗成的散步，而夺走我散步时光的人不可能没有背信之嫌；又或者，就像他今晚又有的举动，离平时规定的时间还早，就对我说："好了，上楼去睡觉，没有什么好解释的！"不过，同样正因为他不守原则（我外婆所称的原则），父亲也不是真的事事都不肯妥协。他一脸惊讶和恼怒，瞪着我看了一会儿，然后，妈妈才正开始尴尬地向他说明事情经过，他就对她说："那你就跟他去吧！既然你刚好也说你还不想睡，那就去他房间待一会儿，我这边没需要什么。"

"但是，亲爱的朋友，"母亲怯怯地回应，"无论我想不想睡，都不会改变这件事，我们不该让这孩子习惯……"

"这不是要他养成习惯，"父亲耸耸肩，"你明明知道他心里难过，瞧这孩子一脸过意不去的样子。真是的，我们又不是刽子手！万一你把他弄出病来，可就有得瞧了！既然他房里有两张床，叫法兰索瓦丝替你铺好大床，你今晚就陪他睡吧！好了，晚安，我可不像你那么紧张兮兮，我要去躺下了。"

但我无法向父亲致谢，他称为过度敏感的这种行为可能会惹恼他。我待在原地，动也不敢动；他还在我们面前，身形高大，穿着白色睡袍，还有那条自从他患了神经痛之后，便缠在头上的粉红与紫色相间的印度克什米尔长巾，站姿就像斯万先生送我的那幅贝诺佐·戈佐利①版画中的亚伯拉罕，先知正告诫撒拉必须离开以撒身边②。那已是距今多年前的事了。楼梯间里，映升出他手中烛光的那面墙早已不在。我自身亦有许多我以为应会始终持续的事物已然毁去，一些新事物另外建起，产生出新的痛苦与喜乐，然而当时的我无法预见，同样的道理，后来的我也觉得旧事物变得令我难以理解。同样也已是许久之前，父亲已不再对妈妈说："跟孩子去吧！"那样的时刻永远不可能为我再现。但是，最近开始，如果倾耳凝听，我又非常清楚地感受到我在父亲面前强行忍住的阵阵啜泣，等到我独自和妈妈共处时才放声大哭。事实上，那啜泣从未止息，只是因为如今周遭生活对我更加缄默，于是我才得以再次听见，一如修道院的钟鸣在白日被城市的喧嚷严密地盖过，让人几乎以为钟铃停摆，但在寂静的夜里复又阵阵回荡。

那一夜，妈妈在我房里度过。在我刚犯下那么大的错，本以为此后不得不离开这个家时，我的父母赐给我的，却远胜于所有我曾因表现良好而从他们那儿得过的奖赏。即使在施恩给赏之际，父亲对我的处置方式依然带有那么一点典型的任意独断和失当。这是因为那些做法是意外遵守礼教的结果，并非出于深思熟虑的计划。也许甚至连我在被他命令去睡觉时常说的，他的那种严厉都不似我母亲或外婆的严厉那么名副其实；因为比起她们，父亲的某些本质与我的差

---

① 戈佐利（Bonozzo Gozzoli, 约 1421—1497）位于比萨墓园的壁画巨作描绘了《圣经·旧约》各章节情景，但在第二次世界大战中遭毁。

② 参阅《创世记》第 17 章。

异较大，很可能直到当时他都猜想不到我每天晚上有多么可怜。这个情况母亲和外婆十分清楚，但她们确实很爱我，所以不答应为我挡住痛苦，反而想教我去掌控那痛苦，以便减轻我的神经敏感，增强我的意志。至于父亲，他对我的慈爱则是另一种；我不知道他是否有同样的勇气：总算有这么一次，他终于明白我的忧伤，立刻对我的母亲说："那就去安慰他吧！"那天晚上，妈妈待在我的房间，而且那几个小时与我原本能有的期待实在太不一样，仿佛为了不让丝毫悔意糟蹋这段时光似的，当法兰索瓦丝看见妈妈坐在我身边握着我的手，任我尽情哭泣而且未加责备时，她了解到事态并不寻常，于是问道："夫人，少爷怎么哭成这样？"妈妈这么回答："他自己也不知道，法兰索瓦丝。他神经太过紧绷了。快去把大床铺好，然后上楼去睡吧！"于是，生平第一次，我的愁绪不再被视为应受惩罚的过错，而是一种非自愿的缺陷，刚得到正式承认，可比一种不能怪罪于我的紧张状态。我卸下心中大石，苦涩的泪珠从此不再需要掺杂疑虑和顾忌，我可以不带罪恶感地哭泣。面对法兰索瓦丝亦然，我的自豪之感已非同日可语：在妈妈拒绝上楼来我房间，还轻蔑地派她来回应说我该睡觉了的一个小时后，这番有人情味的翻转提升了我的高度，让我生出了大人一般的自尊心，让我一下子晋升到多愁善感的青春期，泪水从此得以解放。我本该高兴才是，但我没有。我觉得母亲似乎刚对我做出首次的让步，那对她而言应该很痛苦；那也是她首度放弃先前对我的寄望；还有，第一次，那么勇敢地，她坦然认输。我觉得若说我刚赢得了一场胜利，那都是因为我对抗的是她；我如同疾病、忧伤或年岁可能造成的那样，成功地松懈了她的意志，软化了她的理智；而一段新时期就此展开的那一晚，终将永远是一个可悲的日期。若是我当时够勇敢，就会对妈妈说："不，我不要，你别睡在这里。"但我也晓得她拥有讲求实际的智慧，也就是今日所谓的现实，能调和外婆赋予她的那股热烈、激昂的理想主义性格；我也知道，如今既然木已成舟，她宁可让我至少品尝到平抚心灵的快乐，而不是去打扰我父亲。的确，那天晚上，当她如此温柔地握住我的手，试着止住我的泪水时，她美丽的脸庞仍散发着年轻的光彩；但正因如此，我觉得不该是这样。比起这份我孩提时未曾体验过的全新温柔，她的怒气反而让我不那么难过。我觉得自己仿佛刚用一只暗暗亵渎的手，在她的心灵画下了第一道皱纹，让那里长出第一根白发。一想到此，我哭得更是伤心。然而，我却看到一向不肯对我表现出丝毫心软的妈妈，突然被我软化的态度打动，试着忍住流泪的冲动。她自觉我已发现，便笑着对我说："这才是我的小黄毛，小金丝雀。要是再这样继续下去，可就要把妈妈变得跟他一样傻里傻气了。好吧，既然你不想睡，妈妈也不想睡，那我们就别一直这么心烦意乱的，不如做点什么。拿一本你的书来读吧！"不过我的书都不在手边。"如果我把你外婆原本要留到你的命名日①才给你的书先拿出来，你会不会觉得扫兴？好好考虑清楚：后天要是什么都没收到，真的不会失望？"相反地，我欣喜极了。于是妈妈找来一箱书。透过包装纸，我只能猜测到书本的开幅短而宽；虽然外观稍嫌粗略，而且视线受到遮蔽，但初步看去，这些书卷益友已使得新年的彩色笔盒和去

----

① 天主教传统，庆祝与本人同名之圣人的纪念日。

年的蚕宝宝相形失色。那里面有《魔沼》《弃儿法兰斯瓦》《小魔女》《乡间乐手》。后来我才知道，外婆原先选的是缪塞的诗集、鲁索的一本书和《印第安纳》[①]；因为她虽断言阅读没有用的书就跟糖果和糕点一样有害健康，倒不认为天才的伟大灵气对一个孩子的心智影响，会比野外的空气和汪洋海风对他身体的作用来得危险，而且强健之效也不逊色。但父亲在得知外婆想给我的是哪些书之后，几乎把她当成疯子看待，于是她又亲自返回位于茹伊－勒－维贡特的书店，以免我收不到礼物（那天天气燠热，她回到家后相当难受，医生叮嘱我母亲别再让她这么劳累），改换了乔治·桑[②]的四本田园小说。"女儿啊，"她对我妈妈说，"我总不能硬着心肠，给这孩子看些写得不好的东西。"

事实上，她决不妥协去买任何对智力毫无益处的东西，尤其着重美丽事物带来的智性启发：那些物品教我们别止于对舒适与虚荣的满足，应从他处另寻乐趣。甚至在需要赠送某人一份所谓实用的礼物时，像是一张扶手椅，一套刀叉，一根拐杖，她也总要找"老旧的"，仿佛那物品的长期废弃状态可抵消实用性，显得更像是用来对我们诉说前人昔时的生活，而非为了满足我们的现实所需。她原本希望我房里能挂些建筑史迹或是绝美风景的照片。但在采购时，尽管

---

① 这五本书原名依序为 *La Mare au Diable, François le Champi, La Petite Fadette, Les Maîtres Sonneurs, Indiana*，皆是乔治·桑之作。

② 乔治·桑（Georges Sand, 1804—1876），原名阿曼蒂娜－露西－奥萝尔·杜班（Amantine-Lucile-Aurore Dupin），19世纪法国女小说家，著作丰富且类型多样，晚期偏好田园小说创作，文字饶富牧歌气息。她生活前卫，不畏世俗眼光，喜爱以男性穿着出入巴黎社交圈，并采用男性化笔名，与音乐家肖邦及诗人缪塞的恋情至今为人津津乐道。

照片呈现的内容有其美感价值，她还是觉得照片摄像机械化
的呈现模式让庸俗感与实用性太过凸显。她试着权宜变通：
若不能完全消除商业性质带来的平凡俗气，至少要把那庸俗
感降到最低，将最大那部分仍以艺术取代，并将多层次的
艺术"厚度"导入其中：她舍沙特尔大教堂①、圣克卢公园②
的大喷泉、维苏威火山的实景照片不挂，反而向斯万打听，
是否有哪位大画家曾画过这些风景，宁可给我的照片上呈
现的是柯罗画笔下的沙特尔大教堂，于贝尔·罗贝尔③的圣
克卢大喷泉，透纳④的维苏威火山，借此多提高一个艺术层
次。但在表现建筑杰作或自然风景之事上，若是摄影师被排
除在外，换以一位艺术大师上阵，他便有权回到岗位，翻拍
出这幅艺术之作。沦至庸俗的大限到来，外婆仍会试图尽量
延期。她问斯万那幅作品是否已被制成版画，可能的话，最
好是古老的刻版，而且附带某种超越画作本身的好处，比方
说，呈现一幅经典如今再也无法得见的状态（例如摩根⑤在
壁画原作损坏之前雕刻制版的达·芬奇《最后的晚餐》）。不
得不说，以这种思维来理解赠礼的艺术，成果并非每次都十

---

①　建于公元 12 世纪、位于法国巴黎西南约 70 公里的沙特尔大教堂，据
传圣母玛利亚曾在此显灵，教堂保存了玛利亚的圣衣，是西欧重要的天主教圣母
朝圣地之一。1594 年，亨利四世在此加冕为法国国王。

②　圣克卢公园（Parc de Saint-Cloud），占地四百多公顷，是位于巴黎附
近的自然生态保护区。

③　罗贝尔（Hubert Robert, 1733—1808），法国 18 世纪主流画家，庭园
设计师，曾任卢浮宫前身的国立中央艺术博物馆馆长。

④　透纳（William Turner, 1775—1851），英国浪漫主义风景画家，作品影
响后期印象派绘画发展甚深。

⑤　摩根（Raphaël Morghen, 1761—1833）曾在 1800 年将达·芬奇绘于米
兰恩宠圣母修道院的壁画《最后的晚餐》刻版复制，让保存状态恶劣的经典画作
得以流传。

分出色。根据一幅提香①以潟湖为背景的画作，我对威尼斯的想法必然远不如单纯的照片所给我的来得精确。每当姑婆想控诉我外婆，总会提起根本无法清算家里有多少张扶手椅是她原本要送给刚订婚的年轻伴侣或年老夫妇的，人家才第一次试坐，椅子就立刻被其中一位受赠者给压垮。但对一件还能辨识出一朵小花、一抹微笑，有时甚或是对往日时光的美丽想象的木工家具，要是过分在意它的坚固性，外婆应该会觉得这么做就显得小家子气了。甚至，这些家具对应实际需求的方式，由于是我们已不习惯的方式，更令她为之着迷：就好比一些老派的说法，我们可从中看出现代语汇中被习惯磨耗得不复存在的某种隐喻。然而，正巧，她打算在我的命名日给我的那些乔治·桑的田园小说，就如同一件古家具，充满各种已经过时的说法，因而又变得意象丰富，因为此后只能在乡间找到。外婆在购买礼物时觉得这些书比别的好，就像她更乐意租下的地产上建有哥特式鸽舍，或是某样对精神思想产生有益影响的那种老东西，能给她一种怀旧之感，仿佛穿梭时光，进行不可思议的旅行。

妈妈在我床边坐下；她选了《弃儿法兰斯瓦》。暗红色的封面和难以理解的书名让我觉得这本书有鲜明的个性和神秘的特质。之前，我从未读过真正的小说，而我曾听说乔治·桑属于小说家之流。因此我已开始想象《弃儿法兰斯瓦》中会有某种无法定义而且美妙的东西。刺激好奇或感人

---

① 提香（Tiziano Vecellio, 1488—1576），文艺复兴后期威尼斯画派的代表画家，题材涵盖肖像画、风景画及神话、宗教主题的历史画，他对色彩的运用对西方艺术影响深远。

肺腑的叙事手法，引发担忧与哀伤的某些表达方式，凡是稍具素养的读者都能辨认出来，因为那是许多小说通用的模式；这些在我看来都很简单——我不将一本新书视为是一种同类众多的物品，而是看作一个独一无二的人，只为自己而存在——那正是《弃儿法兰斯瓦》散发出的惑人特质。在那些如此日常的事件、如此平庸的事物，如此通俗的文字之下，我感受到仿佛有一种抑扬顿挫，一种奇特的强调语气。情节开展，在我看来十分晦涩不明；那是因为，在那个时期，我读起书来经常持续好几页都在胡思乱想，如此心不在焉使得故事留下了坑洞空缺，而妈妈为我朗读时又跳过所有恋爱场景。此外，磨坊女主人和孩子两人之间对彼此的态度有了改变，而那所有古怪的变化只能在一段初萌芽的恋情发展中找到解释①，也让我觉得那是某种深奥之谜刻下的痕迹。我自然而然地想象，这谜的源头应该在于"弃儿"这个我从没听过、又那么柔和的名词，不知为何，那成了那孩子的称谓，在他身上映现出鲜明、紫红的迷人色彩。若说我母亲不是一个忠实的读者，对于她认为文笔流露真挚情感的作品，她可是令人赞赏的朗读者，朗读的诠释中带有敬意，而且简明朴实，声线柔美温和。就连生活中面对的并非如此激发她爱怜之心或赞叹仰慕的艺术品，而是凡人的时候，见到她如何为了顺应对方而偏离自己平常的嗓音、动作、言论，着实令人感动。依此类推，她那兴高采烈的模样恐怕会令那位失

---

　　① 在《弃儿法兰斯瓦》的故事中，幼时被遗弃的主角法兰斯瓦，在成年后爱上了当初照顾自己长大的磨坊女主人，也就是他的养母玛德莲，并在她成为寡妇后娶了她。

去孩子的母亲难受，提起命名日和生日可能让那个老人想到自己年事已高，关于夫妻家务事的闲话或许会令那名年轻学者兴趣缺缺。同样地，因为乔治·桑的散文里总嗅得出那种善良美意，那种崇高品德，那是妈妈从外婆那里得到真传、奉为生活中至高无上的坚持，而且要到很久之后，我才教会她别连在书本中也奉之为至高无上；她在朗读那些篇章时，也留心从她极其微弱的声音中排除掉所有可能有碍接收丰沛情感的装模作样，因应善美品德之所需，在那些仿佛配合她的声调写成，而且多亏了她的敏锐善感才得以完整的文句中，注入满怀自然不做作的轻柔，以及恢宏大度的温和。为了以恰当的语气处理那些句子，她恢复了本有的真挚腔调，预先做好准备，主导语句之流泻，那发自内心的声音并非文字能指引。多亏这语调，她能在朗读的同时顺带缓和动词时态带来的所有生硬感，让过去未完成式与过去简单式表现出蕴含在善意中的温柔，隐藏在柔情中的哀愁，将已近尾声的句子导向即将开始的下一句，时而匆促紧张，时而放慢音节的行进，尽管各个句子的音节数量不尽相同，她终究能调整成一致的节奏。她为这篇如此平凡的散文体文字注入了感性而且源源不绝的生命气息。

我的愧疚感已得到平抚，于是放心享受妈妈陪在我身边的这个甜蜜夜晚。我知道这样的夜不可能再现；而当时，这世上最让我渴望的事，莫过于将妈妈留在我房间里，陪我度过这寥寥长夜，我也知道这份奢望过分违反了生活所需及众人的心愿，所以那晚获准的梦想成真纯属人为例外。明天，我会再犯焦虑，妈妈也不会再留下来。但焦急之情一过，我也不懂自己为何会如此，再说，明天晚上还那么远。我心想：之后还有时间可以考虑的，虽然这段时间完全不能多带给我什么能力，而那并非我的意志力所能左右之事，并且只有这段暂时替我挡住焦虑的间隔，让我觉得较可能避免再陷入其中。

.

　　就像这样，很长一段时间里，每当夜半清醒，再度回想起贡布雷时，我再见到的总也唯有这样一片亮光，在朦胧幽暗当中清楚浮现，宛如火焰弹的火光，或是电子探照灯的光束，照亮了屋子，区隔出其他仍深陷漆黑之处：在相当宽广的底层，小沙龙、餐厅、那条阴暗小径的开端，将从那儿走来的斯万是无意间使我烦忧的始作俑者，还有衣帽间，我慢慢走至尽头，从那里踏上楼梯第一阶，那么残酷地非得爬上它不可。那道楼梯独力构成这座不规则金字塔极为狭窄的锥台，而塔的顶端即是我的卧房和小走廊及玻璃门，妈妈便从那里进来。一言以蔽之，总是在同一时间见到那亮光，从周围可能有的一切隔离而出，孤立于漆黑之上的，是我更衣就寝时分那场大戏绝对必要的场景（就像那印在去外省巡演的老戏码剧本上的首行提示），仿佛贡布雷不过是一道窄梯联结起来的两层楼，仿佛那里时间永远是晚上七点。说实话，若有人问起，我本可回答他：贡布雷还包含其他事物，也存在其他时刻。但由于日后我记起的一切都将仅只源于自主的记忆，属于智性的记忆，而且由于这记忆提供的讯息完全不含那段过去，我本来绝不会出现去细想其余这个贡布雷的念头。这一切对我而言其实皆已逝去。

　　永远逝去了吗？有此可能。

　　这一切当中有许多偶然，而第二种偶然，我们自身的逝去，通常不允许我们长久期望第一项偶然带来的好处。

我觉得凯尔特人的信仰十分有道理：他们相信我们失去的那些人的灵魂，都被禁锢在某个较低等的生物当中，困在一头动物，一株植物，一样无法灵动的东西里，对我们而言，的确已然消逝。直到有一天，对许多人来说永远不会到来的一天，我们刚好经过那棵树，或拥有困住他们的那样东西。于是他们骚动起来，呼唤我们，一旦我们认出他们，魔咒就被破除。被我们拯救的灵魂克服了死亡，回来与我们一起生活。

我们的过去也是如此。试图追忆过去是枉费心机，穷尽智性必徒劳无功。过去隐身在其领域和范围之外，寄寓于某项我们意想不到的实质物体（于这项实质物体带给我们的感受）。这项物体我们能否在死前遇见，或根本遇不见，但凭偶然决定。

早在许多年前，关于贡布雷，凡不属于我就寝前那场大戏和那情节的一切，对我皆已不复存在。某个冬日，回到家时，母亲看我很冷，即使有违我的习惯，仍提议让我喝一点茶。我起初拒绝了，但不知为什么又改变了主意。她派人找来一块叫做小玛德莲的那种胖胖短短的蛋糕，那似乎是用圣雅各伯大扇贝的贝壳当模子压出了条纹。没过多久，没多做想，饱受镇日的阴郁湿冷及对明日的悲观折磨，我举起茶匙，将一小块用茶汤浸软的玛德莲送进嘴里。就在那口混合着蛋糕碎块的茶汤触及上颚那瞬间，我全身一阵轻颤，全神贯注于出现在我身上的非比寻常现象。一股美妙快感全面袭来，让我与世隔绝，我对其成因却毫无头绪。这股感受瞬间使我生命中的潮起潮落变得无所谓，使灾厄无害，使生之短暂化为虚幻，一如恋爱的效用，使我全身充盈一份珍贵的精华：或者应该说，这精华并不在我身上，我即是那精华。我不再自觉平庸，无关紧要，不是个终将一死的凡人。如此强大、充沛的喜悦究竟从何而来？我觉得它与茶和蛋糕的滋味有关，但又远远超乎其上，性质应该不同。从何而来？意味着什么？可从何处领略？我又喝了一口，觉得比起第一口毫无增色，第三口给我的感觉又比第二口还更少些。我该就此打住了，茶汤的效力似乎在逐渐消退。我追寻的真相显然不在于它，而在于我。茶唤醒了真相，却不认识它，只能模糊地依样重现我不知如何诠释的那份相同体悟，而且力道越来越弱。而我希望至少能够，等过了一会儿之后，再次要求它出现，完好无缺，随我所欲，得以明确厘清定案。我放下茶杯，回过神来。真相要靠神智去寻找。但怎么找？严重的不确定感；当神智这个追寻者即为那该去寻找的阴暗国度，而在那里，毕生累积的知识派不上任何用场，他总有力不从心之感。追寻？何止如此，堪称创造。他面对的那事物尚不存在，且唯有他能实现，然后引入他的灵光之中。

　　我重新问起自己，这种陌生状态可能是什么？它并未带来任何合乎逻辑的证据，但那明显的喜悦至福之感、那真实之感当前，其他一切尽数烟消云散。我试着想让那感受重现。思绪将我拉回咽下第一匙茶汤时。我要求神智更努力，将散逸流失的感受再次带回。然后，为了不让任何事物破坏神智即将试图重新捕捉它的冲劲，我除却所有障碍，所有奇怪的念头，掩上耳朵，不让注意力受隔壁房间传来的噪音侵扰。但是，我感觉到神智逐渐疲乏，配合不上，于是反过来强迫它实行我原先拒绝的散漫放松，去想其他事情，在极端的最后一搏之前恢复元气。然后，再一次，我清空心神，重新呈上那依然鲜明的第一口茶汤的滋味，感觉到内在有种什么在轻颤，在移动，想往上蹿，像是从极深之处拔锚而起的东西。我不知道那是什么，但它缓缓上升。我感觉得到阻力，听得见这段路程沿途的骚乱。

的确，如此在我心底搏跳着的应当是意象，视觉记忆，它连接到这股滋味后企图继续跟随，一路追踪到我身上。但那挣扎跳动的记忆太遥远、太模糊了，若说我勉强瞥见难以捉摸的杂色漩涡搅混出的中性光泽，却无法辨识其形体，无法宛如请求唯一可能胜任的译者那样，请求它为我翻译出滋味，它那亦步亦趋的同伴，所见证之事；无法请求它告诉我，那究竟关乎哪种特殊状况，是过去哪个时代的事。

是否终能浮升至我意识清楚的表层？这份回忆，旧逝的那一刻，被一模一样的一个时刻从心底深处撩拨，触动，翻掀，那么远地吸引过来？我不知道。现在我什么也感觉不到，它停止了，也许又下沉了；谁知道它会不会再从它那漆黑深夜中升起？至少十次，我不断重新开始朝它探询。每一次，带我们绕过所有困难的任务、所有重要工作的软弱不坚总是劝我放弃，要我继续喝茶，只要想着今日的烦恼，想着明日的渴望，想着那些让人能毫无负担地反复思索的事。

突然间，那回忆浮现在我脑海。这股滋味是在贡布雷的那个星期天早晨（因为在星期天那天，去望弥撒之前我不出门），当我去雷欧妮姨妈的房间向她道早安时，她请我吃的那一小块玛德莲蛋糕，她先放进了她的红茶或椴花茶里沾湿一下。在尝到味道之前，见到小玛德莲蛋糕并未令我想起任何事。或许是因为在那次经验之后，即使没吃，我也常在糕点铺的托盘上见到它，它的形象已脱离贡布雷那段岁月，连结到其他较近期的时光；或许因为，这些弃置于记忆之外如此之久的回忆，没有任何残存，一切都已分崩离析；举凡形体——也包括那贝壳状小糕点，在那朴素又虔诚的褶纹之下，显得那么丰腴诱人①——皆遭废除，或者，沉睡不醒，失去扩张的力量，难以连结意识。但是，当生灵死去后，事物毁坏后，一段旧日过往留不下任何东西，唯有更微弱却也更猛烈，更不具象，更持久，更忠实的气味与滋味得以长久留存，如同幽魂，徘徊所有残骸废墟之上，回想、等待、期望，在它们难以捉摸的微小粒子上，不屈不挠地，扛起辽阔无边的回忆宫殿。

　　一认出姨妈给我的那浸过椴花茶的玛德莲滋味（虽然彼时我还不知道这段回忆为何令我如此快乐，而且迟至许久之后才发现其原因），她房间所在的那幢路旁灰色老房子立即如同剧场布景般浮现，就搭在面对花园的小楼后方，小楼原是为了我父母而在房子尾端加盖的（在此之前，我脑海中曾再见到的唯有那个截面）；随之而来的还有大宅，城镇，午餐前他们送我过去的那座广场，从早到晚无论晴雨我都会去买东西的那些街道，若是天气风和日丽我就会走的那几条路。这好比日本人那套游戏：他们在一个盛满水的瓷碗里浸

---

　　① 玛德莲蛋糕的起源众说纷纭。第一种说法是源自18世纪洛林地区一位名叫玛德莲的女仆，以这道临时以贝壳为模子烤出的简单甜点，挽救了公爵的宴会。另一说则是在圣雅各伯朝圣之路上，曾有一位年轻女信徒玛德莲以这条路线的象征物贝壳烘烤糕点，提供给辛苦的朝圣者充饥。此外，玛德莲一名源自《圣经》人物抹大拉的玛利亚（Marie de Magdala, Marie Madeleine），她是第一个见证耶稣复活的人。但基督教传统曾将她与其他拿香膏涂抹耶稣的女信徒混淆，进而视之为贪享肉体欢愉的象征。

入原本看不出是什么的小纸团，纸团一旦碰水就舒展开来，逐渐成形，染上颜色，各有不同形貌，或变成清晰可辨的花朵，房子，人物，一如所有正在我们家院子和斯万先生家的庭园里绽放的那些花，还有维冯纳河①的睡莲，以及小村里朴实的人们和他们的小住屋和教堂和贡布雷全镇及其周遭区域，全都有了形状与实体，连城带着花园，这一切全从我的茶杯涌现而出。

---

① 维冯纳河（Vivonne）是普鲁斯特虚构出的河流。现实中流经伊利耶—贡布雷的是洛瓦河（le Loir）。

二

　　贡布雷，远远地，在方圆十里之外，当我们在复活节前的那星期过来时，从铁路望去，整座城浓缩仅成一间教堂，远远地代表此城，述说此城，为此城发言；而在我们接近后，则宛如圈着绵羊的牧羊女，将脊背长着灰色羊毛的房屋聚集成群，用她高高的暗色长斗篷紧紧罩住，在旷野之中，抵挡大风；那些屋舍由一道中世纪的城墙遗迹，这里一段那里一段地围起，与早期尼德兰画派作品中的小城一样连成完美的环状。贡布雷住起来有点阴郁，比如街道两旁房屋是以当地所产的灰黑石块建造，屋前有阶梯，顶上的山墙遮出屋影，路上因而显得阴暗，一旦日头西斜，就得把"厅里"的窗帘拉起；街道严肃地以圣人为名（其中好几位与贡布雷建城之初的历代领主有关）：圣依拉略街、姨妈家所在的圣雅各伯街、花栏杆大门对着的圣贺德佳街，以及花园侧边小门所对的圣灵街；贡布雷这些街道存在于我记忆中如此隐僻之处，涂上的色彩与如今这世界对我披露的如此不同，以至于在我看来，这些色彩以及耸立其上、正对大广场的教堂，其实尽数皆比魔幻灯的投影更不真实，以至于在某些时刻，我觉得，若还能穿越圣依拉略街，能在飞鸟街租一间房间——"中箭之鸟"那家老旅馆，从地窖通风孔窜出一股厨房的气味，偶尔还从我心底升起，依然那样断断续续，热气蒸腾——比起和戈洛打交道，以及和洁妮维艾芙·德·布拉邦闲聊，这样的想象力更是通往彼界神奇的超自然入口。

　　我们住在外公的表姊家——也就是我的姑婆——那位雷欧妮姨妈的母亲。自从姨妈的先生欧克塔夫姨丈去世后，她便不肯离开；先是离不开贡布雷，然后离不开贡布雷的家，然后离不开她的房间，然后离不开她的床，再也不肯"下楼"，她总是躺卧着，陷入朦胧的悲伤、身体耗弱、病恹恹、想法偏执又信仰虔诚的状态。她日常起居的寓所面朝圣雅各伯街，街底通向很远之外的大草坪（对比城中心夹在三条街之间的绿地小草坪），而这条街，一成不变，灰暗，几乎家家户户门前都有三阶高高的砂岩阶梯，有如一名擅长哥特式图案的石匠在本可刻成圣婴马槽或耶稣受难像的石头上凿出了一条隧道。姨妈住的其实只有相邻的两个房间，她整个下午都待在其中一间，而当这间需要打开门窗透气时，她便会去另外一间。就是那种外省常见的房间——一如有些地区，空气或海面彻底被肉眼不可见的无数原生生物照亮或熏香——用千百种气味迷惑我们，散发出美德、智慧、习性，一整个氛围悬浮不定、秘密、无形、丰盛有余且保有传统风俗的生活；当然，还有自然的气味，以及光阴的色彩：类似附近乡村的房间，但已充满居家感，饶富人味且幽闭，一整年中的各种水果离开了林地，进驻橱柜，以其制成的极品果冻，工业生产，澄澈透明；依季节变换，但讲究家具和住家内部，以热面包的舒适温暖来调校雪白霜冻的冷冽刺骨；慵懒而精准，如一具乡村老爷钟，四处悠哉且有条不紊，无忧无虑又深具远见；属于被单，属于早晨，虔诚，快乐，带着一种平添焦虑感的静谧和散文风格，对只是暂时经过、并未生活其中的过客来说，那可是一座诗意大宝库。那里的空气饱含极致的寂静，如此滋养，如此多汁，所以在朝它而去时我总是垂涎不已，尤其是复活节那周的头几个尚且寒冷的早晨，我更能尽情享用，因为我才刚抵达贡布雷：在进门向姨妈问安之前，他们要我在屋子第一个房间稍等；在那儿，阳光仍只是冬阳，它来到炉火前取暖。炉火已在两块砖之间点燃，将整个房间抹上一层炭黑的焦味，让它变得像是乡村那种大"烤炉架"，或是像城堡里那种壁炉台，你窝在下方时会希望气象宣告外面有雨、下雪，甚至酿成了一点水灾，好为离群索居的舒适自在更添一股冬日诗意。我从小跪凳朝那几张压花天鹅绒沙发挪了几步，每张椅背上仍各自挂着一只毛线钩织的头枕。熊熊炉火像是烤着面团似的烤出可口的香气，其中，房间的空气酥酥脆脆，先前经过灿烂的晨阳与湿冷凉意作用"发酵"；炉火将这些香味层层擀薄，烤得金黄，折出百褶，使之膨胀，制作出一个肉眼虽看不见、但能实体感受到的外省乡镇风糕点，一个巨型的"香颂千层派"[1]，置身其中，一尝到发自衣柜、抽屉柜和枝丫图案的壁纸最酥脆、最细致、最有名，却也最辛涩的香气之后，因为怀着暗暗的贪念，我总是又复返沦陷在花布床罩那中性、黏稠、平淡、难以消化，带点果香的气味里。

　　隔壁房里，我听见姨妈低声自言自语。她说话向来小声，因为她相信自己脑子里有东西破裂了，悬浮着，倘若

---

　　① 香颂千层派（Chausson），是一种半月形夹馅千层派，法文原义为室内拖鞋，据说因发明这种甜点的地区地理形状与拖鞋相似而得名；另一说，其制作过程中将馅料塞入面皮，如穿拖鞋，因此得名。

说话太大声，恐怕会使其位移。但尽管独自一人，她也从来无法许久都不说点什么，因为她相信说点话对她的喉咙有益，而且在防止血液停滞的同时，也能让她较不受胸闷和焦虑之苦。再说，活在完全麻木无感的世界里，出现丝毫感受，她都看得异常重要，赋予那感受一种活动性①，这使得她难以独自拥有，但又没有值得信任的人可分享，于是她向自己宣告，说着没完没了的独白，那是她唯一的活动。不幸的是，养成大声思考的习惯后，她每每忘记要注意隔壁房间里有没有人，我常听见她自言自语："我得好好记得我没睡觉。"（因为从来不睡觉是她天大的谎称；为了保持对这一点的尊重，我们共同的用语也留有痕迹：早上，法兰索瓦丝不是来"叫醒她"，而是"进到"她的住所；当姨妈想在大白天睡个午觉时，我们会说她想"思考"或"休息"；一旦聊到自己都忘记、脱口说出"唤醒我的是……"，或者"我梦见……"，她就会脸红，然后尽快改口。）

等了一会儿之后，我进房向她亲吻问安，法兰索瓦丝去为她泡茶；或者，如果姨妈那天觉得比较浮躁难安，就会请她改泡花草茶，而我则会被派去将所需要的干椴花叶分量从草药包倒进盘子里，接着放入滚水中。椴花枝叶经水泡开，卷曲成一面变化多端的格网，淡色花朵从这面交缠的网中舒展开来，仿佛经过某位画家的安排，摆放成最有装饰价值的模样。叶片，因为已失去原貌或变了样，看起来无比散乱，有如一片透明的苍蝇翅膀、一张标签的白色背面、一片玫瑰

---

① 活动性（motilité），又称运动性或移动性，生物学术语，意指能自发且独立地移动。

花瓣，但已被折压、碾碎或编织，有如打造一只鸟巢。上千个无用的细碎枝节——多亏药房老板迷人的挥霍大方，若是假货，这些细碎枝节多半会在备制过程中除去——宛如在一本书中惊喜地读到一个熟人姓名，赋予我十足的乐趣，让我明白那是真正的椴树枝叶，一如我在车站大街上看见的；枝叶之所以变了形状，正因为它们不是赝品，而是真正的枝叶，只是老化罢了。每项新特征都只是某项旧有特征的变形。在灰色的小团里，我认出了未能开花的绿苞；但更甚的是，温柔、映着月色般的粉红光彩，让花朵从易碎的枝叶丛林中凸显出来。椴花吊挂枝头，宛如一朵朵金色小玫瑰——如同映照在城墙上的微光还能揭示一面已被消抹的壁画位置那般，那是讯息，指出了树木各部位间的不同，有些已经"着上色"，有些还没——告诉我，后来缀满药房的花草茶袋、熏香春天傍晚的正是这些花瓣。这如还愿烛火焰的玫瑰粉依旧是它们本有的原色，但已褪去一半，凋谢，成了如今这副萎缩的生命，一如花之迟暮。不久后，姨妈便能在她品尝枯叶或凋花滋味的滚烫茶汤中浸入玛德莲，等泡得够软后，递一小块给我。

　　她的床边摆有一座柠檬木制的黄色大抽屉柜，以及一张桌板，既像药房柜台又可充当主祭坛，上面摆了一小尊圣母雕像和一瓶薇姿矿泉水，还有弥撒用的经书和医嘱药方，让她卧病在床时也能按时上主日课，并按处方控制饮食所需的一切，这样既不会错过服用胃蛋白酶的时间，也不会漏了晚祷。床的另一侧沿着窗，街景皆在她眼下。为了排遣无聊，她像个波斯王子似的，从早到晚阅览着贡布雷街上每天发生、却遥远得无法追忆的地方日志，跟法兰索瓦丝一起评论。

相处不到五分钟，姨妈便打发我离开，怕我劳累了她。她将她那苍白又愁惨的额头凑近我唇边；在早晨这个时刻，她还没戴上假发，椎骨穿出发丝，宛如荆棘冠上的尖刺，又像念珠串上的链珠。她对我说："好了，可怜的孩子，走吧，快去准备望弥撒；你下楼后要是遇见法兰索瓦丝，告诉她别跟你们消磨太久，叫她尽快上楼来看看我有没有什么需求。"

的确，法兰索瓦丝，多年来一直伺候着她，那时没想到自己有朝一日会完全来我们家帮佣。当年，我们在贡布雷那几个月，她会稍微抛下姨妈。童年时期，在我固定去贡布雷以前，雷欧妮姨妈冬天还常来巴黎住她母亲家。那时，我可说根本不认识法兰索瓦丝，所以，一月一日那天，在去姑婆家之前，母亲放了一枚五法郎硬币在我手里，对我说："千万别认错人。等听到我说'日安，法兰索瓦丝'才能给她。说的同时，我也会轻轻碰一下你的手臂。"我们才刚踏进姨妈家阴暗的候客室，就瞥见幽暗中，在一顶亮眼、直挺、又仿佛糖丝般易碎的皱褶绑带帽下，一抹提前表示感谢的微笑有如一圈圈同心圆涡流在荡漾着。是法兰索瓦丝，静止不动，站在走道小门的门框中，宛如神龛里的一尊圣人雕像。等到稍微习惯这种小教堂式的幽暗后，拿到新年红包的希望在她心中最善良的一隅激发出的对人类无私的爱，以及对上流阶层的柔软敬意，皆逐渐能从她脸上辨识出来。妈妈用力掐了一下我的胳臂，大声说："日安，法兰索瓦丝。"听到这个信号，我的手指张了开来，硬币掉落，而过来接住硬币的那只手慌乱失措，但伸得又直又长。不过，自从我们常去贡布雷之后，我认识的人当中就属法兰索瓦丝最好了。她特别偏爱我们，至少在最初那几年，她对我们的态度就跟对姨妈一样重视，甚至还更积极，因为我们除了具有家族成员的荣誉资格（对于血脉在一个家族各成员之间造成的那种无形羁绊，她抱持着对希腊悲剧一般的尊敬），有别于她平日服侍的主人们之外，还多了一股魅力。而且，我们抵达那天，她在迎接我们的时候是多么欢喜啊！当妈妈问起她女儿和侄儿们的消息，问她外孙乖不乖，打算让他做什么，长得跟他外婆像不像时，她嘴里则抱怨着天气怎么还不转好。那是复活节前夕，通常刮着刺骨寒风。

当众人皆已散去，妈妈知道法兰索瓦丝仍在为已作古多年的父母哭泣，便温柔地跟她聊聊他们，详细地问起他们在世时的千百样大小事。

她早已猜到法兰索瓦丝不喜欢女婿，因为他破坏了她和女儿相处的乐趣，而且只要有他在场，她就没办法畅所欲言。此外，当法兰索瓦丝要去离贡布雷几里路外探望他们时，妈妈笑着对她说："法兰索瓦丝，朱瑞安要是得缺席，而您可以整天独占玛格丽特，您会觉得遗憾。不过，您也只好接受了，对吧？"而法兰索瓦丝也笑着说："夫人什么都知道；夫人比他们为欧克塔夫夫人弄来的 X 光还可怕（她装模作样地把 X 这个音发得很困难，带着自嘲的笑容，笑无知的自己使用这个专业字眼），那可以看出您心里有什么。"说完便不见踪影，因受人家的特意照顾而难为情，或许也是因为不想让人见到她掉泪。妈妈是第一个给她这份温柔感受的人，让她觉得，她的人生、幸福、一个乡下妇女的忧伤竟然也有其价值，成为除了她自己之外、另一个人喜悦或悲伤的动机。姨妈愿意在我们住在贡布雷的期间稍微让出法兰索瓦丝，因为她知道我的母亲对这位女仆的服务有多赞赏：她如此聪巧积极，一大早五点钟，戴着那顶管状褶裥亮眼又坚挺，看似素瓷制成的绑带帽在厨房操忙时，就跟去望大弥撒时一样漂亮。她什么事都办得妥善稳当，做牛做马，任劳任怨，但又无声无息，看起来不费吹灰之力，当妈妈要杯热水或黑咖啡时，姨妈的所有女仆当中，唯有她会真的热腾腾地端上来。她属于那种外人在一户人家初次接触时会最讨厌的侍仆。也许是因为这类仆人不愿费心去征服来客，对人不殷勤，他们很清楚自己对客人毫无可求，主人宁可不再接待这位宾客，也不会开除他们，而且因为体验过他们真材实料的本事，反而对他们最是仰赖，不会在意他们表面上要客套地唯唯诺诺地与访客闲聊，给来客好印象，虽说那闲聊底下通常藏着一颗无可教化的空洞脑袋。

法兰索瓦丝悉心留意，确定爸妈已享有一切所需之后，这才上楼到姨妈的居所，把她的胃蛋白酶给她，问她午餐想吃什么；她也很难得不需应姨妈要求，对某件重要大事提出自己的看法或解释：

"法兰索瓦丝，您猜怎么了？古毕尔夫人去找她妹妹，竟然晚了超过一刻钟才出门，万一这路上有什么事再耽搁一下，她要是在举扬圣体圣血仪式过后才到，我也不讶异。"

"欸！是没什么好惊讶的。"法兰索瓦丝回应。

"法兰索瓦丝，要是您早个五分钟上来，就会看见恩贝尔夫人路过。她提着的芦笋比一般的还粗上两倍，跟卡洛老妈家的一样；快去跟她的女仆打听打听，看是从哪里得到的。既然您今年每道汤品里都加了芦笋，也早该弄些那个品种的来款待我们的旅人。"

"没什么好惊讶的，那些芦笋应该是从本堂神父先生那里弄来的。"法兰索瓦丝说。

"啊！我是很愿意相信您啦，我可怜的法兰索瓦丝。"姨妈耸耸肩回应。"本堂神父先生！您很清楚，他只种得出又小又丑又不起眼的芦笋，我告诉您的那些可是粗得跟胳臂一样。不是您的胳臂，当然，而是像我这样瘦巴巴的手臂，它们今年又细了不少。"

"法兰索瓦丝，您没听见那阵教堂钟响吗？我的头都快裂了！"

"没有，欧克塔夫夫人。"

"啊！可怜的女孩，您的脑袋一定结实得很，可以感谢仁慈的上帝。是玛格隆娜来找皮佩侯医师。他立刻跟着她出去了，两人弯进了飞鸟街。应该是有孩子病了。"

"啊！那里，我的上帝！"法兰索瓦丝叹了口气。听到人家谈起陌生人的不幸遭遇时，尽管发生在遥远的某处，她也无法不以哀叹开场。

"法兰索瓦丝，这丧钟究竟是为谁敲响？啊！我的上帝，大概是鲁梭夫人，我这才想起她那天晚上才过世。啊！仁慈的上帝召唤我的时候到了，都不知道我可怜的欧克塔夫过世之后，我这脑袋是怎么回事。话说，我这是在浪费您的时间，好女孩。"

"才没有，欧克塔夫夫人，我的时间没那么宝贵。造出时间的那位可没把它卖给我们。我只是要去看看我的火有没有熄掉。"

像这样，在这场晨间剧中，法兰索瓦丝与我姨妈一起欣赏当天最先上演的事件。但这些事件有时会染上某种极其神秘、沉重的特质，使得姨妈等不及法兰索瓦丝上楼，四声响亮的铃声于是在满屋子回荡。

"可是，欧克塔夫夫人，服用胃蛋白酶的时间还没到呢！"法兰索瓦丝说，"您哪里不舒服吗？"

"没有，法兰索瓦丝。"姨妈说，"还是这么说吧！有的。您也知道，我现在难得没有不舒服的时刻。哪天啊，我会跟鲁梭夫人一样，还来不及认清自己在哪里就过去了。不过，我按铃不是为了这个。您相不相信？我刚刚就像清清楚楚看见您一样、看到古毕尔夫人带着一个我完全不认识的小女孩。所以您快去卡穆家买两块钱盐巴。岱欧多不告诉您她是谁才怪！"

"话说，那应该是卜潘先生的女儿。"法兰索瓦丝说。她一早已经去过卡穆家两次，此时宁可立刻做个说明就好。

"卜潘先生的女儿！噢！我是很愿意相信您啦，我可怜的法兰索瓦丝！那么我会认不出她吗？"

"我说的不是大女儿，欧克塔夫夫人。我说的是小女儿，在茹伊住校。我今天早上好像就看见她了。"

"啊！这倒还说得过去，"姨妈说，"她应该是来过节的。就是这样！不必伤脑筋了，她就是来过节的。那么我们等会儿应该可以看到萨扎哈夫人来按她姊姊家的门铃，准备共进午餐。保准没错！我看见贾洛班家的男孩拿着一个派经过。看着吧，那个派是要送去古毕尔家的。"

"只要古毕尔夫人一有访客，欧克塔夫夫人，您没多久就会看到她所有的亲友进门去午餐，因为现在时间也慢慢不早了。"法兰索瓦丝急着下楼去准备午餐，并不懊恼抛下姨妈自己去迎接这即将发生的消遣。

"噢！起码要等到中午。"姨妈认命地回应，边朝挂钟望了一眼，眼中有一丝担忧，但一闪而逝，以免让人知道，早已放弃一切的她对得知古毕尔夫人要办午餐餐宴兴致却这么高昂，而且很可惜还得再苦苦等上一个多小时。"何况这还撞上我的用餐时间！"她低声喃喃自语。她的午餐自成一种消遣，她不希望同时还有第二种出现。"至少您不会忘记把鲜奶油焗烤蛋装在浅盘里给我吧？"只有浅盘才有主题故事的彩绘，姨妈喜欢在每一餐仔细端详当天送上来的盘上传说。她戴上眼镜，一面解读阿里巴巴与四十大盗、阿拉丁神灯，一面笑着说："很好，很好。"

"要我去卡穆家一趟也可以……"法兰索瓦丝这么说，明知姨妈不会再派她去跑腿。

"不用了，不必特地麻烦了，那一定就是卜潘小姐。我可怜的法兰索瓦丝，抱歉让您上楼来白跑一趟。"

其实姨妈很清楚，她按铃唤法兰索瓦丝上来并非全然无用。毕竟，在贡布雷，一个"完全不认识的人"就相当于神话中的神，令人难以相信其存在；而且由于人们不记得，这类惊异的显像每每出现在圣灵街或广场上时，种种严密的调查最终都会降低传闻之人的奇幻性，说来者是"一个有人认识的人"，或本人亲自认识、或抽象笼统的认识，因为知道这人的公民身份与某些贡布雷居民有某种等级的亲戚关系。是索顿夫人的儿子退伍回来了；是佩德罗神父的侄女出了修道院；是本堂神父的兄弟；是夏托丹来的税务官，刚退休，来这里过节。瞥见他们那瞬间，心想在贡布雷若出现大家完全不认识的人，只是因为我们当下没认出他们，或是没有能立刻认出他们的身份。然而，早在很久以前，索顿夫人和本堂神父就已提前知会，说他们很期待他们的"旅客"到访。晚上，回家上楼后，我将我们散步的情况描述给姨妈听，要是我不小心告诉她，我们在旧桥附近遇见一个外公不认识的男人，"一个外公完全不认识的男人！"她总会大声嚷嚷，"啊！我是很愿意相信你啦！"但这个消息有点令她动摇，她想确认好让自己安心，于是把我外公唤来。"所以，表舅，您在旧桥那里遇见的到底是谁？一个您完全不认识的人？"

"倒也不是，"外公回答，"他是普罗斯伯，布伊博夫夫人家园丁的弟弟。"

"啊！这样啊。"姨妈终于平静下来，有点脸红，带着嘲讽的微笑耸耸肩，补上一句："因为他告诉我，说您遇见一个您完全不认识的人！"而后他们就建议我下次说话要更谨慎，别再不经思考，以免像这样让姨妈心神不宁。在贡布雷，无论人畜，大家彼此如此熟识，以至于我姨妈偶然见到一只"她完全不认识的"狗经过时，也会挂心不已，将她感应推理的才华和空闲的时光耗在这难以理解的事情上。

"那应该是萨扎哈夫人的狗。"法兰索瓦丝说。她其实也不确定，只是想安抚姨妈，让她不要"想破了头"。

"说得好像我不认识萨扎哈夫人的狗！"姨妈回呛；她的批判精神不容事情就这么轻易放过。

"啊！那么应该是贾洛班先生从利雪镇新带回来的狗才对。"

"啊！这倒还说得过去。"

"听说是只乖巧听话的狗，"法兰索瓦丝又补上一句，这是她从岱欧多那儿打听到的消息，"很有灵性，简直跟人没两样，脾气好，又亲人，还有那么一点优雅。难得这么一只小畜生就这么会献殷勤。欧克塔夫夫人，我得先告退了。我没时间找乐子，就快十点了，我的炉子还没生火，而且还有一堆芦笋等着我削皮。"

"怎么着？法兰索瓦丝，又是芦笋？！您今年真是得了芦笋病，这样会让我们巴黎来的客人吃腻的！"

"才不呢，欧克塔夫夫人，他们很爱吃这个。他们从教堂回来之后就会胃口大开，您看就知道了，他们可没有吃得不甘不愿。"

"不过，说到教堂，他们应该已经进到教堂里了；您别再浪费时间，快去照料您的午餐吧！"

在姨妈这么跟法兰索瓦丝闲聊之际，我正陪着爸妈在望弥撒。我们的教堂，我多么喜欢、多么历历在目啊！我们从它古老的拱门进入，那拱门，黑黑乌乌，像把漏勺似的满目疮痍，墙角歪斜，深深凹陷（进门后通往的圣水池亦然），仿佛多少世纪以来村妇们走入教堂，身上的长袍和掬起圣水的羞怯手指反复轻抚，竟也积累出一股破坏的力量，折弯了石头，凿出了沟痕，一如马车车轮日复一日颠簸碰撞，在里程碑上留下的轮迹。教堂那些墓碑石板下方埋着贡布雷历任神父化成的高贵尘土，诗班席的地砖因而仿若有了灵性。墓碑材质不再冷硬且了无生气，已因历经岁月而软化，如花蜜一般淌出碑石边缘，一股淡淡的金黄溢过方形界线，在此迤逦漫流成一个缀花哥特大写字体，淹没大理石上的白色紫罗兰；超出之后，到了别处，这股流动被重新吸收，简略成拉丁文缩写石刻，为短略的字体排列增添了一份随意任性，使得一个字中的两个字母靠得太近，其他字母更早已膨胀变形。教堂的彩绘玻璃在阳光不太露脸的日子特别缤纷闪耀；因此，若是外面天色灰暗，教堂里必然明媚灿烂。其中一扇花窗整幅玻璃只画满一个人物，像扑克牌中的国王。在墙面结构雕出的窗遮下，他高高在上，活在天地之间（而在这扇窗投映出的蓝色斜光中——周间偶有几日，正午时分，没有弥撒祭礼，教堂难得通风、空旷，更显平易近人；阳光洒落在它贵重的桌椅摆设上更显华丽，好似一所有着石雕大厅和彩绘玻璃的中世纪风格旅馆，看起来几乎可供人居住——只见萨扎哈夫人来静跪了一会儿，一包以细绳严密绑好的东西就放在邻座的跪祷椅上；那是她刚从教堂对面的糕饼铺买来要带回家当午餐的咸酥烤点）。另一扇花窗里则有一座粉红色的雪山，一场战斗正在山脚下进行。雪山仿佛在玻璃上凝出了寒霜，混浊的冰霰使它显得膨胀，就像一面橱窗残留着几片雪花，闪耀着几许曙光（想必正是那朝霞染红了祭坛后方的屏饰，那色调如此清新，倒像是被户外一抹随时会消逝的微光暂时抹上，而非恒久以来依附在石头上的颜色）。那片片雪花皆古老无比，以至于这里一点、那里一点，处处可见它们的银白晚年闪烁多少世纪以来的尘埃，直至一丝一线，显现柔美的玻璃挂毯耀眼又陈旧的织锦。其中一格位于高处，分切成上百片长方形小玻璃，以蓝色为主调，有如一张大扑克牌，类似能供国王查理六世消遣一番的那种。不过，若不是一道光线的照耀，那就是我的目光在移转时穿透了忽明忽灭的玻璃，随处引燃一场飘移不定的艳火；下一瞬间，彩绘花窗已染上孔雀尾羽般多变的斑斓辉彩，然后颤动，波荡，幻化成一面耀眼如焰，而且神奇梦幻的雨幕，从阴暗的岩石拱顶沿着潮湿的壁面滴下，仿佛中殿里有一个洞穴，蜿蜒嶙峋的钟乳石群散发七色彩光；爸妈带着祈祷书，我跟着他们的脚步，穿梭其中。下一个瞬间，小小的菱形彩绘玻璃片变得透明澄澈，如排列在某种巨大胸饰上的蓝宝石般坚硬，牢不可破；但感觉得到，在这些玻璃背后，比这一切富丽堂皇更令人喜爱的，是阳光稍纵即逝的笑颜。无论在浸浴着珠玉宝石那湛蓝而轻柔的波光中，还是在广场的石板路或市集里的麦秆上，都能认出那闪现微笑的日光；而且，它甚至在我们于复活节前来到贡布雷后的头几个星期日，大地犹然荒芜漆黑之际，抚慰我心，宛如历史上的某个春天，圣路易后继者的时代，令这片金黄灿烂的勿忘草玻璃花毯盛绽。

两幅高挂的经纱壁毯上呈现的是以斯帖的加冕①（亚哈随鲁依传统被赋予了某个法国国王的特征，以斯帖则像是他爱上的某个盖尔芒特家族仕女），逐渐褪淡的颜色反倒增添了一种表情，一份立体感，一层亮度：以斯帖的唇上泛着一点粉红，溢出轮廓线条；她那袭裙袍上的黄色铺展得如此浓稠、如此油亮，以至于有了具体的存在感，猛然从压抑的气氛中凸显出来；树木的绿意依然在这丝线与羊毛线织毯的低处蓬勃盎然，但在高处已经"褪去"，颜色变淡的地方清楚凸显；深色树干上方，发黄的高枝金澄澄的，仿佛被看不见的斜阳照射硬生生消抹了一半。这一切，再加上辗转传至教堂的一些大人物的珍品，来自对我而言几乎堪称传奇的人物（那只黄金十字架，据说是圣安利日②所打造，由达戈贝尔特国王③献给教堂；日耳曼人路易④子嗣的坟墓，以斑岩

---

① 据《圣经·以斯帖记》记载，犹太人出身的以斯帖（Esther）是波斯国王亚哈随鲁（Assuérus）在废黜旧后之后另立的王后。她挡下大臣提议的犹太灭种计划，留下日后犹太人在普珥节（Pourim）纪念她的传统。

② 圣安利日（Saint Eloi, 588—660），金银匠的主保圣人。

③ 达戈贝尔特一世（Dagobert Ier, 602—639），法兰克王国墨洛温王朝国王。

④ 日耳曼人路易（Louis le Germanique, 804—876），查理大帝之孙，去世后得到日耳曼尼库斯（Germanicus）头衔，以代表他统治过曾为罗马帝国的大日耳曼尼亚地区，反映加洛林王朝认为他是罗马帝国合法后裔的主张。

和铜彩釉为素材），让我们在教堂里往前寻找席位时，就宛如一个农夫置身一座许多仙子曾经造访的山谷，眼见一块岩石、一棵树、一片池沼，处处皆留有他们超自然的行迹，因而惊异欣喜。这一切使得教堂在我心目中的地位与城镇他处完全不同：这幢建筑，若可以这么说的话，占据了一个四度空间——第四个维度即为时间——穿梭各世纪，一个区块一个区块地，一个礼拜堂一个礼拜堂地，展现其厅堂主体，它征服、穿越的似乎并非仅仅几米，而是一个又一个连接不断的时代，而它威风凛凛地从中杀出阵，将粗鲁野蛮的十一世纪吞进厚实的墙壁里，只在拱门附近从钟楼楼梯那道深深的裂口，露出那个年代被粗砾石塞满、遮蔽的沉重拱架；即使那个部分也被挡住：为了不让外人找到，一排排优雅的哥特式拱廊就像一群大姊姊，风情万种地挨挤在前，满面笑容地卡在一个粗俗、暴躁、穿着土气的小弟前面，让那曾经凝视过圣路易、而且仿佛仍看得见他的尖塔高耸入云，傲踞广场上空，地下圣坛则没入墨洛温王朝的幽幽古夜。岱欧多和他妹妹持着一根蜡烛，引领我们在阴暗、宛如一只巨大石蝙蝠满布粗壮翅脉的膜翅的拱顶下摸索踱步，为我们照亮西吉贝尔特[①]孙女的坟墓。坟墓上，一道深深的裂瓣——像是化石的遗迹——据说是"一盏水晶灯砸凿出的痕迹。法兰克公主遭谋杀的当晚，原本挂在当今半圆形后殿的吊灯从金链上脱落，但水晶却没砸碎，火苗也未熄灭，而是直接撞进了石块当中，就连坚石也只得软弱低头"。

　　贡布雷教堂的半圆形后殿，真的值得一提吗？它是那么

————————

　　① 西吉贝尔特一世（Sigebert I, 561—575），墨洛温王朝的法兰克国王。

粗朴，那么缺乏艺术美感，甚至引不起宗教上的激情。从外面看去，由于对面的十字路地势较低，教堂粗犷的墙面因此由一层地基垫高，砾石地基表面无一处平滑，满是尖锐的小石子，高墙也嗅不出丝毫特殊的教堂气息，感觉上玻璃窗洞又开得过高，整个墙面看起来不似教堂，反而更像一所监狱。当然，尔后当我回想起此生见过的所有宏伟半圆形后殿，从来不曾想到拿它们与贡布雷的相比。只是，有那么一天，在外省一条小路的转弯处，我瞥见正对着三条小路交错的路口，一面斑驳的墙垫高耸立，玻璃窗口高高在上，外观就跟贡布雷的后殿一样不匀称。那时，不比在沙特尔或兰斯①那样，我没有思索宗教感究竟是透过何种力量传达出来，却情不自禁地脱口喊出："是教堂！"

教堂！亲如家人，它在北门所在的圣依拉略街上与两栋楼比邻：哈邦先生的药铺和洛瓦佐夫人家，紧紧相连，毫不分离。若是贡布雷的街道编有门牌，这位单纯的居民应能在这条街上取得一个属于它的号码，邮差早上派信时，在去洛瓦佐夫人家之前和从哈邦先生家出来之后，似乎应该在此驻足才对。然而，在这教堂和所有非这教堂的一切之间有一条分界线，我的思绪从来无法穿越。尽管洛瓦佐夫人家的窗台上有吊钟花又如何？这些植物习惯不佳，垂头任由枝叶四处乱窜，花朵却不慌不忙地静待长到够大之后，将通红艳紫的脸颊倚上教堂阴暗的墙面舒爽镇凉；在我心目中，吊钟花也不至于因而神圣不可侵；在花朵与她倚靠的发黑石头之间，

---

① 兰斯（Reims），法国东北部大城，艺术文化与历史资产丰富。史上曾有31位法兰西国王在当地的主教座堂加冕。

就算我的双眼察觉不出一缝间隙，神智却早已在那儿预留出一道鸿沟。

圣依拉略教堂的钟楼远远即能辨识，它令人难忘的身影就标刻在贡布雷尚未显现的地平线上。复活节那周，从载着我们由巴黎前来的火车上，父亲瞥见它轮番划过天空中一条条云埂，塔顶的小风信鸡四面八方转动，便对我们说："来吧，收起毯子，我们到了。"贡布雷附近，在我们几条范围较大的散步路线上，狭窄的道路会在某地豁然开朗，通向一片辽阔平原，远方的尽头处零星散布的森林上方，仅见圣依拉略教堂露出钟楼细长的尖顶，但它如此细小、如此粉红，倒像是指甲在天空中刮出的一道痕迹，想为这幅风景，这幅纯粹天然景致的画面，添上这么一个小小的艺术记号，独一无二的人为标记。走近后，会发现方塔已毁损了大半，剩余的塔身没那么高，就残存在它旁边，塔身石块偏红又暗沉的色调特别令人一惊；若是在秋日多雾的早晨看去，简直就像遍地怒紫的葡萄园上耸立着一座几近五叶地锦般艳红的废墟。

回程时，到了广场，外婆常要我停下来看看它。教堂塔上的窗户两两一组向上堆叠，距离恰当，而且别具一格，如此凸显美丽与尊贵的比例，通常只适用于人类的面容。这些窗户，每隔一段固定时间便释放出一群群渡鸦，任凭其飞落，盘旋噪啼，就好像原本似乎没看见它们、任它们嬉戏的古老石头突然变得不可栖居，释放出一种骚动不已的成分，打击它们，排拒它们。接着，在紫丝绒般的暗晚中，群鸦朝四面八方飞射出笔直的线条，随即猛然恢复平静，复又被再度化凶为吉的方塔吞没，三三两两地错落停栖，看似静止不动，其实或许正在猎捕什么虫子，栖立在钟楼尖塔顶端，宛如立在浪巅的海鸥，秉持着钓者沉静不移的定性。我不太知道为什么，外婆总觉得圣依拉略教堂的钟楼不见流俗、矫饰、小家子气，这令她喜爱，而且相信未经像姑婆的园丁那样的人类之手贬抑之前，大自然与天才的创作皆富含对人有益的影响。而且几乎毋庸置疑地，我们所见的教堂各部分，由于某种渗透当中的思想，因而得以与其他建筑种类清楚区别；然而让教堂有了自我意识、确信其存在独立且负有重任的，其实似乎是钟楼。钟楼为教堂代言。我尤其相信、但不解为什么的，是外婆在贡布雷的钟楼找到了她认为这世上最珍贵的价值，那就是自然纯朴的气质以及卓越非凡的气质。她对建筑一窍不通，常说："孩子啊，你们想嘲笑我就笑吧！或许按照标准它看起来并不美，但那奇怪、古老的形状就是讨我喜欢。我确定，这教堂要是会弹琴，弹得绝对不会枯燥死板。"而且，当她注视着钟楼，顺沿两侧宛如祈祷合掌的双手般逐渐往上凑近的石檐望去，平缓上扬而后骤然陡斜，她与塔尖宣泄出的情感是那么契合为一，目光仿佛也随之射出，同时，对那些陈旧、磨蚀的古老石头亲切地笑着；钟塔进入日照范围后，夕阳只照得到檐脊，余晖之下显得柔和，好像霎时升到了更高、更远的地方，有如一首歌谣，用"头腔共鸣"的高八度音再唱一次。

　　每个小时，从城里所有视角，圣依拉略的钟楼为各行各业提供了身份地位，加冕，祝圣礼。从我的房间只能瞥见它被灰蓝屋瓦覆盖的主体；但若遇上夏天暖热的周日早晨，它在我眼中则仿佛全蚀的黑日一般闪耀如火。我心里想："天啊！都九点了！要是想在去望大弥撒之前有充裕的时间去拥抱雷欧妮姨妈，我就得开始准备了。"而且我确切知道广场

上的日光是什么颜色，见识过市集上的热气与尘土，店家遮
阳棚下的凉荫，妈妈也许会在弥撒前先进那店里逛逛，在坯
布的气味中，买几条店老板昂首挺胸展示给她看的手帕；正
准备关门的老板刚到店后面套上礼拜天上教堂穿的正装外
套，用肥皂洗了手；那是他的习惯，每五分钟洗一次，即使
在最伤感的情况下，也不忘带着一副拘谨腼腆、纵情恣意、
功成名就的表情搓揉双手。

　　弥撒结束后，我们走进岱欧多的店里，请他取来一个比
平常大些的布里欧面包，因为我们的表亲趁着天气好，要从
提贝尔吉过来一起午餐；此时，面前的钟楼烤得金黄热透，
就像一个更巨大、受过祝圣的布里欧面包，黏稠的阳光滴洒
在它表面，如鳞片状层层流下，楼塔尖顶则刺进蔚蓝的天空。
傍晚，散步后的回程路上，当我惦念着等会儿就得跟母亲道
晚安，然后就见不到她时，相反地，长日将尽之际的钟楼显
得那般柔和，看起来就仿佛一颗棕色的天鹅绒抱枕，沉甸甸
地摆在天上；苍淡的天空稍稍被压陷，只得让出一点位子，
退至边缘。盘旋楼塔周围的鸟儿不时噪啼，似乎更显得钟声
静默，将塔尖拉拔得更高，赋予了它某种不可言喻的特质。

　　同样地，去教堂后方的购物区采买时，看不见教堂本体
建筑，而比起一下子这里、一下子那里地从房舍屋瓦中蹿出
的钟楼，这儿的一切显得井然有序；当钟楼像这样不搭着教
堂独自出现，或许还更令人感动。当然，用这种方式来看，
比它更美的钟楼必然不在少数，我的记忆里也有多幅楼塔耸
立于一片屋顶之上的画面，相较于贡布雷街道构成的乏味街
景，它们另有一番艺术特质。我永远不会忘记邻近巴尔别克
的某个奇特的诺曼底城市里，那两座迷人的十八世纪旅馆；

对我而言，它们在许多方面既珍贵又可敬，在它们之间，从
迎宾梯往下朝河岸方向的美丽花园望去，一座被它们遮住的
教堂的哥特式尖塔直冲云霄，看似与两家旅馆比邻相连，进
而高出了它们的门墙，但那建材如此不同，如此贵重、处
处环柱、粉红、光鲜亮丽，可以清楚看出教堂并不属于那
整体，只是被夹在两颗一模一样的漂亮鹅卵石之间，困在沙
滩上；那塔尖红得发紫，小塔的城垛则用纺锤形的贝壳砌成
了雉堞状，涂上珐琅彩釉。同样地，在巴黎，某个最丑的城
区，我知道有一扇窗，从那儿，在第一层、第二层，甚至第
三层景观以外好几条街的屋顶所堆叠出的远景后方，能看见
一座教堂钟塔，紫色，偶尔偏红，又偶尔，在大气所冲洗出
的最高贵"照片"中，呈现出一种黑灰分明，那正是圣奥斯
定堂[①]圆顶上的钟楼，为巴黎的景观增添了些许唯有皮拉内
西[②]的某几幅罗马景观图才具备的特质。不过，由于无论以
何种品位展现，这样的小版画中，没有任何一幅能让我的记
忆置入那早已失去许久的情感，亦即不将事物视为景物去旁
观，而是当成一个绝无仅有的人来相信；没有任何一幅能彻
底影响我生命深层之处，完全不及回忆中从教堂后方那些街
道望去的贡布雷钟楼。无论是在清晨五点去相隔几间屋子、
位于左手边的邮局取信时，见它突然从众家屋顶构成的棱线

---

①　圣奥斯定堂（Dôme Saint-Augustin）是位于巴黎第八区的天主圆顶教
堂，为巴黎首座大规模使用金属结构的建筑，建于 1860 年至 1871 年间由奥斯曼
主持的巴黎改造计划时期。

②　皮拉内西（Giovanni Battista Piranesi, 1720—1778），意大利画家、建
筑师、雕刻家，曾获教宗支持，研究古代遗迹，以版画描绘古罗马遗迹和都市景
观。他的建筑结构图结合神秘、幻想与诗意，强烈呈现恢宏建筑遗迹的怀古幽情
与沧桑感。

上的一座孤峰升起；或者，相反地，谁想进萨扎哈夫人家向
她问安时，知道该在经过钟楼后的第二条街转弯，视线会随
着那线条在它的另一面向下，然后变低；又或者，再远一点，
若是去车站，从斜角望去，看见它从侧面展现新的背脊和表
面，宛如它的变革历史中出现某个未知时刻那样的一记扎实
惊喜；再或者，从维冯纳河畔看去，由于角度的关系，筋肉
盘结的半圆形后殿显得高大魁梧，钟楼那股将塔尖射入天空
正中心的力道似乎喷涌而出：永远要回到它身上，永远是它
主掌一切。一座哥特式尖顶出其不意地蹿出来，傲视楼房屋
群，耸立在我面前，仿佛上帝的一根手指，他的躯体或许就
藏在人群之中，但我不会因而混淆。直到今日，在某座外省
大城或是我不熟的巴黎某一区，若是有路人在某条我必须
走的小街街角，抓起他小瓜帽[①]的帽尖，将我"导入正途"，
将几个参考点指给我看：远远地，那是某家医院的钟楼，某
间修道院的钟塔，我的记忆会立即暗暗觉得他跟那张已逝的
亲爱脸庞竟有几分相似；那名路人，倘若他又转身确定我没
有迷路，可能会惊讶地发现我忘了正在散步的路线，或得进
行的采买，竟待在原地，对着钟楼，几个小时不动，试着唤
起回忆，感受心底那一块块从遗忘宫殿收复的领土，排空积
水，整地重建；而且，想必比我刚才向他问路时更焦虑地，
仍在寻找我的道路，转过一条小街……但是……这一切皆只
在我心里……

　　望完弥撒回家时，我们常遇见勒葛朗丹先生；由于工程
师这职业，他不得不待在巴黎，除了长假，只有周六晚到周

---

　　① 小瓜帽（Bonnet ecclésiastique）是神职人员戴的小圆帽。

一早晨这段时间能来他贡布雷的家园。他属于那种族群：在已经非常出色成功的科学生涯之外，还拥有一份全然不同的文化涵养，或许是文学，也可能是在艺术方面；这涵养在他们的专业领域派不上用场，但闲聊对话时则颇有帮助。他们饱读诗书更胜许多文人（我们那时不知道勒葛朗丹先生已是享有声名的作家，看到一位知名音乐家还为他的诗句谱了一首乐曲，真是大吃一惊。），比许多画家更有"天赋"，这些人自认现在所过的生活并不是真的适合自己，对自己实际的工作又投以一份有点天马行空的一派轻松，不然就是一股沉着又自负，倨傲，辛苦且自发的认真。他身形高大，体态优美，长相细致，流露沉思稳重的神色，配上金黄色的长胡子，清醒澄亮的蓝眼睛，礼仪周到，我们以前从未听过像他这样的聊天高手说话，在我们家族眼中，他总被视为典范，是精英分子的代表，以最高贵细腻的方式对待生活。外婆对他唯一的不满之处，是他话说得有点太好、太像拿着书在照本宣科，言语中少了他身上那时时飘荡的拉瓦耶式蝴蝶领结和几乎像是小学制服般直挺的短外套所流露的率性自然。她也讶异他常会慷慨激昂、滔滔不绝地长篇大论，表现出反贵族，反上流社会，反自满势利的态度，"那显然是圣伯多禄在谈论无可赦免的原罪时所想到的原罪。"

　　那汲汲营营的野心是我外婆无论如何也无法领略的，而且几乎无法明了，以至于他那样怒气冲天的谴责，在她看来，实在毫无意义。况且勒葛朗丹先生还有个姊妹和一位低诺曼底地区的绅士成婚，嫁到了巴尔别克附近；对贵族如此猛烈地抨击，甚至怪罪大革命没将他们全送上断头台，外婆觉得，这样的他品位也不甚高尚。

"嗨！朋友们！"他迎上前来，向我们打招呼。"各位真幸运，能在这里长住；明天我就得回巴黎去了，回我那个小窝。"

"噢！"他又想补上几句，脸上的微笑带着温和的自嘲与失望，还有点心不在焉，那正是他的特色。"显然，所有没用的东西我家里都有，缺的却都是必要的，比如像是这里的一大片蓝天。试着在您的生活中永远保有一方天空，孩子。"他转向我继续说，"您有漂亮的心灵，难能可贵的特质，艺术家的天性。别置之不理，任它缺少任何所需。"

回家后，当姨妈打探起古毕尔夫人望弥撒是否迟到了，我们都提供不了相关情报，反而还增加她的困惑，告诉她有一位画家在教堂里工作，正在复制那面恶王[①]吉尔贝的彩绘玻璃。法兰索瓦丝立刻被派去杂货铺，却又空手而归，都怪岱欧多不在：这个岱欧多身兼二职，既是唱诗班的领唱人，维系教堂运作的一分子，同时又是杂货铺的伙计，因此跟所有人都有交情，无所不知，无所不晓。

"啊！"姨妈叹了口气，"真希望这时已是尤拉莉来访的时间。这答案也真只有她能告诉我。"

尤拉莉是个女仆，跛脚，耳背，做事积极，在她自小伺候的雇主德·拉·布列托内里夫人去世之后，便离职"引退"，在教堂旁边租了一个房间，可随时就近去诵念日课经，或者，不念经时就念句祈祷词，或是帮岱欧多一点小忙；剩

---

① 恶王吉尔贝（Gilbert le Mauvais），令人联想纳瓦拉国王（roi de Navarre）暨埃夫勒伯爵（comte d'Evreux）卡洛斯二世（Charles II），他因为与查理五世对抗而落得"恶王"称号。埃夫勒教堂的一面彩绘玻璃将他画成双膝跪地双手合十的模样。

下的时间，她就去探视病人，例如我的姨妈雷欧妮，将弥撒或晚祷时发生的事情说给他们听。她可不会鄙视任何好处，乐于在前东家所给的微薄年金之外，偶尔再去本堂神父或贡布雷教权界的其他大人物那儿检视他们的床单衣物，缝缝补补，再添一点额外收入。她常穿一件黑色斗篷，头上系着一顶白色小兜帽，几乎就像个修女；她患有一种皮肤病，使得脸颊和弯曲的鼻梁呈现出凤仙花那种鲜艳的桃红。尤拉莉的来访是雷欧妮姨妈的一大消遣，姨妈除了本堂神父之外就只接见她一人。姨妈逐渐排拒其他访客，因为在她看来，他们都犯了一个错，落入她讨厌的两种类型之一。第一类，最糟糕的一群，她最先摆脱的那群人，总是劝她不要"只听自己的"，然后，尽管是以消极的方法，只透过或是不太赞同的缄默，或是面带怀疑的微笑表示，大肆宣扬起那颠覆常识的学说：在大太阳底下短暂散散步，外加一份上好的带血牛排（在下午两点她胃里还有两大口可恶的薇姿矿泉水的时候！）会比她的床铺和药物更有益。另一类人则似乎相信，她的病况其实比她自以为的还严重，或者真的就如她自己所称的那么重。此外，还有一些人，在法兰索瓦丝殷殷坚持，以及姨妈自己几经犹豫之后，她还是让他们上来了；而在探访过程中，这些人表示自觉多么地配不上这等特殊通融，怯怯地鼓起勇气说："您不觉得吗？哪天要是天气好，出去动一动……"或者，恰恰相反，当她都已经告诉他们："我状况很差，很差，来日不多了，我可怜的朋友们。"他们却回说："啊！人呀，失去健康就是这样！不过，保持现状，您还可以撑很久！"这些人，无论属于哪一类，全都永远不会再获接见。若说法兰索瓦丝觉得姨妈从床上瞥见圣灵街上出现了貌似就要登门来访的谁，或是听见门铃响起时大惊失色的模样相当好笑，当姨妈漂亮地耍了个花招，使出小聪明，成功把人赶走，他们连一眼都见不到就得打道回府时，对方那满脸狼狈的神情就让她笑得更开怀了。事实上，她深深佩服主人，把姨妈看得比其他人都高尚，毕竟被赶走的都是一些她不想接见的人。总而言之，姨妈要求别人既要支持她的禁食起居限制，又要替她抱怨病痛，还要安慰她对未来放宽心。

这些，尤拉莉做得无懈可击。姨妈能在一分钟内跟她说二十次："我来日不多了，我可怜的尤拉莉。"尤拉莉会回应她二十次："您的病情我跟您一样清楚，欧克塔夫夫人，您会活到一百岁，就像萨泽杭夫人昨天还在说的那样。"（尤拉莉最确定的事情之一，即使被反驳的经验不胜枚举，也撼动不了她的认知，那就是她以为萨扎哈夫人叫萨泽杭夫人。）

"我不奢求活到百岁。"姨妈答道，她宁可不给自己的寿命设下明确的时限。

由于尤拉莉比任何人都懂得如何纾解我姨妈的情绪，又不令她厌烦疲累，除非临时出现始料未及的阻碍，否则她每周日的固定探访对我姨妈来说是一大乐趣。那些日子里，期待星期天的会见起初会让她保有愉悦的心情，可是一旦尤拉莉迟到了，很快地，她就有如饥肠辘辘一般难受不已。一旦拖得太久，等待尤拉莉的欢愉快感就变成了酷刑；姨妈不断查看时间，呵欠频频，觉得全身虚弱。若尤拉莉的门铃声在白天都快过完、她早已不再抱持希望之际才响起，那几乎会令她感到痛心受伤。事实上，每到星期日，她一心想着的只有这场来访；午餐一结束，法兰索瓦丝就急着赶大家离开餐厅，好让她上楼去"照料"我姨妈。但是（贡布雷的天气稳定晴朗之后尤其如此），已有好一段时间了，高高在上的正午时分早已从圣依拉略教堂的钟塔降临，响亮的头冠上缀饰着十二朵实时绽放的花纹，回荡在我们的餐桌周围，在有着同样来自教堂之亲的圣餐面包附近流连；我们却还坐在《一千零一夜》那套餐盘前，因为燠热，更因为饱餐，因而沉重迟钝。毕竟，在蛋、猪排、马铃薯、果酱，以及她甚至不再事先告诉我们的饼干这些基本不变的组合之外，根据田里和菜园的收成、时令海鲜、买卖偶得、邻人的礼貌好意，还有她本人的天才，以至于我们的菜单，好比十三世纪即刻在大教堂正门上的那些四叶草形浮雕[①]，多少反映出四季的节奏和生活的章节，法兰索瓦丝还加上了：一尾比目鱼，因为鱼贩向她保证绝对新鲜；火鸡全餐，因为她在鲁森维尔-勒-班的市场上看到有一只特别肥美；焗烤蓟菜炖牛髓，因为她不曾用这种方式为我们料理过；烤羊腿，因为户外运动让人肚子饿，而且从现在开始有整整七个小时可以慢慢消化；菠菜，为了换换口味；杏桃，因为现在还很少见；醋栗，因为再过十五天就没有了；覆盆子是斯万先生特地带来的；樱桃可是院子里的樱桃树时隔两年之后第一批结出的果实；奶油奶酪是我很久以前喜欢的口味；杏仁蛋糕，因为她前一晚就订了；布里欧面包，因为轮到我们供奉分送。等这一切都吃完，她又送上一份巧克力蛋奶酱：那是特别为我们调制的，主要是献给我那身为此物鉴赏行家的父亲，出于法兰索

---

① 普鲁斯特在此参考了英国艺评家拉斯金（John Ruskin, 1819—1900）在《亚眠圣经》（*The Bible of Amiens*）一书中所描述、亚眠大教堂正门雕像下方的四叶草形雕刻。一格格的浮雕呈现出黄道十二宫，以及各种在相对应月份中该做的猎牧农忙。

瓦丝个人的灵感与关爱，口感轻盈且稍纵即逝，宛如她灌注了毕生的才华，为特别场合精心调制的杰作。谁要是拒绝品尝，搬出这套说辞："我吃饱了，一点也不饿"，恐怕会立刻被打入不通人情世故的莽夫之列：这样的人，即使艺术家亲赠他们一件自己的作品，他们也只看东西的重量和材质，然而价值真正所在，其实是在心意和落款；即使盘里只剩下一滴，也证明了他们无礼的程度直比乐曲尚未结束、便当着作曲家的面起身离开。

终于等到母亲对我说："这样吧，你别一直待在这里无所事事，外头要是太热，就上楼回你房间。不过，还是先出去透透气，别一下餐桌就看书。"我去汲水泵和水槽旁坐下。像是为了呈现哥特式风格的背景，汲水槽通常缀有一只火蝾螈，在粗糙石面上刻下灵动的浮雕，展现它别具寓意①和流线型的身躯。我坐在没有靠背的长凳上，一丛紫丁香为我遮阴。这个花园小角落，穿过一道侧门便来到圣灵街；花园几近弃置的土地上加盖了小厨房，比主宅高出两阶，如同一栋独立建筑；从我的所在位置可瞥见它光亮如斑岩的红砖地，与其说它是法兰索瓦丝的巢穴，不如说它像一座小小的维纳斯神庙，里面塞满了奶酪商、水果店、菜贩进奉的贡品，偶尔甚至来自颇远的聚落小村，为她献上田里第一批收成，而且屋脊上永远有一只白鸽的咕咕低吟环绕。

以前，我不会在那小神庙周围的神圣树林流连太久，因为，上楼看书前，我会走进叔公阿道尔夫的小休憩室。他是

①　传说中，蝾螈不畏火焰，能缓和火势，进而扑灭烈火。法国国王弗朗索瓦一世即以火焰中的蝾螈作为其个人纹章标志。

外公的兄弟，曾是军人，以指挥官之职退伍，他就住在地面楼层。即使敞开的窗户让热气或是鲜少照进这里的阳光窜入，这里依然源源不绝地散发着那股阴暗又凉爽的味道，既有林野之风，又带着旧王朝的陈年之感，一如进入某些荒废的狩猎行宫，鼻腔缓缓感受到思古幽情。不过，多年来，我已不再走进阿道尔夫叔公的小房间了，因为，由于和我家人之间的一场龃龉，他再也不来贡布雷了。那是我的错，当时的状况如下：

在巴黎，每个月总有一两次，家人会派我去探望他。拜访总落在他午餐即将结束时，所以他只穿轻便的短外套，在一旁服侍他的仆人则穿着紫白斜纹布工作服。他嘟哝抱怨我好久没来，我们都把他给遗弃了；他请我吃杏仁糖糕或小柑橘。我们穿过一间沙龙，从来不在那里逗留，那里也从来不生火，墙边以曲形镶金拱条装饰，天花板漆成蓝色，意在模仿蓝天；椅子沙发皆包覆丝质钉扣软垫，就跟我外公外婆家一样，但这里用的是黄色。然后，我们来到他称为"工作室"的书房，墙上挂着那些版画，黑底画面上呈现一个体态丰腴的粉色女神，驾着一辆马车，脚踩地球，或是额前缀上一颗星星，如第二帝国时期备受喜爱的样式，因为大家觉得这类画作带有些许庞贝古城的风情；后来有一阵子大众讨厌这种画风，却又旋即重新喜欢起来。尽管理由众说纷纭，其实始终只有那一个，那就是这些画流露着第二帝国的情调。我一直待在叔公身边，直到他的内务侍仆来替马车夫询问该在几点钟备好马车。于是叔公陷入深思，他的仆人对此叹为观止，生怕一个动作就打扰他思考，好奇地静待结果，虽知那答案永远不变。终于，经过极致的犹豫沉吟之后，叔公胸有成竹地吐出一句："两点一刻。"仆人跟着复述，讶异，但没有异议："两点一刻？好…… 我去告诉他……"

在那时期，我热爱戏剧，柏拉图式的热爱，因为我父母当时说什么也不准我去看戏，我只能以一种极不准确的方式，自行想象能在现场尝到的乐趣，而且差不多相信观众每个人都像透过一副立体眼镜那样，注视着一幕独属于他的布景，尽管那与其他上千位观众各为自己而看的布景相去不远。

每天早上，我都跑去广告柱前，看看有哪些戏码即将上演。没有任何事比我对各出预告戏码的想象衍生出的幻梦更无所谓又更幸福；那想象根据与标题文字密不可分的意象，以及因为胶水未干、还有点潮湿鼓起的海报颜色而定。如果即将上演的并非《西泽·杰拉尔德的遗书》[1]和《俄狄浦斯王》[2]那类不是刊印在歌喜剧院[3]的绿色海报，而是法兰西喜剧院[4]的酒红色海报上的奇怪作品，那么，在我眼中，没有比《黑色骨牌》[5]那神秘光滑的丝缎，与《王冠上的钻石》[6]

---

[1] 《西泽·杰拉尔德的遗书》(Le Testament de César Girodot)，阿道夫·贝洛(Adolphe Belot)及埃德蒙·维勒达(Edmond Villetard)1859年合写的剧作，传奇演员莎拉·伯尔尼哈特(见第89页注释[2])的成名作。

[2] 《俄狄浦斯王》(Œdipe-Roi)，古希腊剧，作者为索福克勒斯(Sophocle, 前495—前406)。

[3] 歌喜剧院(Opéra-Comique)，位于现今的巴黎二区，成立于1714年路易十四执政时期。最初演出以哑剧及滑稽歌剧为主，后来亦融入意大利喜剧。从莫扎特、柏辽兹到比才，许多知名作曲家的作品皆在此上演。

[4] 法兰西喜剧院(Comédie-Française)，创立于1680年的国家文化机构，奉莫里哀为主保掌门人，主要演出莫里哀、拉辛、高乃依等法国名剧作家的剧作。

[5] 《黑色骨牌》(Domino Noir)，司克里布(Scribe)与奥柏(Auber)于1837年创作的喜歌剧。

[6] 《王冠上的钻石》(Diamants de la Couronne)，司克里布与圣乔治(Saint-Georges)作词，奥柏作曲的喜歌剧，写于1841年。

那闪亮耀眼的白色羽状头饰更与众不同的了。而且，由于爸妈曾对我说，等我第一次去剧院看戏时，得在这两出之间选一出，由于我对它们的所有认知只有剧名，为了接连深入研究这两出戏的名称，试图捕捉各自能带给我的乐趣，拿这出的有趣之处与藏在另一出里的做一番比较，结果我先入为主的想象那么强烈，认定这一出光彩夺目豪情四射，另一出则温和柔缓缱绻缠绵，于是我无法决定比较想看哪一出，这就好比吃甜点时，非要我在皇家米布丁和巧克力稠布丁之间做出抉择不可。

我和同学间的谈话全都绕着这些演员打转，尽管当时我对他们的演技还陌生，但那已是所有演绎可能的初始形态，让我透过它，预先感受到了藏在其背后的艺术。我比较各个演员念白的方式，一长串独白如何抑扬顿挫，即使是最细微的差别也觉得无比重要。而且，我根据别人给我的相关叙述，将他们依才华排序，放进名单，成天默念，最后在我脑中顽固僵化，使我的脑袋深深受困于这份无从通融的排名当中。

后来，我上了中学；只要老师一转头，我便在课堂上写信给一位新交的笔友；每一次，我总是先问他是否已经去过剧院，是否也觉得果特[1]是最伟大的演员，其次为德洛内[2]云云。如果，依他之见，费布维尔[3]只排在蒂洪[4]之后，或

---

[1] 果特（Edmond Got, 1822—1901），演出过各种重要喜剧角色。
[2] 德洛内（Louis-Arsène Delaunay, 1826—1903），擅长经典剧作中的第一年轻男性主角。
[3] 费布维尔（Frédéric Febvre, 1835—1916），擅长现代剧作中的组合性角色。
[4] 蒂洪（Joseph Thrion, 1830—1891），擅长现代作品中的老人角色。

是德洛内排在寇克兰①后面，那么寇克兰便突然有了移动力，化解了顽石的硬度，松动了我的脑袋，蹿上第二名的位置；而那拥有奇迹般的敏捷身手，天生活力旺盛的德洛内竟然退至第四，这使我那被软化、而且得到滋养的头脑颇有百花绽放与生机蓬勃之感。

不过，若说剧场演员如此盘踞我心，若说，某天下午亲眼见到莫邦走出法兰西喜剧院，那一幕景象引起我心头一阵激动，勾起我热爱之苦，那么，剧院门上某位闪亮大明星的名字，或是街上一辆四轮马车经过，拉车的马匹戴着缀有玫瑰花饰的额带，从马车后照镜里，看见一个我猜想也许是女演员的女子面容，又是多么令我烦恼良久，痛苦万分，无能为力地拼命想象着她的生活。我依才华为几位名气最响亮的女演员排名：莎拉·伯尔尼哈特②，拉·贝玛③，芭尔特④，玛德莲·布洛罕⑤，珍妮·萨玛莉⑥，但对每一位都深感兴趣。然而我叔公认识许多女演员，还有一些我分不清是不是女演员的交际花。他常接待她们来家里。我们若是只挑特定某几天去

---

① 寇克兰（Constant Coqueline, 1841—1909），首位演出大鼻子情圣西哈诺（Cyrano de Bergerac）一角之人。

② 莎拉·伯尔尼哈特（Sarah Bernhardt, 1844—1923），19世纪末、20世纪初法国舞台剧和电影女演员，公认是"世上最著名的女演员"。人称"黄金之声"与"名伶女神"。

③ 拉·贝玛（La Berma），普鲁斯特想象出的人物，其实以莎拉·伯尔尼哈特为原型。

④ 芭尔特（Julia Bartet, 1854—1941），拉辛笔下安德洛玛克（Andromaque）一角之演出令人难忘。

⑤ 玛德莲·布洛罕（Madeleine Brohan, 1833—1900），擅长演莫里哀剧作中的风流女子。

⑥ 珍妮·萨玛莉（Jeanne Samary, 1857—1890），擅长演喜剧中的聪明伶俐的侍女。

探望他，那也是因为其他日子总有一些女人会过去他那儿，不能让家人撞见，至少，他对家人是这么想的；毕竟，我的叔公，反过来说，在对待一些或许根本从没结过婚的漂亮"寡妇"，还有一些想必不过是挂了个化名、浪得虚名的伯爵夫人时，太过狎昵随便，此外还殷勤有礼地把她们介绍给我外婆，甚至还送了她们几件家传的珠宝，这些举动已经导致他跟我外公大吵过好几次。经常，每当闲聊中出现一个女演员的名字时，我就听见父亲微笑着对母亲说："你叔叔的一个女友。"我则想：有些重要人士恐怕浪费了多年光阴，在那样一个女人的门前站岗苦等；他们写的信她一律不回，还派下榻酒店的门房把人赶走，说不定叔公能替像我这样的小毛头省去这些辛苦，直接将我引介给那位多少人都接近不了、却是他的红粉知己的女演员。

　　于是——借口有一堂课调了时间，偏偏如此不巧换到现在，而这堂课已经多次让我没能去看叔公，之后也还会继续造成妨碍——有一天，不属于预留给我们前去造访的那几天，趁着爸妈提早用完午餐，我出门去，但不是去看大人允许我独自前往的广告柱，我直接跑到叔公家。我注意到他家门前停了一辆双驾马车，两匹马的眼罩上插着一朵红色康乃馨，就跟马车夫的扣眼上一样。我从楼梯间听见阵阵嬉笑和一个女人的声音，我一按门铃，那些声音便化为一阵静默，然后传来关门声响。来开门的内侍仆人看见是我，面露尴尬的神情，告诉我叔公很忙，大概不能接见我；不过就在他要去通报时，先前我听到的那声音说："噢！当然可以！让他进来吧！就一分钟也好，那可多么有趣！从你书桌上的照片看来，他长得很像妈妈，也就是你侄女，她的相片就摆在这孩子的照片旁边，不是吗？我想见见这孩子，见一下就好。”

只听见叔公低声咕哝，恼火不悦；最后，仆人还是让我进去了。

餐桌上，跟平时一样的那盘杏仁糖糕，叔公也穿着每天都穿的那件短外套，但在他对面坐着一名年轻女子，一身粉红丝绸长裙装，颈子上戴着一大串珍珠项链，一颗橘子就快吃完。由于不确定该称她夫人还是小姐，我脸红了起来，目光不太敢转往她的方向，生怕需要跟她说话；我去跟叔公行亲吻礼。她微笑地看着我。叔公对她说：“我侄孙。”他没说出我的名字，也没告诉我她的姓名，想必是因为自从在我外公那里尝过苦头之后，他就尽量避免将家族和这类关系扯上任何连结。

“长得跟他妈妈真像！”她说。

“但您只看过照片，又没见过我侄女！”叔公立即回呛，语气暴躁。

“我得向您说声抱歉，我亲爱的朋友；去年您病得那么严重那时，我在楼梯间曾经和她擦肩而过。的确，我不过瞬间看到一眼，而且您家的楼梯间又黑又暗，不过那一瞬间已足以令我赞叹。这个小少年有她那双美丽的眼睛，还有这个。”她用手指在额头下方比画了一条线。“您的侄女跟您同一个姓氏吗，朋友？”她问叔公。

“他跟他父亲尤其相像。”叔公嘀咕了一句，不想费神讲出妈妈的姓氏，既不想大致介绍，也无意详细说明。“长得就跟他父亲和我可怜的母亲一个样。”

“我没见过他父亲。”粉衣女士说，微微歪着头，“而且我也从来没见过您可怜的母亲，朋友。您还记得吧，我们是在您经历丧亲之痛后才认识的。"

我有点失望，因为这位年轻女士与我在家族里偶尔见过的其他漂亮女人没什么不同，长得又特别像一位表亲的女儿，而我每年一月一日都会去那位表亲家。叔公的女友不过是穿戴得比较华丽，目光一样炯炯有神，而且散发善意，看起来也一样率直，而且充满爱心。我在她身上找不到丝毫戏剧感，不若照片中那些令我赞赏不已的女演员，也没有应当与她的私生活相关的那种妖娆表情。若非事先见到她的双驾马车，粉红裙装，珍珠项链；若非我早已知道叔公只挑最高档的极品，我实在难以相信她是交际花，尤其不会相信她是新潮时髦的交际花。但我怀疑送了那辆马车、酒店房间和珠宝给她的百万富翁，真能为了一个看起来如此单纯、而且中规中矩的人倾家荡产，还从中得到快乐。然而，比起她以特殊打扮具体出现在我面前，想到她大概过着什么样的生活，那种不道德感或许更令我心烦意乱——像这样隐而不见、如同暗藏在某本小说中的秘密，如某件丑闻的内幕，迫使她离开布尔乔亚的父母家，并将自己奉献给全世界，使她绽放美貌，晋升到半上流阶层，声名远播；她的千姿百态，语气声调，就和我认识的许多女性如出一辙，使得我不禁把已不再属于任何家族的她，当成出身良好的千金小姐看待。

我们来到"工作室"，碍于我也在场，叔公有点不好意思地拿出一些烟请她。

"不了，"她说，"亲爱的，您知道我已经抽惯大公送我的烟。我告诉过他，这件事惹得您醋意大发。"她接着从一只满是外国字、还镀了金的烟匣里抽出一根。"不对，"她突然又说，"我应该在您家中见过这少年的父亲。那不就是您的侄子吗？我怎么会给忘了呢？那时他对我那么好，那么体贴至极。"她一脸谦卑善感地说。但是我一想到家里当初可能是用多粗鲁的方式接待她，她竟说觉得我父亲体贴至极，偏偏我又清楚他的保守与冷淡，在人家对他的过度感谢和他本身的不够友善之间，那失衡的比重令我尴尬不已，仿佛他犯了某种粗心之过。过些年后，我才觉得，这正是那些无所事事、又积极进取的女性扮演的角色动人的一面，她们奉献出自己的慷慨胸襟和天赋才华；像是一场随时可做的善感华美之梦——因为，一如艺术家，她们不去实现这场梦，不让这场梦进入公众生活的范畴——又像一块黄金，在她们眼中不值多少，却用一种珍贵细腻的折边镶嵌法，丰富了男人们粗鲁且教养不佳的生活。就像眼前这一位，在叔公穿着短外套接待她的吸烟室里，布施她如此柔美的躯体，她粉红丝绸的裙装，她的珍珠，她那经一位大公友谊加持而散发出的优雅；一如那些关于我父亲的小事，她在提起之前其实已经过一番精心研究，让他改头换面，给了他一个得来不易的称号，并在那当中镶入她一抹清澄如水的美丽眼神，添上些许谦卑与感恩之情，让我父亲摇身化为一件艺术珠宝精品，变成某种"体贴至极"的东西。

"好了，时候差不多了，你该走了。"叔公对我说。

我站起身，难以抗拒亲吻粉衣女士手背的欲望，但又觉得那恐怕是堪比绑架一般胆大包天的举动。我心跳加速，却不断问自己："该做，还是不该？"忽然，我不再自问要做什么之前得先做什么，一个盲目荒唐的动作，刚才的理智全没派上用场，我的嘴唇已落在她伸出的手背上。

"他多么亲切啊！已经这么殷勤有礼！他有双会留意女

人的眼睛，得自他叔公的真传，以后一定是个完美的绅士。"她用力咬字，故意染上轻微的英国口音，又说："能不能让他哪天过来喝杯茶？ a cup of tea，就像我们的英国邻居说的那样；只要当天早上发张'蓝纸'①给我就行。"

我不知道"蓝纸"是什么。那位女士说的话我有一半都听不懂，但由于担心其中恐怕暗藏着什么要是不回答就会显得不礼貌的问题，我不得不专心把每一个字都听进去，结果累极了。

"当然不行，绝不可能。"叔公耸耸肩说，"他很乖，非常用功，在班上囊括所有奖项。"他压低声音，以免我听到他的谎话后回嘴，又补上一句："谁知道呢？说不定未来会是个小雨果，您知道，一个沃拉贝尔②之类的人物。"

"我最爱艺术家了，"粉红女士回应，"只有他们懂女人……只有他们和跟您一样的精英分子才懂。请原谅我无知，朋友：这个沃拉贝尔是谁？是您休憩房中玻璃门书柜里那套烫金书？您记得答应过要借给我的，我一定会小心保管。"

叔公讨厌出借他的藏书，一个字也没回应，便带我到候客室去。我被自己对粉红女士的爱慕冲昏了头，疯狂亲吻老叔公嚼满烟草的双颊，他相当窘迫，不敢直接告诉我，但总之让我知道了他希望我别把这次来访的情况告诉我爸妈。我含着眼泪对他说，他对我的好，我绝对铭记在心，日后必然会想办法报答。事实上，我记得真的很牢；两个小时后，

① 19世纪的法国递件是打印在灰蓝色纸张上传送，故有此称。
② 沃拉贝尔（Achille Tenaille de Valulabelle, 1799—1879），法国记者，史学家。

我神秘兮兮地提了几句，但似乎不足以让爸妈确切知道我刚被寄予了何等厚望，于是我认为把刚才那趟探访的细节一五一十地描述出来会比较清楚。我以为这不会对叔公造成困扰。既然我不希望发生这样的事，又怎么会这么以为呢？而且我也无法揣测，这段我不觉得有何不妥的探访过程，会让爸妈视为有害不宜。这样的事不是每天都可能发生吗？某个朋友请我们别忘了代他向某位女性致歉，因为他不巧无法写信给她；但这件事我们却给疏忽了，以为这个人不可能把久无回音这件事看得那么重要，既然我们自己觉得那一点也不严重。我跟所有人一样，一厢情愿地把别人的脑袋想象成是被动、顺从的接收容器，对灌输进来的一切都没有特殊反应能力；所以我并未多加思考就径自认为，只要将叔公让我结交到新朋友这项消息置入我父母的脑袋，也就如愿向他们传达了我对这次引介抱持着乐见其成的想法。不幸的是，在评价叔公的行动时，我爸妈采取的原则和我猜想的全然不同。后来我才间接得知，父亲和外公为此曾和他有过激烈口角。几天后，在外面偶遇坐着敞篷马车经过的叔公时，我多么希望能向他表达我的痛苦、感激和内疚。相较于这些巨大的感受，我觉得脱帽示意显得小家子气，可能会让叔公误会我对他没有特别的表示，顶多只是尽个基本礼貌而已。最后，我决定放弃这个诚意不足的举动，撇过头去。叔公认为我之所以这么做，是为了遵从父母的命令。他不肯原谅我的爸妈，如此直至多年后去世，我们没有任何人再见过他。

于是我不再走进叔公阿道尔夫如今房门紧闭的休憩室，在小厨房附近流连一会儿之后，法兰索瓦丝出现在前院，对我说："上咖啡和送热水上楼的事，就交给我的厨房女仆了，

我得赶快去欧克塔夫夫人那里。"我决定回去，直接上楼回
我房间读书。厨房女仆形同一个道德法人，一座常设机构，
透过化身为她的连串过渡形貌——毕竟，我们从来没有连续
两年遇上同一个女仆——以一成不变的分配方式确保某种程
度的持续运作和一致性。我们吃了许多芦笋的那年，平时负
责"削皮"[1] 工作的厨房女仆是个体弱多病的可怜姑娘，在
我们复活节抵达时已怀有好几个月的身孕。我们不由得讶异
法兰索瓦丝那么常派她去采买，做粗活，毕竟她身体前面
已经辛苦地挂起她那神秘的大篓子，一天比一天满，逐渐
猜得出那宽大的工作罩袍下孕育的奇妙形体。这些罩袍令
人联想到斯万先生给我的照片上，乔托[2] 画笔下某些象征性
人物所穿的宽袖长外袍。当初也是经斯万一点，我们才发
现件事。后来他问起我们厨房女仆的消息时，对我们说：
"乔托的慷慨化身现在过得如何？"此外，可怜的女孩，因
为怀孕而发胖，连长相都连带受到了影响，双颊下垂，脸型
变得方方正正，确实颇像那些强壮如男子的处女，或是竞技
场教堂[3] 中那些代表美德拟人化形象的丰满壮妇。如今我知
道这些美德化身与帕多瓦那些邪念化身和她还有另一个相似

---

[1]　原文中"plumer"原意是拔除鸡鸭毛，在法兰索瓦丝使用的方言中，
亦可用作削果菜皮的意思。

[2]　乔托（Giotto di Bondone, 1267—1337），意大利画家与建筑师，意大
利文艺复兴时期的开创者。以阿西西的圣方济大教堂（Basilique Saint-François
d'Assise）及帕多瓦的斯克罗维尼礼拜堂（Chapelle des Scrovegni de Padoue）中
的壁画闻名于世。

[3]　帕多瓦的斯克罗维尼礼拜堂又称竞技场教堂（L'église de l'Arena），因
为教堂所在位置曾是古罗马竞技场。乔托在此处绘制了叙述圣母与基督的故事，
其中包含十四个单彩画人物，隐喻七种美德与七种罪恶。慷慨化身与妒忌化身面
对面。

之处。这个厨房女仆因加诸她凸出的腹部的象征性，形象因而更加鲜明，却似乎未显其含义，她的脸上完全不见这象征之美与丝毫灵性，纯粹只是沉重的负担；同样的道理，我在贡布雷的自习室墙上挂有一幅复制像，那是竞技场教堂中背负着"慷慨"之名的罗马壮妇，也让人看不出她竟是这美德的化身，那张粗犷有力的脸似乎从来不可能表达任何慷慨的思想。出于画家美妙的创意，她脚踩大地的宝藏，但全然像是在踩踏葡萄以榨出果汁，或更像是要爬上麻袋堆好站上高处；而她向上帝献出火热的心脏，说得更贴切些，她把心脏"递"给神，就跟一个厨娘从地下室的透气口把软木塞开瓶器递给站在地面层窗边跟她借用的人没两样。至于妒忌的化身，原本应该好一些，她有某种比较传神的表情来表达妒忌。但在同样那幅壁画中，那象征占据的地位如此重大，表现得如此逼真，在妒忌唇边嘶嘶吐信的蟒蛇粗大到几乎塞满了她张大的嘴，以至于为了要能含住它，她的脸部肌肉膨胀、变形，宛如鼓起脸颊吹胀气球的孩子；而妒忌的注意力——连带我们的注意力——完全集中在了她双唇的动作，根本无暇顾及那充满欲望的念头。

　　尽管斯万先生对乔托的这些象征性人物大为赞叹，但我已许久提不起任何兴趣去自习室观看。他带给我的复制画全都挂在那儿：慷慨化身不慷慨；妒忌的化身看起来只像是医学书籍里的插图，声门或小舌被舌头上的肿块或手术师伸进口腔的器具挤压；正义的化身，灰暗的脸规矩又小家子气，正是某些我在贡布雷望弥撒时所见的虔诚、呆板的漂亮布尔乔亚夫人们的特色，她们当中有好几位还已先加入了不公之化身的储备民兵之列。不过，后来我才明白，这些壁画引人注目的怪异及特殊的美感，就在于象征在当中所占的重大地位；此外，象征并未被当成象征来呈现，因为它代表的思想并未被传达出来；象征反而被当成了现实，仿佛曾被实际承受过或具体操作过的现实，这使得作品的意义多了某种更贴近原意、也更精准的成分，让作品的寓意具有某种更具体、也更惊人的层面。以那可怜的厨房女仆来说，她也一样，腹中重担产生的拉扯使得注意力不断被拉回她的腹部，一如垂死之人的思绪经常转向实际、疼痛、晦暗、脏器，转到这死亡背后的内情的面向，而这面向正是死亡向那些垂死之人呈现、粗暴地要他们感受的，而且这其实更像压垮他的重担，像呼吸困难，像亟需喝水之需要，而不是我们称之为"死亡"的观念。

帕多瓦这些美德和罪恶的化身应该确实有其真实性，毕竟，在我眼中，她们就跟怀孕的女仆一样鲜活，而她带有的隐喻性也不亚于那些化身。一个人的心灵与自己的美德行为不契合（至少不明显契合），这个现象除了审美价值以外，或许还含有某种实际真相，若不涉及心理学，至少，如人家说的，也应属于面相学的范畴。后来，在我的人生岁月中，等我有机会，比方说在修道院里，遇见体现慷慨、名副其实的神圣化身时，他们通常都是神情轻快，积极正向，像忙碌的外科医师那样毫不在乎，而且显得唐突；那一张脸，面对人们的苦痛时会毫无畏惧地迎撞，看不出任何同情，任何怜悯，也不见温柔，是真正的善良那副会令人讨厌的崇高面容。

厨房女仆——她无意间凸显出了法兰索瓦丝的优越，对比之下，就像"错误"的化身让"真理"的胜利更显辉煌——端上依妈妈的说法只能算是一壶热水的咖啡，然后把顶多只能算是温水的热水送进我们房间；这期间，我躺在床上，拿着一本书，我的房间颤抖地呵护着薄透、易逝的清凉，对抗在几乎完全闭上的百叶遮阳窗后的午后艳阳，然而日光总有办法让它的金黄翅膀钻入，停驻在木框和玻璃窗之间，某个角落，宛如一只蝴蝶。光线的亮度勉强可供阅读，要感受到亮光的灿烂，唯有当卡穆在拉·库尔街上拍打积了灰尘的木箱（他听法兰索瓦丝说我姨妈"并未小憩"，可以发出噪音），而木箱碰撞之声回响在燠热时节特有的嘈杂氛围中，恍如远远抛洒着点点星子闪亮。此外则是那些苍蝇，在我面前开着小型演奏会，仿佛奏着一首夏日室内乐曲：不似一首偶然曾在美丽的季节中听见的人类乐曲那样，会让您随即忆起那阳光灿烂的时节，苍蝇之乐与夏日之间的结合来自一种更必要的关联：这音乐在风和日丽的好日子诞生，只会在这样的日子里再生，它蕴含些许那些时日的精华，不仅唤醒我们记忆中的影像，还保证那时光复返，是有效的存在，合乎当时的氛围，而且立刻可及。

我房间幽暗的清凉对比街道的大太阳，一如影子对比光，也就是说，一样清晰，为我的想象世界赋予了完整的夏日景观；当时我若是在散步，五感就只能得到片面享受。因此这份凉爽正好搭配我的休憩（感谢我正读着的书中叙述的精彩故事，让这段时光充满感动），让它宛如一只静静放在活水中的手，承受着潺潺激流的冲击与蓬勃生气。

但我的外婆，即使热过头的天气转坏，一场暴雨将至或只是突然吹起一阵猛烈狂风，总会来恳求我出门。我不想放下手上的书，至少也要把书带到花园继续读，窝进大栗树下一个以编草和帆布搭建而成的小帐篷，坐在最深处，自认不会被我父母可能的来客看到。

　　我的思想不也正像是另一座圣婴马槽般的遮蔽所？我感觉自己深陷其中，即使这是为了观看外面发生的事。当我看见外部的一样物品，"看见它"这股意识便停留在我和它之间，以一条灵性的细镶边将它围起，防止我一不小心就直接碰触到它的实质；某种程度上，在我与这意识接触之前，它便已烟消云散，如同用沾湿的物品去接近一个炽热的燃烧体，燃烧体的湿度并不会受到影响，因为在它之前一定有一片让水汽蒸发的区域。在我阅读时，我的意识同时展开那样一种呈现各式状态的斑斓屏幕，那些状态从藏在我内心最深处的渴望，到完全属于外在的辽阔视野，而那首先是在花园一隅，眼皮底下，我身上最私密之处，紧握的手不停动作，掌控其余一切，那是我对正在阅读的这本书的丰富哲思与美妙内涵的信念，以及想吸收这一切的渴望，不论书的内容是什么。因为，即使我在贡布雷时早已在博朗吉香料杂货铺前发现这本书，而且买了下来，那铺子到我们家的距离对法兰索瓦丝来说嫌远，不像去卡穆家采购那样方便，但这里的文具和书籍备货较多，而且那书就用细绳系住，夹杂在遮住店门两扇门板的五花八门宣传手册和送来的货品之间，这铺子的店门比大教堂的拱门更神秘、更满布思想；真正认可那本书，却是因为后来有个老师或同学曾对我提起，说那是一部值得注目的作品，而在那个时期，那位老师或同学在我眼中似乎一知半解地握有真与美的奥秘，而探知这个奥秘是我为思考设下的目标，模糊，但永恒不变。

　　阅读时，这份核心信念朝着发现真理的道路持续由内而外移动；而后，我正在进行的活动为我带来种种情绪，因为，比起整段人生中常见的那样，那些下午还更充满戏剧性的事件，全都是发生在我所读的书中。的确，就如法兰索瓦丝所说的，这些事件中的人物并不"真实"。但一个真实人物的喜悦或不幸带给我们的所有感受，也只能借这份喜悦或不幸的意象为媒介，才能作用到我们身上。第一位小说家的聪明之处，就在于了解在我们的七情六欲中，意象既然是唯一的精华要素，那么，纯粹而简单地将真实人物略去，这个简化之举应该就是让作品更臻完美的决定因素。一个真实的人，不论我们对他何其深爱、有一大部分仍是由我们的感官所感知，也就是说，他对我们而言仍然不透明，会产生一种我们的感受力承担不了的沉滞重负。若他遭受不幸，我们对他的整体观感中仅有一小部分能令我们因而动容；更甚的是，他对自己的整体观感也只有部分能令他自己动容。第一位小说家的追寻成果，即是知道应撤换心灵难以进入的这些部分，改由等量的非物质部分取代，也就是我们的心灵能领略的材料。从这时起，这些属于某种新类型的人物的行事、情绪，在我们看来真实与否都已不重要，既然我们已将这一切化为己有，这些行事与情绪皆在我们心中产生，在我们兴致高昂地翻动书页时，令我们的呼吸随之加速，眼神殷切发亮。一旦小说家让我们进入这种状态，如同所有情绪皆放大十倍的纯内在状态，在此，他的书将会化为一场梦侵扰我们，但那是一场比我们的睡梦更清楚的梦，其相关记忆也会持续得更久；于是一个小时的时间中，它在我们心中释放出了所有可能的幸福与不幸，我们要费上多年人生才得以体验到寥寥几项，而且永远无法得知哪一项带来的感受最强烈，因为它们的生成缓慢，卸除了我们的感知能力（因此，在现实生活中，我们会变心，那是最痛的苦痛；但我们只能透过阅读认识这份痛，全凭想象：现实之中，心的变化好比某些自然现象，过程十分缓慢，慢到我们或能逐一见证每个不同阶段，对于转变本身的感受反而被剥夺）。

接着，朦胧投射在我面前的是故事中那片风景；它早已不如书中人物的生命那般深入我的内在，却对我的思想酿成重大的影响力，更胜我从书中抬起头后映入眼帘的另一片风景。因此，有两个夏天，沐浴在贡布雷花园暑气之中的我，由于当时正在读的书，遂对一个高山流水的国度产生了乡愁。若是能置身其中，我会看见好几座锯木厂，以及清澈的溪底、水芥菜丛下那逐渐腐烂的木块；不远处，紫红色的花串沿着矮墙攀爬。因为我思绪中总有那份对一个可能爱过我的女人的痴想，那些夏天，潺潺流水的清凉渗入了这份痴梦，无论我梦想的是哪个女人，一簇簇紫色与红色的花串立刻从她四面八方攀升、窜出，仿佛要为她再添几分色彩。

这不仅是因为我们梦中的某个意象始终被标记、美化，并得到梦境中偶然环绕它的外来色彩；因为，对我而言，我在这些书中读到的景致，在想象中，只是比贡布雷呈现在我眼前的景色更加生动，但其实大同小异。透过作者所做的选择，透过他的字句必为我的思想带来启示的信念，我觉得书中风景仿佛确实是大自然真实的一部分，值得深入钻研——而我身处的地区却完全没给我如此印象，尤其是我们的花园，外婆轻蔑的那名园丁以四平八稳的狂想造出的平庸成果。

阅读一本书时，倘若爸妈允许我去参访书中描写的地区，我相信那会是在追求真相的征途上迈出珍贵难以估量的一步。因为，若说我始终有种被内在心灵包围的感受，那并

不像是被一座固定不动的监牢禁锢，而是像与心灵一起卷入
了一股源源不绝的冲劲，想要借此超脱内心，抵达外部的世
界，但又伴随某种气馁之感，因为我在周遭听见的依旧是同
样的声响，而且，那并非外部的回声，而是一种内在共鸣的
回响。我试着在那些因而变得珍贵的事物中寻回心灵投射其
上的反光，结果失望地发现，在自然世界里，那些事物似乎
欠缺它们在我们的思想中因为近似某些意念而有的魅力。有
时我们将这心灵的全副力量转换成灵巧，转换成璀璨光芒，
以便作用于那些我们确实感到位于我们之外、却永远无法触
及的存在。因此，若我每每将我喜欢的女人所在之处想象成
我最渴望前去的地方，若我想要由她来带我参观，为我开启
通往未知世界的道路，那可不是单单一次凑巧的思考整合，
不，那是因为我的旅行之梦与爱恋之梦——今日的我刻意以
艺术手法区隔两者，如同在一道虹彩缤纷、看似静止的喷水
柱上切分出不同的高度——皆只是在同样穷我毕生之力的一
次直挺喷涌中度过的片刻。

最后，我继续由内而外地紧随意识中各种同时并列的状
态变化，在达到能一览无遗的真正地平线之前，我又发现另
一种乐趣，那就是好好坐着，嗅闻空气中的香味，不被来客
打扰的乐趣：当圣依拉略钟楼敲响下午一点，只见已流逝的
午后片片落下，直到听见最后一响，让我加出总和，碧蓝空
中，继之的漫长寂静似乎展开所有为我留待的时间，让我好
好阅读，直到法兰索瓦丝料理的可口晚餐上桌，抚慰我在阅
读时一路追踪主人公的疲累。每到一个小时，我都觉得先前
那个小时的钟声才刚敲过。天空中，近一次的钟声紧挨着前
一次的响声登记报到，我无法相信六十分钟能纳进两个金色

标记之间那一小段的蓝色弧形。有几回，这提早到来的一小时甚至比前次多敲响两下，所以那之间有一次是我没听见的，某件确实发生过的事对我来说竟没有发生；阅读的兴味，神奇如一场深眠，骗过我被迷幻的耳朵，将敲响在那片蔚蓝寂静上的金色钟声消了音。那些美丽的周日午后，贡布雷花园的大栗树下，我精心净空我个人存在里的平凡俗事，置换为一场在流水淙淙的国度中充满奇异冒险与远大抱负的人生。每当想起你们，你们就会再度令我联想到那样一场人生，而你们确实包含了它，因为你们曾一点一滴地勾勒出它的轮廓，圈住它——彼时我的阅读往前进展，白天的燠热气温下降——将它圈入持续累积、缓缓变化、穿越丛丛枝叶，由你们那些寂静、响亮、香气弥漫、清澄明朗的时刻凝成的结晶。

　　有几次，午后刚过半，园丁的女儿使得我从阅读中抽离。她像个疯子似的一路狂奔，途中还撞倒一棵橘子树，割伤一根手指，摔断一颗牙，嚷着："来了，来了，他们来了！"法兰索瓦丝和我连忙跑过去，完全没错过好戏。那些日子，因驻军程序所需，军队穿越贡布雷，通常走圣贺德佳街。我们家的仆人们排排坐在花栏杆外的椅子上，观看贡布雷星期天的散步者，同时也让他们观看自己，园丁的女儿则从远处车站大街上两幢房屋的间隙瞥见了钢盔的亮光。仆人赶忙将椅子收进来，因为，当身穿胸甲的骑兵队行经圣贺德佳街时，会占去整条街幅，迈开小跑步的马蹄扫过房屋，淹没人行道，宛如奔腾激流冲上河床过窄的堤岸。

　　"可怜的孩子们！"法兰索瓦丝说。她才刚到栏杆旁便已目泛泪光，"可怜的年轻人，即将像镰刀割草那样被铲平；光是想到这个，我就惊吓得要命。"她一只手捂着心脏边说着，也就是受到这惊吓的位置。

"多美好呀！不是吗，法兰索瓦丝夫人？看这一群年轻人不惜牺牲生命？"园丁说，想"鼓舞"她。

他这话可没白说：

"不惜生命？那要爱惜什么？连生命这仁慈的上帝从来不给第二次的唯一礼物也不顾？可叹啊！我的上帝！话说，他们倒也真的不惜生命！七〇年那时我见过一些，他们在那些悲惨的战争中已经不再怕死，成了不折不扣的疯子，连吊死都还嫌浪费绳子的废物，他们已经不是人，是狮子。"（对法兰索瓦丝而言，将人比喻为狮子，她咬牙切齿逐字说出的"狮—子"，完全没有褒奖之意。）

圣贺德佳街转弯的幅度太小，没办法看着队伍远远过来，要透过车站大街那两幢房子的间隙，才能瞥见不断有新的头盔加入奔驰，在阳光下闪耀。园丁原本想知道是不是还有很多士兵没走完，但他口渴了，因为烈日当头。这时，他的女儿突然往前冲去，仿佛从一个被包夹的地点突围而出，抵达街角，冒着九死一生的危险为我们带回消息，附加一壶甘草柠檬水：军队有上千人，正马不停蹄地从提贝尔吉和梅泽格利斯[①]前来。法兰索瓦丝与园丁达成和解，讨论起发生战争时该如何自处：

"您看看，法兰索瓦丝，"园丁说，"说起来，革命还好一点，因为一旦宣布开战，愿意参战的才会去。"

"啊！是啊，这样至少我还能理解，坦率多了。"

---

① 梅泽格利斯（Méséglise），通往斯万家那边的路。

园丁认为宣战后所有铁路都将停摆。

"可恶，为了不让我们有机会逃走。"法兰索瓦丝说。

园丁则说："啊！他们真是狡猾。"毕竟他认为战争就是国家试图耍弄人民的一种卑劣招数，而且只要有办法，一定没有人不逃跑。

但法兰索瓦丝急着回姨妈身边，我则是回去继续看书，仆人们又回门前坐好，观看士兵扬起的激情和尘土落下。恢复宁静后又过了许久，一波平日难得见到的散步人群仍将贡布雷的街道挤成黑压压一片。每间屋子门口，即使是没有如此习惯的人家，家仆、甚至坐着观看的主人们，大伙儿排成了一条歪歪扭扭的深色彩带，装饰着门槛，宛如大潮退远之后，遗落滩岸的海藻与贝类点缀而成的绉纱与刺绣。

相反地，在那些日子以外，我通常都能安静读书。但有一次，斯万来访打断了我的阅读，他还带来一些评论；当时我正在读的是一位对我而言全新的作者：贝戈特。结果，从那时开始，有好长一段时间，入我梦中的女性不再是从缀有丛丛纺锤形紫花串的墙上浮现，而是改换成截然不同的背景，从一扇哥特式大教堂的拱门前跳脱而出。

我先前曾听说过贝戈特，第一次是透过较我年长的同学布洛赫，当时的我对他十分钦佩。听到我向他表白对《十月之夜》①的赞美，他爆出小号般响亮的哈哈大笑，对我说："小心你对缪塞先生那颇为低级的仰慕。他这个怪家伙极度卑劣，是个相当阴险的粗人。此外，我得坦承，他，甚至还

① 《十月之夜》(La Nuit d'Octobre)，法国19世纪浪漫派诗人缪塞（Alfred Musset, 1810—1857）著名的《四夜组诗》(Les Nuits)中最后写成的一首长诗。

有那位有名的拉辛，他们在世时各自写了一首音韵不错的诗，根据我的看法，那些诗句的最高成就，就是绝对的毫无意义。'洁白的欧洛松与洁白的卡蜜儿'① 和 '密诺斯与帕西法埃之女'②。我会注意到这两句诗，是因为我至亲至爱的大师、令不朽众神欢喜的勒孔特③老爹写了一篇为这两名恶徒开脱的文章。关于这一点，这里有本书，我现在没时间读，这位伟大的好人似乎相当推荐。据说，这书的作者贝戈特先生是他认为观察最入微的好家伙之一；虽然他有几次表现出的宽厚实在难以解释，对我而言，他的话还是堪比德尔菲神谕④。所以，读读这些抒情散文吧！如果这位写出《薄伽梵》和《马格努斯的猎兔犬》⑤集诗韵于大成的伟大作家说得没错，以阿波罗之名，亲爱的大师，你将尝到奥林帕斯的琼浆之喜。"先前，他曾用一种嘲讽的语气要我喊他"亲爱的大师"，接着他自己也这么称呼我。事实上，我们在这游戏中得到不少乐趣，毕竟当时还很接近自以为命了什么名，就真能创造出什么的年纪。

可惜的是，与布洛赫闲聊，请他解释，并无法平息他丢给我的困扰。在布洛赫告诉我美妙的诗句（对我这个唯独期望从诗句中得到真相启示的人来说）之所以美妙，是因为它

---

①　"La blanche Oloossone et la blanche Camire"，出自缪塞《五月之夜》。

②　"La fille de Minos et de Pasiphaé"，法国 17 世纪剧作家拉辛的诗句。

③　勒孔特·德·利尔（Leconte de Lisle, 1818—1894），法国高蹈派诗人（Parnassien），1886 年获选为法兰西学院院士。

④　阿波罗神谕，自古在德尔菲的阿波罗神庙举办仪式，由女祭司皮媞亚颁布神谕。

⑤　《薄伽梵》（Bhagavat）、《马格努斯的猎兔犬》（Levrier de Magnus），皆是勒孔特作品中的的诗篇。

们绝对毫无意义之后，其实他就再也没获邀到家里来过。他最初还受到热烈款待。的确，外公常认为，每每我和某个同学交往特别密切，还带来我们家，那对方一定是个犹太人。基本上，他不会因而不悦——他的朋友斯万也是犹太裔——只要他没认定我选择的朋友往往不是最优秀的人。因此，每当我带新朋友回家，他很少不哼起歌剧《犹太女》[①]当中的段落："噢！上帝我们的天父"或"以色列断开锁链"[②]，虽说他当然只是哼出曲调 Ti la lam, talam, talim[③]，但我总害怕同学是不是会认出调子，把对应的歌词补上去。

　　见到人之前，光是听到他们的姓氏，而且通常根本毫无特别的以色列根源，外公不仅就已从中猜出了我那些确实是犹太裔的朋友的出身，偶尔甚至还料到他家可能有什么难缠的人。

　　"所以你那个今晚要来的朋友姓什么？"

　　"杜蒙，外公。"

　　"杜蒙！噢！我可得小心了。"

　　然后他便唱了起来：

　　"弓箭手们，严阵以待！

　　屏息不作声，警醒不懈怠；"

　　机灵地向我们追问几个较深入的细节之后，他常大声嚷嚷："当心哪！当心！"或者，已来到我家的受审者若是经

---

① 《犹太女》（La Juive），法文歌剧，由法籍犹太裔音乐家哈莱维（Fromental Halévy）作曲，剧作家及歌剧作词人司克里布（Eugène Scribe）创作脚本。1835 年 2 月于巴黎歌剧院首演。

② 圣桑（Saint-Saëns）歌剧《参孙与大利拉》（Samson et Dalila）第一幕第二景中参孙所唱的句子。

③ 根据普鲁斯特的写作笔记，这些音节应是希伯来文的赞美诗。

过一次暗藏心机的盘问，不知不觉间被他强迫供出自己的出身，那么，外公为了让我们知道他已确认不疑，便只盯着我们看，声音小到难以察觉地哼唱：

"这个胆小的以色列人，

什么，您竟领他来到此处！"

或者

"父亲的旷野，希伯仑，柔美的山谷。"[1]

又或者：

"是，我是上帝的选民。"

外公这些小癖好并不是对我同学怀有任何恶意。布洛赫不讨我父母喜欢，另有原因。首先，他惹火了我父亲；父亲见他身上淋湿，便很感兴趣地向他搭话：

"布洛赫先生，现在天气如何？刚下过雨吗？我真不明白，气压计明明显示天气好得很。"

但他只得到这样的回应：

"先生，我完全无可奉告有没有下过雨。生活中的物质琐事我完全置之度外，因此无意劳动我的感官去注意。"

"我说，我可怜的儿子啊，你的朋友是个傻子。"布洛赫离开后，父亲对我说，"怎么！他甚至不能告诉我当时的天气状况！有什么事比气象更重要！这人真是愚蠢。"

布洛赫接着又惹得我外婆不悦，因为，午餐后，由于她说身体有点难受，他突然就哽咽起来，频频拭泪。

"你要我怎么相信这是出自他的真心？"她对我说，"他

---

① 此句出自法国作曲家梅于尔（Étienne Méhul, 1763—1817）的歌剧《约瑟》。这个段落中外公所唱的其他曲子则出处不明。

根本不认识我。不然，他就是个疯子。"

最后，他惹得所有人都不高兴，因为他在午餐开饭后一个半小时才姗姗来迟，一身泥巴，不但没先道歉，还说：

"我从不让自己被坏天气或常规制订的时间影响。我很乐意重新提倡鸦片烟管和马来短剑，但不懂钟表和雨伞这些毒害更甚、而且乏味至极的布尔乔亚器具有何用处。"

尽管如此，原本他还是可以再来贡布雷的，然而他不是爸妈希望我结交的朋友。到头来，他们认为他为外婆身体微恙而流的泪水并非假装，但他们凭着直觉或经验知道，我们的敏感冲动对我们连串的行为及生活中的举止影响甚小，而尊重道德规范，对朋友赤胆忠心，创作一部作品，遵守一项制度，其扎实的根基主要是源自盲从的习性，而非来自短暂、热烈、却无法开花结果的激昂情绪。比起布洛赫，他们宁愿我结交的同伴能够谨守布尔乔亚的道德规范，不超出友谊允许之限度多给我什么，也不会未经知会、只因那天亲切地想起我，便寄来一篮水果；那样的同伴不会因为单单一次的想象与敏感，便令衡量友情的义务与要求的公正天秤偏向我这边，不会反而更加误使它有损于我。正因我们有愧，所以难以摆脱种种必须承担的天命，姑婆即是个中典范。多年来，她和侄女相处不睦，从不跟她说话，却也没因此更改遗嘱，仍然指定将所有财物留给她，因为那是她最亲的亲戚，"理应"如此。

但我喜欢布洛赫，爸妈想顺我的心；关于《密诺斯与帕西法埃之女》的缺乏意义之美，我百思不得其解。这些问题让我更为疲累、苦恼，胜过我若是罔顾母亲认为那些谈话害人不浅，还与他展开新的对谈可能造成的烦恼。我们本来还是能在贡布雷接待他的，要不是那次晚餐后，就像他刚告诉我的——这讯息后来对我的生活造成许多影响，使之更幸福，而后又更不幸——所有女人都以爱情为重，没有一个抵挡得了我们的征服，他再三保证说他曾听过一则言之凿凿的传闻，说我姑婆年轻时过得风风雨雨，还曾被公开包养。我忍不住把这些话重述给爸妈听，此后他再来贡布雷时便被挡在门外，后来我在街上跟他搭话时，他对我极度冷淡。

但是关于贝戈特，他说的是实话。

头几天，宛如一段会令人醉心不已的曲调，但我们尚未辨识出来，应该让我喜欢得不得了的文风并未显现。我离不开他那本我正在读的小说，但以为自己只是对题材感兴趣，就像恋爱初期，我们天天前去某个聚会、某种娱乐场所找一个女人，还以为吸引我们的是那些消遣。而后，我注意到他罕见的表述方式，几乎过时，但他喜欢用于某些时刻，而那时，一股和谐的伏流，一首内在的序曲，恰恰烘托出了他的风格；也正是在那些时刻，他开始谈"生命的徒然幻梦""美丽表象滔滔不绝的激流""理解与爱之无解又美妙的折磨""动人的真身雕像，使大教堂可敬又迷人的门墙恒久高贵"；他将一种全新的哲思传达给了我，用的是精彩绝伦的意象，简直可说是这些意象唤醒那竖琴悠扬的吟唱，伴随这歌声，造就出某种神妙的东西。贝戈特这些段落中有一段，第三或第四段吧，我特别从中挑了出来；这段相较于第一段之所获，给我的喜悦更是无与伦比，我觉得那喜悦来自我内在一块更深层的区域，更一致，更广袤，障碍与藩篱似乎都已拔除。因为，认出这份同样偏爱罕见表述的品位，这股同样音乐性的宣泄，这种同样理想主义式的哲思，早在其他几个时刻，在我犹不自知时，便已是我感到乐趣的原因。我不再觉得摊现眼前的是贝戈特某本书中一个单独的段落，只在我的思想表层单单用线条勾勒形貌，而是贝戈特"最理想的段落"，贯通他所有其余著作，类似章节尽数融入其中，将可造就一种厚度，一种体积，我的才智似乎也因而壮大。

我绝非贝戈特唯一的仰慕者，他也是我母亲一位文学素养很高的女性友人最喜爱的作家。况且，为了读他的最新作品，布尔彭医生甚至还不惜让病人久等。最初几粒醉心贝戈特的种子，就是从他的诊所以及一座邻近贡布雷的公园为起点开始扬起。这些种子当时还那么稀少，如今却已散播全世界，欧洲，美洲，就连最小的村落，到处都能找到他那人人共赏的理想之花。我母亲的女性友人，据闻，还有布尔彭医生，他们对贝戈特书中特别喜爱之处，就和我一样，也是那如歌般的流泻，那些古老的用语，还有另一些非常简单且广为人知的说法，但他安插得令人眼睛为之一亮，仿佛因而透露独特品位；最后，悲伤的章节带有某种突兀感，一种近乎粗哑的腔调。想必他自己应该也觉得这些皆是他最大的魅力。因为，在后来出版的书中，若是他遇上某个伟大真理，或是一座著名大教堂的名字，他便打断叙事，在一段乞灵召唤、一段当头棒喝的斥责、一段悠长的祈祷当中，大开自由之门，让这些在他早期作品中犹被锁在散文内的气息挥洒出来；这些气息当初仅随表层的波荡起伏流露，而在像这样蒙上一层纱，应当无法明确指认出它们的呢喃从何而生、又散向何方之际，或许挥发得还更轻缓、更和谐。他得意的这些段落正是我们最喜爱的段落。以我为例，我都能默记在心，倒背如流。当他重回叙事主线，我总有失落之感。每次论述某样事物，他总让我觉得自己以往从来不知其美：松树林、冰雹、巴黎圣母院、《亚他利雅》或《费德尔》[1]，他让这份美感在某个意象里爆发，喷溅到我心中。因此，我感受到，若非他将之拉近到我身旁，这宇宙中有多少事物是我微弱的感知无法辨别的；对于万事万物，我多想拥有如他那样的看法，他的比喻方式，尤其针对我有机会亲眼见到的事物；而在这些事物之间，特别是法国古老建筑与某些滨海风景，由于他在作品中屡屡提及，那执着证明了他认为当中蕴含丰富的意义与美感。可惜，几乎所有事物，我都不知道他的看法。我相信那与我的看法全然不同，既然这看法来自一个未知世界，而我试着晋升至那个世界：我深信，相较于他那完美的才情，我的想法显得纯粹愚蠢，我曾那么多次将一切清空，以至于当我偶然在他的某本书中遇见一项我已抱持的看法，心便涨得好满，仿佛有位仁慈的神将之交还给我，并宣告这看法合理且美妙。偶尔，贝戈特书中某一页恰恰说起我在夜里睡不着时常写给外婆和母亲、述说给她们听的内容，那文字如此相似，读来根本就像是一篇能放进我信件开头的题词大全。甚至到后来我也开始写书时，当某些句子的质感不足，让我无法坚定继续写下去，我也能在贝戈特的书写中找到对应的语句。但唯有在他的作品里读到那些句子时，我才能欢喜享受；若是由我自己来写，一心希望文句能精确反映我思我见，担心不够"贴切到位"，我总会花时间慢慢反

---

[1] 《亚他利雅》(Athalie)，拉辛最后的悲剧作品，创作于 1691 年，被誉为拉辛最成熟的作品。《费德尔》(Phèdre) 则是拉辛的悲剧代表作，以亚历山大体诗写成的五幕剧，1677 年于巴黎首演。

省我所写的是否令人愉悦！但事实上，我真正喜欢的也只有
这类句子，这类想法。我那些提心吊胆、心有不满的努力正
是一种爱的标记，少了欢愉、但深刻的爱。因此，当我突然
在别人的作品中发现这样的句子，也就是说，我不再左右顾
忌，不再一丝不苟，不再折磨自己，终于能陶然自在地展现
我偏好这类型文句，就好比一名厨师总算不必下厨，能有时
间好好当个饕客。有一天，我在贝戈特书里一段关于一名老
女仆的叙述中读到一则玩笑话；作家精彩又庄重的语言让笑
话更显讽刺，但那正是我常对外婆提到法兰索瓦丝时会开的
玩笑。另有一次，我读到他毫不避讳在那些堪称真相明镜的
著作中反映一则批评意见，恰恰类似我在某个场合对我们的
朋友勒葛朗丹先生有过的评论（对法兰索瓦丝和勒葛朗丹先
生的评论确实是我最毫不犹豫便献给贝戈特的祭品，因我深
信他不会对他们感兴趣）。我突然觉得，我卑微的人生和那
位本尊的王国相距并不如我以为的遥远，甚至在某些点上还
碰巧契合；于是，在自信与欣喜交集下，我对着作家的书页
哭了起来，仿佛投入失散多年的父亲的怀抱。

　　根据作品，我将贝戈特想成是一个孱弱失意的老头，从
来未能释怀丧子之痛。于是我在读着、心里默唱着他的散文
时，或许比他文章写就的速度还更"柔"、更"缓"[1]，就连
最简单的句子也以慈爱的语调向我娓娓道来。所有当中，我
最喜欢的是他的哲思，决意永远舍身追随。他的哲思令我等
不及想快快长大到能上中学的年纪，好进入大名鼎鼎的哲学
课堂。但我不希望班上教授其他课程，只想生活在贝戈特的

---

[1]　"dolce""lento"，音乐术语。

思想中；若是有人事先告诉我，日后我必须仰赖的形而上学大师们和他毫无相似之处，我的失望大概会有如一个恋爱中的人，毕生想献出真爱，但旁人总跟他说他日后会结交诸多情妇。

某个星期天，我正在花园里读书，被来探访我爸妈的斯万打断。

"您在读什么？我可以看看吗？呦，是贝戈特？是谁把他的作品介绍给您的？"

我告诉他是布洛赫。

"啊！是呀，那男孩我在这里见过一次，长得真像贝里尼画笔下的穆罕默德二世[①]！噢！实在很惊人，他有同样的拱形眉、弯钩鼻、高颧骨，等他长出一把胡子，那就真的是同一人了。总之，他有品位，贝戈特确实是个迷人的才子。"看到我那么仰慕贝戈特，一向不提自己交友广阔的斯万，出于好心破例对我说：

"我跟他很熟。如果在这书上题几个字能让您高兴，我可以请他这么做。"

我不敢贸然接受，但向斯万问了一些贝戈特的事。"您可以告诉我他最喜欢的演员是谁吗？"

"演员？这我不知道。但我倒是知道，在他心目中，没有一位男性艺术家能跟他最尊崇的拉·贝玛相提并论。您听过她的戏吗？"

[①]　真蒂莱·贝里尼（Gentile Bellini, 1429—1507），艺术家乔凡尼·贝里尼（Giovanni Bellini）的兄弟，文艺复兴时期威尼斯艺术家，曾在拜占庭帝国君士坦丁堡宫廷中工作，为苏丹穆罕默德二世作画。

"没有，先生，我爸妈不准我上剧院。"

"太可惜了，您应该跟他们争取。《费德尔》、还有《熙德》①里的拉·贝玛，容我这么说，可不是区区一个女演员而已。您知道，我不认为艺术的'阶级！'有那么重要。"（由于这一点在他和外婆的姊妹们的对话中常让我印象深刻，我注意到，每当他谈及严肃正经的事情，使用一种看似在重要主题上发表某种意见的说法时，他总会刻意把那个词分开来说，语调十分特别，机械化，带着讽刺，仿佛框在引号当中，仿佛不想为这个语词负责，说："阶级，您知道，就像可笑的人们说的那样？"但这么一来，如果这是可笑的说法，他为什么又要讲阶级呢？）过了一会儿，他又补充说："那会给您一幅跟任何杰出画作同样高贵的景象，无论哪一出，我不知道……像是……"他笑了起来，"沙特尔王后列像②！"此前，他对于正经地表述自己意见的这份恐惧，在我看来有某种优雅、是巴黎人才有的，与外婆姊妹那种外省的教条式思想正好相反；而我也怀疑，那在斯万往来的小圈圈当中是一种才情的表现：在那圈子里，为了反抗前几个世代盛行的抒情主义，他们特意夸张重建过去以庸俗闻名的细枝末节，禁止"辞藻华丽的文句"。但现在，我觉得斯万这种处事态度当中有令人反感之处。他似乎不敢有意见，只在能一五一十地给出精确资讯时才安心。所以他不知道，这些细节的精确之所以重要，就在于公开意见，提出假设。于是我又想起那顿晚餐：当时我心中如此悲伤，因为想着妈妈大

_____

① 《熙德》(Le Cid)，法国17世纪剧作家高乃依的名作。
② 实指沙特尔教堂西拱门上刻画《圣经》所载之列王列后的雕像。

概不会上楼来到我的房间，他则说了雷昂亲王夫人家举办的
舞会不具任何重要性。然而他正是为了那种乐趣而消耗人
生。我觉得这一切矛盾极了。他究竟是为了另外哪样的生活
而这么拘谨着，不肯干脆正经地说出自己当下的想法，有条
理地讲出他大可不必放入引号的评判，不再守着吹毛求疵的
礼节，单刀直入他同时也明言可笑的事物？我同时注意到，
斯万和我谈论贝戈特的方式中，倒是有些许特质并非他独有，
而是彼时我母亲的女性友人、布尔彭医生，以及这位作家的
所有仰慕者共有的。如同斯万，他们这么形容贝戈特："他是
一位迷人的才子，那么特殊，有种他独有的叙事方式，有点
刻意讲究，但又那么令人愉悦。不必看署名，立刻就知道是
他的作品。"但这些人谁也不至于会说："他是一位伟大的作
家，拥有伟大的才能。"甚至不说他有才能。不说，因为他们
不知道。我们要花很长一段时间，才能从一位新作家的特殊
表象认出世俗想法的博物馆中称得上"才能卓越"之名的模
范。正因为这新的表象前所未见，我们便觉得他不全然像是
可被称为"才能之士"的人。我们宁可提创意、魅力、巧妙、
力道，而后有一天，我们发现，这一切正是才能。

"贝戈特曾经在作品中提到拉·贝玛吗？"我问斯万。

"印象中，在他那本关于拉辛的薄册子里提过，但那书
应该已经绝版了。不过也许再版过，我去打听看看。此外，
您想要什么，我都可以向贝戈特说，一年当中他没有哪个礼
拜不来我家晚餐的。他是我女儿的好朋友。常一起去参观历
史古城，大教堂，城堡等等。"

由于当时我毫无社会阶层概念，而长久以来，父亲认为
我们与斯万夫人和斯万小姐绝无往来的可能，这多少有些影

响，使得我想象她们和我们之间距离遥远，使得她们在我眼中别具威望。我遗憾母亲不染头发，不搽口红，不像我先前从邻居萨扎哈夫人那儿听说的斯万夫人那样打扮自己，但斯万夫人这么做不是为了丈夫，而是为了取悦夏吕斯先生。而且我猜想，我们是她轻视的对象，尤其让我难过的是斯万小姐；人家告诉我，她是个很漂亮的小女孩，我常幻想她的长相，每次见到一张同样任性又迷人的脸庞，就借来挪用在她身上。但当我那天得知斯万小姐是个条件如此难得之人，得天独厚地浸淫在享有那么多特权的环境，以至于她问她的双亲是否有谁能来共进晚餐时，得到的答案是"贝戈特"这几个充满光明的音节，是这位黄金贵客的大名，但对她来说，那不过是一个家族老友；此外，所谓餐桌上的亲密闲聊，就我而言，相当于我与姑婆的对话，但她得到的是贝戈特的妙语如珠，关于他无法在他的书中探讨的一切题材，我多想亲耳听他降示神谕啊；最后，当她去一些城市观光时，他陪伴在她身旁同行，无人认出，自负得意，如同两个下凡的神仙。就在那时，我领悟到斯万小姐这样一个人的身价，在她眼中，我该是显得多么粗俗无知。我的痛苦如此剧烈，不可能成为她朋友的体悟如此之深，一时之间满腔欲望与失望。现在，当我想起她，最常浮现的景象是她站在一座大教堂拱门前，为我说明各个雕像代表的意义，并且，带着说我好话的笑容，将我以朋友的身份介绍给贝戈特。各地大教堂给我的所有想法充满魅力，法兰西岛[①]的山坡与诺曼底平原风景

---

　　① 法兰西岛（Île-de-France），塞纳 – 马恩河与卢瓦尔河中游之间，以巴黎为中心的行政大区，出现于 10 世纪的卡佩王朝，自古是王公集结之地。如今有时被称为"大巴黎地区"。

迷人，那些迷人魅力的光彩汇流到我心目中的斯万小姐形象上：我随时可以爱上她。爱情需要各种严格的条件才能诞生，当中最重要、令其余一切皆相形失色的，即是要我们相信，有个人过着我们未知的人生，而透过他的爱，我们将能深入其中。即使那些宣称只从外在相貌来评断一个男人的女性，也能从这副外表看见一个特殊的生命大放异彩。这就是为什么她们喜欢军人和消防队员：制服让她们对脸孔长相不那么挑剔；盔甲之下，她们相信自己正吻着一颗不一样的心，那颗心既勇于冒险又和善温柔；而一位年轻君王，继承大业的王子，若要在他走访的异国里展开最甜言蜜语奉承体贴的追求，并不需要一副对场外证券掮客而言也许不可或缺的端正相貌。

　　我在花园读书，若在星期天以外的日子这么做，我姑婆恐怕不能理解：周日这一天禁止操忙任何正事，她不拿针线做女红（若是在周间，她大概会对我说："你怎么还在读书取乐，今天可不是星期天。"这么一来，她在"取乐"这个词中就掺进了幼稚和浪费时间的含意）。这段时间，雷欧妮姨妈跟法兰索瓦丝闲聊，等着尤拉莉来访。她告诉法兰索瓦丝，她刚才看见古毕尔夫人走过，"没带伞，穿着她在夏托丹订制的丝裙。要是她在晚祷前还有很远的路要走，很可能会把裙子给沾湿弄脏。"

　　"或许吧，或许吧（意思是或许不会）。"法兰索瓦丝这么说，为了不就此排除另一种更合理的可能。

　　"对了，"姨妈拍了一下额头，"这倒是让我想起来，我完全不知道她究竟是不是在举扬圣血圣体仪式过后才到了教堂。我可得记得要向尤拉莉问个清楚⋯⋯ 法兰索瓦丝，您看看，钟楼后面那片乌云，还有照在屋瓦上的毒辣太阳，今天当然不可能不下雨。一直这样，真受不了，天气实在太热了。雨越早下越好，毕竟若是不闪电打雷，我的薇姿矿泉水可就下不来。"姨妈又说。在她的想法中，急于代谢薇姿矿泉水的渴望，远远胜过担心目睹古毕尔夫人毁了她的丝裙。

"或许吧，或许吧。"

"只是呢，一旦下起雨，广场上能躲雨的地方并不多。"

"什么，已经三点了？"姨妈突然嚷了起来，脸色发白，"所以晚祷已经开始了，我竟然忘了我的胃蛋白酶！现在我终于懂了为什么我的薇姿矿泉水还一直留在胃里。"

她急忙抓起一本弥撒书，紫色绒布烫金装帧；匆忙之中，不小心让一些图片从书里掉了出来：那些图片边缘缀饰了一条泛黄薄纸花边，插在遇上节日的那几页中。姨妈边吞下药水，边用最快的速度诵念经文，由于不确定喝下薇姿矿泉水这么久之后，胃蛋白酶的药效是否还能追上，让水分下来，她脑筋稍微有点昏钝。"三点，真不敢相信时间是这么过的！"

玻璃窗发出一小记声响，仿佛被什么东西撞上，接着是一阵大规模的轻声坠下，好比有人从楼上窗户洒下沙粒；然后坠落范围扩大，恣意欢快，配上一种节奏，益发流畅，鸣响，有音乐性，不可计数，涵盖一切：下雨了。

"好极了！法兰索瓦丝，我刚刚是怎么说的？我就说会下雨嘛！不过，我想我听到花园侧门的铃铛在响，快去看看，是谁在这种天气还跑出门。"

法兰索瓦丝回来后报告：

"是阿玛迪夫人（我外婆）说她要出去逛一圈。可是这雨下得很大哪！"

"我一点儿也不惊讶。"姨妈朝天翻了个白眼，"我一直都说她的脑袋跟大家都不一样。幸亏这种时候在外面的是她，而不是我。"

"阿玛迪夫人呀，她永远在别人追不上的极端。"法兰索瓦丝说得委婉，要留待和其他仆人共处时，才会说她觉得我外婆有点"神经兮兮"。

"弥撒仪式都做完了！尤拉莉不会来了。"姨妈唉声叹气，"大概是这天气让她却步了。"

"但现在还不到五点呢，欧克塔夫夫人！才刚四点半而已。"

"四点半而已？我不得不卷起小窗帘才能照到一点可恶的阳光。才四点半哪！祈愿节①前一个星期！啊！我可怜的法兰索瓦丝！仁慈的上帝不生我们的气都不行。还有，如今这世道实在太夸张！就像我可怜的欧克塔夫以前常说的，人们过分遗忘上帝，会遭祂报应的。"

姨妈的脸颊顿时有了血色，整个红润起来：尤拉莉来了。可惜的是，才刚把她引进门，法兰索瓦丝也进来了，脸上还带着微笑，因为她确信自己的一番话必能激发姨妈的喜悦欢呼，于是也想加入齐唱。她一个音节、一个音节地将字咬清楚，意在展现，尽管使用间接句语式，她这个尽责的女仆仍忠实传达了访客的惠允之言：

"本堂神父先生将深感荣幸，欣喜，倘若欧克塔夫夫人愿意牺牲休息时间接见他。本堂神父先生并不愿打扰。本堂

---

①　祈愿节（Rogations），复活节后的第37至39日，也就是耶稣升天日的前三天。在这段时间，教徒进行斋戒，向上帝祈愿。

神父先生在楼下，我已请他进到大厅。"

事实上，神父的来访并不如法兰索瓦丝猜想的那样令姨妈高兴；她每次宣告神父来访时自以为该挂在脸上的欣喜表情，也同样不完全对应病人的感受。本堂神父（非常好的人，我遗憾未能和他再多交谈，因为他虽对艺术一窍不通，倒是通晓许多字根来源）习惯提供参观者印象深刻的教堂资讯（他甚至想写一本关于贡布雷教区的书），长篇解释无止无尽，因而令她这个病人疲惫，更何况内容一成不变。当他刚好与尤拉莉同时抵达，对姨妈而言，他的到访就真的变得非常讨厌了。她多希望能好好享受尤拉莉的到访，而不是所有人挤成一团。但她不敢不接待本堂神父，只好对尤拉莉示意，要她别跟神父一起离开，她希望待神父走了之后再多留她一会儿。

"神父先生，这阵子大家不知跟我说过多少次了，有个艺术家把他的画架架在您的教堂里，好临摹一面彩绘玻璃。我活到这把岁数，可说从来没听过这样的事！也没听过教堂里有过比这个更粗鄙的事情！"

"我倒不至于会说那是历来最粗鄙的事，毕竟，若说圣依拉略确实有值得参观之处，那么其他部分也已非常老旧了；我可怜的座宗圣殿，整个教区就只剩它还未修缮！上帝啊，那入口拱门又脏又旧，但终究带有一种崇高的特质；以斯帖的壁毯也还算不错，虽然我自己不认为那有什么价值，但行家却哄抬说那是仅次于桑斯大教堂的收藏①。此外，我

---

①　桑斯大教堂（Cathédrale de Sens）位于勃艮第，藏有 15 及 16 世纪的壁毯，呈现一幕幕宗教场景，以斯帖加冕图尤其著称于世。

承认，在某些稍嫌写实的细节之外，这些壁毯倒也呈现了别
种细腻，见证一种不折不扣的观察精神。不过，但愿大家别
来跟我谈彩绘玻璃。这有道理吗？那些窗户，不让光线透进
来，甚至还用一种我不知该如何定义颜色的各种光影欺骗视
觉，设在一座地面没有两块石板铺得等高的教堂里，还称说
那是贡布雷历任神父和盖尔芒特家族历代领主及古代布拉邦
历朝伯爵的墓地，所以拒绝帮我更换。当今的盖尔芒特公爵
的直系祖先也是公爵夫人的直系祖先，因为她原本就是盖尔
芒特家的小姐，嫁给了她的表亲。"（由于我的外婆实在对人
太不感兴趣了，最后竟将所有姓名全混在一起；每当有人说
到盖尔芒特公爵夫人的名字，外婆就以为她应该是维勒帕里
西斯夫人的亲戚。大家每每哄堂大笑；于是她引用一封喜丧
通知帖试图辩解："我记得这内容似乎提到了盖尔芒特。"难
得一次，我和其他人一样反对她，因为我无法认同她在寄宿
学校结识的朋友会跟洁妮维艾芙·德·布拉邦的后代有亲戚
关系。）

　　"看看鲁森维尔，那地方如今只是个农民小教区，尽管
古时多亏了羽毛帽业和挂钟业的兴盛，一度是个商业重镇。
（我不确定鲁森维尔的字源，很愿意相信它原始的名称是鲁
维尔 [Rouville, Radulfi villa]，就跟夏朵鲁 [Châteauxroux,
Castrum Radulfi] 一样，但这个故事我下次再告诉您。）好
极了！那里的教堂拥有华美的彩绘玻璃，几乎每一面都是
现代产物；还有那面气势逼人的《路易－菲利普进入贡布
雷》，放在贡布雷本地应该更适得其所；据说它的价值可比
沙特尔那面著名的彩绘玻璃。我昨天还见到佩尔斯皮耶医
生的兄弟，他是这方面的爱好者，他就视这彩绘玻璃为一

件杰作。"

"但是，正如我常问那位艺术家的，话说这人相当有礼，而且显然也是个挥洒画笔的高手，所以您觉得这面比起其他花窗稍嫌阴暗的彩绘玻璃，有何不同凡响之处？"

"我确定，您要是向主教大人开口，"姨妈的口气无精打采，开始认为自己就快厌烦了，"他不会拒绝给您换片新的。"

"您想得倒好，欧克塔夫夫人。"本堂神父回应，"但偏偏就是主教大人挺身而出，处置了这块晦气的玻璃。他证实这幅画呈现的是恶王吉尔贝，盖尔芒特大人，出身盖尔芒特的洁妮维艾芙·德·布拉邦的直属后代，得到圣依拉略的宽恕赦罪。"

"但我没看到圣依拉略在哪里呀？"

"当然在，就在彩绘玻璃的角落，您从来没注意到一位身穿黄色长袍的贵妇吗？这就对了！那就是圣依拉略，您知道的，在某些省份也称为圣伊利耶、圣埃利耶，在汝拉省甚至叫圣伊利。此外，在所有圣人姓名当中，圣者伊拉卢斯之名的这种种曲解还不是最奇怪的产物。就像您的主保圣人，我好心的尤拉莉，圣女尤拉莉亚，您知道到了勃艮第地区变成什么吗？很简单，圣安利日：她成了个男圣者。您能想象自己死了之后被当成男人吗？尤拉莉？"

"本堂神父先生总是爱说笑。"

"吉尔贝的兄长，夏尔勒·勒·拜各，虔诚的王子，但早年逝父，他的父亲就是疯子丕平 [1]，死于精神疾病。这王

---

[1]　夏尔勒·勒·拜各（Charles le Bègue）、疯子丕平（Pépin Insensé），两者皆是普鲁斯特虚构的君王。

子极权独裁，仗着年轻，自负到了极点，没有规矩；一旦看城里哪个人的长相不顺眼，便派人屠村，杀到最后一个居民。吉尔贝想向夏尔勒讨回公道，下令烧毁了贡布雷的教堂。当时那座原始的教堂属于戴欧德贝；更早以前，他带着臣子离开距此不远、位于提贝尔吉（戴欧德贝尔亚库斯）的乡间别屋，前去攻打勃艮第王室。他曾许诺，要是圣依拉略助他赢得胜利，他便在圣人的坟上盖起一座教堂。现在残存的仅有岱欧多应该已经带各位去过的地下圣堂，因为吉尔贝把其余部分全给烧光了。然后，在征服者威廉①（神父的口音说成威洛）的协助下，他击溃倒霉的夏尔勒。因此，许多英国人也会来此地参观。不过，他似乎不懂如何赢得贡布雷的民心，因为，这里的居民在他离开弥撒时砍下了他的脑袋。其余的，岱欧多出借的一本小书里都有详尽解释。

　　"不过在我们的教堂里，最殊胜的无疑是从钟楼上向外望去的视角，雄伟壮阔。当然了，您的身体不是那么强健，我不建议您去爬那九十七阶楼梯，那阶数还只是著名的米兰大教堂的一半。这对一个健康的人来说就已经够累的了，更何况，要是不想撞破头，还得弯着腰，因而把楼梯间的蜘蛛网全给沾揽到了身上。总之，您一定得穿得够暖，"他又补充道（浑然不觉自己竟失礼地让我姨妈生出她有办法登上钟楼的想法），"因为一登到那上头，风可是大得不得了！有

---

　　① 征服者威廉，即威廉一世（1028—1087），第一位诺曼英格兰国王，1066年起始统治英格兰，直到1087年去世为止。他是维京掠夺者罗洛的后裔，1035年成为诺曼底公爵威廉二世，1066年，诺曼征服英格兰。威廉要求成为英格兰国王，率领一支由诺曼人、布列塔尼人、佛兰芒人和来自巴黎和法兰西岛的法国人组成的军队入侵英格兰，即著名的诺曼征服，故亦得名"征服者威廉"。

些人断言在那上面感受到了濒死之寒。星期日，成群游人会
不惜远道而来，赞叹一望无际的美景，心醉神迷地踏上归途。
无所谓，下个星期天，如果还是好天气，您一定能见到不少
人，毕竟那天是祈愿节。此外，可也得承认，从钟楼望去能
享受到一种梦幻仙境般的视野，平原上远远浮现的各式景观
别有一番风味。天气晴朗的时候，视线甚至能远及凡诺伊。
最特别的是，可将平时看得到这一样、就见不到那一样的景
物一次尽收眼底，像是维冯内河的河道，和圣－阿西斯－雷
斯－贡布雷的灌溉沟渠，被一排如帘幕般的大树隔开；又或者
像是茹伊－勒－维贡特（如您所知，Gaudiacus vice comitis[①]）
的各条运河。我每次去茹伊－勒－维贡特，的确都会看到一
段运河，转过一条街之后又会看见另一段，但前一段已不在
视线内。透过思考的运作，我将那些全部置于一起，这其实
多此一举，起不了多大作用。从圣依拉略的钟楼上望去，完
全是另一回事：整片地方就陷在一片大网之中。只是呢，您分
辨不出水流，那倒像是一条条大裂缝，巧妙地切割城市，分
成好几个区块；整座城就像一个布里欧面包，一块一块地聚集
在一起，但其实早已预先切妥。要是有本事同时身处在圣依
拉略的钟楼和茹伊－勒－维贡特，那可是最理想了。”

　　本堂神父让姨妈太过疲累，以至于他才刚走一会儿，她
就不得不请尤拉莉打道回府。

　　“拿着吧，我可怜的尤拉莉。”她虚弱地说着，边从手里

---

　　①　前一地名的拉丁文说法。在《斯万家那边》中，本堂神父那些关于地
名的字源说法大多来自19世纪史学家儒勒·基舍拉（Jules Quicherat）的著作《古
地名之法文化》（De la formation française des anciens noms de lieu）。

的小钱包拿出一枚钱币，"这是为了让您别忘记为我祈祷。"

"啊！可是，欧克塔夫夫人，我不知道该不该拿。您很清楚我不是为了这个而来！"尤拉莉每次都同样地犹豫和为难，都仿佛像第一次那样，而且还故意摆出不满的神情，令我姨妈觉得好笑，却又不至于让她讨厌；毕竟，哪天尤拉莉要是拿了钱币，看起来又没有平时那么不好意思，我姨妈就会说：

"真不知道这尤拉莉是怎么了；我给的明明就跟平常一样，她看起来却不太高兴。"

"我相信她没什么好抱怨的。"法兰索瓦丝叹了一口气。她倾向把姨妈给她或给她孩子们的视为小钱，而把每个星期日放进尤拉莉掌心里的那几枚小硬币，当成是姨妈失心疯浪费在忘恩负义之人身上的珍贵宝藏，但那钱币塞得那么低调，法兰索瓦丝从来没能看见。这并不是说姨妈给尤拉莉的钱，法兰索瓦丝也想得到。姨妈拥有的，她也享用了不少，因此很清楚女主人的财富也提升了她家女仆在众人眼中的地位；而她，法兰索瓦丝，在贡布雷、茹伊－勒－维贡特和其他地方之所以有分量，受尊重，乃是因为姨妈名下拥有多笔田产，本堂神父频繁且冗长的拜访，和蔚为奇观的薇姿矿泉水消耗量。她之所以小气，不过是为了我姨妈着想；要是能由她来管理她的财产——这可是她梦寐以求之事——她会以凶猛的母性抵御外人的盘算。然而她素知我姨妈为人慷慨到无可救药，不觉得姨妈随意赠予有何大不了——如果馈赠对象是富人的话。也许她是这么想的：富人并不需要我姨妈的礼物，所以不可能有因为礼物才喜欢她的嫌疑。此外，送给具有极大财富优势的人，像是萨扎哈夫人、斯万先生、勒葛朗丹先生、古毕尔夫人等与我姨妈"同个阶级"，而且"在一起很相配"的人们，在她看来，那些礼物就像是融入了那些富人奇特又耀眼的生活所需；这些富人打猎，开舞会，互相拜访，她对此总是带着微笑赞叹。但是，姨妈大方挥霍的受惠者若是法兰索瓦丝口中"跟我一样的人，比我好不到哪里去的人"，也就是她最看不起的人，那事情可就不同了；除非他们喊她"法兰索瓦丝夫人"，而且不把自己看得"比她低"。当她发现，姨妈罔顾她的苦口婆心，仍然一意孤行把钱往水里扔——至少法兰索瓦丝是这么认为——送给卑微的小人物，她便开始觉得，相较于在她想象中尤拉莉得到的丰厚数目，姨妈平时给她的简直就是蝇头小利，乃至于贡布雷周遭的田地无一不让法兰索瓦丝猜疑，能被尤拉莉靠着每次来访的所得轻易买下。事实上，尤拉莉也持着同样的想法在估算法兰索瓦丝暗地里的庞大资产。通常，尤拉莉才刚离开，法兰索瓦丝便立刻推测起她又有了多少进账，毫不避讳。她恨尤拉莉，但也怕她，认为尤拉莉在场时自己应该要给她"好脸色"。她人一走，法兰索瓦丝便振作起来，不再实际提到她的名字，而是提高嗓门，如西比拉女巫宣判神谕那般大声讲出《圣经·传道书》中那种普世皆准的陈述，而这种话术姨妈不可能充耳不闻。掀起窗帘一角确认尤拉莉已确实关门出去后，她说："谄媚阿谀之人懂得如何受到欢迎，并从中图利；但耐心等着瞧，总有一天，仁慈的上帝会让他们所有人得到报应。"目光斜睨，带着约阿施特意影射亚他利雅时的暗中嘲讽所说：

> "恶人的幸福如急流骤然而逝。"①

---

① 拉辛剧作《亚他利雅》第二幕中的台词。

　　但若是本堂神父也来拜访，而且没完没了不肯走，使得我姨妈精疲力尽，法兰索瓦丝便会跟着尤拉莉离开房间，并说：

　　"欧克塔夫夫人，我不打扰您休息了，您看起来很是疲累。"

　　姨妈甚至不答话，深深叹出一口气，仿佛那就是最后一口了；她双眼紧闭，如同死人。不过，法兰索瓦丝才刚下楼，四声铃响便以最猛烈的声量在屋内回荡，姨妈已从床上坐起，大喊：

　　"尤拉莉已经走了吗？你相信吗？我忘了问她古毕尔夫人是否赶在举扬圣体圣血仪式之前抵达教堂！快去追她！"

　　但法兰索瓦丝没能追上尤拉莉，无功而返。

　　"真恼人，"姨妈边说边摇头，"我要问她的事情里就唯独这件最重要！"

　　雷欧妮姨妈的生活便是这么度过，每天一模一样，惬意地一成不变，如她假装轻蔑、实则温柔所称的，她的"小日常"。所有人都共同小心维护着，因为家中每个人都有经验，知道建议她多注重身心健康根本没用，逐渐也就顺从了她这样的生活节奏；但不仅家人，就连镇上隔我们三条街那个包装工人，在要钉箱子之前，也都会派人来问法兰索瓦丝，看看姨妈是否"没在休息"——然而，那一年，这规律的日常作息曾遭到扰乱。如同一颗被遮蔽的果子，没人注意到它已成熟，而且自行落果：某天夜里，厨房女仆分娩了。但她实在痛得受不了，贡布雷又没有产婆可为她接生，法兰索瓦丝不得不在天都还没亮时便赶往提贝尔吉找一位过来。女仆的惨叫使得我姨妈无法休息，尽管两地距离不远，法兰索瓦丝却拖到很晚才回来，让她十分挂心。于是，那天上午，妈妈对我说："那你就上楼去看看姨妈有没有什么需要吧！"我进到寓所第一个厅室，从敞开的门看见姨妈侧躺着，她睡着了；我听见她轻微的鼾声。我正打算悄悄离开，但想必先前发出的声响已经打扰到她的睡眠，就像人家在谈论汽车时说的，"换了挡"，因为打鼾的乐声停顿了一秒，随即以较低沉的音调重新奏起，接着她便醒了过来，脸转过来一半，恰巧让我看得清清楚楚：那脸上带着一种惊恐的神情，显然她刚做了噩梦。从她的位置，她看不见我，而我就僵在原地，不知该上前还是退下。但她似乎已经回到现实状态，辨识出先前害怕的其实是视觉造成的假象，一抹喜悦的笑容，虔诚感谢上帝让生活不似梦境残酷，微弱地照亮她的脸庞，并带着她已养成的那个以为周遭只有自己一人、因而放声自言自语的习惯，喃喃地说："赞美上帝！我们的麻烦只有临盆的厨房女仆一个。真没想到会梦到我可怜的欧克塔夫复活，而且要我每天出去散步！"她伸手探向放在小桌上的念珠，但再度袭来的睡意使得她无力够取；平静下来之后，她又睡着了。我踮起脚尖离开房间，无论她或其他人，从来没有人知道我当时听见了什么。

　　当我说，除了非常鲜见的事件，例如厨房女仆这次临盆以外，姨妈的日常运行从未遭到任何变动，我说的不是每隔一定时间就反复出现、在制式之中再加入另一种制式的同样变化。因此，每周六，由于法兰索瓦丝总会在下午去鲁森维尔－勒－班的市集，我们的午餐时间因此会提前一个小时。姨妈对这每周一次有违她习惯的例外已经如此习惯，于是把这习惯也当成其他习惯一样坚持着。姨妈把这习惯，如法兰索瓦丝所言，严重"例行公事化"，以至于要是某个星期六她得等到正常时间才能用午餐，就会觉得"无所适从"，仿若另外不知哪一天，她又得把午餐往前调整到星期六的用餐时间一样。此外，对我们而言，午餐时间往前调也赋予了星期六一种特殊、宽容，而且颇为可亲的形象。通常在轻松用餐前还有一个小时要过的时候，我们知道，再过几秒钟，就能见到一道道菜端上桌：趁嫩摘下的苦苣、一份特别招待的煎蛋、一块教人担当不起的牛排。这不对称的星期六又快到来，这原是一件家内的、地方上的，几乎是寻常百姓间的小事，在宁静生活与封闭社会中营造出了某种全国性的关联，变成最受欢迎的话题、玩笑题材、尽其所能地浮夸叙事的主题：若是我们当中哪个人拥有能写出长篇史诗的头脑，这现成就是一个传奇社交圈的核心思想。从一大早开始，在尚未穿戴整齐之前，没有什么理由，只想体验一下团结力量大的有趣，我们带着好心情、真挚诚恳之意、家族的自豪感，彼此互相提醒："没时间可浪费了，别忘了今天是星期六！"然而，边想象这天应该会比平时漫长，边跟法兰索瓦丝商量着，我的姨妈说："若是您能给他们料理一块美味的小牛肉就好了，毕竟今天是星期六。"假如到了十点半，有哪个谁闪神拿出怀表说："加油，再过一个半小时就到午餐时间了。"每个人都会很高兴能逮到机会对他说："拜托，您在想什么啊？您忘了今天是星期六！"我们直到一刻钟以后都还能拿这件事说笑，甚至擅闯上楼，把这迷糊健忘的插曲讲给姨妈听，逗她开心。就连天空似乎也跟着改变了面貌。午餐后，太阳意识到那天是星期六，便在高空多闲逛了一个小时；有人以为我们去散步的时间晚了，发现圣依拉略钟楼这才敲了两响（冷清的街道上，钟声通常还遇不到人，因为大家或是在用午餐，或是在睡午觉；声响沿着连钓者都暂时弃守的湍急、亮白的河流，孤单地穿越仅剩几朵云懒懒徘徊的空荡青空），说："怎么才两点？"所有人则齐声回应："您会弄错，是因为我们已提前一个小时用了午餐。您明知今天是星期六！"一个在十一点到家里来找我父亲谈话的野蛮人（我们这么称呼所有不知道星期六有何特别的人），他的讶异最令法兰索瓦丝开心。不过，访客不晓得我们周六会提早用午餐，无言以对，这件事固然令她觉得有趣，更让她觉得滑稽的是，我的父亲完全没想到这个野蛮人竟可能不知道此事，而他面对那人看见我们已坐进餐厅时的讶异，也不多做解释，只说："拜托，今天可是星期六呢！"法兰索瓦丝描述到这里时，忍不住笑得频频拭泪，而且为了加强这乐趣，她还延长对话，自创访客对这个什么也没说明的"星期六"作何回应。我们非但不嫌她画蛇添足，反而觉得意犹未尽，说："可是我觉得他好像还又说了什么。您第一次叙述的版本比较长。"就连姨妈都放下手上的书，抬起头，从手持眼镜上缘注视这边。

星期六还有一项特别之处：五月之中，每到这一天，我们在晚餐过后会出门参加"玛利亚之月"①的仪式。

由于我们偶尔会在那儿遇见凡特伊先生，他对"世风日下，不修边幅的可悲年轻人"又非常严厉，母亲因此会特别留意我的衣着没有任何不妥，然后一起出发去教堂。回想起

---

① 玛利亚之月，欧洲天主教传统将繁花盛开的五月献给圣母玛利亚。18世纪盛行尊崇圣母的法国当月会举办各种活动及仪式，例如念颂《玫瑰经》。

来，我就是在玛利亚之月喜欢上白山楂花的。不仅在那么神圣的教堂里，凡我们有权进入之处、甚至祭坛上，皆摆放了与它们所参与的仪式的神秘感密不可分的白山楂花；它们并列绑起的枝芽在火炬与圣瓶之间铺上了一层节庆的基调，大量缀满亮白小花蕾的叶丛宛如新娘礼服长长的拖摆，将花彩雕刻装饰得更加漂亮。但是，我不敢直视，只敢偷瞄，感到这华丽而盛大的背景生气蓬勃；正是大自然本身在叶丛中凿刻出这一朵朵花形，增添这些白色蓓蕾的究极妆点，使这幅布景画面既具凡人的欢欣鼓舞之感，又达到神秘庄严的境界。稍高一点，白山楂花冠遍处盛开，优雅且无忧无虑，仿佛最后一笔云雾般轻盈的淡妆，不经意地托住雄蕊束，而雄蕊细如蛛丝，让整株花朵绽放芬芳；我起而效之，试着在心底模仿它们盛开的姿态。想象中，仿佛有一位白衣少女，心不在焉又活泼有朝气，眯着眼睛，目光娇俏，不经心地迅速甩了甩头。凡特伊先生带着他女儿来到我们旁边坐下。他的家世良好，曾是我外婆姊妹们的钢琴教师，在妻子去世后继承了财产，退引来到贡布雷附近，我们常在家里接待他。但他太过腼腆，后来就不再来访，以免遇见斯万，因为斯万结了个他称为"随波逐流，门不当户不对的婚姻"。我的母亲得知他会作曲，便殷勤地对他说，日后她前去探访时，请他务必让她聆听几段他的作品。凡特伊先生本来大可满怀喜悦，但他的礼貌和善意过度扩张到了疑神疑鬼的地步，永远设身处地在为他人着想，担心对别人造成困扰，生怕万一自己听从了内心的渴望、甚或只是让人猜到了他的渴望，在别人眼中就会显得自私。我爸妈去拜访他的那天，我也跟着去了，不过他们允许我待在外面就好。凡特伊先生的屋子位于蒙朱凡村，由于坐落在一个灌木丛茂密的土墩低处，我藏身的灌木丛所在高度正好对着房子三楼的沙龙，距离窗户大约五十厘米。当仆人进去通报我父母来访时，我看见凡特伊先生急忙把一份乐谱摆在钢琴上的明显位置。然而我爸妈一进入厅内，他又抽走那份乐谱，放到角落。想必他担心他们起疑，以为他之所以高兴见到他们，只是因为能弹奏自己作的曲子给他们听。拜访中，我母亲锲而不舍地重提愿望，他则多次重申："真不知道是谁把这东西放在钢琴上，它不该出现在这里的。"然后转移话题，正因为他对那些新话题较不感兴趣。他唯一热衷的是他的女儿，她女儿看上去像个男孩，身形那么壮硕，以至于人们见她父亲对她百般呵护、总是往她肩上再多披几条长披肩时，总会不禁发笑。我外婆常提醒我们注意：那个满脸雀斑的孩子，她粗鲁的目光中经常闪过一种温柔、细腻、几乎害羞的神情。当她开口说完一段话，便会以说话对象的想法去理解这段话，提醒自己可能出现的误会；于是，在那张"善良魔鬼"的男性化面孔之下，宛如透明般地，能见到一个忧伤少女那种较细致的轮廓清晰浮现。

　　到了该离开教堂的时刻，当我在祭坛前跪下，随后起身时，突然间，我闻到一股杏仁的苦甜气味从白山楂花枝飘散出来；于是，我才发现，花朵上有些小小的地方偏向淡淡的黄色，我猜想香味就藏在那下方，如同藏在杏仁蛋奶酥馅饼焦黄部分下方的味道，或凡特伊小姐红褐雀斑下方的脸颊气味。尽管白山楂花默默不语，这一阵阵的郁香宛如它们紧凑一生的呢喃，祭坛因而轻颤，就像受到生灵触角探访的一道乡间围篱，那触角是在看见某些几近红褐色的雄蕊时会产生

的联想：花蕊仿佛保留了如今变形为花朵的昆虫那份春天的
生猛与刺激性。

　　走出教堂时，我们和凡特伊先生在拱门前闲聊了一会
儿。他走进广场上的孩童群中调停他们的争吵，保护弱小
的孩子，令大孩子发誓永不再犯。虽然他女儿嗓音粗哑地
说她见到我们有多高兴，却仿佛立刻被一个比较敏感的妹妹
上身，为自己这些呆头呆脑、男孩子气的话语脸红，生怕我
们以为她是在要求我们邀请她到家中做客。她父亲往她肩上
披了一件外套；两人坐上双轮轻便马车，由她驾驶，父女俩
一起回蒙朱凡。至于我们，由于隔天是星期日，起床后要做
的只有去参加大弥撒，若是当晚月色正美，气温暖和，父亲
荣誉心作祟，他不像平时那样会让我们直接回家，而是要我
们以耶稣受难像为起点，进行一场漫长的步行。母亲的方向
感和认路能力极为有限，这使得她把这趟健行看作是策略天
才的一记高招。有几次，我们步行直至铁路高架桥下，从车
站开始就出现的一弯弯石拱，对我来说，就代表着被驱逐至
文明世界以外的绝望与沮丧，因为，每年从巴黎过来时，大
家总是建议，若是要来贡布雷，一定要小心别坐过站，要提
前准备下车，因为火车靠站两分钟后就会再发车，爬上高架
桥，驶出在我心目中以贡布雷为最远边界的基督教国度。我
们走回车站大道，镇上最舒适的庄园都位于那条路上。每
座花园中，月光，如于贝尔·罗贝尔的画，洒在白色大理石
阶、喷泉、微微敞开的雕花栏杆大门上。光亮摧毁了电报
局，只剩一支碎裂一半的圆柱，但仍保有不朽废墟之美。我
的步伐沉重，频频瞌睡，椴花的芳香宛如只有极度疲惫才能
换得的奖赏，其实根本不值得。相隔甚远的一座座雕花栏杆

大门边，被我们孤独的脚步吵醒的犬只，吠声此起彼落，就像现在我夜里偶尔还会听见的那样；犬吠声中，应该是车站大道前来栖身（当原址盖起了贡布雷的公共花园），因为，从我如今所在的地方，一旦吠声响起，传至远方，我便朦胧瞥见那条大路，伴随着沿途的椴树与月光照亮的人行道。

　　父亲突然要我们停下脚步，并问我母亲："我们现在在哪儿？"步行已让母亲精疲力尽，但她仍以父亲为尊，温柔地坦承她真的毫无头绪。父亲耸耸肩，笑了起来。这时，仿佛是他从背心口袋掏钥匙顺便掏出来似的，他向我们指出，眼前那扇小门正是我们家花园的后门，圣灵街的街角也连带来到这陌生路线的尽头等着我们。母亲钦佩地对他说："你还真不是一般人！"从这一刻起，我一步也不需迈出，这座花园的土地会自动为我行走；在这里住了这么久，我的行动已不再带有刻意的专注：习惯之神自来将我拥入怀中，将我像个小小孩似的抱上床铺。

　　若说提早一个小时、而且少了法兰索瓦丝的星期六，对我姨妈而言，过得比别的日子慢，她从每周初始却又焦急地等着星期六再度到来。她衰弱又偏执的身体所能忍受的新鲜事和消遣仿佛全都含纳在那一天里。然而，这不表示她就不会偶尔对更大幅度的改变有所憧憬，不会有那些例外的时刻，渴望有别现状的事物出现；在那样的时刻，碍于缺乏体力或想象力，无法自行整理出一套做法来洗心革面的人们，会要求即将到来的那一分钟，要求按铃的邮差，哪怕是更糟的也好，为他们带来新的刺激，一份感动，一场痛苦；在那样的时刻，敏感度因岁月静好而沉默无语，如同一座闲置的竖琴，想在一只手的拨动下发出声响，即便那是一只粗鲁的手，琴弦会扯断也无所谓；意志力原本好不容易才拿下尽情放纵欲望及沉湎苦痛之中的权利，在那样的时刻，又想把缰绳交由急迫的事件来掌握，尽管事态残酷。约莫由于姨妈只要稍微劳累便精疲力尽，力气只能从休息中一点一滴地缓慢恢复，活力之库需要很久才能重新注满，要等好几个月后，她才能享有别人在工作中要避开的这微微的活力过盛，而她又不知道该如何使用，也下不了决心去用。于是，我相信——如同换吃白酱马铃薯的渴望，持续渴望一阵子后竟也生出了乐趣，就和每天回头吃她"吃不腻"的薯泥所带来的一样——这些经年累月的单调日子最终恐怕使得她痴痴等着家中发生一场大灾难，持续不过片刻，但能迫使她一鼓作气，成就某项改变，是一种她明知有益自己身心、但又下不了决心去做的改变。她真心喜爱我们，若刚好是在她身体舒服、没有全身发汗的时候传来消息：屋子已陷入火海，我们已全部罹难，而且不久后连墙壁也将烧得连一块石头也不剩，她应该会乐于为我们哭泣；但对这场火灾，她本也可以有充分的时间从容逃出，前提是她要立刻起身下床。这样的消息应该经常萦绕在她许愿的心头，仿佛将让她在漫长的悼念中细细品位自己对我们是多么温柔，以及既勇敢又饱受煎熬地，以起身的垂死病人之姿主持我们的葬礼，震惊全镇这两项次要好处，结合到另一项更难能可贵的好处上，那就是强迫她在没时间可浪费、不可能产生焦虑犹豫的适当时刻，前去她位于米鲁格朗那座有着一道瀑布的秀丽农庄避暑。由于她在独自沉浸于数不清的各种耐心游戏时必然筹划、谋求成功的这类事件未曾发生（而且恐怕在刚开始要实现，刚出现这类无预警的小状况时，便已让她对那段用令人再也忘不

斯万家那边

了的腔调宣布的噩耗用词灰心，对带有实际死亡印记的一切灰心，因为那与合理又抽象的可能死亡大不相同），她于是退而求其次，偶尔把生活过得有趣些，加进一些想象出来的转折，兴致盎然地追踪后续发展。她喜欢突发奇想，猜想法兰索瓦丝偷了她的东西，然后凭借小聪明去确认，当场抓她个人赃俱获。通常，她自己一个人玩牌，既打自己的牌又打对手的牌，这时她会自言自语，操着法兰索瓦丝局促、不好意思的语气向自己道歉，随即又怒火冲天、大发雷霆来回应；我们当中若是有谁在这些时刻进去，便会看见她大汗淋漓，眼中闪着怒光，假发歪斜，露出光秃的额头。也许法兰索瓦丝偶尔会在隔壁房间听到尖酸刻薄的挖苦冲着她来，若这些编造始终维持在纯属虚构的状态，若姨妈的低声碎念没让这些话更有真实感，那么恐怕还不足以让她本人出气。偶有几次，姨妈觉得就连这场"床上大戏"都还不够，她想让她的剧本正式上演。于是，某个星期日，门全都神秘地关上，她对尤拉莉全盘托出，说自己怀疑法兰索瓦丝的手脚不干净，而且有意摆脱她；另有一天，她却私下告诉法兰索瓦丝，说她怀疑尤拉莉不忠心，不久后大门就不会再为她而开。几天后，她对前一晚的心腹感到厌烦，又与叛徒言归于好；此外，在下一场演出中，心腹与叛徒将互换角色。不过，尤拉莉偶尔能给她的猜忌灵感不过是昙花一现，很快就失效，因为缺乏后续补给，毕竟尤拉莉不住在这间屋子里。至于法兰索瓦丝，那就不一样了：姨妈始终有感于自己与她住在同一个屋檐下，却因为害怕走出被窝会着凉，不敢下楼去厨房查证自己的怀疑是否合理。渐渐地，占据她心神的唯有一件事：她时时刻刻努力猜想着法兰索瓦丝正在做什么，又有意隐瞒她什么。她注意女仆面容上任何一丝稍纵即逝的变动，言语中的矛盾，似乎想掩饰的某种欲望。她自己则对女仆表现出一副已经拆穿她的样子，只消一个字就能让法兰索瓦丝脸色发白，而姨妈似乎已经找到那个字，能刺穿那可怜人的心脏，一项残酷的消遣。下一个星期日，尤拉莉揭露了一件事——就像那些新发现，为困在泥沼中打转的某一门新兴科学蓦然开启一片领域——证明我姨妈的猜想还远远低估了实情。"这下子法兰索瓦丝应该知道您给了她一辆马车。"

"我竟然给了她一辆车！"姨妈惊呼。

"啊！这我可不知道，应该没错，我刚才看见她乘着四轮马车经过，一脸得意扬扬，要去鲁森维尔的市集。我本来还以为是欧克塔夫夫人您给她的车呢！"如此，渐渐地，法兰索瓦丝和我姨妈就宛如野兽与猎者，此后彼此不断试图抢先使诈。母亲只怕再这么下去，法兰索瓦丝真的要对极尽刁难之能事的我姨妈萌生恨意。无论如何，法兰索瓦丝对姨妈所说的任何一句话、所做的任何举动，关注皆非比寻常。当她有事相问，总会迟疑许久，拿捏着该采取何种方式开口。而问出口之后，她便暗中察言观色，试图从我姨妈脸上的表情猜测她脑子里想到了什么，又将作出什么决定。于是——话说某艺术家[1]读了十七世纪的《回忆录》[2]，渴望亲近国王陛下，以为自己正当其道，于是捏造出一份族谱，以示自己是某个历史家族的后代，或与某位当今欧洲君王维持

---

[1] 普鲁斯特在隐射画家德加（Edgar Degas, 1834—1917）的身世。德加的祖父在大革命期间逃往拿坡里王国，为谋发展，将姓氏拆成两个字，变成像贵族头衔的"De Gas"。

[2] 参见第30页注释[2]。

书信来往，却偏偏背离了他谋求之事，只怪他的方式千篇一律，也就是说，死板过时——一名外省老妇，她的所作所为只是真诚地听从自己无法抗拒的怪癖和衍生自生活无所事事的坏心眼，从来不曾遥想路易十四，仅着眼在她一天当中最没意义的小事，包含起床，午餐，小憩，借由这些事情专制的特性，得到一点圣西门称为凡尔赛宫廷生活"机制"[①]的好处，她也可能相信，她的沉默或外表透露出的一丝好心情或高傲，对法兰索瓦丝而言，皆是评论的目标，或热烈激昂，或担忧畏惧，正如一名侍臣、甚或最显要的王公贵族，在凡尔赛某条小径的转角，提交一份请愿书给国王时，要面对他的沉默、好心情或高傲。

某个星期日，本堂神父与尤拉莉同来拜访我姨妈，过后，她小憩了一会儿，我们都上楼去和她道晚安。对于那每每使得访客同时到来的霉运，妈妈向她表达了惋惜之意：

"我知道下午的事情还是那么不尽人意，雷欧妮，"她语气温柔，"您得一次接待所有的朋友。"

这话还没说完就被姑婆打断："再多的好事也……"因为自从她女儿病了之后，她便相信对事情应该永远正向看待，借此让她振作。但我父亲插话：

"我想，"他说，"趁着全家都在这儿，向您报告一件事，以免我得个别从头再说一次。我们恐怕跟勒葛朗丹有些不快。今天早上，他差一点没跟我道早安。"

我没留下来听父亲叙述来龙去脉，因为望完弥撒、遇见

　　[①]　此处的"机制"（la mécanique）包括君王及其周遭人员的每日时间运用与地点安排，需要调整到如同钟表的机械运作一般精准。

勒葛朗丹先生那时，我就在他身边。我下楼去厨房询问晚餐
菜单，那就像从报上读到新闻一样，每天提供我消遣，又像
庆典的节目表那样令我兴奋。由于勒葛朗丹先生步出教堂时
从我们附近经过，走在邻村一位我们只见过、但不认识的城
堡女主人身边。父亲那时打了个友善但又拘谨的招呼，不过
我们并未因此停下脚步。勒葛朗丹先生几乎没有回应，一脸
惊讶，仿佛没认出我们，就像有一种人，目光带着无意与人
为善的特殊眼神，而且迅速从眼底延伸、拉长，看起来就像
是在一条长得不得了的道路尽头瞥见您，距离那么远，所以
他仅微微向您点个头，以符合您如戏偶般的大小。

　　然而，陪在勒葛朗丹身边的女士倒是德高望重，绝不可
能是他在运气好、受到青睐之时，被人不期撞见因而尴尬
恼怒，我父亲检讨自己怎么会惹得勒葛朗丹不高兴。"若是
知道他因此生气，我会很遗憾。"父亲说，"尤其在穿着讲
究的众人当中，他那身笔挺的小短外套，轻柔的软质长领
结，流露着毫不流俗的格调，那么真实的简单，加上表情又
几近天真，显得非常友善可亲。"但家族会议成员全数认为
是我父亲自己多虑了，或者，勒葛朗丹在那当下正想着别的
事，因而心不在焉。此外，父亲的顾虑到了隔天晚上便也烟
消云散。我们散步绕了一大圈回来，在旧桥附近瞥见勒葛朗
丹；因为假日，他在贡布雷多待了几天。他过来跟我们握
手："爱读书的先生，"他问我，"您可曾听过保罗·德加登①

---

　　① 保罗·德加登（Paul Desjardins, 1859—1940）曾是普鲁斯特的老师，其弟阿贝尔（Abel Desjardins）是普鲁斯特的中学同学。这句诗出自其诗集《晚间之声》（La Voix du soir）中的《遗忘之人》（Celui qu'on oublie）。

的这句诗?

> 树林已黑，天空尚蓝……

"这岂不是此时此刻的最佳写照? 或许您从未读过保罗·德加登。读读看吧! 我的孩子; 据说，他如今转行当了道明会修士，但他过去有很长一段时间曾是个风格清澈的水彩画家……

> 树林已黑，天空尚蓝……

"但愿天空永远为您而蓝，我年轻的朋友; 即使在现下冲着我来的这个时刻: 树林已黑，夜幕遽落，您也能像我这样，凝望天空，得到慰藉。"他从口袋里掏出一根烟，目光停留在地平线许久。"别了，同志们。"他突然对我们说，随即离去。

在我下楼探听菜单的这个时刻，晚餐已开始准备; 法兰索瓦丝宛如仙境童话中巨人受雇为厨，挥洒着浑然天成的力气助威，敲碎木炭，加大焖炖马铃薯的蒸汽，用最适当的火候烹煮道道美味佳肴，各式食材皆已放入陶制容器: 从大锅、汤锅、小锅和长形鱼锅到野味用的陶土深盘、各式糕点模具、奶酱小罐，还有一整套尺寸齐全的长柄锅。我驻足看向桌上: 厨房女仆刚剥好豆荚，豌豆按数量排好，宛如一颗颗绿色小弹珠。不过，最让我欣喜若狂的是芦笋，整支透着海青与粉红，穗尖细细缀上点点浅紫碧蓝，自然地往下渐层扩散，直到根部——那儿还沾着些许泥土——散发着并非源于大地的虹彩光泽。在我看来，这些天上才有的细微色差似乎泄露了造物主的美妙创造，摇身变成蔬菜取乐，乔装成紧实的可食茎肉，让人从这些乍现曙光的霞彩，这些尚未成形的彩虹草样，这夜蓝色的闪烁光芒中，察觉那珍贵的精华本质，在我晚餐吃过芦笋后的一整夜里，当它们在莎士比亚式的幻境中搬演既诗意又粗俗的笑闹剧，将我的夜壶变成熏香瓶时，我都还认得出来。

可怜的乔托"慷慨"女神，斯万如此称呼她；法兰索瓦丝派她去"削"芦笋皮，一整篮芦笋就放在她旁边。她看起来很痛苦，仿佛感受到世间所有不幸；而芦笋粉红长袍上方那一圈碧蓝色的轻巧小冠冕，一颗星星、一颗星星地，描绘得精巧细致，如同帕多瓦的壁画上"美德"的化身额头围系的那一圈花儿，或是插在篮中点缀的那些。法兰索瓦丝转着一支烤鸡串，因为只有她知道如何烤出美味；她这身好手艺的名声，在贡布雷就如香气远扬，以至于烤鸡端上桌时，在我对她个性的特殊看法中，温柔那一面占了上风：她使鸡肉如此浓郁多汁，肉质如此柔嫩，对我而言，那即是她某种美德散发的原味馨香。

但是，那一天，父亲在家庭会议上征询与勒葛朗丹相遇一事的意见、而我下楼去厨房的那一天，也是乔托的慷慨女神产后身体非常不适的一天，她根本站不起来。法兰索瓦丝少了个助手，备菜进度已经延迟。我到楼下时，她正在面对着鸡圈的小厨房中杀鸡。想当然，母鸡绝望抵抗，但法兰索瓦丝已情绪失控，在试图从耳下斩断鸡脖子时连声怒骂："可恶的畜生！可恶的畜生！"使得我们这位女仆神圣的温柔与热忱打了折扣，不若隔天晚餐呈上烤鸡那好似祭披的绣金表皮，以及从圣体盒中沥滴而得的珍贵汁液时那般光辉灿烂。鸡死了之后，法兰索瓦丝盛接它流淌不停的鲜血，却未能淹没她的愤恨，她突然又暴跳如雷，瞪着敌人的尸体，最后又骂了一次："可恶的畜生！"我全身发抖地回到楼上，真希望大人立刻把法兰索瓦丝赶出家门。但若如此，那么谁来为我做那样热腾腾的肉丸、香醇的咖啡，甚至，这些烤鸡？事实上，这懦弱的盘算，所有人都和我一样曾经衡量过。因为雷欧妮姨妈素来都很清楚——但我当时还不知道——为自己的女儿和外甥可以付出性命也绝无怨言的法兰索瓦丝，对其他人却是格外刻薄。尽管如此，姨妈还是将她留在身边，因为虽然晓得法兰索瓦丝为人残酷，她却更欣赏她的服务。我渐渐发现，法兰索瓦丝的温柔、一脸正经、种种美德背后，藏有许多小厨房里上演的悲剧，正如历史揭发教堂彩绘玻璃上那些双手合十的国王与王后，都沾染着一起起的血腥事件。我这才明白，除了她自己的亲戚家人以外，生活离她越远者遭逢的不幸，越能引发她的怜悯。在报上读到陌生人的悲惨遭遇，她泪流如瀑，但若能稍微精确地揣想出那个不幸之人的样貌，她的眼泪便很快就收干。厨房女仆产后的某个夜里，突然腹痛如绞；妈妈听见她呻吟哀嚎，便起床去喊醒法兰索瓦丝。法兰索瓦丝浑然无感，宣称那女仆喊痛是一场闹剧，不过是想"摆摆架子"罢了。医生早已担心会出现这些突发急症，事先便在我们家中一本医疗书里做了记号，将书签丝带夹在描述这些症状的那一页，告诉我们可在这一页找到急救指示。母亲派法兰索瓦丝去找那本书，叮嘱她别弄掉了书签丝带。一个小时过后，法兰索瓦丝还没回来。母亲发怒，认为她又回去睡觉了，于是要我亲自去书房看看。到了那里，我发现法兰索瓦丝为了查看标记的那一页，竟然读起了急症救治的叙述，还阵阵啜泣，因为书里写的是一个她不认识的典型病人。每读到一项书中论述提及的痛苦症状，她便哭喊："哎呀，我的圣母，仁慈的上帝怎能让这样一个不幸的人承受如此之苦？唉！可怜的女人！"

但是我一喊她，要她回去乔托的慷慨女神床边，她的泪便立刻停止；她既无法辨识心生怜悯带来的愉悦之情，以及她明明很清楚，常在读报纸时得到的柔软心地，也无法感受任何同种的喜悦；大半夜里为了厨房女仆起床，这样的麻烦和气恼，再加上目睹与曾令她落泪的描述同样的痛苦，她只能心情恶劣地嘟囔着，甚至尖酸刻薄地在以为我们都已离开、听不到她说话时口出恶言："还不就是该做的都没做，才落得这般下场！这下子她可高兴了吧！拜托，这女人现在别再装模作样了！不管怎么说，还得有个小子被仁慈的上帝遗弃才走得到这一步。啊！我可怜的母亲老家那话说得果然没错：

　　　'情人眼中，狗屁股都能看成玫瑰花。'"

如果换作是她的外孙脑袋受了点风寒，即使自己生着病，她也会不睡觉，连夜出发，要赶去看他有没有什么需要，在日出前徒步走上四里路，以便在上工之前赶回来。相反地，在处理其他仆人的手段上，她对亲人的这份关爱，以及确保她家族未来人丁兴旺的渴望，可转译成一句永恒箴言，那就是，永远不让其他仆人踏进我姨妈房门；此外，她也摆出某种高傲姿态，不让任何人靠近姨妈，就算自己生了病，她宁可起床亲自给我姨妈送上薇姿矿泉水，也不准厨房女仆走进她主人的房间一步。如同法布尔 ① 观察到的泥蜂，那种膜翅目昆虫为了让幼虫在自己死后还有新鲜的肉可吃，便借助解剖学来达成残忍的目的，猎捕象鼻虫和蜘蛛，用神乎其技的知识和灵巧，刺穿它们足节活动仰赖的神经中枢，但不伤及其他生命机能。泥蜂在被麻痹的昆虫旁边产下卵，待幼虫孵出后，这昆虫就成了它们温顺的猎物，没有攻击性，无法逃跑或反抗，但不会有任何腐化变质。为了贯彻她的坚决意志，让其他仆侍皆管理不了这幢屋子，法兰索瓦丝想出各种极有学问、又极为无情的诡计。多年之后，我们才得知，那个夏天，我们之所以几乎每天都吃芦笋，是因为那气味会引发负责削皮的可怜厨房女仆气喘，程度严重到迫使她最后不得不辞职离开。

可惜！我们不得不彻底改变对勒葛朗丹的看法。在旧桥上遇见他，导致父亲必须坦承错误之后的某个星期日，由于弥撒已近尾声，再加上外面的阳光和杂响，某种不太神圣的东西混进了教堂，以至于古毕尔夫人、佩尔斯皮耶夫人（所有在我刚才稍稍迟来之际已入神专心祈祷的那些人；若不是他们的脚在那同时轻轻推开阻碍我入座的小长凳，我本可相信没有人看到我进来）开始和我们高声交谈，聊的全是世俗之事，仿佛我们已经出了教堂来到广场上。我们看见，在拱门热得发烫的门槛前，勒葛朗丹就在那儿，凌驾于市集的嘈杂纷乱之上，而我们最近才在他身边遇见的那位贵妇，她的

① 法布尔（Jean-Henri Casimir Fabre, 1823—1915），法国博物学家、昆虫学家、科普作家，其作《昆虫记》（*Souvenirs entomologiques*）是兼具自然科学价值与文学性的经典名著。

丈夫正将他引介给附近另一位大地主的夫人。勒葛朗丹脸上流露着一种蓬勃的活力，一种极度的热忱；他深深鞠躬，加上二度后仰的动作，背部猛然受到牵引，超出了原本该保持的位置。当初教他这么做的应该是他姊妹德·康布列梅耶夫人的丈夫。这个迅速恢复直挺的动作使得勒葛朗丹的臀部肌肉激烈有力地涌现，我没想到他的臀部如此丰满，也不知道为什么，这阵纯粹实质的波动，这股全然肉感的汹涌，毫无精神灵性的表现，而且被充满低俗感的匆促如狂风暴雨般袭击，竟让我瞬间灵光一闪，想到勒葛朗丹可能拥有另一副面貌，与我们认识的那个他截然不同。这位妇人请他去向她的马车夫传话，而他走到马车旁的这一路上，获人引介当时留下的那害羞又虔敬的喜悦始终印在脸上，未曾消退。他欣喜若狂，恍如做梦，微笑着，然后急呼呼地赶回那妇人身边，由于走得比平时快，两肩可笑地左右摆动，看起来却如此全然投入，心无旁骛，沦为了被动的机械玩具，任凭幸福戏弄。我们走出教堂大门，经过他身边；他教养极好，虽不至于撇过头去，但目光突然满载深沉的幻梦，聚焦于地平线上遥远的一点，所以无法看见我们，因此也就不需跟我们打招呼。轻软直挺的短外套仿佛身不由己，迷失在令人厌恶的奢华之中，而外套上方，依旧是一脸无辜，还有一只圆点拉瓦耶蝴蝶结，随着广场上的风势凌乱起舞，继续在勒葛朗丹身上飘荡，如同一面旗帜，彰显他自命不凡的孤高与高贵的独立自主。回到家后，妈妈发现我们忘了圣多诺黑蛋糕，便请父亲带我回头，叫人立刻送过来。我们在教堂附近碰见勒葛朗丹驾着马车载着同一位妇人迎面而来。他与我们擦身而过，但没有中断与邻座女性的谈话，而是以他的蓝眼睛对我们微微使了个眼神示意，大致作用在眼皮内部，不至于影响到他的脸部肌肉，完全不会被他的谈话对象发现；但是，他试着加强情感以弥补稍嫌狭隘的表情范畴，在特意关照我们的那一角碧蓝之中，友好善意殷殷闪烁，更甚诙谐，几近狡黠；他巧妙传达细腻的和善，甚至串通似的眨眨眼，话中有话，语出言外之音，仰赖神秘的默契，最后不惜誓言温柔，告白爱意，热烈盛赞友谊之稳固不移，以城堡女主人察觉不出的无精打采，隐秘地，在冰冷的脸庞上，只对我们点亮一只情意浓厚的瞳孔。

　　就在前一天，他请我父母今日送我过去与他共进晚餐，"来陪陪您的老朋友。"当时他这么对我说，"如同一位旅人从我们再也回不去的国度寄来的花束，请让我从您那距我已远的年少青春，吸闻多年前我亦曾穿梭其间的春花芬芳。请您过来，带着报春花、缬草、毛茛；带着巴尔扎克的花草世界中，真爱花束所用的黄景天①；带着耶稣复活日之花、雏菊，以及在复活节骤雨后残留的雪球尚未消融的时节，已让您姑婆的花园小径弥漫清香的雪球花。请您过来，带着可与所罗门王匹敌，如穿着丝绸华服的百合②，以及珐琅般多彩的三色堇；尤其请您带来最后一场霜冻后依然沁凉的微风，为从今早即在门口等候的两只蝴蝶，轻轻吹开耶路撒冷的第一朵玫瑰。"

　　家里，大人们还犹疑是否仍该送我去和勒葛朗丹先生共

---

①　在巴尔扎克的作品《幽谷百合》（Le lys dans la Vallée）和《幻灭》（Illusions perdu）中，都有以景天花这个植物象征纯洁真爱的场景。

②　《马太福音》6：28—29："何必为衣裳忧虑呢？你想野地里的百合花怎么长起来，它也不劳苦，也不纺织，然而我告诉你们：就是所罗门极荣华的时候，他所穿戴的还不如这花一朵呢！"

进晚餐。但外婆不愿相信他有失礼冒犯之嫌。"你们自己也承认，他来的时候总是穿着朴素，毫无社交气。"她直言，无论如何，即便做最坏的设想，假使他的确未能谨守礼节，也不过是佯装没看到我们而已。说实话，对勒葛朗丹的态度最恼火的是我父亲，或许他对勒葛朗丹那态度当中的含义还存有最后一丝怀疑。一如所有能揭露某人深藏不露性格的态度或行为：这态度与其人先前的言行不符，我们无法用不认罪之人的证词来确认；因此，面对这则片断、而且前后不连贯的回忆，我们只能靠自身感官的自由心证，前提是这些感受未沦为幻觉之玩物。于是，那样的态度，那些尤其重要的态度，常让我们留有几许不确定。

我和勒葛朗丹在他家露台上晚餐，月色明亮。"此刻的寂静颇为美妙，不是吗？"他对我说，"对于一个受伤的心灵如我，一位日后您长大些会读到的小说家宣称，唯暗影与幽静适宜①。我的孩子啊，您知道，生命终有那么一刻，现在离您尚远，但在那一刻，疲惫的双眼仅能容下一种亮光，那是如今夜般的美丽夜晚利用幽暗酝酿渗泌出的光；在那一刻，双耳仅能聆听月光从寂静的长笛中吹奏出的乐音。"我倾听勒葛朗丹先生的话语，始终觉得令人如此愉悦，却又被一个我最近才初次见到的女人的回忆扰乱；我同时又想，如今我既已知道勒葛朗丹和附近好几位贵族名流关系不凡，或许他也认识那一位。于是我鼓起勇气对他说："先生，不知您是否认识盖尔芒特城堡的女……的主人们？"同时觉得借着说出这个姓氏，我对它便有了某种掌控权，心中十分高

---

① 此句为巴尔扎克的小说《乡村医生》（*Le Médecin de campagne*）的题词。

兴，只因能将它从我的幻想中解脱出来，赋予它客观、有声的实质存在。

　　然而，一提及盖尔芒特这个姓氏，我看见我们这位朋友的碧蓝双眼里显露出一道褐色小缺口，仿佛刚被隐形的刀尖刺穿，瞳孔其他处则涌出一波波湛蓝来回应。他的眼周瞬间黯淡，眼皮垂了下来，印着一道苦涩纹痕的嘴角以最快的速度恢复原状，挤出了微笑，眼神却依然痛苦，宛如全身插满箭的悲壮殉难者。"不，我不认识他们。"他这么说，但给出如此简单的讯息，如此毫不惊人的回答时，他的语气却非应有的自然流畅，反而逐字地强调，同时点头、晃着脑袋致意，既带着说服人去相信一项难以置信之事的坚持——仿佛他之所以不认识盖尔芒特家族，只能归咎于某种特殊的偶然——又带着无法对自己难受的处境不置一词之人的夸张，宁愿大肆张扬，好让别人知道自己对这番供词完全不尴尬，说出来很简单、愉快、心甘情愿，好似那个处境——与盖尔芒特家族之间欠缺关系——原本不会变成这样的困境，但那是他出于自愿，由于某项家庭传统、道德规范或神秘誓愿之故，他无法冲着盖尔芒特这个姓氏与那个家族交往。"不，"他又回说，以自己的语气解释刚才的话，"不，我不认识他们，从来就不想认识，我一向坚持保有我个人完整的独立性;其实我的脑袋里装着雅各宾思想[①]，您是知道的。许多人都要来拯救我这颗脑袋，跟我说不去盖尔芒特是大错特

---

　　① 雅各宾派，或雅各宾主义（Le jacobinisme）一词源自法国大革命时期的雅各宾俱乐部，在 18 世纪时是指捍卫法兰西共和国之人民主权及个体性的意识形态。

错，说我让自己显得像是个粗野之人，就像一头年迈老熊。不过，这样的名声可吓不倒我，说得还真对！其实，在这世上，我喜欢的东西只剩几座教堂、两三本书，比两三幅稍多一点的画作，还有当您那青春微风将我这双老花眼已看不清的花坛芬芳带到我面前来时的皎洁月光。”我不明白，原来不去不认识的人家里是因为需要维持自己的独立性；我也不懂，为何这么做又会让人看来像个野人或一头熊。但我知道，勒葛朗丹说他只喜欢教堂、月光和青春年少这其实不太诚实；他非常喜欢拥有城堡的人，在他们面前总是诚惶诚恐，生怕惹得他们不快，所以不敢让他们看到自己的朋友当中竟有布尔乔亚阶级，公证人的儿子或是证券交易代理人；一旦纸包不住火，他宁可自己不在场，离得越远越好，“拒不到庭”；他是个势利鬼。在他那些我父母和我都那么喜欢的辞令当中，想必从来没谈过任何与此相关的事。而我若是提问：“您是否认识盖尔芒特家族？”说话高手勒葛朗丹会直接回答：“不，我从来不想认识他们。”只可惜，他要等第二次才这么回应，因为，有另一个勒葛朗丹被他悉心秘藏于内在深处，不愿显露，这另一个勒葛朗丹熟知我们认识的勒葛朗丹，熟知他的势利心态，还有他那些有损声名的过去；那个勒葛朗丹受伤的眼神，嘴角勉强扬起的苦笑，回应时过度沉重的语气，还有那穿心万箭，不断射向我们这位勒葛朗丹，使得他顿时活力尽失，有如一名势利鬼世界中的圣塞巴斯提安[1]；那一切早已给了答案：“唉！您让我多么难过！不，

---

[1]　圣塞巴斯提安（Saint Sébastien），据传在公元 3 世纪罗马迫害基督徒期间被捆绑在树桩，遭乱箭射死的殉道圣人。

我不认识盖尔芒特家族，别唤醒我此生最大的痛苦。"由于这个可怕执拗的小孩勒葛朗丹，这个咄咄逼人的勒葛朗丹，他没有另一位勒葛朗丹的华美辞藻，发言却远远更为匆促，充满所谓的"反射性回应"；聊天高手勒葛朗丹想强迫他缄默，他却已经把话说出口了，于是我们的朋友只能徒然悔恨，对于另一个自我揭露出的坏形象，他无能为力，只能设法掩饰。

当然，这并不意味勒葛朗丹先生在严厉斥责自命不凡的势利眼之际是言不由衷。他无法知道，至少无法自行得知，他自己其实也属于此类，因为我们向来都只晓得别人热衷之事，关于自己热衷之事，我们究竟能知道多少，就只能透过他人得知了。这热情仅能在转过一手之后才得以在我们身上起作用，透过想象，以后续较合宜的动机取代最初的动机。勒葛朗丹的势利眼从不怂恿他常去探望某位公爵夫人，反而支使他的想象力让那位公爵夫人仿佛集所有优雅于一身似的出现。勒葛朗丹接近公爵夫人，自认屈服于她那种精神与美德的诱惑，那可是下流的势利眼们无从得知的。唯有旁人能知他也是其中一员，因为，他们正好没有能力了解他想象力的居间运作，因而直接看到了勒葛朗丹在社交圈的活动与他的初衷相互呼应。

现在，在家里，我们对勒葛朗丹先生再无任何幻想，与他的关系也疏远甚多。妈妈每次当场逮到勒葛朗丹犯下他不肯认账之罪，总觉得逗趣得不得了，而他还继续言之凿凿，直斥那行为就是自命不凡的势利。我父亲呢，他则是难以这样置身事外轻松看待勒葛朗丹的傲慢。有一年，当他们打算送我和外婆去巴尔别克度暑假时，他说："我一定要告诉勒葛朗丹你们要去巴尔别克，看他会不会主动把你们介绍给他姊妹。他应该已不记得自己说过她就住在距离当地两公里外的地方。"外婆认为，去到海水浴场，就该从早到晚都待在沙滩上吸嗅盐分，而不是去结识谁，因为参观、走访和散步多少会剥夺吸收海洋气息的时间；她反而是请家人别向勒葛朗丹提我们的度假计划，已可预见他的姊妹，德·康布列梅耶夫人，会在我们正要出发去钓鱼时来到旅馆，逼得我们不得不关在室内接待她。但妈妈笑她太多虑了，心中暗想，这危机根本没那么紧张，勒葛朗丹才不会这么急着让我们跟他姊妹搭上关系。然而，我们都还没向他提起巴尔别克，没想过我们竟会打算去那地方的勒葛朗丹，某天晚上，在维冯纳河畔遇见我们时，却来自投罗网。

"今晚的云彩紫蓝交间，十分美丽，可不是吗，我的同伴？"他对我父亲说，"尤其是，与其说那是天空蓝，毋宁说花朵蓝，瓜叶菊之蓝，在空中令人惊艳。而那一小片粉红云朵不也呈现花朵的色泽，如康乃馨或绣球花？唯有在英吉利海峡地区，诺曼底和布列塔尼之间，我才能针对这种大气氛围中的植物王国进行这么丰富的观察。巴尔别克那附近，距离这些荒芜之地不远处，有一个恬静、迷人的小海湾，欧日地区①的夕照，此外，那是我远不敢藐视的艳红又金黄的夕照，到了那儿，则毫无特色，没有可看性；然而在那潮湿、温暖的大气中，这些上天的花束在傍晚时分盛绽，蓝与

---

①　欧日地区（Pays d'Auge）位于法国诺曼底，包含现在的卡尔瓦多斯（Calvados）、奥恩（Orne）及厄尔（Eure）等省份。此地传统文化与自然生态兼容并蓄，2000年曾获法国文化部艺术与历史地区认证标章。

粉红的花簇或深或浅，无与伦比，通常历经好几个小时才枯萎。还有些彩云碎花则是立即凋谢、剥离，此时更美，只见整片天空散布无数花瓣，有的硫黄，有的玫红。在这座人称蛋白石海岸①处，一片片金色沙滩更显柔细，宛如金发的安德洛墨达②，被锁绑在附近海岸那些嶙峋狰狞的岩石上，困在这因发生多起船难而知名的不祥海岸；每个冬天，有不少船只在这片海域遇难沉没。巴尔别克！我们这片土地上最古老的地质结构，真正的阿尔-穆尔③，也就是大海，陆地的尽头，阿纳托尔·法朗士④——我们这位小朋友该拜读的迷人魔法家——笔下描绘得那般传神的受诅区域：笼罩在亘久不散的迷雾中，活像《奥德赛》中辛梅里亚人的国度⑤。尤其是，巴尔别克已盖起几间旅馆，层叠错落在古老而迷人的大地上，但无损之。到距离这些如此美丽的原始地区仅仅几步之遥的地方出游散心，是何等美妙之事。"

"啊！您在巴尔别克可有认识的人？"我父亲说，"正巧这

---

　　①　蛋白石海岸（Côte d'Opale）位处法国东北海岸，皮卡第海岸北方，英吉利海峡与北海交接处，正对英格兰东南岸峭壁。1911年，画家爱杜华·雷维克（Edouard Lévêque）将这片海岸取名为蛋白石海岸，以赞叹其特殊多变的光影。

　　②　在希腊神话中，安德洛墨达（Andromèdes）因美貌触怒了海神之妻，被拴在岩石上准备献给海怪，后来被珀耳修斯以美杜莎的人头救出。

　　③　阿尔-穆尔（Ar-mor），是布列塔尼在凯尔特语中的名称，意为"在海上"。

　　④　阿纳托尔·法朗士（Anatole France, 1844—1924），法国小说家，1921年诺贝尔文学奖得主。《追忆逝水年华》中作家角色贝戈特的主要原型人物。"人生太短，普鲁斯特太长。"即为他的名句。

　　⑤　辛梅里亚（Cimmérien）是一支古老的印欧人游牧民族。根据希腊史学家希罗多德记载，辛梅里亚人栖居在如今的克里米亚半岛。出现在《奥德赛》卷11和14中的"神秘民族"也被称为辛梅里亚人，生活在一块位处大洋之外、冥界边缘的黑暗多雾的土地上。阿纳托尔·法朗士在《皮耶·诺齐埃》（Pière Nozière）中引用《奥德赛》，将布列塔尼喻为辛梅里亚。

孩子要跟他外婆去那里度假两个月。我妻子也许也会一起去。"

　　勒葛朗丹当场被这个问题难倒，双眼瞪着我父亲好一阵子，无法将目光移开，反而一秒比一秒盯得更紧——同时黯然一笑——他注视着谈话对象，一副友好、坦率及不畏对视的表情，仿佛那张脸变成透明，而他得以望穿，并在此刻清楚看见脸孔后面、上方高处，有一朵鲜艳的彩云，为他创造了心不在焉的证明，让他能够在别人问他在巴尔别克是否有认识的人时，将这情况部署成自己此时正在想着其他事，没听到问题。那样的眼神通常会让谈话对象说："您到底在想什么？"不过，我那好奇的父亲已被激怒，冷酷无情地追问：

　　"您在那附近可有朋友？既然您对巴尔别克这么了解？"

　　最后的努力亦告绝灭，勒葛朗丹微笑的目光已到达极限的温柔、迷蒙、真诚和漫不经心，但是他大概认为只要有个回应即可，于是对我们说：

　　"四海皆有我的朋友，只要那儿有成群树木受伤，但尚未倒下不起，彼此拉近，拿出悲壮固执的精神，一起恳求对它们残酷无情的上苍。"

　　"我想问的不是这个，"父亲打断他，就和那些树木一样固执，同上苍一样冷酷，"我问的是，万一我岳母发生什么事，需要有个照应，不至于求助无门的时候，您在那儿是否有认识的人？"

　　"在那儿与任何地方皆然，我谁都认识，也谁都不认识。"勒葛朗丹答道，还不肯这么快就投降，"我认识许多事物，但极少人物。不过，那儿的事物也与人物相似，像那些难得一见的人物，拥有一种精妙本质，恐怕会被生命辜负。有时，那是一座您在崖边遇见的小城堡，停驻路旁，在天空尚呈粉红、金月初升、回航的舟船在绚烂的水面画下条纹、船桅上插上火把满载色彩的傍晚，兀自哀伤；有时，那单单是一幢孤独的房子，其貌不扬，看似害羞但小说性十足，欺瞒所有眼睛，藏着某种不朽的幸福与觉悟之秘密。这个没有真理的国度，"他以一种马基雅维利主义式的权谋话术补充，"这纯粹虚构的国度，对孩子而言是一本不良的读物，我当然不会选择它推荐给我这位亲爱的小朋友，他的心容易受到牵动感染，已经有那么严重的忧郁倾向。恋爱的心事和无用的懊悔，这类氛围或许适合我这种已经醒悟的老人，但对一个个性尚未成形的人终究有损健康。相信我，"他继续坚持，"这座海湾已有一半在布列塔尼，对于如我这般不再完好的心灵，一颗已无法弥补的受损之心，其中的海水或可带来镇静之效，此外这还有待商榷。这片大海与您的年龄相克啊，小男孩。'晚安了，邻居们'。"与我们告别时，他依例又突兀、不知所云地加上一句，回头对我们伸出医生的手指，总结诊断成果："五十岁前别去巴尔别克，而且还要视心灵状态而定。"他对我们高喊。

父亲后来再遇见他时，复又提起此事，连串发问折磨他，却徒劳无功：如同那个博学的骗子，为了伪造古书耗费许多辛苦与学问，明明只要其中的百分之一就足以确保他获得更高的利润，而且还赚得正大光明[1]。至于勒葛朗丹先生，要是我们不肯罢休，他最后恐怕宁可建立起一套下诺曼底的风

---

[1]　19世纪中叶，曾有一个博学的骗子伪造了签名，将近三万份夸张不实的古文件售予一位数学家。其中包括毕达哥拉斯写给亚里士多德、耶稣门徒拉撒路复活后写给圣彼得、埃及艳后写给西泽的书信等。

景伦理学和天空地理学，也不愿向我们坦承他的亲姊妹就住在巴尔别克两公里外的地方，不愿被逼得为我们写一封引介信；他心中若是笃定，这封信对他而言就不该是需要这么惶恐之事——事实上，依他对我外婆性格的体认，他本该安然笃定才是——他应该知道我们绝对不会借这封信去占人便宜。

.

我们散步完后一向早归，好在晚餐前去看看我的姨妈雷欧妮。昼短的季节之初，来到圣灵街时，屋子的玻璃窗上还亮着一抹夕阳的暮光，耶稣受难纪念雕像那片树林深处尚存一道紫红，映入稍远的池塘；那红光，经常伴随刺骨的寒冷，在我心中，与上方烤着鸡的红色火光连成一气，以美食、暖意及休憩等享受，接续散步所得的诗情画意。夏日里，相反地，回程路上太阳尚未西落，探视姨妈雷欧妮的时候，低斜的日光触及窗户，驻足于窗帘和帘绳之间，切分开来，分支众多，那日光经过筛滤，在柠檬木抽屉柜上镶进点点小金块，以矮树丛中练成的轻巧，斜斜地照亮房间。但在极少数的某几日，在我们回家途中，抽屉柜上暂时的镶金已消失许久，抵达圣灵街时，成排映照在玻璃窗上的夕阳彩晖丝毫不存，耶稣受难像下方的池塘没了那方火红，甚至有几次已呈现不透明的颜色；一道长长的月光逐渐扩散，横越水面，被池水所有的波纹细细打碎。快要抵达屋子时，我们发现门口有个形影。妈妈对我说：

"天啊！是法兰索瓦丝出来探看我们的影踪，你姨妈在担心，这表示我们回来得太晚了。"

于是我们顾不得尚未卸下衣物，便迅速上楼到雷欧妮姨妈的住处，让她安心，向她证实，跟她想象的完全相反，我们什么事也没发生，不过是去了"盖尔芒特那边"；真可恼，当我们往那方向散步时，姨妈明知从来没人能确定我们会几点钟回来。

"这会儿，法兰索瓦丝，"姨妈说，"我不是跟您说了吗？他们可能去了盖尔芒特那边！我的上帝！他们应该饿坏了！等了这么久，您的羔羊腿应该也已经烤柴了。花了一个钟头才回到家！怎么，你们竟然去了盖尔芒特那边！"

"我以为您晓得这件事，雷欧妮。"妈妈说，"我想，法兰索瓦丝看见我们是从菜园旁的小门出去。"

因为在贡布雷附近的散步路线分为两"边"，而这两边彼此截然反向，我们从家里出发时确实不走同一个门，端视要往这边还是那边而定：梅泽格利斯－拉－维内斯，亦称斯万家那边，因为要去那里必得先经过斯万先生的庄园；另一条路则通往盖尔芒特那边。说实话，在梅泽格利斯－拉－维内斯这条路线上，我始终只看过"这边"以及星期日来贡布雷散步的陌生人，而这里所说的这些人，姨妈和我们都"完全不认识"，基于这特征，他们被视为"大概是从梅泽格利斯来的人"。至于盖尔芒特家族，有朝一日我知道的会更多，但那已是许久之后。在我整段青少年时期，若说梅泽格利斯对我而言仿佛远在天边，难以抵达，视线无法触及，那么，我们取道一片地形高低起伏、已不像贡布雷地貌的土地所能及的最远处，盖尔芒特，在我看来，则只像是它自己"那边"的一个偏理想而非真实的名词，一种抽象的地理表达，一如赤道线，南北极，东方。于是，"经过盖尔芒特"去梅泽格利斯，或反过来走，都让我感觉就像要去西边却走东边一样，是一种荒诞不经的说法。由于父亲常说梅泽格利斯那边的平原风光是他生平见过最美丽的景致，而盖尔芒特那边则是河岸风景的典范；所以，我把它们两方视为完整的两大区块，并且赋予只有我们的想象创造才有的那份连贯性，那种一体感。这两边各自任何一方小土地都让我觉得弥足珍贵，显现出它们最杰出的特点；而与它们相比，在抵达这边或那边的神圣领土之前，理想的平原与理想的河岸景致所在的道路，则纯粹仅具实质功能，不值一顾，约莫就像热爱戏剧艺术的观众无视剧院周遭的小街。不过，我特别喜欢在想起它们时，除了以公里计算的距离，另外再加上这两边在我脑中的距离：在神智中，这样的距离只会将两边拉远、分隔开来，放入另一种空间配置，而这样的壁垒分明后来也变得更加绝对，因为我们的习惯是从来不会在同一天、或同一次散步时两边都去，而是一次去梅泽格利斯那边，一次往盖尔芒特那边，如此一来，不同的午后，两边各自封闭在一方，互不认识，与外界隔绝，彼此没有交流往来。

想去梅泽格利斯那边时，我们出门就像是随意要去哪儿那样地（不会过早，即使云层密布也无妨，因为这散步路线没有多长，不会拖太久），从姨妈家对着圣灵街的大门口走出去。这路上，制造兵器的匠人和我们打招呼，我们顺道把信投进邮筒，路过时替法兰索瓦丝传话给岱欧多，转告说她的油或咖啡用完了，然后从沿着斯万先生家花园的白栅栏修筑出的小路出城。抵达那条小径之前，我们常闻到园中的丁香，那芬芳对着外人扑鼻而来。丁香的花朵从鲜嫩的绿色心型小叶丛中好奇地探出头，将它们淡紫或雪白的羽状花冠伸到栅栏外，即使在树荫下，也将先前沐浴过的阳光映照得更为闪亮。其中几株半隐在供守卫居住、被称为弓箭手之屋的小瓦房后方，宣礼塔 [①] 状的粉红花串超出了小屋的哥特式山墙。与在这座法式花园中保有波斯细密画 [②] 里那鲜艳而纯粹的色调的年轻天堂美女 [③] 并列，春天的宁芙仙子似乎也相形失色。虽然我渴望环抱它们柔软的腰肢，将那散发芳香的满头星状卷发拉到面前，但家人的脚步却不停，直接经过。自从斯万结了婚之后，我父母就不再去汤松村了；为了不让别人以为我们在朝园子里张望，我们因此不走沿着围栏直通原野的那条路，而是改走另一条同样能抵达的路，但这曲折的路线要走完实在太远。有一天，外公对我父亲说：

"您还记得吧？斯万昨天说他妻子和女儿去了兰斯，他要趁这机会去巴黎待上二十四个小时。既然那两位女士不在，我们可以沿着这园子走，这样能省下不少路程。"

我们在栅栏前稍作停留。丁香的花季已近尾声；其中几株尚如高高挂起的淡紫色吊灯，垂泻细致的碎花灯泡，但枝叶上有好几处，不过一个星期前还层层涌生带着清香的花沫，如今已枯萎，萎缩，变黑，成了空洞，干扁，香气不再。外公指给我父亲看，自从老斯万丧妻那天与外公在此散步之后，某些地方如何看出样貌始终如一，哪里又可发现其实已有改变，他也抓住这个机会，再次讲起那次散步的情况。

---

①　宣礼塔（Minaret），源自阿拉伯语的"灯塔"，又称光塔或叫拜塔，是清真寺常见的建筑，用以召唤信众礼拜。

②　波斯细密画为伊朗传统艺术，是精致细腻的小型绘画。在波斯时代主要绘于书籍插图和封面、扉页徽章、盒子、镜框等对象，以及宝石、象牙等首饰上，多以人物肖像、图案或风景，风俗故事为题材，采用矿物颜料，甚至以珍珠、蓝宝石磨粉制作。

③　在伊斯兰教中，信仰虔诚者，尤其是殉教烈士，在进入天堂后，会由真主赐予年轻貌美、白皙皮肤的天堂美女（Houris）。《可兰经》中多处提及，称之"大眼睛、身体白皙的仙女"。

在我们前方，一条两旁长满旱金莲的小径在大太阳底下朝城堡缓缓上坡。右手边，相反地，园子在平坦的土地上继续延伸。环绕着花园的大树树荫让斯万的父母挖出的那池水塘显得幽暗；但人类最矫揉的创作即在于着墨自然。某些天然景物依旧对其周遭的一切发挥着独特的影响，将它们古远得无法追忆的徽章标记在这花园里，一如原本可在远离任何人类的介入，因展现之必要而萌生，与人类作品紧密呼应，在处处笼罩的孤独当中所进行之事。因此，在俯临人造池塘的林径下方，两行勿忘草和蔓长春花交织，组成了一顶天然花冠，精巧的蓝色冠冕围绕水塘明暗不定的前额，剑兰则一派皇族式的闲适慵懒，任由其长柄刀般的花茎垂弯，它那执掌湖滨王国的令牌，百合状花朵皱碎、零落，或紫或黄，颓散遍布在泽兰与水毛茛之上[1]。

斯万小姐出门远行——此事替我解除了看见她现身某条小径，与她结识，并被这位以贝戈特为好友，还与他同去参观各大教堂的天之小骄女轻视的危机——使得我在初次能凝视汤松村时没有特殊感受，但在我外公与父亲眼中，这座庄园似乎反而因此添了几分便利舒适，暂时显得可爱，而且，好比去山间郊游时恰遇万里无云，让这一天格外适合到这一边来散步。我多么希望他们的盘算破灭，出现奇迹，斯万小姐会与她父亲一起现身，突然离得这么近，以至于我们来不及避开，被迫与她认识。于是，当我突然瞥见草地上一只遗落的捕鱼篓，而带着钓线的软木则漂浮在水面，仿佛暗示

---

[1]　百合是法国的国花，百合花饰常见于法国王室的纹章与旗帜，象征政治王权。

她可能在场时，我连忙将父亲和外公的目光带往另一边。此外，斯万曾跟我们说过，他对自己也不在家于心有愧，因为这阵子有亲人过来住，所以那钓线也可能属于某位来客。小径上未闻任何脚步声。不确定哪棵树的中段，一只看不见的鸟儿想尽办法让人觉得白昼苦短，用拉长的音符探索周遭的孤寂，却得到了无生气的回应，回响的冲击加倍寂静，加倍毫无动静，简直像是刚把它试图快转的那一刻给永远暂停。无情的日光固定不移，直教人想避开上天的关注；滞流的池水不断被各种虫子骚扰，难以成眠，它想必梦见自己是一股巨大涡流，徒增看见软木浮标带给我的困扰，那假想出的涡流仿佛迅速将浮标卷入水中那一大片沉寂的蓝天倒影，它看起来几近垂直，随时准备沉下；我心中已开始犹疑，姑且不论自己对于结识斯万小姐这件事的渴望与害怕，我难道不该去通知她鱼已上钩——此时我得迈步快跑，才能追上在前方呼唤我的父亲与外公，他们原本已走入通往原野的上坡小路，讶异我竟然没有跟上来。抵达时，我发现小路弥漫着浓浓的白山楂花香。树篱宛如一连串小礼拜堂，消失在聚集如祭祀花坛的大片花海下；而花树之下，阳光在地面照出一块明亮的长方形，仿佛刚穿越一面玻璃窗；那花香如此浓郁，扩散的形态界定得如此清晰，仿若我当时就站在圣母的祭坛前，而这片华丽、浮夸的花海，朵朵皆不经意似的挺着闪耀的雄蕊，细长放射状的叶脉呈哥特火焰式[①]风格，一如教堂

---

① 哥特火焰式（style flamboyant）是 14 世纪中叶法国兴起的晚期哥特式建筑风格，而后流传至西班牙、葡萄牙等地。其风格华丽，以火焰式曲线花饰窗格为主要特征，因此得名。火焰式建筑在诺曼底地区尤其丰富，如首府鲁昂（Rouen）的圣旺教堂（Saint-Ouen）、圣玛洛教堂（Saint-Maclou）皆是此风格的代表建筑。

中圣坛屏镂空的支架或彩绘玻璃窗柱，以草莓花般的白色质感盛开怒放。相较之下，几个星期后也将在灿烂艳阳下沿着同一条乡间小路爬上坡道的野蔷薇，那一阵风就吹乱的单色渐层红丝胸披，是多么天真又土气。

　　不过，我流连白山楂树下，尽情吸取那无形却又挥之不去，失去而又复得的花香，随之陷入不知该如何作想的思绪，我努力与树木喷绽花朵的节奏合而为一，这里一朵，那里一朵，青春欢快，间隔时间如某些乐曲段落那般出其不意，如那些连续演奏了一百遍、却未能进一步往下挖掘其奥秘的旋律，这些花朵有意无意地施予我无穷丰富的同一种魅力，却不让我深入探究，一切皆成徒劳。我暂时转身离开花儿，恢复新鲜活力后再回来亲近。我一直走到白山楂树篱后方的陡坡前，骤升的地势通往大原野，几株罂粟零零落落，几株矢车菊懒洋洋地躲在后面，以花朵点缀田野，有如一张织毯上的边线，稀稀疏疏地显露着乡村情调的图案，若是框起来必能成为赏心悦目的画面；此处花朵还十分稀少，有如分散坐落的独栋屋子预示着村落已近那般，宣告前方将有一大片的辽阔风景就要展开，其中麦浪阵阵，云朵绵聚成羊，只见单单一朵罂粟花蹿出黏稠的黑土，挺立细茎顶端，红色的火苗随风飘荡，我的心也随之搏跳，一如那旅人，才刚在低洼地瞥见船身捻缝[①]工人正在修理一艘搁浅的小船，尚未多看到什么，他便已放声高喊："大海！"

　　我又回到白山楂树林前，视它如那些以为暂时停止观赏

---

① 捻缝（calfater）是将麻丝、桐油和石灰等会随船板一起热胀冷缩的捻料嵌进船板缝隙，借此让隔舱板不会透水。

后，回头将能看得更加详尽的杰作。但是，即使我用双手遮阳，以便眼中只见这些花树又如何，它们在我心中唤起的感受依然晦暗朦胧，无论我如何努力厘清，努力依附在白山楂花上，也没有成果。白山楂花既不能助我豁然开朗，我也无法请其他花儿来满足这份感受。这时，好比看见自己最喜欢的画家有一幅作品与先前已识的那些截然不同，或者，像是有人将一幅我们原先只见过铅笔草稿的画作拿到我们面前，又或如原先仅听过钢琴弹奏的曲子后来被加上交响乐的色彩呈现，外公给了我这样的喜悦，他唤我过去，指着汤松村的围篱，告诉我："你最喜欢白山楂花，来看看这株粉红色的，多漂亮啊！"那确实是一株山楂，不过是粉红色的，比白色的更美。粉色山楂也有节日的扮相，属于仅存的几个真正节日，也就是宗教性的节日；这是因为没有任何偶发的任性作用在宗教节日上，不像对世俗节日那样可以随意定在某一天，即使那不是特别指派给它的日子，也没有丝毫基本的节日本质——而那扮相更加富丽，因为系在枝干上的小花，朵朵层层相叠，不容任何空隙，没有装饰，有如缠在一支洛可可风格的牧羊人杖上的流苏绒球，"着上了色"，因此，根据贡布雷的地方审美观，质量也就更为高级；这从广场上的"商店"或卡穆家的商品定价即可看出：在那些店里，粉红色的饼干总是卖得比较贵。我自己呢，我也比较喜欢粉红果浆奶酪，大人允许我把草莓压碎。这些花儿正好选择了这种可食之物，或在为盛大节日装扮增添柔美时会使用的色彩，因为这些颜色给了事物价值高等的理由，在孩子眼中，它们的美丽再明显不过，而且正因为如此，也记住了这些颜色中某种比其他色彩更鲜明、也更自然的成分，即使后来明白颜色完全不保证食物的美味，也并非由裁缝师选定。的确，就像面对白山楂之际，甚且更令我惊艳地，我立即感受到花朵传达出的节日气息并非矫揉造作的人造产物，而是大自然出于本能的表现，借由村里某个执行装饰花坛工作的商贩妇人的天真想象，在小树上缀上过多这种色调太柔、带着外省庞巴度风①的小蔷薇。枝丫高处，如同那些用蕾丝花边纸包藏起来的玫瑰小盆栽，盛大节庆时，在祭坛上散发纤细的光束，长满上千个小花苞，色泽较淡，微微绽放，让人看见，宛如在一只玫瑰大理石杯底部，斑斑血红，比花朵本身更直接透露出山楂那难以抗拒的特殊本质：无论在哪儿结苞，即将在哪儿绽放，都只能是粉红色。插植在树篱行间，但如此与众不同，宛如穿着便服只能留在家里的女人群中，一名一身节庆华服打扮的少女，准备前往玛丽亚之月的活动；象征着天主教、而且秀丽可人的小树，在清新的粉红装扮下灿烂微笑，似乎早已是其中一员。

透过树篱可见花园中一条小径，两侧开满茉莉花、三色堇和马鞭草，其中夹杂香紫罗兰，敞开香气十足的粉红色新鲜囊袋，化为一片古老的金革②；而碎石路上，一卷漆成

---

①　法王路易十五最著名的情妇，在文学、建筑与装饰艺术等领域品位高超的庞巴度夫人（Madame de Pompadour, 1721—1764），曾支持兴建路易十五广场（今协和广场）、军事学校及塞夫勒瓷器厂（Manufacture de Sanuf）等建设。在其影响下，塞夫勒瓷器成为流行饰品，该瓷器的经典粉红色因此也称为"庞巴度玫瑰红"。她喜爱的建筑风格则被称为"庞巴度风格"，现今的法国总统府爱丽舍宫即是一例。

②　金革的法文名称 Cuir de Cordoue 源于西班牙城市科尔多瓦（Cordoue，西文 Córdoba），是一种皮革贴金箔制成的壁纸，于公元9世纪从北非传进西班牙。其制作工序繁复，多以古典文艺复兴的华丽花样为主题，17世纪在皇家贵族的室内装潢中相当盛行。

绿色的长水管舒展开来，架在花毯上方，管身的小孔汲取花香，喷洒出七彩小水滴，形成一面散发棱光的直立扇形水幕。突然间，我停下脚步，动弹不得，因为我见到一幅景象，不仅直逼我们的视线，还深入各种官感，随意掌控我们整个人。一个发色金红的小女孩看似刚刚散步回来，手上拿着一把园丁铲子，扬起粉红雀斑点点的小脸看着我们。她的黑眼珠闪闪发亮，由于当时我还不懂，后来也从没得知该如何将注视的事物凝缩成一种强烈印象，由于当时我没有，如人家说的，足够的"观察精神"，无法理出那双眼眸的色彩表示的意念，在很长一段时间中，每每想起她，对那双眼睛光芒的回忆便立即涌上，仿佛那是一种强烈的湛蓝，既然她有着一头金发：以至于，或许若是她的眼眸没有那般乌黑——这总让初次见她的人大为惊讶——我便不会如后来曾经的那样，格外深深地坠入爱河，爱上她，爱上她的蓝眼睛。

　　我看了她一眼，起初以只是代表双眼发言的目光，但那目光之窗旁探出所有感官，焦虑且惊愕，想触碰，捕捉，将注视的躯体连同其心灵一起掠走的目光；然后，我那么害怕外公与父亲下一秒就会发现这个少女，会要我走开，叫走在前面的我跑远一点，于是我再看了第二眼，下意识地流露恳求之情，试图强迫她注意我，来认识我！她的眼眸朝前方及旁边探视，辨识外公和父亲，结果得到的想法想必是我们这一行人古怪可笑，因为她转过身去，一副倨傲轻蔑，满不在乎的模样，她走到一旁，以免脸孔进入他们的视线范围；然而他们继续走着，没看见她，超越到我前面。她任由目光朝我的方向远远投射过来，不带特殊表情，不像看见我，但目不转睛，隐隐微笑；依据我学到的关于良好教育的概念，我无法不将如此表现诠释为是侮辱轻视的证明，而且她的手同时还暗暗比了个不雅的动作，若在大庭广众下对着一个不认识的人这么做，我随身携带的文明小字典只会给出一种解释：那是一种无礼的意图。

"真是的，吉儿贝特，过来！你在做什么？"一个尖锐而威严的声音斥喝。我先前没看见那位白衣女子，另外还有一位穿着斜纹棉布外套的先生，我不认识他，而他那双简直要从头上掉出来的眼睛则盯着我看。女孩猛然收起微笑，拿起铲子，一副顺从的模样，令人看不透心思，神情阴郁地走远离去，没再回头朝我这边看一眼。

吉儿贝特这个名字就这么从我身旁经过，宛如一枚护身符的命名，也许有朝一日能让我找回那个人：上一刻，她不过是一个模糊的意象，有了这个名字，她才成为了人。这个名字如此经过，在茉莉花与香紫罗兰上方被人喊出，辛辣而清新，如绿色洒水管的水滴，浸润它穿越——并隔离出的——那方净土，使之散发七彩虹光；那神秘的生活属于一个女孩，对于与她共同生活，一起旅行的幸运儿来说，就是这名字指称的女孩；而在那株与我齐肩的粉红山楂树下，这名字扩散出一股熟稔、亲近的气息，他们对她、对那我一无所知而且无法走进的生活之熟悉，令我痛苦至极。

有一会儿（那时我们已经走远，外公低声自语："可怜的斯万！他们让他扮演什么样的角色啊！竟然要他离开，好让她跟她的夏吕斯独处。确实是他，我认出来了！还有那小女孩，被搅进这摊浑水做什么！"）在我印象中，吉儿贝特的母亲对她说话时的语气专横，而她没有回嘴，倒让我看见她被迫服从的模样，并非气势凌人于一切之上，这稍稍抚平了我的苦痛，给了我一点希望，也降低了我的爱慕之意。但很快地，有如一股反作用力似的，这份爱意再次熊熊燃起，我受辱的心灵想借此提升，好匹配吉儿贝特，或是将她拉低到我的程度。我爱她，懊悔没有足够的时间和机智对她采取攻势，让她吃点苦头，迫使她记得我。我觉得她如此之美，好希望能够折返，耸着肩膀对她大喊："我觉得您真丑，丑八怪，真是令我作呕！"然而我只是走远，从此带走一个红发小女孩的意象：她满脸雀斑，手里拿着小铲子，边笑着，边用不露情绪的奸诈眼神缓缓注视着我，宛如我这种孩子因不可能僭越的自然法则而无法获得的幸福的最初原型。而且从那时起，粉红山楂树下，那声她与我一起听见的她的名字，使得这个地点缭绕着神圣的魅力，而这魅力压过、覆盖、熏染了亲近它的一切——我的外祖父母曾有难以言喻之幸得以结识的她的祖父母，证券经纪人这份美妙的职业，她在巴黎住处所在的爱丽舍场①，令我痛苦万分的那一区。

"雷欧妮，"外公回家后说，"我真希望能立刻带你跟我们一起去走走。你一定认不出汤松村了。要是我胆子大一点，真想为你折下一枝你那么喜欢的粉红山楂。"外公向雷欧妮姨妈这么描述我们的散步，或许是想让她散散心，也或许是还没完全死心，希望拉她出门走走。毕竟，她以前非常喜爱那座庄园，此外，在她对所有人关上门时，斯万曾是她最后还愿意接见的几名访客之一。就像现在当他来探问她的近况时（她是我们家中斯万唯一会特意求见之人），她总差人回说她很疲累，

① Champs-Elysées 一般音译为香榭丽舍，但原指希腊神话中圣人及英雄灵魂在地狱中居住的至福乐土。此地位于爱丽舍宫前方，是一片绿地空场，因此本书改译为爱丽舍场。

但下次一定会让他进来；那天晚上，她说："是啊，等哪天天气好，我可以乘车直抵那庄园门口。"她说这话时是真心的。她真的很希望能再见到斯万和汤松村；但当时她所剩的气力仅足以心生渴望，实现渴望则早已非她能及。偶有几次，晴朗的好天气让她稍有元气，能起身下床，穿戴整齐；但在走到另一个房间之前，她便已觉得疲累，要求回床躺下。先前出现在她身上的——这不过是比一般人早开始——即是放弃抵抗、默默等死的老化心境，陷入作茧自缚的境地；那衰老让我们察见，一旦到了那些苟延残喘多时的生命尽头，即使是最相爱的旧情人，心灵最契合的知交，他们，曾几何时开始，已不会再为相见而启程旅行或特地出门，不再书信往来，而且知道，此生不会再与外界沟通。姨妈应该十分清楚自己不会再见斯万了，她永远不会再离开家门一步；但依我们所见，这坚决离群索居的生活本该会使得她的日子过得比较痛苦，却反而让她颇为轻松：因为离群索居是她自知气力逐日流逝而被迫做出的决定，而气力流逝使得每一个举止、每一个动作，都痛苦难当，或至少疲惫不堪，于是让她得以在不做行动，隔绝外人，默不出声之际，得到了休憩带来的舒缓且温和的复元。

姨妈没去看那排粉红山楂树篱，但我无时无刻不问爸妈她会不会去看，还有她以前是不是常去汤松村，试图要他们谈谈在我心目中如神般伟大的斯万小姐的父母与祖父母。对我而言，斯万这个姓氏几乎变得有如神话，和爸妈闲聊时，我深深苦于想听到他们提及这个姓氏的需求；我不敢亲口说出，但经常引导话题，想让他们谈起吉儿贝特和她的家人，和她相关的人，好让我自觉不至于离她太远；然后，我会突然假装误以为，例如，外公那份差事，在他接管以前，早就由这家里负责，或者，雷欧妮姨妈想看的粉红山楂树篱其实位于镇上的公用土地，借此逼父亲纠正我的陈述，仿佛我拦不住，是他自己要提的那样，对我说："才不是，那份差事本来归斯万父亲管，那排树篱是斯万家林园的一部分。"于是，我不得不重新调整呼吸，因为，那个姓氏停在它始终刻在我心头之处，压得我几乎喘不过气，在我听来比任何姓氏都来得饱满，因为它满载着我预先在脑海中所做的每一次呼喊。它为我带来一份欢愉快感，而我惭愧自己竟然敢向父母索求，毕竟那感受如此欢快，非得出动他们不可，需要他们费心耗神替我取得，而且没有报偿，因为那愉悦不属于他们。因此，为了保持低调，我转移了话题。其实也因为我自己疑神疑鬼。只要他们一讲出这两个字，所有被我放进斯万这个姓氏的独特吸引力，我皆能再度感受。于是，我突然觉得爸妈不可能察觉不到，他们正处于我的视角，也能窥见我的幻梦遐想，宽恕它，迎合它，于是我难过起来，仿佛我征服了他们，害他们堕落。那一年，爸妈订下回巴黎的日期比往年早了一些。出发那天早上，他们差人替我烫卷头发，为了保险起见，又帮我戴上一顶我从没戴过的帽子，穿上一件天鹅绒外袄，好准备拍照留念。但后来他们到处找不着我，最后是母亲发现我在通往汤松村的陡坡小径上哭成了泪人儿，正在向白山楂树道别，双臂环抱着多刺的枝丫，而且像悲剧中的公主似的，觉得身上多余的衣饰太沉重，毫不感激细心将我的发丝聚拢到额前，结出这一绺绺卷发的那双纠缠的手[1]，反而扯下满头

---

[1]　此段描述引用了拉辛剧作《费德尔》第一幕中的句子："这些赘饰，这些面纱，多么沉重！是哪只烦人的手纠缠不清，将我的发丝悉心聚拢在额前，打了这许多结？"

纸卷和新帽子，踩在脚下。母亲没被我的泪水打动，倒是在见到被刺破的帽子和丢在地上的绒袄时不禁惊呼出声。然而我充耳不闻："噢！我可怜的小山楂！"我嘤嘤抽泣，"让我伤悲，强迫我离开的不是你们，你们从来没让我难受过！所以我会永远爱你们。"然后，我擦去眼泪，对它们许下承诺，等我长大后，绝对不会学其他人那样过着那种没有意义的生活；即使是在巴黎，大地回春时，我也不会四处拜访，成天听那些无稽之谈。我会回来乡间看初绽枝头的山楂花。

往梅泽格利斯那边去时，我们一旦走入田野，就不再出来，如此直到散步结束。仿佛有个隐形的流浪者游走其中似的，这片田地不断被四面八方吹来的风穿透，对我来说，那风堪称贡布雷特有的精灵。每年，在我们抵达的那天，为了感受自己确实已来到贡布雷，我总会爬上坡地，迎向窜入宽袖外袍的大风，追着它奔跑起来。梅泽格利斯那边永远有风伴在身边，那片微微隆起的平原，绵延好几里，不会遇见任何突发的地势障碍。我知道斯万小姐常去拉翁住上几天，即使那座城镇远在好几里外，通行无阻之便却也抵消了那份距离感。在午后的燠热高温中，我看见同样那阵气流从地平线那端出发，压低了最远处的麦穗，宛如潮水，朝整片辽阔的原野延展开来，接着，穿过红豆草丛与三叶草丛，暖暖地，低声呢喃，来到我脚边伏下。这片两人共享的原野似乎将我们彼此拉近，合而为一；我幻想，这阵风儿曾经拂过她身边，捎来她的讯息，在我耳畔低诉，虽然我无法明白，但趁着风儿吹来，我便揽之入怀。左方是名为尚皮厄（*Campus Pagani*[1]，

---

[1]　拉丁文，意谓"城郊之田野"，法文为 Champieu。

本堂神父这么说）的小镇；右手边则可眺见麦田上方，圣安德雷德尚两座工法细腻、洋溢乡村气息的钟塔，塔顶本身造型细长，鳞片般层层交叠，蜂巢般密密相扣的屋瓦，外墙缀有格状纹饰，日渐发黄，粗糙结粒，有如两根成熟的麦穗。

在那无从模仿、不可能与别种果树混淆的枝叶衬饰装点之下，苹果花对称、等距地绽放它们闪着绸缎光泽的白色阔花瓣，或悬挂起一小把一小把的羞红嫩苞。在梅泽格利斯那边，我初次注意到阳光普照的大地上苹果树的圆形树影，以及斜照的夕阳在叶丛下织出那无可触及的条条金丝，然后看着父亲拄着手杖将之截断，但从来无法令它那金丝转向。

偶尔，月亮现身午后天空中，稀白如云，稍纵即逝，黯淡无光，仿佛一名未上场的女演员，一身平常打扮，坐在厅里观看同行表演一会儿，低调隐身，不希望引起别人注意。我喜欢在画作和书中再见到它的模样，但这些艺术之作与其他作品截然不同——至少是早些年在布洛赫还没打开我的眼界，让我的想法适应更微妙的和谐之前——如今在那些书画中，月亮看来很美，当年的我却不懂品位。就好比圣汀[①]的某部小说，格莱尔[②]的某幅风景画，月亮在夜空中清楚地裁切出一把弯弯的银色镰刀；还有如我自己的印象一般天真、不完整的那些作品，外婆的两个姊妹见我喜欢那些作品，竟然还大发脾气。她们认为，在孩子面前，应该摆放人到成年时犹能真正欣赏的作品；能先喜欢上这些作品的孩子就证明

---

① 原名 Joseph-Xavier Boniface 的圣汀（Saintine, 1789—1865）为法国小说家及剧作家，以畅销小说《狱中花》（Picciola）闻名。

② 格莱尔（Marc Gabriel Charles Gleyre, 1806—1874），瑞士艺术家，画风兼及古典主义和印象主义风格。

了自己有品位。想必，这是因为在她们想象中，美感的功效就和实体物质一样，但凡张开的眼睛不可能无法察觉感受，并不需要在个人心中缓慢地培育同等价值，等它成熟。

同样是往梅泽格利斯那边，蒙朱凡村中，坐落于一片大池沼湖畔，背倚陡峭的灌木林坡地的房子，那是凡特伊先生的住宅。我们因而常在路上遇见他女儿，驾着一辆双轮轻便马车疾驰而过。曾几何时，我们不单遇见她一人，还有一个较她年长的女友，在当地声名狼借，有一天却在蒙朱凡定居下来。人们说："可怜的凡特伊先生一定是被甜言蜜语给蒙蔽了，否则怎么会没发现盛传的流言，还允许他那个谈吐不得体、常闹笑话的女儿把那样的女人弄进家里，同住一个屋檐下。他说那是个高尚的女性，心思细密善感，若曾好好栽培，想必能发掘出不凡的音乐才华。有件事情他倒是可以确定：那女人关心的可不是她女儿的音乐。"凡特伊先生是这么说过。无论对象，只要有了肌肤之亲，一个人是多么容易激发对方家人对自己品德的赞赏，这现象的确屡见不鲜。肉体之爱，如此受到不公平的攻讦，如此迫使人人毫不保留地表白其心地善良，其自我牺牲，以至于看在亲近的旁人眼中，即使再微小不过的心意，也会闪闪发光。佩尔斯皮耶医生完全不像是个背信忘义的混蛋，但他沙哑的声音和粗浓的眉毛让他可以随意尽情扮演这样的角色，完全不影响他面恶心善的名声，那名声难以动摇，却不符其实；他会让本堂神父和所有人笑到流泪，用粗鲁的语气说："话说啊！那个凡特伊小姐，听说，她跟她的女友在研究音乐呢！各位看起来吃了一惊是吧！我可不知道喔！是她爹凡特伊昨天又跟我说了一次。不管怎么说，这女孩呀，喜欢音乐是她的权利。我总不能妨碍孩子们发展艺术事业。凡特伊看起来也不会那么做。而且，他自己也跟她女儿的女友一起研究音乐呢。哎呀！糟糕，那一家子这下可成了个八音盒了呢。话说，你们是在笑什么？那些人做音乐还真是做过头了。前几天，我在墓园附近遇见凡特伊老爹。他两腿都快站不稳啰！"

　　在那个时期，凡特伊先生遇到熟人就躲，一发现前有来人就刻意绕道，我们这些人眼见他在几个月内一下子苍老，陷入深深的忧伤，变得对无法直接为他女儿带来幸福的事皆提不起劲，成天待在他妻子的墓前——谁都看得出他伤心欲绝，也很难假设他不知道那些流言蜚语在说什么。他都知道，或许甚至还信以为真。或许，无论情操多么伟大，他也不是个不会被复杂情境逼迫的人，终有一天会与那情操最严正谴责的罪恶为伍，还习以为常——此外，罪恶还乔装成各种特殊事情，借以欺近他，折磨他，使他无法明辨：奇怪的话语，无法解释的态度，某天晚上，某个人，而且是他那么有理由去爱的人。但是，对凡特伊先生这样的男人来说，向世人错以为仅见于波希米亚生活那种特殊圈子的情况投降，他肯定要比别人难受百倍：这些情况总在某种罪恶得为自己保留所需的空间和安全感时出现，而这罪恶正是大自然在一个孩子身上绽放出的成果，有时候，如同眼睛的颜色，不过是混合了父母双方的优点而已。但是，凡特伊先生或许晓得他女儿的行为，对她的深爱却未因此减少。这些事情走不进我们信仰所在的世界，不曾催生我们的信仰，也不摧毁它们；这些事情可以坚定有力地拆穿其谎言，却不能削弱它们，如同一个家里，尽管不幸或病痛如雪崩般不断接连涌至，这家人也不会因而质疑他们的上帝是否慈悲，他们的医生是否高明。但是，当凡特伊先生以世人的角度，顾及名声，为自己和女儿设想，当他试着与女儿一起站在世俗观感赋予他们的地位，这份社会评价，恰如他最厌恶的贡布雷居民大可加诸他的那样，他一肩挑起；他认为自己与女儿已被打落到最底层，没多久，他的行为举止便糅合了那份屈辱感，以及对那些他从下仰望、阶级在他之上的人的尊敬（在此之前，他们比他低阶许多），还有那试图振作、与他们平起平坐的倾向，那是在经历所有挫败过后几近机械般自动生成的必然结果。有一天，我们与斯万一起走在贡布雷的街上，凡特伊先生已走至另外一条街的尽头，猛然与我们迎面相遇，来不及躲开；斯万展现了他上流人士的高傲慈悲，摒除自己所有的道德偏见，面对他人的恶名昭彰，只找到好意相待的理由，而旁人对他这份胸襟的见证目光，以及施惠者的自恋，皆刺激他跃跃欲试；比起受惠者，他自己更能感受到那些好评的珍贵。因此，他与凡特伊先生闲聊许久，但在此以前，他跟他其实无话可说；在与我们道别之前，他还请凡特伊先生找一天送他女儿来汤松村玩。那次的邀约若是在两年前，恐怕会冒犯到凡特伊先生，但现在他满心感激，因而更是认为绝对不可贸然答应。他觉得，斯万对他女儿的友好态度本身即是极为可敬又极为美妙的慷慨支持，他甚至认为最好别真的用上，以便将之保存，拥有全然柏拉图式的甜蜜。

"多么细腻可贵的男人啊！"斯万离开之后，他对我们这么说，言中带着如同对灵巧、漂亮的布尔乔亚女士的尊重，以及无视一位公爵夫人之丑陋与愚笨，依然拜倒她裙下那样的热切仰慕："多么细腻可贵的男人！却结了那么一桩门不当户不对的婚，多么不幸哪！"

这时，由于内心最真诚的人也难免夹杂虚伪，边聊天边剖析自己对说话对象的看法，待他一不在场就立刻表露无遗；我爸妈与凡特伊先生唉声叹气地惋惜斯万的婚姻，搬出各种原则和适当性（在这件事上，他们与他同声出气，成了志同道合的正人君子），仿佛默认蒙朱凡没有违背善良风俗之事发生。凡特伊先生并未把女儿送去斯万家。斯万是第一个感到遗憾的人。毕竟，每次他才刚和凡特伊先生道别，便会想起，自己好一阵子以来一直想向他打听一个人，那人跟他同姓，斯万相信应该是他的亲戚。而这一次，他本已下定决心，等凡特伊先生送女儿来到汤松村时，可别再忘记要跟他说什么。

由于梅泽格利斯那边是我们在贡布雷周遭两条散步路线中较短的一条，大人们因此总留在天气没那么稳定的时候去走。梅泽格利斯那一带颇为多雨，我们一路都走在看得见鲁森维尔林间空地的范围，必要时，那儿浓密的枝叶能让我们避雨。

太阳通常躲在一大片厚厚的云层后方，那椭圆因而变形，边上焦黄了一圈。乡野间，亮光，而非光亮，被云带走，所有生命似乎停摆，小村鲁森维尔则在天边刻出一面浮雕，白色屋脊的清晰详尽咄咄逼人。稍稍一阵风吹起一只乌鸦，飞落远方，而衬着越来越白的天色，远方的树林显得更蓝，仿佛装饰古宅窗间墙面的单彩风景画。

但另有几次，下起大雨，应验了眼镜店门口那座晴雨钟上的嘉布遣修士像 [①] 对我们的威吓；点点雨滴，宛如展翅群起的候鸟，密密麻麻，成行成列地从天空落下。雨点密集难

---

① 嘉布遣修士（Le capucin）在此是指晴雨钟上的人偶，在气压低、可能下雨时，人偶会像咕咕钟的鸟儿那样跑出来。巴尔扎克在《高老头》（Le Père Goriot）中也曾描述过。

分，迅速通过，并不躁进，而是点点滴滴皆守着岗位，引来接续在后的那一滴，天色比燕子成群飞离时更显阴暗。我们进入树林避雨。待雨滴的旅行大致结束，其中一些，较为孱弱，缓慢，才零星抵达。不过我们走出避难处，因为叶丛喜欢水滴，而土壤几乎已干；还有好几滴雨点流连叶脉嬉戏着，栖悬在叶尖，沐浴在阳光下闪耀，突然从枝丫高处滑下，滴得我们一鼻子水。

我们也常混进圣人和宗主教的石雕像间，跑去圣安德雷德尚教堂的拱门下躲雨。这座教堂是多么法国啊！大门上方，一尊尊的圣人，跨骑马上手持百合的国王，婚礼和葬礼场景，活灵活现，简直就是法兰索瓦丝内心所想的样貌。雕刻师也刻画了几则与亚里士多德和维吉尔相关的轶事，那手法就和法兰索瓦丝在厨房里兴高采烈地讲起圣路易[①]时如出一辙，仿佛她认识圣路易本人似的，而且基本上是为了以他为指标，让我那些没那么"公正"的祖辈们自惭形秽。感觉得出来：中世纪艺术家和中世纪农妇（仍残存于十九世纪）的观念中带有古代或基督教历史色彩，特色即为模糊与好心。他们这些观念并非得自书中，而是源于一种既陈旧又直接的传统，未曾间断，口语相传，悖离了原貌，难以溯源，却又活灵活现。在圣安德雷德尚教堂哥特时期的雕刻中，我还认出另一个贡布雷的人物，源自雕刻师有如先知般的虚拟假想：那是岱欧多，卡穆家的年轻伙计。此外，法兰索瓦丝也觉得与他土亲人亲，气味相投，当雷欧妮姨妈病重得法兰

---

① 圣路易是指卡佩王朝（Capétiens）法兰西国王路易九世（Louis IX, 1214—1270）。天主教会于 1297 年将在位逾 43 年的他封为圣人。

索瓦丝没办法独自替她在床上翻身，抱她到沙发上时，她宁可叫岱欧多过来帮忙，也不让厨房女仆上楼来，好借此让姨妈有机会对她"刮目相看"。而这个伙计，大家可没诬赖他，是公认的坏胚子，但原来他怀着圣安德雷德尚教堂雕饰的灵魂，尤其是敬意，法兰索瓦丝认为那归功于"可怜的病人们"，归功于"她可怜的主人"：为了将我姨妈的头抬到枕头上，他的表情既天真又认真，宛如浮雕上的小天使，手持着蜡烛，挤在衰弱的圣母身旁，仿佛石像灰白、光裸的面容，一如冬日的秃林，都不过是陷入一场沉睡，一次养精蓄锐，随时准备在人间重新绽放成像岱欧多那样平民百姓的，心怀敬意的，脑筋动得快的，如熟透的苹果般红通通的无数脸孔。有一尊圣女雕像，不似那些小天使那样刻凿在石壁上，而是突出拱门之外，比人还高，伫立于基石上，宛如站在一张小板凳上，避免脚踩潮湿的地面；圣女双颊饱满，乳房坚挺，衫袍因而鼓起，好比麻袋里装了一串成熟的葡萄；她的额头窄小，鼻梁短而倔强，眼窝深陷，一副本地农妇的健壮骨架，粗枝大叶，勇敢无畏的模样，这般逼真为雕像增添了一份我意想不到的温柔，而且经常在某些种田女工身上得到印证。她跟我们一样来此躲雨，她的出现，如同墙草的叶子长在石头雕成的茎叶旁边，似乎生来就是要让人借由与大自然的冲击对比，评断艺术品的真实性。我们的前方，远远的，应许或诅咒之地，鲁森维尔；我从未穿过它的城墙，鲁森维尔。有时，当我们这边雨势已停，它却像《圣经》中的某个村庄，依然遭受暴雨万箭齐发的惩罚，斜鞭抽打村民；或者，已得天父原谅，祂令再度露脸的太阳往村里垂下一条条流苏金丝，长短不一，有如祭坛圣体光的光芒。

偶尔，天气任性到了极点，我们只得打道回府，关在屋里。晦暗的天色与湿气使得远方田野看起来恍若大海，这里一家、那里一户，几栋屋舍零星散布，攀附在沉入幽暗与雨水的山坡上，闪闪发亮，宛如一艘艘收起风帆的孤舟，整夜停泊在汪洋中。但是，狂风骤雨又如何，雷电交加又如何！夏日里，坏天气不过是理所当然且稳定的好天气所发的一场短暂、粗浅的坏脾气。这样的好天气与冬日那种无常又浮动的好天气不同；夏天里，相反地，好天气安稳进驻大地，以茂密的叶丛加强巩固，落下的雨水能顺利滴干，不至于破坏枝叶恒久不变的喜悦欢欣；整个夏季，这样的天气高挂起它或紫或白的丝绸小旗，遍及村庄里的大街小巷，房屋的外墙与花园。我坐在小沙龙里读书，等待晚餐，听着水滴从我们的栗子树落下；但我知道，大雨只会让它们的叶片更显油亮，而且它们承诺在那儿待上整个雨夜，宛如夏季的抵押品，担保好天气必将持续，尽管明天汤松村的白围篱上空下雨也无妨，满树心形的小叶片，数量依然那么多，依然将如波浪摇曳；于是，当我瞥见佩尚街上的白杨树向暴风雨苦苦哀求，绝望地弯腰行礼时，我毫不伤悲；听见花园深处，丁香花丛间传来最后几阵雷声隆隆，我毫不悲伤。

　　如果一大早天气就不好，爸妈便会放弃散步，我也就不出门了。但后来我养成了习惯，会在那些日子独自去梅泽格利斯－拉－维内斯那边走走。那个秋天，我们必须回贡布雷处理雷欧妮姨妈的遗产继承，因为她终究死了。那些宣称会让体力变弱的禁食疗法终将害死她的人赢得了胜利，但始终主张她得的病并非臆想、而是的确有器官隐疾的那些人可也没输：事实摆在眼前，待她终于不敌病魔，怀疑此说的人也

不得不服气；她的死只对一人造成至深悲痛，而那人却是个
粗野下人。在姨妈最后一次发病的那两个星期，法兰索瓦丝
片刻不离，她不换便衣，不让任何人有丝毫插手照料的余
地，一步也不离开病人的身边，直至下葬为止。这时我们才
恍然大悟：法兰索瓦丝先前一直活在对姨妈的恶言相向、疑
神疑鬼和暴躁发怒的恐惧里，而那种忧惧已在她心里发展成
一种情感；我们以为那是恨，其实那却是崇敬与关爱。她心
目中真正的主人总是会做出无法事先预料的决定，耍些麻烦
难解的奸诈伎俩，有颗容易感动的善心，她的女王，她神秘
又无所不能的女君主，如今已不在人世。与她相比，我们实
在不算什么。遥想当年，我们刚开始去贡布雷度假那时，在
法兰索瓦丝眼中，我们还享有与姨妈同等的威望。那个秋
天，我爸妈忙着填写各种表格，与财产公证人和佃农们见面
会谈，毫无闲情逸致出门，更何况天气也不理想，久而久
之，他们便习惯让我裹着一条大格纹毛呢披毯挡雨，独自去
梅泽格利斯那边散步。我故意把毛毯披在肩上，觉得那些苏
格兰格纹一定会激怒法兰索瓦丝，她的观念不容许此时的服
装颜色与丧事无关；此外，我们对于姨妈过世表达出的悲伤
程度也让她极不满意，因为我们没有准备丧家的告别宴，提
起姨妈时语调也没有特别变化，我甚至偶尔还哼着小曲。我
确定，若在一本书中读到——关于这一点，我自己其实也跟
法兰索瓦丝一样——这类依循《罗兰之歌》①和圣安德雷德

————————

　　① 《罗兰之歌》（La Chanson de Roland）是11世纪的法兰西史诗，歌颂
查理大帝的忠臣罗兰遭叛臣陷害，在战役中孤军奋战，却令西班牙阿拉伯国王马
尔西勒（Marsile）带领的大军全军覆没之功勋，是现存最古老的重要法语文学作
品，作者已不可考。

尚教堂拱门雕刻上的丧葬观念，我会有认同好感。但只要法兰索瓦丝一来到我身旁，我心中的魔鬼就会冒出来，想惹她生气，于是我随便找了个借口，告诉她我怀念姨妈，理由是她的举止虽然荒唐可笑，仍是个好女人，反倒完全不是因为她是我姨妈，说不定命运本来也可能安排她既是我姨妈，却也让我厌恶透顶，而她的去世完全不令我难过云云，诸如此类若写在书里会让我觉得愚蠢荒谬的话语。

如果法兰索瓦丝那时像个诗人似的，对于悲伤，对于家族的回忆，心中弥漫着一股混乱思绪，抱歉无法回应我的理论，只说"我不知道该怎么讲"，我便会抓住她这番认输，扬扬得意地对她说教，言中的讽刺和粗俗程度不下于佩尔斯皮耶医生；若是她进一步又说："无论如何，她总是个亲族，人对亲族① 总该保有一份尊敬。"我会耸耸肩，自我解嘲："我真是好心肠，跟这样一个话都讲不好的不识字妇人还讨论这么多。"这么想的同时，我是以心胸狭隘的观点在评断法兰索瓦丝，而在抱持这种观点的人当中，那些如入定一般、不为外界所动者，最是看不起其他同类，但在生活中上演不堪剧目时，却极能胜任这个角色。

那个秋天，我的几次散步都十分愉快，因为我总是在久久沉浸一本书中之后才出门。当我披着我的苏格兰毛毯在大厅看了一上午的书，觉得疲乏了，便出去走走：我的身体长时间被迫保持安静不动，一到户外便充满积累已久的活动力与速度，然后，像颗旋转起来的陀螺，需要朝各个方向将它

---

① 在此，法兰索瓦丝用的是一个错字"parentèse"，混淆了"括号"（parenthèse）与"亲属关系"（parentèle）两个字的发音。

们消耗殆尽。一面面屋墙，汤松村的树篱，鲁森维尔的树林，蒙朱凡背倚的灌木丛，皆被我的长伞或手杖敲打，听见我喜悦的呼喊，那呼喊出来的皆是让我激动的各种混乱念头，在灵光照耀下未能休息，比起缓慢、艰难地等待柳暗花明，宁可改采较轻松的方式，享受实时解脱的快感。因此，所谓传达我们感受的表现，大部分皆不过是让我们摆脱那感觉，以一种不会让我们意识那感受的模糊形态将它从我们心中释放出来。当我试着清点梅泽格利斯那边赐予我的，在以那条路线为偶然背景或必要灵感泉源而得到的微小发现之中，我记得，就在那个秋天，某次散步时，在遮蔽蒙朱凡的灌木丘附近，生平第一次，我们的印象与这些印象的惯常表达之间的落差，让我感到震惊。经过一个小时与风雨欢欢喜喜的对抗后，我来到蒙朱凡的沼泽畔一栋铺盖砖瓦的小屋前，凡特伊先生的园丁将工具锁在那小屋里。太阳刚露脸，天空中，树梢上，小屋的墙面，犹湿的屋瓦，有只母鸡漫步其上的屋脊，重新镀上了大雨冲洗后的烁烁金黄。阵阵吹来的风横向拉扯从墙缝中探出的野草，母鸡茸茸的羽毛任凭风儿穿梭，直至毛尖，一根一根地拂顺，懒洋洋，轻飘飘。阳光又让沼泽反照如镜，铺瓦屋顶倒映水中，形成一片粉红大理石纹。过去我从未多加留意，此时见到水面及墙面上一抹苍淡的微笑回应着天上的笑容，我激动极了，我挥舞收拢的长伞，不禁喊出声："哎，哎，哎，哎。"但在此同时，我也感觉到自己的任务正是切勿止于这几个意味不明的字，而该试图去看清楚自己的狂喜。

　　同样也在那时刻——多亏一个农民经过，他看起来心情已经不好，脸又差点儿被我的雨伞打个正着，因此就更火大了。我打招呼："天气真好，不是吗？多走走有益健康。"他却反应冷淡——我因而学到：同样的情绪不会在同一时间按事前建立好的顺序，依次出现在每个人身上。后来，每当一段时间较长的阅读燃起我讨论的兴致时，我急欲交谈的那位同好却总是正巧才刚和人尽情畅聊过，现在只希望别人能让他安静读书。倘若我才刚满怀温柔地为父母着想，做了最明智、最适当的决定，要让他们高兴，同样那一刻，他们却把时间用来发现一桩我自己早已忘记的小过错，在我奔过去想拥抱他们时，对我严厉指责。

偶尔，除了独处带给我的亢奋，另有一种我不知该如何明确细分的激情，源于渴望眼前出现一个农家女孩让我拥入怀中。这种欲望突然生起，我来不及在纷纭的诸多想法中准确厘清它的成因，并且觉得随之而来的快感，比起那些想法带给我的欢愉，不过仅仅高出一等。当时在我脑中的一切：倒映的粉红砖瓦，野草，许久以来一直想去的鲁森维尔村，村旁林中的树木，村中教堂的钟楼，对于这些，我皆多添了一份赞赏，而这新的感动只让我觉得它们勾起我更大的欲望，因为我相信是它们引发了那份感动，而且似乎只想在这情绪以一股不知从何而来、强而有力的顺风鼓满我的船帆时，领我航向它们。但是，若说有一女子现身的欲望在我心中为迷人的大自然更添增某种令人亢奋的成分，反过来说，大自然的迷人，则更拓展了那女子本可能太过局限的魅力。在我看来，树木之美仍是那女子之美，而这片风景，鲁森维尔村，那一年我正在读的书，这一切的灵魂，皆可透过她的一吻传递给我。我的想象接触到我的官能感受后恢复了活力，快感扩散到想象中所有领域，欲望再无极限。这也是因为——置身大自然中的这些梦幻时刻让习惯的行为得以暂止，我们对事物的抽象观念得以搁置，有时我们会深深相信创意，相信我们所在之处的独特生命——呼唤我欲望的那名过路女子，在我看来，并非这平凡类型中的随便一例：她是女人，但更是这片土地必需的自然产物。因为，在那段时期，所有非我自身的东西，土地与人们的一切，在我眼中皆显更珍贵和重要，生来即具一种比已成型之人更真实的存在。而土地与人，我总认为这两者密不可分。我渴望一名梅泽格利斯或鲁森维尔的农家少女，渴望一名巴尔别克的捕鱼女，一如我渴望梅泽格利斯或巴尔别克。倘若随意变更环境条件，我恐怕会觉得那些女性能给我的快乐便不再那么真实，恐怕不再相信她的存在。在巴黎认识一名出身巴尔别克的捕鱼女，或是梅泽格利斯来的农家女孩，就相当于收到一枚我不可能在沙滩上见到的贝壳，一株我不可能在树林里觅得的蕨类，相当于在那女子带给我的欢愉中，除去了我以想象围绕在她周遭的一切。但是，少了让我拥入怀中的农家女孩，仅仅像这样在鲁森维尔树林里漫无目的地走着，可就相当于不识蕴藏这片树林中的宝藏，不懂欣赏其深层之美。那位在我眼中总是满布点点叶影的少女，对我而言，她即是一株当地植物，只是比其他植物高等一些的物种，而多亏其结构，能更贴近这片地区的深层风味。我可以更轻易地相信（而她为了令我能够相信而给的轻抚，应该也是某种特别的抚触；若不是她，换作别的女性，想必我无法体验到这欢愉之感），正因为我在很长一段时间仍处于那样的年纪，尚未抽离占有不同女性之乐趣，那种与她们共处才能尝到的欢快，未将这份愉悦简化成一种普通概念，让这些女子从此被视为可互相替换的工具，借此达到始终一样的快乐。这快乐甚至根本不存在，它在思绪中被隔离、被区分、被具体想成是接近一名女子时追求的目标，是事前即会感受困扰的原因。我甚少把它当成必将到手的乐趣来想象，反倒是去召唤那女子本身的魅力，因为我想的不是自己，我只想着要从自己出来。这被暗中期待、藏于内在的欢快，只有等到实现身旁的她献上的温柔眼神及甜吻对我们造成的种种其他欢愉，才能推至如此高潮，以至于在我们自己看来，那快感更像传递着我们的感激，感谢伴侣的善意，感谢她对我们那令人动容的偏爱，而那爱意可从她填满我们心房的恩惠与幸福感来衡量。

可叹的是，枉费我殷殷恳求鲁森维尔的塔楼，求它从村里带个孩子来到我身边；当我在我们贡布雷的屋子楼上，那个散发鸢尾花香的小房间，只能透过微微敞开的窗户玻璃看见它的高塔，心中却怀抱如同展开一趟探险的旅人或绝望的自杀者那种悲壮的踌躇不决，有气无力地自己在心中辟出一条未知的道路，自认那是一条死亡之路，直到垂落我眼前的野黑醋栗枝叶上多出一道如蜗牛爬过的自然行迹，视之为我初生欲念时的唯一知情者。此时此刻，徒劳无用地，我苦苦恳求。徒劳无用地，我将那一大片辽阔无垠纳入视野，用一心想从中带回一名女子的目光尽情吸收。即便我一直走到圣安德雷德尚教堂的拱门，那个农家女孩也从来不在，但若我与外公在一起，处于不可能与她交谈的境地，却又一定在那里会遇见她。我遥遥盯着远方一棵树的树干，从那树干后面，她即将现身，向我走来。我侦伺许久的视线范围内始终渺无人烟，夜色降临，仿佛要吸出所有可能藏匿其中的女人似的，我将注意力集中在那片贫瘠之土，不毛之地，却不抱希望；而我挥击鲁森维尔林中树木的心情已不再欢快，而是带着满腔愤怒。那些树木之中再也不会出现任何生灵，要不然，它们就是画在一幅鸟瞰图上的假树，否则，在将我如此渴望的女子搂在怀中之前，我不能放弃，铩羽而归；然而我不得不折返走回往贡布雷的路，对自己坦承，偶然越来越不可能将她带到我走的这条路上。再说，就算她真的出现，我敢与她攀谈吗？我觉得她应该会把我当成疯子。在这些散步中形成、但未曾实现的欲望，我不再相信其他人也有所体验，不再相信它在我内心之外也能当真。在我看来，那些欲念不过是我的脾气创造出的产物，纯粹主观，无力，容易幻灭。这些念头不再关乎大自然，无关从那时起就失去所有魅力和意义的现实，对我的人生而言，那现实仅是一副常规框架，好比对一个搭火车的旅人为了消磨时间而读的小说虚构情节而言，他座位长凳所在的车厢。

或许那也是多年后在蒙朱凡得到的印象。当时，那个印象始终隐晦不明，要到许久之后，我才知道那来自我对施虐癖的想法。后来会知道，为了别种截然不同的理由，这则印象应该在我人生中扮演了相当重要的角色。那时天气很热，我爸妈整天都得外出，他们告诉我，我要多晚回家都可以。于是我一直走到蒙朱凡的沼泽，因为我希望再去看看砖瓦屋顶的倒影。我躺在树荫下，在屋子上方那座小丘的灌木丛中睡着了。之前有一天，父亲去拜访凡特伊先生时，我曾经在那儿等他。我睡醒时，天色几已全黑，我想站起身，却看见凡特伊小姐（应该没认错，毕竟我不常在贡布雷见到她，而且见到也是在她还小那时，如今她已逐渐长成了少女），她很可能刚回到家，面对着我，仅有几厘米之距，就在她父亲曾经接待我父亲的那房间，那地方现在已改装成她的小沙龙。窗户微微敞开，灯光亮起，我看得见房内所有动静，但是她看不到我。不过，要是我迈步离开，恐怕会踩响灌木落枝，被她听见，让她以为我是故意躲在那儿偷窥。

她当时身穿重孝，因为她父亲才刚过世没多久。那时我们没去探视她，我母亲不愿意，因为她身上唯一一个会限制行善成效的美德作祟，就是她的矜持。但她深深为凡特伊小姐感到惋惜。母亲回想起凡特伊先生生前最后那段可怜的日子：他的人生先是被自己对女儿父兼母职及保姆般的呵护淹没，后来又被这个女儿带给他的痛苦吞噬。老先生临终前那阵子，他这些年来受尽折磨的面容再度浮现母亲眼帘；她知道他已经彻底放弃完成誊写晚年所有创作定稿的工作，几首可怜的乐曲，出自一个老钢琴教师，小村曾经的风琴手；在我们想象中，那些曲子显然毫无价值，但我们并没有因而藐视小看，因为这些作品对他的意义如此重大，在他将生命奉献给女儿之前，这些曾是他活下去的理由。然而大部分曲子甚至没有记下来，仅存在他的记忆中；另外有些则是随手写在散乱的纸上，难以辨识，终究不为人知。母亲想起另一项对凡特伊先生而言更残忍、但他又不得不屈从的放弃：放弃女儿得到正当、且受人尊敬的幸福未来的希望。当她说起这位曾教过我姨婆们的钢琴老师那被逼到绝路的无助悲痛时，是真心感到难过，并且惶然想象，凡特伊小姐的哀伤应该更为苦涩，掺杂了几乎等于杀了自己父亲那样的懊悔。"可怜的凡特伊先生，"母亲说，"他活着为了女儿，死也因为女儿，从来没有得过报偿。他死后会不会得到？又会是用什么样的形态得到？也只有她能给他了。"

凡特伊小姐的沙龙深处，壁炉上方，摆着一小幅她父亲的肖像；听见大路上传来车轮转动的声响，有辆马车驶近，她急忙跑进来找这幅照片，躺进长沙发内，将一张小圆桌拉近，摆上肖像，就像凡特伊先生上次刻意将我爸妈希望他弹奏的那张乐谱摆到身边那样。没多久，她女友进来了。凡特伊小姐没有为了接待她而起身，她双手撑在脑后，挪退到沙发另一侧，腾出一个位子。但她随即觉得此举似乎是在强迫人家接受某种态度，或许冒犯了人家。她猜想女友也许宁可离她远一点，坐进另一张椅子。她感觉到自己的冒失，细腻的心思警醒了一下；于是，她重新占据整张长沙发，闭上眼睛，打起呵欠，表示她不过是因为想睡觉，所以才这么地横躺。尽管她对同伴不拘小节，态度强势而粗鲁，我还是看出她的动作当中有她爸爸那种讨好奉承和欲言又止，还有那些唐突的猜疑。没一会儿，她起身，假装想关上遮阳百叶窗却关不上。

"干脆全部打开吧！我觉得热。"她女友说。

"但这样好烦，会被人看见。"凡特伊小姐回说。

不过，她约莫是揣想女友会以为她说这些话只是为了激她用别的话回应，而她的确也渴望听听，但她低调保守，想让对方主动说出口。还有她的眼睛，虽然我看不清楚，但在她又急切补上几句时，应该流露出曾讨我外婆欢心的那种神情：

"我说被人看见，意思是看见我们在读书；一想到无论做什么小事，总有些眼睛在看着，就觉得好烦。"

出于慷慨的本能与对礼貌的讲究，那些事前打好腹稿、为了彻底满足欲望而非说不可的话，她没说出口。在她自己心底，时时有一个羞涩又楚楚可怜的处子在苦苦哀求着，请一个作威作福的粗鲁大兵别靠过来。

"对，这时间，人家是很有可能看见我们，这偏僻的乡下还真有这么多人来来往往呢！"她女友语带讽刺地说。"那又怎样？"她又说（而且相信说话的同时还应眨眨她那狡黠又温柔的眼睛。这番话，宛如一篇她知道能让凡特伊小姐感到快慰的文章，她怀着一片好意，努力用尖酸刻薄的语气朗朗道出）："就让他们看见吧，那再好不过。"

凡特伊小姐一阵轻颤，站了起来。她多疑又敏感的心不知该直接反应出什么话来对应她的身体求之不得的这个情况。她试着尽可能远远背离她真正的道德感，寻找她渴望成为的坏女孩的地道用语，但她觉得，那坏女孩真心会讲的那些字眼，从她嘴里说出似乎就全都变了样。于是，她能做到的仅有装出老成的语气，而她那害羞的习惯却又令那薄弱的胆识也动弹不得，只得胡乱兜起圈子：

"你既不冷，又不太热，你不想一个人待着，也不想看书？"

"小姐今晚似乎满念绮思遐想呢。"她终于这么说道，大概是引述以前曾从小女友口中听过的句子。

凡特伊小姐感觉到女友在她蕾丝胸衣的开口处轻轻啄了一吻，她微微尖叫一声逃开，两人随后又跳又跑地互相追逐起来，宽阔的衣袖飘荡，宛如翅膀，像一对热恋中的鸟儿，咯咯嘎嘎，叽叽喳喳。最后凡特伊小姐倒在长沙发上，女友的躯体压在她身上，但转身背向放有已故钢琴教师肖像的小圆桌。凡特伊小姐于是明白，要是不刻意去引发注意，她根本看不到肖像，于是装作刚刚才发现似的对她说：

"噢！我父亲这张肖像盯着我们看。不知道是谁把它摆在这里，但我已说过不下二十次：这不是它的位子。"

我还记得，当初谈起乐曲时，凡特伊先生对我父亲也说了同样一番话。这幅肖像平时的用途想必就是在亵渎的仪式，毕竟她女友的回答活像是做礼拜时的启应经文①，与她一搭一唱：

"就摆那儿吧！他已经不在了，不会来破坏我们的好事。你还以为，那个丑老头要是看见你待在这儿，窗户大开，又要愁眉苦脸唉声叹气地来替你加件大衣吗？"

凡特伊小姐回以语气温和的责怪："好了啦，好了啦。"足以证明她本性善良；说这话并非出于对她父亲的那种议论所引来的羞愤感（显然，那是一种她已习惯的感受，这是得自于什么样的诡辩法呢？竟能在那几分钟让自己的内在噤声），而是因为短短那两句有如刹车，可用来阻止自己享受女友试图为她营造的欢愉，以免显得她自私。而且，回应亵渎话语时的那份微笑自抑，那虚伪温柔的责怪，对她坦率善良的天性而言，或许就像是一种格外羞耻的形态，一种她试图领会的恶毒形态。但被一个对无力辩驳的死者如此无情之人温柔对待的快感，是一种她无法抗拒的吸引力。她跳到女友腿上，纯洁地献上额头让她亲吻，仿佛自己是她的女儿，津津有味地感受着，她们两人即将如此残忍地将凡特伊先生的父亲尊严剥夺殆尽，连他都已进了坟墓也不放过。女友双

① 启应经文（Réponses liturgiques），"启应"是基督教、天主教或犹太教的一种礼拜仪式，可以一对多，例如由神父以说或唱带领，会众齐声回应；也可由两个诗班或人数相当的两组对唱，以群体间的唱读共同回应上帝的"声音"，也是一种信徒间的彼此呼应。

手捧起她的脸，在她额上吻了一记；她对凡特伊小姐宠爱有加，再加上渴望为孤女此刻愁苦的生活添点消遣，顺从这索吻的心愿并非难事。

"你知道我想对这个老丑八怪做什么吗？"她拿起肖像。

接着，她在凡特伊小姐耳边说了几句，我没办法听见。

"噢！你才不敢呢！"

"我不敢呸在上面？呸这家伙？"女友故意粗暴地说。

我没能再听下去，因为凡特伊小姐一脸慵懒，笨手笨脚，匆匆忙忙，真诚而悲伤地，走上前来关上了遮阳百叶板和窗户。但我现在知道，凡特伊先生生前一辈子为女儿忍受了所有痛苦，死后从她那儿得到了什么样的报偿。

然而，从那时起，我想，倘若凡特伊先生当时目睹了这一幕，或许还是不会对女儿的善良丧失信心，而他未必全然想错。当然，在凡特伊小姐的诸多习惯中，邪恶的面貌显现得如此完整，若不是在一名施虐者身上，实在不易遇上体现得这般淋漓尽致的恶行。一个做女儿的让女友在一辈子只为她而活的父亲肖像上呸吐，这种事通常要在大道那些剧院里的舞台聚光灯下才会看见，而非发生在现实中乡间屋舍的灯光下；也只有虐待之癖，才能为这种循通俗剧美感过日子的生活提供成立依据。事实上，姑且不论这些施虐癖特例，某家女儿或许也跟凡特伊小姐一样残酷，对死去的父亲疏于思念，罔顾他的遗愿，但并不会将这一切刻意浓缩成一项象征性如此粗浅、又如此天真的举动；她行为中的罪恶成分会遮掩得较不易为人察觉，甚至作恶的自己也看不见，不愿承认。但是，表象之外，在凡特伊小姐内心里，恶念，至少在初始时，想必并非黑白分明。一个像她这样的施虐者堪称恶的艺术家，那是彻头彻尾的坏人做不到的，因为坏人的恶并非由外而来，恶在他看来理所当然，甚至与其本人合为一体；而美德，对亡者的追思，孝亲之情，由于坏人没有这方面的教养，所以也就不觉得轻蔑待之有何渎圣乐趣可言。凡特伊小姐这类施虐者则是那么纯粹地情感丰富，天生品德高尚，乃至于肉体的欢愉在他们眼中是某种坏事，是坏人的特权。当他们自我妥协，片刻沉沦，试图披上的即是坏人的皮囊，让坏人来当共犯，以便得到短暂幻觉，以为自己逃脱了自己那副细心多虑又温柔的灵魂，进入欢愉快感的无情世界。眼见此事对她来说有多么难以达成，我明白她就有多么渴望能做到。在她想当个和她父亲截然不同的人之时，唤起我记忆的，却是老钢琴教师的思考方式和说话方式。岂止那张肖像照，她亵渎的，用来增进她的乐趣、但挡在她与乐趣之间，妨碍她直接享乐的，更是她那副与她父亲神似的长相，老先生得自自己母亲那里、又传给了她的那双传家之宝般的蓝眼睛，那些亲切周到的举动，这一切在凡特伊小姐的邪念与她本人之间横插了一大套空洞的辞藻，一种与邪念格格不入的思想观念，阻止了她去认识邪恶，去认清那种东西与她平时努力做到的诸多礼节十分不同。其实，并不是邪恶给了她欢快，令她愉悦，而是在她看来，欢乐似乎狡诈。由于每当她认真投入，其余时刻在崇高心灵中并不存在的坏念头总是随之而来，最后，她在快乐当中找到了某种邪魅如魔的东西，将它等同于恶。也许凡特伊小姐觉得女友内心深处其实不坏，那些大不敬的言辞其实只是她的玩笑话。至少她乐意亲吻她的脸，那些笑容、眼神也许是装出来的，但其中邪恶粗鄙的表情是类似一个生性残酷追求享乐之人、而非善良痛苦之人会有的神情。她可以稍稍想象自己其实真的在玩游戏，跟一个同样变态的女伴一起玩，而那是女儿在回忆父亲时确实可能涌出的野蛮感受，可能会玩的游戏。或许她不认为恶这种状态如此少见，如此非比寻常，如此令人忘却故我，移入恶的国度令人感到如此放松；却已能看清自己和所有人皆有的那份冷漠，对他人造成痛苦也满不在乎，而这，无论用何种名义称呼，都是残酷可怕且永恒的形态。

·

　　若说去梅泽格利斯那边颇容易，往盖尔芒特那边就另当别论了，因为散步路线长，我们需要确定当时的天气状况。在似乎进入连续好天气的时节，当法兰索瓦丝万念俱灰、埋怨老天爷一滴雨也不下，"可怜了田里的作物"，又眼见平静蔚蓝的天空中稀稀落落浮着几朵白云，唉声叹气嚷道："现在看到的岂不恰恰像极了一群海狗，在那上面嬉戏玩耍，露出尖尖的鼻脸。啊！它们可曾想到要为可怜的农民们降下几滴甘霖！然后，等小麦长高了，却又飘起阵阵细雨，下个不停，下得分不清楚雨水落在何处，究竟是不是下进了海里。"当我父亲再三从花园的湿度得到稳定不变的有利回应，大家晚餐时便会说："明天如果还是这种天气，我们就去盖尔芒特那边。"我们总在隔天午餐后就立刻从花园的小门出发，来到街道狭小、有个急转弯的佩尚街。佩尚街沿街长满禾本植物，两三只野蜂在其间飞舞，成天采集花粉。佩尚街街如其名，一样奇怪，那似乎是从它的奇特之处及粗犷的个性衍生而来，那是在今日的贡布雷怎么也找不着的特质[①]；古

---

① 佩尚街（Perchamps）在法文中有"穿越田野"之意。

老的街道上早已建起小学。但我的胡思乱想（正如那些建筑师，身为维奥莱－勒－杜克[①]的弟子，以为在一面文艺复兴时期的圣坛屏与一座十七世纪祭台下发现了罗马祭坛的遗迹，便要将整幢建筑重新设计成七世纪该有的状态）不放过新楼房上的任何一颗石头，重新钻凿，"重建"佩尚街。此外，这条街的重建工程中有一些修缮工人通常不会知道的精细资料：几幅保存在我记忆中的意象，最新的几则或许现在还残存着，不久后注定毁灭，那是我童年时期的贡布雷；而正因为是这个贡布雷在消失前在我心中画下了动人意象——若是能将一幅阴暗的肖像画与外婆总喜欢给我复制的那些荣耀的纪念章人像相比——一如那些复制《最后的晚餐》或真蒂莱·贝里尼那幅画的古老版画；在那些版画中，可看到达·芬奇的杰作与圣马尔谷主教座堂的拱门呈现一种如今已不复存在的状态。

　　我们走过飞鸟街，老旅馆"中箭之鸟"前方的大庭院，十七世纪时偶有蒙朋席耶、盖尔芒特和蒙莫杭西[②]等家族的公爵夫人的马车驶入，遥想当年，她们或为了解决与佃农的争论，或为了接受表扬而来到贡布雷。我们走入林荫道路，圣依拉略的钟楼若隐若现。我真希望能在那儿坐下，读上一整天书，边听钟声回荡；因为天气如此风和日丽，如此恬静怡人，当报时钟声响起，我非但不会说它打断了白昼的宁

---

　　① 维奥莱－勒－杜克（Eugène Emmanuel Viollet-le-Duc, 1814—1879），法国建筑师与理论家，以修复中世纪建筑闻名，但他为了恢复建筑最原始的样貌，无视经年累月的增减与变动痕迹，执意依初期蓝图打掉重建的做法在当时颇受争议。

　　② 蒙朋席耶（Duchesse de Montpensier）和蒙莫杭西（Duchesse de Montmorency）分别为 16 和 17 世纪人物。

静，反而觉得它净空了这份宁静，而且感到钟楼以一个别无
他事可忙之人那样慵懒又细心的精准，在最恰当的时刻——
为了挤压出热度缓慢而自然地聚积在那儿的几滴金光，并任
其飞落——前来加快令宁静臻至饱满的速度。

　　盖尔芒特那边最迷人之处，在于沿途维冯纳河几乎全程
相伴。离开屋子十分钟后，我们来到第一个渡河点，走的是
名为旧桥的通道。打从抵达贡布雷的隔日，也就是复活节那
天，听完讲道后若是天气好，我便会一路跑到这里。在那个
重大节庆的忙乱早晨，几项华丽盛大的布置工作使得尚未收
拾妥的家用器具看起来更显肮脏粗鄙。我眺望已映着天蓝的
河水流过尚且荒芜的黑土大地，土地上仅有一群太早飞来的
杜鹃鸟和提前绽放的报春花作伴，然而，这里一株、那里一
株地，噘着蓝色花朵的紫堇被盛在杯状花冠中的芬芳露滴压
弯了茎干。旧桥出口通向一条纤道，夏季中，一棵核桃树的
泛蓝枝叶铺展成荫；树下，一名戴着草帽的钓者已盘根多时。
在贡布雷，我素知藏在瑞士军装或教堂唱诗班少年教袍下的
是哪个马蹄铁匠或杂货铺伙计，唯有这名钓者，我从来没能
找出他的身份。他应该认识我父母，因为我们经过时，他举
起帽子致意。于是我想询问他的姓名，但大人作势要我噤
声，以免吓跑鱼儿。我们走进高出河面几尺的纤道坡，对岸
的地势低缓，辽阔的草原延伸到村落，直至好一段距离外的
火车站。古代贡布雷伯爵的城堡遗迹零落散布着，被荒烟蔓
草埋没了大半；在中世纪，贡布雷伯爵在这一边借着维冯纳
河防御盖尔芒特爵爷们和马当维尔①的神父们的攻击。如今

---

　　①　即是下文的马当维尔－勒－塞克（Martinville-le-sec）

这里只剩几处几乎看不出来的残垣断楼致使草原凹凸起伏，几座城垛，昔时弓弩手在此投射石头，哨兵伺候在此，监看诺夫彭、克莱尔丰登、马当维尔－勒－塞克、巴右－莱克松浦特等所有附庸于盖尔芒特之下的领地，而贡布雷恰恰是孤立其中的飞地。如今，那些属地上的城镇早已夷为平地，被教士学校的孩子们占领，来此上课或下课玩耍——此处几乎低进土里，像个散步乘凉的人那样平躺在水边，但赋予我丰富的幻想，让我在贡布雷这个名字代表的今日这座小城以外，还加上一座迥然不同的城邦，以它半掩在毛茛花毯下那难以理解的昔时面貌，让我魂牵梦萦。毛茛花繁茂盛开，选择在这里展开草地游戏，或独株孤立，或两两成双，或大片成群，如蛋黄般的亮黄；由于无法将它们带给我的视觉享受转化成丝毫品尝的意愿，我于是将这份乐趣积存于它们那一片金灿，直到愉悦强烈到得以打造出无用之美，那花海在我看来似乎更显耀眼。打从童年最初开始，我便从纤道上朝它们伸出双臂；那时的我还无法完全拼出它们那如法国童话王子般的美丽名称，它们或许是在好几个世纪前来自亚洲，但始终以这座村子为祖国，满足于平凡的视野，喜欢水畔阳光，忠诚守望着火车站那方小小的远景，然而就像我们的某几幅古老画作，在平民百姓的简朴当中仍保有一抹东方式的光辉诗意[1]。

我总会兴味盎然地观看孩子们放进维冯纳河中捕捉小鱼的瓶罐；装满河水后，这些玻璃瓶罐也被封住、锁紧，透明的瓶身既像是装着一份凝固之水的"容器"，也是浸入一个

---

[1] 法文俗名为"金纽扣"的毛茛花源于亚洲。传说美男子 Ranonculus 爱上了自己的声音，乃至抑郁而终，后被阿波罗救活，化为金纽扣花，生长在水边。

更大的流动液态水晶容器中的"内容物"，以比置于餐桌上更美妙、更强烈刺激的方式，让我联想到清凉的意象，但那在双手难以捕捉的无形体流水和味蕾无法享受的非流体玻璃之间的恒常呼应中稍纵即逝。我暗下决心下次要带着钓竿回来。家人剥下一小块留着要当点心的面包给我，我将它捏成小团，扔往维冯纳河里；区区这一点面包团仿佛就足以引发过度饱和的现象，因为它周遭的河水立刻凝结成一串串椭圆形，其中聚集了营养不良的蝌蚪，想必在此之前它们皆溶于水中，肉眼难辨，几乎是正在结晶的状态。

　　不久后，维冯纳河的水流被水生植物堵住。先是有些被孤立，就像那朵莲花：那花所在之处的水流不顺，使得它几乎无法喘息，就像艘机械式运转的平底船，抵达一岸之后就必须转回原来那一岸，永远重复着来回往复的渡河航线。水流将莲花推往河岸，花梗折弯，拉长，滑行，达到伸展极限，直至岸边；到岸之后，水流却又扯住它，绿色茎叶开始回转，把可怜的莲花带回那个称为出发原点再适当不过的位置，待不到一秒，又再度离岸，反复着同样的操作。一次又一次，每回散步，我总是一再看见它，困在同样的状况，令我想起某些神经衰弱者，我外公认为雷欧妮姨妈即属其中之一。年复一年，他们一成不变地对我们搬演各种奇怪习性，每一次都自以为隔天就能松动、改正，其实却始终带在身上；他们陷入不自在、却又戒断不了的循环，为了脱离困境而做的徒劳挣扎只不过更加确保那循环的运作，并反复启动他们那奇怪、终究避不掉、招惹祸端的饮食控制法。那株莲花也是如此，也类似那样的可怜人，遭受着特殊的苦痛折磨，一再出现，永无息日。这种痛苦引发但丁好奇，原本他可能会请受难者以更长的篇幅叙述其特殊之处与原因，若不是维吉尔大步超前，迫使他尽快追上，就像我爸妈催促我那样[①]。

　　但在稍远处，水流变缓，流经一座私人庄园，庄园主人开放此处，大众皆可前往，他还热衷在园里栽培水生植物，让维冯纳河形成的诸多小池塘中盛开花朵，成了一座座名副其实的莲花园。由于这一带的河岸林木繁茂，大片树荫使得池水平时呈现墨绿色，但偶尔，某几个傍晚，当我们经历过午后雷阵雨，恢复平静，从容回家时，我会看见一种明亮的鲜蓝，几近于紫，看起来就有如烧青珐琅，颇有日本风情。水面上，这里一朵，那里一朵，莲花染红，草莓一般，中心赤艳，边缘泛白。稍远处花开更盛，色泽较淡，没那么光滑，颗粒较多，折痕明显，偶然卷成了那么优雅的姿态，叫人以为见到长串重瓣蔷薇花彩散开，顺水漂流，宛如一场宴游伤感的曲终人散。另一处的某个角落似乎保留给一般品种，呈现香花芥洁净的白与粉红，有如家仆细心对待瓷器那般清洗过；再稍远一点，花团锦簇，挤成一片漂浮花坛，简直就像各座花园的三色堇如蝴蝶般飞来，在这方水上花圃透明的斜面上，停落一对对晶亮透蓝的翅膀。这亦是一方神妙的花圃，因为它赋予花儿一种土壤，其色彩还比花朵本身的颜色更珍稀、更动人；而且，它或在午后让睡莲下方闪耀着一种专注、宁静且动态的幸福万花镜，或在傍晚时分，如某座远方港口，注满夕阳余晖的粉红与幻梦，于色泽较固定的花冠周围，不断变化，以便与那个时刻中最深沉、最易逝、

---

　　① 在《神曲·地狱篇》中，但丁与许多亡魂交谈，古罗马诗人维吉尔的灵魂则以保护者的姿态，在他呼救时出现，为其解惑。

最神秘——再加上一些无穷无尽——的成分一直保持和谐，让花朵看起来仿佛绽放在天空中。

出了这座园子，维冯纳河又开始奔流。多少次，我看见一名划船手，松开船桨，仰着头躺在他的小舟上，任凭漂流，眼睛只见上方的蓝天缓缓移动，脸上流露提早尝到幸福及平静滋味的表情。我总渴望待我能随心所欲活着时，仿效他这么做。

我们坐进水畔的鸢尾花丛间。假日的天空中，一朵懒洋洋的云慢吞吞地游荡。时不时地，偶有鲤鱼实在受不了如此的百无聊赖，焦躁地跃出水面透一口气。点心时间到。再出发前，我们在那儿待了许久，吃吃水果、面包和巧克力，圣依拉略的钟响声声传至我们所坐的草地，迎面而来，力道已弱，但依然厚实铿锵。钟声越空而来良久，彼此却无混淆，阵阵声响的音波曲线连续跳动，如山丘起伏，掠过小花，在我们脚边发出嗡嗡共鸣。

偶尔，走在林木围绕的河畔，我们会遇见一幢所谓的度假别墅，遗世独立，它所见的世界只有浸洗着墙脚的这条河。屋子那扇窗，最远只能看见系泊在门边的小舟，窗口框着一位年轻女子，面容若有所思，优雅的面纱并非本地制品，想必，依时下流行的话语来说，她是来这里"隐姓埋名"，品尝那苦涩的乐趣，感受自己的姓氏，尤其是她无法拴住的那颗心所属的那人的姓氏，在此处默默无闻。听见岸边树丛后方有人经过，她心不在焉地抬起眼，即使尚未看见他们的脸，她已可确定他们素不相识，也永远不会认识她这个变心的女人，他们的过去无处曾有她的痕迹驻留，未来也不会有任何机会再见到她。感觉上，她消沉放弃，刻意离开本可能至少会偶遇她所爱之人的地方，来到这些他从未现身之处。散步回程，走在她知道他不会行经的路上，我望着她双手意兴阑珊地脱下那双优雅却无用武之地的长手套。

往盖尔芒特那边散步时，我们从来没能直溯维冯纳河的源头。那个地方常在我脑中盘旋，对我来说，那源头的存在如此抽象，美化得如此理想，当人家告诉我它就位于这个省域，距离贡布雷不过几公里时，我惊讶的程度不下于得知，在上古时代，地球上另有一个确切的地点是通往地狱的入口①。我们从来没能走完全程，抵达我渴切抵达的目的地，盖尔芒特。我知道那儿住着城堡主人，盖尔芒特公爵及夫人；我知道他们是真实人物，现今仍然存在，但每次想到他们，浮现我脑中的有时是壁毯上的模样，如我们教堂里那幅《以斯帖加冕图》中的盖尔芒特伯爵夫人；有时染上变化多端的细微差距，如彩绘玻璃上的恶王吉尔贝，从包心菜绿转为枣蓝色，视我仍在掬饮圣水或是已经回到座席而定；有时又变得完全失去触感，如同魔幻灯投影在我房间窗帘或往上游走到天花板的洁妮维艾芙·德·布拉邦的影像，而她是盖尔芒特家族的祖先——总之，始终笼罩在墨洛温王朝的神秘感中，如同沐浴在夕阳余晖当中，浸淫在"芒特"这个音节散发出的橙红亮光里。但是，倘若，尽管如此，他们既然贵为公爵及公爵夫人，对我而言虽然陌生，却仍是真实人物，而相反地，具有爵位之尊的他们却过度膨胀，脱离了实体，

———————

　　①　在荷马《奥德赛》及维吉尔的《埃涅阿斯纪》（Aenēis）史诗中都曾提及，通往"亡者国度"的入口，就在邻近那不勒斯的阿凡诺湖（Lago d'Averno）附近的一处洞口。

以便能用人身收纳他们以公爵及公爵夫人的封号代表的盖尔芒特，整个阳光灿烂的"盖尔芒特那边"，维冯纳河的流水，水中莲花及两岸的大树，以及那么多个美好的午后。我知道他们不仅受封为盖尔芒特公爵及公爵夫人，其实从十四世纪以来，几番试图战胜他们原来的领主却徒劳无功，此后便透过联姻与其结盟，所以他们也是贡布雷伯爵，贡布雷最早的市民，结果却也成了唯独不住在这里的人。贡布雷伯爵的族姓之中，人身之中，皆拥有贡布雷；想必他们身上确实也有贡布雷特有的那种奇怪又虔诚的悲凉之感。身为城主，而非个别私家屋主，想来也只能徘徊户外，天地之间的街道上，就像圣依拉略教堂半圆形后殿彩绘玻璃上的那个恶王吉尔贝·德·盖尔芒特；但在我去卡穆家买盐的路上，若是抬头仰望，却只能见到玻璃花窗背面的黑色彩釉。

　　后来，往盖尔芒特那边去时，我偶尔会经过几片圈起来的小湿地，园中许多深色花朵成串拔高。我停下脚步，相信自己正在吸收一种珍贵的概念，因为，自从看过一位我喜爱的作家描述这片河川冲积地区之后，我便极度渴望亲临一见，而今，我觉得它的一小块似乎就在我眼前。正因为这个概念，以及它那片有淘淘流水奔腾而过的幻想之土，当我听见佩尔斯皮耶医生向我们提起城堡林园中的花朵与潺潺水流时，在我脑海中，盖尔芒特变换了模样，对号入座。我梦想德·盖尔芒特夫人邀我前去，因为她一时兴起，对我产生疯狂迷恋。白日一整天，她陪我钓鳟鱼；到了晚上，她牵着我的手，经过她领地中的小花园，要我看看倚在那些矮墙边、颜色或紫或红的纺锤形花穗，还告诉我它们的名称。她要我告诉她我想创作的诗歌主题。这些梦境提醒我，既然我希望有朝一日成为诗人，现在也该知道自己究竟想写什么了。但是只要我一扪心自问，试图找到一个主题好纳入一套无穷的哲学意涵，我的神智就停止运作，只见注意力前方一片空白，自觉毫无天分，或是怀疑自己也许患上了某种脑部疾病，阻碍了那主题生成。偶尔，我打算仰赖父亲来解决这一切。他那么有势力，在当局者心目中那么受宠，甚至能打破法兰索瓦丝以前教我的那些应视为比生死更不可规避的法则，让整区中唯独我家得到部长许可，将屋子的"墙面清整"工程延后一年；萨扎拉夫人的儿子想上船航海，父亲便替他申请提前两个月考高中会考，排进姓氏为 A 字头的考生群组，不必等到 S 字头那一轮。就算我病得很严重，或是被强盗掳走，因为深信父亲实在太聪明，而且还身怀绝顶势力，拥有许多仁慈的上帝太难抗拒的推荐函，能让我生重病或被绑架之事化为一场虚惊，不会对我构成危险，而我会平静地等待，等待回归平安现实的那一刻，获释或痊愈的那一刻，必将来临。或许我的欠缺天分，寻找未来写作主题时即在我脑中凹陷的那个黑洞，这些难道不也是一场站不住脚的假象，在我父亲介入之后就会被戳破？他应该早已和政府及天神达成协议，认定我将成为当代作家中的第一把交椅。不过，另有许多次，我父母焦急地看我还落在后段，没跟上他们；而我现今的生活并不像父亲的人为创造产物，可随他所欲更改，在我看来，反而更像是被纳进一个并非为我打造的现实，无法动用任何支持去对抗；现实赤裸裸，而我深陷其中，没有盟友。于是，我觉得我与其他人以同样的方式存在着，跟他们一样，会老，会死，而在他们之中，我不过是没有写作天赋的那类人当中的一员。我因此灰心丧志，从此永远放弃文学这条路，尽管布洛赫曾给我鼓励。我的思想空乏，这种感受唯有自己清楚，当下了然，胜过人家可能不吝施舍于我的任何溢美之言，好比一个恶人，就算人人张扬吹捧其善行，但他的良知却深感愧疚。

有一天，母亲对我说："既然你一天到晚提到德·盖尔芒特夫人，佩尔斯皮耶医生四年前曾经非常尽心地医好她的病，她应该会来贡布雷参加医生千金的婚礼。你可以在典礼上见到她。何况，我最常听到佩尔斯皮耶医生谈起德·盖尔芒特夫人，他甚至给我们看过一期画刊，照片上，夫人那一身打扮是参加雷昂夫人的化装舞会时的装束。"

婚礼弥撒进行时，突然间，顺着教堂侍卫的一个动作，我看见坐在礼拜堂中的一位金发贵妇，大鼻子，碧蓝的双眼目光锐利，淡紫色的丝绸蓬领结，平滑，簇新，闪闪发亮，鼻翼一角上一颗小痣。她仿佛突然觉得很热，满脸通红，由于在那张脸上，尽管模糊，几乎难以察觉，我辨识出些许成分类似我曾看过的那张画像，尤其是在她身上捕捉到的那些长相特征，因为，若要我试着说出，我的形容用语恰恰就和佩尔斯皮耶医师对我描述盖尔芒特公爵夫人时所说的一样：大鼻子，碧蓝的双眼；我心想：这位贵妇长得很像德·盖尔芒特夫人；她望弥撒所在的礼拜堂正属于恶王吉尔贝，礼拜堂中那些如蜂窝般松散的金黄墓碑下，安息着历任布拉邦伯爵；而且在我记忆中，根据人家告诉我的，这座礼拜堂专门保留给盖尔芒特家族，以便家族成员来贡布雷参加典礼时可使用。所以合理推断，此时此刻，这座礼拜堂中只有一位女性可能长得与德·盖尔芒特夫人的肖像画相似，而且那天正巧是夫人应该会来的日子：那就是她本人！我实在大失所望。

失望之情来自，我在想到德·盖尔芒特夫人时，从来不曾留意自己原来总是以壁毯或彩绘玻璃的颜色在想象她，呈现的是另一个世纪，另一种质感，有别于活生生的人。我从来没料到，她可能就跟萨扎拉夫人一样，有张红通通的脸，系着淡紫色的领结，而且那椭圆的双颊令我强烈地想起一些曾在家里见过的人，以至于我脑中有了疑念，而且一闪而过，瞬间即逝；从这位贵妇的生成原则，从她所有的分子来看，或许她实质上并非盖尔芒特公爵夫人，而她的身体，其实不知被取了什么姓氏，属于某类型女性，而那类型当中也包含医生和商人的妻子。"原来如此，原来不过如此，这就是德·盖尔芒特夫人！"在我凝视她的身影时，脸上的专注与惊讶所表达的即是这句话。这个形象，想当然尔，与同样以德·盖尔芒特夫人之名那么多次出现在我遐思中的那些毫无关联，既然这形象并非如想象中的另外那些一样专门为我形成，而是突然初次闯入我眼帘，才刚发生不久，就在教堂里面；它的性质不同，不似另外那些可随意上色、任由自己浸染一个音节的橙黄色泽，却是那么真实，乃至所有一切，甚至连鼻翼一角发炎的小痘痘，都证明了它服膺着生命法则，宛如一出戏正值高潮，正当我们无法确定眼前所见难道不单是一片亮彩投影而已之际，那仙子纱裙上的一道折痕，小拇指的轻轻一颤，都揭穿了一个活生生的女演员的实体存在。

　　但是同时，高高隆起的鼻子与锐利的双眼张贴在我视觉中的这个形象上（也许是因为，在我还来不及想到出现眼前的这女子竟可能就是德·盖尔芒特夫人时，那眼鼻已率先触及，已刻下第一道印记），在这刚刚出现、无可变换的形象上，我试着加上这个概念："这是德·盖尔芒特夫人"，却只能在面对那形象时驱动它的作用，如同间隔开来的两张圆盘。但我经常梦想的这位德·盖尔芒特夫人，如今存在于我心之外，让我亲眼看见，对我的想象力产生更强大的影响，原本在触及与期待如此相违的现实之后，一时动弹不得，此刻则又作用起来，并对我说："比查理大帝更早即声名显赫，盖尔芒特家族对其领地中的子民握有生死大权；盖尔芒特公爵夫人是洁妮维艾芙·德·布拉邦的后代。她不认识、也不会愿意认识任何在此之人。"

然后——噢！人类目光令人赞叹的独立性，牵系脸部的绳索拉得那么松、那么长，那么具有延展性，以至于能远远地自由游走——当德·盖尔芒特夫人坐在其先祖墓地上方的礼拜堂中，她的目光四处游移，沿着柱子攀爬，甚至停驻在我身上，宛如在中殿徘徊的一道阳光，但我在接受照拂之际，似乎感觉到这道阳光拥有意识。至于德·盖尔芒特夫人本人，由于她始终不动声色，如同一名母亲假装没看见孩子们大胆狡诈地暗中在进行一些计划，竟然跟她不认识的人玩在一起，还互喊姓名，我完全不可能得知，在心灵慵懒的状态下，她是如何看待自己游走不定的视线，究竟是赞成还是责怪。

在我看够她之前，她并未离开。我觉得这一点十分重要，毕竟，我记得，好些年来，我都将见到她视为梦寐以求的渴望，目光无法从她身上移开：那高隆的鼻子，泛红的双颊，在我看来皆是她脸上珍贵、如实，而且独有的讯息，仿佛我的每道目光都能具体带走这些特征给予我的回忆，并且长存心中。此时，我加诸其上的所有想法都令我觉得那张面容姣好——尤其，或许算是一种护卫我们自身最佳部位的本能，那永远不想失望之渴望——因而重新将她（既然她与我之前提到过的那位盖尔芒特公爵夫人其实是同一人）置于其余人类之外，在常人群中，看见她躯体这个单纯的视觉曾令我片刻混淆，而听见周围的人说："她比萨扎拉夫人好，比凡特伊小姐好"，说得仿佛另外两位能与她相提并论似的，我不禁恼火。我的目光停留在她的金发，她的蓝眼，紧紧依附于她的颈背，剔除了可能令我想起其他脸孔的特性，想象着这幅刻意不完整的速写草图，我惊呼："她真是美！多么高贵！在我面前的这位，不愧是高尚的盖尔芒特成员，洁妮维艾芙·德·布拉邦的后代！"我的专注照亮了她的脸庞，使得她如此与众不同，直至今日，我若是又想起那场婚礼，脑中完全无法浮现其他参加者的面貌，只有她，还有教堂侍卫：当我问起这位贵妇是否就是德·盖尔芒特夫人时，侍卫给了我肯定的答案。但是她，再度浮现我眼前，特别是当队伍行进到圣器室时，在那个大风狂吹、暴雨欲来的日子，在忽隐忽现且燠热的阳光照亮下，德·盖尔芒特夫人置身在所有那些她甚至连名字也叫不出来的贡布雷居民之间，他们的卑微太需要她的尊贵来衬托，她不得不对他们生出一份真挚的仁慈，此外，以她率直优雅与不拘小节的作风，她还希望能再赢得他们更多敬畏。于是，她无法特意透过目光，像对认识之人那样流露所能表示的本心，传达某种精准的用意，她只能任由散漫的思绪不断流逝，汇聚成一股她无法抑制的碧蓝光波，她不愿那蓝色目光打扰这些沿途遇见、随时触及的小老百姓，以免显得冒犯了人家。我仿佛又看见，在她光滑、蓬松的淡紫色领结上方，那双眼中温和的惊讶，此外还加上不敢锁定任何对象，唯愿所有人都能分享的那副来自领主、但又有些害羞的微笑，那看似是在对她的子民说抱歉，亲民爱民。这笑容落在目不转睛看着她的我身上。这时，我想起在弥撒中她随意停驻于我的那道目光，碧蓝如透过恶王吉尔贝那面花窗照进来的阳光，我心想："看来她特别留意我呢！"当时我相信自己是讨她欢心的，她离开教堂后还会想到我，由于我不在身边，也许她晚上回到盖尔芒特之后会感到落寞。于是我立刻爱上了她，因为若说有时仅需一个轻视的眼神就可能足以让我们爱上一个女人，一如我先前认为斯万小姐所做的那样，而且让我们以为她永远不可能属于我们，有时也可能只需她带着善意看我们一眼，如同德·盖尔芒特夫人的举动，便足以让我们相信，她终将属于我们。她的眼睛绽放蓝光，如同无法高攀的蔓长春花，然而她却送给了我；太阳受一朵云威胁，但仍在广场上及圣器室中全力大放光明，赋予在这庄严场面地上所铺的红毯一种天竺葵般的花色，德·盖尔芒特夫人面带微笑，踏在红毯上缓缓前进，为羊毛毯增添了一份粉红丝绒的质感，一层光彩奕奕的表皮，一种和蔼，严肃的温和，浸淫于豪华的盛大排场与喜悦之中，如此场面正是歌剧《罗恩格林》[①]某几场戏以及卡帕齐奥[②]的某几幅画作的特色，令人明白波德莱尔何以能对吹奏小

---

① 《罗恩格林》(*Lohengrin*)，作曲家瓦格纳根据中世纪布拉邦王族之传说所创作的歌剧。

② 卡帕齐奥 (Vittore Carpaccio, 1465—1525) 为意大利威尼斯画派画家真蒂莱·贝里尼的弟子，以系列画作《圣乌苏拉的传说》闻名。

号的声响用上"美妙"这个形容词①。

　　从那天起，每次往盖尔芒特那边散步，我是多么地比先前更为苦恼，恼恨自己欠缺文采天赋，必须放弃有朝一日要成为知名作家的志愿。当我稍稍远离人群，独自梦想时，遗憾之念令我如此痛苦，以至于为了不再感受那样的悔恨，出于某种面对痛苦时的自抑，我的神智完全不再思考诗句，构想小说，痴梦一个诗意的未来，因为我欠缺才情，无权这么打算。于是，很清楚地，我置身于所有文学考虑之外，与文坛之间没有任何牵系；这么一来，一面屋顶，反射在石头上的一道阳光，一条小径的气息，皆给了我一份特殊的愉悦感，常让我停下脚步；此外也因为，在超出我所能见的某处似乎藏着什么，邀我去取，而我无论怎么努力，都没办法发现。由于我觉得那事物就在它们之中，于是我驻足原地，动也不动，张望，呼吸，试着利用思想去超越影像或气味。而若必须追上外公，继续赶路，我便闭上眼睛唤回它们；我尽力精准地追忆屋顶的轮廓，石头的层次纹理，那一切，我无法解释为什么，看来仿佛涨得满满的，随时就要裂开，将它们充其量只是表象的那样东西呈现给我。当然，这类印象无法让我重燃有朝一日成为作家与诗人的希望，因为这种感觉仍然受到一项不具才智价值、又与任何抽象真理无关的特殊物品羁绊。但是这些印象至少带给我一股非理性的乐趣，某种丰饶的幻觉，借此排遣我的烦忧，那种每每想为一

---

　　① 隐射《恶之花》(Fleurs du Mal)中的诗作《不速之客》(L'Imprévu)："小号的声响如此美妙／在天神丰收之庄严夜晚／宛如醉迷狂喜／渗入所有受其赞颂之人的内心。"

部伟大的文学作品寻找一个哲学性的主题时便会涌上心头的无能之感。但自我意识的任务感——对形状、香气或颜色的印象强加于我的——如此强烈急迫,试图发现隐藏在它们背后的东西,以至于我毫不迟疑地给自己找借口,让我避免努力,省去大费周章的疲劳。幸好爸妈喊我,我觉得目前的我尚缺该有的从容,无法继续有效探究,回到家之前最好别再多想,何必提前白费心力呢?于是我不再去操烦那裹着某种形状或某种香气的不知名之物,心安不少,既然我会把它带回家,用各种意象加以包装,而在那层保护之下,它永远活着,如同大人让我自己去钓鱼的那几天我放在鱼篓中带回的那些鱼,铺上一层青草覆盖,保持新鲜度。一回到家中,我便忙着去想其他事,于是脑中堆积了(一如我房间里那些散步途中摘回来的花或人家赠我的物品)一块阳光嬉游其上的石头、一面屋顶、一声钟响、某种树叶的气味、各式各样的诸多意象;而掩盖在这一切之下,我有预感、但没有足够意愿去发掘出来的事实,已死去多时。然而,有一次——我们的散步拖延得比平常久,由于下午将尽,我们很高兴能在回程路上遇见佩尔斯皮耶医师。他搭乘全速狂奔的马车经过,认出了我们,于是让我们上车——那股印象当下涌入我的脑海,我没有将之抛开,却也没有稍加深究。他们让我跟马车夫坐在一起。我们疾驰如风,因为在回贡布雷之前,医师还得在马当维尔-勒-塞克稍作停留,探视一位病人;他同意让我们在病患家门前等他。转过一条道路时,我突然感受到那股无与伦比的特殊喜悦:我瞥见马当维尔的两座钟楼映照着夕阳余晖,我们马车的行进移动着,再加上道路的蜿蜒,使得钟塔仿佛变换了位置;维厄维克的钟楼与它们其实还隔着一座山丘及河谷，位于远处另一座较高的平原上，此时看上去却好像就在它们旁边。

我留意那三座钟塔的塔尖形状，眼见它们的轮廓移转，照射在它们墙面上的阳光，我感觉到这股印象尚未完整呈现，有某种东西就在这行进移动的后面，在这亮光后面，某种似乎既被它们纳藏、又被它们夺走的东西。

钟楼显得那么遥远，我们看起来几乎没朝它们驶近多少，一会儿后，当我们在马当维尔的教堂前停下时，我大吃一惊。我不知为何当初远远望见它们出现在地平线上时会感到喜悦，而试着去发掘这喜悦的由来之必要，又令我觉得颇为辛苦。我想将那些在夕照下晃动不停的轮廓留存脑中就好，无意现在去深入思索。倘若我真的这么做，那两座钟楼便很有可能就此加入那许许多多树木、屋顶、香气、声响的行列，因为，虽然我不曾深究，但它们曾为我谋求那份隐隐的喜悦，所以我能辨识出它们，与其他同类事物做出区别。在等着医师回来之际，我下车和爸妈闲聊。而后我们再度上路，我坐回马车夫旁，转头再望望两座钟楼，稍过一会儿，道路转弯时，最后又瞥见了一次。马车夫似乎不善交谈，我说的话他难得回应几句，而我又没有别的同伴，迫不得已只得将就自己作陪，试着记住我心目中那两座钟楼。没过多久，它们的轮廓与阳光下的墙面宛如某种外皮，撕裂了开来，对我隐藏的东西稍稍显露出一点。我忽然生出一股前所未有的思考，在脑中化成字句；刚才看见它们时感受到的喜悦突然变得如此猛烈，我欣然陶醉，无法思考其他事情。在那一刻，我们已远离马当维尔，转过头时，我竟又再次瞥见它们：这一次，楼塔全黑，因为太阳早已下山。时不时地，道路曲折转弯，又将它们遮住，然后，最后又一次，我终于再也看不见它们。

　　我没去想隐藏在马当维尔两座钟楼背后的应该是某种相当于一行优美文句的事物，毕竟它以令我喜悦的那些文字形态出现；我只向医师要来纸笔，不顾马车颠簸，作起文章，以抚慰我的意识，顺从我的热忱；我写下如下这一小段，最近翻找出来，几乎只字未动：

　　"唯其二塔，平地拔起，仿佛遗落在一望无际的旷野之中，马当维尔的两座钟楼朝天高耸。不久后，我们却看见三座塔：一个大胆的回转，一座钟塔姗姗来迟，那是维厄维克的钟楼，前来加入。时间分秒流逝，我们的马车飞快奔驰，然而三座钟楼始终远远在我们前方，宛如栖停平原上的三只鸟，动也不动，在阳光照耀下方能辨识。然后，维厄维克的钟楼挪到一旁，拉开了距离，而马当维尔的两座钟楼独留原处，沐浴在夕阳余晖之中，即使隔着这个距离，我也能看见阳光在它们的斜顶上微笑嬉戏。还要那么久才能接近，所以我猜想着我们需要多少时间才能抵达，突然间，马车一个转弯，便已将我们停放在两座钟楼脚下；楼塔如此猛然地扑到车前，马车仅来得及立即停下，以免撞上迎面拱门。我们随后继续赶路，驶离马当维尔已有一段时间，那村落伴随了我们几秒钟后亦已消失不见，仅剩远方地平线上的两座村中钟楼与维厄维克的钟塔目送我们逃离，尚且摆动它们映着夕阳的尖顶，向我们道别。有时，其中一座隐逝，以便其他两座能再多看我们一会儿；但道路改变方向，灿烂夕照中，钟塔宛如三根金色枢轴旋转，消失在我们眼前。但是，再稍后一阵，由于我们已接近贡布雷，此时太阳又已西下，我从很远很远的地方最后又瞥见了一次，它们已不过如三朵小花，画在旷野低平的线条上方，插进夜空。这也让我想起一则传说中的三名少女，孤零零地遭人遗弃，天色偏已幽暗；正当我们的马车飞奔远离，我看见她们胆怯地寻觅着道路，高贵的剪影几次笨拙踉跄，互相紧紧依偎，一个躲在一个身后，在尚存一抹粉红的天空中融成一个黑色的形影，令人着迷又逆来顺受的模样逐渐消逝在夜色中。"[1]

　　我后来未曾再回顾这一页短文，但在那当下，坐在医师的马车夫旁边，那个平时用来摆放装着从马当维尔市集买来的鸡鸭禽类笼篮的位置，我写完这一段文字，欣喜极了，觉得它如此完美地替我摆脱了那些钟楼，以及隐藏在它们后面的事物，仿佛我自己就是一只母鸡，刚下了一颗蛋，开心地引吭高歌起来。

　　在那一次次散步中，一整天里，我总能梦想自己身为盖尔芒特公爵夫人的朋友，去钓鳟鱼，乘着小船悠游在维冯纳河上，何其愉悦；而且，我贪图幸福，在那些时刻，只求生活永远由一连串快乐的午后组成。但是在回程路上，我瞥见左手边有一座农庄，与其他两座彼此紧邻的农场隔着一段相当的距离；从那座农庄开始，要进入贡布雷只需再走过一条橡树小径，一边是一片片草地，分属一块小果园，园子里整齐种植着一行行苹果树，夕阳照亮时，树影画出日本式的图

----

　　[1]　这篇文章曾于 1907 年在《费加罗报》上刊出，标题为《汽车道路印象》，普鲁斯特在此仅改了地名，删去几个句子。

样。每到此时，我便心跳加速，知道不出半小时就要到家，由于家中规定往盖尔芒特那边走的日子，晚餐时间会往后推延，大人总在我喝完汤后就赶我去睡觉，以至于母亲就跟家中有客人来访时一样，必须留在餐桌上，不会上楼到床边向我道晚安。我刚迈入的这片忧伤境地，明显有别于我前一会儿才满怀喜悦奔入的区块，这就好比，某些时刻，天空中带状的粉红色宛如一匹长布，与一条绿色或黑色分隔开来。那粉红色当中可见一只小鸟飞舞，即将飞到尽头，几乎触及那黑色处，随即没入其中。刚刚还围绕着我的种种渴望：去盖尔芒特，去旅行，活得幸福快乐，如今已是身外之物，即使实现完成，恐怕也不会为我带来任何愉悦之感。只要能整晚在妈妈的怀里哭泣，我多么愿意放弃这一切！我浑身轻颤，焦虑的目光离不开母亲的脸；这张脸今晚不会出现在我透过想象便已历历在目的房间，我宁愿去死。这个状态一直持续到隔天早晨，当晨曦仿佛园丁似的，将光线一段段倚上旱金莲满布、直至爬到我窗边的屋墙，我跳下床，迅速跑进花园，我早已忘记，一旦到了傍晚，与母亲分离的时刻又将随之而来。因此，是盖尔芒特那边让我学会了辨别这些在某段时期里逐一产生的心境，它们甚至分占了每一个整天，其中一种回来驱除另外一种，如发烧一般准时发作；每种心境彼此贴近，却又那么互不相关，缺乏互相沟通的可能，在这种状态下，连我自己也不明白、甚至无法具体想象，我在另一种状态中所渴望、疑惧或完成的那些事物。

所以，对我而言，梅泽格利斯那边与盖尔芒特那边仍与我们同时过着的各式生活中的许多琐事息息相关，是有着最意想不到的波折、篇章最丰富的那一种，我的意思是，智性的生活。想必它在我们身上不知不觉地进展，而种种事实真相替我们改变了它的意义与层面，为我们开启了新的道路，长久以来，一直培训我们去把它发掘出来，然而我们却不自知。对我们而言，真相仅从被得知的那一天、那一分钟，才开始存在。当时在草地上展演的花朵，阳光下流过的河水，它们出现那一瞬间四周的整体风景，仍继续伴随着回忆，记得它那无忧无虑或漫不经心的面貌；当然，当它们被一个卑微的路人，被那个爱做梦的孩子久久凝视——宛如国王被一名隐身人群中的回忆录史家长期注目——大自然的这个角落，花园这一隅，想象不到，多亏了他，日后它们将被召唤，以最微不足道的特质续存下去；然而，那白山楂的芬芳沿着不久后即将换成蔷薇的树篱点点散放；一阵脚步声踩在小径的碎石上，没有回响；河水形成的一颗泡泡附着在水生植物上，随即破灭；我以兴奋激动之情承载这一切，最终带着它们穿越这许许多多的年复一年，然而周遭的路径早已湮灭，走在路径上的人以及他们的回忆皆已逝去。偶尔，我这么带回来、保存至今的这块风景脱离了一切，如此孤立，漂浮在我思绪之中，如同繁花盛开的提洛岛①，我无法说清它来自哪个地区，哪个时代——也许仅是某个梦境。但针对梅泽格利斯与盖尔芒特两边，我必须想到的，特别是恍如我心智土壤深处的两座矿脉、我仍倚赖着的两块坚实土地。那是因为我相信事物，相信人们，当我遍行那两边的路径，至今我仍愿意正经看待的，唯有透过它们而认识的物与人，也

---

　　① 提洛岛（Délos）是位于爱琴海的希腊岛屿，传说中是太阳神阿波罗与月神阿缇蜜丝的出生地。

唯有这些人事物仍能令我感到喜悦。若不是创造的信念在我心中已然干涸，就是事实仅会在记忆中成型，如今，从别人那儿初次见到的花朵，在我看来皆不像真花。梅泽格利斯那边的丁香花、白山楂、矢车菊、罂粟花、苹果树；盖尔芒特那边那游着蝌蚪的河流，睡莲与毛茛，皆永永远远地为我建构出我希望能在其中生活的国度样貌，在那儿，我首先要求能钓鱼，划独木舟，能看见哥特式堡垒的废墟，而且在麦田中央、如圣安德雷德尚那样，找到一座教堂，具有纪念价值，乡村气息，如小麦堆般金黄；还有我在旅途中偶尔仍会在田野间遇见的矢车菊、白山楂、苹果树，因为它们位于同一个深度，皆属我的过去，立即与我心有灵犀。然而，由于那些地方各有某种独特之处，当我被再见到盖尔芒特那边的欲望纠缠，即使带我去同样美丽的一处河边，那儿的睡莲比维冯纳河的更漂亮，也不能满足我，而且傍晚回程路上亦然——当稍后将转移到爱的领域、而且可能与之永远难分难舍的那份焦虑在我心中苏醒，即使是那一刻，我也不会希望出现一个比妈妈更美丽、更聪明的母亲来跟我道晚安。不，一如为了让我幸福入睡所需的事物，从那时起，就没有任何情妇能给我那份无忧无虑的平静感，既然我在相信她们之际依然有所怀疑，而且从来无法拥有她们的心，不像我从母亲的晚安吻中得到的那份心意，完整，绝非别有用心，绝不有所保留，不掺杂任何不是为我好的意图留下的后遗症——因为那是她，因为她俯身将脸朝我凑近，那张脸的眼睛下方有某种东西，看似缺点，但被我一视同仁地与其他部位一样喜爱着；同样地，我想再见到我认识的盖尔芒特那边，在橡木林道的入口，要有距离后面两座紧紧相邻的农庄不远的那片农场；那些大草地，在阳光照耀下如沼泽般显现倒影，映出苹果树的枝叶，正是这片风景，偶尔，午夜梦回，它独特的个性会以一种近乎奇异的力量紧紧扣住我的心弦，梦醒之后却再也遍寻不回。想必，为了将五花八门的各种印象合而为一，使之不可分解，永远留在我心中，全然只因它们令我同时感受到那一切，梅泽格利斯那边或盖尔芒特那边，让我在未来的人生时时吞下失望，甚至犯下许多过错。因为，我经常想再见到某个人，却分不清其实那纯粹只是因为他让我想起一道白山楂树篱；而一个简单的旅行渴望，便促使我去相信，去让人相信自己可能重获喜爱。但也正因为如此，残存在我如今可连结到那两边的印象之中的梅泽格利斯与盖尔芒特，让这些印象有了立论根基及深度，比其他印象更多了一个面向，同时也为它们增添了一份魅力，一则只对我有意义的意义。那些夏日傍晚，当和谐的天空如一头野兽低鸣，人人气恼暴雨将至，多亏梅泽格利斯那边，我依然能独自恍惚狂喜，穿透雨滴打落的嘈杂，嗅得丁香花那肉眼看不见、但持久不散的芳香。

．

就像这样，我经常清醒直到早上，愣愣回想着贡布雷那段光阴，那些无眠的忧伤夜晚，还有那许多日子，最近我才重温其意象，透过的是一杯花茶的滋味——在贡布雷应会被称为“香气”——以及回忆的联结；它连结到我在离开那座小城多年之后，从在我出生前斯万的一段恋情中所得知之事，配上那精准的细节，有时，取得已死去好几个世纪的人的详细生平要比得知我们最好朋友的生活细节更容易；而如此的精准程度看似不可能，如同从一座城市跟另一座城市的人聊天那样不可能——因为我们还不知道这样的不可能当初是透过什么途径被扭转成真。所有互相交织的回忆从此形成完整的一大团，但当中并非无法区分——较古老的，与最近从某种香气产生的回忆；还有，其实属于另一个人，而我透过那人才得知的回忆——若分不出裂缝和真正的断层，至少能辨识那些纹理，花花绿绿的五颜六色，在某几种岩石，某几种大理石上，揭示不同的来源，不同的年代，不同的"层系"。

　　显然，当晨光将至，我清醒时短暂的不确定感已消散许久。我知道自己实际身处哪个房间，早已在幽暗中重建周遭环境，并且——或仰赖单一的记忆辨识方向，或者，视同指示，借助瞥见的一道淡淡微光，在那光亮末端置上窗帘——像将原本的开口处留予门窗的建筑师和壁面装潢工那样，我已将整个房间连同家具重新建构出来，安好各面镜子，将抽屉矮柜挪回原位。但曙光——不再是我本以为的最后一盆火映在铜质窗帘杆上的反光——才刚在黑暗中如粉笔一般，画下第一道白色校准线，窗户带着窗帘离开我先前错置的门框，为了让出它的位置，我记忆中笨拙地设在那儿的书桌全速逃开，把壁炉推到了前面，拉开紧邻走道的墙；一方小院盘踞刚才仍被盥洗室扩大范围占住之处，我在漆黑中重新筑起的居所则加入在清醒时分的漩涡中瞥见的那些住所之列，见到日光伸出手指在窗帘上方画下那道浅淡信号，旋即逃逸无踪。

第二部

斯 万 之 爱

要进入维尔迪兰家的"小核心","小团体","小帮派",条件只有一个,但不可或缺,那就是必须默认一组教条,而其中一条是:那一年受维尔迪兰夫人力挺、在她口中常被形容成"这么懂得弹奏瓦格纳,恐怕天理不容!"的年轻钢琴师,一人即"扳倒"普兰特 [1] 和鲁宾斯坦 [2] 两人;另一条则是寇达尔医师的医术远比波坦医生 [3] 高明。凡是没被维尔迪兰夫妇说服,不相信没来他们家的那些人所举办的晚会无聊至极的"新成员",将会落得立刻被驱逐的下场。由于女性在这方面总比男性叛逆,不肯轻易放下丝毫社交人士的好奇心,和亲身得知其他沙龙有何吸引力的欲望,再加上维尔迪兰夫妇觉得,这种检验精神和该死的轻率可能透过传染,对他们这个小教派的正统性产生致命危害,于是,一个又一个地,将所有女"信徒"全都逐出门外。

光是那一年,人数已大幅削减(虽然维尔迪兰夫人本身德行高尚,出身自一个备受尊敬,极度富有却完全隐秘不为

① 普兰特(Francis Planté, 1839—1934),法国钢琴家,四岁起学琴,曾师从李斯特,获奖无数,在当时被誉为"钢琴之神",是最早录制唱片的艺术家之一。
② 鲁宾斯坦(Anton Rubinstein, 1829—1894),俄国钢琴演奏家,作曲家,指挥家,1840年起在巴黎多次巡回演出,皆获得极大成功。
③ 波坦医生(Pierre Carle Édouard Potain, 1825—1901),法国心脏病专家,19世纪末的巴黎名医。

人知的布尔乔亚家庭，而且早已刻意逐步与娘家断绝所有关系），除了医师的年轻妻子之外，差不多就仅剩一个几乎算是交际花的德·克雷西夫人，对她，维尔迪兰夫人直呼其闺名奥黛特，并宣称她是一个"心爱的人儿"；此外还有钢琴师的姑妈，以前大概曾当过看门妇。她们皆对社交圈一无所知，天真无比，那么容易就听信别人的话，真以为莎冈亲王夫人和盖尔芒特公爵夫人不得不付钱请穷苦人家去替她们的晚宴撑场面，以至于后来经人介绍获邀前往这两位贵妇家时，这曾经的看门妇和交际花皆不屑地断然拒绝。

维尔迪兰夫妇不特别发送晚餐邀约：他们家里随时可"多摆一副餐具"。晚间的聚会不特别制定节目。年轻钢琴师会上场演奏，不过只在"兴致来了"时才弹，因为没有人会强迫任何人，就像维尔迪兰先生说的："朋友至上，同志万岁！"但钢琴师若是想弹奏《女武神的骑行》或《特里斯坦》的序曲①，维尔迪兰夫人就会提出抗议，并非因为不喜欢那段音乐，相反地，是因为那曲子给了她太多感受。"所以您一定要我受偏头痛之苦？您明明知道，每次弹这首，我的头痛就会发作，我知道发作起来会有什么后果！明天，待我起床时，晚安，人都走光了！"而如果他不弹琴，大家便闲聊；友人之一，通常是他们当时最为宠爱的画家，借用维尔迪兰先生的说法形容，他"脱口就是一句令人喷饭的轻浮玩笑"；维尔迪兰夫人尤其爱笑——她那么习惯把当下形容

---

① 两曲同出自瓦格纳歌剧，前者为《尼布龙根的指环》第二部《女武神》中的名曲，后者则是瓦格纳以亚瑟王传说为灵感所做的歌剧《特里斯坦与伊索尔德》序曲。

情绪的引申比喻当成原意来看，以至于，有一天，因为笑得太厉害，下巴因而脱臼，寇达尔医师（当时还只是一个初出茅庐的年轻人）不得不替她兜回去。

正式礼服在此被禁止，因为这是"伙伴"之间的聚会，也免得看起来就像那些他们避之如瘟神、只在大型晚宴时才会邀请的"讨厌鬼"；他们也尽可能少举办大型晚宴，除非那能令画家开心，或是让更多人认识他们的音乐家。其余时间，大伙儿便猜猜字谜，变装吃夜宵，但只有自己人，不掺杂任何小"核心"以外的陌生人。

但随着"同志们"在维尔迪兰夫人的生活中所占的地位越发重要，所谓的讨厌鬼，麻烦鬼，倒是可套用于所有把朋友从她身边拉远，偶尔妨碍他们空闲休息的一切上，有时是某个同志的母亲，或另一个人的职业，又或再另一个人的乡间别墅，或他欠佳的身体健康。如果寇达尔医师认为必须中断晚餐先行离开，赶回一名危急的病人身边，"谁知道呢？"维尔迪兰夫人便对他说，"或许您今晚不去打扰，他感觉还比较好受，因为能度过一个没有您的美好夜晚。明天一大早您再过去，就会发现他的病全都好了。"从十二月初开始，她一想到信徒们在圣诞节或元旦那天可能"脱队"，就浑身不对劲。钢琴师的姑妈硬是要侄子那天去她自己的母亲家中吃团圆饭：

"您的母亲，您以为她这样就会死吗？"维尔迪兰夫人冷酷刻薄地嚷起来，"只因为元旦当天你们不去陪她吃晚饭，没遵守外省的乡下习俗？！"

到了耶稣受难周，她的焦虑再次发作：

"医师，您可是一位博学之人，意志坚强，受难周那个星期五，您当然也会照常过来吧？"第一年，她这么对寇达尔说，语气自信，仿佛不可能需要怀疑答案。但等着他说出来时，她浑身颤抖，因为他若是不来，恐怕就要剩她孤单一人。

"受难圣周的星期五我会过来……来跟您道别，因为我们要去奥维涅省过复活节。"

"奥维涅省？是要去喂跳蚤和虱子吗？祝您玩得称心如意！"

沉默了一阵子之后：

"您若是早点说多好，我们本来可以安排安排，舒舒服服地一起共度这趟旅行的。"

同样地，如果某"信徒"有一个朋友，或哪个"女常客"的调情对象，竟能让这名小圈子成员偶尔"脱队"，维尔迪兰这对夫妻倒也不怕哪个女子有恋人，只要她跟他在他们家相会，在他们面前恋爱，而且爱他不比爱他们多即可。他们总说："好呀！把您的朋友带过来。"然后便开始测试他，看他是否能够对维尔迪兰夫人赤诚相待，是否有被纳入"小帮派"的资格。如果没有，他们便会将把人引进来的信徒带到一旁，帮他个小忙，故意找他的朋友或情妇的麻烦。若情况相反，则轮到"新人"成为一名信徒。因此，那一年，当那名交际花告诉维尔迪兰先生，说她认识了一个迷人的男子，斯万先生，并迂回暗示那位先生一定会很高兴得到他们接待时，维尔迪兰先生当下便将这番请求传达给了他的妻子。（他向来只管顺从妻子的意见，专门扮演将欲望付诸实现的角色，包括信徒们的欲望，不惜动用各种聪明巧思，给予丰富资源。）

"德·克雷西夫人来了，她有件事想问你。她希望把斯万先生介绍给你，那是她的朋友。你说呢？"

"哎呀，对这么个完美的小可人儿，怎能拒绝呢？别开尊口，我可没问您是怎么想的？我说了算，说您完美就是完美。"

"那我就恭敬不如从命了。"奥黛特用马里沃体 ① 那种浮夸的语气补上一句，"您也知道，我这可不是在 fishing for compliments。②"

"那好！带您的朋友过来，要是他好相处的话。"

当然，"小核心"与斯万往来的社交圈毫无关联，而且纯正的上流社会分子应该会觉得，要被引介到维尔迪兰家，大可不必如他那样在上流圈子占有特殊地位。但斯万那么喜欢女人，打从大致认识完所有贵族女性、而且她们再也没有东西可教他的那天起，圣日耳曼区授予他的那些几近贵族头衔的各类归化证书，他都只用来充作具有某种交易价值、例如信用状之类的东西，其本身无价，但能让他在外省的一个小角落或巴黎的某个隐秘场所随兴采用一种身份地位，只因他觉得该地的乡绅千金或市府书记官的女儿长得漂亮。毕竟，在当时，欲望或爱情给了他一份如今已被生活习惯剔除的虚荣感（虽然以前想必正是欲望或爱引导他走向经营上流社会生涯之路，而在那里，他把才情天赋全浪费在了轻浮的

---

① 马里沃（Pierre de Marivaux, 1688—1763），法国小说家与剧作家，法兰西学院院士，为法兰西喜剧院与意大利喜剧院创作多部剧作，深受欢迎。"马里沃体"在他还在世时便已流行，是指用极度殷勤浮夸又迂回的方式谈情说爱，而且专论细微小事。

② 原文为英文，直译为"放长线钓赞美"，故意引导别人赞赏自己。说话时夹杂英文是奥黛特这个角色的特色。

享乐上，并把艺术方面的博学多闻都拿来替贵妇们服务，在她们买画和装潢宅邸时提供建议），使他渴望自己光彩夺目，在他所迷恋的陌生女子眼中闪耀一份单凭他斯万这个姓氏无法置入的优雅，尤其那陌生女子若是出身卑微，这份渴望就更加强烈。正如一个聪明的男人不怕在另一个聪明的男人面前显得愚笨，一个优雅的男子也不担心崇高的王公贵族不识他气度优雅，只怕乡下人有眼无珠，看不出来。自有上流社会以来，才华用心与虚荣谎言有四分之三都让被这才情与谎言贬得更低的人们给浪费了，其实那都是为了阶层较低的人而编造。与一位女爵相处时表现得单纯直率又轻忽大意的斯万，在面对一名清洁女佣时，却不禁发抖，生怕被她轻视，反而刻意端起架子。

　　许多人出于懒惰，或迫于社会地位尊贵产生出的那种被绑在某一岸的无奈感，不去享受现实生活赋予他们在上流地位以外的各种乐趣，蛰居社交圈中终老一生，最后，因为没有更好的选择，一旦习惯，便把封闭在小圈子中那些平庸或无聊难耐的娱乐称为享乐。但是斯万，他可不一样。他不求与他共度时光的女人长得漂亮，而是要与他乍看即觉得漂亮的女子共度时光。那些美女通常颇为俗气，因为他并未察觉，自己追寻的外貌条件，原来与他喜欢的艺术大师所雕塑或画出的那些令他赞赏的女性恰好完全相反：表情深刻哀伤会让他感官冻结麻痹，一副健康、丰满、粉色红润的肉体反而便足以令他五感苏醒。

　　若在旅途中，他遇见一户人家，原本不去强行攀识才是较优雅的处世之道，但那户人家当中有一名女子，在他眼中看来招摇着一种他未曾经验过的魅力；那么，故作"矜持"，回避她令他心生的欲望，改以一种不同于他本可从她那儿得到的乐趣取代，转而写信请一位昔日的情妇前来相会，他恐怕要觉得那就是对生命的懦弱却步，是对崭新幸福的愚蠢放弃，就好比他不去参观各地景点，而是关在房中足不出户，眺望着巴黎的风景。他不把自己封闭在固有的人脉关系中，反倒自行搭建了不少，以便只要有哪名女子令他喜爱，他便能处处随时重起炉灶，就像探险家随身携带的一个可拆解的帐篷。对于带不走或不能以新鲜乐趣替换的，尽管在别人看来是那么秀色可餐，他亦多半会轻贱如土。多少次，他待在某女爵身边，她对他累积多年情欲，苦无机会温存，连这一份影响力，他也能一下子破坏殆尽，派了一份快递给她，明目张胆地要求她用电报发出一封介绍信，好让他能立即与她的某个内侍总管搭上关系，只因他前一阵子看上了那总管在乡间的女儿；这简直像一个就快饿死的人，竟拿钻石去换取面包。事后，他甚至还觉得好玩，毕竟他这个人的性格中夹有一丝粗鲁，只是被难能可贵的细腻给弥补过去。而且，他属于那类聪明人，终日游手好闲，认为这无所事事的闲情为自己的聪明才智提供了有趣事物，堪可与艺术或研究匹敌；他认为"生活"中含有比任何小说更有意思、更像小说的情境，并在如此想法中寻求安慰，或是借口。至少他深信不疑，而且能轻易说服他在上流社会中最讲究的那些朋友，尤其是夏吕斯男爵。他总喜欢讲述自己的各种刺激艳遇，逗男爵开心，像是他在火车上邂逅了一名女子，后来把她带回家，这才发现原来她是某位君主的姊妹，而那位君主此刻正掌握着欧洲政治的所有脉络，于是他也就以一种十分愉悦的方式得知了其中的来龙去脉；又或者，由于一连串错综复杂的情况，他得等教宗选举密会的结果出炉，才知道自己能否成为一名厨娘的情夫。

此外，与他关系特别紧密的那一群杰出部队，成员包括品德高尚的富有老寡妇、将军、法兰西学院院士，斯万皆会厚颜无耻地强迫他们替他牵线；不仅他们，他所有朋友都已习惯偶尔会收到他的来信，请他们写几句话为他引荐或介绍，而信中所用的外交辞令圆滑，历经多段恋情及各式借口不断，依然执着不改，比笨拙更甚，凸显了某种顽固的性格与一成不变的目的。多年后，由于我和他在所有其他方面有那么多相似之处，我开始对他的性格产生兴趣；同时又常听人讲起，当他写信给我外公（那时还不是我的外公，因为大约要到我出生前后，斯万才开始那场轰轰烈烈的恋情，拈花惹草的行径因而中断许久），外公一认出这位朋友的字迹，便大声嚷嚷："是斯万来求帮忙了：提高警觉！"而且，若不是戒备心重，就是那促使我们总把东西送给不想要的人的那种无心邪恶感在作祟，对于斯万的恳求，我的外公外婆一概拒绝受理，即使是最容易办到的那些，例如将他引介给一位每周日都会到我们家晚餐的少女；每次斯万旧话重提，他们便不得不假装没再和那少女见面了，虽然大人们其实一整个星期都在讨论可以邀谁来和她共进晚餐，而且经常最后连一个也找不到，只因为不想询问倘若受邀将会喜不自胜的那一位。

偶有几次，外公外婆的某对友人夫妇，原本一直嘀咕着说从没见过斯万，忽然却心满意足，甚至或许还抱着点想引发嫉妒的渴望，宣称斯万俨然已成他们眼中最迷人、可爱的人，成天跟着他们不走。外公不想破坏他们的兴致，但边望向我外婆，边哼唱起来：

"这是何等神秘之谜
叫我百思不得其解。"

或者：

"一闪即逝的幻象……"

又或者：

"这一滩浑水，
视而不见方为上策。"

几个月后，外公问斯万的那位新朋友："斯万呢？您还常跟他见面吗？"对方却拉长了脸："永远别在我面前提起这个名字！"

"我以为你们关系很亲密呢……"

就像这样，有那么几个月，他成了外婆表亲的熟朋友，几乎每天都到他们家吃晚餐。莫名其妙却又突然就不去了，事前也未通知一声。他们以为他生病了，我外婆的表妹正想派人去打听他的近况，却在配膳室里发现一封他写的信，不小心遗落在厨娘的账本里。信中，他对这个女人声称自己即将离开巴黎，以后无法再来。厨娘是他的情妇，断绝关系时，是他认为唯一有必要告知的人。

相反地，倘若他当时的情妇是上流社会人士，或是一个就算出身过度卑微或处境不合常规也不妨碍他让社交圈接纳的女人，那么，为了她，他会回那上流圈子去，但仅在她运转行进或由他来带动她的特殊轨道上活动。"今晚别指望斯万了，"人们说，"你们都知道，今天是他那个美国情妇上歌剧院的日子。"他常让她受邀参加几个不对外开放的特殊沙龙，那些地方有他的老朋友，每周例行的晚餐，扑克牌局；每天晚上，他先用梳子稍微刷松他棕红色的头发，好替他那双锐利的碧眼增添几许温柔，然后选一朵花别在纽扣孔上，接着便出发去找情妇，到他小圈子里的某位女性友人家中晚餐；这时，想到在那儿会遇见那些走在潮流尖端的人，而他们会认为他神通广大，还会在他所爱的女人面前竭力表现出对他的钦羡与友好，他便重新寻回了社交生活的迷人之处。他曾已厌倦那样的人生，然而，有一株火苗巧妙钻了进去，在里面摇曳舞动，增添了热情的色彩；自从他将一段新恋情融入生活当中，那生活的质地在他看来便显得既珍贵又美丽。

　　但是，每一段这样的恋情，或这样的调情，皆是某一场梦大致完整的实现，而那场梦正源于映入斯万眼帘的一张脸或一副躯体，对此，他发自内心，不牵强附会地，直觉迷人；另当别论的是，有一天，在剧院，一位昔日友人将他介绍给奥黛特·德·克雷西。以往曾听那朋友谈起她，说她是个令人神魂颠倒的女子，说他本来也许能跟她激出点什么火花，却又把她说得其实比看上去更难到手，好显得自己将斯万介绍给奥黛特是一件极讲义气的事。对斯万而言，当然，她看上去绝非不美，但那是一种他无感的美貌，激不起他丝毫欲望，甚至还造成他某种不舒服的嫌恶感。这样的女子大家都认识几个，每个人遇到的类型各不相同，总之与我们的感官要求恰恰相反。她的侧面太突出，肌肤太娇弱，颧骨太高，轮廓线条太细长，实在难以取悦斯万。她有一双美丽的明眸，但那么大，被其本身的重量压弯，对脸上其他部位形成负担，以至于在他看来，她总像是板着一张臭脸或心情恶劣。在剧院那次引见之后过了一段时间，她写信给他，希望能看看他的私人收藏，她是那么地感兴趣，"这样的她，无知，但偏好美丽事物"；信上说，她觉得，等她去到她想象中"有茶香、书香，那么舒适的"他的"home①"拜访，应该会对他有更深入的了解，尽管她毫不掩饰地表示惊讶，没想到他竟是住在那一区，那儿应该十分寒酸乏味，而且"对那么 smart② 的他来说，实在太不 smart 了"。等到他真的让她过来，离开时，她表达了遗憾之意，称说在这住宅停留的时间太短了，并说很高兴能进入他家，说得仿佛他比她其他旧识更有分量，而两人之间似乎建立起一条浪漫的连接号；这个说法令他莞尔。但斯万已接近不太做梦的年纪，到了这种岁数，要懂得止于为享受恋爱的乐趣而恋爱，别太苛求两情相悦；那心心相印之感，虽已不再如情窦初开的年少时那般被视为是爱情必然锁定的目标，倒也因为一股强大的联想力，仍与他相连，若在爱情来临之前那便已出现，也可能成为爱的理由。以前，男人梦想拥有心爱女人的心，年岁渐长后，光是感受到自己拥有一个女人的心，即可能足以令您陷入爱河。由于人在爱情中特别追寻一种主观的享受，因此，到了似乎应该最偏重贪享女性美貌的年龄，确实有可能萌生

---

① 英文，意为家
② 英文，意为时髦的。

爱情——纯粹讲求肉体的爱——但在其根本缘由中，并无先决预设的欲望。人生到了这个阶段，早已被爱情击中几次，面对我们受惊动、但又被动的内心，爱情已不再单打独斗地依循其未知又宿命的法则在演进。我们前来支持，用记忆及猜测加以歪曲。认出爱情的某个病兆后，我们便会回想起来，进而认出其他征兆。由于我们已谱过恋曲，整首歌曲点滴刻印心中，无需一个女人对我们细说从头——那源头始于美貌激起的爱慕——才能找到后续脉络。如果歌曲是从中段唱起——那正是两心相印，我眼中只有你、你眼中只有我的阶段——那配乐我们早已耳熟能详，于是得以在对方等待我们的乐段中，立即加入合唱。

　　奥黛特·德·克雷西又回去探望斯万，登门次数益发频繁；每一次的造访大致都一再令他失望：再次相见之前，他已有点忘记那张脸的特征，不记得她表情如此丰富，而且尽管她还年轻，面色却已如此黯淡。听她闲聊之际，他遗憾她拥有的绝世美貌不是他直觉偏爱的那些类型。此外，不得不说，奥黛特的脸看起来消瘦突出了些；这是因为额头及脸颊上方这块完整、而且较扁平的面积，被当时流行的丰厚发型遮蔽了，也就是朝"门面"延长，顶上"刷松"拉高，一绺绺凌乱的发丝沿着双耳披散着；至于她那令人赞叹的躯体，曲线流畅却不易察觉（这得归咎于当时的风尚，虽然她已是最懂穿衣的巴黎女人之一），马甲过分朝前突出，宛如穿在一副假想的肚腩上，却又猛然收缩成尖形，下方则膨胀展开圆鼓鼓的双层长裙，让女人看起来就像是由不同的零件组合而成，拼装拙劣；而那些皱褶、荷叶边、背心，一样接着一样，却各自为政，根据设计上的突发奇想或布料材质的关系，那线条，连到蝴蝶结、蕾丝抓褶、瀑泻而下的抽丝流苏亮片，或牵引这些装饰，沿着紧身胸衣一路点缀，但与活生生穿着它的人完全搭不上关系，而端视这些浮夸的饰品结构是契合她的身材，还是偏差得太远，那女人若不是显得耸肩缩脑，就是整个人被埋没不见。

　　但是，奥黛特离开后，想到她曾对他说，在他让她再来之前的那段时间，对她而言有多么难熬，斯万不禁微笑；他想起有一次，她不顾流露满脸担忧，神情羞怯地求他别让她等太久；还有她当时的眼神，直直凝视着他，惶恐哀求，在以黑天鹅绒飘带系在大圆白草帽前方的那束人造三色堇之下的她，显得楚楚动人。"那您呢？"她说，"您难道不想到我家来喝杯茶吗？"他搬出手上的工作推托，那是关于代尔夫特画家维米尔①的研究，事实上已荒废多年。"我明白，像我这么一个弱女子，在您那样博学多闻的大学者旁边，什么忙也帮不上。"她这么回应他，"我简直就像达官显要会议上的一只青蛙。只是，我多想充实自己啊，求知，得到启蒙。翻读旧书，埋头在古老文献中，那该是多么有趣的事！"她又说道，一副自满模样，好比一位优雅的女子坚定地称说，她最大的喜悦就是不怕为了一项不洁的基本需求而弄脏自己，例如亲自下厨，"不惜用双手去揉面团"。"您一定会嘲笑我，那位阻止您来看看我的画家（她想说的是维米尔），我以前从来没听说过；他还活着吗？在巴黎看得到他

————————————

　　①　维米尔（Johannes Vermeer, 1632—1675），17世纪荷兰黄金时代画家，毕生在代尔夫特（Delft）生活与工作，与伦勃朗齐名，作品有《戴珍珠耳环的少女》《倒牛奶的女仆》等。《代尔夫特风景》的艺术性是《追忆逝水年华》中作家贝戈特追寻的目标。

的作品吗？也好让我能去见识您喜欢的东西，稍稍猜想，在这运作得这么辛勤的宽阔额头下，这让人觉得总是在思考的脑袋里，究竟装了些什么，然后告诉我自己：这就对了，他正在想的就是这个。参与您的工作该是多么梦幻的事！"他为自己畏惧结交新朋友表示歉意，以前，出于讨女性欢心的体贴，他称此为沦为失意者的恐惧。"您害怕受人喜爱？这还真奇怪，我呢，我只追求这个，愿意用一生去觅得一次真爱。"她说出这番话时的语调那么理所当然，那么深信不疑，竟令他为之动容。"您一定曾经为了某个女人伤心痛苦过，以为其他女人都跟她一样。是她不懂得怎么了解您，您这个人那么另类，这正是我最初喜欢上您的地方，我清楚地感觉到您和一般人不同。"

"顺道一提，您也是，"他对她说，"我最懂女人，您应该有一大堆事情要忙，几乎不得空闲。"

"我啊，我一向无事可做！我一直都有空，永远会为您腾出时间。无论白天还是夜里几点钟，只要您方便见我，都请派人来找我，我会连忙赶到，高兴都来不及。您也会这么做吗？您知道吗？要是能把您介绍给维尔迪兰夫人就太好了，我每晚都会去她家。想象一下！我们要是能在她那儿碰面，让我觉得，您会去，有点儿也是因为我的缘故！"

约莫，当他独处，像这样回忆他们的晤面，想起她的时候，在他的浪漫遐想中，他不过是将她的倩影置于众多其他女人的形象当中一起搬演；但是，倘若亏得某种情况（甚或并非多亏那情况，那在某种始终潜存的事态浮上台面之际才出现的情况，本可能对他并无任何影响），奥黛特·德·克雷西的形貌跑来占据他所有遐思，倘若这些美妙的胡思乱想再也无法与回忆切割，那么，她外形上的不完美，或是否较别的躯体更合乎斯万的品位，这些都完全不再重要；因为，这副躯体既已成为他所爱之人的身体，从此以后，就唯有它能带给他喜悦与折磨。

我的外公的确认识维尔迪兰那家人，从那对夫妇现今的交友状况来看，这真令人意想不到。不过，他已和他口中那个"小维尔迪兰"断绝所有联系，认为那小伙子——尽管依然家财万贯——大致说来，有点堕入波希米亚人和废渣之歧途。有一天，他收到斯万的一封来信，问他能否将他引介给维尔迪兰夫妇。"当心哪！当心！"外公嚷了起来："我一点儿也不讶异，斯万最后应该就是会走上这条路。好厉害的圈子！首先，他的要求我做不到，因为我跟那位先生已经不熟。再者，这背后一定藏着一段跟女人有关的事，我可不想被牵扯进去。这下可好了！这斯万要是成天跟小维尔迪兰夫妇厮混，我们可就有好戏看了！"

由于斯万在我外祖父那儿碰了钉子，最后是由奥黛特亲自带他进了维尔迪兰家。

斯万初登场那天，受邀到维尔迪兰家晚餐的有寇达尔医师和医师夫人，年轻钢琴师和他的姑妈，以及当时最受他们宠爱的一位画家。晚餐后，其他信徒也来加入。

寇达尔医师一向无法精确掌握该用什么语气回应他人，不确定对方是开玩笑还是认真。于是，无论做什么表情动作，他干脆一律堆上一副暂时的敷衍笑容，以便见机行事，其中隐含着观望、不妄动的诡思，倘若人家对他说的其实只是句玩笑话，那就可用来开脱，不怪他天真无知。但由于还得考虑到相反的可能性，他不敢让那笑容明确地绽放，于是

大家总看到他脸上永远游移着一丝不确定，而他不敢说出口的问题却跃然其上："此话当真？"大街上、甚至在整个生活当中，他也不知道该如何拿捏自己的行为举止，没比在沙龙里好到哪儿去。常可看见他对路人、马车、事件以一副狡黠的微笑回敬，预先摒除了举止失当的所有可能，因为，假使那态度有问题，他便借着这张笑脸证明自己其实早就知道，而之所以会采取那种不当态度，只是为了开个玩笑。

然而，在所有他觉得可容他直接发问的事项上，寇达尔医师无不努力缩限自己犹疑的范围，补充自己所知的不足。

因此，当初离开乡下老家后，他便遵照他那深具远见的母亲的建议，一遇上没听过的惯用说法或专有名词时，绝不会就此放过，不去查询相关资料。

关于惯用说法，他孜孜不倦倦地汲取资讯，因为，他有时猜想那些说法的意义实则更加精细，极渴望知道最常听到人家使用的那些语句，究竟是要表达什么：魔鬼之美①、蓝色血统②、抬轿人生③、拉伯雷的一刻钟④、当优雅之君王⑤、惠赐白卡⑥、哑口无言⑦等等……而他自己在哪些特定状况下，也能

---

① 魔鬼之美（la beauté du diable），意谓稍纵即逝的青春貌美。

② 蓝色血统（du sang bleu），指贵族血统。

③ 抬轿人生（mener une vie de bâtons de chaise），原意指动荡不安的人生。

④ 拉伯雷的一刻钟（le quart d'heure de Rabelais），指面对债款却无力清偿的尴尬时刻，后来泛指窘迫煎熬的时刻。典故源自 16 世纪，身无分文的作家拉伯雷（François Rabelais, 1483—1553）从罗马被召回巴黎，途经里昂时在旅店住了一晚，但没钱付餐宿旅费，只得出下策谎称自己要毒害国王，得以囚犯的身份被一路押送回巴黎，既顺利解决食宿交通的问题，最后也见到了国王。

⑤ 当优雅之君王（être le prince des élégances），意指出类拔萃。

⑥ 惠赐白卡（donner carte blanche），给一张空白的卡片，意谓赋予全权处理的自由。

⑦ 哑口无言（etre réduit à quia），意为令人无话可说。

在说话时用上。用不上时，他便拿出先前学到的文字游戏。当人家在他面前讲到新的人名姓氏，他只提高尾音用疑问句法重复一次，认为这样即可不动声色地引出进一步的解释。

由于他自认对凡事皆具批判精神，但实则完全没有，就像明明是想对某人略施小惠，却坚称是自己欠对方一份情，骨子里其实又不愿对方真是如此作想，这类细腻的礼节用在他身上全是枉然，不论听到什么，他都照字面意思来理解。无论维尔迪兰夫人对他多么盲目地偏宠，就算心里仍觉得他是个细腻体贴之人，终究仍是被激怒了：当她邀他在剧院前台包厢听莎拉·伯尔尼哈特演出，而且为了显得自己慷慨大方，对他说："医生，您肯来真是太赏光了，尤其我确信您早就常聆听莎拉·伯尔尼哈特演戏。再说，我们离舞台似乎也太近了点呢。"已坐进包厢的医师脸上浮着一抹微笑，等着哪位有发言权的人对他透露这场表演的价值，再决定是要进一步笑得更明朗些，还是该卸下笑容，此时回应她："的确离得太近了，而且我已开始厌倦莎拉·伯尔尼哈特。不过，既然您向我表达了渴望我来的意思，对我而言，您的渴望就是命令。能为您做这一点小事，我高兴都来不及。为了让您开心，有什么不能做的呢？您是这么好的一个人！"接着他又说，"莎拉·伯尔尼哈特，就是那位金嗓子，不是吗？常有文章写她点燃了舞台。好奇怪的说法，可不是吗？"他满心期待这番话引来好评，却没得到丝毫回应。

"你知道，"维尔迪兰夫人曾对丈夫说，"我们出于谦虚，每次总是贬低自己施予医师的好处，我想我们走错路线了。他是个活在现实世故之外的学究，不懂评断东西的价值也就算了，竟然还把我们告诉他的对别人转述。""先前我还不敢讲，但这件事我早就注意到了。"维尔迪兰先生说。于是，来年的新年当天，维尔迪兰不再派人给寇达尔医生送上一颗要价三千法郎的红宝石，对他说那点东西不成敬意，而是用三百法郎买了一颗人造珠宝，但让他明白，要见到这么美的东西有多困难。

当维尔迪兰夫人宣布今晚会有一位斯万先生加入聚会时，"斯万？"医师脱口喊出，吃惊的语调听来格外唐突，因为，这个自以为永远万事皆有准备的男人，一向比任何人都更容易被微乎其微的小事吓个正着。眼见大家没有回应，他又大声嚷嚷："斯万？谁啊？这个斯万？！"等维尔迪兰夫人开口，他涨到最高点的焦躁不安瞬间放松，"就是奥黛特向我们提过的那位朋友。""啊！好，好，这样很好。"医师平静下来。至于画家，他很欣喜斯万被引入维尔迪兰夫人家，因为他猜测此人应是爱上了奥黛特，而且乐见其成。"没有什么事比媒合婚姻更让我觉得好玩，"他在寇达尔医师耳畔悄声坦承，"我促成过许多姻缘，甚至连女女配都能成功！"

奥黛特告诉维尔迪兰夫妇斯万非常"smart"，这让他们担心会遇上一个"讨厌鬼"。结果正好相反，他给他们留下极佳的印象，但其中一项间接因素正是他时常出入优雅的社交圈，然而这一点他们并不知情。的确，相较于即使聪明、却未曾进入上流社会的人，斯万有一处胜出：他属于那类已有些许体验的人，不再因为对上流社会的渴望或是恐惧而胡思乱想，进而扭曲了那个圈子，毫不尊重。这类人的友善无关任何虚荣傲慢，也无关对过度表现友善的担忧，因而中立，于是拥有四肢柔软之人的那份从容，那份举止优雅，能精准执行心中所想，无需身体其他部位来笨手笨脚，画蛇添足。对人家介绍给他的陌生年轻人伸出善意的手，在人家当面向大使介绍他时拘谨行礼，上流人士这套简单的基本体操在斯万的整个社交举止中不知不觉地一气呵成，而在面对像是维尔迪兰夫妇以及他们的朋友这种阶级比自己低的人时，他总是本能地体现殷勤，设法事先打点，刻意避免自己成为他们口中的"讨厌鬼"。他唯独对寇达尔医生表现片刻冷淡：两人尚未交谈，斯万就看见他在向自己挤眉弄眼，笑得暧昧（寇达尔自称为"放马过来吧！"的表情），他一时以为医生大概认识他，或许也曾经涉足某个声色场所，尽管他其实极少前往，因为他从来不曾融入那种花天酒地的圈子。他觉得医生的这个暗示意味低俗，更何况还当着奥黛特的面，这恐怕会令她产生恶劣印象，于是，他便以冰冷的表情武装自己。但当他得知在他身边的某位妇人即是寇达尔夫人时，他心想：一个这么年轻的丈夫应该不会在自己的妻子面前影射那类消遣娱乐才是，于是便不再将医生那副意有所指的神情，想成是他猜疑的那个意思。画家则是立刻就邀斯万带奥黛特前去他的画室拜访；斯万觉得他很亲切。"说不定您还比我更受宠呢！"维尔迪兰夫人说着，语气假装受到刺激，"而且人家还会向您展示寇达尔医生的肖像（那是她先前下订单请画家画的）。母鹿'先生'，"她提醒画家，而喊他"先生"是大家公认的玩笑话，"您要记得，眼睛，要把那漂亮的眼神、那巧妙有趣的部分给画出来。您知道我特别想要的就是他的微笑，我请您画肖像，正是要他那副笑容。"由于她觉得自己这个说法很引人注目，于是又非常大声地再说一次，好确定这些宾客全都听见了，甚至，算是充作借口，让其中几位因而靠拢过来。斯万请求认识所有成员，就连维尔迪兰夫妇的一位老朋友，萨尼耶特，也不例外。萨尼耶特生性害羞、单纯，还有一副善良的好心肠，这导致他以档案学者的博学，优渥的财富，以及名门望族出身所应得的尊敬反而处处碰壁，荡然无存。他说起话来仿佛嘴里含着一口粥似的模糊不清，甚是可爱，因为那令人感到那含糊泄露的并非口齿上的缺陷，而是心灵方面的优点，像是他打从人生之初就未曾失去的天真痕迹，所有他发不出的辅音都代表着他此生未能克服的难关。斯万请求将他引介给萨尼耶特先生，这反而使维尔迪兰夫人将角色对调过来（甚至到了她在回应时还特地强调差异的地步："斯万先生，您是否愿意容我将您介绍给我们的朋友萨尼耶特？"），不过，这倒是在萨尼耶特心中激发出了热烈的好感，但维尔迪兰夫妇却从来不向斯万透露这件事，因为他们觉得萨尼耶特有点烦人，也不执意帮他结交朋友；相反地，斯万深深掳获了这夫妇俩的心，因为他以为应该立即求见钢琴师的姑妈。这个女人一如既往地一身黑长裙，因为她相信黑衣适合所有场合，而且还是最高雅的装束；她的面色跟每次来吃喝时一样，格外通红。她带着敬意向斯万欠身，站直时却一派庄严。由于她没得到任何指示，又怕文法出错，因而刻意用一种混淆的方式发音，心想，在如此模糊不清的状态下，若是连音规则出了差错，别人也无法清楚分辨，这导致她的交谈只剩一串难以辨别的哑嗓，偶尔冒出一两个她难得有把握的字句。斯万一时兴起，以为可以在和维尔迪兰先生说话时对此稍稍嘲笑，结果反而惹得主人不悦。

"她是一位那么优秀的女性。"维尔迪兰先生回应，"我同意您说她没有什么惊人之处，但我向您保证，单独和她交谈时，她总是能让人心情愉悦。""毫无疑问，绝对是，"斯万连忙让步，"我想说的是，在我看来，她不是那么'出色耀眼'。"他补上一句，特意凸显这番形容，"总而言之，这毋宁是我的一番赞美！""听好了，"维尔迪兰先生说，"可别怪我吓到您，她写起东西，风格可是十分迷人的。您从来没听过她外甥演奏？那真是令人赞赏，可不是吗，寇达尔医生？要不要我去请他弹一段，斯万先生？"

"如此福分……"斯万才刚开始回应，医师便做出嘲讽的表情打断他。事实上，他留意到这段交谈中那些强调性的修辞，庄重的形态，都已十分过时，只要听见某个沉重的字眼被一本正经地说出，例如先前那句中的"福分"二字，他便认为这说者显得装腔作势。如果，更甚地，那个字词还正巧是他归类为所谓的陈腔滥调，不论平时多么常用，医师都会预设这么开头的句子必然可笑，并以看似指责对方本想安插的陈腔滥调，为他做个讽刺的结尾，然而对方从未如此作想。

"如此福分实乃法兰西之幸！"他故作聪明地高举双臂，夸张高喊。

维尔迪兰先生忍不住哈哈大笑。

"这一群好人儿都在这儿笑什么呀！大家在这个远远的小角落里，看起来都无忧无虑的。"维尔迪兰夫人嚷了起来，"但你们觉得我呢？我自己一个人待在那儿罚坐，还能高兴得起来吗？"她装做孩子气，一副扫兴的口吻。

维尔迪兰夫人坐在一张瑞典杉木高脚椅上，是那个国家某位小提琴手送她的，尽管椅子形状令人想到梯凳，和她那些漂亮的古家具格格不入，但她还是留了下来，坚持将众信徒平常时不时就送来的礼物摆在显眼处，好让馈赠者来访时会有认出来的欣喜。同时，她也试着说服人家带鲜花和糖果来即可，这些至少是可被消耗的东西；可是没能成功，于是她家里积藏了各式暖脚炉、靠垫、挂钟、屏风、气压计、东方瓷花瓶，款式相同，多有重复，贺岁新礼堆放得杂乱无章。

以这高高在上的姿态，她兴高采烈地参与信徒们的交谈，他们的"胡说八道"逗得她乐不可支，但自从那次下巴脱臼的意外后，她就不再使劲放声大笑，改以一种客套的神情取代，既不费力也不冒险表示她笑出了眼泪。但凡任何常客脱口说出一个字，攻击某个讨厌鬼或是已被打入讨厌鬼阵营的另一位常客，她便轻轻尖叫一声，紧紧闭上她那双逐渐被白内障遮蔽、犹如禽鸟般的利眼，仿佛只来得及遮住一幕不正经的场面，或挡下一条死路似的，将脸埋进双手中护住，隔绝任何可见事物，看似在努力抑制，打消一次大笑，而且若是没能守住，恐怕就要害得她晕过去。这令维尔迪兰先生大失所望。长久以来，他自认和妻子同样可亲，但他的大笑绝对诚心，而且很快就笑到没气；对于她那停不下来又虚假的狡猾笑法，他只能退避三舍，自叹不如。就像这样，维尔迪兰夫人被信徒们的愉悦欢快迷得乐陶陶，沉浸在志同道合之感里，在道人长短和得到附和当中飘飘欲仙，她高栖在座椅上，宛如一只饲料被热红酒浸泡过的鸟儿，被友情感动得抽噎不已。

然而，在问过斯万，得到允许后，维尔迪兰先生点燃烟斗（"在这儿不必客气，大家都是志同道合的朋友"），恳请年轻音乐家坐上琴椅。

"哎呀，拜托，别给他找麻烦，他又不是来这儿做苦工的，"维尔迪兰夫人嚷了起来，"我可不想让人家折磨他！"

"你怎么说这是给他找麻烦呢？"维尔迪兰先生说，"说不定斯万先生没听过令我们耳目一新的那首升 F 大调奏鸣曲。他可以为我们弹奏钢琴改编版。"

"啊！不，不，别选我的奏鸣曲！"维尔迪兰夫人大喊，"我不想象上回那样，因为哭得太厉害而患上鼻伤风，还外加颜面神经痛。真谢谢你这份大礼，我可不想再来一次。你们其他人可轻松了，会在床上呆躺一个礼拜的显然不是你们！"

每回钢琴师正准备演奏，这出短剧就要上演一次，朋友们都看得如痴如醉，仿佛这戏码有所更新，视之为"女当家"拥有迷人的创意及音乐敏感度的明证。她身旁那些人对离她较远、正在吸烟或打牌的另一些人打暗号，示意他们快靠过来，这里有状况，就像德国国会会议进行到有意思的段落时那样，跟他们说："快听听，快听听。"① 隔天，大伙儿会说那一幕比平时还有趣，好让那些没能到场的人遗憾扼腕。

"那么，这样吧，说定了！"维尔迪兰先生说，"就请他只弹行板那一段。"

"只弹行板，你想得倒好！"维尔迪兰夫人又出声嚷嚷，"让我束手无策的就是行板那段。我们这位当家的可真妙！这不就好比演奏《第九号》② 时，他说只要听结尾，或是演奏《名歌手》③ 时，说只听序曲就好嘛。"

然而，寇达尔医师却鼓励维尔迪兰夫人让钢琴师弹奏，

---

① 普鲁斯特似乎有所混淆，这并非德国国会的习惯，而是英国国会中听众对讲者观点表达赞同的方式，出现在 17 世纪初，原以"Hear him, hear him"来吸引众人注意，到了 18 世纪缩短为"Hear, hear"。
② 贝多芬的《第九号交响曲》终曲是以席勒诗句谱成的《欢乐颂》。
③ 指全剧近五个小时的瓦格纳歌剧《纽伦堡的名歌手》。

这不是因为他认为音乐对她造成的不适感是装出来的——他确实看出了些许神经衰弱的症状——而是基于许多医师都有的习惯：一旦事关他们自己也参与其中的某场社交聚会，而他们建议暂且先忘掉消化不良或伤风感冒的那位又是这个圈子的要角，那么眼前的聚会更加要紧，他们总会立即把处方的严厉程度打点折扣。

"放心吧，这次不会生病的，"他试着使眼神提议，"而且您若是病了，我们也会把您医好的。"

"真的吗？"维尔迪兰夫人回应，仿佛如此有利的情势在望，顺从才是上策；或许也因为，她每每宣称自己会因此而生病，有时竟忘记那是谎言，在心态上还真成了个病人。然而，这样的人宁愿恣意地相信自己仍可安然无恙地去做一切喜欢、而且通常会招来不适的事，只要将自己托付给一个强大的人，那么无需大费周章，单凭那人的一个字或一颗药，自己就能恢复元气。

奥黛特已走到钢琴旁的绒毯长沙发坐下：

"您知道，我有专属的小座位。"她对维尔迪兰夫人说。

夫人看见斯万坐在另一张椅子上，便喊他起身：

"您坐那儿不合适，还是去奥黛特身边才好，不是吗？奥黛特，您愿意挪出个位置给斯万先生吧？"

"好漂亮的博韦沙发[①]！"斯万入座前这么说，一心想表

---

① 博韦（Beauvais）位于法国北部上法兰西大区瓦兹省（Oise），历史悠久，古罗马时代即建城，自古以盛产织物闻名。1734 年至 1755 年间，博韦的挂毯织造厂（Manufacture de Beauvais）是由为《拉封丹寓言》绘制插图的版画家乌德里（Jean-Baptiste Oudry）掌管。拉封丹未曾写过《熊与葡萄》，倒是《狐狸与葡萄》广为流传。

现得友善可亲。

"啊！真高兴您欣赏我的沙发。"维尔迪兰夫人回应，"我可是先说呀，如果您想找到能与之媲美的，那我奉劝您立刻死了这条心。他们后来就没再造出这么美的东西了。连小单人椅也都是精妙之作，等会儿再请您去观赏观赏。这各处铜雕都和椅子本身的小主题搭配得天衣无缝，您也是知道的，只要您想看，可有得您赏玩的了，我保证您会觉得不虚此行。光说这绲边上的小碎褶就好，您瞧，《熊与葡萄》红底上那株小小的葡萄。那是画上去的吗？您怎么看？我认为他们的确手艺精湛，还懂得作画！那株葡萄真有那么引人垂涎？我丈夫声称我不喜欢水果，因为我吃得一向比他少，其实才不是这样，我比你们各位都贪吃，但我不需要把东西放进嘴里，因为我是用眼睛去享受。你们笑什么？去问问医师，他会告诉你们，就是这些葡萄在替我净化排毒。别人用枫丹白露的葡萄来养生 ①，我则是用博韦的葡萄来个小小的疗愈。话说，斯万先生，您可不能没摸摸这椅背上的小铜雕就离开。这铜青是不是锈得颇为柔和？噢，不，请贴上双手，好好摸摸看。"

"啊呀！维尔迪兰夫人要是谈起铜雕，我们今晚可就听不到音乐了。"画家说。

"闭嘴，您这个居心不良的坏家伙。"她接着转而对斯万说，"其实，人家禁止我们女人享受的快感都不及它美妙，根本没有一副肉体能与之相提并论！当维尔迪兰先生赐我这

---

① 在此是指枫丹白露所产的莎斯拉白葡萄（Chasselas），用以酿酒，据称具有疗效。

份荣幸，嫉妒起我来——拜托，至少有点风度，别说你从来
没……"

"可是我根本什么都没说。您看看，医师，您替我作
证：我可有说过什么吗？"

斯万礼貌性地触摸铜雕，不敢立刻停手。

"这样吧，您稍后再回来摸，现在我们要抚慰的是您，
要抚进您的耳朵里；这一味您很喜欢吧？我是这么想的。现
在，就由这位可爱的年轻人负责这任务吧！"

然而，钢琴师一曲奏毕，斯万对他比对在场其他人都更
和善可亲。原因如下：

前一年，一场晚宴上，他听到一首钢琴与小提琴合奏的
乐曲。起初，他仅品位着乐器流泻出的声响音质。当他在小
提琴细微、持久、绵密且主导行进的线性短句之下，猛然发
现浑厚辽阔的钢琴声部试图以行云流水之姿浮出时，那千变
万化，一气呵成，平滑荡漾，如蒙月光照耀而更显迷人温润
的淡紫浪潮，已然是一份绝妙乐趣，但进行到了某个时刻，
那令他喜悦之事究竟为何，难以名状，他突然深受迷惑，试
着摘记那段乐句或和弦——他自己也不清楚——乐音流泻而
过，拓展了他的心灵，一如傍晚潮湿空气中弥漫的某些玫瑰
味具有扩张鼻孔之效。或许正是因为他不懂音乐，才能感受
到如此混乱的印象，又或许唯有这类印象，纯属音乐，未经
引申，完全原创，才不至于简化为任何其他类型的印象。因
此，这样的印象，在某一刹那，可谓"sine materia一无物
质"。想必当时听见的音符，已根据音高与音长，试图填满
我们眼前大小不一的表面，画出各种花式曲线，赐我们宽
广、持久、稳定、随想等等感受；但乐音旋即消逝，这一切

在我们心中还不够具体，难以不被随后、甚至同时奏出的音符启迪的感受淹没。而这份印象将以它的流动性和"晕染技"，继续包覆时不时冒出、初可辨识却又立即沉没消失的动机，这些动机仅能凭借它们赋予的特殊愉悦得知，无法描述、追忆，指出其名，以言语形容——倘若记忆，如一名工人在大浪中竖立坚固耐久的基桩，既为我们复制这些稍纵即逝的乐句，却又不许我们拿来与后续的乐句相比，找出差异。因此，斯万那份美妙感受才刚失效，他的记忆当下即将这份感受转写成一段简短而临时的描述填入，即使乐曲仍然继续演奏着，他已能瞥见几眼，多亏如此，当相同的印象突然再现，便不再无从捕捉。他揣想其篇幅之长短，对称的组合分布，谱记样貌，表现力道；他眼前的这个东西不再是纯粹的音乐，而是图画，建筑，思想，有助他回想乐曲。这一次，他清楚辨识出一段乐句扬起，凌驾于音波之上，持续片刻，立即带给他阵阵特殊的快感，那是他在听闻之前无从想象的，而他觉得，除了这段乐句，再无任何事物能让他得到此类体验，听来仿佛历经一段未知的爱情。

起初，以一种缓慢的节奏，这个乐句引领他先来到这里，然后到那里，之后再到另一个地方，走向一份高贵、理智难解却又精确的幸福。突然间，暂停片刻之后，乐音猛然转向，转换成一股新的运行模式，速度较快，细微，哀怨，连接不断，温和轻柔，领着他一同前往各种未知的陌生景观，而后消失不见。他满心祈愿能三度相逢。那句乐音确实再现，却未诉说得更加清楚，造成的快感甚至没那么深刻。不过，回家后，他忽然需要那段乐句，就像一个男人，生命中有名女子路过，他惊鸿一瞥，刚纳入一种新的美貌意象，为自己的敏锐增添了一份更高的价值，却不知能否再一睹芳颜；他已陷入爱河，却连她的名字都不知道。

同样地，对一段乐句的这份爱似乎已在斯万心中灌注了一种重返青春的可能。打从那么长一段时间以来，他早已放弃为一个理想目标投入一生，仅局限于追求满足日常，以至于他相信、但从未正式如此作想，认为如此模式至死都不会有变；更甚的是，在自己的神智中，他再也感受不到高尚的念头，不再相信它真实存在，却也无法全面否认。为此，他养成了走避的习惯，遁入无甚紧要的想法当中，好借此将事情的实质真相搁置一旁。一如他不需思忖不去上流社交圈是否较好，倒是明白，若接受了一项邀请，就该前往，倘若未能前去拜访，事后就该留下名片；与人交谈时，他也尽量绝口不提内心对事物的私己之见，而是提供具体的细节，这些讯息自有某种程度上的价值，他便无需揭露自己的尺度。对于食谱内容，某位画家的生辰死期，作品分类，他皆掌握得极度精准。尽管如此，偶尔，他也会对一部作品、理解人生的方式纵情发表评论，但此时会在言辞中加入一点嘲讽语气，好似并不全然同意自己的说法。然而，如同有些人身体虚弱，却因为到了另一个国家、一种不同的饮食习惯、有时则是一种生理变化，自发且神秘，突然间，使得病痛似乎大幅退散，致使他们于是起心动念，设想起在晚年展开一段截然不同的人生这种未曾妄想过的可能；在斯万回忆先前听到的乐句之际，在他为了看看能否发现那段乐句而请人演奏的几首奏鸣曲中，就显现了这类无形的现实，那是他早已不再相信的存在，而且，仿佛音乐在他为之所苦的道德荒漠上产生了一种以偏好来左右的影响，他重新感受到欲望，以及几

乎可为那存在奉献一生的力量。但是，由于他无法得知自己
听到的乐曲出自何人之手，便不能取得，结果终至遗忘。在
那个星期里，他的确遇见一些曾和他同在那场晚宴上的人，
也问了他们；但有好几位是在乐曲结束后才抵达，要不就是
已提前离开；然而还是有些人演奏当时正在场，但去了另一
间沙龙聊天，而那些留在现场聆听的人也没比前面那些人多
听到什么。至于那家主人，他们知道那是一首新作，是请来
的那些音乐家要求演奏的，而那些人这时已出发去外地巡演
了，斯万无法打听到进一步的讯息。他确实有些音乐界的朋
友，但他虽能追忆那乐句带给他的那份难以言喻的特殊愉悦
感，眼睁睁看着它描绘出的形貌跃现眼前，却没有能力将之
哼唱出来。后来，他对这件事便没再多想。

　　然而，就在维尔迪兰夫人家，年轻钢琴师才弹奏几分
钟，在一个持续两小节的长音之后，突然，斯万看见挣脱
这宛如为了掩藏潜伏的神秘而拉起的延长音幕迎面扑来，隐
秘，微微作响，与众不同，他认出来了，正是那段他内心所
爱、既轻盈又芬芳的乐句。它如此特别，魅力如此独特，无
可取代，对斯万而言，就好比在某个朋友的沙龙里遇见曾在
路上惊鸿一瞥、而且惆怅后来未能再见一面的佳人。曲终人
散后，她便远去，去向明确，脚步急促，残香袅袅，在斯万
脸上留下了她微笑的倩影。但现在，他能够去打听那位未知
作曲者的姓名（人家告诉他，那是凡特伊所谱的钢琴与小提
琴奏鸣曲中行板）。他记下曲子，此后将能在自家拥有，想
听几次都没问题，他可以试着钻研这乐曲的语言及奥秘。

　　因此，当钢琴师一曲奏毕，斯万便上前向他表达感激之
意，激动程度令维尔迪兰夫人芳心大悦。

"多么迷人啊！"她对斯万说，"可不是吗？天可怜见的小家伙，这首奏鸣曲他掌握得非常彻底。您以前都不知道钢琴能达到这种境界。说真的，这当中什么都有，就是不闻琴声！每次再听，我总以为听见了一个交响乐团，甚至比交响乐团更美、更完整。"

年轻钢琴师欠身鞠了个躬，面带微笑，宛如口吐珠玑似的逐字强调：

"夫人您对我真是太慷慨了。"他说。

维尔迪兰夫人对丈夫说："来吧，给他一点橘子水，这是他值得的奖赏。"斯万则向奥黛特描述他对这一小段乐句是何等眷恋。当维尔迪兰夫人在稍远处发话："好极了！在我看来，有人似乎正在对您诉说甜言蜜语呢！奥黛特！"，后者回应："是的，十分甜蜜。"斯万这时觉得她的单纯可爱迷人。他向人问起凡特伊这位作曲者，打听他的作品，是在哪个人生阶段谱写出这首奏鸣曲，那一小段乐句对他而言又是可能代表何种意义：尤其是这一点，他真希望能知道。

不过，装模作样对作曲者大加赞叹的这群人（当斯万说那首奏鸣曲真是美极了之际，维尔迪兰夫人高声嚷说："当然很美，还用得着您说！话说，不识凡特伊的奏鸣曲可是不能说出来的，没有人有权利不知道这首曲子。"画家也来补上一句："啊！那真是一首神妙至极的杰作，可不是吗？容我这么说：那并非一样'昂贵'却'大众化'的东西，不是吗？但对艺术家而言，那实在是十分强烈的感受啊！"）似乎从未想过这些问题，因为他们根本无法给出答案。

甚至，当斯万针对他钟爱的乐句提出一、两个独到见解时，却只听得：

　　"话说，这可真有趣，我以前从来没注意到。跟您这么说吧：我不太喜欢钻牛角尖和捕风捉影；在这儿的时间不该浪费在吹毛求疵上头，那可不是我们家的风格。"维尔迪兰夫人这么回应。寇达尔医师怀着满心赞叹及好学的热诚，看着她自得其乐地将这一串惯用成语说得行云流水。此外，他和寇达尔夫人抱持着一种部分平民也有的为人处世之道，夫妇俩回家后虽然互相坦承对这首曲子的了解并不比对"母鹿先生"的画作多到哪儿去，当下在现场仍留心对这乐曲不妄加评论，或假装懂得欣赏。由于大众仅能透过某种慢慢领略到的艺术的刻板模式识得大自然的迷人优雅，以及种种形态，一名有创意的艺术家则是必从摒弃那些刻板模式开始创作，寇达尔医师和其夫人也就代表着阅听大众，无论在凡特伊的奏鸣曲或画家的肖像画作中，都不识当中的乐音和谐与绘画之美。钢琴师弹奏那首奏鸣曲时，他们觉得他就像是随便在钢琴上挂上几串音符，的确无法衔接他们习惯的音乐形式；画家也像是随便在画布上泼洒色彩而已。当他们总算在那五颜六色之中认出某种形状，却又觉得它笨重、粗鄙（也就是缺乏学院派画作的优雅，而他们正是透过那样的目光去观看大街上活生生的行人），而且不真实，仿佛母鹿先生不懂肩膀的架构，也不知道女人的头发不会是淡紫色。

　　然而信徒们既已解散，医师觉得时机正好，趁着维尔迪兰夫人还在对凡特伊的奏鸣曲发表最后一点感想，他宛如游泳初学者跳进水里想练习，特地选了一个没有太多人看到的时机说：

　　"所以，这就是所谓的头牌音乐家啊！"他突然下定决心大声嚷嚷。

　　斯万仅得知这首凡特伊奏鸣曲是近期才问世的新作，虽然令一个走向非常前卫的乐派印象极为深刻，但完全不为广大听众所知。

"我还真认识一个姓凡特伊的人。"斯万想起我外婆姊妹的钢琴教师。

"说不定就是他呢！"维尔迪兰夫人嚷说。

"噢！不可能，"斯万笑着回应，"您若是见过他两分钟，就不会提出这样的疑问。"

"那么提出问题，就等于解决问题？"医师说。

"不过，也许是他的亲戚。"斯万又说，"那样的话可就相当悲哀了。不过，一个天才也可以是个笨老头的堂亲。要是这样，坦白说，只要那笨老头为我引荐这首奏鸣曲的作者，我什么苦也不怕：首要之苦即是得跟笨老头打交道，那应该是件麻烦事。"

画家知道凡特伊当时已经病重，波坦医师担心救不了他。

"什么？！"维尔迪兰夫人惊呼，"现在竟然还有人会找波坦看病！"

"啊！维尔迪兰夫人，"寇达尔用浮夸的马里沃风格说，"您可别忘了您评论的是我的同侪，或者，应该说，是我的老师啊。"

画家曾耳闻凡特伊恐怕有精神异常的危险，还煞有其事地说，可从那首奏鸣曲当中的某些乐段察觉。斯万不认为这是荒谬的看法，但感到困扰；毕竟，一首纯音乐作品完全不含言语上的颠三倒四会令疯狂现形的那种逻辑关系，那么，从一首奏鸣曲中辨识出的疯狂，在他看来就和一只母狗或一匹马的疯狂一样神秘，然而那确实是可以观察到的现象。

"所以别再拿您的老师来烦我了！您知道的可比他多上

十倍！"维尔迪兰夫人这么回应寇达尔医师，语气宛如一个勇于表达意见的人，跟看法互异者昂然对峙，"您至少不会把您的病人给医死！"

"但是，夫人，他可是国家医学科学院院士。"寇达尔医师语带讽刺，"要是有哪个病人宁愿死在一位科学王公手里……就可以告诉别人：'我的主治医师是波坦大夫。'这听起来总是比较神气。"

"啊！比较神气？"维尔迪兰夫人说，"所以，现在生病算是件神气的事了？我还真不知道呢……您真会寻我开心！"她嚷了起来，突然把脸埋进双手里，"而我这个傻瓜，竟然还一本正经地跟您讨论，都没发现自己已经上了您的贼船！"

至于维尔迪兰先生，他觉得为了这点小事就得咧嘴大笑有点累人，只吸了一大口烟斗，幽怨地想着，在受人爱戴这件事上，他再也追不上妻子了。

"您知道，您的朋友很讨我们喜欢。"在奥黛特要道晚安离开时，维尔迪兰夫人对她说，"他单纯又迷人；您要介绍给我们的朋友如果都是这样，那尽可把人都带来。"

不过，维尔迪兰先生提醒：斯万并不欣赏钢琴师的姑妈。

"那男人，当时他觉得有点不自在。"维尔迪兰夫人回应，"不过，这才第一次，你总不能期望他跟在我们这小核心参与多年的寇达尔一样，已经能和我们这一门派同声出气吧。第一次不算数，只是用来彼此探个风向罢了。奥黛特，明天要是让他来夏特莱剧院① 找我们会挺好的，您能带他过

---

① 指 Théhtre du Châtelet，位于巴黎第一区，于 1862 年落成。1872 年起，每周日下午有音乐会演出。

来吗？”

　　“那可不行，他不想去。”

　　“啊！好吧，那就随便你们了。但愿他别在最后一刻脱队！”

　　让维尔迪兰夫人大为惊讶的是，斯万从不脱队。无论他们在那儿，他无不前去会合。有几次，那些餐厅地点位在人烟还很稀少的郊区，毕竟季节不对；大多时候是在剧院，因为维尔迪兰夫人非常爱看戏。由于她某天在她家当着他的面说，遇上首演之夜，盛典之夜，对他们而言，若是能握有一张特别通行证可就太有用了，而他们已经困扰许久，生怕甘必大^①的葬礼那天，自己手上少了那纸证明。斯万从没提起他卓越的人脉，仅说过几个阶级不高的朋友，他认为隐瞒这个反而失礼；而在圣日耳曼区，他习惯把官方社交圈纳入这些关系之列。斯万回应：

　　“这件事就包在我身上吧！您可以在《丹尼雪夫一家》^②重新开演时拿到。明天我刚好要和警察厅长去爱丽舍宫午餐。”

　　“怎么回事？爱丽舍宫？”寇达尔医师惊愕高呼。

　　“对，去格雷维先生的寓所^③。”斯万回应，对于刚才那句话造成的效应有些不好意思。

---

　　① 甘必大（Léon Gambetta, 1838—1882），法国共和派政治家。普法战争中曾乘热气球飞越普军封锁线离开巴黎，组织新军抗击普军；后来领导共和派反对保皇党，捍卫共和体制。在第三共和时期出任内政、外交等内阁首长。1882 年 12 月 31 日去世，来年 1 月 6 日举行了盛大的国葬。

　　② 《丹尼雪夫一家》（Les Danicheff），小仲马剧作，1876 年 1 月于巴黎左岸的奥德翁剧院（Théâtre de l'Odéon）上演。后因剧院诉讼纷争，直到 1884 年 10 月才在圣马丁门剧院（Théâtre de la porte Saint-Martin）重演。

　　③ 格雷维（François Paul Jules Grévy, 1813—1891），法国共和派政治家，第三共和的首位总统。爱丽舍宫即为法国的总统府。

画家用开玩笑的口吻对医师说：

"您经常这么大惊小怪？"

通常，一旦对方给出解释，寇达尔就会说："啊！好，好，这样很好。"接着就不再流露惊慌的痕迹。

不过，这一次，斯万最后那句话非但没为他带来惯有的抚慰，反而让他惊讶到了极点：一个跟他同桌共进晚餐的男人，既无官职，也无任何辉煌成就，竟与国家元首熟识交好。

"这是怎么回事？格雷维先生？您认识格雷维先生？"他问斯万，表情一脸呆蠢、不可置信，好比一位市警遇上一个陌生人向他求见共和国总统，从那人说出的话中得知——借用报章惯用的说法——眼前他"要处理的"是什么人，遂向那可怜的呆子保证能立刻获得接见，却将人带往拘留所的特别医务室。

"我跟他有点交情，我们有共同的朋友（他不敢说出那位朋友正是威尔士亲王），而且他就爱随便发请帖，我向您保证，那些午间餐会一点也不好玩，而且都很简朴，我们一桌从来不超过八个人。"斯万回应，尽力消抹他和国家元首的关系中会令他人看在眼里太显招摇之处。

对于斯万所言，寇达尔完全不疑有他，立即相信了他的说法，认为受邀到格雷维先生家是一件极为廉价的事情，大街上唾手可得。从此以后，无论是对斯万还是其他人，他不再讶异有人能经常出入爱丽舍宫，甚至还稍微为那人抱屈，既然他都已亲口承认那些午餐无趣，却还得赴会。

"啊！好，好，这样很好。"他的口气像个海关检查员，前一会儿还抱持戒心，但在您解释说明之后，便点头同意放行，连您的行李箱也没打开看一眼。

"啊！我相信您所说，他们那些午餐聚会应该不好玩，您还肯去参加，真是讲义气。"维尔迪兰夫人说。对她而言，国家元首就像是格外麻烦的讨厌鬼，因为他握有各种利诱和强制的手段，若是施用在她的信徒身上，恐怕能让他们松懈脱队。"听说他是个大聋子，而且吃东西用手抓。"

"的确如此。那么，想必去吃那午餐并非让您兴高采烈之事。"医师带着一丝同情的口吻说。随后，他想起"八位"客人这数字，又问："那是秘密餐聚吗？"他热切询问，怀抱着语言学者的研究热诚，更胜围观群众的好奇。

但共和国总统在他心目中的威望终究战胜了斯万的谦卑与维尔迪兰夫人的坏心眼，每次晚餐，他总兴致勃勃地问："我们今晚会见到斯万先生吗？他跟格雷维先生可是有私交的呢！人家说的绅士，就是他那样吧？"他甚至主动递给斯万一张齿科展览的邀请卡。

"您本人及与您同行的人皆可进场，不过，不允许带狗入内。您懂得的，跟您说这些，是因为有些朋友不知情，结果有人因而被咬伤了手指。"

至于维尔迪兰先生，他注意到，斯万先前只字未提自己拥有位高权重的朋友，这件事见光之后，在他妻子心中产生了不好的影响。

若是不在外头聚会，斯万便是在维尔迪兰夫妇家和小核心成员碰面；但他只在夜里过来，而且几乎从不共进晚餐，尽管奥黛特殷殷恳求。

"我也可以单独与您晚餐，若是您比较喜欢这样的话。"她对他说。

"那维尔迪兰夫人呢？"

"噢！很简单。只要说我的裙装还没做好，或说我叫的出租马车来晚了。总有方法能应付过去。"

"您真贴心。"

但斯万心想，若是他（只同意在晚餐后才和她见面）对奥黛特显现出他将某些享乐看得比和她共处还重要，恐怕过不久她就会对他欲求不满。而且，从另一方面来看，论美貌，比起奥黛特，他还更喜欢另一个清新圆润、像朵玫瑰似的，令他迷恋不已的小女工，既然都已确定稍后就要和奥黛特见面了，他宁愿先跟小女工一起共度夜晚初始的时光。同样因为这原因，他从不答应奥黛特来家里找他一起前往维尔迪兰家。小女工总是在他家附近某个街角等候，他的马车夫雷米知道地方。她上车坐进斯万身边，依偎在他怀里，一路直到维尔迪兰家门口。他进门后，维尔迪兰夫人迎上前来，展示他当天早上送来的玫瑰，假意责怪："我说您呀！"，同时指引他去奥黛特身旁的空位，钢琴师则为他们俩弹奏起那一段凡特伊的乐句，作为这两人的恋爱颂歌。他先从小提琴部的持续震音开始，在好几个小节中，只听得这占据乐声最上层的音色，随后，忽然地，宛如框在半启的窄门中，因而更显深邃的彼得·德·霍赫[①]画作，遥远处，另一种色彩分裂开来，沉浸在两色之间的朦胧光线下，那段小乐句出场，踩着舞步，洋溢着田园诗意，穿插曲中，自成篇章，属于另一个世界，以简洁而不朽的波动摇曳而过，这里一点，那里

---

① 霍赫（Pieter de Hooch, 1629—1684），荷兰风俗画家。擅长描绘荷兰人的日常生活，画中常可见一扇半启或全开的门，将观画者的视线导引至更深处的另一空间。

一些，处处分送其优雅，始终挂着那副无可言喻的微笑。但斯万认为如今他已看出魔法幻灭，那乐句似乎沾染了它所指引的幸福的那份空洞虚荣。它的轻盈优雅之中含有某种木已成舟之感，仿佛悔憾之后生出的冷漠淡然。但他不是那么在乎，他重视的并非乐句本身——并非对一位在谱曲当时并不知道他与奥黛特存在的作曲家，以及这乐曲对往后多少世纪有幸听得的所有人可能表达何种意义——反倒像是一份证明，是他留给这场爱情的一份纪念。而这场恋爱，甚至对维尔迪兰夫妇或年轻钢琴师亦然，令人在想到奥黛特时也会顺带想起他，将他们俩绑在一块儿；甚至，因为奥黛特执意任性，曾向他央求，他竟放弃了请一位艺术家为他完整弹奏整首奏鸣曲的打算，于是在那首曲子中，他依然仅听过这个乐段。"您还需要其他乐段做什么呢？"奥黛特这么对他说，"我们的恋曲就是这一段。"甚至，当小乐句如此接近、却又无限遥远地流泻而过时，他痛苦地想到，尽管这曲调对着他们倾诉，却不认识他们；他几乎遗憾这曲调承载了这项意义，含有这种由内而外、恒定、又令他们感到陌生的美感，如同得到他人馈赠的珠宝，甚或一位心仪女子的亲笔手写信，而我们却挑剔着那宝石的水头净度，挑剔那信中的遣词用字，怨那并非纯然全由一段短暂的关系及一个特别之人的精髓构成。

　　常见的状况是，在前去维尔迪兰家之前，他与年轻女工厮混得太晚，以至于钢琴师才刚弹完那段小乐句，斯万便发现奥黛特回家的时间就快到了。他用马车送她到她那幢小宅邸门口，拉·佩鲁斯街，凯旋门后面。或许正因为如此，为了不要占尽好处，他牺牲了不是那么必要的乐趣，不提早与她见面，不一起抵达维尔迪兰家，好借此换取行使得到她认可的权利：一起离开，这才是他较看重的。因为，如此一来，他认为就不会有人去见她，不会在两人之间作梗，妨碍她在与他分离之后继续惦念着他。

于是，她常搭斯万的马车回家。一天晚上，她才下车，他正对她说明天见，她便连忙从屋前的小花园里摘下最后一朵菊花，赶在他离开前送给他。回程一路上，他紧紧持着花儿，凑近嘴边；几天后，花儿已枯萎，他还小心翼翼将花锁藏在书桌抽屉里。

但他从不进到她家里。唯独两次，中午过后，为了参加她极为重视的活动——"喝下午茶"。那些短短的街道（几乎都是紧邻的小宅邸构成，偶有一座黑漆漆的摊子，见证了岁月痕迹，仍旧如这些城区尚不知名时那般肮脏，突然打断这单调的街景）偏僻而空旷；花园与树梢上的残雪，季节的漫不经心，近乎天然之景，让他进门时感受到的暖热及见到的花朵都染上了某种更加神秘的色彩。

架高的地面层，左手边是奥黛特的卧房，后方对着一条平行的小街；楼梯在右手边，两旁墙面贴着暗色壁纸，东方情调的布幔，土耳其念珠，串串披垂而下，还有一只以丝绳悬挂起来的日式大灯笼（但为了不让访客享用不到最新的西方文明产物，还改以煤气灯点亮）；扶梯而上可通往客厅与小沙龙。抵达两座厅室之前，先来到狭小的衣帽间，墙上架着一面花园篱栏，但漆成了金色，从上到下，沿边架有一只长形木箱，如同温室，盛开着一整排彼时仍然十分罕见的大菊花，然而那与花农后来成功栽培出来的品种相去甚远。原本斯万还恼怒时尚风潮从去年起便吹向这种花，但这次他反倒觉得赏心悦目，乐见在这小小的更衣室里，幽暗之中，粉红、橙黄和雪白相间，因这些短暂的星星绽放芬芳光芒，点亮了阴沉灰暗的日子。奥黛特迎接他时穿着一身粉色丝绸长袍，露出颈子和手臂。她拉他挨着自己坐下，坐进那诸多神秘角落之一。这样的角落，客厅各方深处布置了一个又一个，用栽养在中式花盆里的阔叶棕榈树，或钉上照片、蝴蝶结和扇子的屏风遮蔽。她对他说："您这样不太舒适，等等，我马上就来帮您。"然后，带着为自己的独门创想而得意的轻笑，在斯万的头后和脚下添放了几只日本丝绸软垫，又揉又捏地，仿佛不在乎这些宝贝的收藏价值，恣意挥霍。然而，当侍仆接连送来多盏灯火，几乎都封在中式瓷瓶中，有的单支，有的成对，宛如供于祭坛似的全数摆放在各件家具上，在这午后将尽、夜色已渐的冬日黄昏里，重现日落情景，更持久，更粉红，也更有人味儿——也许还令街上某个爱慕者梦寐以求，在点亮的玻璃既泄露、又隐藏的谜样景象前停下了脚步——奥黛特正以眼角余光严厉地监视着侍仆，看他是否确实将灯盏摆在应在的位置。她认为，只要有一盏灯放在不该放的地方，就会破坏客厅的整体效果，而斜倚在披有长毛绒布的画架上她那幅肖像，就会因此显得不够亮。于是她焦躁地盯着那粗鲁男子的一举一动，见他经过两只花箱时靠得太近，那可是平时她会亲自清理，就怕别人弄坏的对象，便立即痛骂一顿，连忙凑近去看是否碰出了缺角。她在那些中国风小摆设中都看到一种"别有趣味"的样貌，此外还有兰花，尤其是嘉德丽雅兰，这和菊花并列为她最喜爱的花种，因为它们皆有一大优点，那就是长得不像花，而如丝绸，似锦缎。"这朵仿佛就像刚从我大衣衬里剪下来似的。"她给斯万看看一朵兰花，对这如此"风雅"的花朵展露出一丝敬意。对大自然赐予她的这优雅、出人意表的姊妹，虽在物种纲目分类上与她相去甚远，但它的细致精巧却远胜诸多女人，奥黛特因而在客厅里为它安排了一个位置。她向他轮番展示瓷瓶上所绘的吐火麒麟，扇面上所绣的一束兰花花冠，壁炉上摆置的一只乌银单峰骆驼，那眼窝里镶着红宝石，旁边是一只玉蟾蜍，同时轮番装出各种表情，时而害怕猛兽的凶残，时而笑话那怪兽滑稽傻气，假意因为花朵的露骨造型而脸红，显露难以抑制去亲吻骆驼和玉蟾的欲望，而且直呼它们"亲爱的"。这些装模作样的举止与她某些认真而虔诚的态度形成了对比，尤其是对拉盖[①]圣母。当初她住在尼斯时，圣母曾保佑她从一场致命大病中痊愈，因此她随身都戴着一面圣母金链章，说它法力无穷。奥黛特替斯万泡了"他专属的"茶，问："要柠檬还是鲜奶油？"他答道"鲜奶油"，她便笑着说"一朵云！"他觉得茶好喝，她便说："看吧！我懂得您的喜好。"在斯万看来，这茶的确珍贵，一如她本人。爱情是那么需要自圆其说，需要一份长期保证，而在享乐欢愉当中要是没有了爱，就不会快乐，而且将随之终结。所以，当他在七点钟离开，返家更衣打扮时，整段路上，在他的双人座四轮马车里，他难以抑制那天下午收获的喜悦，心里不断想着："有个这样的可人儿，能在她身上觅得这般珍贵的事物，一杯好茶，应该挺愉快的。"一个小时后，他收到了奥黛特差人捎来的短笺，立刻认出那大大的字体，假意流露英式的一板一眼，非要把模糊不清的

---

① 拉盖（Laghet）是位于尼斯旁的小镇，以 17 世纪的教堂及修道院著称。

字词写得貌似整齐，这在对她并无偏爱的一双眼里看来，或许就代表思想的混乱，教育程度不足，不够干脆，有欠果决。斯万将烟盒给忘在奥黛特家里了。"您最好别把心也给忘在这儿了，我可不会让您来拿回去呢。"

第二次到访或许意义更大。那天，在前去她家路上，一如既往，见她之前，他得先想象她的模样；为了要觉得她的脸漂亮，在那常显得蜡黄、憔悴、偶尔还会冒出几颗红点的脸颊上，他的想象必须仅止于她抹得粉嫩的颧骨；这种必要性令他痛苦难当，宛如某种证据，证明了理想难以触及，而幸福则是庸俗平凡。他将一幅她想看的版画带了过去。她身体不太舒服，迎接他时裹着淡紫色的中式薄袍，像件系带大衣那样，将左右衣襟拉拢在胸前，那刺绣精美而华丽。她松开发髻，任由发丝沿着双颊披泻，站在他身边，弯起一条腿，形成微微起舞的姿势，以便不费力地将身体倾向她仔细观看的版画，低着头，睁着大眼睛，那双在她无精打采时如此疲惫、阴郁的眼睛，与西斯庭礼拜堂壁画上的叶忒罗之女西坡拉①的脸如此相像，令斯万吃了一惊。斯万向来有个特殊嗜好，不仅喜欢在诸位绘画大师的画作里找寻周遭现实生活中的普遍特色，更爱从中发掘看似反而与一般人事物最无关的、他认识的人的个人脸部特征：因此，安东尼奥·里佐②

① 叶忒罗之女西坡拉（Zéphora, la fille de Jéthro），波提切利《摩西生平》壁画中的细节。叶忒罗是米甸的祭司，有七个女儿，摩西逃离埃及来到米甸，娶了叶忒罗的女儿西坡拉为妻。

② 里佐（Antonio Rizzo, 1430—1498），意大利建筑师和雕塑家，是15世纪后半叶威尼斯最活跃的艺术家之一。威尼斯总督府巨人阶梯（Scala dei Giganti）即为其著名设计。

雕塑的罗雷丹总督 [①] 半身像架构中，那突出的颧骨、弯斜的眉毛，总之明显神似他的马车夫雷米；在吉兰达约 [②] 的某幅彩画中，看得出德·帕朗西先生的鼻子；在丁托列托 [③] 的一幅肖像画里，他发现布尔彭医师那因两腮上刚冒出的几根髭毛而油光泛滥的脸颊，弯钩的鼻子，锐利的目光，红肿的眼皮。或许，由于他仍有自责，懊悔自己的生活仅缩限在上流社交、清谈议论，便相信自己觅得了某种宽恕，那是艺术大师们的恩赐，既然他们也曾乐于凝视那样一张张脸孔，画入作品当中。那些脸孔赋予了作品一份现实与生命的独特认证，一丝现代风味；或许他太放任自己被上流人士的轻率左右，才会感到需要在古老的作品中寻得与当今人物相关的此类联想，既似有先见之明，又能从古作中赏出新意。或许，相反地，他具有充沛的艺术涵养，一旦在一幅较古老的肖像与其未如实呈现的原型人物之间察觉出个人特色与相似度脱钩，不受其拘束，他便采取一种较广义的诠释，所以犹能从中得到妙趣。或许由于他这阵子感受充盈，而那充实之感，虽然比较是源于对音乐的爱，倒也同样滋养了他对绘画的品位；无论如何，当时，从奥黛特与桑德罗·狄·马里安诺画笔下的西坡拉相似这件事上，斯万得到了更深刻的乐趣，而且想必对他产生了长久的影响。桑德罗·狄·马里安诺，人

---

①　里佐实际上并未雕塑威尼斯总督李奥纳多·罗雷丹（Léonardo Loredan, 1436—1521）的半身像，普鲁斯特在此似是混淆了该总督在乔凡尼·贝里尼为其所绘的肖像（现存于英国国家美术馆）中的形象。

②　吉兰达约（Domenico Ghirlandajo, 1448—1494），意大利文艺复兴时期的画家，学徒众多，最著名的是米开朗琪友。

③　丁托列托（Tintoretto, 1518—1594），意大利文艺复兴晚期的画家，和提香、委罗内塞并称为威尼斯画派三杰。

们不太愿意再以波提切利 ① 这流行的别名称呼他，因为这名字让人联想到的不再是画家的实际作品，而是那种普遍流传、平庸且错误的概念。奥黛特的双颊长得还可以，他猜想，自己若是敢大胆吻她，双唇会触碰到纯肉感的柔软，但斯万不再依据这些条件去评价她的脸，而是设想一束绞线，他以目光从中抽拉出精美丝线，沿着转绕的曲线串起披泻的秀发与那一截后颈，再连接眼皮的弧弯，如同一幅她的肖像，她的长相类型于是变得清晰了然。

他仔细注视；她的脸孔和身体显现壁画的某个部分，从那时起，他便一直努力想再看出一次，无论是在奥黛特身边，或是仅在脑中想起她时，虽然他偏爱这位佛罗伦萨画家的这幅经典之作全因那画在她身上重现，但这份相似感也使得他承认她有一种美，令她更显珍贵。斯万自责错估了一个对伟大的桑德罗而言应是可爱之人的价值，同时又庆幸，观看奥黛特所得的乐趣在他自身的美感素养中找到了印证。把对奥黛特的思念与对幸福的梦想联结起来后，他心想，他并非真的将就选了一个此前始终以为极不完美的次级品，毕竟她满足了他最讲究的艺术品位。但他忘了，这么一来，奥黛特也就不是符合他欲望的女人，因为他的欲望总是恰恰与他的审美品位背道而驰。"佛罗伦萨派画作"一词帮了斯万一个大忙，让他能够如同下一个标题般地，让奥黛特的意象进入她在此之前无法通往的梦中世界，受那梦中的高贵气息浸

---

① 波提切利（Sandro di Mariano di Vanni Filipepi, Botticelli, 1445—1510），欧洲文艺复兴早期的佛罗伦萨画派艺术家。"波提切利"为其绰号，意为"小桶子"。1481 年受教皇召唤为西斯庭礼拜堂绘制壁画。

染。他以往是以纯粹肉欲的观点看待这个女人，总是一再质疑她的面容、身材和整体美感，爱意日渐薄弱；但是当他改以一种确切的美感元素为基础根据，这些质疑便被击破，这份爱便得以巩固，更遑论，亲吻与占有，倘若得自一副带有缺陷的肉体，则显得自然无奇且庸俗无趣，如今却来加持对一件博物馆藏品的崇拜，这在他看来，理当是超凡神奇，而且美妙可喜。

他几乎要后悔自己这几个月来除了与奥黛特见面之外一事无成，却又告诉自己，对一件无价之宝花上那么多时间其实十分合理，况且，这件杰作难得是以一种不同的材质铸成，格外风情万种，是珍稀、仅有的一件，凝赏时，他时而秉持着艺术家的谦卑、灵性、超脱，时而端着收藏家的自傲、私心和感官之欲。

他在工作桌上摆了一幅叶忒罗之女的复制画，当成奥黛特的照片。他欣赏那双大眼睛，让人猜想皮肤状况欠佳的小巧脸蛋，披散在疲累松垮的脸颊两旁的华丽卷发，并且采用他此前认为真实的女人美在何处的审美观，转换成体态上的优点，暗自庆幸那些长处全都集中在一个他能够拥有的人儿身上。这股空泛的好感引我们去细观一件经典杰作，现在，他既然已知叶忒罗之女的肉身原型，那好感遂化为欲望，从此弥补了奥黛特的肉体起初未曾激起的欲望。注视波提切利这幅画许久后，他思念起属于他的波提切利杰作，如今觉得她更美了，在将西坡拉的相片凑近眼前时，他恍然以为自己正将奥黛特紧搂怀中。

然而他要费神提防的不仅是奥黛特的心生厌倦，有时还有他自己的疲乏感。他觉得，自从奥黛特能够随时与他见面以来，似乎和他便无话可说；他担心，某些稍嫌无聊、单调，仿佛已经根深蒂固的做法，这也正是两人如今共处时他所用的方法，终将会扼杀了他心中期待某天她会热情告白的那份浪漫想望，而他全赖这份期待才坠入情网，维持至今。为了稍微转换奥黛特过于刻板、而且恐怕令他生厌的心理面向，他突然写了一封信给她，满诉假装出来的失望与愤怒，在晚餐前派人送到她手上。他知道她必定会受惊，会回应他，他希望她会心神不宁，因为害怕失去他而纠结挣扎，全盘托出那些未曾对他说出口的话；果然——他就是用这方式持续得到多封她写给他的信，信中柔情蜜意无限，其中一封，是她从"金屋"①（那天是巴黎—穆尔西亚节，为纪念穆尔西亚水灾罹难者而设的节日②）差人送去给他，开头写道："我亲爱的朋友，我的手颤抖得如此剧烈，几乎无法下笔。"在放着这封信的同一个抽屉里，还有那朵早已枯干的菊花。或者，若是都没空写信给他，当他抵达维尔迪兰家时，她便会兴冲冲地迎上去，对他说："我有话向您说。"他会好奇地凝视她的脸，从她的话里凝听在此之前她都藏在心中没告诉他的事。

　　光是接近维尔迪兰家，瞥见那些从不阖起百叶窗遮的大窗户里灯火辉煌，想到即将见到在那金光下耀眼夺目的可人儿，他内心便开始柔情荡漾。偶尔，宾客的剪影纤长、漆黑，遮在灯前，如同错落镶嵌在透明灯罩上的一片片小版画，其他薄罩片则纯粹映出亮光。他试着辨识出奥黛特的剪

---

①　金屋（Maison Dorée），法国第二帝国时期巴黎的知名餐厅。

②　巴黎—穆尔西亚节，于 1879 年 12 月 18 日在赛马场举办的赈灾活动，纪念该年 10 月西班牙穆尔西亚省（Murcie）的严重水灾。

影。然后，一到现场，他不知不觉眼中便绽放出无比喜悦，于是维尔迪兰先生对画家说："我想他们俩正打得火热。"对斯万而言，奥黛特的出现确实为这幢房子增添了所有接待过他的屋宅都不具备的某种感官机制，神经脉络，延伸遍及所有厅室，时时刻刻刺激着他的心情。

于是，单是小"核心"这个社群组织的运作，便已自动为斯万订下了他与奥黛特的日常约会，让他得以在见到她时假装不在意，甚至装作希望再也无意见到她，却又不至于冒上多大的风险，因为，就算他已在白天里写信给她，晚上仍必然还会见到她，而且送她回家。

不过，有一次，想到这趟两人共处的归途无可避免，他郁闷起来，只好把他的小女工一路载到森林，将前往维尔迪兰家的时间延后些。他抵达时已经那么晚，奥黛特都以为他不来了，便先行离开。见她已不在沙龙，斯万一阵心痛；他原先泰然确信自己随时想要就能得手、直到现在才初次衡量其轻重的这份乐趣竟被剥夺；但凡乐趣当前，这份笃定便缩限了我们的眼界，甚或形成阻碍，使我们浑然不觉其乐无穷。

"他发现她不在那时，你看见他那副臭脸了吗？"维尔迪兰先生对他的妻子说，"我想，可说他已难以自拔了！"

"他的臭脸？"寇达尔医师激动地问道；他刚刚去看一个病人，这会儿才回来接他的妻子，所以不知道大家在说谁。

"怎么着？您在门口没遇见斯万家最帅的那位……"

"没。斯万先生来了？"

"噢，只待了一会儿。今天这位斯万可是非常激动，紧张兮兮的。您懂的，奥黛特已经走了。"

"您的意思是，她跟他如胶似漆，已和他共度良宵了？"

医师谨慎地测试这些说法所表达的意义。

"才没有，绝对什么事都没有。而且，就我们私下说说：我觉得她错了，她表现得像个大呆瓜，其实她就是个呆瓜！"

"哎哎哎，"维尔迪兰先生说，"你怎么知道什么事都没有！我们又没在场亲眼看见，不是吗？"

"对我呀，要是有什么，她早就告诉我了。"维尔迪兰夫人得意扬扬地回驳。"我告诉您，再怎么小的风流情史，她都会老老实实告诉我！她这阵子身边已经没人了，所以我叫她去陪他睡。她推说不能，说她对他的确有过一场短暂热恋，但他对她举止腼腆，害得她也跟着害羞起来。而且，她不是用那种心态爱他。她说他是个理想的男人，怕自己玷污了对他的感情。你说，我这是知道还是不知道呢？要不然，他绝对正是她需要的人。"

"请容我跟你持不同的意见。"维尔迪兰先生说，"我对这位先生的好感只有一半，我觉得他爱摆架子。"

维尔迪兰夫人动都没动，面无表情，仿佛变成一尊雕像，营造出一种想象，让人以为她没听见"摆架子"这个刺耳的词，这字眼听起来倒像是意味了人家能对他们"摆架子"，因此"比他们有派头"。

"反正，就算这两人之间什么都没有，我也不认为是因为这位先生相信她品行高尚。"维尔迪兰先生语带讽刺。"总之，既然他似乎相信她天性聪明，那现在什么都还说不定。我不知道你有没有听见他那天晚上向她高谈阔论地说起凡特伊的奏鸣曲；我是真心喜欢奥黛特，但要给她上美学理论课，还真得是个没心眼的大傻瓜才会这么做！"

"你看你，别说奥黛特的坏话嘛！"维尔迪兰夫人孩子气地说，"她那么可爱迷人。"

"这又没说她不迷人可爱；我们没说她的坏话，只是说她不是品行高尚或聪明的女人。其实，"他对画家说，"您会这么在意她的品行是否高尚吗？谁知道？说不定要是这么一来，她可就远远不那么可爱迷人了。"

管家来到门口找斯万；先前斯万刚抵达时他不在，但他已受奥黛特之托，说斯万如果还是来了，就替她传个话——不过那已是一个钟头前的事——说她很可能会先去普列沃斯特 ① 喝杯巧克力再回家。斯万赶往普列沃斯特，但每走一步，他的马车便被其他马车或过街的行人挡道，那些可恶的障碍，若非被警员拦下做笔录会比等行人横越拖延更久，他会乐得把人全给撞翻。他估算行车已花去多少时间，再替每一分钟补上几秒，以确保自己没少算，那样可是会让他误信赶上和奥黛特会合的几率要比实际来得大。有那么一刻，像个发烧的病人，刚刚入睡，意识到反复的梦境荒谬，却又无法清楚明辨，斯万突然发现，打从在维尔迪兰家获知奥黛特已经离开起便在他心中萦绕的想法是多么古怪，他感受到的心痛又是多么新奇。但他宛如才刚清醒，只知道的确有这些事实。什么？只因为他要到明天才能见到奥黛特，而一个小时前，在前往维尔迪兰夫人家的路上，他原本也是这么希望的，结果竟闹出这一场！他不得不承认，就在这辆载着他前去普列沃斯特的马车里，他不一样了，他不再孤单；有一个新的人儿在此陪伴他，依附他，融入他，也许以后再也甩不

---

① 普列沃斯特（Café Prévost），巴黎历史悠久的咖啡厅，创立于 1825 年，至今仍在营业。热巧克力是该店特别有名的饮品。

掉，将被迫费心谨慎相处，一如对待主人或病人。然而，自从感觉到自己身上多添了这么一个人以来，他的人生似乎变得比较有趣。他几乎不认为这次能在普列沃斯特见到她（被漫长的等待无形中暗暗破坏，因此赤裸裸地揭露出，先前那些时刻里，他已找不到任何念头、任何回忆，能让他安放心神），但确实很有可能，倘若真的见到了，也可能与其他相遇一样，根本不算什么。如同每晚，只要一和奥黛特共处，匆匆瞄一下她那张变化万千的脸，他便随即移开目光，只怕她见到那目光当中有一股欲望高涨，不再相信他冷漠无意，他便无法在脑中思念她，因为忙着找借口让自己不至于立刻离开她，并且能放心隔天会在维尔迪兰家再见到她，虽然他不露出在意的模样：也就是，把这个他逐步接近、却不敢拥抱的女人徒然的存在带给他的失望与折磨暂且延长，再多延一天。

　　她不在普列沃斯特；他顿时想走进大街上每间餐厅里找人。为了争取时间，他去这边几家的同时，也派马车夫雷米（里佐的罗雷丹总督）去另外几家找，而后——要是他一点蛛丝马迹也没找到——到他指定的地方等候会合。马车一直没回来，斯万想象即将到来的那一刻有可能是雷米回报："那位夫人在这儿！"也可能是"那位夫人不在任何一间咖啡馆。"如此这般，他预见今晚的结局，结局只有一个，但有替代的可能，若不能遇见奥黛特，消除自己的焦虑，就得被迫放弃在今晚找到她的想法，接受没能见上一面就打道回府。

　　马车夫回来了，但车在斯万面前停下的那一刻，斯万没问他："您找到那位夫人了吗？"而是说："请提醒我明天要订购柴火，我想备料也快用光了。"或许他心想，雷米要是已在某家咖啡馆找到奥黛特，而她就在那儿等他，那么今晚的悲惨结局便被已开始成真的快乐结局歼灭，他便无需急着把已捕捉到、而且置于安全之地的幸福拿到手，它不会再溜走了。然而也是因为惯性，他的灵魂中欠缺某些人肢体就有的灵活度。那些人，闪避撞击，小心衣衫远离火源，完成某个紧急动作时从容不迫，在原前的状态多停顿一秒，像是要在当中寻得可使力的支点，准备冲出。想必，马车夫若是打断他的话，告诉他："那位夫人在这儿"，他就会回："啊！好，也对，真是的，我真不敢相信让您跑了这么多路。"接着他会继续跟他讨论柴火的库存，掩饰自己刚才的种种情绪，并给自己时间断绝担忧之念，增添幸福之感。

但马车夫回来告诉他，四处遍寻不着，还以老仆人的姿态奉上自己的意见：

"我想先生现在也只能回家了。"

当雷米带回的答案再无更动的可能，眼见他试图劝自己放弃希望，放弃寻找，斯万卸下轻易装出的冷漠面具：

"才不是这样！"他嚷了起来，"我们得找到那位夫人，此事重要至极！如果没见到我，她恐怕会……为了某件事极度郁闷，相当生气。"

"我不懂这位夫人有什么好生气的，"雷米回应，"既然是她自己没等先生就先离开，而且说会去普列沃斯特，但人又不在那儿。"

周遭到处都已开始熄灯。大道的路树下，神秘的阴暗中，闲荡的路人逐渐稀少，几乎难以辨识。偶尔，一个女人的身影接近，在他耳边低语，求他带她回家，让斯万不由得往后一缩。他提心吊胆地和所有暗影身躯擦肩而过，仿佛在黯黑国度、在诸多亡灵之中，寻找他的欧律狄刻[①]。

纵观所有爱情的产生模式，所有传播癫狂的因素，其中最有效的，莫过于这偶尔会出现在我们心中的激动狂乱。于是，我们当时所喜欢的那个人，命中注定，我们爱上的就是他。他甚至无需比别人更讨我们欢心，甚至不必和别人一样讨我们欢心，一切只要我们对他情有独钟。而这个条件实现的时机在于——偏偏就在他不在我们身边那当下——正当我们追寻他的可爱所带来的欢乐之际，有一种焦躁的需求突然起而代之，而需求的对象正是那人；那是一种无理的需求，基于人世间的法则不可能得到满足，又难以彻底抚慰，那就是将那人占为己有、如此荒唐而痛苦的需求。

斯万令车夫载他去还开着的最后几间餐厅；这是他唯一冷静假设过的幸福可能；如今他不再隐瞒坐立难安的激动和他赋予这场相遇的代价，只要能成功，他允诺会重赏马车夫，仿佛，在刺激车夫心生将事情办成的欲望之际，他也借此增强了自己的欲望，仿佛就算奥黛特已回家就寝，他还是能让她在大道上的某间餐厅里现身。他将搜寻范围扩及至金屋，走进托尔托尼[②]两次，却仍旧没能看到她，这会儿，他再次走出英国咖啡馆[③]，迈着大步，垂头丧气，走向在意大

---

① 欧律狄刻（Eurydice），希腊神话中俄耳甫斯的妻子，在逃离追求者的过程中遭毒蛇咬死，俄耳甫斯下地狱去找她，想将她带回人世。

② 托尔托尼（Café Tortoni），创立于1798年的巴黎首家那不勒斯冰品店，19世纪初时的店址距离金屋不远，皆在意大利人大道上。

③ 英国咖啡馆（Café Anglais），1802年开业，为庆祝《亚眠和约》带来英法和平而命名为英国咖啡馆。意大利人大道上的名店之一，浪漫时期的精英分子常在此聚会，19世纪末号称全巴黎最好的餐厅。1913年停业拆毁。

利人大道① 转角处等着他的私人马车。这时，他迎面撞上来人：是奥黛特。后来她向他解释：因为在普列沃斯特找不到空位，她便去了金屋吃夜宵，刚好坐在他没发现的偏僻角落，而她现在正要去找她的马车。

她几乎完全没预期会见到他，以至于惊慌失措。至于他，他跑遍巴黎，并不是以为可能会遇见她，而是因为要他放弃太过残酷。然而，这份喜悦，他的理智不断评估着，本以为今天晚上难以实现，此刻却又显得再真实不过；因为，基于对各种可能状况的预料，他并未助长其生成，这喜悦不源于内心，而是在他眼前；他无需费神去得到——它自行洋溢散发，自行朝他投射——这铁铮铮的事实光芒四射，竟使他相隔两地的疑虑烟消云散，如幻梦无痕；仗着这事实，他不需思考，在幸福的梦境中高枕无忧。一如在风和日丽的好天气来到地中海岸的旅人，恍惚不能确定他先前才离开的国度是否真的存在，任由海水闪耀而顽强的湛蓝亮光朝他直射而来，照得他眼花缭乱，也不回望一眼。

他与她一起登上她的马车，叫自己的马车跟在后面。

她手里拿着一束嘉德丽雅兰，斯万看见，在她蕾丝头巾底下的发梢间也插着同样的兰花，用一根天鹅羽饰发夹固定着。长头纱之下，她穿着一袭黑色丝绒流苏长袍，一道斜开反褶构成一面宽阔的三角形，掀出一条白色亮绸长裙的下摆，而低胸马甲挖空处则露出同为白色亮绸的一截布料，那

---

① 意大利人大道（Boulevard des Italiens），巴黎东西走向连贯的四条主要大道之一，路名源于 1783 年建于此处的意大利剧院（现在的巴黎喜歌院）。从整个 19 世纪到第一次世界大战以前，这条大道上咖啡馆林立，是巴黎精英分子的聚会场所。

儿也插着几朵嘉德丽雅兰花。她才刚从斯万造成的惊吓中回过神来，路上的障碍物又让马儿一个闪避，两人猛烈颠震了一下，她尖叫一声，心脏扑通扑通，却忘了呼吸。

"没事，"他对她说，"别怕。"

他搂住她的肩头，拉入怀中，告诉她：

"千万千万，别说话，回我话时只要点头或摇头，免得您更喘不过气。您马甲上的花儿都撞歪了，不介意让我来扶正吧？我怕它们掉了，想稍微往里面插得深一些。"

她不习惯男人对她这么客套，微笑着说：

"不，我一点也不介意。"

反而是他被她的回应乱了阵脚，或许也因为他以此为借口时一脸诚恳，连自己也开始信以为真，于是嚷了起来：

"噢！不，千万千万，别说话，您又要喘不过气了，您比画动作回答我即可，我会懂的。说真的，您不介意吗？您看，这儿有一点……我想，您沾到花粉了，是否容我用手擦掉？我不会太用力。我是不是太唐突了？也许我把您弄得有些发痒？不过那是因为我不想碰到您的天鹅绒裙，以免弄皱了布料。不过，您看，真的得把这些花固定好才行，不然可就要掉了；而且，像这样，由我亲自来将花插进去一点……说正经的，您不觉得我惹人厌吧？就算我闻一下花香，看看是不是真没了香气也没关系？我从来没闻过这种花，可以闻闻看吗？您老实说？"

她微微笑着，轻耸了一下肩膀，仿佛在说："您这个狂徒，明明知道我就喜欢这样。"

他抬起另一只手，沿着奥黛特的脸颊抚摸；她定定注视着他，表情慵懒，面色凝重，一如佛罗伦萨大师画中那些让他觉得和她相像的女人。她晶亮的双眸大而细长，悬在眼皮边缘，就跟画中的女子一样，宛如两颗泪珠，随时会滴落。她弯下颈子，一如画中所有女人，无论她们是处于世俗场景，抑或宗教作品之中。而且，以一种想必她已习惯、知道适合这种时刻，而且不忘适时做出的姿态，她似乎需要使出全力稳住自己的脸，仿佛有一股无形力量将这张脸拉向斯万。就在她不由自主、任由脸庞低垂，下巴收拢的前一刻，斯万，隔着一点距离，双手将它捧起。他想留点时间让思绪追上，去认出那是自己的意念长久以来轻抚的梦想，参与它的实现，如同特意叫一位亲戚过来，只为把一位她很喜欢的孩子的成功与之分享。或许也因为在奥黛特这张他尚未拥有、甚至尚未吻过的脸孔上，斯万十分迷恋他最后一次见到的眼神；而那眼神，在某个远行的日子，会令人想随着一片即将永别的风景一并带走。

可是，和她共处时他太害羞了，以至于那晚虽然以替她调整嘉德丽雅兰为开端，最终总算拥有了她，但出于担心惹怒她，或害怕事后追究露出了马脚，或欠缺胆量，不敢得寸进尺（既然第一次没惹奥黛特生气，他大可再次提出要求），随后几天，他还是搬出同样借口。若是她的胸衣上别着嘉德丽雅兰，他便说："真糟糕，今晚，嘉德丽雅兰无需再做调整，这些花儿不像那晚那样歪歪斜斜，可是，我觉得这朵似乎插得不太正。我能否闻闻，看它们是不是比其他花儿香？"或者，若是她没戴花："噢！今晚没有嘉德丽雅兰，那就没办法施展我那些小伎俩了。"于是，有好一段时间，他一成不变地依循第一晚的顺序，先用指尖、再用双唇轻触奥黛特的颈子，每次都用这两招开始爱抚；继而，许久之后，整理（或假装整理）嘉德丽雅兰已派不上用场，"来个嘉德丽雅兰"这种隐喻说法成了使用时不再多想的简单词汇，意为占有肉体的行为——此外其实什么也没占有——于是残存在他们的日常用语中，纪念这已被淡忘的用途。也许，这意谓"做爱"的特殊说法代表的内容与其他同义词并不全然相同。就算已烦腻女色，就算认为攻占各式女子的过程其实如出一辙，预先可知，若那些女子颇为难缠——或我们信以为如此——那么，占有反而变成一种新的乐趣，迫使我们在与她们交往时，会即兴安排一段情节，以催生占有之实，就像斯万第一次整理嘉德丽雅兰那样。那晚，颤抖的他怀抱希望（他心想，奥黛特若是没看出他的狡猾，那也就不可能猜想得到），但愿从淡紫色的兰花阔瓣之间呼之欲出的，是将这女子得到手；他已开始感受到那乐趣，而奥黛特之所以容忍这乐趣，他心想，或许只是因为她一时没辨识出来，因此，他觉得——如同世上第一个男人在人间天堂的百花丛中初尝此乐之际可能出现的状况——那是一种此前不存在、他试图创造的乐趣——如同他为了保留来龙去脉而为它起的特殊名称——那是一种完全特别、全然新鲜的乐趣。

现在，每晚送她回家之后，他非要进屋里不可。她时常穿着居家长袍就再出门送他到他的马车，当着车夫的面拥吻他，说："这有什么大不了的？关别人什么事？"他不去维尔迪兰家的那些晚上（自从他能在其他时候见到她之后，偶会如此），他越来越难得去上流社交圈的那些晚上，她要求他在回家前先过来她家，无论何时都好。时值春天，纯净而冰冷的春天。晚会结束后，他搭上他的维多利亚式敞篷马

车①，腿上盖着毛毯，回应同时也要回家的朋友；虽然他们
邀他一起走，但他不能，他走的方向不同。车夫知道他要去
哪儿，驾着马儿快步出发。朋友们面面相觑，的确，斯万变
了。大伙儿再也没收过他半封信，那些写来要求结识某个女
人的信。他不再留意任何女性，刻意不去可能发生艳遇的场
所。无论在餐厅还是郊外乡下，他的举止已与过往判若两
人，不过才昨天，大家都还清楚他的行事风格，看似永远不
会改变。由此可见，热情在我们身上即如一种暂时、而且不
同既往的性格，取代了原先那一种，并全数废除它此前用以
表达自我、常年不变的那些表征！如今，不变的反而是斯万
无论身在何方，也绝不忘要去和奥黛特相会。他免不了要走
完那段分隔两人的路程，一如他人生的下坡，又急又快，无
从抵挡。说实话，他在上流社交圈常待得晚，颇希望别再绕
上那么一大段路，直接回家，隔天再去见她就好；但在一个
不寻常的时间前去她家打扰，猜想方才道别的朋友们互相讨
论起他："他被霸占得真惨，一定有个女人强迫他无论几点
都得过去她家。"这让他自觉生活过得就像是经营着恋爱的
男人，肯为一场销魂的美梦牺牲休息时间与利益，而如此牺
牲也在他心中暗生一股魅力。而且，当时他并不自知，但她
在等他，她没跟别人去其他地方，他不会没见到她就回家的
这份信心消弭了奥黛特已先离开维尔迪兰家那一夜的那股焦
虑，那样的感受虽已淡忘，但随时可能重现；而今这抚慰是
如此甘美，堪称幸福。或许，奥黛特对他的重视需归功于这

①　四轮双座加顶篷豪华马车，1840 年根据威尔士亲王设计的一款开放型
四轮马车（Phaéton）改创，在法国制造，向维多利亚女王致敬，以此命名。

份焦虑感。我们习惯那样漠然看待众人，以至于当我们在其中一人身上投注那么多样的痛苦与喜悦时，那人，对我们而言，就仿佛属于另一个宇宙，他诗意弥漫，使得我们的生命有如一片动人的天地，而在这片天地之中，或多或少，他必将向我们靠近。斯万每每自问，接下来几年，奥黛特在他心中会变成什么模样，这总让他无法不苦恼。偶尔，从他的维多利亚式马车望出去，看见一个个清冷寒夜之中，月明如昼，照得他的眼里及荒无人烟的街道尽是月光。他想起那另一个明亮如月、而且微透粉红的人儿，有一天闯入了他的思绪，从此便朝世界投射神秘的光，他便是在这亮光中看着世界。如果他是在奥黛特差遣仆人先去睡觉之后才到，那么在敲响小花园的门之前，他会先走去地面层对着的街上；相邻的宅邸窗户全部同款式样，但漆黑一片，唯有一扇窗亮着光，是她的房间。他敲敲窗玻璃，她警觉了，回应他，并走向另一边到大门等他。他发现钢琴上摊展着她喜欢的几首曲谱，《玫瑰圆舞曲》①或塔格里亚非科的《可怜的疯子》②（根据她白纸黑字写下的遗嘱，这些是她的葬礼上要演奏的曲子），他要求她改弹凡特伊奏鸣曲的小乐句，奥黛特虽然弹得很糟，但一件作品留予我们的最美印象通常已然升华，超脱了笨拙的手指在走音的钢琴上错弹的音符。对斯万而言，小乐句仍和他对奥黛特的爱有所关联。他清楚感觉到，这份

---

① 《玫瑰圆舞曲》(La Valse des Roses)为法国轻歌剧作曲家奥利维·梅特拉 (Olivier Métra, 1830—1889)之作。他曾任疯狂牧羊女剧院 (Folies Bergères)管弦乐团指挥，后来也指挥巴黎歌剧院的舞会。

② 塔格里亚非科 (Joseph Tagliafico, 1821—1900)，法国男中音，也谱有几首浪漫歌曲，包括奥黛特喜欢的这首《可怜的疯子》(Pauvres Fous)。

爱，和外在的一切，和除了他之外的任何人所能察知的一切，皆无关连；他明白奥黛特的优点并不能合理说明他为何这么重视与她共度的时光。而常有的情况是，斯万正面的理智独掌了大局，他希望不再为这想象出来的乐趣牺牲自己那么多在智性与社交上的利益。可是，斯万一旦听见那段小乐句，那乐音便释放出了在他心里所占的空间，斯万心灵的分配比例因而有了改变，为一种享受保留出一块余地，而这份享受也和任何外在事物不相干；然而，它并非爱情那般纯粹个别性的欢乐，而是以一种灌注到斯万身上、超越具体事物的真实感。这份对未知魅力的渴求得自小乐句对他的启迪，却未带来任何具体的解渴之道。因此，在斯万的心灵中，物欲烦恼、人人皆有的凡俗考量，皆已被小乐句抹去，空了出来，未加填补，他能在当中随意刻上奥黛特的名字。而且，倘若他对奥黛特的好感稍显不足，不如预期，小乐句便会前来将它神秘的活力精华注入其中，合并作用。请看斯万聆听那段小乐句时的表情，简直可说他正在吸摄一种麻药，呼吸起伏因而大幅加剧。得自于音乐，而且即将在他心中创造出一种实际需求的乐趣，在那时的确颇似试闻香气时的可得之乐，有如接触一个不是为我们打造、由于眼睛无法察觉、因而似乎无以名状的世界，而那世界不具意义，超脱我们的理智范畴，我们只能借由一种感官触及。这番乐趣可比彻底的休息，神秘的创新，对斯万而言——尽管他的双眼如绘画鉴赏家般细腻，思路如风俗观察者般精细——却永远带有他枯涸的人生那磨灭不去的痕迹；他觉得自己摇身变成一种异于人类的生物，眼盲，欠缺逻辑思考机能，几乎如同一只独角幻兽，如一头仅仅透过听觉去感知世界的奇幻生物。然而，他在小乐句中找寻他的理智无法探究的意义，剥除心灵最深处源自理性的一切护佑，让它能在乐音的廊道和其幽微的滤网中独自通行，那醺醉之感多么奇妙啊！他开始懂得了匿藏在这温柔乐句深处的所有苦痛，甚或未能抚平的黯然；但他无法为此难受。这乐句对他诉说爱情脆弱又如何，他的爱情是那么强大！他玩味这段音乐散播的哀伤，感染了那愁绪，但仅如一阵轻抚，使他原有的幸福感益发深刻、甜蜜。他请奥黛特弹了十遍、二十遍，同时不准她停下亲吻。每个吻后又引发另一个吻。啊！在这恋爱初期，吻发生得是那么自然而然！那么迫不及待地越吻越多，要算清他们在一个钟头里互吻几次，简直和想数出五月原野上有多少花开一样困难。于是，她假意停手，说："你一直这样抱着我，要我怎么弹呢？我不能所有事同时一起做；你至少弄清楚要什么：我是该弹奏那段乐句，还是跟你搂搂抱抱呢？"他生起闷气，她则是哈哈大笑，那笑声逐渐变了样，化为狂吻之雨，打落在他身上。或者，她郁郁寡欢地盯着他，可融入波提切利名画《摩西生平》中的那张脸又浮现在他眼前，寻得它在画中的位置，将奥黛特的颈子设定成画面所需的弧弯；而当他将她好好地以蛋彩画在十五世纪西斯庭教堂的墙上时，想到此时此刻她本人却在这里，就待在钢琴旁边，他可随时拥吻、占有，又想到她的实质肉体和生命，这些念头令他醺然陶醉，劲道之猛使得他眼神迷茫，咬紧牙关，仿佛准备狼吞虎咽似的，迫不及待扑向波提切利画中的贞女，揉捏起她的双颊。而后，分别之后，他总是回头再去吻她，因为他忘了将她的气味或长相中的某个特点放进记忆里带走；在返回自家的维多利亚式马车上，他由衷感谢奥黛特允许他这样天天来访，虽然他感觉得到，天天到访未必让她多么欢喜，却能让他自己不至于沦于嫉妒的境地——能够免除他再次承受那一夜在维尔迪兰家没找到她的不快——有助他不再遭遇第一次那终将是唯一一次的惨痛危机，来到这些在他人生中绝无仅有的特殊时刻，几近魔幻的时刻，而他，便在这样的时刻中沐着月光，穿越巴黎。返家途中，他注意到，这轮玉盘随着他在移动，现在几乎就挂在地平线另一端。他感觉到自己的爱情亦然，服膺着大自然不变的法则。他自问，他进入的这段周期是否还会持续长久，是否不久后，他的思绪就再也看不见那遥远又渺小的珍贵面容，而那张脸也几乎不再散发魅力。因为，斯万自从坠入爱河后，总是在各种事物中看到它，一如少年时期，他自认有艺术天分的那段时光也曾如此；只是这次魔法已然不同，这一次，是奥黛特凭一己之力就感染了他。他觉得年轻时的灵感重获新生，虽然它曾因一段轻浮的岁月而消散，但如今所有灵光皆带有一个特殊之人的身影与印记，而且，如今的他将在自家与自己复原中的心灵独处当成微妙的乐趣，在如此漫漫的几个钟头中，他逐渐做回了自己，却另属于一个女人。

他只在夜里去她家，而且对她白天的行程一无所知，甚至连让人去想象不知道的事态、使人欲探知实况的那一点初步情报也没有。此外，他从不疑心她可能做过什么，也不过问她过去的生活。他只是偶尔微微一笑，想起几年前，在还不认识她那时，有人曾向他提及一个女人，如果没记错，那肯定就是她；那人说她是个烟花女，一个被包养的女人，一个那种女人：由于他对那圈子不熟悉，至今仍认定她们难改本性，彻底堕落，就像长久以来某些小说家想象中所赋予的

那般模样。当他拿那种个性去比对奥黛特的善良、天真、迷
恋理想、几乎无法不说真话，乃至有一天，为了单独与她共
进晚餐，他央她给维尔迪兰夫妇写封信，借口称说她病了，
隔天便看见她在面对维尔迪兰夫人关心的询问时不由自主地
涨红了脸，说话结巴，脸上尽是撒谎后的悲苦与内疚；而且，
回应时虽是在为昨夜假称的不方便编造诸多细节，眼神却像
是在恳切请求原谅，一副为说了假话而抱歉的语气；斯万心
想，要准确地评判一个人，往往需反向看待世人赋予那人的
名声。

　　然而，某些日子，虽然寥寥可数，她会在下午来到他
家，打断了他的白日梦或是他近来重拾的维米尔研究工作。
下人前来通报：德·克雷西夫人正在他的小沙龙里。他前去
找她，打开门时，奥黛特一见到斯万，泛着粉红的脸孔——
嘴型、眼神、双颊的鼓起，皆起了变化——添了一份笑意。
再次独处时，他脑中又浮现那笑容，她前一晚也曾流露过，
以及另一副微笑，那是她某次迎接他时曾挂在脸上的；还有
一副笑靥，那曾代表她的回应，曾出现在马车里，当时他问
她是否介意为她扶正嘉德丽雅兰。其余时间，奥黛特过着
什么样的生活，由于他毫无所知，在他看来，背景也平淡无
色彩，就仿佛华托①的一页页素描习作，这里一个，那里一
个，四面八方，处处只见用三种铅笔在羊皮纸上画下数不清
的笑容。不过，偶尔，这在斯万眼里如白纸一般的生活，虽
然就连自己的内心也告诉他不是那样，因为那超乎他的想
象，却出现了一个角落：某个友人隐约料到他们已两情相悦，

———————
　　①　华托（Jean-Antoine Watteau, 1684—1721），法国洛可可时期代表画家。

大概无意冒险多说，只约略提及一些微不足道的小事，向他描述奥黛特远远的身影，因为那人当天早上瞥见她走在阿巴图契街 ① 上，身穿鼬皮绲边的"走访用"短大衣，带着"伦勃朗式"宽帽，马甲上还插着一小束紫罗兰。这简简单单的勾勒几句，让斯万心烦意乱，因为，这时他才突然惊觉奥黛特的生活并不全然属于他；他想知道，他没见过的那身装扮是为了取悦谁；他决心询问：那时她去了哪里，仿佛在他的情妇那没有色彩的整个生活当中——那生活几乎不存在，因为他看不见——除了所有对他展露的那些笑容之外，只有一件事：伦勃朗宽帽下，胸前一束紫罗兰，她行进的脚步。

　　除了请她舍去《玫瑰圆舞曲》改弹凡特伊的小乐句，斯万无意请她弹奏一些他喜欢的东西；不仅是音乐，文学也一样，他无意矫正她庸俗的品位。他很清楚她并不聪明。她说她真希望他能和她谈论几位大诗人，其实是她自行想象她能立即学到波雷利子爵 ② 笔下那类充满英雄及浪漫情怀的诗文，甚至更加感动人心。关于代尔夫特的维米尔，她问他，这位画家是否曾被某个女人伤了心，是不是某个女子给了他创作灵感；斯万坦白告诉她世人对此毫无所知，她便对这位画家兴趣缺缺。她常说："我非常相信，当然，没有比诗歌更美的，如果诗句都是真的，如果诗人说的都是肺腑之言。但是，通常呀，没有人比他们更重视利益。我知道一些内幕，我有个女性朋友就爱上那样的诗人。他的诗里只谈爱

---

　　①　阿巴图契街（Rue Abbatucci）位于巴黎第八区，即现今的拉·波艾蒂路（rue La Boétie）。

　　②　波雷利子爵（Vicomte Raymond de Borrelli, 1837—1906）曾三次获得法兰西学院诗歌奖。

情、天空、星星之类的。啊！她可是上了大当！被他骗走了三十几万法郎。"此时斯万若是试图教她什么是艺术美感，该如何欣赏诗句或画作，不一会儿，她便不肯再听，说着："对……我没想到是这样。"他感觉她显得非常失望，于是宁可撒个谎，骗她说这些都不算什么，不过是些不重要的小品，他没时间去探究，里面还有其他东西。但她热切地说："其他东西？是什么？……说出来呀！"但他不说，因为他知道那东西在她眼中多么微不足道，与她期望的相差多远，既不怎么刺激耸动，也不怎么触人心弦，而且他也担心，一旦她对艺术的幻梦破灭，对爱情的期望恐怕也会一并落空。

其实，她觉得，论聪明才智，斯万的确不如她所想。"你随时随地都那么冷静，我没办法定义你这个人。"至于他看淡钱财，亲切待人，体贴细心，倒是令她啧啧赞叹。比斯万更优秀的人确实常见，例如一名学者，一位艺术家；此人未被周遭的人低估，而且还令人觉得他确实才智优越，更胜自己；而旁人之所以会有这种感受，倒不是钦佩他的想法，毕竟那并非他们能领略，而是因为敬重他的好心。斯万在上流社会的地位让奥黛特留下的感受也是尊敬，但她无意要他让那圈子接纳她。或许她认为他做不到，甚至担心光是提起她，便有可能导致她不愿为人所知的秘密曝了光。她每每要他承诺绝对不对外说出她的姓名。而她之所以不想进入上流社交圈，她这么告诉他，是因为她曾经和某位女性友人大吵一架，为了报复，她后来说了那女友的坏话。斯万提出异议："但又不是整个上流社会都认识你的女友。"

"当然都认识，事情口耳相传就渲染开来了，上流圈子的人心眼那么恶毒。"

一方面，斯万不晓得故事的来龙去脉，另一方面，他知道这些观点："上流圈子的人心眼那么恶毒"和"毁谤之言传千里"，通常都会被人当真，大概确实有相符的例子。奥黛特的事会不会就是其中之一？他心里自问，但没再多想，因为他本人亦然，在给自己找了个难题时，依随的也是那令他父亲越发迟钝的笨脑筋。此外，让奥黛特这么害怕的这个上流社会也许引不起她多大欲望，毕竟，那圈子和她所知的那个社交圈相差太远，她无法清楚地想象。然而，她在某些方面确实依然很单纯（举例来说，她把一个退休的女裁缝师当朋友，几乎每天爬上那座陡斜、阴暗又散发恶臭的楼梯去见她）；她渴求风雅，但与上流社会的人想法不同。对他们而言，风雅是极少数几人散发的光芒，投射至颇为遥远的层级——与亲密核心相隔越远，力道也多少随之减弱——进入朋友圈或朋友的朋友圈，这些人的姓氏构成了一份名录之类的清单，上流人士熟记脑中，在这方面见多识广，于是从中归纳出一种品鉴能力，养成一种机智，以至于，以斯万为例，若是在报上读到共同列席某场晚宴的一串人名，无需借助对那上流圈的阅历，便能立即道出这场晚宴的风雅之处，就如同一个饱读诗书之人，读过一个句子，便能精确赏析作者的文学造诣。但奥黛特属于另一类人（无论上流人士如何作想，这类人数量极多，而且遍布各个社会阶层），他们没有这些概念，将风雅完全想偏，依其个人的出身背景添加各种牵强附会，但他们皆有一种特性——无论是奥黛特梦想的，或是寇达尔夫人甘拜下风的——那就是认为所有人都能直接接触到这些风雅。另一种风雅，所谓上流社会的风雅，说实话，也是人人可得，但需花上一段时间。奥黛特常这么说一个人：

"他向来只去风雅的场所。"

如果斯万问她这句话是什么意思，她便有点轻蔑地回应：

"就是风雅的场所嘛！真是的！要是你到这把年纪，还得教你何谓风雅的场所，这是要我怎么跟你说才好？嗯？比方，星期天早晨的皇后大道①，清晨五点的环湖步道②，星期四的伊甸剧院③，星期五的赛马场④，舞会……"

"什么舞会？"

"就是巴黎办的舞会啊！我的意思是，风雅的舞会。对了，艾尔班杰，你知道，在证券经纪人家遇见的那位？有！你应该知道，他是全巴黎名声冲涨最快的一个人，这个高大的金发年轻人对时髦那么讲究，扣眼上总别着朵花，后脑分出一条发线，穿着浅色长裤；他跟出席每场首演都会带着的那个浓妆艳抹老女人在一起。就是他！上次有天晚上，他办了一场舞会，全巴黎风雅的一切全齐聚一堂。我好想去参加呀！但在门口得出示邀请卡，我没办法弄到手。其实没去也好，那场合大家争得你死我活的，恐怕什么也看不到。不过就是为了能拿自己去过艾尔班杰家说嘴。你知道，对我来说，虚名这种东西！此外，你大可告诉自己，说去过那场舞会的女人当中，一百个里有一大半都不是真的……但我很讶

① 皇后大道（Avenue de l'Impératrice），即现在的巴黎的福煦大道（Avenue Foch）。

② 指布洛涅森林中的湖。

③ 伊甸剧院（L'Eden-Théâtre）位于现今的阿西娜剧院广场，上演歌剧与芭蕾，建筑于1895年拆除。

④ 赛马场（Stade de l'Hippodrome）设置在现今的乔治五世大道（Avenue George V），提供赛马、马术及芭蕾等表演，可容纳一万名观众，1892年拆除。

异，你这么'上等'的男人，竟然不在现场。"

　　但斯万完全无意去改变她对风雅的观念，他认为自己的观念也未必比较正确，说不定一样愚蠢，完全不重要。他看不出教导恋人这些有什么好处，所以，几个月后，对于他会登门的人家，她也只对拿到通行证感兴趣：斯万能从那些人那儿取得赛马会和首演的门票。她希望他好好经营这些非常有用的关系，但另一方面，自从她在街上见到维勒帕里西斯侯爵夫人一身羊毛黑长裙、搭配系带软帽经过之后，却又深信那些人实在称不上风雅。

　　"但是，Darling！她看上去就像个女工，一个看门老妪！堂堂一个侯爵夫人竟是这副模样！虽然我不是侯爵夫人，但要我穿成那德行出门，可得付我一大笔钱才行！"

　　她不懂斯万为何要住在奥尔良码头的宅邸，但她不敢向他坦承她觉得那地方配不上他。

　　的确，她声称自己喜好"古董"，总做出心醉神迷却可笑愚蠢的模样，表示她最爱整天"把玩小摆饰"，寻找"不值钱的玩意儿"，"有年岁的"物品。虽然她为了保住面子（像在遵守某种家规似的），绝不回答提问，也不"细述"自己白天在做什么，有一次，她却向斯万提起，有一位女性友人邀她登门拜访，而她家中全是"那个时代"的风格，但斯万始终无法叫她说清楚那究竟是哪个时代。不过，苦思一番后，她答说那是"中世纪式"。她的意思是有些木作装潢。过了一阵子，她又向他谈起那位女友，语带迟疑，然而神情却一副理所当然，仿佛提及的是一个前一晚才共进过晚餐、先前却未曾听闻过的人，既然东道主似乎视之为非常有名，她希望谈话的对象也听得出这谈论的是谁，于是补上一句：

"她家的餐厅是……呃……十八世纪的！"此外，她觉得那风格糟透了，光秃秃的，像是尚未完工似的，女人在那空间里看起来好丑，时尚打扮根本起不了作用；最后，已到第三次，她又再度提起，还告诉斯万那间餐厅装潢者的地址，说她若是有钱，会想请那人来看看是否能替她打造一间，当然不是那一种，而是她梦想中的样式，要有几座高高的餐具展示柜，文艺复兴风格的家具，以及布卢瓦城堡[1]里的那种壁炉，只可惜她的小宅邸空间容纳不下。那一天，她在斯万面前脱口说出了她对于他位于奥尔良码头住所的看法；他曾批评她的女性友人迷上的并非路易十六风格，因为，据他说，要打造这风格虽然困难，但也可能处理得很迷人，不过那位女友营造出来的只是伪古风；于是奥黛特说："你总不会希望她跟你一样，在一堆破家具和旧地毯中过生活吧！"在她心目中，布尔乔亚女性的体面依然要摆在交际花的艺文喜好前面。

对于喜欢把玩小摆饰，喜欢吟诗作对，轻贱低俗算计，梦想着荣耀和爱情的人，她则视为是高人一等的优秀精英。人不需要真有那些品位才能高调张扬；有个男人曾在晚餐时向她称说自己喜欢四处闲逛，走进古老的店铺里弄脏了手指也不在意，在这个商业化的世纪，这可能永远不会得人欣赏，因为他不在乎自身利益，因此是属于另一个时代的人；回家后，她说："他有颗可敬的心灵，是个善感的人，我倒是从来没料到。"而后对那人突然生出深厚情谊。但是，那些像斯万一样，确实有此品位却不张扬的人，反而令她冷淡

---

① 布卢瓦城堡（Château de Blois），法国卢瓦尔河流域知名的城堡之一，结合了 13 至 17 世纪的建筑风格。

以对。她的确得承认斯万对金钱并不在意，但她还是赌气地说："可是他不一样。"事实上，左右她想象的并非不在乎钱财利益的行为，而是话是否说得漂亮。

他觉得自己常常实现不了她的梦想，于是试着至少让她在共处时开开心心，不去反驳她那些庸俗的想法，她对所有事物的低劣品位，更何况他喜欢那种品位，所有来自她的，他都喜欢，甚至着迷，因为正多亏那些特点，这个女人的气质精髓在他眼中才因而变得清晰可见。所以，当她因为该去看《托帕斯女王》①而眉开眼笑，或是眼神转而严肃，透露出担忧与决心，生怕错过百花节或只是错过下午茶：配上马芬蛋糕和吐司，"皇家街的下午茶"②，她相信，为了获得优雅名声，勤于出席那茶会是女人不可敷衍之事，斯万便为之动容，就像我们被孩子的自然率真或一幅栩栩如生的肖像所感动，他清楚地感受到情妇的心灵就浮现在面容上，以至于不禁以双唇去触碰。"啊！她要我带她去百花节，我亲爱的小奥黛特，她想成为众人欣赏的焦点，那好，我就带她去，低头让步就是。"由于斯万的视力有点弱，在家工作时不得不戴上眼镜，去上流社交圈交际时则选用单片眼镜，面貌较不至于变形太多。她初次见他单眼戴上镜片时不禁大喜："我觉得，没的说，这对男人而言实在非常风雅！你这模样真帅！看起来就像个真正的绅士。就只差一个头衔了！"她补上这句，多少带有一丝遗憾。他喜欢奥黛特这样的表现，

---

① 《托帕斯女王》(*La Reine Topaze*)，维克多·马斯（Victor Massé）所作的轻歌剧，1856 年首演。

② 英国茶专门店 Thé de la rue Royale，位于巴黎皇家街十二号。

一如他若是迷恋一个布列塔尼女孩，定然也会乐见她戴上当地的蕾丝头纱，听她说她相信这世上有鬼魂。在此之前，他就和许多对艺术品位的发展与感官色欲无关的男人一样，对这两者各自满足，然而那满足当中有一种奇怪的不协调存在；在众多越发低俗的脂粉群中，欢享更加精致之作的诱惑；带一名小女仆进乐池旁的栅栏包厢，看一出他一直想听的伤风败俗的歌剧；或是去看印象派的画展，深信涵养丰富的上流社交圈女子虽然也没看懂多少，但可不会那么好心地闭上嘴。然而，自从爱上奥黛特以来，配合她的情感，试图仅抱持一份只属于他们俩的心灵，这对他来说如此甘甜，以至于他试着让自己去喜欢她所爱的事物，并找到一种相对更深的乐趣，不仅止于模仿她的习性，更要采纳她的意见；由于她的意见本身毫无理智根据，所以这只让他想起她的爱，他当初会倾向那些意见，正也都是为了这份爱。若他回去读《塞吉·帕宁》①，若他找机会去看奥利维耶·梅特拉②指挥，也都是为了享受初识奥黛特各种观念时的甜蜜感，迷迷糊糊感觉自己与她所有气味相投。她喜爱的那些作品或地方都带有一种魔力，将他朝她拉近，他觉得，这魔力比最美事物固有的魔力更加神秘，那些事物虽美，却不会令他想起她。此外，由于他放任年轻时的知性信念逐渐减弱，而上流社会男人的多疑性格不知不觉也已侵入那份信念，他认为（或至少曾长期这么认为，所以仍常这么说），我们偏好之物本身并

----

① 《塞吉·帕宁》(Serge Panine)，乔治·欧涅（Geroge Ohnet, 1848—1918）以此小说改编的同名剧作，在 1882 年 1 月上演时获得极大回响。

② 梅特拉（Olivier Métra），参见第 278 页注释①。

无绝对价值，一切皆视时代和阶层而定，以时尚风潮为准，再通俗不过的，也能与公认最超凡杰出的相匹敌。由于他评估后觉得，奥黛特对取得开幕首演的邀请卡的重视并不比他过去享受到威尔士亲王家中午餐来得荒谬可笑；同样地，也不认为她高调赞叹蒙特卡洛或瑞吉山①，比他对在她想象中很丑陋的荷兰或觉得无趣的凡尔赛有所偏好来得没道理，他因此不再去那些地方，甘心告诉自己这是为了她，他只想与她一起感受，一起喜爱。

由于奥黛特周围的一切，某种程度上都只剩一种模式，那就是让他能见到她，与她闲聊，所以他也喜欢维尔迪兰家那个圈子。在那里，所有娱乐消遣：餐会、音乐、游戏、变装晚餐、乡间郊游、剧院看戏，甚至是难得几次为"讨厌鬼们"所办的"大型晚会"，背景中都可见奥黛特的身影，有奥黛特映入眼帘，有奥黛特一起畅聊；维尔迪兰夫妇邀请斯万，等于赠予了他这无价之宝。他在"小核心"里比在其他地方更开心，便总想给它找出些真正的优点，因为出于个人喜好，他想象自己这辈子都会与核心圈这些人往来。然而，他不敢对自己说会一辈子爱着奥黛特，只怕自己也不相信。至少在试着假设会永远与维尔迪兰夫妇往来（根据经验，如此主张比较不易引起理智的原则性反对）的同时，他设想自己未来每晚都能继续遇见奥黛特；这或许与此生永远爱她不尽相同，不过，就目前而言，在仍爱着她的时候，他相信自己不会在某天就此间断、不再见她，他所求的仅此而已。

---

① 瑞吉山（Rigi）位于瑞士中部，18世纪起便是欧洲著名观光景点，诸多名人皆曾造访。当地旅游业在一战前发展至顶峰，其后逐渐衰落。

"多么迷人的圈子，"他心想，"那儿过着的人生其实多么真实！比起上流社会，那当中的人还更聪明，更懂艺术！维尔迪兰夫人虽然稍稍夸张，有点可笑，但对绘画、还有音乐却是诚心喜爱！对作品如此热情，多么渴望讨艺术家欢心！她对上流社会的想法虽不正确，但上流社会对艺术圈的想法岂不更是错得离谱！也许交谈时得不到多少智性满足，但我十分喜欢跟寇达尔相处，虽然他总爱说些拙劣的双关语。至于画家，他想语出惊人时那自命不凡的样子虽然讨厌，却是我见过最聪明的人之一。再说，最特别的是在那里感觉相当自由，想做什么就做什么，无拘无束，没有排场。那个沙龙里，人家每天为我的好心情下了多少功夫！想当然尔，除非极少数例外，否则此后我就非那个圈子不去。那里越来越像是我习惯度日的地方了。"

斯万原以为维尔迪兰夫妇那些优点是他们内在固有的，其实，那不过是他在他们家尝到对奥黛特的爱的甜头反映到他们身上。当欢快变得更真切、深刻、蓬勃，那些优点亦然。维尔迪兰夫人偶尔赠送斯万一样礼物，单凭它就能令他幸福感油然而生；就像那天晚上，他焦虑不安，因为奥黛特跟某位客人聊得比其他人都久，他恼羞成怒，不想主动问她是否还要一起回家，维尔迪兰夫人自动开口，立刻就为他带来平静与喜悦："奥黛特，您还得送斯万先生回家，不是吗？"就像即将到来的这个夏天，他早已忧心忡忡，正在不知奥黛特是否会抛下他离开巴黎去度假，他还能否继续每天见到她之际，维尔迪兰夫人便邀请他们两人一起去她的乡间别墅——斯万不知不觉间让感激之情与利益得失渗入了理智，影响了他的想法，甚至宣称维尔迪兰夫人有着高尚伟大的灵魂。他早年在卢浮宫学院[1]的老同学和他谈起几位杰出人物，他回应："我对维尔迪兰夫妇的喜爱更多出百倍。"而且，以一种他未曾有过的隆重态度说："他们宽宏大量，而宽宏大量，说到底，是这俗世中唯一重要，而且让人高下立分之事。你看，人其实只分两种：宽宏大量者和非宽宏大量者。我到了这年纪，就该选定立场，就此决定究竟要喜欢什么人、轻视什么人，在意自己喜欢的人，直至死前都不再离开，好弥补和其他人厮混浪费掉的光阴。这下可好了！"他又说，语气带有一丝淡淡的感动，就好像即使不全然自觉，但一个人之所以讲述某事，倒不是为了传达实情，而是因为他乐于说出，因为想用仿佛不是出于自身的声音去听那件事情，"大势已定，我选择了只喜欢宽宏大量的人，只愿活在宽宏大量的世界。你问我维尔迪兰夫人是否真是个聪明人。放心吧！她在我面前多次证明过她心胸高贵，灵魂高尚，那高度，怎么说呢，没有同样高尚的思想可是达不到的。当然，对于艺术，她有深厚的慧根，但那或许不是她最令人敬佩之处；某个她特意为我做的机智又善意十足的小动作、某次绝妙高明的留心、某个亲切细心的举动，这些都在在显示一份对生命存在更深刻的理解，远胜任何哲学论述。"

　　然而，他本该能想到，他父母的某些老朋友就跟维尔迪兰夫妇一样单纯，他年轻时的几位同学也和他一样迷恋艺术，此外还有一些心胸宽大的旧识；但是，自从他选择了这

---

　　① 卢浮宫学院（École du Louvre），成立于 1882 年、隶属法国文化部的高等教育机构，位于卢浮宫内，提供艺术史、考古学、文明史、人类学和博物馆学方面的教学。

个单纯、艺术和宽宏大量之后，就再也没见过他们。不过，那些人不认识奥黛特，而且就算认识，恐怕也不会费心为他们俩牵线。

因此，毫无疑问，在整个维尔迪兰圈子里，没有一个信徒像斯万或相信自己像斯万那么喜欢这对夫妇。然而，当维尔迪兰先生说斯万跟他不对盘时，他表达的不仅是自己的想法，却也猜到了他妻子的念头。约莫是因为斯万对奥黛特的好感太过特殊，又忽略了该将维尔迪兰夫人当成平时交心信任的对象；约莫是他在利用维尔迪兰夫妇的好客时那样刻意低调，经常以他们不会起疑的理由缺席晚餐，反而让他们看出了他的私心，知道他仍有渴望，不愿错过"讨厌鬼们"的邀请；约莫也因为，尽管他用尽防备在隐瞒，他们还是逐渐发现他在上流社会的显赫地位；这一切多少都令他们对他有所恼怒。不过，深层的原因却另有其他。因为他们很快就感觉到他心中保有一处空间，外人无法进入，而他则持续在那里默默大声自语：莎冈亲王夫人才不滑稽古怪，寇达尔的玩笑不好笑，总之，尽管他从不忘展现友好可亲，不违抗他们的教条，他们却不可能强迫他接受，完全归化于这个小团体，过去他们可从未在任何人身上遇过这种状况。原本他们或许还会原谅他与讨厌鬼们交往（在他心底，比起他们，他还更千百倍地喜欢维尔迪兰夫妇与整个小核心），只要他愿意以身作则，同意当着信徒们的面否定他们即可。但他们很清楚，那样的公开决裂是逼不来的。

这跟奥黛特曾要求他们邀请的一名"新面孔"简直是天壤之别！尽管她跟那人没见过几次面，但他们对他可是寄予厚望：福什维尔伯爵！（他正巧是萨尼耶特的连襟，这可让信徒们大吃一惊：原来，这个举止那么谦卑的档案老学者，他们一直以为他的社会阶层较他们低下，万万没想到他竟属于富有的上流社会，而且还与贵族结亲。）福什维尔无疑是个自负又附庸风雅的粗俗人，但斯万不是；想必福什维尔远不像斯万，根本无意将维尔迪兰夫妇的社交圈置于其他圈子之前。但他没有斯万那种天生的细心体贴，正是那份体贴阻挡了斯万在维尔迪兰夫人对他认识的人发表明显错误的批评时加入她的阵营。至于画家某些日子里的大放厥词、寇达尔贸然乱讲那些贩夫走卒的低俗玩笑，喜欢这两人的斯万虽然能轻易找到理由为他们开脱，却没有勇气和足够的虚伪为他们鼓掌；福什维尔则是相反，他的智商水准让他能被某几则笑话震慑、惊叹，却根本没听懂；另一些玩笑话还令他乐在其中。福什维尔在维尔迪兰家的初次晚餐正好凸显了这些差别，烘托出他的优点，加速了斯万的失宠。

　　那场晚宴上，除了常客之外，还有一位索邦大学的教授布里肖，他和维尔迪兰夫妇是在海滨认识的，若非大学职务与涉猎渊博的研究工作使得他难有空闲，他会乐意常来维尔迪兰家。毕竟，他有这份好奇心，对生命有这样的迷恋，这二者再结合上某种与研究对象相关的怀疑论精神，使得部分聪明人，无论职业，例如不相信医学的医生，不相信拉丁文翻译练习的高中教师，皆享有思绪辽阔，卓越，甚至优越杰出的声誉。在维尔迪兰夫人家，谈论哲学与历史时，他刻意在最实时的现状中寻求比较，首先因为他认为那些都不过是对人生的准备，并以为能在小核心中印证以前仅在书中读过之事，或许也因为他发现自己过去被灌输了对某些题材的尊敬，而且不自知地维持着这份敬意，于是他相信，与他们一起冒昧放肆，就等于脱去大学教师的外衣，况且他倒也不觉得那些行径有何造次之处，除非他还没抛下教授身份。

晚餐才刚开始，福什维尔先生坐在为了"新面孔"而盛装打扮的维尔迪兰夫人右手边，对她说："您这套白裙装真独特。"医师实在太好奇，不断观察着他，想知道自己口中所谓一个姓氏前冠上了"德"字的人会是什么模样，一直在找机会要引他注意，与他进一步接触；他听到这句话，立即抓住"白"这个字，头都没从餐盘里抬起来便说："白？白兰琪·德·卡斯提亚①的白？"然后，那颗头定住不动，带着不确定、却又流露笑意的眼神暗暗左右偷瞄。而斯万呢，他拼命想挤出笑容却又白费力气，足见他认为这种双关语很蠢。福什维尔的表现则显示他既能品位出个中微妙之处，又懂得处世之道，适度保持一份愉悦，这种率直的态度令维尔迪兰夫人为之着迷。

"对一位这么有学问的人，您有什么感想？"她问福什维尔。"跟他根本没办法正经地聊上两分钟。您在您的医院里也跟他们说这些吗？"她转头问医师，又说，"那么，每天的日子应该也不嫌无聊了。看来，我应该申请去住院才对。"

"我想，我刚听到医师提起白兰琪·德·卡斯提亚那个老娼妇，恕我大胆直言。难道不是吗，夫人？"布里肖向维尔迪兰夫人提问。她差点儿晕倒，双眼紧闭，急忙将脸埋进双手里，从指缝间泻出几声低闷的惊呼。

---

① 白兰琪·德·卡斯提亚（Blanche de Castille, 1188—1252），西班牙卡斯蒂利亚国王阿方索八世的女儿，法国卡佩王朝国王路易八世的王后。曾在儿子路易九世未成年时出任摄政（1226—1236），期间安内攘外，法国蒸蒸日上。归政之后仍在幕后操纵国政直到逝世，一般而言是法国人心目中的贤后。

　　"天啊，夫人，我并非有意惊扰心存敬意之人，假如这餐桌上有几位列席的话，*sub rosa*①……此外我也承认，我们这大家心照不宣的雅典式共和国②——噢！多么地雅典啊！——可以尊这个愚民的卡佩王后为铁腕警察机构之首。千真万确，我亲爱的主人，千真万确。"他用他洪亮的声音一个音节、一个音节地又说了一次，回应维尔迪兰先生的抗议。"圣德尼的编年史③，其资讯正确性毋庸置疑，在这件事上毫无悬念。要说世俗化无产阶级的主保圣人，没有比她更好的人选，如苏杰④和其他如圣伯尔纳多⑤之流的人所说，她身为圣人之母，却百般刁难那个儿子。毕竟，只要碰上她，人人都少不了要挨她一顿训。"

　　"这位先生是？"福什维尔问维尔迪兰夫人，"他看起来火力十足呢。"

　　"您竟然不认识大名鼎鼎的布里肖，他可是名满全欧洲呢！"

　　"啊！是布列肖！"福什维尔惊呼，却没将名字听清楚，"您向我提过那么多次！"他补上一句，瞪大眼睛盯着面前这位名人。"跟一位知名人士同桌晚餐总是十分有趣。话说，您邀我们来此，座上嘉宾皆是精心挑选，在您府上绝对不会感到枯燥无趣。"

"噢！您知道最要紧的是呀，"维尔迪兰夫人谦虚说道，"他们互相都有信任感。想谈什么就谈什么，对话就像烟火般此起彼落。因此，布里肖今晚的言论也没什么大不了的：您也知道，我见他在我家这么光彩夺目，令人五体投地，但是呢，到了别人家，简直就像变了个人似的！他灵思枯竭，不逼就说不出话，甚至惹人烦厌。"

"这真奇怪！"福什维尔大感讶异。

像布里肖这类的人，在斯万年轻时往来的小圈子里应该会被视为纯粹的笨蛋，尽管与某种现实中的聪明可以兼容。这位大学教授的聪明既牢靠又扎实，很可能会令不少斯万认为颇为机灵的上流人士妒羡。但这些人终究把自己的偏好与嫌恶都灌输给了斯万，至少在所有触及、甚至附属于上流社会生活的部分，大致多半来自交谈对话这个智性领域；所以，布里肖的玩笑话，斯万听在耳里只觉得迂腐、粗俗，油腔滑调得令人恶心。而且，信仰狭隘爱国主义的大学教授刻意装出那种军事化的粗鲁腔调，也令习惯彬彬有礼的他大受惊吓。最后，或许是眼见维尔迪兰夫人对奥黛特临时起意带来的福什维尔大献殷勤，他当晚格外丧失了宽宏的气度。奥黛特对斯万有点过意不去，于是前来问他：

"您觉得我邀来的这位客人怎么样？"

而他，首度发现他认识多年的福什维尔竟然也能博得女性欢心，而且还堪称是个美男子，他遂以一句"不入流！"回应。当然，他并无为了奥黛特而嫉妒的念头，但觉得自己不像平常那么高兴。而在讲起白兰琪·德·卡斯提亚的母亲，说她"在金雀花王朝的亨利① 娶她之前，便跟他在一起好几年了"时，布里肖想引导斯万追问这故事的后续，便问他："不是吗，斯万先生？"用的却是军人的语气，仿佛在屈就一个乡下人或鼓励一名士兵，而斯万却打断了布里肖营造的效果，惹得女主人怒火中烧。他回应说请大家原谅他对白兰琪·德·卡斯提亚实在兴趣缺缺，不过，倒是有件事想问画家。事实上，画家当天下午曾去参观一位艺术家的画展，那人是凡特伊先生的朋友，最近才刚过世；斯万很想透过他知道（因为他欣赏画家的品位），那些晚近作品是否更展现出那艺术家在早期作品中即已令人叹为观止的精湛技艺。

"从这个观点来看，确实不同凡响，但我不觉得那是人家说的那种非常'高水准'的艺术。"斯万笑着说。

"高水准……水准之高，直入殿堂。"寇达尔打断他，故作严肃，高举双臂。

整桌人顿时哄堂大笑。

"记得我才对您说过，跟他根本没办法保持正经。"维尔迪兰夫人对福什维尔说，"他总是在最意想不到的时候冒出一句胡说八道。"

不过，她注意到斯万没有因此开心起来，而且看似对寇达尔在福什维尔面前取笑他不太高兴。不过，画家呢，他没

---

① 亨利二世（Henri II Plantagenêt, 1133—1189），诺曼底公爵，英格兰国王，金雀花王朝的首位国王，1152 年在白兰琪的祖母（而非母亲，普鲁斯特混淆了）亚奎丹的艾莉诺（Eleanor of Aquitaine, 1122—1204）与路易七世取消婚约后娶了她。

有正面回答斯万，虽然要是只有他们俩独处，他必然会这么做；在那当下，他宁可赢得席间一众宾客赞美，不惜拿已故大师的灵活巧思大作文章。

"我走上前去，"他说，"想看看那是怎么做到的，鼻子都给贴到画布上了。啊！好吧！很难说那到底是用什么画的，不知是胶水，红宝石，肥皂，青铜，阳光，还是粪便！"

"而加一等于十二！"医生突然高声嚷嚷，但时机已过，没有人懂得他插话的用意[①]。

"看起来什么都没用上，"画家接着说，"就好像，你没办法找出《夜巡》[②]或《养老院的女执事》[③]画里究竟藏了什么秘诀，而论独门诀窍，那可比伦勃朗和哈尔斯还更胜一筹。一切尽在其中，不，不，我敢发誓。"

然后，就像唱到能力所及最高音的歌手用假声、弱音继续吟唱；他只微微笑着，轻声呢喃，仿佛那幅画其实美得目空一切：

"闻之芬芳，令您晕头转向，令您屏息，令您心痒，却无法得知是怎么构成的，那是巫术，是骗局，是奇迹（毫不遮掩扑哧大笑）：总之，不老实！"说完，停顿一会儿，凝重地抬起头，换上低沉的音调，试着形成和谐的声响，补上一句："同时却又那么正直！"

唯有"比《夜巡》更胜一筹"这句不敬之语引来维尔迪

---

① 当时的法文中有一句俚语："青铜瓦加一等于十二"（La tuile de bronze et un font douze），用"bronze"中的"onze"（十一）之谐音构成，原意是"严重的大麻烦"。在此，寇达尔抓住画家上一句话中的"青铜"讲了个双关语冷笑话。

② 伦勃朗的名画。

③ 《养老院的女执事》（Les régentes de l'Hospice des viellards），荷兰黄金时期的肖像画家哈尔斯（Frans Hals, 1580—1666）之作。

兰夫人抗议，因为她视《夜巡》为人世间最伟大的杰作，与《第九号》和《胜利女神》并驾齐驱；还有"用粪便画成"，这句话也使得福什维尔迅速环顾餐桌一眼，观察这个用词是否过得了众人这一关，然后为他的嘴角带来一抹矜持而无奈的微笑；所有宾客，唯独斯万，皆目不转睛地望着画家，投以赞美的入迷目光。

"每次他这样滔滔不绝信口开河，我都被逗得开心极了！"维尔迪兰夫人待他说完，嚷了起来，欣喜若狂，很高兴晚餐气氛在福什维尔先生初次光临这一天刚好这么有趣。"还有，你呀，何必一直这样呆头呆脑地张大嘴？你明知道他能言善道。"她对丈夫说。"人家还以为他是第一次听您说话呢！但愿您方才在说时看到了他的模样，简直如痴如醉。到了明天，他还会把您所说的话全部复诵一回，一个字也不漏。"

"才不，那可不是玩笑话。"画家说，刚才的广受欢迎令他飘飘然，"您似乎以为我说得天花乱坠，是故弄玄虚；我可以带您去看，您再来评判我是否夸大其词。我把票让给您，让您看完回来后比我还要欣喜若狂！"

"我们才没有以为您夸大其词，只是希望您吃点东西，要我丈夫也好好吃饭。重新给这位先生上一份诺曼底比目鱼，您明知道他的已经凉了。我们又不赶时间，您上菜上得像是失火了似的，所以，稍等一下再上色拉吧！"

寇达尔夫人个性谦虚寡言，但在灵光乍现，找到适当字眼时，却也懂得不错失良机。她预感自己能成功表现，于是有了自信，而且她之所以要表现，倒不是为了出风头，而是为了替丈夫的职业生涯尽一点力。因此她没错过维尔迪兰夫人刚才说出的"色拉"两字。

"不是日式色拉^①吗？"她转向奥黛特，轻声说道。

同时，对自己适时大胆地行动，提供一个低调、但又清楚的典故影射小仲马的话题新作，她难掩欣喜，又有些不好意思，因而迸出一阵天真可爱的迷人笑声，不怎么嘈杂，但那么地情不自禁，以至于好一阵子无法自抑。"这位女士是？真是才思敏捷。"福什维尔说。

"这不是日式色拉，但你们要是每周五都过来晚餐，我们就为各位准备。"

"在您眼中我可要显得像乡下人一样土气了，先生。"寇达尔夫人对斯万说。"但我还没去看过这出大家都在谈论、赫赫有名的《福朗西雍》。医师已经观赏过了（我甚至还记得他告诉我，那晚能与您共度，他感到十分荣幸），我承认，我不认为他为了陪我而去包租座位重看一次是合理的做法。显然，在法兰西剧院，大家绝不会虚度一晚，每出戏总是演得那么好。但因为我们有几位为人非常可亲的朋友（寇达尔夫人极少说出特定人名，只说'我们的朋友''我的一位女友人'，那人的'身份头衔'，用一种惺惺作态的语调，摆出一副了不起的表情，仿佛只有她看得上眼的人，她才肯说出名姓），他们常订下包厢，好心带我们去看所有值得观赏的新戏，我一直确定多多少少早晚都能看到《福朗西雍》，自己有个评断。然而我必须坦承，我觉得自己真够蠢，因为，在我造访的所有沙龙里，人家当然只会谈论这道倒霉的日式

---

①　小仲马1887年的剧作《福朗西雍》里的台词曾提及一道"日式色拉"，以马铃薯、淡菜、松露，加伊更堡（Château d'Yquem）所产的白葡萄酒调味料理而成。冠上"日式"，是因为当时十分流行日本风格。

色拉，甚至都开始有点腻了。"眼见斯万似乎对这个这么热门的话题不如她以为的那么感兴趣，她便又赶紧补充，"不过，不得不承认，借着这些，有时还是能激荡出一些相当有趣的点子。比方说，我有个女性友人，极富创意，尽管长得非常漂亮，非常受欢迎，非常有行动力，号称曾在自家叫人做过这道日式色拉，而且遵照小仲马在那出戏里所说的，加进所有食材。她邀请了几个女友去吃。可惜我没被选中。不过她马上就讲述给我们听了，就在她的沙龙聚会当天；据说那道菜实在叫人不敢恭维。她讲得我们都笑出眼泪来了。不过您也知道，一切都取决于描述的方式。"眼见斯万仍板着一张脸，她继续又说。

并且猜想，或许是因为他不喜欢《福朗西雍》这出戏。她说："何况，我想我恐怕会大失所望。我不相信它能跟《塞吉·帕宁》相提并论，那个人物可是德·克雷西夫人的偶像。那书中至少还有深刻的主题，发人深省；怎么会在法兰西剧院的舞台上提供色拉食谱呢！反观《塞吉·帕宁》！再说，乔治·欧涅笔下的一切总是写得那么好。不知您是否读过《铁工厂厂长》[1]，那比《塞吉·帕宁》更得我心。"

"抱歉，"斯万讽刺地对她说，"不过我承认，我对这两部经典杰作兴趣缺缺的程度不相上下。"

"您对它们究竟有何不满呢？已成定见了吗？也许您觉得那故事有点忧伤？此外，就像我常说的，永远不该拿小说和剧作来讨论。每个人都有自己的观点，您大可觉得我最喜

---

[1] 《铁工厂厂长》(Le Maître de forges) 亦是根据乔治·欧涅同名小说改编的剧作。

欢的作品惹人烦厌。"

福什维尔喊出斯万的名字，打断了她的话。事实上，在寇达尔夫人提起《福朗西雍》之际，福什维尔正在对维尔迪兰夫人大赞画家那席话，称之为一场小型"speech"。

"这位先生真是能言善道，记忆惊人！"画家语毕后，福什维尔对维尔迪兰夫人这么说。"我难得遇上。太厉害了！真希望我也有他那番本领。他若是去当布道师，定然十分出色。再加上布列肖先生，您这儿可说是有两位旗鼓相当的王牌，我甚至不知道，若是要比口若悬河，这一位难保不会将教授一军。他的表现浑然天成，并非强求而来。虽然他顺口说了几个稍偏写实主义的字眼，但那正是时下流行，用我们在部队里的话说，我还真不常见到有人抖包袱抖得这么灵巧。话说，这位先生正好让我稍微想起我们军团里曾有个战友，那人无论什么话题，比方说，关于这只杯子，我不知有什么可跟您说，但他可以滔滔不绝说上好几个钟头。不，别说这只杯子，我刚才的话真蠢，而是关于滑铁卢战役，或是您想到的任何事，他顺口就能给我们放送各种您大概永远料想不到的话。对了，斯万也在同一个军团，应该认识他。"

"您常见到斯万先生？"维尔迪兰夫人问。

"当然不。"福什维尔先生为了方便接近奥黛特，极欲博得斯万的欢心，他想抓住这个机会奉承他，提起他与那些名门望族的交情，但是以上流人士的身份，用一种友善批评的口吻来说，听起来不像称赞，没把那些人脉当做某种意外成就："可不是吗，斯万？我从没见过您。再说，怎么见得到呀？这匹野马，整天窝在拉·特雷莫伊家，洛姆家，都是那样的人家呀！……"这番指责实在是大错特错，尤其这一年来斯万根本哪里都没再去过，唯独只来维尔迪兰家。不过，在他们家，光是不认识的人名便会迎来一阵沉默的谴责。维尔迪兰先生担心这些"讨厌鬼"的姓氏，尤其是像这样口无遮拦地当着所有信徒面前说出，会对他的妻子造成何等难以忍受的感觉，便以满是担忧的关心眼神偷偷瞄了她一眼，于是，他看到她决意不采取行动，不为人家刚释出的消息所动，不仅保持沉默，更是装聋作哑；而她会做出如此表情，约莫就像是有一位朋友做错了事，试图在交谈时插入一句道歉的话语，我们只听他说而不予反驳，看似以此默许；或者有人在我们面前说出一个忘恩负义的家伙那禁忌的名字；为了让自己的缄默看起来不像是同意之举，而是一种无机体那种没有知觉的无声，维尔迪兰夫人突然褪去脸上生动、灵活的一切，突出的高额头只化为一尊成功的圆雕习作，而使得斯万总往他家去的拉·特雷莫伊这个姓氏，如何也进不去；鼻梁处微皱，露出一块凹陷，栩栩如生；那张微启的嘴简直就要说出话来。她已化成一尊脱蜡铸造的雕像，一张石膏面具，一组历史建筑模型，一座在工业宫[①]里展出的半身像，观众必然会在它面前驻足，赞叹雕刻家竟能表现出将拉·特雷莫伊家和洛姆家与世上所有讨厌鬼画上等号，并且与之对立的维尔迪兰家那无时不在的自尊的同时，又能为这石材的坚硬与雪白赋予教皇般的庄严之感。但这尊大理石像终究活了起来，声明不该为了去那些家伙的家里而惹人厌，因为那

---

① 工业宫（Palais de l'Industrie）原址所在即为今日巴黎的大小皇宫，原为 1855 年的万国博览会建造，当时名为拿破仑宫，作为绘画雕塑等展览之用，后为准备 1900 年的万国博览会而拆除。

些人家的女主人总是喝得醉醺醺，而做丈夫的则是无知至极，总把走廊说成狗廊 ① 。

"我绝不让这种事发生在我家，违者要付出昂贵的代价。"维尔迪兰夫人斩钉截铁地下了结论，一脸威严地直视斯万。

想来她并不期望斯万会愿意屈服到仿效钢琴师的姑妈那样，表现得无邪单纯。这位姑妈刚才高声嚷道：

"你们懂了吗？让我惊讶的是，他们竟然还找得到人愿意跟他们闲聊！换作是我，我觉得我会害怕：报应来得那么快！怎么还有人鲁莽到会去追随他们。"

她也不期望他至少能学学福什维尔那样回应："哎呀，那可是一位公爵夫人呢！总是还有人会慑服于他们的威望。"要是那样，维尔迪兰夫人至少还可以反驳："那就祝他们玩得愉快！"然而斯万没这么说，他只是笑了起来，那神情表示他甚至不能把这般荒唐的事情当真。维尔迪兰先生继续暗中偷瞄妻子几眼，难过地看出，而且心中再清楚不过：她正在怒火中烧，好比一名无法彻底根除异端思想的宗教裁判所大法官；由于斯万大胆发表己见之举在与他行事风格相左的人眼中看来，总像是算计和卑鄙的手段，为了试图引导他收敛改口，维尔迪兰先生于是冲着他说：

"那么，坦率说出您的想法吧！我们不会告诉他们的。"

斯万的回应是：

"我完全不是因为害怕公爵夫人（假如您说的是拉·特

---

① 法文是 corridor 与 collidor；前者为走廊，后者并无意义，在此译为"狗廊"以凸显原文表达的发音错误。

雷莫伊家）。我向您保证，所有人都喜欢去她家。我没说她
‘有深度’（他把‘有深度’这几个字讲得像是荒谬可笑的字
眼，因为他的言语中仍保有他那习惯风趣的痕迹，而某种生
活上的求新，以对音乐的喜爱最明显，曾让他一度失去这种
习惯——他有时会热情地表达自己的意见——）但是，非常
老实地说，她秉性聪明，而她丈夫确实颇富学养，这两位都
有迷人魅力。”

到了这般地步，维尔迪兰夫人觉得，单单这个叛徒，恐
怕就要妨碍她实现小核心道德团结之大业，再加上气这个顽
固的家伙不知自己的话多么令她受伤，勃然大怒之下，她忍
不住打从心底对他大喊：

“您要这么觉得是您的事，至少别拿来跟我们说！”

“这一切都端视您所说的聪明是什么意思。”福什维尔想
趁机出风头，“说吧，斯万，您认为何谓聪明？”

“这就对了！”奥黛特嚷了起来，“这正是我求他跟我说
的重点大事，可是他从来都不肯！”

“才没有……”斯万反驳。

“这可是句笑话！”奥黛特说。

“是句冷笑话？ [①]”医师问。

“对您而言，”福什维尔追问，“聪明，莫非是上流社会
的舌灿莲花，是那些懂得钻营取巧之人？”

“请把附餐 [②] 吃完，好让人家收拾餐盘。”维尔迪兰夫人

---

①　原文 Blague à tabac 本指烟草袋。“Blague”是多义字，有“笑话”之意，另有“封套”“小袋子”的意思。

②　附餐（Entremets），在 19 世纪仍是指的两道餐点之间的小菜，到了 20世纪才逐渐被当成甜点。

语气刻薄地对着萨尼耶特说。这位先生想事情想得出神，停下了刀叉。或许是对自己方才的语气有些难为情，夫人又说："没关系，您还有时间；不过，我之所以提醒您，其实是为了其他人，因为这妨碍到了上菜时机。"

"在芬乃伦 ① 那位温柔的无政府主义者的著作中，"布里肖一个音节、一个音节地咬字，"对于聪明有个颇为奇怪的定义……"

"听好了！"维尔迪兰夫人对福什维尔和医师说，"他要向我们说芬乃伦对聪明的定义了。这可有趣了，知道这些事的机会可不是天天都有。"

但布里肖要等斯万先说出他对聪明的定义。斯万不回应，避开维尔迪兰夫人乐于献给福什维尔的一番激烈唇枪舌剑。

"果然，就跟对我一样，"奥黛特娇嗔，"知道我不是唯一让他觉得不够格的人，也就没什么好生气的。"

"拉·特雷姆瓦伊那家人 ②，根据维尔迪兰夫人所言，是那么不起眼，"布里肖加重咬字，问道："塞维涅夫人这位势利的名媛，因对其佃农有益而直言有幸认识的，莫非就是他们的祖先？侯爵夫人的确另有理由，而且必然更重要，毕竟，她生就一副文人的灵魂，凡事以抄抄写写为优先。在她

①　芬乃伦（François de Salignac de la Mothe-Fénelon, 1651—1715），法国天主教康布雷总主教、诗人和作家，既是寂静主义（quiétisme）的倡导者，又在其著名小说《泰勒马科历险记》（Les Aventures de Tes Avent）及写给路易十四的书信中强烈批评国王的专制主义。

②　布里肖在此为强调发音而将拉·特雷莫伊读成拉·特雷姆瓦伊。塞维涅夫人（Madame de Sévigné，1626—1696）给女儿的书信集在 17 世纪已广为流传。在她 1675 年写给女儿的一封信中提及塔朗特夫人（Madame Tarente）来访："在巴黎，这可能遭人议论；但来此地，那是一份恩惠，令我的佃农面上有光。"而塔朗特亲王即出身拉·特雷莫伊家族。

定期寄送给女儿的日常札记中，外交政策的部分，正是由透过有力联姻取得翔实资料的德·拉·特雷姆瓦伊夫人负责。"

"才不，我不相信是同一个家族。"维尔迪兰夫人抱着一丝侥幸的期望这么说。

急忙把仍然满是食物的餐盘交给内侍管家后，萨尼耶特便再度陷入若有所思的沉默，现在他终于开口，笑着说了个故事，发生在某次他与德·拉·特雷莫伊公爵共进晚餐时；他发现，公爵竟不知乔治桑是一位女性的笔名。斯万对萨尼耶特颇有好感，一时认为自己应该提供一些细节，好说明公爵的文学素养，显示实际上他绝不可能如此无知。不过，他蓦然止住，顿时明白萨尼耶特根本不需要这些证明，他很清楚那个故事是假的，因为那根本就是他自己刚刚编造出来的。这个优秀的人被维尔迪兰夫妇视为那么无趣、讨厌，十分不好受，而且，意识到自己在这次晚餐的席间表现比平时还乏味，他不甘没能成功娱乐众人就这么结束。但他很快就投降了，眼看自己一心盘算未见成效，他愁眉苦脸，回应语气又那么软弱，示意斯万也不必特地找理由反驳了，总之现在也已经派不上用场："没关系，没关系，反正，就算是我弄错，我想也不是什么滔天大罪吧。"斯万简直希望自己能表示那故事是真的，而且太有意思了。医师听了两人的谈话，灵机一动，觉得可以趁机搬出："虽不中，亦不远矣"[1]，但他不太有把握，怕弄混了用字。

---

[1]　原拉丁文为"Se non è vero, è ben trovato"，语出意大利文艺复兴时期的泛神论学者布鲁诺（Giordano Bruno, 1548—1600），大意为"即使不是真的，也算说得妙"。布鲁诺被宗教法庭判为异端，在罗马百花广场遭处以火刑。

晚餐后，福什维尔主动向医师攀谈。

"维尔迪兰夫人以前应该长得不错，而且还是个能聊天的女人，对我来说，这就算万事俱足了。当然，她也开始累积了点岁月年华。倒是德·克雷西夫人，可真是个一脸聪明样的小女子啊！哎呀呀呀，这个女人呀，立刻就教人看出她有双印第安利眼！我们正在谈论德·克雷西夫人，"他对叼着烟斗走来的维尔迪兰先生说，"我猜想，以女性的身材而论……"

"宁愿在我床上的是她，而不是头母老虎。"寇达尔连忙抢话这么说道；他苦苦等了好一会儿，只待福什维尔喘口气，好插入这个老掉牙的玩笑，而且一直担心话题若是转向，这个机会就难再回头，于是脱口而出，过度自发，过度自信，试图遮掩背诵的字句摆脱不掉的冷淡与紧张。福什维尔听过这个玩笑，懂得其中奥妙，觉得有趣。至于维尔迪兰先生，他不吝分享高兴的心情，因为就在最近，他找到了一种可用来象征他很开心的动作，有别于他妻子惯用的方式，但一样简单明了。他的头部与肩膀才刚开始像捧腹大笑的人那样抖动，便随即咳嗽起来，仿佛笑得太厉害，猛吞了一口烟斗的烟，然后烟斗不离嘴角，不经意地假装笑不可遏，呛咳不止。就像这样，他与在对面听着画家讲故事，紧紧闭上双眼，连忙把脸埋进双手中的维尔迪兰夫人，就宛如两张喜剧面具，以不同的方式各自表现着欢喜快乐。

此外，维尔迪兰先生十分睿智地不将烟斗从嘴边取下，因为需要暂时离开的寇达尔出声说了个最近才得知的笑话，每次要去那个地方时都搬出来再说一次："我得去照料一下奥马勒公爵①。"这让维尔迪兰先生又不断呛咳起来。

"拜托，拿掉烟斗，别再叼着了，你明知道这样抑制笑声会呛到。"维尔迪兰夫人边送上餐后酒边说道。

"您丈夫真是个魅力十足的男人，才思敏捷，以一挡四。"福什维尔对寇达尔夫人连声称赞，"谢谢您，夫人。像我这样军旅出身的老兵，从不拒绝小酌几杯。"

"福什维尔先生觉得奥黛特很迷人。"维尔迪兰先生对妻子说。

"刚好她也想和您共进一次午餐。我们来筹划，不过别让斯万知道。您也晓得，他来了就会有点冷场。但这不妨碍您继续过来晚餐，当然了，我们希望经常有您做伴。这风和日丽的好时节就快到了，我们可以常在户外晚餐，到森林里办几次小型餐会您不嫌麻烦吧？好极了，好极了，您肯来就太好了！至于您呢，您难道不去钻研您的专长吗？"她对着小钢琴师嚷了起来，借此在福什维尔这般重要的新成员面前展现自己的脑筋灵活，对信徒们握有暴君般的专权。

"福什维尔先生正在对我说你的坏话呢。"丈夫一回到沙龙，寇达尔夫人便这么告诉他。

而他，从晚餐一开始便一直挂怀福什维尔的贵族身份，此时依旧没放下。他对妻子说：

"我这阵子正在治疗一位男爵夫人，普特布兹夫人。普特布兹家族曾经参与十字军东征，可不是吗？他们在波美拉

---

① "Entretenir Le duc d'Aumale" 这个说法流行于 19 世纪，意思是"去上厕所"。奥马勒公爵（Henri d'Orléans, Duc D'Aumale, 1822—1897），法国国王路易－菲利普一世之子，是将军，史学家，也是法兰西学院院士，功名显赫。

尼亚①拥有一座湖，有协和广场十倍那么大。她是个迷人的女性，我在医治她的关节炎。而且，我猜，她认识维尔迪兰夫人。"

因此，一会儿过后，当福什维尔单独面对寇达尔夫人时，他又补充了几句赞美她丈夫的好话：

"而且他很有意思，看得出他人脉很广。天啊，医生知道的事情可真多！"

"我来为斯万先生弹奏那首奏鸣曲的乐句如何？"钢琴师说。

"啊！糟了！那该不会是'奏鸣蛇'②吧？"福什维尔先生刻意制造笑果，这么问道。

但寇达尔医师从没听过这则双关语，当下没听懂，还以为是福什维尔先生说错了，于是热心凑上前纠正：

"不是这样，我们不说奏鸣蛇，该说响尾蛇。"他的语气热切，急躁，而且扬扬得意。

福什维尔把双关语的笑点解释给他听，医生羞红了脸。

"您承认它好笑吗，大夫？"

"噢！我好久之前就知道了。"寇达尔回应。

不过，他们安静闭上了嘴。小提琴部震音隆隆，在这高

①　波美拉尼亚（Poméranie），一个历史上中欧的地域名称，位于今日的德国和波兰北部，位处波罗的海南岸，曾是神圣罗马帝国在波兰的一个省，波兰、丹麦、萨克森、勃兰登堡、普鲁士和瑞典等国皆曾一度统治该地。神圣罗马帝国解体后，波美拉尼亚成为普鲁士王国的一部分，后来并入德意志帝国。二战后由东德与波兰瓜分，主要城市为格但斯克。

②　"Serpent à Sonates"，字面意为"奏鸣曲之蛇"。可能是圣保罗侯爵夫人（Marquise de Saint-Paul）的绰号，因为她话锋尖锐，如钢琴演奏般活泼生动。此外，在法文中，这个绰号的发音也与响尾蛇（serpent à sonnettes）相近。

出两个八度音、持续颤动的护卫下——仿佛山区之中，在惊险却看似静止的瀑布背后，两百尺深处，可瞥见一名正在散步的女子小小的倩影——小乐句刚刚出现，远远而来，优雅从容，透明的水帘缓缓波荡，呵护着她，潺潺不断，涓涓淙淙。斯万在心里对她倾诉，仿佛她是替他守住爱恋秘密的红粉知己，是奥黛特的女性友人，会叫他别在意那个福什维尔。

"啊！您来晚了，"维尔迪兰夫人对一名她只邀来"剔牙"① 的信徒说，"我们见识到了'一个'无与伦比的布里肖，那口才之好！不过他已经走了。可不是吗，斯万先生？我想这是您第一次跟他见面，"她提醒他，他能认识布里肖是多亏了她，"我们的布里肖，实在精彩绝伦，可不是吗？"

斯万礼貌地点点头。

"不是？您不觉得他有意思？"维尔迪兰夫人冷冰冰地问。

"当然，夫人，非常有意思，我很开心。对我的品位而言，他也许稍微蛮横了点，得意忘形了些。有时我希望他能多点迟疑和温柔。不过，感觉得出来，他知道的事情颇多，而且看似为人颇为正直。"

众人都待到很晚才告辞离开。寇达尔对妻子一开口就说：

"很少看到维尔迪兰夫人像今晚这么健谈。"

"这位维尔迪兰夫人究竟是个什么样的人？轻浮女子那一种？"福什维尔对提议一起回家的画家说。

奥黛特目送他们离去，倍感遗憾；她不敢不和斯万一起回家，但在马车上一路心情恶劣，当他问是否该进她家时，

---

① Invité en cure-dent，意谓邀请的时段是晚餐之后，客人不用餐。

她说："当然"，不耐烦地耸耸肩。所有宾客都离开后，维尔
迪兰对丈夫说：

"你注意到了吗？我们谈论拉·特雷莫伊夫人时，斯万
笑得有多蠢？"

她注意到，有好几次，斯万和福什维尔都拿掉了冠在那
个姓氏之前、代表贵族身份的介词。她深信这是为了显示他
们没被头衔吓倒，于是也想仿效他们的傲气，但不太会拿捏
该用什么文法形态传达。而且，她说话的不良习惯压过了
她不拖泥带水的共和派性格，依然称呼他们德·拉·特雷莫
伊，或宁可用缩念法，就像常出现在咖啡酒馆演奏会上那
些曲子的歌词中，以及讽刺漫画家的图说里那样，将"德"
字简缩成"德拉·特雷莫伊"。不过她很快就更正，改说
"拉·特雷莫伊夫人。""公爵夫人，如斯万所说"，她嘲讽地
补上一句，带着一抹微笑，证明她不过是引用别人的话，自
己可没做出改人姓氏那么幼稚可笑的事。

"若是要我来说，我觉得他根本笨得要命。"

维尔迪兰先生回应：

"他这个人不坦率，是个惺惺作态的伪君子，总是不清不
楚，暧昧模糊，两边都不得罪。跟福什维尔简直天差地远！
福什维尔至少是个直截了当会把想法告诉您的真男人。喜欢
就是喜欢，不爱就是不爱，不像另一个，这个也好，那个也
好。而且，奥黛特似乎比较欣赏福什维尔，我完全赞同她的
看法。更何况，再怎么说，既然斯万想在我们面前扮演上流
人士、公爵夫人们的护花使者，另外那位呢，人家至少冠有
头衔；他好歹也是福什维尔伯爵。"他又说，表情微妙，仿佛
他熟悉那个封地的来龙去脉，正在精心评估其特殊价值。

"要我来说的话，"维尔迪兰夫人说，"他还以为应该要对布里肖荒谬地指桑骂槐一番。当然啦，因为他看出布里肖深受我们家喜爱，所以就用这种方式打击我们，诅咒我们的晚餐。感觉是一走出这个大门就会变脸诋毁你的亲密同志。"

"我不是早就告诉过你，"维尔迪兰先生回她，"他是个失败者，小人，凡是比他稍微有点地位的，都会招惹他嫉妒。"

事实上，每个信徒都较斯万居心不良，但他们都谨慎防备着，懂得在众所皆知的恶意玩笑中掺进一撮真感情与和睦之谊；反观斯万自顾自地表现的任何一点保留拘谨，完全不加"我们这说的可不是坏话"这类他不屑屈就的应酬客套话，就显得背信忘义。有些原创作者，稍有大胆创举便引来反对抗拒，因为他们没有先去迎合大众品位，没能成为众人习惯的陈腔滥调；基于同样道理，斯万因此惹恼了维尔迪兰先生。斯万和那些人一样，言语中的新意令人以为那正显示出他意图叵测。

斯万还不知道自己在维尔迪兰家恐将失宠，还继续美化他们可笑的行为，被爱蒙蔽。

他和奥黛特只在晚上约会，至少大部分时候如此；不过，白天里，怕自己总往她家跑会令她生厌，他希望至少能继续占据她的思绪，每一分，每一秒；于是，他努力找机会介入，但要用令她觉得愉快的方式。如果，在一家花店或珠宝店橱窗看见一株令他着迷的小树苗或一件首饰，他便立刻想送去给奥黛特，想象这些东西能带给她何等的快乐，而她感受到什么样的快乐可能会让她对他更加温柔眷恋，便请人立即送往拉·佩鲁斯街，以免延迟了那时刻的到来；那一刻，由于她会收到来自他的东西，他便觉得自己就在她身旁。他尤其希望她能在出门前收到，好让她对他的谢意能在维尔迪兰家见面时化为温柔一点的欢迎，或者，甚至，谁知道呢？若是跑腿的人够勤快，也许还能得到一封她在晚餐前捎给他的信，或是她亲自到他家一趟，额外专程拜访，以表谢意。以前，他测试着奥黛特性格中的各种哀怨反应，现在，他寻求借着感谢这样的反应，去取得她心中尚未向他揭露的些许私密情感。

她经常手头拮据，受某件债务压迫，求他协助。这令他高兴，凡是能给奥黛特一个清楚概念，让她明白他对她的爱，或只是知道他的影响力多大，对她有何用处的一切，都令他高兴。想必，若有人一开始就告诉他："她喜欢的正是你的地位"，现在又说，"她爱的就是你的钱财"，他也不会相信；此外，他也不会不满别人猜想她之所以黏着他——那表示人家觉得他们俩是你侬我侬的一对——是出于某种与附庸风雅或为了金钱一样的强烈理由。不过，即使他曾想过那是真的，也许，发现奥黛特对他的爱当中有某种考虑，而且比她为他找来的开怀消遣或好处还更持久，他也不以为苦：那考虑就是利益，阻止她可能无意再和他见面那一天到来的利益。目前，借着塞满礼物给她，为她出钱出力，他能利用与自己及自己的聪明才智无关的优势，不必亲自出马费心劳神地讨好她。坠入爱河，只靠爱情度日，他偶尔也怀疑这种快感的真实性，而他用肤浅爱好者的心态，以无形的官能享受来换取，最终付出的代价更提升了这快感在他心目中的价值——如同常见有些人不确定海景及涛声是否醉人，便直接在旅店租下一天一百法郎的房间，以确保能够品赏，并深信他们不计成本的品位是难能可贵的优点。

有一天，这类思考让他回想起当初人家向他提起奥黛特，说她是被包养的女子，他再次用驳斥这种奇怪的人称方式自得其乐：被包养的女子——闪亮的混合体，其成分不明，邪恶，拼凑镶嵌而成，宛如古斯塔夫·莫罗画的《显灵》[1]，缠绕在贵重宝石周围的鲜艳毒花——而这个奥黛特，他曾见过她脸上流露出对不幸之人的怜悯，对不公正之事的义愤难平，对一项恩惠之举的感激，一如他昔时见过自己的母亲和自己的友人曾表现出的情感。那个奥黛特，她的言语那么常涉及他最熟悉的事物，涉及他的收藏，他的房间，他的老仆人，替他存管股票的银行员；最后这位银行员的形象恰好令他想起最近他可能得过去提钱了。事实上，这个月，他对奥黛特物质拮据窘境的援助没有那么慷慨，不像一个月前一口气就给了她五千法郎，也没有送上她想要的碎钻项链，没能刷新她对他出手大方的赞美，还有那份令他如此快乐的感激，甚至恐怕会让她以为他对她的爱已有所缩减，因为她看到的表现变得不再那么丰厚了。于是，突然间，他自问，这个状态难道不正是在"包养"她吗（仿佛事实上，萃取出包养这个概念的元素可以既不神秘，也不淫邪，而是在他的日常情境与私人生活之属，就像那张一千法郎的纸钞，家用且家常之物，撕破了又重新黏好，他的贴身男仆替他支付当月开销及租金后，塞回老书桌的抽屉里，斯万再从抽屉里面拿出来，连同另外四张一并寄给了奥黛特）；还有，自从认识她之后（因为他未曾有过片刻怀疑，在他之前，她有可能从

---

[1]　法国象征主义画家莫罗（Gustave Moreau, 1826—1898）所绘的《显灵》（*L'Apparition*），描述的是《圣经》中莎乐美使计令希律王将施洗者约翰斩首的故事。

别人那里收取钱财），"被包养的女人"这个他一度相信与她完全不相配的字眼，难道真不能套用在奥黛特身上。他无法深入多想，因为思考怠惰症，他与生俱来的毛病，间歇发作，来得正巧，就在这瞬间关掉了他理智中所有亮光，如同后来在处处都装设电力照明的时代，整间屋子的供电被切断那般突然。思绪在漆黑之中摸索了一会儿，他摘下眼镜，擦拭镜片，伸手遮住双眼，直到眼前出现一个全然不同的想法才重新大放光明，那就是，下个月他得试着寄个六千或七千法郎给奥黛特，而不是五千，因为这么一来，她将会又惊又喜。

晚上，当他没待在家里等着去维尔迪兰家，或布洛涅森林，尤其是圣克卢公园里一间他们喜欢的夏日餐厅与奥黛特碰面，他便去以往自己曾是座上常客的那些高雅豪宅晚餐。他不想和那些人断了联系——谁知道呢？——说不定，他们哪天能为奥黛特派上用场，而且在那之前，也多亏了他们，他常能赢得她的芳心。再说，他长期在上流社会和浮华世界养成的习性，令他既藐视不屑，却又十分依赖，于是，自从最简朴的陋室与最堂皇的宅邸在他心目中完全不分轩轾那一刻开始，他因为感官知觉对后者早已那么习惯，以至于置身前者时，多少有些不自在。对于在 D 号楼梯左侧的六楼开舞会的小布尔乔亚们，以及在巴黎举办最华美的餐宴的帕尔马亲王夫人，他都一视同仁——那平等的程度恐怕令人难以置信；但前者他始终没有参加舞会的感觉，那不过是跟一些老头子站在女主人的卧室，映入眼帘的是丢满毛巾的洗手台，床铺变成收放宾客衣物的地方，床尾的暖脚垫上尽是成堆的风衣和帽子，如此景象令他有窒息之感，如同已习惯用电二十年之久的人，如今闻到了熏黑油灯或冒烟小夜灯的气味。

　　在城里晚餐的日子，他差人在七点半备好马车，边想着奥黛特，同时边换装，如此便不觉孤单，因为有奥黛特常驻心头，使得与她相距甚远的时刻也充满她就近在身旁的特殊魅力。他坐上马车，感觉到这股思念也同步跳了上来，安栖在他膝上，就像一只走到哪儿就带到哪儿的宠物，连吃饭时也留在身边，不为同桌宾客所知。他抚摸它，用它取暖，然后，感觉到一股惆怅，任由一阵前所未有的微微轻颤爬上颈间与鼻头抽搐，边往胸前的扣眼里插上一束梦幻草。好一阵子以来，尤其是在奥黛特将福什维尔介绍给维尔迪兰夫妇之后，斯万就痛苦而悲伤，颇想去乡下稍微歇息，但只要奥黛特在，他就一天也不敢离开巴黎。天气温暖，正是最和煦的春天。穿越石头之城去一处庄园式宅邸又有何用，他眼前不停浮现的是他在贡布雷附近拥有的一座大林园，在那儿，从四点钟开始，在抵达芦笋园之前，多亏来自梅泽格利斯田野的好风，在一条林荫小道下，可静享凉意，如同置身勿忘草及菖蒲环绕的池畔，还有，在那儿，品尝晚餐时，经他的园丁巧手绑好、围绕在桌边的醋栗与玫瑰枝丫款款摇曳。

　　在布洛涅森林或圣克卢的约会时间若是比较早，那些晚餐后他总是匆匆离席——尤其若是眼见雨点就要落下，迫使"信徒们"提早回家——以至于洛姆亲王夫人（她家的晚餐吃到很晚，斯万在上咖啡前便已先离开，好去布洛涅森林的岛上加入维尔迪兰夫妇的聚会）有一次便说：

　　"说真的，要是斯万比现在老上三十岁，而且膀胱有毛病，或许还能原谅他这样匆匆离席。不管怎么说，他实在太不把我们看在眼里了。"

　　他心想，他无法去贡布雷享受明媚春光，至少能在天鹅岛或圣克卢补回。但由于他心心念念的只有奥黛特，他甚至不知道自己是否闻到了嫩叶的气息，当晚是否有月光。餐馆内的钢琴常从花园弹奏那首奏鸣曲的小乐句迎接他。如果现场没有钢琴，维尔迪兰夫妇便会差人大费周章地从某个房间或某人家的餐厅搬下运过来：这并非因为斯万重新得宠了，正好相反，那是因为在为某人筹划一种别出心裁的乐趣之际，即使他们并不喜欢那人，也会在准备所需的那期间，培养出应景而暂时的友善好感。有时，他心想，又一个春日新夜过去了，他强迫自己去注意树木和天空。但因为见到奥黛特而生出的激动，以及好一阵子以来都不曾冷却的微烧不适，他无法安然自在，然而平静与舒畅的心境却正是感受大自然赋予的印象时不可或缺的基础。

　　一天晚上，斯万接受了与维尔迪兰夫妇晚餐的邀请，席间，他才刚说隔天要赴老朋友的一场盛宴，奥黛特便当着整桌人的面，当着这会儿刚加入信徒之列的福什维尔的面，当着画家、当着寇达尔的面，说：

　　"对，我知道您要参加那场盛宴；所以，明天我只能在家里见到您，可别来得太晚。"

　　虽然斯万从来不曾真的嫉妒奥黛特对哪个信徒的友谊，但听到她当着众人的面前如此坦承两人平时每晚的约会，他在她家的特殊地位，以及这背后代表的对他的偏爱，而且说时态度从容，没有顾忌，他不禁深深感到一阵甜蜜。的确，斯万常认为，无论从任何角度来看，奥黛特实在都称不上是引人注目的女人，而对于一个远远较他低下之人的优越感，与她当着"信徒们"的面所做的宣告如此讨他欢心，应该毫不相干，然而自从他发觉奥黛特在许多男人眼中似乎是个秀色可餐、令人垂涎的女人之后，她的肉体对他们造成的魅力遂唤醒了他一股痛苦的需求，连她心意中最微不足道的部分都想全面掌控。首先，他将在她家共度的夜晚视为无比珍贵的时光。在那些夜里，他让她坐在腿上，要她说说对某样事物的想法，说完这样，再说那样；他则细数此刻在世上惦记着要拥有的仅仅几项财产。于是，那次晚餐后，他将她拉到一旁，竭力道谢，试图要她明白，依据他感谢的程度，她带给他的愉悦可分成几级，而最高等级的乐趣，即是在他的爱意持续不减、使得他脆弱不堪之际，确保他不受嫉妒的袭击。

隔天，宴会结束后大雨倾盆，他只有维多利亚马车可用；一个朋友用顶篷四轮马车送他回家。既然奥黛特已要求他过去，就等于给了他保证，不会接待其他人。于是他平心静气，轻松愉快，大可回家睡一觉，不需冒着大雨再出门。但是，也许，要是她看出他似乎并不坚持每次晚间聚会结束后都会毫无例外地去找她，说不定就会有那么一次，她就没为他保留良宵，偏偏那晚他又特别渴望与她共度。

他在十一点过后才抵达她家，由于他为了没能早点过来致歉，她便顺势抱怨时间的确已经很晚，暴雨又害得她不舒服，她头好痛，还事先声明不会留他超过半小时，顶多到午夜便会赶他走；接着，没过多久，她便觉得疲累，好想睡觉。

"所以，今晚没有嘉德丽雅兰？"他对她说，"我一直期望来个舒服的小嘉德丽雅兰。"

她露出些许心生闷气又烦躁的神情，回说：

"才不，我的小宝贝，今晚没有嘉德丽雅兰，你明知我身体不舒服！"

"说不定来一下会让你好受些，不过，我也不坚持就是了。"

她拜托他离开之前替她关灯，他亲自拉上了床帏，然后离开。但是，回到家后，他突然浮现一个念头，或许奥黛特今晚是在等谁，只是装累，请他关灯不过是为了让他相信她马上就要睡了，待他一走，她就又重新点亮，然后让要和她共度今宵的那个人进来。他看看时间。他大约是在一个半小时前离开。他再度出门，搭上一辆驿马车，请车夫在她家附近停下，那是一条与她宅邸后方街道垂直的小路，他偶尔会去那儿敲她卧室的窗，唤她来替他开门。他下了马车，这一带一片漆黑，路上空无一人，他只走了几步就走到她家门口附近。在所有窗户皆熄灯已久的幽暗中，他仅看见一扇——百叶窗缝挤出了它饱满的神秘金黄——那满溢香闺的亮光，在那么多个其他的夜晚，他在前来的路上老远就能望见，总令他满心欢喜，向他宣告："她就在那儿，正等着你"；而现在那灯光却令他心痛欲绝，告诉他："她在那儿，跟她等着的人在一起。"他想知道那人是谁，于是悄悄沿墙走到窗边，但从窗遮的斜缝望去，什么也看不见；在深夜寂静中，他只听见一场交谈呢喃。的确，见到这亮光，窗户后方他看不见的那对可恶男女在亮光金澄的氛围中走动，听见那揭发有个男人就在他离开后来到，揭穿奥黛特的虚情假意，以及她与那男人正在享受幸福快活的低语，他痛苦万分。

但他庆幸自己来了：先前迫使他非出门不可的折磨不再阵阵袭来，因此也不再咄咄逼人；而奥黛特另一面的生活，出门时他突然心生疑窦却无能为力，此刻却掌握到了；她的那一面被灯火照得通明，困锁在那房内而浑然不觉；只要他愿意，他便能进去出其不意逮个正着；或者他干脆去敲百叶窗遮，以往他很晚才过来时常这么做；这样的话，至少奥黛特会晓得他已经知情，看见了亮光，听见了交谈，而且，刚才他想象她正与另一个人嘲笑他的痴心幻想，现在，反而是他看清了他们，那两人误入歧途却仍自以为是，到头来其实反而被他所骗，以为他远在别处，而他，很清楚自己会去敲百叶窗。或许，此时他这种几近愉快的感觉并非疑虑与痛苦得获宽慰之感，而是聪明智性带来的喜悦。若说自从他坠入爱河之后重拾了一些以往觉得美妙有趣的事物，但那只限它们被他对奥黛特的思念照亮之时；如今，他的妒意重新撩起的是他勤奋好学的年轻时代的另一项才能：追求真相的热情。然而，横亘在他与他情妇之间的真相，同样也只能透过她得到光明；那真相纯属个人，对象仅有一个，其价值无限，其美妙几乎超脱利害关系：奥黛特的一举一动，她的交际人脉，她的计划，她的过去。在斯万另一段全然不同的人生时期，某人的琐事及日常举止在他看来从来不具价值。若有人对他说长论短，他总觉得毫无意义；听着的时候，只对最低俗的歪念才会感到兴味，对他来说，那是他觉得自己再平庸不过的时刻之一。但在这奇怪的恋爱时期，个别性有某种极为深层的意义，他感觉自己的好奇心逐渐被唤醒，对一个女人从事的大小活动有了好奇，而这份好奇心，他先前本是用在探索历史上的。此前原本会让他备感羞耻的一切，站在窗前窥探，也许明天，谁知道呢？施计向不相干的人套话，收买仆人，贴在门上偷听，这些在他看来都与解读文本、比较证词和鉴赏古迹一样，不过是各种科学研究方法，具备真正的理性价值，适合用于追寻真相。

正准备敲响百叶窗遮的当下，他忽然有颜面尽失之感，想到奥黛特即将知道他曾心存怀疑，回去后又折返回来，还伫守街上监探。她常对他说，她多么厌恶醋劲强烈的人，会跟踪、监视的情人。他正要做的事十分拙劣，差一点她就要从此讨厌他了；而此时此刻，既然他还没敲窗，也许，尽管她欺骗了他，但还是爱着他。如此贪一时之快而草率行事，只会牺牲可能的幸福！然而想得知真相的欲望更强烈，在他看来，也更名正言顺。他知道，他愿意付出生命去还原的真实状况，能从这扇窗后读到，横映着光线的窗宛如一份烫金封面装帧的珍贵手稿，蕴涵丰富的艺术性，查阅这份稿子的学者难以罔顾漠视。他体验着一种得知真相的快感，在这起独特、短暂而珍贵的事件中，那真相的透明度是如此热腾腾，如此华美，令他疯狂感兴趣。而且，他自认占上风——他非常需要这种感觉——那优势或许不在懂得如何表现出他知道事实，而在于能教他们好看。他踮起脚尖，敲了窗户。里面没听见，于是他又敲得更用力。交谈中断。一个男人出声，他试图从他认识的奥黛特友人中辨识这声音的主人。男人问：

"是谁？"

他不确定有没有认出来，又敲了一次。有人开了窗，并打开百叶窗遮。现在他已无退路，而且，既然她就快要明白这一切了，为了不显得自己太可怜、太嫉妒、太好奇，他只用一副满不在乎的轻快口吻喊道：

"不用麻烦，我刚好路过，看见这灯还亮着，想知道您是不是舒服了些。"

定睛一看，在他前面是两位老先生站在窗边，其中一人提着一盏灯，于是他看见房间内部，是一个陌生的房间。平常他很晚才来到奥黛特家时，习惯将一排全部同款的窗户中唯一亮着的那一扇认作是奥黛特家，现在，他弄错了，敲的是隔壁人家的窗。他边道歉边走开，上路返家，庆幸自己为了满足好奇心而做的举动无损他们的爱情，而且，他长久以来对奥黛特假装冷淡，也没有因为嫉妒而泄露他太爱她的事实。由于这铁证，在爱恋中的两人之间，被嫉妒的那方得以永远不必提供足够的爱。他没对她提起这场乌龙，自己也不再多想。但是，时不时地，一波思绪涌来，与她未曾发现的回忆会合、冲撞、埋得更深，斯万感觉到一阵猛烈而深刻的痛苦。仿佛肉体的疼痛一般，斯万的思绪无法减轻这痛楚。反观身体之痛，由于不受思考约束，至少意念得以停驻，确认它已经缓解，已暂时停止；而这记忆之痛，仅仅只是想起，就又再痛一次。想要不去想，那还是在想，依然为之痛苦。有时，与朋友闲聊之中，他淡忘了这痛苦，忽闻人家对他说起某个字，脸色立即骤变，就像伤员被笨拙的家伙不小心碰到受伤发疼的肢体。跟奥黛特道别后，他一向心情愉快，自觉平静，回想她刚才的笑容，说起这人或那人时尖酸嘲讽，对他却是百般温柔，还有她沉沉的头，低头时偏离了主轴，几乎不由自主地任其垂落在他的唇上，如同初次在马车里那样，被他拥在怀中时，垂下的头倚在肩上轻轻战栗，向他投来欲仙欲死的目光。

但他的妒意，仿佛爱情的影子，随即添油加醋，复制她当晚对他露出的那副笑容——现在则对调过来，嘲讽斯万，对另一人充满爱意——复制她垂头之姿，但转向别的嘴唇落下，还有她对他的所有柔情举动，如今全献给了别人。从在她家带走的所有缠绵回忆，尽数形同草稿，有如装潢设计师呈上的"蓝图"，让斯万有了依据，去揣想她可能对其他人表现出何种热烈或痴狂。结果，从她那儿品尝到的每次欢愉，每种独创的爱抚，他竟大意地让她知道他觉得那滋味是多么甜蜜，还有在她身上发现的万种风情，这些都令他悔不当初，因为他知道，下一刻，这些都将为他的酷刑新增五花八门的刑具。

斯万又想起几天前，不经意在奥黛特的双眸中初次捕获到的短暂目光，这酷刑于是变得越发残酷。事情就发生在维尔迪兰家，晚餐之后。要不是福什维尔感觉出他的连襟萨尼耶特在这群人当中并不受宠，于是想拿他当笑柄，利用他，好在众人面前出风头，不然就是萨尼耶特在谈话中用词不当，激怒了他；此外，席间无人发现那个拙劣的用词，在场的人都听不出那字眼当中暗藏了什么贬损隐喻，而说者也毫无心机，那并非他的本意；又或者，其实福什维尔早就想找机会把太熟悉他底细的这人赶出这一家，而且他深知此人极难处理，只要那人在场，他就坐立难安。总之，福什维尔回应萨尼耶特那句笨拙的话语时，态度相当粗鲁，出言侮辱，越来越刺耳露骨，他高声怒吼不断，对方惊惶失措，痛苦难当，哀哀求饶；可怜的家伙，问过维尔迪兰夫人他是否该留下，竟得不到回应，于是结结巴巴地退下离开，眼中泛着泪水。奥黛特目睹这一幕，全程面无表情，但在萨尼耶特关上门后，她平时惯有的神情立即降格好几级，堪称低级，与福什维尔完全同一等级；她的眼里闪过一抹阴险的微笑，赞赏他刚才的胆识，嘲讽那名受害者；她对他投以同流合污的目光，如此清楚地表示："这就叫当众羞辱，谁说不是？您看见他那副窘样了吗？简直都要哭出来了！"而当福什维尔的双眼对上这道目光，便顿时从依然酣畅的盛怒或佯装出来的盛怒中清醒，微笑答道：

"他刚才只要表现得体，现在人就还在这里。无论多大年纪，好好教训一顿总是有用的。"

有一天，斯万下午出门拜访某人，由于想见的人不在，他于是一时兴起，想进奥黛特家看看。他从来没在那个时间去过，但他知道下午茶时间之前，她一向会在家睡午觉或是写写信，他很乐意就只是去看看她，不多打扰。门房说，他认为她应该在家。他按了门铃，觉得听见一阵杂响，走路的脚步声，但就是没人来开门。他烦躁起来，有些恼火，直接走去宅邸背面的小街上，站在奥黛特卧室的窗前。窗帘遮挡，他什么也看不见，便用力拍打窗玻璃，出声喊她。没人来开窗。他发现邻居在看他，于是决定离开，心想，到头来说不定是他弄错了，错以为听见脚步声。但他始终耿耿于怀，根本无法思考别的事情。一个钟头后，他又回来了，找到了她。她告诉他，他按门铃那时她正在家里，不过在睡觉；铃声吵醒了她，她猜想来人是斯万便跑去找他，但他已经走了。她确实听见有人在敲窗户。斯万立即听出这番话当中有一句真话，被当场逮到的说谎者为求心安，在捏造出的虚构情节中掺杂一句实话，以为这样就算说出部分实情，要以真相让假话听似为真。当然，奥黛特做了一件不想明说的事之后，会将那事情妥当地深埋心里，只不过，一旦她有意欺瞒的那人就在面前，她便会不由自主地慌乱，所有想法全站不住脚，编造故事和理解思考的才能全数失灵，脑中更只剩空白一片，然而又得说些什么，可一时之间迸现的恰恰却正都是她想隐瞒的，因为那些事情是真的，所以留在脑海。她从中撷取出微不足道的一小部分，心想，反正这样比较好，因为那是真实的细节，不会引发虚构情节招致的危险。"至少这部分是实话，"她告诉自己，"总是多几分胜算。他可以去打听，认可那是真话，无论如何我都不会被这细节拆穿。"她错了，正是这部分让她露出了马脚。她不知道这小小的实情暗藏棱角，只能套进她断然撷取处的前后其他细节，无论她在这些事项之间插入什么捏造情节，多余的素材和没填满的空缺都将揭露那并非在那个时间点发生的事。"她承认听见我按门铃，然后敲窗，还说她以为是我来了，当时很想见我。"斯万心想，"但她没派人来开门的事实用这些根本说不通。"

不过他没对她点出这项矛盾，因为他认为，放任奥黛特自己来解释，说不定她会编出什么谎话，那恰可当成追查真相的蛛丝马迹。她继续说下去，他不打断，带着贪婪而痛苦的怜悯，接收她告诉他的一字一句，他觉得，在这些话中，如同女神的衣纱[①]，隐约留有线索（正因为她在对他说的同时，将之藏在字句背后），描绘出那拿捏不定、无比珍贵，但是可叹啊！根本找不到的实情——她在下午三点、他来的当时正在做的事——他恐怕只能永远拥有这些谎言，无从解读又神妙的遗迹，仅存于这长久凝视却不知如何欣赏、但

---

① 女神的衣纱（Voile sacré），即 Zaïmph，这是福楼拜在小说《萨朗波》（Salammbô）中自创的词，指迦太基女神塔尼特（Tanit）的面纱，又称神衣，有着不可触知、无形且神圣的特性。

也不愿放弃之人的私藏记忆里。当然，他偶尔会认清奥黛特的日常活动本身并无令人甚感兴趣之处，而且她和其他男人可能交往的方式自然也不会一成不变，而且无视对象地引发病态的哀愁，甚至可以点燃自杀狂念。他顿时领悟，这份关切，这份忧伤，在他身上不过是一种病，痊愈之后，奥黛特的行为，可能献出的热吻，又将变得不具攻击性，与其他诸多女人所做的无异。现在令斯万痛苦的这份好奇心完全是他自找的，但那不是要他觉得，对这股好奇心的重视、为了满足它而着手实现一切，皆是不理性之举。因为斯万来到这年纪，他此时的人生哲学——受惠于时代思潮及他长期浸淫的社交界想法，洛姆亲王夫人的小圈子，在那儿，公认的聪明人会对一切抱持怀疑，真实而且不容置疑的，唯有人人各自的喜好——已与他年轻时不再相同，而是一种实证哲学，近乎医学；抱持这种思想的人不会对外显露渴望的目标，而是试着从已流逝的岁月当中析离出一份安定残余物，包含种种习性，以及可视为自己独特、恒久不变的热情，并且刻意留心，让他们采取的生活形态能满足热爱之事。斯万觉得，既要考量生活中因不知奥黛特做了什么而感受到的痛苦，也要顾及因潮湿天候造成湿疹复发严重，这才是明智之举；拨出一大笔预算，用以探听奥黛特的日间行程，若得不到相关讯息，他会觉得自己好可怜，他同时也为他的其他嗜好预存资金，例如艺术收藏和美食佳肴，他知道，至少在他坠入爱河之前，可以期待这些嗜好带来的乐趣。

　　他正要向奥黛特道别回家，她极力挽留他多待一会儿，在他要开门出去时猛然抓住他的手臂。但他没多留意，因为我们在许许多多的举动、话语、遍布交谈当中的小插曲里，难免会和暗藏我们的疑心随机在查找的真相枝节擦身而过，却没察觉任何值得警醒之处，反倒是去留意背后毫无意图的那些。她时时对他叨念："我真可怜，你从不在下午过来，总算来了这么一次，我却没见到你。"他很清楚她其实没有这么爱他，不至于因为错过他的来访就懊恼到这种程度，但由于她心地善良，一心想取悦他，惹得他不高兴时经常难过，他觉得这次她会难过倒也十分自然，因为她剥夺了共度一个钟头的乐趣，对他而言，那是极大的乐趣，但对她则不然。然而，那毕竟是件微不足道的小事，她却始终摆出那般心痛的表情，这终究令他讶异。她这副模样比平常更令他想起《春》①之绘者画笔下的女性形象。此刻，她的脸色正是她们那副垂头丧气、伤心欲绝，仿佛遭遇一份她们承受不了的苦痛，然而那时她们不过是任由小耶稣把玩着一颗石榴，或是看着摩西将水灌进马槽。先前有一次，他曾见到她如此愁容满面，但已忘记是在什么场合。突然间，他想起来了：是那次晚餐的隔天，奥黛特对维尔迪兰夫人说了谎，谎称她缺席是因为生病，而事实上，她是为了和斯万彻夜共处。的确，就算她是个最谨慎多虑的女人，也未必会为一则如此无辜的谎言而内疚。但奥黛特随口说的谎可没那么无辜，常是用来防范东窗事发，否则她与这些人或那些人之间会产生严重的麻烦。因此，她说谎时既紧张又害怕，觉得自己几乎没有得以防备的武器，没有把握成功，总疲累得想哭，如同没睡饱的孩子。而且她知道自己的谎言通常会重伤

① 《春》(Primavera)是波提切利绘于1482年的名画，现藏于佛罗伦萨的乌菲兹美术馆。

她所欺瞒的男人，万一她的谎撒得不好，拜那人之赐，说不定她会一败涂地。于是，在他面前，她既自卑又有罪恶感。每当需要扯一个无伤大雅、迎合上流社交的谎言时，由于感受与记忆结合作用，她感觉到一种过度操劳带来的不适，还有那种使了坏心眼的懊悔抱歉。

她正对斯万撒的谎究竟多令人沮丧？竟露出这般痛苦的眼神，如此唉声叹气，仿佛已撑不住她勉强做出的努力，只得苦苦求饶？他顿时想到，她极力对他隐瞒的不仅是下午那段插曲的真相，还是某件更实时的事，或许尚未发生，但即将发生，而且可能会让这次事件真相大白。奥黛特说个不停，但尽是些无病呻吟：她懊悔下午没见到斯万，没为他开门，那懊悔已成彻底的绝望。

只听见大门关上以及一辆马车的声响，像是有人来了但又离开——很可能就是斯万不该遇见的那个人——仆人告知来者奥黛特出门了。于是，斯万心想，自己不过是在一个平常不会来的时间过来，便打乱了那么多她不想让他知道的事，他顿时有点泄气，近乎沮丧。然而，由于他爱着奥黛特，由于他习惯所有事都为她着想，原本可能涌生的自怜之感，竟全都移转到了她身上，他喃喃低语："可怜的宝贝！"斯万正要离开之际，她拿起好几封原已摆在桌上的信，问他能否替她拿到邮局去寄。他带走了那些信，到家后才发现竟把信也一并带了回来。于是他回头去邮局，从衣袋中取出信件，他在投入邮筒前一封封看了地址。全都是给供货商的，只有一封是寄给福什维尔。他拿着那封信，心想："看了这信里的内容，我就会知道她怎么称呼他，怎么跟他说话，他们之间是否有暧昧。甚至，要是不看，也许反而还显得我对奥黛特不够体贴，毕竟这是能让我解脱猜忌之苦的唯一方法，说不定是我冤枉了她。无论如何，我的疑心注定令她痛苦，这封信一旦寄出去，就再无任何东西能消灭猜疑了。"

他离开邮局回家，但留下最后那一封没寄出。他点亮蜡烛，将不敢贸然拆开的信凑近烛火。起初他什么也读不到，但信封很薄，紧贴着封套里的硬卡片，借着薄透的程度，他读到最后几个字。是一句十分冷淡的信末问候语。如果，不是他在偷看一封写给福什维尔的信，而是福什维尔在偷看一封写给斯万的信，那么应该会读到截然不同的温柔语句！卡片比信封小，跳舞般动来动去，他紧紧抓稳，再以大拇指挪滑，逐行挪到信封没有衬里之处，唯有透过那里才读得到字迹。

尽管如此，他还是无法清楚辨识，不过这倒没什么影响，反正他已经读了不少，知道那是一件微不足道的小事，完全扯不上恋爱关系，那说的是关于奥黛特的一位叔父。斯万明确读到那行句子的开头："我是对的。"但他不明白奥黛特是对了什么，忽然，有个他起先没能解读出来的字跃然纸上，厘清了整句话的意思："我是对的，幸好开了门，是我叔父。"开门！所以斯万按下门铃那时，福什维尔就在那里，她叫他离开，所以才会有当时那些声响。

于是他读完整封信；信末，她为自己待福什维尔如此失礼致歉，并告诉他，他把烟盒忘在她家了。同样的句子她也曾写给斯万，那是在他刚开始去她家那段时期。不过，在给斯万的信中她还加上："您最好别把心也给忘在这儿了，我可不会让您来拿回去呢。"给福什维尔的信里则完全没有这类语句：没有任何令人猜疑两人私通的联想可能。此外，老实说，在这整件事当中，福什维尔比他被骗得更惨，毕竟奥黛特还写信给他，要他相信来访者是她的叔父。到头来，她看重的男人是他，斯万，为了他，她遣走了另一个男人。只是，奥黛特和福什维尔之间若是清白，为什么不立刻来开门，为什么要说："还好我开了门，来的是我叔父"？如果她当时问心无愧，福什维尔对于她有可能不去开门，又会是如何作想？斯万呆在那儿，看着奥黛特毫无顾忌地交给他的这封信，他伤心，不解，却又高兴，可见她绝对信任他处事圆融；但这封信开了一扇透明窗，透过他原本从未料到会得知的秘密插曲，仿佛在直接投射于未知的一小块亮光中，对他袒露出奥黛特生活的一隅。接着，他的妒意雀跃起来，这股嫉妒心仿佛有生命力，独立、自私，对滋养它的一切贪得无厌，有损自身亦在所不惜。现在它得到了一种养分，斯万即将开始日日挂怀奥黛特在五点之前接待的访客，试图得知福什维尔那时刻人在哪儿。因为斯万的温柔依然维持着从最初便深深印下的特性，来自对奥黛特的日间行程一无所知，同时又懒得动脑，无从借想象补足不知。起初，他的妒意并未遍及奥黛特的每一个生活时刻，仅针对几个时候，出于某种情况，或许是会错意，总之，使得他猜疑奥黛特有可能欺骗他。他的妒意有如一只章鱼，伸出第一只触手，接着第二只，然后第三只，紧紧攀住傍晚五点这个时刻，接着抓住另一个时刻，而后另外再一个。但斯万不擅编造痛苦。这些痛苦都只是记忆，是一项外来痛苦的永久延续。

　　但是此时，一切都令他痛苦。他想让奥黛特远离福什维尔，想带她去南方玩几天。但他相信旅馆里的所有男人都会对她产生欲念，而她也渴望与他们发生关系。因此，以往在旅途中寻求结识新朋友，喜欢人多热闹的他，如今在别人眼中竟显得孤僻，规避男人的群聚，仿佛曾经受过狠狠伤害。既然所有男人都被他视为是奥黛特可能的情夫，他岂能不愤世嫉俗？因此，他的妒意，比当初对奥黛特那股想入非非、又欢乐戏谑的偏爱，更甚地改变了斯万的性格，在他人眼中更是全面翻转，彻底改变了那性格表现出来的外在特质。

在读过奥黛特写给福什维尔的那封信的一个月后，斯万参加了维尔迪兰夫妇在布洛涅森林举办的晚宴。大伙儿正准备离开时，他注意到维尔迪兰夫人与好几位宾客正秘密策划着什么，大致明白他们是在提醒钢琴师隔天记得前去沙图 [①]

的一场派对，然而他，斯万，却不在受邀之列。

维尔迪兰夫妇先是压低音量说话，而且语焉不详，画家呢，想必漫不经心，却大声嚷嚷：

"最好别设任何照明，叫他在一片漆黑之中演奏《月光奏鸣曲》，才能让曲子更一目了然。"

维尔迪兰夫人看见斯万就站在近旁，于是做出个表情，欲使那说话者闭嘴，又想在听者眼中维持无辜的神态，于是一切皆在她眼神中抵消，化为浓浓的空泛，身为同谋者那不为所动的聪明目光逐渐藏进了天真的笑容底下；这个所有察觉失言状况的人都会有的表情顿时揭穿了她，就算做出这表情的那些人当下没会意，想隐瞒的对象见了也会恍然大悟。奥黛特突然一脸失望，好似一个放弃反抗生活中种种困难压迫的人。斯万分秒难耐，焦躁地期盼那时刻到来，好让他离开这家餐厅之后，在和她一起回家的路上可以要求她提出解

---

① 沙图（Chatou），位于塞纳－马恩河西北边的市镇，距离巴黎市中心十几公里，富人区。

释，从她口中得知她隔天不会去沙图，或是她已让他也受邀参加，并在他怀中抚慰他的焦虑。总算，大家开始召唤自己的马车。维尔迪兰夫人对斯万说：

"那么，别了，不久后再见，对吧？"她说话的同时流露友好的眼神，勉强挤出微笑，试图不让斯万察觉这次与此前有所不同。她没说：

"明天沙图见，后天，我家见。"

维尔迪兰夫妇让福什维尔跟他们一起上车，斯万的马车就排在他们的后面，他等着车子驶来，准备接奥黛特登上他的车。

"奥黛特，我们载您回去吧，"维尔迪兰夫人说，"福什维尔先生旁边还空了点位子给您。"

"好的，夫人。"奥黛特回应。

"什么？可是，我以为是我该送您回去的！"斯万嚷了起来，该说的话直接脱口而出，毫不掩饰，因为车门已经打开，此时每秒必争，目前他这个状态，回家路上不能没有她。

"但是维尔迪兰夫人邀了我……"

"拜托噢，您明明可以自己回去，我们把她留给您的次数也已经够多了。"维尔迪兰夫人说。

"可是我有一件重要的事要告诉这位夫人。"

"那好！您写信给她就行了……"

"别了。"奥黛特伸长了手对他说。

他试着微笑，看上去却灰头土脸。

"你看见斯万现在敢用什么态度对待我们了吗？"维尔迪兰夫人回到家后对她丈夫说，"我还以为他要把我给生吞活剥了呢！就只因为我们送奥黛特回来。这简直不像话嘛！

真是的！所以，他干脆说我们开了一家幽会馆算了！我真不懂奥黛特怎么能忍受这样的行为。他那副表情绝对是在说：您是我的。我要把我的想法告诉奥黛特，希望她能懂。"

过了一会儿，她又气冲冲地说：

"不是呀，您看看，那头肮脏的畜生！"不知不觉，而且或许受制于隐约想证明自己没错的需求——就像法兰索瓦丝在贡布雷遇上母鸡死不断气那时——她用了动刀的乡下人被一头无力反抗的动物临死前最后挣扎逼得骂出的字眼。

就在维尔迪兰夫人的马车出发，而斯万的车往前挪动时，他的马车夫看着他，问他是否病了，还是遭遇了什么不幸。

斯万打发车夫先离开，他想自己走走，于是穿越森林，徒步回家。他自言自语，高声诉说，用的仍是先前细数小核心的魅力、盛赞维尔迪兰夫妇的宽宏大量时，那种略带做作的语气。但一如奥黛特曾说过的话，和那盈盈笑脸与亲吻，若不是给他、而是给了别人，以往感觉有多甜蜜，如今就变得有多可憎，同样地，维尔迪兰家的沙龙，刚才他还觉得十分有趣，散发着对于艺术的真品位，甚至有高贵的道德观念，但既然此后奥黛特在那儿会相遇、随意说爱的对象另有其人，那沙龙便处处暴露出它的荒谬、愚蠢和卑鄙可耻。

他嫌恶地想象隔天在沙图的晚宴。"先说这个特地跑去沙图的主意！简直就像那些刚关上店门的裁缝铺老板！这些人可真是高尚的布尔乔亚派，应该不是真实存在，绝对是从拉比什[①]的戏里跑出来的人物！"

---

① 拉比什（Eugène Labiche, 1815—1888），法国剧作家，法兰西学院院士，以滑稽通俗喜剧著名。

　　会去晚宴的人应该有寇达尔夫妇，或许还有布里肖。
"这些小人物的生活也真够滑稽，互相依赖彼此过活，我敢
说，要是他们明天在沙图没有全体聚集，大概会以为这辈
子都完了！"唉！画家也会去，那个喜欢"撮合做媒"的画
家，会邀福什维尔带着奥黛特去他的画室。脑海中，他看见
奥黛特为了这次郊游装扮得过分花枝招展，"因为她就是那
么俗气啊，而且，可怜的小东西，尤其还那么愚蠢！"

　　他仿佛听见维尔迪兰夫人明天晚餐后会开的玩笑，那些
玩笑，以前无论是针对哪个讨厌鬼，他总觉得好笑，因为他
看见奥黛特在笑，于是跟着她一起笑，几乎笑进他的心坎
里。如今他觉得，人家也许会拿他当作让奥黛特扑哧一笑的
笑话。"多么龌龊的恶趣味！"他嘴角做了个恶心的表情，
夸张到令自己都强烈感觉到做鬼脸时颈部肌肉的拉扯，摩擦
到了衬衫衣领。"一个上帝依自己的形象造出的女人，怎么
能在这些令人作呕的玩笑中找到笑点？凡是嗅觉有点敏感的
鼻子都会嫌恶地转身背离，以免遭受如此恶臭冒犯。实在教
人不敢相信，生而为人，竟然不懂得要是放任自己讪笑曾对
他忠心伸援的同类，便已堕入永无翻身之日的泥沼，任谁拿
出全世界最坚强的意愿也无法助其脱身。我住得远远高出那
翻搅、喧腾着那种肮脏闲话的低级泥潭好几千米，才不会被
维尔迪兰家那女人的玩笑波及！"他忘情大叫，抬起头，昂
然挺胸。"上帝为证，我曾衷心想把奥黛特拉离那地方，拉
拔到一个比较高贵、纯净的氛围里。但人的耐心是有限的，
我的忍耐已到了极点。"他对自己说，仿佛将奥黛特从一个
充满讽刺挖苦的环境中解救出来的任务已行之有年，而非短
短几分钟前的事，仿佛那不是在认为那些酸言酸语或许把他

当成了攻讦目标，而且试图拆散他和奥黛特之后他才临时起意。

　　他能想见钢琴师正准备弹奏《月光奏鸣曲》，还有维尔迪兰夫人那一脸惊惶、唯恐贝多芬的音乐就要惹得她神经发疼。"笨蛋！骗子！"他大喊，"这女人还自以为热爱艺术！"向奥黛特迂回地夸奖福什维尔几句之后，她又会故技重施，跟她说："请挪出点位子，好让福什维尔先生坐您身边。""共处一片漆黑之中！娼头！皮条客！""皮条客"，这也是他给另外那段音乐取的名字，那乐声一起，两人便不再说话，一起幻梦，互相凝望，牵起彼此的手。他觉得，以一板一眼的正经态度对待艺术颇有益处，如柏拉图、波舒哀、老式的法国教育[①]。

　　总之，在维尔迪兰家的日子，以往他还常称那是"真正的生活"，如今在他看来倒成了最糟糕的一种，他们的小核心也成了最不堪的圈子。"那真的是，"他说，"社会阶层最低等的一级，但丁描述的最末层地狱。毋庸置疑，那部磅礴巨作参考的就是维尔迪兰家！其实，上流人士虽然也有可议之处，但和这帮无赖毕竟不可相提并论，他们拒绝与这些人结交，不愿弄脏手指，这足足可见他们的智慧深厚！圣日耳曼区通行的"勿触我"[②]当中蕴含了多少先见之明啊！"他走出森林小径已有好一会儿，几乎快到家了；痛恨未消，而

---

　　① 此处隐射柏拉图在《理想国》第十卷中对艺术的批评，而他的思想又被路易十四宫廷布道师、大演说家波舒哀（Jacques-Bénigne Bossuet, 1627—1704）在著作《喜剧箴言及省思》（Maximes et réflexions sur la comédie）中引用。
　　② Noli me tangere，原文为拉丁文，复活后的耶稣对抹大拉的玛利亚所说的话。

自己声音当中那欺人的语气、做作的音色，透露出一股装腔作势，时时刻刻朝他灌注更澎湃的醉意，在深夜寂静中继续高声演讲："上流人士的缺点有谁比我知道得更清楚，但无论如何，他们总是还懂得有所不为。像我认识的那位优雅女性，远远称不上完美，但她为人还是有基本的细致之处，处事又正派，因此，无论发生什么事，她也做不出背离之举；这就足以让她领先维尔迪兰太太那等泼妇好几条鸿沟！维尔迪兰！这算什么姓氏！哼！他们还真可说是登峰造极，还真是同类中的佼佼者啊！感谢上帝，我正好不必再对这个卑鄙的女人和那些一丘之貉的废物卑躬屈膝！"

不过，维尔迪兰夫妇身上早先得到他认可的种种美德，即使他们真的拥有，要不是因为他们曾经支持、保护他的恋情，也不足以在斯万心中引发如此陶醉，令他被他们的宽宏大量所感动；而这醺然陶醉之感，即使透过他人渲染，也只能源于奥黛特——同样地，如今他在维尔迪兰夫妇身上感觉到的悖德，就算是真的，本来也无甚影响，要不是因为他们邀了奥黛特和福什维尔却略过他，导致他的愤恨一发不可收拾，使得他怒骂他们"卑鄙下流"。斯万的声音想必比他自己还明察事理，才会将这些充满对维尔迪兰社交圈的嫌恶及和其断交之喜悦的字眼说出口，而且非用夸张造作的语气不可，仿佛选用它们是为了发泄怒气，而非为了表达想法。其实，在忘情谩骂之际，他的想法很可能在不知不觉中已被一样截然不同的事物占据，因为一回到家，才刚关上车道大门，他便突然拍了一下自己的额头，复又开门出去，这次声调自然地大喊："我想我找到明天能让我获邀去沙图晚宴的办法了！"但那看来并不是个好办法，因为斯万还是没获邀：寇达尔医师去外省为一名严重的病患出诊，已经好几天没见到维尔迪兰夫妇，也没能去沙图。沙图晚宴的隔天，他去他们家吃饭，坐下时他问说：

"怎么，今晚见不到斯万先生吗？他可是那个谁所谓的私人好友……"

"见不到最好！"维尔迪兰夫人嚷了起来，"上帝保佑，那家伙无聊到了极点，又笨又没教养。"

寇达尔听到这些话，显得既惊讶又顺从，像是面对一桩真相，与他至此之前相信的完全相反，却又是一桩铁铮铮的事实。于是，他一脸五味杂陈，惶恐害怕，埋首餐盘之中，只敢唯唯诺诺："啊！啊！啊！啊！啊！"沿着音阶往下，按部就班节节撤退，声域一路退缩，直到深藏心底。此后，维尔迪兰家绝口不谈斯万的话题。

于是，这曾经撮合斯万和奥黛特的沙龙成了两人约会的障碍。她不再像恋爱初期那样对他说："反正我们明晚会见面，维尔迪兰家晚上有一场餐会。"或者，维尔迪兰夫妇要带奥黛特去喜歌剧院[①]看《克丽奥佩托拉的一夜》[②]，而斯万会在她眼中看到那惶恐的神色，怕他要求她别去；这神情在昔日会令他情不自禁地亲吻情人的脸，现在则是万分激怒他。"然而我的感受并不是愤怒，"他对自己说，"看见她想去那粪土不如的音乐里剽窃偷学，我感到的是悲哀，当然不

---

① 喜歌剧院（Opéra comique），坐落于巴黎第二区的表演厅，建立于1714年。

② 《克丽奥佩托拉的一夜》（*Une nuit de Cléopâtre*），儒勒·巴比耶（Jules Barbier）作词，维多·马塞谱曲，根据泰奥菲尔·戈蒂耶（Théophile Gautier）1838年发表的短篇小说改编。

是为我而悲，而是为她。悲哀地发现，每天和我接触、交往了六个多月之后，她竟然还是无法脱胎换骨，自动把维多·马塞[①]给淘汰掉！尤其是竟然还不懂，凡是生性稍微体贴之人，在人家提出请求时，都该晓得有些晚上就该放弃享乐。她应该要懂得说'我不去'，即使是理智做出的决定也好，既然人家会仅依她这一次的回答去评量她的整个心灵素质。"由于他说服了自己，深信那晚他之所以渴望她留下来陪他，而不是去喜歌剧院，其实只是为了能替奥黛特的精神层次争得较正面的评价，至今他仍用说服自己的理由来告诉她，口是心非的程度就和对自己一模一样，甚至更胜一筹，毕竟，当时他还摆脱不了期盼，渴望能唤醒奥黛特的自尊心，以此打动她。

"我发誓，"他在她出发去看戏的前一会儿对她说，"在请求你别去的同时，我唯一的心愿，说我自私也罢，就是要你拒绝我，因为我今晚有几千项事情待办，如果你出乎意料地答说你不去，那我可就落进自己的圈套，自找麻烦了。但我的事业、我的玩乐，那些并非一切，我必须为你着想。也许有朝一日，你发现我对你永远再无依恋，那么你有权责备我，责备我在觉得就要把这些爱难以长久抵抗的严苛评价加诸你的关键时刻没提醒你。你看，《克丽奥佩托拉的一夜》（这什么剧名！）在这整个情况中并不算什么。你该知道的是，你是否真的是在精神层面、甚至魅力程度上排名最末的那个人，是否真的是个可轻贱的女人，就连一次享乐也放弃

---

① 马塞（Victor Massé, 1822—1884），法国歌剧与喜歌剧作曲家，作品近二十部，如今虽被淡忘，但在当时颇受推崇。

不了。届时，倘若你真的是，那人家怎么能爱你呢，毕竟你这个人根本不是一个明确、清楚、虽不完美、但至少还能朝完美进步的女人。你是一摊无形的水，人家给你什么样的斜坡你就怎么往下流，是一只没有记忆也不会思考的鱼，一旦活在鱼缸中，一天总要撞上玻璃百来次，却还是把玻璃当成水。你懂吗？你的回应，当然，并不是说那对我立即就不再爱你这件事有所影响；但它让我明白你不配为人，你在万事万物之末，而且毫无上进心，这让你在我眼中变得没那么有吸引力了。显然，要是可以，我宁愿把请你放弃去看《克丽奥托佩拉的一夜》（既然你非要用这低贱的剧名脏了我的嘴不可）当成一件微不足道的小事，希望你无论如何还是去。但是，我既已决定如此看待你的回应，从中整理出这些后果，我觉得，先知会你一声比较有格调。"

奥黛特早已流露出各种情绪及不解。她不懂这一大段话的意义何在，将之理解为一般认知的"长篇大论"，而男人责怪或哀求的场面对她来说已是家常便饭之事，因此不需细听每一个字也能作出结论：他们若是不爱她，便不会说出那些话，而在他们爱她时不需要顺从他们，他们以后只会更爱她。因此，本来她会极为冷静地听斯万说完，要不是她看到时间分秒过去，发现他要是再说下去，她就会，如她带着温柔、固执又尴尬的微笑对他说的那样："落得错过开场！"

另有一次，他告诉她，最可能令他不再爱她的原因，就是她不肯放弃扯谎。"即使纯粹就迷人风情的角度来看，"他对她说，"难道你不明白，说谎这自甘堕落的举动，会让你丧失多少魅力？一次坦诚以对能让你弥补多少过错！说真的，你实在没有我以为的聪明！"但斯万这么对她阐述不该说谎的理由都是白费力气，这些理由本可彻底摧毁奥黛特某套通用的说谎招式，偏偏她没有这样一套招式，每当她做了什么事想隐瞒斯万，顶多只是不告诉他。因此，对她来说，谎言是一种特殊的权宜之计，而她该说谎还是坦承，端视那性质亦属特殊的理由而定：斯万发现，她没说真话的机会多半颇大。

外貌上，她正处于一个糟糕的阶段：她胖了，以往款款哀怨的魅力，惊讶迷茫的眼神似乎皆已随青春年华逝去。对斯万而言，正当他觉得她没有以前漂亮时，她偏偏又因此变得弥足珍贵。他凝视她良久，试着再次捕捉他曾感受到的魅力，却再也找不回来。不过，知道这新躯壳里住着的始终是奥黛特，始终怀着那股转眼即逝、难以捉摸又奸诈阴险的意志，便足以让斯万热情不减，持续尝试捕捉。然后，他细看两年前的照片，想起她曾经那般娇俏可人，便稍稍宽慰，不枉自己为了她如此辛苦。

维尔迪兰夫妇带她去圣日耳曼，去沙图，去默朗[1]，若是在风和日丽的时节，他们常在当地提议留下来过夜，隔天才回去。维尔迪兰夫人设法平息钢琴师的顾虑，因为他的姑妈还留在巴黎。

"能摆脱您一整天，她会很高兴的。而且她怎么会担心呢？她明知道您跟我们在一起，再说，我也会揽起所有责任。"

但要是她劝说不成，就得出动维尔迪兰先生，找到电报局或找个信差，询问信徒当中有谁需要通知什么人。但奥黛

---

[1]　默朗（Meulan），位于巴黎西北方约四十公里处、塞纳-马恩河右岸的市镇。

特总是婉谢，说她无需为任何人发电报通知，因为她已跟斯万挑明了说，若是在众目睽睽之下发电报给他，她恐怕会给自己惹上麻烦。偶尔，她会离家好几天，因为维尔迪兰夫妇带她去德勒看皇家墓园①，或在画家建议下去了贡比涅②，欣赏森林里的夕阳，又延长旅程前往皮埃尔丰城堡③。

　　"试想她本可跟我一起去参观真正有价值的历史建筑，我可是花了十年时间研究建筑，时时都有高人名士求我带他们去博韦④或圣卢德诺⑤，但我只愿意为她这么做。她反而跟一群无比粗鄙的家伙轮番去对路易-菲利普⑥和维奥莱-勒-杜克⑦制造出的垃圾醉心赞叹！在我看来，常人就算没有艺术天分，甚至不是特别细腻敏感，也不会为了就近吸闻尿粪之味，而选择去茅坑里休憩度假吧！"

　　但当她去了德勒或皮埃尔丰——可叹啊，却不让他装作凑巧似的自行前往，陪在她身边，她说，因为"那有种可悲

　　①　德勒（Dreux），法国中北部大城，德勒皇家礼拜堂所在地，是奥尔良王朝成员的传统墓地。

　　②　贡比涅（Compiègne），位于巴黎东北方80公里，以城堡和森林而闻名。1918年德国向法国投降的协议和1940年法国向德国投降的协议均在此签订。

　　③　皮埃尔丰城堡（Château de Pierrefonds），位于贡比涅森林东南边，建造于16世纪末期的雄伟城堡，其中世纪防御型城堡的特色在19世纪的富人阶层中蔚为风潮，第二帝国时期，拿破仑三世令维奥莱-勒-杜克重建整修。

　　④　博韦（见第244页注释⑦）的圣皮耶主教堂建于13世纪至14世纪，是最美丽的哥特式建筑之一。

　　⑤　圣卢德诺（Saint-Loup-de-Naud），位于法国中北部塞纳-马恩省的小镇，保存着一座12世纪教堂，被视为法兰西岛大区中最美丽的罗马建筑。普鲁斯特曾于1902年造访，其哥特前期风格的门廊为贡布雷及巴尔别克教堂的原型。

　　⑥　路易-菲利普（Louis-Philippe），即奥尔良公爵。

　　⑦　维奥莱-勒-杜克（Eugène Emmanuel Viollet-le-Duc, 1814—1879），法国建筑师，以修复中世纪建筑闻名，是法国哥特复兴建筑的中心人物。

的感觉"——他便一头埋入最动人心弦的恋爱小说：火车时刻表，借它指引找到与她会面的办法，午后、傍晚、甚至就在今天早上！办法？简直比办法还更好：是见面许可。毕竟时刻表与火车本身可不是设计给狗用的。倘若，透过印刷品管道，大众得以知道有一班车会在早上八点出发，在十点抵达皮埃尔丰，那就表示去皮埃尔丰是一项合法行为，奥黛特的允许因此根本就多余；而且此举也可以另有动机，未必非得出于想与奥黛特见面的渴望，既然每天都有不认识她的人这么做，而且为数众多，多到值得烧煤运转火车头。

　　总之，如果他想去，她也无法阻止他到皮埃尔丰！而且，他恰巧就是感觉很想去，若不是认识了奥黛特，他一定早就去了。很久以前，他就想更精确地了解维奥莱－勒－杜克的修复工程。况且天气这么好，他有极其强烈的欲望，想在贡比涅的森林里散步一番。

　　禁止他去他今天唯一想去的地方，她的运气真不好！今天！假如他无视她的禁令，还是去了，那么今天就能见到她！但是，她在皮埃尔丰巧遇的若是某个无关紧要的人，她或许会高高兴兴地对那人说："真巧，您也在这儿！"并且邀他到她与维尔迪兰夫妇下榻的旅馆相见；相反地，她遇见的若是他，斯万，她则会觉得受到冒犯，认定自己被他跟踪，于是不再那么爱他，也许瞥见他之后会愤愤转身离开。"所以，我此后连旅行的权利都没有吗！"她回来后会对他这么说；然而，到头来，从此没有旅行权利的人反而是他！

　　有那么一会儿，为了能去贡比涅和皮埃尔丰，但不流露出是为了要见奥黛特的模样，他生出一个点子，可请一位朋友带他去，也就是德·佛瑞斯特勒侯爵，他在那附近拥有一座城堡。斯万已向侯爵提起这项旅行计划，但没有告知此行的动机；侯爵喜不自胜，喜出望外，十五年来，斯万总算首度愿意去看看他的庄园了；既然斯万说不想只待在那儿，侯爵便也答应至少带他在附近的散步及郊游路线一起走走，共度几日时光。斯万想象自己已和德·福瑞斯特勒先生到了当地。即使尚未见到奥黛特，即使无法见到她，能在这样的时刻亲自踏上那片他不知确切位置的土地，该是一件多么美妙的事！凡是所到之处，他都觉得她可能会突然现身：城堡的内院在他看来变得十分美丽，因为他是为了她才去参观；城里所有大街小巷在他眼中皆有如小说般浪漫；森林里每条路径，被深入、柔和的夕阳余晖染成粉红——数不清的庇护所轮番出现，同时，怀抱着他难以确定、无所不在的各种希望，他快乐、流浪、多重分化的心也来此避栖。"特别注意，"他对德·福瑞斯特勒先生说，"我们要小心，可别遇上奥黛特和维尔迪兰夫妇；我刚得知他们今天正好也在皮埃尔丰。我们在巴黎有的是时间见面，无需大费周章到了异地，结果两人还要形影不离。"他的朋友不会懂，为什么去到那里之后他要变换二十次计划，侦查贡比涅所有旅馆的餐厅，怪的是，又无法干脆地坐进不见维尔迪兰踪迹的任何一家，看起来反倒像是在寻找他口中说是要躲避的那一小群人，而且一旦找到又要立即逃开，因为要是真遇见，他会装模作样地远远走避，只要能看到奥黛特，而她也看见他，特别是看见他对她并无挂念，他便心满意足。才不，她会猜到他准是为了她才出现在当地。于是，当德·福瑞斯特勒先生来接他出发时，他对他说："可惜啊！不行，我今天不能去皮埃尔丰，奥黛特刚好在那儿。"尽管如此，斯万很高兴地感觉到，如果所有凡人之中仅有他一人无权在那天前往皮埃尔丰，那是因为，事实上，对奥黛特而言，他与众不同，他是她的恋人，而针对他设限，违反自由通行这项基本人权，不过是奴化的一种形态，是他无比珍惜的这份爱情的一种形态。无论如何，他最好别冒险惹麻烦，耐心点，等她回来吧！那些天，他每天摊开贡比涅森林的地图俯身细看，当成一份"腾德雷地图"[①]似的，周围摆满皮埃尔丰城堡的照片。一到她很可能会回来的那天，他便再次翻开时刻表，计算她应该是搭哪班火车；如果她迟了，就再看还剩哪些班次。他走不出忧惧，生怕错过一封电报，不肯就寝，只为她万一搭了最末一班车回来，或许会想给他一个惊喜，在半夜过来看他。恰好，他听见车道大门门铃响起，似乎拖延了一会儿才开门；他想唤醒门房，走到窗边，打算来者若是奥黛特便出声喊她，因为，尽管他亲自下楼叮嘱十次以上，门房还是可能会告诉她说他不在。结果只是一名家仆回来。他发现路上车流不断，但他以前从未注意过。他听着每辆车从远方驶来，接近，过他门前不停，从最遥远的地方带来一则不是给他的讯息。他等了整夜，白费力气，因为维尔迪兰夫妇实则提早回程，奥黛特中午就已回到了巴黎。她没想到要通知他，又不知做什么才好，便独自去剧院消磨晚上时间，早已回家就寝。

因为她根本没去想他。她甚至忘记斯万的存在；对奥黛

---

① 腾德雷地图（Carte de Tendre），一张虚构的爱情国度地图，由法国17世纪几位贵族根据史居里女爵（Madeleine de Scudéry）的历史小说《克雷莉》（Clélie）发想手绘，借由"腾德雷"这个国家中的三座城市地貌隐喻爱情中的种种行为、行动及生活模式。

特来说，这样的时刻最是有用，比她的万种风情更能绑住斯
万。因为如此一来，斯万就会活在那种痛苦的不安之中，当
初他在维尔迪兰家没遇着奥黛特、接着找了一整晚那天，仅
仅靠着这强烈的不安便已让他的爱意破壳而出。而如我孩提
时在贡布雷那些足以令人忘却晚上痛苦将再现的快乐白天，
他并没有。斯万的白天没和奥黛特共度，他偶尔会心想：让
一个那么漂亮的女人单独进巴黎，简直等同把满盛的珠宝盒
放在大马路中间，太不谨慎了。于是，他看每个路人都不顺
眼，把他们全当成小偷。但他们整体的面貌不成形状，脱离
他的想象范畴，无法喂养他的嫉妒。思索那面貌令斯万疲
惫，他遮住双眼大喊："愿上帝保佑！"一如那些竭力捕捉
外在现实世界或不朽心灵之难题的人，同意颂念祈祷，舒
缓一下他们疲乏的大脑。但挂念不在身边之人的想法始终萦
绕，无法消溶于斯万最简单的日常活动中——午餐，收信，
出门，就寝——夹杂在做这些事时没有她相伴的哀伤之中，
如同布鲁教堂内那些菲利贝托二世名字的字首，由于对他难
以忘怀，奥地利的玛格丽特便处处以自己名字的字首将之缠
绕①。某些日子，他不待在家里，而是去附近一家餐厅吃午
餐，以前他十分欣赏那餐厅供应的美味佳肴，现在去，却
只是为了某种既神秘又荒诞的理由，世人称之为浪漫；因为
这餐厅（现在还在）的店名和奥黛特住处的街名相同：拉佩

①　布鲁教堂（Eglise de Brou），位于法国东部布雷斯堡（Bourg-en-Bresse）附近的哥特火焰式教堂，由奥地利的玛格丽特（Marguerite d'Autriche,1480—1530）为纪念夫婿萨伏依公爵（Philibert de Savoie, 1480—1504），而建造。称号"美男子"的公爵在两人结婚后三年即去世。以两人名字字首（MP）相连的象征图案在教堂的石雕和彩绘玻璃上处处可见。

鲁斯①。有几次，她短暂出城去了，回来巴黎好几天后才想到要告诉他。而且她不像过去那样谨慎提防地抓取一小部分真相来遮掩，只告诉他说她是搭早上的火车回来，现在才刚到。都是些谎话，至少对奥黛特而言，那些话并不真实、不可靠，因为，在她抵达车站的回忆叙述中，缺少真话该有的根据；她在说出这些话时，自己都无法想象话中的画面，那与她在谎称的下车时刻做的事截然不同，有所矛盾。但在斯万的想法中则恰恰相反，这些话不会遭遇任何阻碍，而是牢不可动地镶进了如此毋庸置疑的真相，以至于若有朋友说他正是搭那班火车前来，但车上却未见奥黛特，他也会深信是朋友弄错了日期时刻，因为他的说法与奥黛特那些话有所抵触。奥黛特的话，只有在他一开始便质疑时，听起来才像谎言。要他相信她在说谎，事先的怀疑是必要条件。此外，也是充分条件。那时，奥黛特所言似乎全都有问题。听她提起一个姓氏，那肯定是她的某个情人，一旦这个假设成型，斯万便要忧伤好几个星期。有一次，他甚至和一家侦探社接洽，以求得知那个唯有出门去旅行才能喘口气的不知名人士的住址和作息时间，最后听说那人是奥黛特的一位叔父，去世已有二十年。

　　虽然她通常不准他在公开场合上前找她，说那会引人闲话，偶尔，某个他和奥黛特都受邀的晚会上——像是在福什维尔家里，画家家里，或是某个部长的慈善舞会——他与她同时在场。他看见她，却不敢留下，只怕触怒她，怕自己就

---

　　① Lapérouse，这家餐厅至今仍在巴黎第六区: 51, quai des Grands-Augustins。奥黛特的住所则在 rue La Pérouse。

像在窥探她与别人享乐，而那乐趣——他独自回家，焦躁地准备就寝时，正如几年之后，在贡布雷，他来家里晚餐的那些晚上的我——在他看来似乎永无止境，因为他未曾见到尽头。另有一、两次，他在那样的夜晚尝到了喜悦，若不是担忧戛然而止的反作用力太过猛烈，那样的喜悦会令人想称其为内心平静的喜悦，因它即是一场抚慰：他去了画家在自家举办的社交盛宴，正准备离开，将蜕变为光鲜亮丽又陌生的奥黛特留在众多男人当中，她流露的眼神和欢快并不是为了他，看在那些男人眼中，那似乎吐露着某种快感，可能会在那儿或别处品尝到（或许在"不协调派舞会"①上，想到她接着就要过去，他不禁颤抖），这比肉体的结合更令斯万嫉妒，因为这更令他难以想象；他已准备走出画室，忽然被几句话喊住（打断了宴会那令他畏惧的结尾，还他一个清白干净的结束，让奥黛特的归来不再是无法设想的可怕事件，变得甜蜜而熟悉，伸手可及，如同他日常生活的一小部分；在他的马车里，奥黛特亲自褪下过度光鲜亮丽和欢快的外表，表示那不过是暂时穿戴上去的变装，那正是为了他，而非为了什么神秘的乐趣，况且，她已厌倦那种打扮），奥黛特眼见他已走到门口，朝他喊来几句："您不等我五分钟吗？我要走了，我们一起回去，请您送我回我家。"

　　的确，有一天，福什维尔要求斯万同时也送他一程，但是由于抵达奥黛特家门口时，他还要求也要一同进去，奥

---

　　① 不协调派舞会（Bal des Incohérents），"不协调派"是一群反学院派幽默画家，由儒勒·莱维（Jule Lévy）领头，在 1882 年到 1888 年间展出作品，分别在 1885 年 3 月及 1891 年 1 月举办过知名的舞会。

黛特便指着斯万回说："啊！这就得看那位先生答不答应了，您请去问他。算了，想进来就进来吧，不过别待太久，我可先告诉您了，他喜欢静静跟我聊天，而且他来的时候不太喜欢有其他访客。啊！那个人呀！要是您像我一样了解他就好了，可不是吗？*my love*，只有我最了解您了，对不对？"

更令斯万感动的，或许是看她当着福什维尔的面这么和他说话，不仅说出了她的温柔爱意，她的情有独钟，也不乏一些批评，例如："我敢说，您一定还没回应您的朋友周日是否要过去晚餐。假如您不想去就别去了，但至少要有礼貌。"或者，"您是否把您那篇关于维米尔的研究评论搁在这儿，打算明天再稍微赶点进度？真是懒惰呢！我呢，我可要鞭策您工作！"这证明了奥黛特始终清楚他在上流社交圈里的受邀状况和艺术方面的研究，他们确实拥有两人共享的生活。而且，说这些时，从她对他展现的笑容深处，他感觉得出她完全属于他。

所以在那些时刻，在她为他们调制橘子水之际，忽然间，好比有块反射镜一开始没调整好，在墙面上形成一片片奇幻的大黑影，游移对象周围，接着又相互交叠，消失不见，化为对象本身；斯万对奥黛特的所有可怕负面想法尽数烟消云散，而后聚焦于他眼前那副迷人的躯体。他突然恍惚，怀疑在这吊灯下，在奥黛特家度过的这一个小时，或许不是假造的一个小时，不是专为他假造（用以遮掩那件既骇人又诱人的事，也就是他不停思索、却又无法清楚想象奥黛特真实生活中的一个小时，奥黛特在他不在时所过的一小时），包含舞台剧的道具，和一箱箱的水果，竟可能是奥黛特生活中确实存在的一个小时；要是他没来，她也可能将同一张沙发推到福什维尔面前，为他倒上一杯一模一样的橘子水，而不是某种莫名的橘子饮料；还有，奥黛特所在的世界也不是那令人害怕又超自然的另一个世界，那个他得费时在当中找到她的位置、而且或许只存在于他的想象中的世界，而是真实现世，没有散发任何特别的愁绪，包含这张他即将能就着书写的桌案，以及这杯他得以品尝的饮料；他凝望这一切事物，满怀好奇、赞叹与感激，毕竟，若说这些物品吸收了他的痴梦，让他得以从中解脱，相反地，它们却也因而充实丰富，让他看到明显有感的实现可能，引他关心，在他目光所及之处具体成型，同时抚慰他的心灵。啊！倘若命运允许他与奥黛特共享一个住所，让她家就是他家，让他问仆人午餐吃什么的时候，得到的回应会是奥黛特选好的菜式，让奥黛特想在早晨去布洛涅森林大道散步时，身为好丈夫的他会扛起义务，尽管无意出门也陪她前往，她觉得太热便替她拿脱下的大衣，或是晚餐后她想薄衣睡袍留在家中，而他被迫待在她身旁，做她想做的事，那么，斯万生活中所有看似无趣至极的琐事小物，只因同时也属于奥黛特过着的生活，即便最家常不过——如同承载那么多梦想、体现那么深欲望的这盏灯，这杯橘子水，这张扶手沙发——也将摇身变得柔情满溢，款款神秘。

然而，他也疑心自己如此缅怀惋惜的是一份平静，一份对他的爱情恐怕并无帮助的宁静氛围。当奥黛特对他来说不再是一个永远不在、令他挂怀、加以揣想的女人，当他对她的感觉不再是奏鸣曲乐句激发出的那股谜样不安，而是怜爱与感激，当他们之间建立起正常关系，终结了他的疯狂与哀伤，那么，在他眼中，奥黛特生活里那些行事想必就会显得没什么意思——就像他以往多次臆想的那样，例如透过信封读她写给福什维尔的信那天。他以那样睿智的透彻眼光审视自己的痛苦，近乎将那痛苦接种在自己身上，加以研究；他告诉自己，待这苦病痊愈之后，奥黛特会做出什么事，他都将不再在乎。但在病态之中，说真的，一如畏惧死亡，他也担忧那样的痊愈时刻，恐怕那其实是现在所有的一切之死。

度过那些安然无事的夜晚之后，斯万平息了疑虑；他衷心赞美奥黛特，隔天一大早便请人将最漂亮的珠宝首饰往她家送，因为前一夜里那种种善意激发出他的感激，或想见到它们再次上演的欲望，或许也激发出了一股需要宣泄的至极爱意。

但是，其他时候，痛苦再度缠绕，他想象奥黛特成了福什维尔的情妇，而且，在他未受邀的沙图餐宴前一天，布洛涅森林中，那对男女就窝在维尔迪兰家的蓝道马车①里，看着他带着那副连马车夫都注意到的绝望神情，苦求奥黛特和他回巴黎不成，只得孤单又落寞地自行回家；在她将他指给福什维尔看，并说："哎呀！你看看他气成那样！"之时，眼中应该也闪着那晶亮、狡黠、低垂又阴险的目光，就和将萨尼耶特赶出维尔迪兰家时一模一样。

于是斯万开始讨厌她。"只是，我也太笨了，"他心想，"竟然用自己的钱去替别人的快乐买单。再怎么样，她总也该注意点，别需索无度，毕竟我往后大可什么都不给。总之，暂时先放弃多余的好心吧！想想，不过就是昨天，她说

---

① 一种四轮敞篷载人马车，豪华的城市型马车，车壳较低，行人可以看见车中的乘客，18 世纪在德国的蓝道（Landau in Pflaz）发明，因而得名。

想去拜罗伊特音乐节^①，我还傻傻提议在那附近为我们俩租下一座巴伐利亚国王的漂亮城堡。此外，她也没表现得有多高兴，一直没说好还是不好；伟大的上帝啊！但愿她最后决定拒绝！连听十五天的瓦格纳，但身旁的她就像有颗苹果摆在眼前的一条鱼，根本兴趣缺缺，这还真是令人愉快！"而他的恨，一如他的爱，需要展现，付诸行动，他自得其乐地将负面想象推演得更远，因为，真多亏那些他算在奥黛特头上的忘恩负义事迹，他对她更讨厌了，而倘若——他正试图如此作想——那些都是真的，他可就有了惩罚她的机会，可将越烧越烈的满腔怒火发泄在她身上。因此，他甚至猜想自己将会收到一封来信，她会在信中向他要钱，好拿去租下拜罗伊特附近那座城堡，但又告诉他他不能一起去，因为她已经承诺邀请福什维尔和维尔迪兰夫妇同行。啊！他真希望她有这个胆量！那他会多么开心！他可以断然拒绝，编撰报复性的回应，他可以称心如意地用词选字，高声说出，仿佛当真收到了那封信一般！

　　但那正是隔天发生的事。她写信给他，说维尔迪兰夫妇和他们的朋友对前往现场欣赏这些瓦格纳作品兴致勃勃，要是他愿意把这笔钱寄给她，常受他们款待的她便终于有幸能回邀他们一次。至于他，她只字未提，言下之意是有他们在，他就被排除在外。

　　于是，前一晚，他字字斟酌、但不敢冀望能派上用场，

---

^①　拜罗伊特音乐节（Bayreuther Festspiele），在德国拜罗伊特节日剧院所举行的音乐节，专门演出瓦格纳的歌剧作品，一般在每年的 7 月 25 日至 8 月 28 日间举行。第一届音乐节在 1876 年，演出的是《尼伯龙根的指环》。

那语不惊人死不休的回应，他可以开心地叫人传话给她。可叹啊！他清楚感到，以她拥有的钱财，或者应该说她能轻易筹到的钱财，既然她想这么做，也够她在拜罗伊特租屋了，这个连巴赫和克拉皮松①都分不清楚的女人。但无论如何，她在那儿可得省吃俭用些。手头拮据时，不能过得像是他这次已寄给她几张千元大钞，不能每晚在城堡里安排那些精致夜宵，不能结束之后或许还一时兴起——她至今可能还没有过这种念头——倒在福什维尔的怀里。至少，这趟令人嫌恶的旅行出钱的不是他斯万！——啊！要是能阻止她就好了！要是她能在出发前扭伤脚，要是该载她去车站的马车夫同意把她送到某地软禁一段时间就好了，付车夫多少钱都没关系！有默契地对福什维尔一笑，眼波流转，盈盈闪耀，这个忘恩负义的女人即是这四十八个小时以来斯万眼中的奥黛特。

但这样的她向来不会维持太久。过没几天，闪亮狡诈的眼神逐渐黯淡，褪去欺人的成分，那个对福什维尔说"你看看他气成那样！"令他深恶痛绝的奥黛特形象淡去，消失无踪。于是，一点一滴地，另一个奥黛特的面孔重新显现，散发温和的光芒，同样对福什维尔露出笑脸，却是一抹对斯万而言满怀柔情的微笑，那时她说："别待太久，因为那位先生，他想跟我共处的时候，不太喜欢我有其他访客。啊！那个人呀！要是您像我一样了解他就好了！"这副笑容，她也用来感谢斯万细腻的体贴表现，给予极高评价，或答谢他，

<hr>

① 克拉皮松（Louis Clapisson, 1808—1866），法国喜歌剧及通俗罗曼曲作曲家，著名的古乐器收藏家。

为了在她每每遇上严重事态、只相信他一人时，向她提供的建议。

于是，对这样的奥黛特，他质问自己怎能写下这么一封侮辱人的信，一封想必她至今都不曾相信他竟写得出的信，而且必然会使他从当初以善意和忠心赢得她的敬重而取得的，那高高在上、独一无二的排名跌落。在她心目中，他将变得不再珍贵，毕竟她之所以爱他，正是为了那些她在福什维尔或任何人身上都找不到的优点。因为这些优点，奥黛特才会那么常对他展现他在嫉妒时不屑一顾的亲切，因为那并非渴望的记号，甚至证明她对于他，毋宁是喜爱，而非情爱；但随着疑虑自动松懈，尤其在阅读艺术书籍或与友人交谈之类的消遣过后，他本能地卸下了防备，不再那么执意要求双方皆互相付出热情。

如今，历经这番摇摆后，奥黛特自然重回原点，回到斯万因嫉妒而暂且推拒的那个位置，回到他觉得她迷人的角度，她在他心目中满怀柔情，目光顺从，显得那么漂亮，他情不自禁地凑上嘴，寻求她的双唇，仿佛她就在面前，能让他拥入怀中；他感激她那令人愉悦又善良的眼神，仿佛她确实流露出那样的目光，而非只是他的想象为了满足欲望所描绘出来。

他一定对她造成了不知何等的痛苦！当然，他确实找到诸多怨恨她的合理理由，但若非他那么爱她，那一切都不足以令他心生此恨。他过去不也曾对别的女人深恶痛绝？然而今天的他愿意为她们效劳，再无愤怒，是因为他对她们已不再有爱。如果有一天他对奥黛特也同样冷漠，他会明白，那纯粹是他的妒意才让他觉得在她那份渴望中有某种可憎、不可原谅的成分，然而那其实如此自然，出于一点孩子气，还有某些善解人意的心思，既然眼前有个机会，她便渴望能轮到她向维尔迪兰夫妇尽些礼数，充当一次女主人。

他回头抱持这个观点——与他的爱恋与嫉妒对立，而他出于某种理智上的持平，也为考虑各种可能性，偶尔会设身处地抱持的观点——试着重新评判奥黛特，当做自己并未爱上她，仿佛她对他来说也与别的女人无异，假设奥黛特的生活并未趁他一离开就变了个样，背着他与别人暗通款曲，阴谋策划，有损于他。

为什么要相信她会在那儿跟福什维尔或其他人享受令人妒羡的乐趣，那种她在他身边从未享受过、而且全由他的妒意捏造出的乐趣？无论在拜罗伊特还是巴黎，福什维尔要是会想到他，只会视他为一个在奥黛特生命中极具分量之人，一个当他们俩在她家遇上，福什维尔也不得不让位的人。倘若福什维尔和她不顾斯万反对，春风满面地一起去了那里，那恐怕也是斯万自找的，因为他努力阻止却仍枉然；然而，要是当初他就赞成她的计划，况且那计划倒也不无道理，那么，她看起来会像是听从他的意见才去的，感觉上像是被他派去，是他替她安排好了住所，那么，接待以往那么常招待她的那些人，她从中得到愉悦，要感激的人就会是斯万。

而且——与其使她和他争吵离开，连再见一面也不肯——他若是把这笔钱寄给她，鼓励她进行这趟旅程，并替她打点一切，让旅行愉快，那么她会开开心心，充满感激地飞奔而来，那么他也就能与她见面，他已一个星期不曾品尝如此喜悦，这是任何事都无法取代的。因为斯万一旦得以无忧无虑地想象她的模样，便又能看见她笑容中的善意，想将她从别人那儿夺过来的欲望便不再因嫉妒而混淆他的爱，这份爱尤其又化为一种品位，偏好奥黛特这个人带给他的种种感受，以及如同欣赏一幕戏或探讨一种现象那样的乐趣：探究她何时抬起哪种眼神，某种笑容的形成，说话当中的某种语调。这份乐趣别具一格，最终在他心中生出一股对她的需求，唯有她现身或亲笔书信才能纾解。这需求超脱利益，具有艺术性，违反常理，几乎与标记斯万人生新阶段特色的另一种需求不相上下；如今接替先前那些年里的枯燥与沮丧而来的，是一种性灵的过度饱满，他却无法进一步得知内心世界这出乎意料的充实感从何而来，好比一个体弱之人从某个时刻突然开始强壮、丰腴了起来，似乎朝彻底痊愈的方向迈进了好一段时间——这另一种需求也在现实世界之外发展，那就是必须听到并听出弦外之音。

因此，透过他病态不安的化学作用，在爱中萌生嫉妒之后，他对奥黛特复又心生温柔与怜悯。她又变回了那个迷人、善良的奥黛特。他为自己曾经待她严苛而内疚。他希望她来到他身边，在那之前，他想为她谋得一些乐趣，以便见到感激之情揉拧她的脸，挤捏出她的笑容。

同时，奥黛特确信几天之后一定会看到他过来，与以往一样温柔顺从，向她求和，于是她养成了习惯，不再害怕惹他不快，甚至会故意激怒他，在日子过得舒坦的时候拒绝他最重视的几项恩惠。

也许她不知道，两人争吵当下，当他告诉她不会寄钱给她，一心要刺伤她时，他对她其实是多么真诚。也许她更不知道，在其他情况下，为了两人关系的未来着想，就算不是对她，至少面对自己，他是多么真诚；为了让奥黛特知道他没有她也能活下去，断然分手的可能始终存在，他决定多拉长一段时间，刻意不去她家。

有时，数天过后，她没给他带来新烦恼，而且，既知随后的拜访绝不可能带给她多大的喜悦，反而更可能换来些许悲伤，终止现有的平静，他于是写信给她，说他很忙，先前说好的那几天都抽不出一天能去看她。然而，她的一封来信，与他写的信正好错身，偏偏就请他挪改一次约会时间。他猜想原因，怀疑及痛苦再度袭来。在当时那新一波激动不安的状态下，他再也无法遵守先前相对冷静时下定的决心，随后每一天皆奔赴她家，非要见到她不可。就算她没有主动先来信，而只是回信的一方，也足以令他再也受不了见不到她。因为，与斯万的盘算相反，奥黛特的不谋而合彻底打乱了他的想法。正如那些拥有某件事物之人，为了知道要是暂时不再拥有那东西会如何，便把那事物从思虑中排除，其余则维持它还在时的原状。然而一件事物之缺不仅如此而已，那不单是某部分缺空，其他各个部分也会尽数受到动摇，是一种无法从旧有状态预见的新情况。

不过在某些时候却又相反——奥黛特正准备出发去旅行——某次小争小吵之后，他选择了一个借口，决心在她回来之前不给她写信，也不再见她，借此营造两人激烈不和的模样，企图从中得到好处；或许她会以为两人真要分手了，总之此趟旅行无可避免会是最长的分离，他不过是让那分离稍微提早开始而已。他已能想见奥黛特因为没再得到他的来访或来信而忧心忡忡，愁眉苦脸，而她那副模样平息了他的妒意，让他轻松摆脱了见她的习惯。想必，某些时刻，多亏甘心分离的三个漫长星期阻隔，他的决心抵挡住了奥黛特，精神气力紧撑至极点，怀着愉悦的心情检视奥黛特回来后就能再相见的想法：但这迫不及待的心情那么微弱，令他不禁自问，难道不想将如此简单的禁欲期延长一倍。不过才三天，这比以前常在见不到奥黛特的情况下度过的时日短得多，那时也不像现在这样已经过一番深思熟虑。然而，他却感到些微不顺心，或身体不太舒坦——这促使他将现在视为一个特殊时刻，独立于规则之外，此时此刻，智慧同意迎接愉悦带来的抚慰，让意志歇息，直到努力重新产生效用——暂停意志力的行动，停止施压；或者，不需到这样的地步，只是回想起他忘了问奥黛特的一项讯息，她是否已决定好想将马车重新漆成什么颜色，或者某一只股票的价格，她想入手的是普通股还是特别股（让她看到没有她，他也活得好好的，这确实十分帅气，但在此之后马车要是尚待重漆或股票没配股利，那他岂不就弄巧成拙了！）仿佛一条拉紧、但突然松开的橡皮筋，或是趁气动机开盖之际溢泄出来的空气，再见她，这念头原本被挡在遥远之处，瞬间跳回了眼前当下，落进立即可能发生的范围。

那念头回来了，不再遭遇任何阻力，而且如此难以抵御，必须与奥黛特持续分离的那十五天逐日逼近时，斯万并没有多么难受，不比等上十分钟、待他的车夫将马车备妥，才能载他去她家来得煎熬。这十分钟，他在阵阵焦急与狂喜中度过，为了能对她慷慨挥霍温柔，这个再见到她的念头在他脑中百转千回；这个意念，在他以为早已远逝之际，如此突然地再度袭来，重新逼近，进入他最实时的意识。因这念头再也不会遭遇立即反抗以阻挠它的欲望，自从证明了自己能轻易承受——至少他是这么相信——斯万便再也没有这样的欲望，他不再认为延迟一次分离的试验有何不妥，因为现在他很确定，只要真的想尝试，他便会直接执行。同时也因为再跟她见面这个念头大张旗鼓地回归，在他看来倒像是一桩新鲜事，一种诱惑，带有毒性，这一切虽已被习惯钝化，却在剥夺受限中重新得到淬炼，而被剥夺的不是三天，而是十五天（毕竟，为防患未然，这弃守的天数应如实计算），而且从此前本可算是令人期待、却又可轻易牺牲的乐趣中生出一份意外的幸福，令人无力对抗。总之，由于斯万对奥黛特见他音信全无可能会如何作想、如何反应皆一无所知，见她之念重新归来时又已被美化，他因而将发现一个令人振奋的新大陆：一个几乎完全陌生的奥黛特。

　　然而，如同当初认为斯万拒绝金援只是装模作样，她在他就马车重新上漆或股价所提出的询问中只看见借口。因为她并没有逐一就各个阶段推想他经历的重重危机，而且，依她自己的看法，不去理解其机制，只相信她提前得知之事，相信那个必然、必来、而且永远相同的结局。依斯万的角度评判，奥黛特的看法并不完整——但或许因而也更深入——想必他觉得自己不被奥黛特了解，就像一个吗啡成瘾者或结核病患，这两种人皆深信自己的改善被打断，一个是因为就快要根除那根深蒂固的顽习之际遭遇到外来事件，另一则是因为最后身体即将痊愈时却又突感不适，他们觉得自己不被医生了解，医生不像他们那样看重这些所谓的偶然，依他之见，那都只是各种伪装，披着堕落及病态的外衣，重新让病人自知还有病。事实上，堕落与病痛何曾稍停，始终压迫着患者，无法可解；然而病人哄骗自己，做着自律或痊愈的梦。因此，斯万的爱达到了这样的程度：医生，就某些疾病而论，甚且是最有胆识的外科医师，也会自忖，去除一位病人的堕落或切去他的病根是否依然明智，甚至是否依然可行。

　　当然，斯万没有直接意识到这份爱的广阔。当他试着量测时，偶尔会觉得那似乎有所缩减，缩减到几近乌有。比方说，兴味的乏善可陈，几乎有如在爱上奥黛特以前，她那些夸张表情，了无生气的肤色，让他产生的嫌恶感，在某些日子再度涌上心头。"说实话，还是有些微妙的进步，"他隔天对自己说，"仔细看清楚后，我昨晚在她床上几乎感受不到丝毫愉悦，真奇怪，我甚至觉得她好丑。"当然，他是实话实说，然而他的爱远远延伸到了肉体欲望之外的领域。在那当中，奥黛特这个人已不再占有多大地位。当他的目光触及案前奥黛特的照片，或是当她过来见他时，他几乎无法将那血肉之躯或相纸上的身形等同于常驻自己心中那个痛苦、又挥之不去的烦恼。他吃惊地对自己说："是她！"仿佛有人突然取出我们体内的某种病灶，摊现在我们面前，但我们觉得那并不像是我们承受的苦痛。"她？"他试问自己那是什么；因为那像爱、像死，而非世人说了又说、如此空洞的事物，让我们更深入探寻其神秘性格，就怕摸不着其真实面貌。而斯万之爱这种病变得如此多样，与斯万所有的习性，所有的行径，思想，健康，睡眠，生活，甚至他所渴望的死后景况，如此紧密纠缠，与他如此融为一体，要从他身上根除此病，不可能不将他几乎破坏殆尽：一如外科用语，他的爱已非手术能治疗。

　　由于这桩爱情，斯万已和所有兴趣严重脱节，以至于在偶然机缘下重返上流社交圈时，他暗自忖度，心想这些交游关系就像奥黛特大概也不懂得精确评估出价值的一只宝石镶座，能稍微提升他在她眼中的价值（其实这本来倒也是真的，若非那些关系因这桩爱情而被贬低；对奥黛特而言，凡是触及这桩爱情的事物皆身价大跌，因为那似乎明示了这一切并不珍贵），除了周遭尽是她不认识的人，他在现场因而有些闷闷不乐之外，他在上流圈中还感受到超然的乐趣，就像他能从一本小说或一幅描绘悠闲阶级消遣娱乐的画作中领略到的；就像他在自家喜欢思考居家生活的运作，他优雅的衣帽服饰及优雅的家仆，妥当的证券投资；就像阅读圣西门这位他最喜欢的作家之一；读凡尔赛宫的日常行事机制、德·曼特农夫人①的餐宴菜单，或是吕利②斤斤计较的贪吝与奢豪。只是，这超脱并不彻底，斯万品尝着的这份新乐趣，其存在价值是为了暂时移情，转移到在他自我之中，爱与悲仍然陌生未识的稀罕角落。论及此事，我的姑婆惯以"小斯万"一语来形容的人格特质，正是现在他自己最喜欢的那种，只是那却与他身为夏尔勒·斯万最独特的人格明显有别。有一天，为了帕尔马亲王夫人的生日（她常能间接令奥黛特高兴，因为他能透过她拿到观赏盛会演出或周年庆典的席位），他想送点水果过去，但不太知道怎么订购，于是拜托母亲的一位表姊妹代劳；那位长辈很高兴能为他办件事，便写信给他，告诉他那些水果并非购自同一个地方，葡萄来

---

①　德·曼特农夫人（Marquise de Maintenon, 1635—1719），路易十四的第二任妻子。
②　吕利（Jean-Baptiste Lully, 1632—1687），法国巴洛克作曲家，路易十四的宫廷乐官。吕利开创了法国歌剧，发展了大经文歌和法国序曲，对当时的欧洲音乐产生巨大影响。

自克拉珀特的铺子，是这家的特产；草莓来自裘雷家，梨子则来自舍维家，比别处的漂亮云云[1]，"每样水果都经我亲自一个个挑选检查"。的确，他从亲王夫人的感谢函判断得出草莓的香甜与梨子的熟软。但那句"每样水果都经我亲自一个个挑选检查"尤其抚慰了他的苦恼，将他的意识带进一个他鲜少探访的区域，尽管那本专属于他，是他以一个富有、善良的布尔乔亚家族继承人身份所拥有，代代相传，熟知各种"体面名店"，身怀妥善采办的技艺。

的确，太久了，他早已忘记自己是"小斯万"，所以，在暂时变回那个身份时，他感受到的是比平常其他时候更刺激的乐趣，而平时那些乐趣他已厌倦。在布尔乔亚眼中，他依然是那个"小斯万"；若说他们表现出的亲切殷勤不如贵族那么强烈（但倒是令人更为开心，因为他们的殷勤当中至少从不缺乏敬重），就算亲王殿下来函向他提议参加王公贵族的娱乐，却也无法如他父执辈老友家中举办婚礼，写信请他来当证婚人，或是单纯邀他观礼那般令他喜悦。他父母亲的友人当中有几位和他依然保有联系，继续见面——像是我的外公，在那前一年，便曾邀他来参加我母亲的婚礼——其他几位长辈对他虽然认识不深，但无不认为对于好友的儿子，这已逝的老斯万名正言顺的继承人，理应以礼相待。

但是，由于他与上流社交圈的朋友已培养出亲密的旧交情，某种程度上，他们也已是他的族人、仆人和家人之属。认真考虑这些体面的友谊，他感受到那种无需费心便

---

[1] Louis Crapote、Jauret、Chevet 这三家商铺是 19 世纪巴黎大户人家公认最雅致高级的店家。

能得到的支持，那种轻松舒适，一如凝视得自家族继承的良田沃地，华美银器，漂亮桌巾的感受。倘若他在家中痼疾突发，贴身仆人连忙去找的自然会是沙特尔公爵^①，罗伊斯亲王^②，卢森堡公爵^③，夏吕斯男爵等人，这个想法令他宽慰安心，好比我们家的老法兰索瓦丝得知她下葬时能以专属于她的细致布巾裹身，而那布巾会绣有她的姓名字首，完好，未经缝补（或者补得极为精细，这反而更令人对缝补女工的手艺敬佩有加），那样一条裹尸布的意象常令她得到某种满足感，或许称不上享逸有福，但至少对得起自己。不过，问题在于，由于斯万在涉及奥黛特的所有行动与思考中，总是被自己不愿承认的感觉左右和宰制，觉得比起随便什么人，比起维尔迪兰家最无趣的信徒，他对她而言或许还算珍贵，但真正见起面来却没那么愉快，而他的社交圈则是视他为卓越超群之人，费尽心思要吸引他注意，没能与他照面便深感遗憾，于是他复又相信有一种比较快乐的人生存在，对那种生活几乎心动，如同一个卧床数月、节制饮食的病人，瞥见了报上一份官方午餐的菜单或是西西里岛巡航之旅的广告。

若说斯万得找借口不去拜访上流社交圈的朋友，那么他拼命向奥黛特抱歉请求原谅则是为了多去造访。此外，每次

———————
①　沙特尔公爵（Duc de Chartres, 1840—1910），法国王储斐迪南·菲利普（Ferdinand Philippe d'Orléans, 1810—1842，亦即奥尔良公爵）的次子，与前文的巴黎伯爵为兄弟。
②　罗伊斯亲王（Prince de Reuss, 1846—1902）。罗伊斯亲王国是神圣罗马帝国传承下来的一个族系，位于德国北部图林根地区，分为罗伊斯长系及罗伊斯幼系，1918年后随德意志帝国覆亡。
③　可能是指《斯万之爱》背景时期，在1890年到1905年间的卢森堡大公 Adolphe de Nassau。

造访都要花钱（但每到月底，只因为他稍微消耗了她的耐性，又经常去找她，便思忖寄四千法郎给她是否足够），还得编造理由，物色一样礼物，打探一则她需要的资讯，还要打点正要去她家、并坚持要载他一程的夏吕斯先生。若什么也找不到，他便请夏吕斯先生快去她家，并要在交谈中装作自发性地告诉她，说他突然想起自己有话要告诉斯万，请她好心立刻邀他过来；只是斯万通常是白白地痴等，夏吕斯先生当晚会告诉他那方法不奏效。所以，现在她经常不现身，即使在巴黎，明明人就在城里，也甚少见他；同样是这个她，在对他仍有爱时却总是说："我一直有空。""别人的想法关我什么事？"而今斯万每次想见她，她便要顾虑适当与否，或借口称说忙碌。当他提及会去参加一场慈善晚会、开幕仪式或戏剧首演，那场合她也会在，她便说他这是刻意要张扬两人的关系，说他把她当成了妓女。甚至，为了尽量别沦落到处处皆不能与她会面，又知道她认识我的叔公阿道尔夫，十分交好，而斯万自己也是叔公的朋友，于是有一天他到叔公位于贝勒夏斯街的小公寓去见他，央请他运用他对奥黛特的影响力。由于她在向斯万提起我叔公时总是泛起一副诗意的表情，说："啊！他呀，他可不像你。他对我的友谊是那么美好，那么高尚，那么可喜！他不会那么不尊重我，想在所有公开场合跟我一起露面。"斯万一时尴尬，不知在对我叔公谈起她时，该用什么语气壮大自己的声势。他先是强调奥黛特先天的优异，陈述她超乎常人、有如天使这项公理，揭示她无法言喻的美德，而这种观念无法从经验取得。"我想跟您谈谈。您晓得奥黛特在所有女人当中是多么出类拔萃，多么可爱，多像是天使。但您也清楚巴黎的生活是怎么回事。不是所有人都跟您和我一样透彻了解奥黛特。于是有些人觉得我在扮演一个有点可笑的角色；上剧院时，她甚至不许我跟她在剧院外会面。她对您这么信任，您能否为我在她面前说几句好话，请她放心，对于我的招呼对她可能造成的损害，她想得太严重了。"

我叔公建议斯万稍微维持现状，别跟奥黛特见面，日后她只有更爱他的份；然后建议奥黛特就让斯万在任何他属意的地方和她碰面。几天后，奥黛特告诉斯万，她对我叔公很失望，他就跟所有男人没两样，竟试图强暴她。斯万立刻想去向我叔公下战帖，奥黛特安抚了他；但他日后再遇见我叔公时，拒绝跟他握手。与我叔公阿道尔夫不和令他尤其遗憾，先前他之所以偶尔与我叔公见面，并能完全信任、毫无保留地和他闲谈，是希望能从他那儿厘清一些有关奥黛特过去在尼斯生活的传言。阿道尔夫叔公一向会在那儿过冬。斯万认为，他可能就是在当地认识奥黛特的。他面前的某人不小心透露出某个男人可能曾与奥黛特有过一段情，就那么寥寥几句，即令斯万的内心天翻地覆。那些事，在得知以前，应是他最害怕了解、也最不可能相信的，一旦得知，便永远与他的悲伤融为一体；他承认这些事实，再也无法理解事情怎可能不是那样。只是每件事都在他对情人的看法上留下了不可抹灭的修正痕迹。有一次，他甚至相信自己已经了悟，奥黛特轻浮的习性，以往他从没想过，实则是众所皆知之事，在巴登－巴登和尼斯这两座她过去常会待上数个月的城里，她早已享有某种艳名。斯万试图接近某些寻欢客，以便探询，但又顾虑他们知道他认识奥黛特，再说，他也怕此举会令他们又想起奥黛特，继而开始追寻她的芳踪。此前没有任何事能像探听巴登－巴登或尼斯那多彩多姿的生活那样让他觉得如此枯燥乏味，知道奥黛特也许曾在这些享乐之城里赴宴狂欢，他却大抵永远无法得知，那究竟只是为了满足现在多亏有了他、她才不再烦恼的金钱需求，抑或是因为她有可能再次发作的放纵任性；现在，他带着无能为力、盲目又晕头转向的焦虑，倾身俯向无底深渊，他在总统七年任期①的前几年即被吞没其中；那些年里，人们在尼斯的英国人散步道上过冬，在巴登－巴登的椴树下度夏，他觉得那些年有某种痛苦、但又辉煌的深度，宛如一位诗人所能赋予的深度；而传闻若是有助他了解奥黛特的笑容或眼神中——如此诚恳，又如此单纯——的某种含义，他会先重建当时蔚蓝海岸地区的种种流言蜚语，投入其中的热情会更胜查询十五世纪佛罗伦萨留存的文献，试图更深入波提切利的春神、美丽的凡娜②以及维纳斯等画作人物灵魂的美学家。他经常凝视她，默默无语，径自出神；她对他说："你看起来好悲伤！"没多久之前，在他的想法中，她从一个堪称他认识的女性当中最善良的女子，成了被人包养的女人；相反地，从那时起，他也曾从寻欢客和勾引女人的情圣们也许再熟悉不过的那个奥黛特·德·克雷西身上，再度见到那张偶尔流露出极其温柔表情的脸，重温她那样有情的天性。他心想："在尼斯，奥黛特·德·克雷西尽人皆知又怎样？那些流传的声名就算

---

① 1873 年，麦克马洪（见第 24 页注释②）当选法国第三共和总统，当年通过法案，将总统任期延至七年。

② 凡娜是指波提切利画作《维纳斯与恩典诸女神向少女献礼》（*Vénus et les Grâces offrant des présents à une jeune fille*）中的一名年轻女子，此画现藏于卢浮宫。

是真的，也全是别人的看法。"斯万心想，这则谣传——即便真实无误——也是外界冠在奥黛特身上，而非她本有的某种顽劣、害人的性格；他又想，这个曾经误入歧途的女子实则慈眉善目，会对他人的苦痛满怀悲悯，而她那顺从的身躯他曾搂过、抱过、抚弄过，是个有朝一日若是他能让自己对她而言不可或缺，便能全面占有的女人。她就在那儿，往往已经倦累，折磨斯万的未知事物带来的急躁又喜悦的烦忧暂时从她脸上一扫而空。她拨开头发，额头及脸孔因而更显宽阔，于是，某种纯粹发自人性的想法，某种善意，如同在休憩或内省时刻，沉潜自处之人心中都存有的善意，突然间皆从她眼中迸发而出，仿佛一道灿黄光芒。她整张脸顿时容光焕发，宛如一片原本笼罩在厚云下的灰暗乡野，在夕阳西沉之际，云层忽散，瞬间脱胎换骨。彼时彼刻，奥黛特心之所向的人生，她看似如梦般向往的那个未来，斯万似乎能与她共享，似乎并无不利的波澜兴起，未留余波荡漾。那样的时刻变得如此珍稀，但并非全然无用。斯万借着回忆重新连结起这些片段，消除其中间隔，如用黄金浇铸，打造出一个善良且娴静的奥黛特，后来（详见本套作品后半部[1]），为了她，他做出各种牺牲，若换成另一个奥黛特便享用不到。但那样的时刻多么罕见，现在他又那么难见到她！就连他们夜里的约会，她也是拖到最后一分钟才告诉他能否相见，因为她觉得反正他随时都有空，所以她想先确认没有其他人要过来。她称说被迫得等一位对她而言最重要的人回应，而且，即使她都让斯万过来了，属于两人的夜晚也已开始，这时忽

---

[1]　此为普鲁斯特自己在原作品当中的加注。

然有朋友邀奥黛特前去剧院会合，或是共进夜宵，她也会兴高采烈地一跃而起，急忙更衣。眼见她逐渐打扮妥当，每个动作都逼斯万更接近该告别她的时刻，那个她情不自禁想脱逃出走的时刻；她终于穿戴完毕，视线最后再一次深深投入镜中，目光因专注而炯炯有神。她往唇上添了些许口红，夹好额前的一绺发丝，差人取来她那件缀着金色流苏穗的天蓝色晚宴大衣。斯万的神色如此悲伤，她忍不住不耐烦地摆摆手说："我留你待到最后一分钟，而这就是你答谢我的方式。我还以为自己心肠真好呢！也好，下回我就知道了！"偶尔，斯万冒着触怒她的风险，擅自打听奥黛特去了哪里，他还妄想与福什维尔结盟，或许能从他那儿探得消息。此外，知道她和谁共度夜晚之后，他总能从自己的人脉当中，找到某个人认识、即便只是间接认识和她约会的那个男人，而且轻易得到种种情报。当他写信给某个朋友，请他帮忙厘清某个细节时，他不必再提问那些得不到答案的问题，查问的疲累已转嫁给了别人，斯万如释重负。的确，尽管握有某些情报，斯万依然毫无进展。光是知道，也未必就能阻止，但我们至少掌握了已知之事，即便不是掌握在手里，至少也是在想法里，能在思绪中随心所欲安排，这令我们产生错觉，以为自己拥有某种能够掌控它的能力。每当得知和奥黛特在一起的是德·夏吕斯先生，他便十分高兴。斯万知道，德·夏吕斯先生和奥黛特之间不可能发生什么，德·夏吕斯先生会跟她出去，都是看在对他的友谊情分上，而且还会把奥黛特做了什么一一详叙给他听，毫不为难。有几次，她斩钉截铁地对斯万宣告，某天晚上她绝对无法和他见面，看似对那晚的出游如此重视，所以斯万真的认为德·夏吕斯先生有空去陪她是一件相当重要的事情。隔天，他不敢对德·夏吕斯先生多做提问，便故意烦他，假装听不懂他一开始所给的答案，非要他提供最新状况不可，而每听到一则新动态，他便释怀一些，因为他很快就知道，奥黛特是以最纯良的娱乐填满夜晚。"怎么回事，亲爱的梅梅①，我不太懂……你们在出了她家之后没先去格雷万蜡像馆②，而是去了别的地方？不是这样？噢！可真有意思！您不晓得您把我逗得多开心，亲爱的梅梅。但她怎么会想到接着去黑猫夜总会③这美妙的点子？这的确是她会出的主意……不是这样？是您的提议？这可怪了。总之，这点子不错，那儿应该有很多她认识的人吧？不是这样？她没跟任何人说话？这可真不寻常！所以只有你们俩待在那里？我仿佛从这里就能想见那画面。您心地真好，亲爱的梅梅，我爱您。"斯万觉得放下了心中的大石。他曾和不相干的人闲聊，没怎么用心听人家说，偶尔却有几句话飘进了他耳里（比方："我昨天看见德·克雷西夫人跟一位我不认识的先生在一起。"），那些话立即刺进斯万心里，凝固、硬化、深深嵌入，撕裂了他的心，再也挪不走；相反地，另一些话语则温和动听："她谁都不认识，没跟任何人说话！"这些字句多么容易入耳，流畅，轻松，让人得以透一口气！然而，过了一会儿，他心想，奥黛特大概是对他的无趣相当厌烦，才会宁可选择那些乐趣，舍弃他的陪伴。虽

---

①　Mémé，亲密的朋友们对夏吕斯男爵的昵称，来自其本名帕拉梅德·德·盖尔芒特（Palamède de Guermantes）。

②　格雷万蜡像馆（Musée Grévin），创立于 1882 年，位于巴黎第九区的蜡像馆。

③　黑猫夜总会（Le Chat Noir），1881 年创立，位于蒙马特，是许多艺术家、音乐家、交际花、上流人士经常光顾的表演场所。

说她让他放了心，但那些娱乐之无聊却也令他难受，宛如遭到背叛。

　　甚至在无法得知她去了哪里的时候，他若要平息当下的焦虑，仅需奥黛特在场；待在她身旁的甜蜜感受是唯一的特效药（一种多次治疗、长期服用后反而会加重病情的特效药，但至少能暂时缓解痛苦），若是奥黛特同意，只要他能在她出门时留在她家，痴痴等她归来便已足够，那宽慰的时刻将能形成混淆，与先前因为某种魔法、某种邪恶的咒语，他相信格外特别的那些时刻混为一体。可是她不答应，他只好返回自己家，路上勉强自己构思种种计划，不再对奥黛特念念不忘；他甚至曾在更衣时反复思考，生出一些颇为愉悦的想法，他满怀希望，打算隔天就去欣赏一件艺术杰作，上床关灯就寝。但是，一准备入睡，停下早已成了习惯、就连自己都没意识到的自寻烦恼，就在一阵冷战的同时，他不禁哽咽。他甚至不想知道原因，他擦干眼泪，笑着对自己说："这可真迷人，我竟成了个神经病。"而后便无法不心灰意冷地想到，隔天又得重新开始四处打听奥黛特做了什么，为了试图见她一面，而把各方有力人士牵扯进来。此举永无止息、一成不变、又毫无成果的必要，对他而言是残酷的，以至于某天他发现自己小腹隆起，竟然由衷欣喜，心想或许长了颗致命肿瘤，以后再也不必瞎操忙了，他将由病痛主宰，任其玩弄，直至人生尽头近在眼前。若说在那时期，他嘴上虽然不说，但确实常常渴望死去，那倒也不是为了逃避那痛苦难当，而是因为能做的努力太单调。

　　他本想好好活着，直到有朝一日不再爱她，届时，她将没有理由对他撒谎，他终于能从她口中得知，在他去找她的那一日午后，她究竟有没有和福什维尔上床。常有那么几天，疑心她爱着别人，使得他不再自问关于福什维尔的问题，几乎漠不关心，就像痼疾的各种发作新模式，似乎让我们暂且自先前的病情中解脱。有些日子，他甚至完全不受疑心病折磨，以为自己痊愈了。然而隔天睡醒后，他感觉到同样的地方泛着同样的疼，那是前一天白日他已在不同印象的激流中将之冲淡的苦痛。然而疼痛的部位并无变动。唤醒斯万的甚至就是这一阵剧痛。

这些如此重要、他每天萦绕心头的事情（即使他已有丰富经历，不难知道那其中永远除了享乐还是享乐），由于奥黛特不给他丝毫相关讯息，他无法持续多做想象，脑子一直空转；于是，他伸出手指，像擦拭他的镜片那样揉揉疲惫的双眼，全面停止思考。然而，在这片茫茫未知中残留着部分牵挂，时不时再现，透过她，隐约牵扯到某种对远亲或昔日友人的道义，因为唯独那些人，她常向他提起，说是他们妨碍了她与他见面，而在斯万看来，他们构成了奥黛特生活中固定、且必要的班底。她偶尔会对他说"那一天，我跟闺密要去赛马场①。"基于她当时说这话的语气，加上他因身体不适因而心想："也许奥黛特会愿意来我家。"倘若他猛然想起这天恰巧就是那一天，便会告诉自己："啊！不用了，不必请她过来，我早该想到，她今天

---

①　赛马场（L'Hippodrome），昔日巴黎著名的露天表演场地，1845 年设于星形广场（今日的戴高乐广场），历经几度搬迁，直至 1900 年万国博览会后寻址于蒙马特。拥有极宽广的表演厅，可进行室内或半露天演出。1911 年后改为电影院，1973 年拆除。

要和闺密去赛马场剧院。我还是把力气保留给可能的事情吧，何必耗神去提议一件不会被接受、甚至会提前被拒绝的事。"而且这促使奥黛特去赛马场剧院、斯万只得如此低头认可的义务，在他看来不只无可避免，当中承载的必要性似乎还让多少与他有关的一切变得合情合理。要是奥黛特走在街上接受了一名路人的招呼致意，因而引发斯万嫉妒，她在回答他的提问时，总把那陌生人的存在与两、三项她常向他提及的重大义务之一绑在一起；比如她会说："那位是在我闺密包厢里的一位先生，就是和我一起去赛马场剧院的那个闺中密友。"如此解释平息了斯万的疑心，他确实觉得那位女性好友除了奥黛特之外也会邀别人进到她的包厢，这倒也在所难免；不过，斯万从来没试图或成功地想象出那些宾客的模样。啊！他多希望认识那位去赛马场剧院的女性友人啊，多希望她能带他和奥黛特一起去！他多想用自己的所有人脉去换取任何一个常和奥黛特见面的人，哪怕是美甲师或女店员都好。他愿意为她们效力，比为皇后效力还卖命。她们掌握了奥黛特的种种生活作息，那不正是一种能有效缓解他痛苦的解方？他会多么欣喜地奔往奥黛特维持如此来往的平凡小女子家中度过整天，她们的关系有时是源于利益考虑，有时真的单纯。他会多么愿意选择奥黛特不肯带他去的那栋脏乱、却令他羡慕的屋子的六楼作为自宅，倘若他已与那位歇业的裁缝姑娘住在那里，他会故意假装自己是那女孩的恋人，这么一来几乎天天都能迎接奥黛特来访。在那些堪称平民区的地段，生存是多么简朴、卑贱，但又多么温暖，充盈着祥和与幸福，要他在那儿生活到天荒地老，他也会答应。

又有几次，和斯万会面时，她看见有个斯万不认识的人朝她走来；斯万这时注意到奥黛特脸上流露出当初他去找她、而福什维尔刚好在她家中那时也有的哀愁。但那是个罕见的情况，因为，如今在她不顾诸事繁忙，抛却上流社会的目光，仍与斯万相见的日子里，她的态度多是泰然自若；相较于两人结识初期，在他身边，甚或远不在他身边时的紧张忧惧，如今这是极大的对比，也许正是一种下意识的反扑或自然的反应。当初，在给他的信里，她是这么起头："我亲爱的朋友，我的手颤抖得如此剧烈，几乎无法下笔"（至少她还装一装，这股激动当中应该仍有些许真诚，她才会有意继续假装下去）。斯万彼时还能取悦她。人永远只会为自己、为自己喜爱的人而颤抖。当我们的幸福不再掌握于他们手中，那么待在他们身旁能享受到何等的安详、自在与果敢啊！如今和他说话、写信时，奥黛特已不再编造字句让自己幻想相信斯万属于她，她不再借那些话语营造机会，在和他有关的事情上说"我的"，"属于我的"："您是我的财产，是我俩友情的芬芳，我要将之留存。"她不再借机和他谈及未来，甚至谈及死亡，仿佛他们俩生死与共。彼时，无论他说什么，她总是满心赞叹地回说："您呀，您永远和所有人不一样。"她注视他微秃、瘦长的头脸，了解斯万成就的人对此是这么想的："真要说起来，他的长相不是人人都说帅，但堪称风雅：看看那拢高的发型，那单片眼镜，那笑容！"比起渴望成为他的情妇，奥黛特或许更是好奇想了解这个人。彼时她常说：

"我要是能知道这脑袋里装了些什么就好了！"

现在，无论斯万说什么，她都用一种时而恼怒、时而宽容的语气回应：

"啊！所以你永远不会和大家一样！"

她看着这颗因为烦忧而稍稍衰老了些的脑袋（但现在，如同读完节目单后即发现一首交响乐曲的主旨，以及看出某人是谁家的孩子，只因与其父母是旧识，多亏这样的才华，所有人都这么想："说起来，他也不是真的很丑，但就是滑稽可笑；看看那单片眼镜，那拢高的发型，那笑容！"同时在猜测的想象中划出一条无形的界线，不过才相隔几个月，就已清楚划分一颗恋人的脑袋和一颗戴绿帽的脑袋），她说：

"啊！要是我能改变这颗脑袋，把里边的东西变得肯讲讲道理该多好！"

但凡奥黛特对他的态度稍有可疑之处，他总还是决定相信自己想信的；他立即抓住那句话，热切回应。

"如果你真想要，可以这么做。"他对她说。

于是他试着让她知道，抚慰他，指使他，叫他做事，皆可是高贵正当的任务，别的女人可是个个求之不得，但在她们手中，确实得补充一句，在他看来，这高贵的任务会成为一种鲁莽而且无可忍受的僭越，侵夺了他的自由。他心想，"若不是她对我仍有爱意，就不会想改变我。为了改变我，她得更常和我见面。"因此，他在她对他的责怪中，宛如利害关系的证据，找到了一种或许是爱的证明；事实上，她现在也罕于责怪了，斯万只得把她禁止他做的种种事情视为那样的证明。有一天，她直言不喜欢他的马车夫，说那车夫可能在挑唆他，要让他看她不顺眼，总之，这车夫对他的态度并不如她希望的那般守时谦恭。她感觉得出斯万渴望听到她说"来我家时别再派他驾车"，仿佛想要一个吻那样地渴望。

她心情不错，于是就这么对他说了；他的心境顿时柔和起来。晚上，他与德·夏吕斯先生闲聊，斯万和他可以公然甜蜜地谈论奥黛特（因为无论他说什么，就算谈话对象不认识她，或多或少总也会牵扯到这个女人），他说：

"但我相信她是爱我的；她待我那么好，对于我做的事，绝对不会漠然无感。"

倘若在去她家时，他的车上顺道载了一个半途会下车的朋友，而那人对他说：

"怎么，驾驶座上的不是罗雷丹①？"

斯万回应他时是怀着多么哀伤的喜悦：

"唉！可不是吗。以后再告诉你，我去拉·佩鲁斯街时不能派罗雷丹驾车。奥黛特不喜欢我用罗雷丹，她觉得他对我态度不敬。你还能怎么办呢？女人嘛，你也知道！我知道这恐怕会惹得她很不高兴。是啊！要是真派雷米来，可就又有我好看的了！"

奥黛特如今用这些冷漠、心不在焉、令人恼火的新招数对待斯万，他当然痛苦，然而他不知道自己在受苦，因为奥黛特的手法是循序渐进逐日对他渐渐冷感，斯万只有拿如今的她与最初的她比较一番，才探测得出这之间俱已成型的变化有多深。这转变即是深层而隐秘的伤口，令他日夜难安，一旦感觉思绪稍微有点太朝她贴近，他便猛然转念，以免过于痛苦。他笼统地告诉自己："奥黛特曾经更爱我。"但他永远没再见到那样的时光重现。一如他书房里有一座他设法不

---

①　罗雷丹（Lorédan），也就是雷米。因为斯万认为他五官神似罗雷丹总督（见第 263 页注释⑦），故有时会以此名另称雷米。

去多看的矮柜，进出门时总特意绕开，因为其中一个抽屉里锁着他初次送她回家那晚她送给他的菊花，还有几封信，信中她写道："若是您把心也忘在这儿了，我可不会让您来拿回去。"还有"无论白天还是晚上的几点钟，只要您需要我，给我个讯息，就支配我的生活吧！"一如他心中有块地方，永远不让性灵接近，若需绕开就顺着理智思考绕开，以免正面经过：那是往昔快乐时日的记忆存活之处。

然而他的重重小心，谨慎防范，某天晚上在上流社交圈溃了堤。

那晚去的是圣厄维尔特侯爵夫人家，是当年她所举办的最后一场晚会。她在聚会上请宾客聆听几位艺术家的演奏，他们日后会为她的慈善音乐会效力。先前几场斯万本想场场都参加，但无法下定决心，正当他穿衣打扮准备前往这一场晚宴时，德·夏吕斯男爵来访，提议陪他一起到侯爵夫人家，认为自己的陪伴能助斯万稍微不至于那么无聊，在那儿也比较不会难过。但斯万却回应他：

"我十分乐意与您同行，这一点您毋庸置疑。但您能为我提供的最大乐趣，是去和奥黛特见面。您也清楚您对她有多么好的影响。我想，她今晚在去以往惯用的那位裁缝姑娘家之前都不会出门；而且，您若是能陪她去那地方，她一定会很高兴。请您尽量排遣她的烦恼，也给她讲点道理。您能否安排一件能讨她欢心，而且我们三个人明天也能一起做的事？也请您为这个夏天做个规划，不知她是否有很想做的事？比方说，我们三个一起搭船旅行？至于今晚，我想我是见不到她了；要是她现在想见我，或是您找到了解决之道，只要派人给我捎个信，要是午夜之前就送去圣厄维尔特侯爵夫人家，午夜过后就送来我家。感谢您为我所做的一切，您知道我有多爱您。”

男爵承诺，在驾车送他到圣厄维尔特宅邸大门口后，就去进行他希望的拜访。抵达时，想到德·夏吕斯先生晚上会去拉·佩鲁斯街，斯万便恢复了平静的心情，却也陷入一种对所有与奥黛特无关之事漠不关心的淡淡哀愁，尤其是上流圈相关的事物；因为这份淡漠，那些事物不再是我们意志所向，故而得以显现其本来面貌，因此增添了一股魅力。从他步下马车起，首先映入眼帘的是这个家族的女主人们号称在节庆的日子为宾客搬演的一出家仆日常缩影，力求在服装和布景上的真实感。斯万兴味盎然地看着巴尔扎克笔下“虎儿小厮”[①]的后继们跑腿听差，陪同散步的常务跟班穿靴戴帽待在宅邸正门外，或立在行车大道的泥地上，或站在马厩前方，众园丁应该也会被安排在花圃入口处。以前他始终有一项特殊爱好，就是在活生生的真人与美术馆里的画像之间找寻能够模拟之处，这个倾向如今仍然作用，但更为具体，也更加全面；既然他现在已脱离了这个圈子，整个上流社会就宛如一系列画作呈现在他眼前。衣帽间里，昔时，在他是上流社交界一分子那时，他裹着长大衣进去、身着燕尾服出来，却不知那当中发生什么事，因为在衣帽间的短暂时间里，他的思绪或还停留在方才离开的那场派对上，或已在人家即将把他介绍给众人的这场派对里；现在是他首度注意到

----

① 　法国波旁复辟时期，文人之间常用虎儿（le Tigre）一词称呼长得娇小漂亮的童仆。普鲁斯特在《仿作与杂作》（*Pastiches et mélanges*）中即提及巴尔扎克《人间喜剧》中的“虎儿”。

一批高大帅气的侍仆零散分布着，打扮正式，无所事事，有的横亘在长椅上，有的躺在箱柜上，打着瞌睡，被一个如此迟来的不速之客惊醒，于是抬起他们猎犬般坚挺的高贵侧脸，连忙起身，集合，围着他排成一圈。

其中一人，外表特别凶猛，颇像文艺复兴时期某些表现酷刑的画作中的刽子手，一脸不由分说的表情，朝他走来，接过他的衣物。但柔软的纱线手套中和了他钢铁般的冷酷眼神，掩盖得那么好，以至于他在靠近斯万时，似乎流露出了对这名访客的轻视及对他礼帽的尊重。他小心翼翼接过帽子，精准估量出帽围，那份周到当中透露着某种仔细与体贴，几乎令人感动，难为了他那副粗犷的强健体格。接着，他将礼帽递给一名助手，这助手是新来的，举止害羞，神情惶恐，焦躁的目光四处扫射，表现出一头刚被捕获、有待驯服的野兽的那种激动不安。

几步之外，立着一名穿着制服的大个儿，他若有所思，动也不动，雕像一般，无甚作用，有如在曼特尼亚①最喧闹的几幅画中可见到的那名纯属装饰的战士，倚着盾牌发呆，然而身旁有人急急忙忙，有人割喉厮杀；此人脱离他那群连忙朝斯万围上来的战友，似乎坚决漠视这幅景象，以他凶残的灰绿色眼睛茫然地看着，仿佛看的是《诸圣婴孩殉道》，或《殉难前的圣雅各伯》的场景。他似乎正属于这支业已消

---

① 曼特尼亚（Andrea Mantegna, 1431—1506），北意大利文艺复兴时期名画家。《诸圣婴孩殉道》（Le massacre des Innocents）及《殉难前的圣雅各伯》（Le martyre de saint-Jacques）皆是他绘于帕多瓦隐修教堂（Chiesa degli Ermitiani）中，描述圣雅各伯及基督的湿壁画，部分在二战轰炸中摧毁。圣柴诺圣殿（Basilica di San Zeno）位于维罗纳，仍保有部分曼特尼亚绘制的祭坛画。

失的族群——也许，这族群始终只存在于圣柴诺圣殿的祭坛
屏风或隐修教堂的壁画里；在那些地方，斯万曾与该族近距
离接触，而他们仍在那儿出神痴梦——源自一种和大师在帕
多瓦所绘的某个人物或丢勒[①]的某个萨克森人像共同繁衍而
生的古代雕像。他天生一头红色卷发，但以发蜡胶黏服帖，
如曼托瓦的画家[②]持续研究的希腊雕像那般做大面积处理，
若说在雕像作品中只表现人类，这位画家倒也懂得从各种简
单的形状中汲取多变的丰富资源，仿佛师法整个生气盎然的
大自然；那样一头发型，透过滑顺的波浪，加上急促弯曲的
卷度，或用发辫编成的三重花冠，看来既像一把海草，一窝
白鸽，又像一束风信子，或一条盘结的蟒蛇。

　　另有其他几位，同样高大魁梧，分站在一座雄伟楼梯的
台阶上，在他们的点缀和大理石像般的稳重不动之下，或许
也可效仿威尼斯总督宫里的那一座，命名为"巨人阶梯"[③]。
斯万走上阶梯，哀伤地想到奥黛特从没来过。啊！相反地，
若他能爬上歇业裁缝小姑娘家那些黑漆漆、臭兮兮，令人胆
战心惊、惊险得要命的楼层，走到"六楼"，那该多令人喜
悦！他会非常乐于支付比包下歌剧院前台包厢一整周更高
昂的入场费，在奥黛特前来的晚上与她共度，甚至她没来
的日子也行，只为谈谈她的事，跟他不在时她惯常见面的人
相处，也因为，在他看来，那些人似乎藏着他情妇生活当中

----

① 丢勒（Albrecht Dürer, 1471—1528），德国中世纪末期、文艺复兴时期
著名画家、雕塑家和艺术理论家，深受曼特尼亚影响。
② 指的即是曼特尼亚，从1459年到1506年去世以前，画家曾在曼托瓦
（Mantova）作画，并在公爵宫留下名作《婚礼房》（La chambre des époux）。
③ 位于威尼斯总督宫，"巨人"之称来自该阶梯顶上雄伟的战神及海神
雕像。

某种最自然、最难以触及也最神秘之事。歇业裁缝小姑娘那座脏臭不堪却又令他向往的楼梯里，由于没有别的楼梯可用，每到傍晚，只见家家户户门前摆着一只脏的牛奶空罐，就摆在门垫上；而斯万此刻所走的豪华雄伟、却又令他鄙视的阶梯，左右两侧，各个楼层，守卫室的窗或某间寓所的门在墙上形成的每个框洞前，门房，管家，库房（那些平常百姓，周间其余日子在个别领域里多少另谋营生，夜里像小商家那样在自家用餐，说不定明天就会去服侍一位医生或企业家之类的布尔乔亚），全神贯注，不搞砸人家在让他们穿上这身鲜艳制服之前所嘱咐的事项，只是这一身制服穿来并不自在，也只在极少数几个空档穿一会儿，他们各自站在门拱下，光鲜气派的外表底下透着寻常百姓的纯朴，有如一尊尊安置神龛中的圣人像。还有一名高大的瑞士侍卫，穿着如同守的是教堂大门，每有宾客经过，便以长杖敲击石板地。斯万沿着阶梯来到高处，一名仆人跟在他身后，面色苍白，后脑处绑了个小马尾，有如戈雅[①]画笔下的圣器管理员或是账目公证人；斯万经过一张书桌，侍从们如同坐在大账本前的公证人，站起身，登录他的姓氏。接着他穿越一间小衣帽间——像是屋主为了凸显单件艺术作品而布置的某些厅室，刻意简朴素净，空无别物，并以作品命名——衣帽间的入口处，宛如展出切利尼[②]某件珍贵的哨兵雕像似的，只见一名跑腿听差身躯微向前弯，红色颈甲上昂扬着一张更红的脸，

---

① 戈雅（Francisco Josn de Goya y Lucientes, 1764—1828），西班牙浪漫主义画派画家，西班牙皇室宫廷画家。

② 切利尼（Benvenuto Cellini, 1500—1571），意大利文艺复兴时期的金匠、画家、雕塑家和音乐家。

从他猛烈、警觉、激狂的眼神中散发阵阵如炬光芒，腼腆与热情，穿透了张挂在聆听音乐的沙龙前方的欧比松壁毯①，带着军人的一丝不苟或某种超自然的信念——警钟之寓意，等待的化身，开战部署之纪念——以仿如天使或瞭望兵之姿，从城堡主塔或大教堂上，暗中监伺敌人现身或最后审判那一刻来临。斯万只等着进入演奏厅，一名持有链条的执行官弯腰鞠躬，替他开了门，仿佛要将城市之钥颁发给他。但他想到了若是奥黛特允许、他此刻本可去的那幢屋子，那记忆中隐约瞥见的门垫上的空牛奶罐，揪得他心头一紧。

　　挂毯背后，宾客百态接续家仆诸相，斯万很快又感受到男性的丑陋。这种相貌之丑他明明再清楚不过，却又感觉新鲜，因后来那些人的长相——对他来说不再是实用的特征，不是用来辨识至此之前曾代表一堆值得追求的乐趣、该避免的麻烦，或是应回敬一番的某人——仅根据美观原则协调，着重于线条各自的独特性。斯万置身在这些男人之间，就连当中许多人所戴的单片眼镜（以往，他顶多能说他们都戴着单片眼镜）此刻在他看来也不再表示一种人人共有的习性，而是片片皆有其独特之处。也许是因为他将正在入口处交谈的弗洛贝维尔将军与布列欧特侯爵看成不过是两个画中人物，而这两人一直以来都是他有用的朋友，引荐他进了赛马俱乐部，还曾在几次决斗中协助过他；将军的单片眼镜夹在上下眼皮之间，在他那张俗气、留有伤疤，而且得意扬扬的脸上，宛如一枚炸弹碎片，在额头中央挖成塞克普洛斯巨人

---

①　欧比松（Aubusson），法国中部城市，以地毯而闻名，被称为"法国地毯之都"。

般的独眼，这在斯万看来就像一块狰狞的伤口，得之或许荣耀，展露却不得体；至于德·布列欧特先生，为呼应晚会的气氛，除了珍珠灰手套，"吉布斯高帽"[①]及白领带，还以单片眼镜取代常见的夹鼻双眼镜（斯万自己也这么做），进出上流社交圈时，紧贴着镜片反面，仿佛显微镜下的自然课标本切片，眼神无限微小又满溢和善，对天花板之高阔，宴会之华美，节目之有趣，以及凉盘冷饮之精致不停微笑。

"呦，您来了，好几辈子没见到您了！"将军对斯万说，同时注意到他脸上疲惫无神，推想他或许是因为患了重病才和上流社会疏远，便又补上一句："您现在气色很好，知道吧！"这时，只听德·布列欧特先生问道：

"怎么，是您呀，我亲爱的朋友，您跑来这里做什么？"他问的是一名上流圈的小说家，才刚将单片眼镜架上眼角，那是他唯一的心理侦查及无情分析的器官；此人一脸郑重，神秘兮兮，卷着喉舌音回应：

"我来观察。"

福瑞斯特尔侯爵的单片眼镜十分小巧，完全没有边框，嵌着镜片的那只眼睛仿佛莫名多出一块材质讲究的软骨，只得不断痛苦抽搐，使得侯爵脸上流露出一种微妙的哀伤感，让女人认为他是个能为爱而悲痛欲绝之人。但德·圣康德先生的单片眼镜围着一圈粗环，宛如木星，是脸上的重心，以它为准，随时调整，轻颤的红鼻子和下唇丰厚、又爱挖苦人

---

① 吉布斯高帽（Gibus），也称为歌剧院帽，是一种可借弹簧系统折叠收起的高顶礼帽，最初用于较不宽敞的场所，例如剧院和歌剧院，通常由黑色缎布制成。

的嘴挤出各种怪表情，只为赶上圆镜片后方连珠炮般迸发的敏捷思路，眼见自己比起世上最美的眼神更受附庸风雅的堕落少妇们青睐，让她们憧憬刻意营造的艺术魅力与一种细腻的快感；而戴着单片眼镜的德·帕兰西先生则是晃着鲤鱼般的圆眼大头，在宴会上缓缓游移，下巴不时松开，仿佛寻找着行进方向，像是随身只带了一块来自他家中水族缸玻璃的碎片，这碎片偶然、而且或许纯为象征，意在表现整体，使得对乔托在帕多瓦所绘的《美德》与《罪恶》欣赏不已的斯万想起了那个不义的化身①；画中，在那化身身旁的带叶树枝，正隐喻他藏身的森林。

在德·圣厄维尔特夫人的盛邀之下，斯万上前去聆听一位长笛手吹奏一段《俄耳甫斯》②。他站在角落，可惜从那儿只能看到两位上了年纪的贵妇并肩齐坐：康布列梅耶侯爵夫人与福朗克托子爵夫人，因为这两人是表亲，晚宴上一起打发时间，拿着她们的手提包，女儿跟在身后，仿佛人在车站似的互相寻找着对方，而且唯有用扇子或手帕占得两个相邻的座位才放心。德·康布列梅耶侯爵夫人的人脉极为疏浅，因此特别高兴能有个伴；德·福朗克托夫人反之却颇有名望，她觉得，让所有这些光鲜亮丽的朋友们瞧瞧，比起他们，她宁可和一位共有青春回忆却黯淡无闻的老贵妇相陪，此举可是既优雅又特立独行。斯万充满愁绪的眼神带着嘲讽，看着她们专注聆听接续长笛奏起的钢琴间奏曲（是李斯特的《向

---

①　在帕多瓦的壁画《不义》（*L'Injuste*）上，乔托画的是一个坐着的老人，前景有几颗小树，象征一片森林。

②　应是格鲁克（Christophe Willibald Gluck, 1414—1787）的歌剧《俄耳甫斯与欧律狄刻》（*Orphée et Eurydice*）第二幕中的长笛独奏曲《精灵之舞》。

鸟儿布道的圣方济》），紧随着艺术能手令人目眩神迷的技法。德·福朗克托夫人焦躁性急，目光狂乱，仿佛乐手灵活游走其上的琴键化为了连串高空秋千，而他很可能会从八十米高处跌落，她因而不时对身旁的女伴投以不可置信的惊讶目光，表示："真教人不敢相信，想不到竟然有人能弹到这等程度。"德·康布列梅耶夫人则表现出受过扎实音乐教育的仕女模样，摇头晃脑打着拍子，化为节拍器的单摆，在双肩之间摆荡的幅度与速度变化之大（加上那样茫然无助的眼神，如同痛苦到了再也不自觉、也不寻求克制的地步，只说："您要我怎么办！"），使得她的单钻首饰随时会勾到上衣开襟，她又不得不扶正发间的黑葡萄串发饰，却也没有因此停下加速的动作。坐在德·福朗克托夫人另一边、但稍微前面一点的，是加拉东侯爵夫人，她满脑子正盘旋着她最爱想的事：与盖尔芒特家的联姻。这桩联姻在上流社会是件盛事，对她本人十分光彩，却也引来一点羞辱；那家族中最卓越的几个人刻意对她稍有疏远，或许是因为她麻烦无趣，或是凶恶泼辣，或因为她出身较低，或者根本毫无理由。每当她不认识在她身边的人，就像此时的德·福朗克托夫人，她便憋得难受，因为无法展现她与盖尔芒特家的亲戚关系，不能像拜占庭教堂里的马赛克镶嵌画中那样明显可见的字样：一个接着一个，直排拼写，镶刻在某位圣人旁边，仿佛那圣人亲口说出。此时，她忽然想到，打从六年前的婚事之后，自己就从没受到表妹洛姆亲王夫人的邀请或拜访了。这个念头使得她一身怒气，却也满心骄傲；由于她每每得向那些讶异怎么没在德·洛姆夫人家看到她的人解释，称说她要是去了，恐怕会有遇见玛蒂尔德公主①的风险——那么，她那极度正统派的家族可是永远不会原谅她的——说到最后就连自己也相信，这的确就是她不去表妹家的原因。然而，她记得自己曾多次问德·洛姆夫人，该怎么做才能见她一面，只是这记忆却很模糊，而且她又喃喃自语，刻意淡忘这段有点耻辱的回忆："总不能叫我先去示好，我可比她大上二十岁呀！"多亏这些心里话的力量，她昂然将双肩用力向后，挺起胸膛，后脑勺几乎要与地面平行，令人联想到一只带着全副羽毛上桌供食的威武雄鸡被"重新装上"的头。倒不是因为她天生身形矮短圆胖，活像是个女汉子，而是种种凌辱把她整得就像悬崖边那种天生歪斜的树木，不得不反仰朝后生长，以保持平衡。她遭受的待遇与其他盖尔芒特家的人不完全对等，为了安慰自己，她只得不断告诉自己，她之所以鲜少与他们见面，既是因为原则难改，也是为了保住尊严。到后来，这种想法逐渐形塑了她的躯体，在她身上产生一种翩翩风度，看在布尔乔亚女性眼中，那是一种贵族的记号，偶尔还催生一丝稍纵即逝的欲望，惊扰圈内男人们疲惫的目光。若是分析德·加拉东夫人的交谈对话，记录每个词语使用的频率多寡，会发现一种编码语言的关键，从中可得知，没有任何说法的出现次数之多——即便是一般最常用的——比得上"在我盖尔芒特表亲家"，"在我盖尔芒特姑妈家"，"艾尔泽亚·德·盖尔芒特的健康状况"，"我盖尔芒特表妹

---

　　①　玛蒂尔德公主（Princesse Mathilde, 1820—1904），法国皇帝拿破仑胞弟杰罗姆·波拿巴的女儿，她主持的沙龙接待当时文艺界最杰出的人士，如龚古尔兄弟、福楼拜等等。

专属的乐池包厢"。当人家跟她谈起一位显赫的人物，她会答说，虽然她并不认识本人，却曾在她盖尔芒特姑妈家遇见过上千次，但回应的语气如此冰冷，声音那么沉闷，显然她本人之所以不认识他，都要归因于所有那些不可撼动、择善固执的原则，让她双肩向后倚靠，如同体操老师训练时所用的梯架，帮助您伸展扩胸。

　　话说，人们没料到会在德·圣厄维尔夫人家看见的洛姆亲王夫人，此时正巧大驾光临。为了表示她无意在一个她屈尊光临的沙龙凸显自己地位尊贵，即使进门时根本不需在人群中辟开一条路，也无需让路给任何人，她却还是缩起肩膀走过，刻意待在大厅最后面，看上去适得其所，有如一位国王，因未告知当局便自行来到此处，因而乖乖在剧院门口排队，并且收敛目光——以免像是在提示自己的存在，要求众人关注——她仅凝视地毯上某个图案，或自己身上的裙子，站在她觉得最不起眼的地方（她知道一旦德·圣厄维尔特夫人发现她，便会一声欢呼将她从那里拉出来），就在她不认识的德·康布列梅耶夫人旁边。她看着身边这位痴迷于音乐的女士，但并不仿效。倒不是因为洛姆亲王夫人好不容易来到德·圣厄维尔特夫人家待个五分钟，为了加倍彰显她对侯爵夫人的礼遇，才希望尽可能表现得和蔼可亲，而是出于天性，她最厌恶她所谓的"浮夸之举"，坚持示意"没必要"屈服，当众违背她平常活动的小圈子之"格调"；但另一方面，那类举动每每却也令她印象深刻，兴起仿效之念，却又伴随着胆怯，那是即使最有自信的人置身在一个新圈子的氛围之中也会生出的胆怯，哪怕那圈子的阶层还较为低下。她开始怀疑，这么大动作打着拍子，难道是在聆听这首乐曲时不可或缺的？而这首曲子的水准或许与她此前所听的音乐水准不符，节制行动会不会构成她既不了解乐曲、又对女主人失礼的证据？于是，她采取"不均等分配的折中做法"表达这矛盾的感受，时而整理一下肩章，或确认一头金发上那让造型更显简单利落又迷人的珊瑚或玫瑰色珐琅镶钻小珠，一面冷冷地好奇检视身旁那位热情洋溢的女士，时而用她的扇子打一会儿节拍，但为了不至于弃守自主性，还故意错开拍点。钢琴家奏毕李斯特的乐曲，开始弹起一首肖邦的前奏曲；德·康布列梅耶夫人对德·福朗克托夫人微微一笑，行家的满足感与被勾起的往昔令那笑容更显温柔。她年轻时曾学习沿着蜿蜒的漫长棱线轻抚肖邦的乐句，如此自由不拘，柔顺自如，容易探知；首先，他的乐句总远离起点，朝另一个方向往外探寻，远离先前本可冀望伸指触及的那一点，而如此随性不羁的偏离幅度，只为求回来时更——那回程更加深思熟虑，更加精准地，宛如击响一块水晶，共鸣直至轰然——猛击您的心坎。

　　生活在外省一个人脉甚少的家庭，几乎不去参加舞会，她沉醉于庄园宅院的孤独之中，缓下或加快想象出来的一对对舞伴之脚步，如摘除片片花瓣般，令他们暂时离开舞池，去听松林中的风声，在湖畔，她蓦然看见一个与那些不过是凡夫俗子的梦中情人皆不同、身材修长的年轻男子，他的嗓音如歌声似的有些轻飘、奇特、虚幻，还戴着一双白手套。而今，这种乐风过时的美感似乎已黯然失色，多年来不再受到行家赏识，失去了光彩及魅力，甚至那些品位低劣的人从中顶多也只能得到一种未说出口的庸俗乐趣。德·康布列梅耶夫人暗中朝后瞄了一眼。她知道她那年轻的媳妇瞧不起肖

邦（她连和声及希腊文都精通，对婆家充满敬意，唯独涉及
性灵之事，她自有独到见解），每每听人弹奏，便觉得煎熬
难耐。但德·康布列梅耶夫人远在这位瓦格纳派的监视范围
之外，媳妇正在较远处和一群年纪相近的年轻人一起，于是
她便放心品尝阵阵美妙的感受。洛姆亲王夫人亦然。没有音
乐天分的她十五年前曾随圣日耳曼区的一位钢琴教师学琴，
那是一位天赋极佳的女性，但晚年生活潦倒，年届七十又重
操旧业，为早年学生的女儿和孙女们授课。如今这位老师早
已逝世，但她的演奏方法，美丽的音色，偶尔还会从她学生
们的指尖下重生，即使那是个在别人眼中看来发展最平庸、
放弃了音乐、几乎没再掀开过琴盖的女孩。因此德·洛姆夫
人还能摇头晃脑，以内行人的姿态恰如其分地赏析钢琴家弹
奏这首她熟知在心的前奏曲。一段乐句才刚弹奏出来，她的
唇边便哼起结尾。她喃喃自语："依旧令人迷醉"，特别强调
"醉"字，那发音带有细腻的特质，她感到如此浪漫而噘起
的双唇就像一朵美丽的花，她本能地搭配眼神调和，在那当
下流露出一种善感而又迷茫的目光。而德·加拉东夫人此时
却还正心想自己能遇见洛姆亲王夫人的机会少之又少，实在
可恼，因为她一直想借着刻意不回礼，给她一个教训。她不
知道表妹其实就在现场。德·福朗克托夫人这时头一晃，她
发现了她，于是立刻拨开众人，急忙朝亲王夫人走去，但又
一心渴望保持高傲冰冷的神色，以便提醒大家，在那人府上
有可能一鼻子碰上玛蒂尔德公主，而她并不想和这样的人有
所牵连，而且也没必要迎上前去，因为她与她不是"活在同
一个时代的人"。不过，她想借一些话来平衡自己这副不苟
言笑的高傲表情，以言语证明她的手段合情合理，并且强迫

亲王夫人和她交谈。于是，一来到表妹跟前，德·加拉东夫人便摆起严肃的脸，伸出手来相握，仿佛由不得对方不接招似的张口便问："你丈夫过得如何？"那语气之担忧，好似亲王生了重病。亲王夫人用她独特的笑法大笑起来，既让别人知道她正在嘲笑某人，同时也因为嘴巴周围的脸部线条集中，生动的双唇衬上晶亮的眼眸，让自己显得更漂亮，她回应道：

"好得不得了！"

说完又笑了一阵。然而德·加拉东夫人挺直了腰杆，脸色更加冰冷，仍旧担心亲王的身体状况，对表妹说：

"欧莉安娜①（德·洛姆夫人这时一脸惊讶，带着嘲笑意味望向别处，仿佛那儿有个隐形的第三者，而她要他作证：她从未允许德·加拉东夫人直呼她的闺名），我非常坚持请你明晚到我家来听一曲莫扎特的单簧管五重奏。我希望听听你的评析。"

此举不像是在发送邀请，倒像是要求人家提供服务，一定要知道亲王夫人对莫扎特那首五重奏的看法，仿佛那是一道拼盘，出自一位新厨娘之手，而听一位美食家对此人的才华有何意见，对德·加拉东夫人而言十分可贵。

"但我听过这首五重奏，现在就能告诉你……我很喜欢！"

"你知道，我丈夫身体不太好，他的肝……要是能见到你，他一定会高兴得不得了。"德·加拉东夫人又回驳说；这么一来，她就让亲王夫人担上了发挥慈善精神的义务，非得现身她家的晚宴不可。

---

① Oriane，洛姆亲王夫人的名字。

　　亲王夫人不喜欢对人直说不想去他们家。她每天都在写信表达遗憾——由于婆婆无预警来访，因为姊夫邀请，得去看歌剧，去郊游——遗憾被剥夺了机会，不能去一个其实她根本不想去的晚间聚会。她因而让许多人欢天喜地，相信她是他们的人脉，以为她乐意造访，只是亲王家临时有事，受了阻挠才作罢，而眼见自己的晚会竟能与那件事共争亲王夫人玉驾，他们感到受宠若惊。再者，盖尔芒特这个小圈子机灵活泼，存留了某种机智才情，摒除陈腔滥调，不守成规，得到梅里美①的真传——且在梅哈克与哈莱维的剧作之后即难得一见——她身为其中一分子，甚至将这种才情套用到了社交关系上，转移到她的礼节表现，尽可能实际，精准，去接近微小的真理。她不长篇大论地向一位女主人阐述想去她家晚会之意愿，她认为更可亲的做法，是向对方列举几件会左右她能否前往的小事。

　　"听着，我来告诉你，"她对德·加拉东夫人说，"明天晚上，我得去一位女性友人家，她在很早之前便跟我约好这一天了。要是她带我们去看戏，即使我诚心愿意到府上造访，也不可能过去你家。但我们若是会一直待在她家，由于我知道当晚只有我和她两人，那就能提早离开。"

　　"对了，你看见你的朋友斯万先生了吗？"

　　"这倒没有，夏尔勒这个可人儿，我不知道他在这里，那我可得想办法让他看见我。"

<hr />

　　①　梅里美（Prosper Mérimée, 1803—1870），法国现实主义作家，小说《卡门》后获比才改编为同名歌剧，而该歌剧的歌词创作者，即是梅哈克（Henry Meilhac, 1830—1897）及哈莱维（Ludovic Halévy, 1834—1908）。

"他甚至连这个圣厄维尔特老太婆的家都来了，可真好笑！噢！我知道他很聪明，"她补上一句，言外之意是他诡计多端，"但也没关系，这只不过是两位大主教的姊妹和弟媳的家里来了个犹太人！"

"说来惭愧，我不觉得这有何突兀。"洛姆亲王夫人说。

"我知道他改了信仰，连他父母和祖父母也都改了①。不过，听说，正式改换宗教的人其实比别人还更依恋原来的信仰，改宗不过是掩人耳目，真是这样吗？"

"我对这方面的事一无所知。"

钢琴师准备了两首肖邦，前奏曲之后，便立即弹起波兰舞曲。不过自从德·加拉东夫人告诉表妹斯万也在场，此时就算肖邦复活，亲身弹奏他所有的作品，也吸引不了德·洛姆夫人的注意了。人若分为两类，另外那类人对不认识的人之好奇，到了她这类人身上会转换成对认识的人之兴味盎然。如同许多圣日耳曼区的女性，在一个地方遇见她圈子里的某个人，而且她对那人其实也没有任何特别想说的事，那人的存在却会独占她所有的注意力，令她罔顾其他一切。从那一刻起，抱着斯万会注意到她的期望，亲王夫人简直就像一只被驯养的白老鼠，任凭人递来一块方糖接着却又抽手拿走，她时时转头，那脸上写满千百种心有灵犀，却和对肖邦波兰舞曲的感受全然无关，她只望向斯万所在的方位，若是他换了位子，她的笑容便宛如被磁

---

①　根据1791年的同化政策，在法犹太人亦被视为正规法兰西国民。虽然从第二帝国时期开始出现为维护原有信仰而避免与异教徒通婚的倾向，但到了第三共和时期，这类富裕的传统犹太家庭已经式微。普鲁斯特母亲家则是例外。他本人、弟弟及父亲皆受洗成为天主教徒，唯独母亲并未改宗。

吸一般，也即刻随之移动。

"欧莉安娜，你别生气，"德·加拉东夫人又说，她永远忍不住牺牲掉自己最大的社交前途以及有朝一日要教上流圈刮目相看的期望，只为满足当下心中暗藏的一时之快，口出令人不悦之语，"有人宣称，这位斯万先生是个请不到家里来作客的人，这是真的吗？"

"哎呀……你应该很清楚这是真的，"洛姆亲王夫人回应，"既然你都邀过他不下五十次，他从来没去过。"

她离开尴尬得无地自容的表姊，再度大笑，招来聆听音乐的人们斜眼，却也吸引到德·圣厄维尔特夫人的注意；她基于礼貌，留守在钢琴附近，这时才发现洛姆亲王夫人。见到她，德·圣厄维尔特夫人欣喜极了，因为她以为亲王夫人还在盖尔芒特照料生病的公公。

"哎呀，这是怎么回事，亲王夫人，您竟然大驾光临？"

"是呀，我待在一个小角落，听到很美妙的东西。"

"怎么，您已经来了好一段时间！"

"是啊，很长一段时间，但我却觉得很短，说它漫长，是因为我见不到您。"

德·圣厄维尔特夫人将她的单人沙发让座给亲王夫人，后者回应：

"千万别这样！何必如此？！我随便坐哪儿都好！"

同时，为了彰显身为贵妇的自己一切从简，她刻意选了一张没有靠背的小软凳：

"您看，这张软凳完全符合我的需求，能让我挺直腰杆。噢！我的天，我又发出噪音了，大家又要出声嘘我了。"

然而，钢琴师将速度加快一倍，音乐的悸动达到最高潮，一名仆人正持着托盘送饮料，汤匙碰得乒乓作响，然后，一如每周上演的，德·圣厄维尔特夫人连忙挥手赶他走开，但他根本没看见。一位新嫁娘，曾被告诫少妇不该露出厌倦无感的表情，于是保持着愉悦的笑容，目光寻觅着女主人，透过眼神向她表达感激，感谢她"惦记着她"，邀她参加如此盛会。然而，尽管她比德·福朗克托夫人平静许多，在聆听这首曲子之际却也不是安心无忧；但她担心的不是钢琴师，而是钢琴：那琴台上有根蜡烛，每弹到极强音就抖震一下，这就算没让灯罩起火，恐怕也会在红木上留下痕迹。最后，她再也忍不住，于是跨了两阶登上放置钢琴的平台，匆匆忙忙想拿下烛盘，但手才正要触及底座，最后一个和弦响起，乐曲终了，钢琴师站起身。这个年轻女子自发的大胆举动，造成她和乐手混乱地短暂同台，却在众人心目中普遍留下良好印象。

"亲王夫人，您注意到那个人做了什么吗？"弗洛贝维尔将军刚离开德·圣厄维尔特夫人，前来向洛姆亲王夫人致意，同时问她。"真奇怪，所以她也是位艺术家？"

"不是吧？那是德·康布列梅耶家的一位少夫人。"亲王夫人贸然回答，随即又热切地补充，"我这是把从人家那儿听到的转述给您，我自己对她的身份毫无概念，是有人在我后面这么说，她们是德·圣厄维尔特夫人在乡间的邻居，但我不相信有人认识，想必是'乡下来的人'！再说，不知道您是否常在这个优秀的社交圈子出入，我可不晓得眼前这些奇特人士的大名。您认为，这些人在德·圣厄维尔特夫人这些晚宴以外过的是什么生活？夫人应该是趁着聘请乐师、借座椅和订饮料时一并把他们给叫过来的吧。不得不承认，这些'贝洛瓦家的客人'① 表现得可真精彩。她真的有勇气周周租聘他们过来？真是太夸张了！"

"啊！不过，康布列梅耶可是个真实存在的古老姓氏。"将军说。

"我不觉得古老有什么问题，"亲王夫人冷冷地回应，"但无论如何，听起来就是不顺耳。"她特别强调"顺耳"两字，仿佛加了隐形的引号，那是盖尔芒特帮在说话时特有的小小装腔作势。

"您这么觉得？她可真是秀色可餐，"将军的视线始终没离开德·康布列梅耶少夫人。"您的看法不一样吗，亲王夫人？"

"她太出风头了。我觉得，一个这么年轻的女人有这种表现，实在令人不舒服，因为我相信她跟我不是同一个时代的人。"德·洛姆夫人回答（加拉东家族及盖尔芒特家族两边都这么说）。

但眼见德·弗洛贝维尔先生仍旧盯着德·康布列梅耶少夫人不放，亲王夫人一方面针对那个少妇，一方面又顾及将军，便半恶意又半好心地说："不舒服……是替她丈夫说的！真可惜我不认识她，否则就能介绍给您，既然您心里这么抛不下她。"亲王夫人说。其实，她要是真的认识那少妇，大抵也不会做什么。"我可得跟您道晚安了，因为今天是我一个女性朋友的命名日，我得过去祝贺。"她的语气谦逊而

---

① 贝洛瓦家的客人（invités de chez Belloir）暗讽客人阶级较低下。贝洛瓦（La Maison Belloir et Vazelle）是当时巴黎承办酒席宴会的商号，为活动提供餐食、出租座椅。这种租来的座椅多是供较低阶的宾客使用，因为贵宾有扶手椅可坐。

真诚，把她要去的那个上流社会聚会矮化成一场简单无趣的仪式，但非去不可，心意感人。"而且我得在那儿跟巴赞碰头；我在这里的这段时间，他去见了一些朋友；我相信您都认识，他们的姓氏跟一座桥同名，是耶拿家族的人①。

"这起初可是一场胜利的名称啊！亲王夫人。"将军说，"对一个像我这样的老军人而言，还能怎么说呢？"他摘下单片眼镜擦拭，仿佛在换绑带似的，亲王夫人本能地转头回避目光；将军则一面补充，"这群帝国时期的贵族，当然是另一回事。不过，再怎么说，就他们的表现，那是个非常出色的族群，都像英雄一般奋战过。"

"我对英雄可是充满敬意的，"亲王夫人的语气带有些许讽刺，"我没跟巴赞一起去那位耶拿亲王夫人家，绝对不是因为这个理由，纯粹是因为我不认识她。巴赞认识他们，很珍惜他们噢！不，不是您可能想象的那样，不是搭讪调情，我没有立场反对！再说，但愿这招在我想反对的时候能派上用场！"她语带幽怨又说，因为大家都知道，打从洛姆亲王娶了他这位美丽迷人的表妹隔天起，便不断出轨背叛她。"不过实情并非如此，那些都是他的旧识，他能从中得利，我觉得很好。首先，我跟您说，光是他告诉我的那些人的宅邸……想象一下，家具全都是'帝国时期'风格！"

"亲王夫人，这是当然的，因为那是他们祖辈留下来的家具。"

---

① 巴黎有一座耶拿桥，是为纪念拿破仑 1806 年在德国的耶拿（Jéna）战胜普鲁士而建造。在本书故事中，耶拿家族是帝国时期的贵族，颇受其他高阶贵族轻视。

"不是我说呀，那些东西也没有因此就比较不难看。他们没有漂亮的东西，这我很理解，但至少也别用可笑的东西呀。您能怎么办？那些雕着天鹅头的抽屉柜，根本活像是浴缸，这种风格恐怖极了，我没见过比那更招摇、更布尔乔亚的了。"

"我相信他们还是有漂亮的东西，那张著名的拼花镶嵌细工桌应该还在，那桌上曾经签署一项条约，就是……"

"啊！不过，从历史的角度来看，他们确实是有些有意思的东西，可真不是我说。不过，那不能说是美……毕竟还是十分恐怖！像这样的东西，我也有一些，是巴赞从孟德斯鸠家①继承来的，不过都收在盖尔芒特家的阁楼里，不让任何人看见。况且，其实，根本不是这个问题，要是我认识他们，我会尽快和巴赞一起赶去他们家，即便被他们家的人面狮身像和铜器包围也无所谓，可是……我不认识他们啊！我这个人呢，小时候，人家总告诉我，去不认识的人家里是一件很不礼貌的事。"她用一种稚气的口吻说，"所以，我遵从人家的教导。您能想象吗？那些老实人，要是看见一个不认识的人进到他们家里会怎么样？他们大概会用非常不好的方式接待我！"亲王夫人说。

出于女人的娇俏天性，她碧蓝色的目光直盯着将军，流露一种梦幻而温柔的表情，使得因这番推测而萌生的笑容更

---

①　孟德斯鸠（Montesquiou），法国西南加斯科涅地方（Gascogne）的一支古老贵族，在拿破仑帝制时期颇受重用。夏吕斯男爵这个人物的原型——与普鲁斯特亦师亦友亦敌的罗贝尔·德·孟德斯鸠（Robert deMontesquiou, 1855—1921）即是其后代，他身兼作家，诗人，评论家，更是知名的贵公子（dandy），在当时的巴黎文艺界十分活跃，引领普鲁斯特进入上流社会各沙龙。

显妩媚动人。

"啊！亲王夫人，您明知道他们必然会喜不自胜……"

"才不呢！为什么？"她反问，极为迅敏，或许是为了不显示自知那是因为她是全法国最崇高的贵妇之一，也或许是乐于听见此话从将军口中说出。"为什么？您怎么知道？这对他们来说也许是最可厌之事。我不知道，但若是由我评断，要见那么多认识的人已经够烦了，我相信，如果还要见一些我不认识的人，'即使有英雄事迹'，恐怕也要发疯呢。此外，您也晓得，除非是像您这样的老朋友，我们知道您没有这个问题，否则我真不知道英雄主义在上流社会是否方便走到哪儿就带到哪儿。举办晚餐宴会已经常让我心烦，要是还得让斯巴达克斯①挽着我的胳臂入席……不，说真的，我绝对不会找维钦托利来凑数当第十四个客人②。我觉得我会把他留待盛大的晚宴。而且既然我不会给……"

"唉啊！亲王夫人，您真不愧是盖尔芒特家的成员。盖尔芒特家的才情，您确实颇得真传！"

"人人都说盖尔芒特家的才情，我却从来不懂此话怎讲。所以，您还认识其他这样的人？"她发出一阵欢畅的笑声补充说道；她脸部的线条凝聚，结合生动的表情脉络，眼眸晶亮，燃着一道热情的愉悦之光，唯有赞美她的才情或美貌之词，才能让它们如此绽放，尽管这话出自亲王夫人自己

①　斯巴达克斯（Spartacus, 约前120—前71）是一名色雷斯角斗士，曾与高卢人一起领导反抗罗马共和国统治的斯巴达克斯起义。
②　维钦托利（Vercingetorix, 约前82—前46），高卢阿维尔尼人的部落首领，曾领导高卢人对罗马统治的最后反抗。第十四个客人，暗指餐宴要避开"十三"这个西方迷信中的不祥数字，因而多找一位客人来凑数。

之口。"您瞧，斯万来了，正在跟您的康布列梅耶女士打招呼呢；他就在那儿……在圣厄维尔特老夫人旁边，您没看见吗？！快去请他替您引介，快呀！他打算离开了！"

"您可有注意到他的脸色有多难看？"将军说。

"我亲爱的夏尔勒！啊！他总算过来了，我都要猜他是不是不想见我了呢！"

斯万非常喜欢洛姆亲王夫人，而且见到亲王夫人会令他想起盖尔芒特，邻近贡布雷的领地，那片他那么喜爱、但为了不离奥黛特太远，因而再也没回去的地方。他使出各种辞令，半艺术气质，半风流倜傥，他深谙如何讨亲王夫人欢心，而且说得顺口自然，一时重回故旧社交圈——此外也是想为自己抒发对乡村的思念：

"啊！"他不对着哪个特定对象说着，以便正和他交谈的德·圣厄维尔特夫人及他想与之交谈的德·洛姆夫人都能听见，"迷人的亲王夫人大驾光临！您看，为了聆赏李斯特的《阿西西的圣方济》，她还特地从盖尔芒特赶来，行色匆匆，就像一只漂亮的山雀，只能从梅树和山楂树啄取几颗小果子戴在头上；甚至还有几滴小露珠，一点白霜，这恐怕要令伯爵夫人冷得直打哆嗦了。这真漂亮，我亲爱的亲王夫人。"

"怎么着？亲王夫人竟是特地从盖尔芒特赶过来的？这太客气了！我都不知道，真不好意思！"德·圣厄维尔特夫人不识斯万的逗趣天才，天真地直嚷嚷，同时还细看亲王夫人的发饰，"真的耶！这是在模仿……该怎么说呢，不是栗子，不，噢！这点子真是俏皮！不过，亲王夫人怎么会知道我的曲目安排？！这些乐手甚至连我都没先告知呢。"

当身边是他惯用献殷勤的言辞应对的女性时，斯万习惯说些许多上流社会的人听不懂的微妙典故，此刻他懒得对德·圣厄维尔特夫人多做解释，只拿隐喻跟她打哑谜。至于亲王夫人则是放声大笑，因为斯万的才思备受她的小圈子赞赏，也因为每次听到他对自己的赞美，她总不禁觉得斯万优雅至极，难以抵挡他的风趣魅力。

"好极了！夏尔勒，我这些小山楂要是能博得您喜欢，那我就开心了！您为什么要跟那位康布列梅耶打招呼？她也是您在乡下的邻居？"

德·圣厄维尔特夫人看亲王夫人与斯万似乎聊得起劲，便径自走开。

"亲王夫人，您也是她的邻居呢！"

"我？所以这些人到处都有乡间别墅？！我真想跟他们一样啊！"

"不是康布列梅耶家，而是她的娘家：她是贡布雷的勒葛朗丹家的小姐。不知您是否知道自己是贡布雷伯爵夫人，当地的教务会还需付您一份租金？"

"我不知道教务会该付我什么租金，但我知道我每年都会被本堂神父借走一百法郎，这些都无所谓。总之，这些康布列梅耶家的人可真冠了个惊人的姓氏。尾音及时收住，但结束得真糟糕！"她嬉笑着说。

"开头也没好到那儿去。"斯万回应。

"那两个字缩写起来，的确……！"[①]"像是某个非常愤怒、

---

① 隐射法国康布罗纳将军（Cambronne, 1770—1842）的事迹。据说，滑铁卢战役时仅剩他指挥的军团宁死不降。他对劝降的英军骂出"Merde"（原意为粪便，骂人去吃屎）这个字眼，从此声名大噪。斯万和洛姆亲王夫人开玩笑说康布列梅耶（Cambremer）这个姓氏是由 Cambronne 及 Merde 二字缩略组成。

却又要讲究得体的人，不敢一口气把第一个字整个说完。"

"既然他看来忍不住要开始第二个字，不如把第一个字好好讲完后打住才对。亲爱的夏尔勒，我们开的这玩笑趣味可真迷人。话说，这阵子老是见不到您，真叫人烦恼！"她语带撒娇地又说，"我真的很喜欢和您聊天。您想想，我甚至可能没办法让弗洛贝尔维尔那个笨蛋懂得康布列梅耶这个姓有何惊人之处。您得承认，生活实在是件糟糕透顶的事情，我只有在和您见面时才能暂停烦忧。"

想必这并非真话。但斯万与亲王夫人评断小事的态度都一样，结果——或其实该说因此——两人的表达方式极为类似，甚至连发音都差不多。这种相似度并不明显，因为两人的嗓音南辕北辙。但要是能透过想象，剔除包覆斯万话语的声音，还有阻碍声音穿透而出的胡子，便能明白他们俩用的是同样的陈述，同样的转折技巧，那皆是盖尔芒特小圈子的小把戏。在重大的事情上，斯万和亲王夫人的想法则是毫无交集。但自从斯万变得如此忧郁，总感到那种落泪前的微微轻颤，他需要谈谈自己的哀愁，一如杀人凶手需要诉说自己犯下的罪。听到亲王夫人说，生活是件糟糕透顶的事，他从中感受到了温柔善意，仿佛她对他谈的是奥黛特。

"噢！对，生活是件糟糕透顶的事。我们应该要常见面才是，我亲爱的朋友。跟您相处之所以舒心，就因为您不是个嬉笑度日的人。我们可以找个晚上聚聚。"

"我也这么觉得。您何不过来盖尔芒特一趟？我婆婆一定会欣喜若狂。一般评价都说那片风景很丑，告诉您吧，但我却不讨厌。我最怕那些'如诗如画'的地方了。"

"我也这么觉得。那里的风景令人赞赏，"斯万回应，

"对我而言，在这时节简直美得过分，生动得过分；那是个令人幸福快乐的地方。也许是因为我曾经在那儿生活过，万事万物在我眼中都是那么有意义！只待一阵风起，麦浪摇曳，我总觉得仿佛某人就要莅临，而我会收到一则消息；还有那些水畔小屋……我恐怕会很不幸福快乐！"

"噢！亲爱的夏尔勒，当心哪，那个恐怖的洪皮雍夫人刚刚看见我了，你快掩护我，告诉我她最近发生什么事，我记忆都模糊了，她究竟是把女儿给嫁了出去，还是替她的情夫找到了对象，我都搞糊涂了，也许两者都有……还是她让这两人结了婚！啊！不，我想起来了，是她被她的亲王给休了……您快假装和我说话，别让那个贝蕾妮丝过来邀我晚餐。况且，我也得走了。听着，亲爱的夏尔勒，好不容易跟您见上一面，您不想被我抓去帕尔马亲王夫人家吗？她肯定会高兴极了，而且巴赞也会在那儿和我相会。要不是从梅梅那儿得到您的消息……您想想，我就再也见不到您了！"

斯万拒绝了；他先前已告诉德·夏吕斯先生，说他离开德·圣厄维尔特夫人家之后便会直接回家，不会自寻烦恼，冒着风险去帕尔马亲王夫人那儿，就怕这么做会错过他整晚一直在期待哪个家仆能来转交给他的口信，或许，他能在自家门房那儿收到这口信。"这个可怜的斯万，"那晚，德·洛姆夫人对丈夫说，"人依然亲切，看起来却很不快乐。您会见到他的，因为他答应最近会找一天过来晚餐。其实啊，我觉得这还真可笑，像他那么聪明绝顶的人，竟然会为了那种女人痛苦神伤，况且那女人根本就乏善可陈，人家都说她是个笨女人。"她多说了几句，表现出未被爱冲昏头之人的智慧，认为一个有才情的男人只该为一个值得的人不快乐；那

惊讶的程度，几乎就像是得知人竟然会因为弧菌那般微小的
生物而受霍乱之苦。

斯万想离开，但就在终于准备溜掉之际，弗洛贝维尔将
军却过来请他帮忙，说是想认识德·康布列梅耶夫人。他不
得不随他回沙龙寻觅佳人芳踪。

"我说呀，斯万，我觉得与那个女人共结连理总比被蛮
族屠杀好，您说呢？"

"被蛮族屠杀"这几个字狠狠刺痛了斯万的心，他立刻
觉得需要和将军继续谈谈：

"啊！"斯万对他说，"许多美丽的生命曾因此结束……
如您所知……那位骨灰被杜蒙·德·于维尔带回来的航海
家，拉佩鲁斯[1]……（斯万顿时兴奋起来，仿佛刚才谈到了
奥黛特[2]）。拉佩鲁斯性格高贵，令我十分感兴趣。"他一脸
哀伤地说。

"啊！拉佩鲁斯，的确是！"将军说，"他可是大名鼎
鼎，有一条街就以他命名。"

"您有认识的人住在拉·佩鲁斯街？"斯万激动地问。

"我只认识德·尚利沃夫人，她是那位正直的肖斯皮耶
的姊姊。她前几天才为我们营造了一个精彩的喜剧之夜。您
看着吧，那个沙龙有朝一日会变得非常优雅！"

"啊！她住在拉·佩鲁斯街呀。真不错，那是条漂亮的

---

[1] 拉佩鲁斯（Jean François de Galaup, comte de Lapérouse, 1741—1788），
法国海军军官、探险家，奉路易十六之命，1785 年开始带领科学家船队探勘世界。
他的船队后来在驶往所罗门群岛的航行中遭土著杀害。1828 年，法国探险家德·于
维尔（Jules Sébastien César Dumont d'Urville, 1790—1842）在所罗门群岛当地找
到遇难船骸，后将拉佩鲁斯的骨灰带回法国。

[2] 因为奥黛特就住在拉·佩鲁斯街。

小街，那么苍凉。"

"才不呢，因为您有好一阵子没去了，才这么认为。那一区已不再苍凉，开始处处建起楼房。"

斯万总算把德·弗洛贝维尔先生介绍给德·康布列梅耶夫人，由于这是她初次听到将军的名姓，便浅浅露出惊喜的微笑；其实，要是人家在她面前从来没提过别的姓氏，她也会如此，因为她不认识新家族的旧识，每次有人被带过来，她便以为那是夫家旧识，心想自己应该要懂得随机应变，表现出嫁进门后曾多次听说的样子，迟疑地伸出手，借此证明她需要克服自己已养成的拘谨，让发自内心的亲切战胜那份矜持。而且她的公婆，她依然相信他们是全法国最显赫的望族，他们总宣称她是一位天使，让儿子将她娶进家门，为的更是有意显露令他们折服的是她的德行，而非她的万贯家产。

"夫人，看得出来，您有音乐家的心灵。"将军对她说，不经意地影射烛盘那段插曲。

演奏重新开场，斯万明白自己在这段节目结束前是走不开了。被围困在蠢笨可笑得令他惊讶的这群人当中，他倍感煎熬，因为，他们不懂他的爱，就算知道，也无能关心在意，只能当成幼稚的行为莞尔看待，或视之为疯狂举动，感到惋惜；他们对他展现出这段爱情是一种仅存在他心中的主观状态，没有任何外在条件能让他肯定那段爱的真实性；他分外痛苦，连乐器声响都刺激他想呐喊出声，因为在这个奥黛特永远不会来的场所，他的流放一再延长，在这里，没有人、没有任何事物认识她，她彻底缺席。

但是，忽然这么一下，仿佛她走进来似的，这样的现身方式对他造成极为剧烈的痛楚，以至于他得捂住心脏。因为小提琴爬升到高音领域，徘徊不去，仿佛意欲等待，而那等待不断延长，但琴音不断，激昂之中，已瞥见那等待的对象逐渐靠近，使出绝望的拼搏，试图持续，直到他到来，在音绝之前迎接他，用最后的力气，再一会儿，替他保持来路畅通，让他顺利通过，仿佛尽力撑住一道门，不让门板落下。斯万还没来得及告诉自己："是凡特伊奏鸣曲的小乐句，快别听！"所有奥黛特迷恋他那时的吉光片羽，直到今日之前他都好好埋在内心深处，不现痕迹，被恋爱时刻突如其来的回光返照蒙骗的那一切回忆，此时全都苏醒过来，而且展翅高飞，对他此刻的不幸毫不留情，迷乱地朝他高歌那早已遗忘的幸福主旋律。

　　不是"曾经幸福的时光""曾经被爱的时光"之类的抽象说法，这类句子直到刚才他都还常挂在嘴边，不痛不痒，因为他的智性封闭的那些往日，充其量只是没有保存任何质地的片段；他再次遭逢的，是被这失落的幸福永远冻结住的所有特质，以及稍纵即逝的精华；一切重现脑海：她抛进他马车里的菊花，花瓣卷曲，柔白如雪，他一路持着抵在唇边——"金屋"餐厅的地址，以凸版字样印在他所读的那纸信上："提笔写信给您，我的手抖得好厉害"——她皱起的眉头，彼时她表情哀求地对他说："您不会许久之后才跟我联络吧？"他闻到理发师烫发铁卷棒的气味，罗雷丹去接小女工时，就是这东西拉撑了他的"毛刷头"①；那个春天那么常下的急阵雨；月光下，冷冽中，他乘着维多利亚式马车回家，惯有的思路，四季的印象，肌肤的反应，这一切经纬交

---

　　① 毛刷头（brosse），将前方头发梳高，露出额头的男性发型。

织，在随后连续几周铺展成一张形式相同的网，他的躯体再度困陷其中。这一刻，他领略到了凭爱过活的人享受到的乐趣，好奇心得到充沛的满足。他本以为能就此打住，不至于非得尝到痛苦的滋味，因为现在，相较于令奥黛特的魅力如一圈模糊光晕般扩展开来的巨大恐怖，与那份不能时时刻刻得知她做了什么、无法随时随地永远拥有她的强烈焦虑，她那魅力本身实在是小巫见大巫。可叹啊！他想起她嚷嚷时的腔调："但我随时都可以和您见面，我一直有空！"那个她，后来再也不是这样了！她对他的生活曾有过的兴趣与好奇，他赐予她的热情渴望——当初反而被他视为避之唯恐不及的麻烦之源——让她走进他的人生；曾经，她不得不再三恳求，他才愿意让她带着去维尔迪兰家；他只让她每个月来家里一次那时，她又是多么需要不断求说，说她梦想能日日相见，那会是多美妙的习惯，他才答应让步，那时她在他眼中不过是个枯燥乏味的麻烦，日后她却开始厌烦，最终恩断义绝，还成为他眼中难以克服又痛苦的需求！第三次见面时，由于她一再地问："您为何不让我再更常过来呢？"他大笑，略带调情意味地回说："因为怕要受苦。"真不知这是否一语成谶。如今，唉！她偶尔还会从某家餐厅或酒店用印有店家名号的纸张写信给他，然而字字句句却有如烈火烙印，令他更加心急如焚。"这信是从伍伊蒙酒店①写来的？她去那儿能做什么！是跟谁去？发生什么事？"他想起守夜人捻熄了意

---

　　①　伍伊蒙酒店（Hôtel Vouillemont），位于巴黎协和广场附近的 15 rue Boissy d'Anglas，当时许多巴黎乃至世界各国的贵族名流多在此出入，包括那不勒斯国王及王后、奥匈帝国约瑟夫一世之皇后茜茜公主等。

大利人大道上一盏盏的煤气灯，那时他在不抱任何希望下，在幢幢游魂暗影之中和她重逢；对他而言，那一夜近乎超自然，的确也是——彼时，他甚至不需自问，这样四处寻找她、找到她，是否会惹得她不悦，因为他确信她最大的喜悦莫过于见到他，跟他回家——那一夜确实属于一个神秘的世界，那世界的入口一旦封上，就永远回不去了。面对这重回记忆的幸福，斯万动也不动，他看见一个不幸的人，顿时心生怜悯，由于没能立即认出那是谁，他不得不垂下眼睛，以免别人看见他热泪盈眶：那人，就是他自己。

　　顿悟当下，怜悯之心骤然停止，但他嫉妒起曾被她爱过的另一个自己，嫉妒以前他常不痛不痒地挂在嘴边、那些"也许是她爱的人"，既然现在的他已用菊花的花瓣以及金屋的名号换来了"爱"这个模糊的概念，那花瓣和纸笺充满爱意，然而概念之中却无爱情。接着，痛苦变得太过激烈，他伸手抚过额头，任由单片眼镜掉落，顺手擦起镜片。此刻，要是他看见自己这副模样，想必会在依眼镜款式辨识人的系列再添一笔；他挪开那片眼镜，一如挥走恼人的愁绪，在被泪眼蒙胧了的镜片上，试图用手帕拭去烦恼。

　　小提琴的旋律中——听者若是没看见乐器，便无法将耳中所闻与其意象相连，而那意象是会改变音色的——有几种声调抑扬在他听来就和某些次女低音如此相同，恍惚间，还以为有一名女歌手加入演出。抬起眼，只见如中国宝盒般珍贵的琴身，但一时间仍被人鱼凄绝的呼唤所骗；偶尔也以为听见一只遭囚的精灵在被施了魔法、轻颤不已、高深莫测的共鸣箱深处挣扎着，宛如镇封在圣水池里的魔鬼；最终，偶尔，空气中仿佛飘过一个超自然、纯粹的生物，缓缓舒展着肉眼不能见的讯息。

乐手仿佛根本不是在演奏小乐句，更像是在遵行这段乐句要求的仪式，好让它显灵，施下所需的咒语，以取得些许时间，延长召灵效力；斯万，他再也看不见这段曲魂，因为祂属于紫外线的世界；如同品位着因走向祂而暂时失明这种变形的新体验，斯万感觉到祂的存在，宛如一位女神，守护着他的爱，守护他爱情的秘密，而且为了穿越人群来到他面前，将他带开以便私语，她乔装化为如此的声响之相。她轻盈、和缓地经过，呢喃如一阵芳香，对他倾诉要说的话，而他一字一句仔细凝听，眼睁睁地见这些话语迅速飞散，遗憾不已；他的双唇不由自主地轻吻，就在这和谐又易逝的音乐形体行经之际。他不再自觉遭到放逐，形单影只，因为这位女神前来对他诉说，轻声对他说起奥黛特。毕竟他已不再如先前那样，总觉得小乐句对他和奥黛特一无所知；因为乐句女神是那么常见证两人的喜悦！而她也的确常向他警示两人关系的脆弱。当初，他甚至在她的笑容和清晰透彻的语调中，隐约料到了几分痛苦；如今，他觉得其中蕴含的更像是放下之善美，几近欣喜。她昔时对他诉说的那些愁绪，他未受其影响，但眼见她微笑着拖曳在身后，随她的路线蜿蜒曲折，行进匆匆，这些愁绪如今变成了他的，他不敢期盼能有解脱之日，她却似乎一如既往，对他的幸福做出开示："这有什么？这一切都不算什么。"斯万在思绪中对这位凡特伊初次生出一股温柔与悲悯，不知这位弟兄是何许人也，高尚不凡，应该也曾历经无数辛酸；他的人生是什么模样？究竟是什么样的苦痛，让他从中淬炼出这股神的力量，这无穷无尽的创作能量？当小乐句对他讲述他那些苦痛的虚无，斯万感受到在那乐曲的智慧里吐露着温柔，而同样的智慧，刚才，自觉在认为他的爱情是无伤大雅的胡闹的那些冷漠的人们脸上读到时，他却难以忍受。而小乐句却相反，无论它对这些短暂的心灵状态可能持何种意见，却不像那所有的人，它总能从中察见些什么，虽不如正面积极的人生那样冠冕堂皇，反而更加优越，以至于光是那一点点，就值得费心表现。内心伤悲的这种魅力，这段乐句试图模拟、再造，甚至重现其本质，然而这部分偏偏难以言传，在所有感受不到的人眼中更是微不足道。这一己之悲的魅力本质，小乐句捕捉到了，它使其现形可见，以至于令同一群现场听众——只要略有音乐素养——都能认可它的价值，品位其神妙的甘美；然而那些人日后在生活中眼见身边种种特别的爱恋萌生时，却又不知赏识。想必，小乐句为这类魅力编上的密码无法以理性分析。但这一年多来，至少曾有一段时日，斯万心生对音乐的爱恋，而这份爱对他揭露了他相当丰富的心灵；他将乐曲的动机视为真实的思想概念，属于另一世界，另一层次，被幽暗笼罩，未知，智性无从渗入，但一则则的概念倒也清晰可辨，各有其价值与意义，不尽相等。在维尔迪兰家那次晚会之后，他自己曾请人重现小乐句，试图厘清这段动机如何以一阵香气之形、一次爱抚之姿，将他从四面八方包围、裹住；他因此明白了：这掺杂着蜷缩与冷战之感的温柔印象，正来自组成乐句的那五个音符之间的微弱差距，以及其中两两不断的相互呼唤。但事实上，他知道自己这么做并不是在针对乐句本身去理解，而是仅仅着重单纯的价值，以方便自己的智性思考，换下初次听见这首奏鸣曲时即已感知的神秘本质，而那次初闻是在认识维尔迪兰夫妇以前的某一夜。他知道他对钢琴的记忆更是错乱了他对音乐的布局看法，开展在音乐家眼前的领域不是一列小家子气的七音琴键，而是一组不可估量、几乎全然未知的键盘，仅在这里、那里间隔着未经探索的浓厚暗雾；柔和的，热情的，勇敢的，庄严的，组成这张键盘几百万次触键中的几次，每一次皆与其他次截然不同，宛如一个宇宙与另一个宇宙的差异；几位伟大的艺术家造福了我们，在那当中发现这样的触键，唤醒我们去对应他们的发现，借此向你我展现，我们的心灵，这片辽阔的黑夜，无从进入，充满挫折，被我们视为空幻及虚无，其实当中暗藏着多少宝藏，多少变化。凡特伊就是这样的音乐家。尽管对理性而言，他的小乐句裹覆着一层晦暗的外衣，却令人感受到当中内容如此扎实，如此清晰；乐曲赋予这内涵那么新鲜、那么独创的力量，凡是听过的人皆会将之存留心中，与智性平起平坐。斯万将这段小乐句比做一种爱情与幸福的概念，立即知道它何以独特，一如当《克莱芙王妃》①或《勒内》②等名字浮现脑海，便知其妙处所在。甚至在没有挂怀小乐句的时刻里，这段曲子仍潜存在他的神智当中，一如某些其他的独特概念，像是亮光，声响，立体感，肉欲之欢，皆是我们的内在领域拥有的财富，多元多样，光鲜亮丽。也许我们会失去这些，也许它们会自行消逝，倘若我们又重返虚无。但只要活着，就别无他法，

---

①　《克莱芙王妃》（La Princesse de Clève），1678 年出版的法国小说，讲述一位年轻的已婚女子与公爵的悲剧爱情故事，被视为现代典型心理学小说的始祖，作者通常被认为是拉法耶特夫人（Madame de La Fayette, 1634—1693）。

②　《勒内》（René），法国文豪夏多布里昂（François-René, Vicomte de Chateaubriand, 1768—1848）的小说，被视为法国浪漫主义小说之先河。

只能将之当成真实的对象，就好比我们也不能质疑在卧房中
那些变形物品前点亮的灯光；它使黑暗躲进，深藏回忆之中。
因此，就像《特里斯坦》[①]的主题为我们呈现了某种情感上
的领会，凡特伊的小乐句也兼纳了凡人终将一死的处境，具
有某种颇为动人的人性。这段乐曲的命运牵系到未来，连结
了我们的本心，是性灵最特殊、最与众不同的装饰。或许虚
无才是真的，我们的梦完全不存在，但这么一来，我们会感
到，这些乐句，这些因梦想而存在的概念，必然也是一场
空。我们终将朽灭，但我们握有人质：接替机运的，正是这
些神妙的俘虏；有了它们的陪伴，死亡具有某种性质，没那
么苦涩，没那么不光彩，也许也没那么真实。

所以斯万没有错，他相信这首奏鸣曲的小乐句是真实的
存在。确实，这段曲子以这个角度看待充满人性、却属于超
自然造物的层次，我们从未见过；然而，尽管如此，这样的
造物，当某个前去不可见世界探索的人竟能捕捉到一个，而
且将之从他能抵达的神妙境界带回，在这凡尘俗世上方闪耀
片刻，我们会欣喜若狂地辨认出来。这便是凡特伊为小乐句
所做的事。斯万感觉到，这位作曲者善用乐器特性，即是为
了揭开这段乐句的面纱，让它能为世人所见，追随，尊敬其
设计，而那设计之手是如此温柔，谨慎，细腻，而且又如此
自信，使乐音时时变化：为表现暗影而渐逝，在必须沿着路
线果断画出轮廓时又再度变得强烈。斯万相信这小乐句真实

[①] 瓦格纳的歌剧《特里斯坦与伊索尔德》（*Tristan und Isolde*），被视为
古典浪漫乐派的终结、新音乐的开山之作。普鲁斯特非常欣赏瓦格纳，多次在书
信中赞扬其音乐因为非理性，所以更接近人性。

存在，有一项千真万确的证据：那就是，若是凡特伊功力较差，难以看出其形态并加以表现，试图隐瞒视力缺陷或手误失灵，而在这里一点、那里一点地添入了他本身的观点，但凡稍微细心的爱乐者都会立即察觉有诈。

小乐句消失了。斯万知道它会在最终乐章的结尾处再现，就在维尔迪兰夫人的那位钢琴师总是跳过不弹的长段落之后。那段落当中有许多令人激赏的乐思，斯万初次聆听时未能明辨，如今颇有感受，就好像在他记忆大宅的更衣室里，那些想法一下子褪去了新创作品别无二致的装扮。斯万凝神细听所有进入小乐句结构的零散主题，它们仿佛一则必要结论的种种前提；此刻他正在参与乐句的生成。"噢！如此天才的胆识！"他心想，"也许和拉瓦锡①、安培②都不相上下；实验家凡特伊的胆识正在发掘一股未知力量的秘密法则，穿越未经探索的领域，让他深信有存在、但肉眼却永远看不见的隐形马车正驶往唯一可能的目标！"斯万在最终乐章的开头处听见的钢琴与小提琴相互对话是多么美妙！除去人类的文字远远不似一般可能以为的那样，会令奇幻异想全面主宰，反而是将之消灭；口说之语从来不是如此执拗的必要，并未真的呈现问之恳切与答之明确。起初，钢琴独奏唉唉唧唧，宛如被同伴遗弃的小鸟；小提琴闻声回应，仿佛来自一棵邻近的大树。正如世界初创之始，地球上仅有此二物，或者该说那世界将其余一切尽数隔绝在外，那世界是由

---

① 拉瓦锡（Antoine-Laurent de Lavoisier, 1743—1794），法国贵族，近代化学之父，命名氢与氧，提出"元素"的定义，进而制订出第一个现代化学元素表。

② 安培（André-Marie Ampère, 1775—1836），法国物理学家，古典电磁学的创始者之一。电流的单位"安培"即是以他的姓氏命名。

某个造物者依其逻辑建构而成，永远只有他们俩：即为这首奏鸣曲。不见踪影，但闻呻吟，钢琴声接着温柔重复着的是一只鸟，是小乐句尚不完整的心灵，还是一位仙子的哀怨？琴音嘀喊，如此突然，小提琴手只得匆忙拉弓迎对。妙不可言的鸟儿！小提琴手似乎想对它施以魔法，驯服它，捕捉它，鸟儿却已进入他的心灵，奏起的小乐句已令小提琴手确实被附身的躯体像灵媒般激动起来。斯万知道这段乐句就要再次倾诉了。他彻底一分为二，以至于等待就要与乐句正面相逢的那一刻，他不由得哽咽，好比一行优美诗句或一则悲伤的消息在我们身上引发的哽咽，这并非发生于我们独处之际，而是在将之转告朋友之时，在他们身上，我们看到的自己像是另一个人，而这个他者可能产生的情绪令我们心有不忍。小乐句再度现身，但这次它仅悬在半空，也只短暂演奏一会儿，宛如静止，静待音绝。然而斯万完全没错过如此短暂的延迟。那乐句仍在，宛如一颗撑着未破的七彩泡泡。如一道彩虹，彩光渐弱，低落，接着复又升起，而后在灭逝之前热烈绽放，前所未见地激昂：除了至此所显露的两种颜色，它又另添绚丽的彩弦，光谱中所有的色彩，而且振弦高歌。斯万不敢稍动，而且希望其他人也能保持安静，仿佛丝毫动静都可能破坏这幅美妙又脆弱、几近消散的超自然幻象。其实，没有人想到要说话。只消一位缺席者，也许是已逝之人（斯万不知道凡特伊是否仍在人世）呼出难以言喻的话语，回荡在那些祭司主持的典礼上，便足以捕捉三百人的注意力，而以这种方式召灵的讲台即可成就一场超自然的祭典，堪称最高贵的祭坛。因此，当小乐句终究瓦解，零碎飘散在随后取而代之的乐曲动机中时，若说斯万原先对以天真闻名的蒙特利安德伯爵夫人在奏鸣曲尚未结束便凑近他、坦率说出她的感受颇为恼怒，这时却也不禁微笑，或许还在她的遣词用字中发现了她自己不知道的深层意义。伯爵夫人对乐手的精湛技艺大感惊艳，对斯万嚷着："太精彩了，我从未见过如此强大的……"但她顾忌自己把话说得太满，于是修正了最初的说法，补上保守的一句："如此强大……打从桌灵转 ① 以来从未见过！"

自从这次晚会后，斯万开始领悟到奥黛特对他曾有过的感情将永远不再，他希冀的幸福也再无实现的可能。在她偶然对他还算客气、温柔的那些日子，若是她表现出几分关心，他便记下那些看似稍有回心转意的虚伪表象，带着那态度软化却令人起疑的关怀，那绝望的喜悦，如同有些人，照顾一个身患绝症、来日不多的朋友，小题大做，欣喜地转述给别人听："他昨天自己算了账，结果反而是他揪出我们加错了一个地方；他高高兴兴吃了一颗蛋，要是消化良好，明天会试着给他一份肉排。"尽管他们知道，这些在必然一死前夕根本毫无意义。想必斯万确定，要是现在的生活远离奥黛特，对他而言，她终将会变得可有可无，那么他甚至会很高兴她永远离开巴黎；届时他约莫会有勇气留下，但现在，他没有勇气离开。

他常有离开的想法。既然他现在重拾了对维米尔的研究，可能就需要再回海牙、德累斯顿和布蓝兹维去看看，至

---

①　桌灵转（Tables tournantes）在 19 世纪欧洲相当盛行，类似碟仙或通灵板（Ouija），参与者围坐在桌旁，将手置于桌上，等待桌子转动。桌子会朝桌灵选中的字母倾斜，进而拼出单词和句子。文豪雨果曾沉迷其中，与因溺水而早逝的女儿通灵。

少几天也好。他深信，莫瑞泰斯皇家美术馆在戈德史密特拍卖会上以为是尼古拉斯·马斯所绘而买下的《黛安娜的梳妆》，其实是出自维米尔之手①。他真希望能在现场钻研那幅画作，好巩固自己的看法。不过，在奥黛特人在巴黎时离开，甚至在她不在时离开——因为在感官刺激尚未习惯缓解的新场所，人会唤醒疼痛，一再受苦——这计划对他来说如此残忍，他觉得自己之所以还能不断这么想着，只因为他知道自己绝对不会付诸行动。不过，旅行的念头依然在睡梦中再度萌生，而且得以实现——虽然斯万忘了这场旅行根本不可能成真。某天，他梦见自己启程离开一年。他在车门口倾身探向月台上一个哭着向他道别的年轻人，斯万试着说服他一起离开。火车摇摇晃晃，焦虑让他为之惊醒，他想起自己没有离开，当晚，隔天，以及几乎每一天，都可以见到奥黛特。于是，梦中惊魂犹未定，他庆幸自己有种种特殊条件因而得以自主，多亏这些机会，他才能留在奥黛特身边，让她允许偶尔相见；他整理分析这一切优势：他的境况——财富，她对他的财富太过依赖，所以不至于闹到要分手（甚至，据说还暗中打着要让斯万娶她的如意算盘）——德·夏吕斯先生的友谊，说实话，夏吕斯从来没能让他从奥黛特那儿得到多少好处，但给了他温暖，让斯万觉得奥黛特确实把这位她十分敬重的共同友人对他的赞赏有加听了进去——最后，甚至要算上他的聪明才智，他充分运用这才

---

① 1876 年，在巴黎举行的戈德史密特拍卖会（Neville D. Goldschmid）上，位于荷兰海牙的莫瑞泰斯皇家美术馆（Mauritshuis）以一万法郎买下《黛安娜的梳妆》（Toilette de Diane）。由于一记假签名，馆方误以为该画是尼古拉·马斯（Nicolaes Maes, 1634—1693）之作。这幅画在 1907 年后获认定为维米尔所绘。19 世纪末，维米尔的画作中《代尔夫特眺望》属莫瑞泰斯皇家美术馆馆藏，德国的德累斯顿和布蓝兹维两地则分别收藏了《窗边读信的少女》以及《拿酒杯的少女》。

智，每天策划一项新计谋，好让自己的出现对奥黛特而言即使称不上愉快，至少也仍有必要——他揣想，自己若是少了这一切会如何，要是他跟其他那么多人一样，贫穷，卑微，生活困顿，不得不接受所有苦劳，或是得依附亲戚配偶度日，那么他便有可能得离开奥黛特，那场惊惶甫定的梦境就有可能成真；于是他告诫自己："人总是身在福中不知福，我们从来没有自以为的那么不幸。"但他算了算，这样的存在已经持续好几年了，他能冀望的无非是能永远这么地持续下去，他会牺牲掉研究工作，享乐，朋友，最终赔上整个人生，日复一日地等待一场无法为他带来丝毫快乐的约会；他怀疑自己是否弄错了，曾经让这场关系顺利发展、没让他们分手的一切，难道没破坏他的命运？渴望发生的事件，难道不是他那么庆幸只在梦境发生之事：动身离开？他告诉自己：人总是身在祸中不知祸，我们从来没有自以为的那么幸福。

有时，他希望她不带痛苦地死于一场意外，毕竟她一天到晚人都在外面，在路上，在马车大道上。由于她总是平安无事地归来，他不禁赞叹，人身竟是如此柔韧又坚强，能不断化解周遭所有灾厄（自从他暗中的渴望开始推算，斯万发现，这样的灾厄不胜其数），让人每天都能恣意撒谎，寻欢享乐，而且大致还不遭惩罚。斯万清楚感受到自己的心是那么贴近穆罕默德二世，就是那幅他喜爱、出自贝里尼之手的肖像画中人物，体会到他是如何疯狂爱上众多妻妾当中的一名，进而刺死她，而根据那位威尼斯传记家 [①] 如实的记载，

---

① 　指著有《土耳其历史》（*Historia turchesca*）的乔凡尼·玛利亚·安吉欧列罗（Giovanni Maia Angiolello, 1451—1525）。该书中即描述了穆罕默德二世的这项作为。

他这么做，是为了找回神智的自由。然后，斯万恼恨自己只想到自己，觉得自己承受的痛苦不值得丝毫同情，因为他自己也是如此轻贱奥黛特的性命。

　　既然无法一去不回地与她分手，当初若是在未曾分离的情况下和她见面，他的痛苦至少终能平息，爱火或许得以熄灭。既然她不想就此永别巴黎，他希望她也永远不要离开他。由于知道她每年唯一一次长期离城是在八月和九月，他至少能够提前好几个月，从容地在整段将至的时光中慢慢消化这苦涩的念头。那是他预先揽在身上、由与现今性质相同的日子所组成的光阴，透明而冰冷地，在他怀着伤悲的神智中流淌，但未对他造成过度激烈的苦痛。不过，这内在的未来，这条无色且畅流无阻的时间之河，刚被奥黛特刺进斯万心中的一句话触及，那宛如一块玄冰，冻住它，凝固水流，完全结冰；斯万突然感觉自己被一团巨大且牢不可破的东西塞满，重压他内在世界的每一面墙，直至爆裂：奥黛特眯笑的眼睛透露狡诈，观察着他，对他说："福什维尔安排了一趟华丽的旅行，五旬节①出发，他要去埃及。"斯万当下立刻明白这句话的意思是"我在五旬节要和福什维尔去埃及。"事实上，斯万几天后对她说："是这样的，关于你跟我说过的那趟要和福什维尔一起去的旅行……"她当真粗枝大叶地回说："对，亲爱的，我们十九号出发，会寄张金字塔的风景照给你。"他因而很想知道她是不是福什维尔的情妇，想对她本人提问。他晓得，她这么迷信，有些伪誓不敢发的，既然他如今已失去所有被爱过的希望，此前一直令他忍气吞

---

①　五旬节（Pentecôte），即基督教的圣灵降临节，在复活节后第五十天。

声、怕询问时激怒奥黛特，使得她讨厌自己的忧惧也已不复存在了。

有一天，他收到一封匿名信，告诉他奥黛特曾是无数男人的情妇（信中列举了几个人，包括福什维尔，德·布列欧特先生和那个画家），也是无数女人的爱人，而且还常出入妓院。想到朋友当中竟然有人会写这封信给他，他头疼不已（因为信中某些细节透露出写信者非常熟悉斯万的生活）。他苦思这人可能是谁。但对于别人不为人知的举动，那些与他们的言论无明显相关的行为，他从不曾起疑。他想知道，究竟是该把这鲁莽行径发源地所在的未知范畴定位在德·夏吕斯先生，德·洛姆先生，还是德·欧尔桑先生的外在特质上，因为这几个人无一曾在他面前赞同过匿名信，而且他们的话中满是对这种行为的斥责和反对，他看不出有何理由能把这项恶行归咎到其中某人而非另外一人的本性上。德·夏吕斯先生的脑子天生有点毛病，但极其善良温柔；德·洛姆先生的个性则是有点疏离淡漠，但思想健全而且正直。至于德·欧尔桑先生，斯万从未遇过这样的人，即使遭遇最悲惨的境况，见到他时，话语仍如此感人，举止这般低调合宜，斯万因此无法理解众人何以在德·欧尔桑先生与一位富有的女性的私情中，把他设定成一个粗俗露骨的角色，斯万每每想到德·欧尔桑先生，总是不得不把那个与他诸多体贴之举的明确事实相违的恶名抛在脑后。一阵子过后，斯万觉得自己的思路越发混沌，便改想其他事情，好借此找回一点灵光。而后，他鼓起勇气，回头检视这些思考。但这么一来，既然无法怀疑任何人，他只好怀疑所有人。毕竟，德·夏吕斯先生喜欢他，心地善良，但他是个精神病患，明天也许会因为得知他罹病而为他哭泣，今天却出于嫉妒和愤怒，冲动之下就突然起了念头要伤害他。其实，所有人之中就属这类最糟。显然，洛姆亲王远远不及德·夏吕斯那么喜欢斯万，但也正因为如此，他对斯万并不像夏吕斯那样敏感；再说，他无疑本性冷淡，既做不出什么大事，却也不至于会有卑鄙之举。斯万后悔自己此生只和这样的人交好。接着，他又想到，阻止人伤害旁人的是善心，而他其实只能回应与他类似的天性，例如，就心意而言，德·夏吕斯先生的天性。光是想到那行为会令斯万难过，应该便会引起他的反感。不过，面对一个冷漠无感、这另一种类型的人，例如洛姆亲王，要如何预料本质迥异的动机可能会导致他做出何等行径？心意即是一切，而德·夏吕斯即是个有心之人。德·欧尔桑先生也不乏好心，他与斯万的关系虽然和谐，却无甚亲密，这交情来自两人时常想法一致，颇有话可聊，对斯万而言，这也算是一种休息，可暂离德·夏吕斯那股炙烈的好感，那可能化为激情的行动，可能好，也可能坏。若说有谁让斯万始终觉得自己获得理解，并被悉心爱护，那就是德·欧尔桑先生。没错，但他过的那种不光彩的生活该怎么说？斯万后悔以前不曾慎思，经常开玩笑说自己唯有在一群恶棍之中，才能强烈感受到前所未有的同理心与尊重。"这也不是全无道理，"现在他心想，"常人只要一评判周围的人，针对的无非就是他们的行为。只有行为才算数，我们所说所想的则毫无意义。夏吕斯和洛姆可能有这样或那样的缺点，但都是正直之人。欧尔桑也许没有那些缺点，但并不诚实。他有可能又干了一次坏事。"斯万接着怀疑起雷米；的确，这个人应该只有煽动别人写信的份，但斯万一时之间觉得这条线索正

确无误。首先，罗雷丹确实有理由对奥黛特记恨。再说，要
如何不去猜想，这些家仆由于生活条件不如我们，可能会加
油添醋把我们的财产和缺点想象成是他们嫉妒又鄙视的巨富
和恶行，注定会做出我们上流人士不会做的举动？斯万也怀
疑我的外公。他每每请我外公帮忙，外公不都一向拒绝吗？
再加上他的布尔乔亚思想，他很可能认为这么做是为了斯万
好。斯万还怀疑贝戈特、画家、维尔迪兰夫妇，过程中还再
次赞叹起上流人士不和这些艺术圈子往来的睿智，因为那圈
子的确可能会发生这样的事，他们甚至还会间接承认，美其
名曰那是个逗趣的玩笑；但他想起这群波希米亚的率直特性，
将之对照一种权宜投机的度日方式，如同贵族因缺钱、需求
奢侈和贪图享乐而过着的那种几乎等同于诈欺的生活。总
之，这封匿名信证明了在他认识的人当中，竟有一人如此居
心不良，但他却还是看不出包藏这坏心眼的本性——他人无
法探索——何以应来自温柔的男人而非冷漠的男人，何以只
存在艺术家身上而非布尔乔亚身上，何以存在崇高的领主身
上而非仆役身上。该用什么标准来评判他人？其实，在他认
识的人当中没有一个做不出卑劣之事。难道应该全部断绝来
往？他的神智开始朦胧；三番两次伸手抚摸额头，拿出手帕
擦拭单片眼镜，茫然心想，反正，跟他不相上下的人也一直
和德·夏吕斯先生、洛姆亲王和其他朋友交往；他告诉自己，
就算无法断言这几位做不出卑劣之事，但这至少表示，与未
必做不出那种事的人往来也是生活中的必然，人人都得顺从
吧。于是他继续与所有他曾怀疑过的朋友握手，内心纯粹带
着保留，唯恐企图要让他绝望的或许就是他们。至于那封信
的实质内容，他并不担心，因为当中对奥黛特的罗列指控，

无一跟真实沾得上边。斯万与许多人一样，懒得动脑，缺乏
新意。如同普世真理，他很清楚，人的生活充满矛盾对立，
但对每个独立个体，他总将对方生活中他不知的那部分，全
想象成和他熟悉的那部分别无二致。他借由人家告诉他的这
些，想象他们没说的那些。奥黛特在他身边那些时刻，若两
人一起谈论某种粗心莽撞的行径，或从别人那儿得到的某种
鲁莽感受，她总加以谴责，依据的论点与斯万自幼从父母那
儿听到、而且至今仍然谨记遵行的教诲如出一辙；接着，她
便去修剪花草，饮一杯茶，关心斯万的研究工作。于是斯万
将这些习性延伸到了奥黛特其余的生活，当他有意推想奥黛
特不在他身边时的景况，便不断重复她那些举动。若是先前
有人向他描述她是个什么样的女人，甚或说，她跟了他那么
久，心却始终在另一个男人身上，他应该会心痛不已，因
为，在他看来，这番画面的确颇为真实。但说她出入妓院老
鸨家，跟女人狂欢作乐，过着下贱女子的邪淫生活，这是多
么荒唐不着边际！感谢上帝，他想象中的菊花，一杯杯的
茶，还有充满道德感的义愤填膺，绝不可能让那样的事有成
真的余地。只是，他时不时地会心存恶意，故意让奥黛特知
道有人曾向他透露了她的所有作为，而且，刻意利用某个偶
然听得、无关紧要但真实的细节，仿佛他在众多细节中唯独
漏了那一小部分的口风，借此好让奥黛特明白，他早已在偶
然间完整拼凑出了她的生活全貌，藏于心中；他诱导她起疑
去猜想他知道一些事，其实他根本不知道，甚至未曾有过疑
心，毕竟他常求奥黛特莫窜改事实，只是为了让奥黛特将她
的所作所为全告诉他，无论他知情与否。想必，就像他告诉
奥黛特的，他喜欢真诚，但他喜欢的真诚要像一个能将他情

妇的生活一五一十告诉他的老鸨。他对真诚的喜爱并不是没有利益私心，这因而未能使他变成更好的人。他珍惜的真相是奥黛特愿意告诉他的真相；但他自己为了得到这样的真相，却不怕借助谎言，是他不断对奥黛特形容说是会带着全人类堕落的谎言。总之，他说谎的程度与奥黛特不相上下，因为，他比较不幸，也更自私。而她，听见斯万这样对她描述她做过的事，她注视着他，一脸猜疑，不顾一切怒气冲冲，总之就是不愿示弱，不想流露惭愧的模样。

有一天，那是在持续最久的那段平静时期，彼时他还能好好度日，不受嫉妒袭心；那天他接受了邀请，晚上要和洛姆亲王夫人一同去看戏。翻开报纸查询戏码时，西奥多·巴里埃的《大理石女》[1]这个标题残酷地映入眼帘，令他为之一惊，以至于往后一退，撇过头去。由于"大理石"一词经常出现眼前，他早已失去辨识能力，而今此字现身的新位置，仿佛被聚光灯照亮，它突然变得清晰可见，这立即令他回想起奥黛特告诉过他的那段往事：她曾偕伴和维尔迪兰夫人去工业宫参观，夫人在那儿对她说："当心喔！我可是知道怎么让你别这么硬邦邦的，你也不是大理石做的呢！"当初奥黛特向他说明那不过是句玩笑话，他也没当一回事。然而，现在他对她的信任已不比当时。而且那封匿名信正也提及了这类型的情爱。他不敢抬眼读报，遂将报纸摊开，翻过一页，避免见到"大理石女"这几个字，开始机械化地读起

---

①　《大理石女》(Les filles de marbre)，是巴里埃 (Théodore Barrière) 与提布斯特 (Lambert Thiboust) 于 1853 年创作的轻歌舞剧。19 世纪，"大理石女"一词是指铁石心肠的交际花。

各省新闻。英吉利海峡地区有一场暴风雨，在迪耶普、卡布尔、伯兹瓦尔^①等地造成灾情。他的身子立刻又往后一缩。

伯兹瓦尔这个名字让他联想到同地区的另一个地方，伯兹维尔，而这个地名以连结号与另一个地名合而为一，也就是布列欧特^②。他常在地图上见到这个地名，但这回倒是首度注意到那地方与他的朋友德·布列欧特先生同名，而匿名信里正指称他是奥黛特的情人。无论如何，对德·布列欧特先生的指控并非空穴来风；但与维尔迪兰夫人有关的那些是绝对不可能的。奥黛特虽然偶尔会撒谎，却也无法因此断定她从来不说真话，而在她和维尔迪兰夫人交谈，而后又亲口转述给他听的话语里，斯万辨识出了女性之间那种无聊又危险的玩笑，由于涉世未深，又不知险恶，这些话语显示了她们的天真无邪，而且——例如就像奥黛特——会开这种玩笑的女性绝不可能对另一个女人有柔情万千之感。然而，相反地，当她否认转述中无意间在斯万内心衍生出的一时怀疑，她那恼羞成怒的模样，就他对她的理解，倒是完全符合他这名情妇的品位与脾性。但此时此刻，由于某种嫉妒心的启发，好比还只会用一个韵脚的诗人或仅有一次观察经验的学者灵光乍现，从而得到造就他们整体强大未来的妙思或定律，斯万首度想起两年前奥黛特曾对他说的一句话："噢！维尔迪兰夫人这阵子只对我好，我是她的心头之爱，她吻我，要我陪她逛街，要我对她以'你'互称。"当时他万万

---

① Dieppe、Cabourg、Beuzeval，皆是诺曼底滨海的市镇。

② 布列欧特（Beuzeville-Bréauté）位于诺曼底内陆，是巴黎圣拉扎尔－勒阿弗尔铁路（Ligne de Paris-Saint-Lazare au Havre）线上的站名。

没想到，这句话与奥黛特用来佯装自己有恶癖而对他说的荒唐话竟有关联，只当那是诚挚友谊的证明。现在，关于维尔迪兰夫人那份柔情蜜意的回忆突然涌上，连结起记忆中她那品位低劣的谈吐。他的想法再也无法将这两者分开，还看见它们混进了现实之中。柔情让那些玩笑话有了某种正经而且郑重的成分，反之，因为这些玩笑，柔情也丧失了无邪纯真。他前去奥黛特家，坐得离她远远的。他不敢吻她，不知道在她心中，在自己身上，一个吻唤醒的会是亲昵的情感，还是愤怒。他静默无语，眼睁睁看着两人的爱死去。霎时，他下定决心。

"奥黛特，"他对她说，"亲爱的，我知道自己惹人厌，但有些事情我还是得问问你。还记得那时我对你和维尔迪兰夫人的事是怎么想的吗？不管是和她，还是和别的女人，告诉我，那到底是不是真的。"

她嘟起嘴，摇摇头；面对有人邀问："您要不要来看骑兵游行？您会不会参加阅兵？"人们常会用这种表情回应，表示自己不会去，觉得这些事很无趣。但对尚未到来之事如此习惯性的摇头，因而却在对已发生之事的否认中掺杂了些许不确定。况且，这动作背后代表的只是一些个人因素，没有谴责之意，也并非在道德上无法接受。眼见奥黛特这么摇头否认，斯万明白，事情或许是真的了。

"我已经告诉过你，你明明很清楚。"她既愤慨又难过。

"对，我知道，但你真的确定吗？别跟我说：'你明明很清楚'，告诉我：'我从来没跟任何女人做过那种事'。"

她像是复诵似的，一副讽刺的口吻，仿佛只想敷衍他：

"我从来没跟任何女人做过那种事。"

"可以对我用你那面拉盖圣母的链章发誓吗?"

斯万知道,奥黛特不会对这面链章起伪誓。

"啊!你真让我难过!"她嚷了起来,蓦然躲开他咄咄逼人的质问。"你有完没完?今天是怎么了?所以你是铁了心要我讨厌你,憎恨你?这下可好,我正想跟你恢复以前那样的好日子,但这就是你的报答!"

然而,他不放过她,像个外科医师,只是等着打断开刀的痉挛结束,但没有放弃手术:

"你错了,别以为我对你有丝毫埋怨,奥黛特,"他那装出来的温柔语气说服力十足,"我一向都只跟你说我知道的事,而且自始至终,我知道的都比我说出的还详细。但只要你一句发誓,就能化解那些让我恨你的事,因为那都是别人来向我告密揭发的。我对你的愤怒并非来自你的行为,我原谅你的一切作为,因为我爱你;但你的口是心非,那可笑的虚情假意,使你冥顽不灵,一再否认那些我已经知道的事情。看着你支持我,对我信誓旦旦,可是我明知那都是假的,你这是要我怎么继续爱你?奥黛特,此时此刻对你我都是折磨,这凌迟就别再继续下去了。你若是愿意,一秒就能结束,就能永远解脱。用你的链章起誓,告诉我,你究竟有没有做过那些事。有,还是没有?"

"我什么都不知道!"她怒气冲冲地大喊,"也许是很久以前,在我根本不知道自己在做什么的情况下,可能有过两三次!"

斯万早就设想过所有可能。所以,事实这玩意儿与可能的状况根本毫无关系,就像我们突然挨受的一刀与罩顶乌云的微微移动也不相干,既然那句"两三次"活生生地在他心上刻下一个十字。"两三次",真奇怪,不过就是几个字,几个吐在空中的字,远远隔着一段距离,竟能如此撕裂他的心,仿佛当真刺了进去,竟能让人苦痛难当,仿佛已喝下肚的毒药。斯万不禁想起他在德·圣厄维尔特夫人家听见的那句说法:"这是我打从桌灵转以来见过最强大的。"斯万现在感受到的痛苦,与他原本以为的天差地远。这不仅是因为连在最全面的戒心下,他也鲜少如此深入地想象痛苦,更因为即使他曾经想象,那痛感总仍模糊,不明确,并未夹杂那股从"两三次"这几个字逸出的格外恐怖,没有那份特殊的残忍,有别于他曾从某种初次染上的疾病体验到的任何疼痛。然而这个奥黛特,这所有痛苦的源头,在他心目中的亲爱程度却未见稍减,反而更加珍贵,仿佛痛苦越是厉害,镇静剂的价格便越发高涨,而解毒之药唯这个女人握有。他想如同对待突然发现加重的疾病那般,更加悉心去照护她。他希望她刚才说曾做过"两三次"的那件糟糕事不会再发生。为此,他必须看紧奥黛特。常言道,向朋友告发他情妇的过错,只会让他和她更亲近,因为他不会相信那些话,但要是信了,不知还会更亲近到什么程度!"但是,"斯万问自己,"如何才能成功保护她?"他或许能把她从某个女人手中救出来,但其他女人还有何止几百个。于是他顿时领悟到当初发生在他身上的事情多么荒唐:在维尔迪兰家那晚,他找不到奥黛特,于是开始渴望占有另一个人,但这是绝不可能的。斯万的心灵仿佛刚遭受蛮族部落大举入侵,所幸,在这新添的痛苦之下存在着他固有的天性,更古老,更温和,而且默默辛勤,如同受伤器官的细胞,立即准备修复坏损的组织,例如麻痹肢体的肌肉,正试图恢复运作。他灵魂中那些较古老、较原始的住民，瞬间使出斯万所有的气力，暗暗进行这修补工作，让一个大病初愈或刚动完手术之人得到休息的幻觉。但这次不比平常，这种精疲力竭造成的放松感并非出现在他脑内，而是在他心里。然而，生命中曾存在过的一切皆有再生的倾向，如一头即将断气的兽，在一阵看似就要结束的抽搐中又一记蓦然惊跳，在斯万一度得以幸免的心上，同样的痛苦画下了同样的十字。他想起那些洒满月光的夜晚，斜躺在载着他前往拉·佩鲁斯街的维多利亚式马车中，他沉溺在一个热恋男子酝酿激情的快感中，不知日后这必将生出毒果。但这整个想法持续不过一秒，就这一秒，他把手按在心上，调整呼吸，勉强微笑，以掩饰他所受的折磨。他已随即继续展开提问。毕竟，妒火特意尽了连敌人多半也不愿尽的努力，对他如此狠狠打击了一番，让他尝到生平前所未有的痛苦，但这妒意还嫌他不够痛苦，执意要他受更深的伤。凶神一般，嫉妒刺激斯万，将他推至万劫不复之地。然而，他的折磨起初若是未曾加剧，那并非他的错，都该归咎于奥黛特。

“亲爱的，”他对她说，“都结束了。是我认识的人吗？”

“当然不是，我向你发誓！而且，我想我说得夸张了些，其实没到那种地步。”

他微微一笑，又说：

“能怎么办呢？虽说一点儿也没关系，只可惜你没办法告诉我那人的名字。让我得知那人的模样，便能永远避免我再去挂怀。我这么说都是为了你着想，因为那么一来我就不会再烦你了。得知事情的样貌是多么令人平心静气啊！最糟的莫过于无法想象。只是你已经这么好心配合，我也不想再劳累你。诚心感谢你带给我的一切美好。结束了。再问这一句就好：'那是多久以前的事？'"

"噢！夏尔勒！难道你看不出来我都快被你给逼死了？！那些全都是陈年往事了，我根本没再想过，可是你简直就像是硬要把那些念头灌回我脑子里似的。别白费工夫了！"她说，语带不自知的愚蠢，而且心怀恶意。

"噢！我只想知道那是不是在我认识你之后的事。但那也是再自然不过。就在这里吗？你要不要告诉我大概是哪天晚上，好让我想想那晚我在做什么？你很清楚，你不可能想不起来是跟谁在一起，奥黛特，我心爱的。"

"我根本就不知道，我想是有个晚上在布洛涅森林，你后来到岛上跟我们会合，那晚你先在洛姆亲王夫人家用过晚餐。"她很高兴能提出确切的细节，证明自己诚实无欺。"邻桌有一位我很久没见的女性。她对我说：'我们去小岩石后面欣赏湖光月色吧！'我先是打了个呵欠，回说：'不，我累了，待在这儿很好。'她信誓旦旦称说从没见过那样的月色。我对她说：'你真是爱说笑！'；我很清楚她究竟想做什么。"

奥黛特几乎是笑着叙述这些，若非觉得这再自然不过，就是因为她认为这么做能减轻事情的严重性，或是能不至于丢脸。眼见斯万脸上的表情，她的语气顿时一变：

"你真可悲，就喜欢折磨我，逼我说谎，我说谎不就是为了图个清静吗？你却以此为乐！"

后来这一记对斯万的打击比前一记还更凶猛。他万万没料到竟然是这么近期的事，他被蒙蔽的双眼竟然没发现；事情竟然不是发生在他没经历过的过去，而是在他记忆犹新的那些晚上，他已经和奥黛特一起生活，他以为自己熟悉所有过程，现在回溯，却得知其中暗藏令人难以忍受的欺瞒。那些夜晚突然坍陷出一个如此巨大的裂口，也就是森林岛上的那个时刻。奥黛特虽无聪明灵巧，倒是有股天然不做作的魅力。她详加叙述，表情十足地临摹那一晚的场景，如此单纯自然，斯万呼吸急促：奥黛特的呵欠，那块小岩石，历历在目。他听见她的回应——"你真是爱说笑！"那话中，唉，满是欣喜！他感觉得出，她对那天晚上的事不会再多透露什么了，此时已不必期待会有任何新秘密揭晓。他静默下来；对她说：

"亲爱的小可怜，原谅我，感觉我让你难受了。这些都过去了，我不会再多想了。"

但她看见他的双眼仍然紧盯他还不知道的事，以及他们昔日的爱情，那段因空泛无实而在他的记忆中显得单调而甜美的感情，如今，被森林岛上，月光之下，洛姆亲王夫人家的晚餐后那一分钟撕裂，宛如一道伤口。但他习以为常地总觉得人生有趣——对于人生中各种新奇的发现，他的习惯是去欣赏——因此，他一方面难过地认为如此痛苦自己再也无法久耐，一方面又对自己说："人生真是令人讶异，处处都有意想不到的惊奇；罪恶终究远比世人以为得更普遍。眼前就有一个我曾经信任的女人，看似那么单纯、正直，总之，即便举止轻浮，她的品位看起来倒也正常合理。我因为一次难以置信的密告查问了她，她坦承的丁点实情竟然掀出更多原本完全猜想不到的真相。"但他不能拘泥于这些事不关己的观点。他试图精确地评估她对他描述的情况，意欲知道是否该下结论，认为这些她过去常做的事，将来也会再犯。他反复思忖她说的那些话："我很清楚她究竟想做什么""两三次吧！""你真是爱说笑！"然而这些句子再现斯万的记忆中时并未卸去武装，一字一句都持着刀，再多刺他一下。在很长一段时间里，他就像是个病人，每分钟都无法自制做着会招来疼痛的动作，一再默念"待在这儿很好""你真是爱说笑！"但那痛苦实在太剧烈，他不得不停下。他不由得惊叹，以往总认为那么轻微、愉悦的行为，现在对他却变得如此严重，宛如致死绝症。他认识许多会答应帮忙监视奥黛特的女性，但他要如何期望她们持有的观点会和现在的他一样，而不是仍保有过去他长期看待事情的角度，一直指引着他奢淫人生的那个观点；他要如何期望她们不会嘲笑他："卑鄙的醋坛子，就只想剥夺别人的乐趣。"是什么陷阱突然门板一落（过去，他从他对奥黛特的爱之中只得到过需悉心呵护的脆弱乐趣），将他猛然推下这又一层的地狱，他看不出如何得以逃脱。可怜的奥黛特！他并不怨她。过错不能全算在她身上。传言不是说了吗？在尼斯，在她几乎还只是个孩子时，就被亲生母亲送给了一个有钱的英国人。但阿尔弗雷德·德·维尼《一名诗人的日记》里那些句子，以前他读到时漠然无感，对他而言原来是多么痛的真相！"自觉迷恋上一个女人时，你应当问自己：她周遭是些什么人？她过着何种生活？人生之幸福全仰仗于此。"[1]斯万讶异思绪拼出的那些简单句子，例如"你真是爱说笑！""我很清楚她究竟想做什么"竟能让他如此难受。但他明白，这些本以为简单的句子不过是一根根支架，它们框起的，可能再次奉还的，是

---

[1]　德·维尼（Alfred de Vigny, 1797—1863），法国诗人，法国浪漫主义早期先锋，但立场保守。文中引述的句子来自《一名诗人的日记》（*Journal d'un Poète*）书中 1833 年 4 月 22 日的日记。

他在奥黛特叙述中感受到的痛楚。而他再次感受到的正是这个痛。现在知道又有什么用——甚至，随着时间流逝，尽管已稍微淡忘，宽恕也于事无补——当他内心里再度提起这些字句，那旧伤痛又使他回到奥黛特开口前的模样：无知，深信不疑；残酷的妒意将他带回一个犹然毫无所悉之人所处的原点，让他饱受奥黛特供词的重重打击，都过好几个月了，这则老故事却依然如初揭的真相般令他心慌意乱。他佩服自己的记忆竟有恐怖的再造能力，唯有等年岁渐增，这项繁衍再生的能力下降，他才能冀望折磨终有平息之日。但是当奥黛特讲某句话来刺痛他的能力稍减，斯万此前未多留意的其中一句话，便几乎像是一个新字，盖过了其他所有字句，全力打击他。到洛姆亲王夫人家用餐那晚的记忆十分痛苦，但那只是他伤痛的震中，痛苦混乱而模糊地扩散到了那前前后后的所有时日。无论他想碰触的是回忆中的哪一点，令他受伤的，是维尔迪兰夫妇频频到森林岛上晚餐的那一整季。他伤得那么重，以至于嫉妒激发出的好奇渐渐被恐惧消弭，他害怕在满足好奇的同时会为自己又带来新一波的折磨。他领悟到，奥黛特在认识他之前的整段人生，那段他原本从未去想象的人生，并非他朦胧所见的抽象延伸，而是一个个特定的年头堆砌而成，满是一桩桩具体情事。但得知之后，他害怕奥黛特那段本对他而言无色、清白、还堪可承受的过去，难保不会突然有个栩栩如生、淫秽不堪的形体，长出一副独特且张牙舞爪的面貌。他依然不试图去揣想，倒不是懒得去想，而是怕痛。他希望有朝一日听到森林岛或洛姆亲王夫人的名字时，能不再有那久远以前的痛彻心扉之感；他觉得不该贸然去刺激奥黛特再给出其他新说法，新地名，各种不同情境，以免好不容易平息的苦痛以另一种形式重生。

　　但他以往不晓得的事情，唯恐即将知道的事情，皆是奥黛特自己在毫不自知之下主动对他揭露的。事实上，在奥黛特的真实生活及斯万曾以为、而且还依然相信的、以他的情妇这身份所过的相对无辜的生活之间，恶行造成了一段差距，而这段差距，奥黛特并不知道幅度有多大：一个邪恶之人在他人面前总装出同一副道貌岸然的模样，不想让人怀疑其恶，他缺乏检视能力，对恶念的持续增长无感，无法得知为恶是如何逐渐将他带离生活的正途。这些邪念在奥黛特的神智中与她瞒着斯万的行径的回忆共存，别的活动也日渐受其影响，遭其感染，而她无能察觉当中有任何不对劲，那些行径在她用来身体力行的特殊环境中并不突兀，但她若是将这些行为告诉斯万，它们泄露的氛围便昭然若揭，将令斯万惊恐不已。有一天，在不伤害奥黛特的情况下，他试图问她是否曾出入鸨母皮条客的铺子。说实话，他心底相信没有；他在读过那封匿名信之后，理智就机械式地生出了猜测；这猜测虽然完全不被相信，其实却存留在那儿。为了摆脱这徒有实质存在、然而麻烦的猜疑，斯万希望奥黛特能将之连根拔除。"噢！不！倒不是说我因此就不烦恼，"她的笑容流露着虚荣的满足，浑然不觉在斯万眼中这可能并不适当，又说："昨天又有一个女人为了等我，待了两个多小时，而且随便我开价。好像是某位大使这么交代她：'您不把她带来，我就去死。'都跟她说我出门了，最后只得我亲自去讲明白，才把她给打发走。真想让你看看我是怎么接待她的。我的贴身女仆在隔壁房间都听见了，说我吼得嗓子都要破：'我都和您说我不愿意了！那种想法，我可不喜欢！再怎么说，

我想做什么是我的自由！要是我需要钱，我自然明白……’
我吩咐门房别再让她进来。他会说我去乡下了。啊！真希望
你当时就躲在哪儿看我怎么把人给打发掉，亲爱的，我相信
你应该会很满意。你看，尽管有人觉得她这么可厌，你的小
奥黛特无论如何还是有好的一面。”

　　此外，当她向他坦承那些她以为事迹已败露的过错时，
对斯万而言，倒不如说那些自白即是新生疑窦的起点，而不
是为旧有的猜疑画下句点，因为那些言辞始终无法准确对应
到他的疑问。奥黛特在坦言中切除了所有最重要的内容，然
而此举却是枉然，旁枝末节里仍留有某种斯万过去从未想象
到的东西，那其中的新信息令他头疼，而且即将让他能够变
更妒意这个问题的现状。接着，他便再也无法忘却她这些自
白。他的心灵运之，抛之，摇之，宛如一具具尸体。灵魂之
河亦因而受其毒害。

　　有一回，她对他说起福什维尔曾在巴黎—穆尔西亚节那
天 [1] 来访。“怎么？你那时就认识他？啊！对，没错。”他连
忙改口，以免泄露自己并不知情。突然间，他浑身打战，想
起自己就是在巴黎—穆尔西亚节那天收到她的来信，而且还
小心翼翼珍藏着，而她当时也许正是和福什维尔在金屋里共
享午餐。她发誓没有。“不过，金屋让我想起不知什么我晓
得并非实情的事。”他存心吓她。“对，你那晚去普列沃斯找
我时，我说我才刚从那儿离开。其实我没去。”她毅然决然
地这么回应（她看他那模样，以为他早已知情），而那当中
不尽然是厚颜无耻和羞怯，更是害怕，她怕激怒斯万，但出

---

　　① 　参见第 266 页注释②。

于自尊，她想掩饰这畏惧；此外还有一股欲望，想向他展现她也是有可能诚实坦率的。于是她以刽子手的干净利落与强劲力道出招一击，其中并无残忍成分，因为奥黛特并没意识到自己对斯万造成的伤害。她甚至开始大笑，那笑或许是真的，尤其是为了不让自己显得颜面尽失，不知所措。"的确，我当时并不在金屋，而是刚从福什维尔家离开。我先前真的去了普列沃斯，这话并不假；他在那儿遇到我，于是邀我进他家去看看他的版画。不过后来有人来找他。我对你说我从金屋出来，是因为怕你不高兴。你看，我其实可是一片好心。就算我不对，至少我还是大方承认了。巴黎—穆尔西亚节那天我跟他一起午餐，假如这就是事实，我为什么不老实告诉你？这么做对我有什么好处？更何况那时，我们俩彼此都还不怎么熟悉呢，是吧？亲爱的。"他对她报以微微一笑，忽然泄气，这些令人痛心的话语使得他全身无力。所以，他从来不敢回想那几个月，因为那时他们太幸福，在那几个月里，她爱过他，而就在那几个月，她却已经在欺骗他！同样地，那样的时刻（他们"来了个嘉德丽雅兰"的第一晚），像她告诉他她从金屋离开的那种时刻，必然还有不知多少，这些也全都窝藏着斯万不曾起疑的谎言。他想起来，有一天她曾对他说："我只需告诉维尔迪兰夫人说我的裙装还没做好，我叫的出租马车来晚了。总有方法应付过去的。"她对他泰半也曾多次用这样的话搪塞，借此解释某次迟到，或为某次约会时间的异动自圆其说；当时他对那些字句并未起疑，但其中应该暗藏着她与别的男人要做的某件事，而她已经对那人说："我只需告诉斯万说我的裙装还没做好，我叫的出租马车来晚了。总有方法应付过去的。"在斯万所有最甜蜜的回忆之下，在往昔奥黛特对他说过、最单纯、而他信之仿若福音的话语之下，在她向他描述的日常活动之下，在她最常出入的那些地点之下：她的女裁缝家，布洛涅森林大道，赛马场剧院，斯万感觉其中极可能暗存着谎言（隐藏，是为了让这段从事情最烦琐的日子里还多出来的时间留有余裕，允许骗局，可以掩护某些活动），使得他对至今最珍视的一切毫无所知：最美好的那些夜晚，拉·佩鲁斯街，奥黛特应该总是在非她所说的时间离开那里；因那谎言的存在，处处皆萦绕着一点阴暗的恐怖，他在听着金屋事件的自白时已感受过一次，如同《尼尼微的毁灭》浮雕中邪淫的禽兽，一块石头、一块石头地撼动他的所有过去[1]。虽说如今他每当忆及“金屋”这残酷的名字便回避，原因却也不再是像最近在德·圣厄维尔特夫人的晚宴上那般，并非因为这名字令他回想起一份失去已久的幸福，而是因为它唤起了一场他直到刚刚才得知的不幸。而且，金屋这名字，就和森林岛一样，慢慢地也不再对斯万造成痛苦。因为，我们以为的爱，以为的嫉妒，并非一股持续不变、不可切分的激情。这些情感的组成是一连串的爱和各种不同的妒意，这些爱和妒意无穷无尽，虽然稍纵即逝，但源源不绝的繁多数量让人对它有了连续不断的印象，合而为一的幻觉。斯万之爱的生命，他的嫉妒之坚决不渝，皆由消亡、不贞、数不清的欲望和数不清的怀疑构成，这一切全都是以奥黛特为对象。如果他能维持许

---

[1]　尼尼微（Ninive）是《圣经》中记载的一个大城，因多行不义而遭耶和华惩罚毁灭。此处是指普鲁斯特翻译的拉斯金著作《亚眠圣经》（La bible d'Amiens）中提及的亚眠大教堂浮雕。

久不见她，那些正在消亡的欲望和怀疑就不会再被其他的取代。只是奥黛特的现身仍继续在斯万的心中轮番播撒柔情与疑心的种子。

某几个晚上，她突然回心转意，待他极好，而且严厉地警告他应当立刻享受，否则恐怕好几年都不会再有如此机会；他们必须立刻回她家去"来点嘉德丽雅兰"；她声称的这股想要他的欲望来得如此突然，蛮横急切，根本无从解释，随即大方对他施予的爱抚又是那么露骨而荒唐，使得这莽撞又毫无真实感的温柔令斯万倍感哀伤，就和谎言和恶意一样。有一天晚上便是如此。他听令随她回家，她在热吻当中夹杂着激情蜜语，与平日的冷淡形成强烈对比。忽然间，他似乎听见细碎杂响，于是起身四处搜寻，虽不见任何人影，却再也无心回到她身旁继续。这时她已满腔怒火，摔碎了一个花瓶，对斯万说："跟你在一起永远什么事都办不成！"他始终不确定，她究竟是否藏了什么人在家里，只为让那人嫉妒痛苦，或利用他燃起那人的欲火。

他有时会去探访一些风月场所，希望从中打探她的一些事，但又不敢说出她的名字。"我这里有个小姑娘，您一定会喜欢。"鸨母这么说。于是，他在那儿待了一个小时，乏味地跟一个可怜的女孩闲聊，除此之外什么也没做，让那女孩深感诧异。有一天，一个十分青春娇美的女孩对他说："我希望能找到一个朋友，届时他大可放心，我不会再和任何人相好。"

"真的？你相信女人可能会因为有人爱她、从不骗她，因而大受感动？"斯万焦躁地问着。

"当然啰！可这也得依个性而定！"

　　斯万忍不住对那些女孩说了些洛姆亲王夫人听了想必也会高兴的事。他笑着对那位想找个朋友的女孩说："真好，你擦了和腰带同色的蓝色眼影。"

　　"您也是，您的袖口也是蓝色的呢。"

　　"以这种地方来说，我们的交谈可真有内涵！你不会嫌我烦吧？也许你有事要忙？"

　　"没有，我有的是时间。要是觉得您烦，我会直说的。其实我反而很喜欢听您闲聊呢。"

　　"我真是受宠若惊。""我们这不是聊得正高兴吗？"他对刚走进来的鸨母问说。

　　"可不是嘛！正如我所想的那样，这两人还真是老实！这下可好了！现在大家来我这儿是为了聊天！前几天亲王才说我这里可比他夫人那儿要好得多。现在，上流世界里的夫人们似乎全都一个样，真是情何以堪！我就不妨碍你们俩了，我这人呀懂得分寸。"于是她离开，让斯万与蓝眼睛的女孩独处。只是，没过多久他便起身向她道别。对斯万而言，这女孩可有可无，她并不认识奥黛特。

　　先前画家病了，寇达尔医生建议他做一趟海上旅行。好几位信徒说要同行；维尔迪兰夫妇不甘独自留下，于是租了一艘游艇，接着更进而将之买下，奥黛特因此也经常出海巡游。每一次奥黛特才离开一小阵子，斯万便开始有了脱离她的感觉，但这精神上的距离似乎与实际距离成正比，他一得知奥黛特回来了，便无法待着不去见她。有一回，他们出发时本以为那趟旅程不过一个月，但若不是半路上一时兴起，便是维尔迪兰先生为了让妻子开心，事先暗中安排，而且直到阿尔及尔附近才告诉众信徒：他们还要去突尼斯，接着是意大利，希腊，君士坦丁堡，小亚细亚。这趟旅程持续了将近一年。斯万觉得这期间无比清净，简直堪称幸福。虽然维尔迪兰夫人先前极力说服钢琴师和寇达尔医师，说前者的姑妈和后者的病人完全不需要他们，而且，无论如何，任由寇达尔夫人先回维尔迪兰先生一口咬定正在闹革命的巴黎 [①] 未免轻率，她也不得不在君士坦丁堡还两人自由。画家也跟着他们一起离开。这三位旅人回来没多久，有一天，斯万见到一辆驶往卢森堡公园的共乘马车，他正好在那儿有事要处理，于是跳上了车，发现对面坐的恰好就是寇达尔夫人。盛装打扮的她正在"例行"巡访，帽上缀了羽毛，丝绸长裙，手笼，晴雨伞，名片包，洗净的白手套。穿戴这一身行头，不下雨时，她在同一区便会徒步从这一家走到下一户，然后换搭共乘马车前往另一个区。谈话刚开始时，女性生来的天真热心尚未突破小布尔乔亚妇人身份的僵硬拘谨，再加上不太知道是否该和斯万谈起维尔迪兰夫妇，她自然而然地以那慢吞吞、笨拙又温和，时不时便被马车轰隆声响完全盖过的语调，从她这一天爬上爬下造访二十五户人家时听了又听的话当中，选了一些来说：

"不是我要问，先生，一个像您这样走在潮流里的人，是否曾在米尔力顿俱乐部 [②] 看过马夏尔 [③] 那幅全巴黎口耳相

①　对照本篇提及的种种真实事件，《斯万之爱》文中年代约是在 1871 年到 1887 年之间。这段时间巴黎有过几次不安的局势，例如 1871 年的巴黎公社事件。在此，维尔迪兰先生所指的亦可能是 1889 年 1 月份，布朗热将军（George Boulanger, 1837—1891）赢得巴黎众议院选举，声望达到巅峰，几可趁势以武力夺下总统职权，入主爱丽舍宫的"布朗热狂热"（Boulangisme）。

②　米尔力顿俱乐部（Les Mirlitons），创建于 1860 年的艺术俱乐部，1887 年与爱丽舍场俱乐部（Cercle des Champs-Elysées）结合，形成艺术家联盟俱乐部（Cercle de l'Union artistique），别称"了不起的人"（L'Epatant）。

③　马夏尔（Jules Machard, 1839—1900），法国画家，擅长历史画及肖像。

传的肖像画？那么，您有何看法？您是站在赞赏的那一方，还是抨击的那一方？现在所有沙龙里大家都只谈论这幅画像，谁要是不对马夏尔的这幅画作发表些看法，谁就不够风雅，不够纯，跟不上流行脚步。”

斯万回说他没看过那幅肖像，寇达尔夫人担心，刚才那么强迫他承认，恐怕伤了他的自尊。

“啊！很好呀，至少您大方承认。您不因为没看过马夏尔的画像而自觉不光彩，我觉得您这样很帅气。而我呢，我看过那幅画；各方意见不一，有人觉得有点过分做作，刻意精致，我倒是觉得很理想。那幅画显然不像我们的朋友母鹿先生笔下那些蓝蓝黄黄的女人。不过，我得向您坦承，您会觉得我不太像这世纪末的现代人，但我怎么想就怎么说，我根本不懂！天啊！我认得出我丈夫肖像里那些优点，那不像他平时的作品那么奇怪，可是他却非要把他的胡子画成蓝色不可。至于马夏尔呀！刚好，我正要过去拜访的友人（很高兴这段路能与您同行），她的丈夫允诺，若是他获选为法兰西科学院院士（他是医师的一个同事），便让马夏尔为她画一幅肖像。显然，那可是个好大的美梦！我另一个朋友呀，她则宣称自己更喜欢勒卢瓦①。我不过是个可怜的外行人，勒卢瓦也许是门更高深的学问。但我觉得，一幅肖像画的首要特质，尤其当它值一万法郎时，就是要画得像，而且要像得令人赏心悦目。”

促使她说出这一番话的，是她帽上高高的羽饰，名片包

---

① 勒卢瓦（Auguste Leloir, 1809—1902），法国学院派画家，画作多为宗教及历史人物肖像。

上绣的姓名字母组合，洗染店用墨水在她的手套上写下的小数字，以及对斯万谈起维尔迪兰夫妇的尴尬，眼见离车夫会停靠的波拿巴街口还远，寇达尔夫人便听从心意，谈起其他话题。

"前阵子您应该觉得耳朵很痒吧！先生，"她说，"我们和维尔迪兰夫人旅行那段时间。大家的话题都只围绕在您身上。"

斯万颇为吃惊，他以为自己的名字永远不会再在维尔迪兰夫妇面前被人提起。

"而且，"寇达尔夫人进一步又说，"德·克雷西夫人在场，这就说明了一切。奥黛特无论走到哪儿，没多久就一定会谈到您。而且您可想而知，她说的可不是坏话呢。怎么？您竟然有所怀疑？！"看到斯万的举止有所猜疑，她便这么说。

于是，在她真诚信念的鼓舞下，她选了这个字，不带任何恶意，只着重字义中人们用来形容结合情谊的部分：

"她可是十分崇拜您呢！啊！我想在她面前最好别这么谈论您！不然可就麻烦了。她什么事都能扯到您；比方说，若是看见一幅画，她便会说：'啊！他要是在这儿，就有个行家能告诉你们这是真迹，还是假货。他在这方面可是无人能出其右的。'而且她时不时就喃喃自问：'这时候他会在做什么呢？但愿他好好做点研究！天可怜见！这么有天分的男子却这么懒惰（您会原谅我这么说的，对吧？）我现在看得很清楚，他在想我们，猜想我们在哪里。'她甚至说了句我觉得很漂亮的话。维尔迪兰先生问她：'可是，您怎么看得见他正在做什么？您毕竟是在离他八百里远的地方哪。'那时奥黛特答说：'在红粉知己的眼中，没有什么是不可能的。'不，我向您发誓，我说这些不是为了奉承您。您拥有一位真正的红粉知己，这可是非常难得的。而且，您若是不知道，我可以告诉您：唯有您这么幸运。维尔迪兰夫人最近还跟我谈起这件事（您知道的，分离前几天，大家聊得特别开）：'我不是说奥黛特不爱我们，但比起斯万先生对她说的，我们的话大概就无足轻重了。'哎呀！老天，驾驶员为我停车了。跟您聊着聊着，我都差点就要错过波拿巴街了……能否劳烦您告诉我，我这帽子上的羽饰正不正？"

寇达尔夫人从手笼中抽出她戴着白色手套的手，伸向斯万；伴随着一张车票流露出的是一种对高尚生活的眼光，其中夹杂着洗染店的气味，弥漫共乘马车。斯万感到自己温情满溢，对她，同样也对维尔迪兰夫人（几乎同样也对奥黛特，因为，既然对她的情感中不再混有痛苦，便再也称不上是爱情），他站在门梯平台上，温柔的双眼目送她毅然走进波拿巴街，扬着高高的羽饰，一手提着裙摆，另一手持着晴雨伞和名片包，套在手笼前方晃荡，露出了姓名字首。

在处理斯万对奥黛特病态的情感这场较劲中，寇达尔夫人的治疗手法比她丈夫技高一筹，她从旁植入了其他皆属正常健康的情感，像是感激，友谊，能让斯万神智中的奥黛特多点人性（让她和其他女性更相似，因为其他女性也可能激发出他那些情感），加速她转变为这个斯万安心爱着的奥黛特。这样的奥黛特曾在某天晚上，在画家那儿的一场派对过后带斯万回家，与福什维尔一起喝了杯橘子水，令斯万隐约看见，他在她身边可能过着幸福的日子。

以往，由于他常惶恐有一天自己将不再为奥黛特痴狂，便下定决心要保持警觉，一旦感觉到这份爱有离他而去的迹象，就紧紧抓住，努力挽留。但此时，爱意的衰退同时引来了眷恋爱情的欲望消减。因为我们是无法改变的，也就是说，无法在变成另一个人之后，继续顺从先前那个自己的感受。有时，一个男人的名字见于报上，他猜想那可能曾是奥黛特的某个情人，便又萌生嫉妒。但那妒意浅淡，仿佛只证明他还没完全走出那段曾令他痛苦万分的时光——然而那段时光也曾令他见识到一种如此丰沛、奢淫的感受方式——而这一路上基于各种偶然，他或许还能远远地短暂窥得美好，这妒意给他的毋宁是一种愉快的刺激，如同百无聊赖的巴黎人正要离开威尼斯返回法国之际，刚才还出现的一只蚊子证明了意大利和夏天尚未远逝。但最常见的状况是，时光在他正脱离的日子里如此特殊，当他费尽心力、就算不能滞留其中，至少也要在还能够的时候清晰望见，却发现早就为时已晚。他多想如眺望一片即将消逝的风景那般，照看刚刚割舍的这段爱；他只叹自己分身乏术，要让自己看见一段不再拥有的情感的真实景观如此之难，脑中瞬即一片黑暗，再也看不见什么，于是他放弃凝视，拿下眼镜，擦拭镜片，告诉自己最好休息一会儿，等一下应该还来得及；于是他退到角落，意兴阑珊，陷入迟钝状态，如同发困的旅人压低帽檐挡住眼睛，好在车厢内睡上一觉，同时感觉到火车载着他越驶越快，远离先前那个国度，他曾在那儿生活了那么久，并许诺自己在尚未好好告别之前绝不任其匆匆消逝。同样地，若这名旅人直到进了法国之后才醒来，如他一般，当斯万偶然间在身边收集到证据，得知福什维尔确实曾是奥黛特的情人，他发现自己并没有感觉到丝毫痛苦，如今那段爱情已远，他

懊悔当初未能领悟，原来打从那一刻起，他便永别了那份
爱。在初次亲吻奥黛特之前，他便曾努力将她长久以来对他
呈现的面貌铭刻在记忆里，那副面貌即将被那个吻的回忆改
变；同样地，激发他这份爱、这份嫉妒的那个奥黛特，令他
饱受痛苦、而且如今再也看不到的那个奥黛特，趁着她还存
在，他希望至少在思绪中能好好向她诀别。他想错了。几个
星期之后，他还得再见她一次。那是在睡梦之中，一场梦境
里的暮色时分。他与维尔迪兰夫人，寇达尔医师，一个他认
不出是谁、头戴菲斯帽 ① 的年轻人，画家，奥黛特，拿破仑
三世，以及我的外公一起散步。沿着海岸线展开的小径位于
临海悬崖，时而攀得极高，时而与海面相距不过几米，因此
必须一直爬上爬下，高低来回；还在往上爬的人已看不见走
在下坡路上的人，夕阳余晖的光线渐弱，黑夜仿佛即将瞬间
铺展开来。浪涛时不时地打上路旁，斯万感觉到喷溅脸颊上
的冰凉。奥黛特要他擦干，他却做不到，在她面前不知所
措，尤其身上还穿着睡袍。他希望天色昏暗能让别人别注意
到，然而维尔迪兰夫人却惊讶地盯着他看了许久。这期间，
他看见夫人的脸逐渐变形，鼻子拉长，唇上还长出浓密胡
髭。他转身去看奥黛特，她面色苍白，脸颊上缀着小雀斑，
肌肤松弛，黑眼圈黯淡无神，但一双注视着他的眼眸充满柔
情，仿佛随时会如泪珠般夺眶而出，溢落在他身上。他觉得
自己那么爱她，直想立刻带她离开。奥黛特突然手腕一转，
看了看小小的手表说："我得走了。"并向所有人告辞，一视

---

　　① 一种直身圆筒毡帽，通常饰有吊穗。以其发源地摩洛哥旧都菲斯
（Fez）命名。

同仁，没将斯万拉到一旁，没对他说她今晚或另找一天再去见他。他也不敢问她，很想随她而去，却被迫头也不回地笑着回答维尔迪兰夫人的一个问题，但他的心激烈狂跳，感到对奥黛特憎恨不已，简直想挖出他方才深爱的那双眼睛，打碎那对毫无生气的脸颊。他和维尔迪兰夫人一起继续爬坡，也就是说，一步一步地远离走反方向下坡的奥黛特。不过一秒，她已离开多时。画家警示斯万：她走了一会儿后，拿破仑三世便也消失无踪。"两人一定是讲好的，"他又说，"他们一定约在山坡下见面，但碍于礼教，不想一起向大家告别。她是他的情妇。"那名陌生年轻人哭了起来。斯万试着安慰他。"总之她是对的，"他为年轻人拭去泪水，摘下他的菲斯帽，让他舒服些，对他说："我向她建议过这个男人不下十次。为什么要难过呢？他确实是个能懂她的男人。"斯万这么对自己说，因为起初他认不出的那名年轻人，其实也是他；就像某些小说家，他将自己的性格分给了两个人物：做梦的那一个，以及眼前戴着菲斯帽的这一个。

至于拿破仑三世，那是给福什维尔起的别名，源自概念产生的模糊连结，另外在男爵平日的外观上做了些许改变，最后加上荣誉勋章的斜背绶带而成；但事实上，梦里那个人物呈现、并让他联想到的正是福什维尔没错。因为，从不完整又多变的意象中，睡梦中的斯万得出的是错误的结论，此外还暂时拥有极强的创造力，如同某些低等生物，单借分裂就能繁殖；他以自己掌心感受到的热度，塑造出了他相信正与他握手的陌生手掌，而他用尚未意识到的感觉和印象，催生出突如其来的种种波折，透过逻辑的衔接，将所需的人物适时带入斯万的梦中，以便接收他的爱，或将他惊醒。黑夜顿时成形，警钟响起，居民狂奔而过，逃离着火的屋舍；斯万听见汹涌的波涛，他的心脏同样激烈而焦躁地在胸口狂跳。忽然间，那狂乱的心跳速度加倍，他感到一阵剧痛，一股难以言喻的恶心；一个全身烫伤的农民经过他身边，对他大喊："去问问夏吕斯，奥黛特跟她的同伴是去哪里过夜。他以前跟她在一起，她什么事都告诉他。就是他们放的火。"原来是他的内侍仆人来叫醒他，并告诉他：

"先生，现在八点，理发师已经到了；我已请他一个小时后再过来。"

但这几句话，虽渗入了睡梦之海的水波，斯万原本沉浸其中，而话语抵达他的意识时，却遭受偏移，使得水底出现的一道光照出了一轮太阳，一如稍早，门铃声在那深渊之底化为警铃响，产生那段火灾梦境。然而，原本在他面前的场景烟消云散，他睁开眼，听见逐渐渺远的大海传来最后一阵拍浪声响。他摸摸脸颊。干的。但他还记得水的冰冷与湿咸。他起床，着装。先前他请理发师一大早就过来，因为他昨晚写了信给我外公，说他下午会去贡布雷，因为他听说德·康布列梅耶夫人——也就是勒葛朗丹小姐——会过去住几天。在他的记忆中，这张青春容颜联结着一座久违的乡村，双双对他发出召唤，那吸引力让他决心离开巴黎几天。由于让我们出现在某些人面前的种种偶然与我们爱他们的时机未能相符，但因为超越了那时机而能赶在它之前发生，并在时机结束之后再次出现，某个命中注定后来会喜欢上的人，在我们人生中最初的几次露面，事后在我们眼中便也增添了一种警示、预言的价值。就像这样，斯万经常自行回顾他在剧院遇见奥黛特时，她的形象，没打算再见她的那第一个晚上——而现在，他想起德·圣厄维尔特夫人家的晚宴，那天他将德·康布列梅耶夫人介绍给弗洛贝维尔将军。人生的利益如此多重、复杂，以至于在同样的情境中，某种尚不存在的幸福已在我们某起日渐加重的忧伤周围插下了标记，这类例子也不罕见。想必，就算不是在德·圣厄维尔特夫人家，而是在其他地方，这依然可能发生在斯万身上。甚至，谁知道呢？那晚若是他身在别处，难道其他幸福、其他忧伤不会降临，继而让他有不可避免之感？但当时让他觉得不可避免的，正是果然发生的情节，于是在决定去德·圣厄维尔特夫人的晚会这件事里，他几乎看出了某种天意，因为，他的神智渴望赞叹生命创造之丰富，无法长时间质问自己一个难题，例如去追究当初最想要的是什么，因而他将那天晚上感受到的痛苦与已萌生、但还意想不到的快乐——而这两者之间实在太难建立平衡——视为一种必然的发展。

　　但是，醒来一个钟头之后，他边指示理发师别让他梳松的头发在火车厢里被吹乱，边又回想起那场梦；仿佛近在眼前似的，他又看见奥黛特苍白的脸，过分消瘦的双颊，松弛的肌肤，下垂的眼袋——接二连三的温柔缠绵使得他对奥黛特那份持久的爱情成了一场长期的遗忘，忘了他从她身上得到的最初意象——所有自两人交往之初他便不再注意的一切；想必在他刚才沉睡之际，他的记忆曾往那段日子里寻找真切的感受。带着一旦他不再愁云惨雾便一犯再犯、而且随即拉低他道德水准，时不时就冒出的粗野举动，他在心中呐喊："我糟蹋了这么多年的人生，还一度萌生死意，说我经历了最伟大的恋爱，为的竟只是一个我并不喜欢，根本不合我意的女人！"

第三部

地 名 之 名

失眠夜里，在我最常想起的房间画面之中，无一比巴尔别克沙滩大饭店那一间更不像贡布雷的房间。贡布雷那些房间里洒满一种颗粒状、浮着花粉，仿佛可食又虔诚的氛围，而在巴尔别克大饭店的客房中，涂着丽波林牌油漆[①]的墙面宛如水蓝泳池光亮的壁面，看上去纯净、蔚蓝，还带着咸味。负责整修旅馆的巴伐利亚壁纸工人为各房间的装潢做了不同的变化，在我住的那一间，沿着三面墙边设有一座座附有玻璃门的矮书柜，依所在位置，加上装潢工人未曾预料到的效果，大海这幅变化多端的画作在那玻璃上映现种种部分，拉开一道长长的浅海蓝色饰带，仅被桃花心木框的实体打断，以至于整个房间看似是那种在"现代风格"[②]家具展中展出的宿舍样式，以艺术品布置，设想这些作品能让睡在此处的人赏心悦目，并以居住地类型相关的事物作为题材。

但也没有哪间房间更不像这个现实中的巴尔别克，这个风雨交加、阵风猛烈得让带我去爱丽舍场的法兰索瓦丝建议

①　丽波林（Ripolin）为涂料品牌，是由荷兰化学家利耶普（Carl Julius Ferdinand Riep, 1835—1898）开发出的珐琅漆，1897年后成立工厂，多用于建筑、船舶等。

②　原文使用"modern style"一词，也就是世人熟悉的"新艺术"（Art Nouveau）风格。

我别太靠近墙壁，以免被瓦片砸中头，还哽咽地说起报上的重大天灾及船难消息的那种日子里，我经常梦想的巴尔别克。我最大的心愿是亲见一场海上暴风雨，为的不是壮丽景观，而是真实的大自然生命被揭露的那一刻；或者该说，对我而言堪称壮丽景观的，只能是我知道不是为我的乐趣而人为组造出来，而是必然、无可改变的——风景或伟大艺术之美。我好奇和亟欲得知的，只有那些我相信比我本人更真的事物，对我来说，其价值在于向我展示伟大天才的些许思想，原封不动，绝无人力介入，本色呈现的大自然的力量或恩典。一如母亲说话的美妙声音单独透过留声机再现，并不能抚慰我们的失怙之恸，机械模仿出来的一场暴风雨与博览会上的亮光喷泉①也引不起我的兴趣。为了让风暴绝对真实，我希望海岸亦是天然海岸，而非市政府新建的一道堤防。此外，就它在我身上启发的所有感受来看，我觉得大自然是人类机械产物最大的对比。大自然当中的人工痕迹越少，在我心中拓展的空间就越大。话说，我牢牢记得勒葛朗丹曾向我们提及的巴尔别克，这个地名给我的印象是那片海滩非常邻近"因发生多起船难而著称，一年当中有六个月缠绕着裹尸布般的雾气及浪沫的不祥海岸"。

"在那儿，脚步底下感受到的，"他说，"远比菲尼斯泰尔②本土更辽阔（尽管当地如今有那么多旅馆层层错叠，也改变不了这最古老地块的骨架结构），在那儿可感受到法国

---

① 1889年巴黎万国博览会上的重头戏之一，由英国工程师贝什曼（Bechmann）设计建造，置于爱丽舍场展出。
② 菲尼斯泰尔（Finistère），法国布列塔尼的省份，位于法国欧洲大陆最西部，省名的拉丁文意为"大地的尽头"。

国土、欧洲陆块和亘古大地真正的尽头。那里也是渔民最后的扎营地，他们一如所有渔民，打从世界之初，就迎对恶海浓雾与魅影不散之国度，力求生存。"有一天，在贡布雷，我在斯万先生面前说起这片巴尔别克海滩，想向他打听那儿是否是观看强烈暴风雨的最佳所在。他回答我："我确信自己对巴尔别克相当熟悉！巴尔别克教堂，建于十二到十三世纪，还半存罗马风格，或许是诺曼底哥特式建筑中最奇怪的样本，而且那么独特！简直像是波斯艺术。"在那之前，这些地方的性质对我来说仅是无从追忆的远古，是与各重大地质现象属于同一时期的产物——而且超脱人类历史，好比大西洋或大熊星座，以及那些渔猎时代的野人。对他们，与对鲸鱼一样，中世纪根本不存在——眼见这些地方突然进入一个又一个世纪，对我而言是一股巨大的魔力：看它们历经罗马时代，知道哥特式三叶草造型也会适时为这些天然野石缀上绲边，一如那些纤弱但生机盎然的植物，春天来临时，这里一株那里一株地，在极地积雪上星罗棋布。若说哥特风格为这些地方和人们带来一份原本欠缺的具体感，反过来看，他们也给这种风格增添了一份特色。我试着想象这些渔民过去如何生活，想象中世纪时，他们聚集在地狱海岸的一个点上，死亡峭壁山脚下，他们曾尝试的那种生涩、意想不到的社群关联；此前，我想象的哥特风格总是在各城市中，而我如今觉得，跳脱那些城市之后，这风格似乎变得更为蓬勃。我能看见在某种特殊状况下，它如何在野岩之上萌生，发芽，开花结果，化成一座精致的钟塔。人家带我去看巴尔别克最闻名的雕像复制品——卷发塌鼻的十二使徒、门廊上的圣母，我一想到即将能看见它们在漫无止境的湿咸海雾中浮现成形，满心喜悦便令我忘了呼吸。于是，在二月份那些雷雨交加的温暖夜晚——狂风将前去巴尔别克的计划吹入我心中，在我心中呼啸，令这颗心猛烈颤动，不下于房内壁炉的火光——巴尔别克旅行计划于是糅合了我对哥特式建筑及海上暴风雨的渴望。

我多么想翌日便搭上一点二十二分那班慷慨好客的华丽火车；那个班次的出发时间，每次在铁道公司的广告，在巡回旅游的公告上读到时，我的心总免不了一阵悸动：那仿佛是在午后一个精确的时间点画下一道美妙的切口，一个神秘的标记，从那一刻起，岔线的钟点继续在晚上、在隔天早上前进，但我们所见的将不是巴黎，而是这班火车经过、并让我们选择上下的某座城市；因为它停靠的是巴约，库唐斯，维特雷，凯斯唐贝尔，蓬托尔松，巴尔别克，拉尼永，朗巴勒，贝诺代，篷达旺，坎佩莱[①]，列车威风凛凛地向前奔驰，满载路线提供给我的地名，我难以从中选出最喜欢的一个，因为根本不可能牺牲任何一个。但甚至不必等待，只要爸妈答应，我大可赶忙着装，当晚就出发，那么便能在曙光从怒海上方升起时抵达巴尔别克。为了避开纷飞的浪沫，我会去波斯风格的教堂躲一躲。但复活节假期临近时，爸妈允诺要带我去意大利北部度假，这么一来，那使我一心只想看见在最荒野的海岸，一座座峭壁般陡耸嶙峋的教堂附近，漫天狂浪汹涌，一波翻腾得高过一波，而教堂钟楼之上，海鸟尖啼

---

① 此段的地名原文依序如下：Bayeux、Coutance、Vitré、Questambert、Pontorson、Balbec、Lannion、Lamballe、Benodet、Pont-Aven、Quimperlé。除了巴尔别克是虚构之外，其他皆是真实地名，但零星分布在诺曼底和布列塔尼地区，并不在同一条火车路线上。

不休，那占满我所有思绪的暴风雨之梦，霎时被消除殆尽，褪去了所有魅力，被排除在外，因为在我心中取而代之的，与之恰恰相反，想必只会使之衰减的，反倒是一个最缤纷绚烂的春日之梦，那样的春季不在仍刺满雾凇雪针的贡布雷，而是已将菲耶索莱①的田野布满百合、银莲花的春天，让背景如安杰利科②画作底色的金色佛罗伦萨熠熠生辉。从那时起，在我眼中，唯有阳光、香气和色彩具有价值；因为意象的交替在我心中造成了欲望转向，而且，与在音乐上偶尔出现的情况同样突然地，令我的感知彻底变了调。有时，单单一种大气变化便足以在我内心引发这类细微的转调，不需等到某个季节重返。因为，我们总能在一段季节里发现某个属于另一季的日子迷了途，于是过起那一季的生活，立即联想那个季节，渴望专属那一季的乐趣，并中断我们正怀抱的梦想，比轮到它降临的时间或早些或晚些，将这纸从别的章节脱落的单页插入日历，添写幸福。不过，这些自然现象，我们的舒适或健康从中汲取到的益处纯属意外，而且颇为微薄，直到这些现象有朝一日被科学征服，恣意再造，将它们出现的可能交付于我们手中，摆脱偶然的监管，免去几率的左右。同样的道理，那些大西洋与意大利美梦的产生也不再仅能依赖季节与天气的变换。我只需说出这些地名，即能重现幻梦：巴尔别克，威尼斯，佛罗伦萨，这些地名所指的那些地方对我激起的欲望点滴累积其中。即便是在春天，在一

---

①　菲耶索莱（Fiesole），意大利托斯卡纳地区佛罗伦萨附近的村镇。

②　安杰利科（Fra Angelico, 1395—1455），意大利早期文艺复兴画家，因在菲耶索莱发愿进入道明会修道，与他同时代的人称他"菲耶索莱的若望修士"。

本书里发现巴尔别克这地名，就足以唤醒我对暴风雨及诺曼底哥特建筑风格的渴望；同样地，在一个风狂雨骤的日子，佛罗伦萨或威尼斯这样的名称会令我憧憬阳光、百合花、总督府以及圣母百花大教堂。

即使这些名字永远吸纳了我对那些城市持有的意象，也不过是将那意象扭转变形，使之顺从于城市自身的法则，然后重现在我心目中；结果这些地名美化了那幅意象，但也与诺曼底或托斯卡尼城市实际可能的真貌相去更远，并且在增强我想象过程中随心所欲的喜悦之际，却也加深了日后旅行时将产生的失望。它们提升了我对世上某些地方的认知，令那些地点更加独特，因而也更显真实。于是，城市，风景，建筑物在我心中的呈现并不像一幅幅大致赏心悦目的画作，不是这里一点、那里一块地自同一份材料分割而出，而是每一幅都宛如一项未知，彼此本质互异，而我的心灵渴求向往，识得之后将受益匪浅。有了名字的指称，这些地方更大幅染上了某种个别特性，那是专为它们而取的名字，一如为人所取的名字。名称中所用的字眼向我们呈现一幅清楚且实用的小小画面，如同学校墙上那些挂图，用来向孩子示范何谓一张钳桌，一只小鸟，一个蚁窝，各种与所有同类物品有着相同概念的东西。但名字也代表人——以及城市，我们因其名字而惯于相信它们跟人一样个别、独特——一个模糊的意象，依据名字，依据其发音响亮或暗沉，一致涂上相同的颜色，如某一类海报，全蓝或全红，而在那些意象中，受限于使用的手法或布景工人的随性，不仅蓝天和大海，就连小船、教堂和行人也都是蓝色或红色。帕尔马这座城，自从读过《修道院》^①之后，就一直是我最想去的城市之一，它的名字在我听来利落、平顺、泛着淡紫色、甜美温馨；若有人跟我说起帕尔马的某幢房子，招待我去，便等于令我欢喜地想到自己将会住进一个平顺、利落、淡紫色，而且甜美温馨的居所，与任何意大利城市的住家毫无关联，因为我仅凭借城名"帕尔马"这几个没有任何气音的重音节，加上先前我令那几个字吸收到的司汤达式的柔美及紫罗兰色泽去想象。当我想到佛罗伦萨，便像是想到一座弥漫奇香的城市，仿佛一朵花冠，因为它又被誉为百合之城，此外也因为它的主教座堂：百花大教堂。至于巴尔别克，这样的名称宛如一只保有坯土颜色的诺曼底古老陶器，还刻画着某种已废黜的习俗，某项封建法规，某地的古早样貌，某种构成不和谐音节的过时发音，而我敢说那甚至还能在当地民宿老板口中听见。他可能会在我抵达时招待我牛奶咖啡，带我去教堂前看大海的惊涛骇浪，在我想象中，他争强好胜，端庄威严，一派中世纪作风，有如讽刺诗中的人物。

若我的健康状况稳定，而且爸妈允许，就算不能去巴尔别克小住，至少也让我去搭一次那班一点二十二分的火车，去认识诺曼底或布列塔尼的建筑和风光。我在想象中搭过那么多次，希望能停靠在最美丽的市镇；但再怎么比较也是徒劳，这比在众多无法互相取代的独立个体之间抉择更难：

---

① 帕尔马（Parma），位于意大利艾米利亚–罗马涅大区（Emilia-Romagna），帕尔马省首府，以奶酪和火腿闻名世界。古罗马时代属于罗马帝国一部分；中世纪时代则为贯通罗马与欧洲北部的要塞。文艺复兴后，曾建立帕尔马公国。法国19世纪作家司汤达（Stendhal, 1783—1842）曾以帕尔马及附近的修道院为背景写成小说《帕尔马修道院》。

巴约裹着它高贵的淡红色蕾丝，如此高耸，其顶峰被最后一个音节的远古金黄照亮①；维特雷尾音的尖音符如一杠乌木，将古老的玻璃花窗框成了菱形②；柔和的朗巴勒，从蛋壳黄到珍珠灰，尽数含纳在它的纯白之中③；库唐斯，最后的双元音浓重、泛黄，为它的诺曼式大教堂冠上一座奶油高塔④；拉尼永，小镇的寂静中，苍蝇跟在马车后的嗡嗡响；凯斯唐贝尔，蓬托尔松，爱笑又天真，白羽毛与黄嘴喙在这两个水流潺潺、饶富诗意之地的大路上处处零散；贝诺代，这浅浅系泊着的名字，仿佛就要被河流连同水草一起冲走；篷达旺，一顶轻盈的蕾丝头巾，展开粉红翅膀掀起雪白的飞行，映在运河绿水中的倒影轻颤；坎佩莱，它则从中世纪以来，就紧紧牢系在它叨念不休的各条小溪之间，将自己点缀成一幅灰色单色画，如同阳光透过一扇满是蛛网的天窗洒落而成的画，光线也逐渐变成模糊的银棕色圆点；要如何在这些城镇之间做出选择？

　　这些意象皆虚假，另有一个原因：它们必然都被极度简化；我的想象渴望的，以及在事情当下感知到的，那些并不完整、而且无甚乐趣可言的感受，大抵都被我锁在名字那隐

---

　　① 法文中，巴约（Bayeux）的最后一个音节的发音听来与"古老黄金"（vieil or）相近。此外，该城也以传统蕾丝制品知名。

　　② 维特雷（Vitré）这个地名中含有"玻璃"（vitre）的字根，只差在最末一个字母 é 上标有尖音符。

　　③ 朗巴勒（Lamballe）小镇的建筑多为黄墙灰瓦，而这个地名的法文发音可颠倒错置成"白色"（le blanc）。

　　④ 库唐斯（Coutances）的诺曼式教堂是拉斯金多次提及的建筑；奶油高塔（tour de beurre）取自鲁昂的大教堂的一座楼塔，一说以其石材的颜色得名，另一说则是当地司铎向教皇请命让居民在斋戒期间食用奶油，换取建造教堂经费金援，故取此名。

秘的庇护所里；想必，因为我在那当中囤积了梦想，如今它
们招引着我的欲望；但名字这个庇护所不甚宽敞，顶多能让
我放进一座城的两三个主要"趣景"，而且相互紧挨，没有缓
冲；在巴尔别克这个名字里，仿佛透过那些在海水浴场可买
到的蘸墨笔杆所附的放大镜观看，我瞥见巨浪滔天包围一座
波斯式教堂。也许这些意象的简化本身正是它们掌控我的原
因之一。有一年，父亲决定我们要在复活节假期前往佛罗伦
萨和威尼斯，由于佛罗伦萨这个名字里已没有位置，放不下
平常构成城市的项目，我不得不透过某几味春日的芬芳唤出
一座超自然城邦，我相信，那正是由乔托天才的精髓孕育而
成。更何况——因为一个名字里可容纳的时间无法大幅超过
空间——一如乔托某些画作里也曾呈现同一个人物的两项不
同活动：这儿，他躺在床上，那儿，他正准备骑上马背，佛罗
伦萨这名字也被分为两个隔间。我置身其中之一，在一处置
放雕像的龛室下方，凝视一面壁画，画面有部分覆盖了一帘
晨光，粉尘飘浮，逐渐斜移；在另一个隔间里（由于我不将
地名想成是一种无法触及的理想，而是视为一股令我沉浸其
中的真实氛围，是一段尚未活过的人生，这段被我锁在此处、
纯洁无瑕的生活，因而让最物质的乐趣，最简单的场景，带
有文艺复兴前期艺术之作中的迷人特征）——为了尽快找到
正等着我的午餐，还有水果和基安蒂红酒[①]——我快快地越过
黄水仙、白水仙和银莲花竞相争艳的维奇欧桥[②]。我看见的正

---

① 基安蒂红酒（Vin de Chianti），托斯卡纳基安蒂地区从13世纪即已开
始产制的红酒。
② 维奇欧桥（Ponte-Vicchio），意大利文原意指"老桥"。

是这些（尽管我人在巴黎），而非当时的周遭景物。即使纯就现实角度来看，比起实际所在的地区，我们向往的国度时时都在真实生活中占有更多地位。若在说出"去佛罗伦萨，帕尔马，比萨，威尼斯"这些字句的当下，若我主动对存在思绪中的事物多加留心，应该会知道，我看见的根本不是一座城市，而是某种与我既知的一切截然不同的东西，那如此之美妙，对于可能永远生活在冬日午后将尽那段时间中的那类人而言，可比这不曾见过的奇观：一个春天的早晨。这些意象虚幻不真，固定不变，永远一样，填满我的日日夜夜，使我那段人生时期有别于先前岁月（在一个只从外部看事情，也就是说什么也看不见的观察者眼中，这两者可能混为一谈），就像在歌剧中，一段旋律动机导入了一份新意，那恐怕是只读剧本的人料想不到的，更遑论只在剧院外干数时间一刻刻流逝的人。何况，即使纯就数量来看，我们的生存日数也不尽相等。为了走遍这些日子，有些天性较易紧张之人如我，就像汽车一样，具备不同的"挡速"。有些日子如高山重阻，诸事不顺，得花上无数时间攀爬；另有些日子是一路缓坡，让人哼着歌儿全速冲下。在那个月里——如同哼着一段旋律，我欲罢不能地反复咀嚼这些佛罗伦萨、威尼斯和比萨的意象，因而在心中引发了欲望，那欲望保有某种极深的个别性，好比一股爱意，一股对某人的爱意——我始终相信这些意象符合某种非我能左右的现实，让我体认一份足可支撑一名早期基督徒在进天堂前夕的美好希望。因此，我不担忧想以感官去观看和触摸的矛盾，那是从幻想发展出来的，并非五官所感——不同于已知的感受，因而对感官更具诱惑——那即是这些意象令我记起的现实，最能点燃我的渴望，因为那犹如

一则能满足它的承诺。虽然我欣喜的动机源于对艺术享受的
想望，旅游指南却比美学著作更能维持这份喜悦之情，而火
车时刻表则又比旅游指南更胜一筹。令我心动的是，想到在
我想象所见中，那个佛罗伦萨分明近在眼前，却又无法抵达，
但在我心中，要是隔开它与我的那条路线行不通，我可以转
个弯，绕个路，透过"陆路"抵达。我在心中不断默念，借
此赋予我就要见到的事物极为重要的分量：威尼斯是"乔尔
乔内[①]画派的本营，提香的居住地，中世纪家用建筑最完整的
博物馆"，的确，每当我这么做，便觉得幸福。然而这幸福之
感还能更甚，那是在几个早临的春日变回冬天的日子（一如
我们往年复活节圣周常在贡布雷遇到的），我出门购物，碍于
天气得走得很快——条条大道上，眼见马栗树犹浸在湿寒如
水的空气中，却已穿戴整齐，准时赴约，不因而气馁，整株
凝结却还是丰茂了起来，逐渐岔出枝丫；严寒发威阻挠，奈
何后继无力，抑制不了那忍不住的绿意逐渐蔓延——我想到，
维奇欧桥上，风信子和银莲花早已一片花团锦簇，春日的阳
光已将大运河的水波染成那般深沉的蔚蓝及高贵的翠绿，涌
至提香那些画作跟前，碎成浪花，可与画中丰富的色彩争艳。
当父亲边查看气压计，边抱怨天气冷，着手查起哪些火车班
次最合适时，当我明白只要在午餐后走进那炭黑的实验室，
那用来操纵附近事物之嬗变的奇幻魔屋，隔天就能在"垫在
红碧玉之上，铺着翡翠石板路"的大理石与黄金之城醒来时，

----

① 乔尔乔内（Giorgio o Zorzi da Castelfranco, 1477—1510），意大利文艺
复兴艺术大师。威尼斯画派画家，出生于威尼斯附近，曾师从乔凡尼·贝里尼，是
著名画家提香的同学，受聘为名流画肖像，为大型建筑物、宫殿和教堂装饰壁画。

我再也按捺不住心中喜悦。如此一来，威尼斯与百合花之城
便不是恣意在想象中展现的虚构图画而已，而是在相距巴黎
一段路程之外真实存在着，若想亲眼见识，这段路程非得横
越不可；它们就位于地球上某个确切之处，不在他方，一言
以蔽之，这两座城是千真万确的存在。对我而言，那种真实
感更上一层，因为父亲说："整体而言，在威尼斯，你们可以
从四月二十日待到二十九日，在复活节当日一早抵达佛罗伦
萨。"于是，这两座城不仅跳脱了抽象空间，也逸出那想象的
时间：在那想象的时间中，我们一次不只置入一趟旅行，还加
上别的行程，同时发生，但无甚感动情绪，因为那都只是可能
的旅程——再造想象的时间如此容易，可在一座城中度过之后
移往另一座城再来一次——父亲在说这话的同时，也为这两座
城献上了特别的日子，相当于为我们在那几天当中所使用的对
象印上正字标记，因为，那些独特的日子过了便耗尽，不会复
返，一旦曾在他方经历，便无法到此地重新活过；感觉上，这
两座贵如女王的城市，为了在它们尚未真实存在的那种理想时
间将近尾声时融入其中，会在洗衣女工周一将我沾染了墨水的
白背心送回的那个星期前来，而我将借最动人的几何图形，把
一座座圆顶与楼塔标记在自己的人生蓝图上。但我仍只是在通
往愉悦的最后一里路上；抵达时刻终于到来（直到那时我才发
现，隔周，复活节前夕，威尼斯城内，在被乔尔乔内的壁画
映红的颠簸小路上散步的，并非如我罔顾提醒、执意想象的，
是"怒海一般骇人壮阔，染血长袍褶摆之下盔甲铜光闪耀"①

---

① 这一整段关于威尼斯的想象，大量引用了拉斯金的著作《威尼斯之
石》(The Stone of Venice)。

的人群，而可以是我，如同别人借我看的一张大幅圣马可广场照片中，插画师呈现的那个小人物，戴着圆顶毡帽，站在门廊前方），那是当我听到父亲对我说："大运河上应该还很冷，你最好马上把冬季长袍和厚短外套放进行李箱。"听见这些话，我内心立即升起一股飘飘然的狂喜：瞬间觉得，此前原以为不可能的事如今真的栽进了那些"宛如印度洋暗礁般的紫水晶岩林"；以远在我能力之上的高超灵活度，像褪去一副无用的外壳似的，卸除环绕着我的房间氛围，以等量置换成威尼斯的气息，那种海港的、难以言喻的特殊气氛，如同被我的想象封锁在"威尼斯"这个地名里的那些梦境，我觉得自己的内在出现奇迹般的灵魂出窍之感，随即被一股隐约的作呕感盖过，因为那时喉咙开始疼痛不已。于是我不得不卧床休养，而高烧如此顽强不退，医生宣告必须舍弃原本的决定，非但现在不能让我前往佛罗伦萨和威尼斯，甚至，即使完全康复之后，从现在算起至少一年，也得避免所有旅行计划和造成激动的因素。

可叹啊，他还坚决禁止爸妈让我去剧院听拉·贝玛演出；那位神妙的艺术家，贝戈特觉得她天赋异禀，她本可让我见识到某种或许既重要又美丽的东西，安慰我佛罗伦萨和威尼斯未能成行，而且还无法前往巴尔别克的遗憾。他们能做的只有每天送我去爱丽舍场，并派一个人监管，以防我过度劳累；结果是由雷欧妮姨妈过世后就进我家服务的法兰索瓦丝担当。我无法接受去爱丽舍场①。要是贝戈特曾在某部

---

① 巴黎的香榭大道位于第八区，贯穿凯旋门的星形广场（现戴高乐广场）及协和广场。《追忆逝水年华》中叙事者玩耍的公园，是指协和广场到圆环之间，法国总统府爱丽舍宫前方的大片绿地。

作品中描写过那地方就好了；那么我约莫会渴望去见识一番，如同先在我的想象中置入"分身"的一切。想象为那些事物暖身，使它们活灵活现，赋予它们个性，而我想在现实中与它们再度相遇。但在这座公园里，没有任何事物与我的梦境相连。

．

　　有一天，由于我在我们常去的位置，也就是木马旁边，觉得无聊，法兰索瓦丝便带我去附近走走——走出等距设置的麦芽糖铺小堡垒把关的防线——走进邻近但陌生的区域，那儿尽是一张张不认识的面孔，有山羊拉车经过；然后她回头去她那张背靠一丛月桂树的椅子上拿东西；等她的时候，我踏过被太阳晒得焦黄、稀落、光秃的大草坪，草坪尽头的水池边立有一尊雕像；这时，小径上，一个红发小女孩正在承水盘前方打羽毛球，另一个女孩正穿起外套，收拾球拍，用干脆而短促的语气对她喊道："再会，吉儿贝特，我要回去了。别忘了我们今天晚餐后会去你家。"吉儿贝特这个名字从我身边飘过，因而提及它所指的那个女孩的存在，这几个字不是只像在说一个不在场之人那样指出她的名，而是直接叫唤她；这名字就这么飘过我身旁，所以可说它正在行动，力道随其射程曲线逼近目标而增强——同时，感觉得到，它挟带着某人对那名字所指的对象的了解与想法，那人不是我，而是呼唤这对象的那个朋友；她在喊出这名字的同时，便也喊出了所有重新浮现在她眼前，或者，至少是记忆中所有关于她们俩的亲密日常，互相到对方家拜访的情景，而这一切我不知道的事情，更难以触及，也更令我痛苦，但对那个幸福的女孩反而如此熟悉，而且唾手可得；她让我和那一切擦身而过，却又不得其门而入，她将那一切用一声呼唤便凭空抛出——精准触及斯万小姐生活中某些看不见的点，从而激发出的美妙气息随即在空中散布、飘荡，关乎将至的夜晚，晚餐后，在她家，即将发生的事——如此一来，它以天上过客之姿，在孩子与女仆群当中形成一小朵云，色彩珍贵，类似普桑[①]画笔下的美丽花园上空鼓胀饱满的那一朵，如歌剧布景中的云一般，被战车与多匹战马填满，巨细靡遗地照映着众神生活的片段显像——总之，在这片稀疏的草地上，就在枯黄草坪与打羽毛球的金发女孩（不停发球又接球，直到一个帽上缀着蓝色羽饰的女教师喊她才停下）的一段午后时刻交会处，它抛出一小条香水草色的绚烂紫彩带，如映像一般不可捉摸，像地毯似的铺上草坪，而我行走其上，脚步依依难舍，眷恋而造次，流连不倦，这时却听见法兰索瓦丝对我大喊："好啰！扣上您的外套纽扣，我们该走人了！"我气恼不已，第一次注意到她的语言是如此粗俗，而且，唉！她的帽子上没有蓝色羽饰。

她会再回到爱丽舍场来吗？隔天她没出现，但后来接连几天我都在那儿看见她；我一直在她和女友们玩耍处附近流连，乃至有一次，因为凑不齐人数玩抓人游戏，她还派人来问我是不是愿意加入她们那一队，于是，从此以后，每次她来，我便和她一起玩。但她不是每天都来，有些日子她没办法来，碍于要上课，主日学，吃点心，那有别于我生活的各

---

　　① 普桑（Nicolas Poussin,1594—1665），法国古典主义画派重要画家，有作品两百多幅，最接近文中描述的画作是藏于德累斯顿国家艺术收藏馆的《花神帝国》（*L'Empire de Flore*）。

种日常；唯独两次，浓缩在吉儿贝特这个名字里，我痛苦地感觉到她的生活与我擦肩而过，一次是在贡布雷的斜坡小径，一次是在爱丽舍场的草坪上。遇上那些日子，她会事先宣告我们见不到她；若是因为学业，她会说："真烦人，明天我不能来了，我不在，你们就自己玩得开心吧。"那郁闷的神情让我稍感安慰；但相反地，若她因为受邀去看一场日间演出，而不知情的我还问她会不会来，她便这么回答："希望不会！我想要的是妈妈让我去朋友家。"那几天我至少知道是见不到她了；然而另外还有几次，她母亲临时起意带着她一起去逛街购物，隔天她就会说："啊！对，我跟妈妈出门了。"视之为理所当然，而非一桩对某人造成了空前痛苦的事。还有些日子天候不佳，她的女管家自己怕下雨，不想带她来爱丽舍场公园。

因此，若天色可疑不定，我总会从一大早就开始不断地探看，不放过任何征兆。若是看见对面家的夫人站在窗边戴上帽子，我便会心想："这位夫人正要出门，所以今天是个可以出门的天气：吉儿贝特有什么理由不跟这位夫人一样呢？"但天色阴沉下来，母亲说天气可能会转好，只待一道阳光露脸；不过，恐怕还是要下雨的；要是下起雨，那么去爱丽舍场又有什么意义？于是，从中餐开始，我焦急的目光便离不开那阴晴不定、乌云密布的天空。窗外，阳台一片灰蒙。突然间，阴沉的石砖上虽看不出哪种颜色较不那么黯淡，却感觉得到，宛如为了努力成为一种较不黯淡的颜色，一线光束正迟疑不决，跃跃欲试，想要释放光亮。顷刻之后，阳台转为浅亮，润泽生辉，仿如清晨的水面，铁铸格栏造成的千百个亮点闪烁其上。一阵风吹散尽，石砖再度黯淡下来；不过，仿佛已被驯服似的，亮光归来重现，石头在不知不觉中再度刷白，亮白的力道持续渐强，如同在音乐领域，在一首序曲尾声迅速弹奏一个单音，使它历经所有力度，臻至极强，我见到阳台石砖达到天气晴朗时那无可取代且稳定不变的金黄，而在那金黄色之上，精雕细琢的栏杆扶手浮现剪影，那黑影看似一株恣意生长的植物，轮廓一五一十地显现出最微小的细节，仿佛透露出艺术家专注投入的一份心意，一点满意，而那些令人欣喜的丛丛暗影静置着，呈现出那般鲜明的对比，那样的丝绒质地，轻落在这座阳光之湖上宽阔如叶的片片光影，似乎真知道自己即是宁静与幸福的保证。

蓦然乍现的常春藤，瞬间即逝的爬墙草！在所有能攀墙或装饰窗框的植物中，就属它们最不鲜艳，最无生气，处处依附；但在我看来，自从它们以吉儿贝特身影之姿出现在我们阳台的那一天起，便显得无比珍贵；她可能已经在爱丽舍场，等我一到，就会对我说："我们马上开始玩抓人游戏吧！您在我这一队。"薄弱的影子，一阵风就吹走，但也呼应着时刻，而非季节；它许诺即刻的幸福，无论这幸福在那一天最终会被拒绝，或得以实现，因而那是无与伦比的即刻幸福，是爱情的幸福；那影子映在石砖上，甚至比青苔更柔软、更热烈；它生气盎然，只需一道光就能生成，让喜悦绽放，即使正值隆冬。

而且直到那些日子，其他植物尽已消失，裹覆老树树身的美丽青皮被大雪掩埋，当落雪已歇，但天色依旧阴暗，吉儿贝特不会出门，突然间，乍现的阳光在铺盖阳台的白雪厚袍上织出金线，绣上黑影，母亲见状便说："看，这会儿天气变晴了，也许你们还是可以去爱丽舍场走走。"那一天我们谁也没遇着，也没有哪个小女孩正要离开，还笃定地告诉我们吉儿贝特不会来。原本让体型壮硕却怕冷的女管家们聚集在一起的那些椅子上也空无一人。唯独在靠近草坪处坐着一位些许上了年纪的妇人，她无论天候如何都会出现，总是同一套盛装打扮，暗色而华丽；当时若是能够交换，我会牺牲尔后人生中最大的利益去换取机会认识她，因为吉儿贝特每天都会向她问安，她会向吉儿贝特探问"小姐可爱的母亲"的消息；我觉得，要是我先前就认识她，吉儿贝特早就会对我另眼相待，当我是一个与她父母的人脉有关联的人。孙儿们在较远处玩耍时，那位妇人总是读着《辩论报》[1]，在她口中成了"我的老友《辩论报》"，而且一派贵族口吻提及城警或出租椅子的女人时也说："我的老友城警先生""出租椅子的女人跟我是老朋友了"。

　　法兰索瓦丝快冻僵了，不能老待在原地，我们一直走到协和广场的桥上，观看结了冰的塞纳－马恩河；此时人人都敢接近，就连孩子们也不例外，仿佛那是一条搁浅的大鲸鱼，毫无抵抗能力，等着被大卸八块。我们走回爱丽舍场公园，我痛苦难耐，徘徊在静止不动的旋转木马以及被已除去积雪的纵横园径形成的黑网困住的雪白草坪之间；草坪上的雕像手中多出一道冰柱，这仿佛解释了它的姿势。老妇人呢，折好她的《辩论报》，向一个带着孩子经过的女仆询问了时间，道谢："您这人可真好！"然后，又恳请修路工人

---

　　[1] 《辩论报》（另见第 8 页注释⑦），创立于 1789 年，以政治及文学为议题，时而保守，时而激进。1944 年停刊。

去把她的孙儿们叫回来，要他告诉他们她很冷，并加上一句："您要是能帮我这个忙，必然是个大善人。您知道我有多不好意思呢！"忽然，云破天开：在傀儡剧场和马戏团之间，放晴的地平线上，逐渐亮开的天空下，宛如魔幻奇兆，我才刚瞥见管家小姐的蓝色羽饰，吉儿贝特就已全速朝我奔来，因为天冷又迟到，再加上玩游戏的急切欲望，皮草方帽下的脸蛋通红；就快抵达我面前时，她松脚在冰上滑了一段，不知是为了好好保持平衡，还是觉得这样比较优雅，抑或是故意装出滑冰选手的身段，她张开双臂，微笑向前，仿佛要我接住她。"好极了！好极了！这样非常好，我若不是上个时代的人，旧王朝的人，就会借用您的话说:这可真妙，真够大胆！"老妇人惊喜地高呼，以寂静的爱丽舍场之名，感谢吉儿贝特不畏风雪前来。"您跟我一样，对我们的老友爱丽舍场依然一片忠心；我们两个真是天不怕地不怕呀！要我说呀，即使如此，我也爱这座公园。这场雪，您恐怕要笑话我，让我想到白貂皮草！"老妇人说着说着，自己就笑了起来。

这些日子的第一天——落雪，代表可以夺走我见到吉儿贝特的机会的强大力量，这幅意象流露了分别之日的离情依依，甚至远行之日的形态，因为那一日有了改变，我们惯用的晒面场所如今也变了样，整个罩上盖布，几乎不能使用——然而那一天却让我的爱情有所进展，因为那算是她初次与我共尝惆怅。一伙玩伴当中来的只有我们俩，因此只有我陪着她；这不仅是亲密关系的起步，也有她的心意——仿佛她在这样的天候里前来，别无其他原因，纯粹是为了见我——我深受感动，就好像曾有那么一天，她受邀去看一场日间演出，却放弃前往，只为了来爱丽舍场和我相见；在凝滞、寂寥与萧索的周遭景物中，我们的友谊仍然热烈，我对那情谊的生命力及远景益发有了信心；当她把雪球塞进我的衣领，我温柔微笑以对，觉得这举动表示了她对我的好感，所以容许我以旅伴的身份，陪她悠游这焕然一新的冬日国度，并且也算是她在我不顺心的时刻对我的某种忠诚义气。不久后，宛如犹疑不决的麻雀，她的小姐妹们一个接着一个到来，全是白雪上的小黑点。我们开始玩游戏，由于开始得那么悲惨的这一天注定要在欢乐中结束，由于我在玩抓人游戏之前朝当初那位急促喊着吉儿贝特名字的朋友走去，她对我说："不，不，我们都知道您比较喜欢跟吉儿贝特一队，而且，你看，她正在对您招手呢！"所以，吉儿贝特果真在喊我，要我过去积雪的草坪，加入她的阵营；阳光洒在其上，映照出粉色光辉，如同古旧锦缎磨耗出的金属光泽，造就一场金帐营会[①]。

　　原本令我那么疑惧的那一天，反而成为我仅有的几个没那么难过的一天。

　　因为，这样的我从此只想着绝对不能一天没见到吉儿贝特（甚至有一天，由于外婆到了晚餐时间还没回家，我立刻忍不住心想，她该不会是被马车给撞辗了吧，要是这样，我就有好一阵子不能去爱丽舍场玩了；人一旦恋爱，就再也不

---

　　① 金帐营会（Camp du Drap d'Or），1519 年，查理五世当选神圣罗马帝国皇帝，法国国王弗朗索瓦一世为制衡其势力，在法国加莱（Calais）附近与英格兰国王亨利八世举行会晤，这场盛大的高峰会于 1520 年 6 月 7 日起历时 15 天。英法两位国王大肆炫耀自己的财富，以豪华的飨宴、音乐、舞蹈、烟火、比武等活动互相攀比，双方皆采用以大量金丝织成的锦缎搭营帐，光灿夺目，会议因而得名。

爱任何人了），然而在吉儿贝特身边，从前夕便开始的迫不
及待、令我颤抖、甘愿牺牲一切的那些时光，却一点也不快
乐；我很清楚，因为我在人生中唯独对那些时刻聚精会神，
无微不至，竭尽全力，然而这样的专注并未能在其中发现任
何愉悦原子。

　　不在吉儿贝特身旁的所有时间，我总是迫切地想见她，
因为，我不断想象她的模样，终至再也想象不出，再也不确
定我的爱恋对象为何。再者，她从来没对我说过她喜欢我，
反而经常作态表示，比起我，她还更喜欢好些其他男生朋
友，我不过是个她愿意一起玩的好同伴，虽然我玩的时候太
漫不经心，不够认真；说穿了，她给我的常尽是些明显冷漠
的表示，这本可能动摇我的信念，我本以为自己对她而言与
众不同，前提是这信念源自吉儿贝特可能对我会有的爱意，
而非如实际状况，是源于我对她的爱。但我的爱反而更加稳
固了如此信念，因为它取决的是我迫于内在需求而去想念吉
儿贝特的方式。但我仍未向她告白我对她的感觉。当然，在
笔记本每一页上，我潦草地写满她的名字和地址，但见自己
一笔一画写下这些模糊线条，她也没有因此就想念我；看见
这些字迹让她在我周遭占据如此显要的地位，却未进一步融
入我的生活，我颇为沮丧，因为这些字迹没能对我诉说吉儿
贝特的事，她甚至不会看到这些字，这些字迹展现的反而似
乎是我自己的欲望，是某种完全个人、虚幻、乏味，而且无
能为力的东西。最迫切的是，吉儿贝特和我，我们得见面，
要能坦承彼此的爱意，这么说来，这段爱情直到那时根本都
还没发生。想必，令我迫不及待见到她的种种理由，对一个
成熟的男人而言，恐怕都没那么急切。尔后，我们在培养乐

趣的过程中学会了取巧，觉得只要如我想象吉儿贝特那样去想着一个女人就够快乐了，不再忧心那意象是否符合现实；爱她就够满足了，不需要确定她是否也爱我们；我们甚或会放弃向她坦承我们对她有好感的乐趣，以借此将她对我们的好感撩拨得更旺，仿效那些日本花匠，为了养出最美的一朵，而牺牲其他好几朵花儿。但在那段爱恋着吉儿贝特的时期，我还相信爱情确实存在于我们的外在世界；我相信，但凡爱情有助我们排除障碍，它就会以我们完全不能恣意改动的顺序提供幸福；我觉得，若是当初我出于自愿，以假装冷漠取代温柔告白，那么我不仅将会失去一种我最梦寐以求的喜悦，还会恣意制造出一种做作、而且没有价值的爱情，与真正的爱不相通，那恐怕会令我放弃走上追求它的神秘康庄大道。

但是，当我来到爱丽舍场——首先，我即将能够迎面应对我的爱情，让它接受该有的矫正，符合其非我能左右的现有理由——我盘算着，一旦这位吉儿贝特·斯万出现在我面前，映入我眼帘，就能更新我那疲惫的记忆再也寻不回的意象；昨天才跟我玩在一起的这位吉儿贝特·斯万，刚让我打了招呼，并且再度体验到一股盲目的直觉，如同令我们在行进之际不及思索便将一脚踏在另一脚之前的直觉，一切立刻变得仿佛她与我梦中的小女孩竟是两个不同的人。比方说，假如从前一天起，我在记忆中为她饱满、泛着光泽的脸颊上设置了一对火眼，现前吉儿贝特的脸却强烈地呈现出某种正好是我想不起来的什么，像是鼻子线条陡直拉长，立即与其他线条结合，形成类似那些在自然科学上可定义一个物种的重要特征，令她蜕变成一个尖吻类小女孩。正当我准备利用这渴望已久的一刻，好好整顿我在来到公园之前已设定好、但脑中再也想不起来的吉儿贝特的意象，以便在独处的漫漫时刻中，确定自己回想的是她没错，如构思写作般一点一滴增进的是我对她的爱情没错，她却在此时递了颗球给我；如同唯心主义派的哲学家，理智虽不相信，但肉体却能感知外在世界的现实，在认出她之前便驱使我上前打招呼的那个我，同样地，急忙抓住她递过来的球（如同一个来跟我玩的同伴，而非我特意前来会面的心灵知交），命令我本着绅士礼仪，一直到她离开为止，对她说了千百句无甚意义的客套话，并且或阻止我保持沉默，不让我利用原本总算可回头处理那急迫又茫然的意象的机会，或阻止我对她倾诉，而那些话语本可能使我们的爱情有决定性的进展，使得我每一次都不得不仅仅期待下一个午后来临。然而状况还是多少有所进展。有一天，我们跟吉儿贝特一起走到对我们特别亲切的那个女小贩的棚子——毕竟斯万先生总是派人到她这儿来买蜂蜜香料面包，而且，基于保健养生之故，他需要大量食用，因为他患有特殊种族湿疹和先知们的便秘[1]——吉儿贝特笑着要我看两个小男孩，他们简直就像是从儿童读物里走出来的小彩绘师和小自然科学家。因为两人之中一个不要红色麦芽糖，只喜欢紫色的，而另一个，泪眼汪汪，不肯拿女仆想买给他的一颗李子，最后才激动地说："我比较想要另一颗，因为那颗上面有一条虫！"我买了两颗一苏

---

[1]　暗指斯万的犹太血统。《圣经》提及："耶和华必用埃及人的疮并痔疮、牛皮癣与疥攻击你，使你不能医治。"（申命记 28:27）犹太教经典《塔木德》中记载了预防及治疗便秘的方法。

钱 ① 的弹珠。我满心赞叹地看着另外放在一只浅钵里的玛瑙弹珠，光洁闪亮，被囚困在钵中；我觉得它们格外珍贵，因为个个金黄耀眼，绽放笑颜，有如少女一般，也因为一颗就值五十生丁。吉儿贝特的零用钱比我多得多，她问我觉得哪一颗最漂亮。每一颗弹珠皆自有生命的清澄与混浊。我不要她为此错过任何一颗，真希望她能全部买下，解救它们。然而我指了其中和她的眼睛同样颜色的一颗。吉儿贝特拿起那颗弹珠，转着寻找珠子上的金色光芒，抚摸一阵，付了赎金，却立刻将她的俘虏交给我，对我说："拿着，这是您的了，我把它送给您，当成纪念物好好保存吧！"

另一次，由于总放不下想听拉·贝玛演一出古典剧的渴望，我问她有没有一本贝戈特谈论拉辛的书，那本书在市面上已经找不到了。她请我提示确切的书名，于是当晚我发了封简短的电报给她，在信封上写下"吉儿贝特·斯万"这个我曾在笔记本上勾勒过那么多次的名字。隔天，她便为我带来那本托人找到的册子，仔细包装，系着淡紫色缎带，以白蜡封印。"您晓得，这是您先前要的东西。"她告诉我，边从手笼里抽出我寄给她的那封电报。但这封由气压筒传送的快件——昨天还什么都不是，只是一纸我写好的蓝色短笺，自从快递信差将它交给吉儿贝特的门房，仆人又将它拿进她的闺房，它就成了这么一件无价之宝，晋升为她当天收到的蓝色短笺之一——在地址栏中，我几乎认不出我那些徒然又孤独的字迹线条，它们被压在邮局盖上的圈印、某个邮差用铅

---

① 苏（sou）是法国旧币制的单位。法国在 1795 年之后改用法郎，但直至 19 世纪民间语言仍使用此字，将当时五生丁的铜板称为一"苏"。

笔加上的注记底下，那些任务已确实执行的记号，外在世界的印记，象征现实生活的紫色束带，首度来与我的幻梦结合，加以维持、提升、振奋。

曾经还有一天，她对我说："您知道，您可以叫我吉儿贝特，总之，我呢，以后会用您的教名^①来喊您，不然太麻烦了。"然而她还是继续用"您"称呼我好一阵子，每次我提醒她，她便微笑，构思，组装，造一个像外语文法书中只是要教人如何使用一个新字的那种例句，最后以我的名字结尾。尔后想起当时的感受时，那印象格外鲜明：像是赤裸裸的我，被她衔在口中一会儿，不再有任何也属于她别的同伴的社交规范，或者，那种在她提及我的姓氏和我父母时的客套，她的唇——用力时有点像她父亲那样，为了想强调的字词而咬字清晰——看似在扒下我的皮，剥去我的外层，就像因为一颗水果只能吞食果肉、所以得除去它的果皮；同时，她的目光与话语一同流露一种新的亲密程度，也更直接地朝我投来，那多少反映了蕴含其中的真心、愉悦，乃至感激，因而伴随着一抹微笑。

但在那当下，我无法鉴赏这些新生成的欢愉。那欢愉并非由我所爱的那个女孩献给爱着她的我，而是来自另一个她，是与我一起玩的那个女孩，所给的是另一个我，而这个我既没有对真实的吉儿贝特的回忆，也没有不可或缺的心意，唯有这份心意能评断某种幸福的价值，因为渴望这幸福的只有那颗心。即使后来回到家，我也尝不到那些幸福愉

---

　　① 教名，有时被称为洗礼名或圣名，是基督教所使用、带有宗教意涵的姓名。

悦，因为，每一天，我都有一股需求，期待隔天能确实、平静、快乐地凝望着吉儿贝特，期待她终于坦诚说出她对我的爱，向我解释她之所以不得不隐瞒至今的理由；就是这股需求迫使我对过去不屑一顾，永远只向前瞻望，不把她赐予我的这些小小恩惠当一回事，就此满足，而是视之为可以踏足的新阶梯，允许我更上层楼，最终将得到我尚未遇见的幸福。

　　虽说她偶尔赐我这些友好的表示，见到我时未显欣喜的模样却也令我难受，这经常就发生在我最期待愿望得以实现的那些日子。我确定吉儿贝特会来爱丽舍场，不由得心生雀跃，那似乎仅是一种模糊的至福预感，这时——就是我一早走进起居室拥抱妈妈，她已穿戴整齐，一头乌黑秀发梳拢盘起，美丽、丰润而白皙的手上还留有肥皂余香的时候——看见钢琴上方亮起一柱尘埃，听见手摇风琴车在窗下奏起《阅兵归来》[①]，我便知道，直到晚上，这个冬日都将接待一个明媚灿烂的春天临时起意的来访。我们用午餐时，对门的女士打开格子窗，使得我椅子旁边一道已开始午寐的阳光霎时撤退——一下子扫过整个餐厅——但在下个瞬间便又已归来继续午睡。中学里，下午一点钟的课堂上，暖阳拖长一道金色微光，洒至我的课桌上，令我不耐，烦躁，整个人无精打采，那金光宛如一场派对之邀，但我无法在三点之前抵达，得等到法兰索瓦丝来校门口接我，接着穿越街巷走往爱丽舍场；街道缀满亮光，人潮汹涌，日光照耀之下，阳台宛若从墙面分离，氤氲朦胧，飘浮屋前，仿佛一朵朵金色的云。可惜！爱丽舍场公园里，我没找到吉儿贝特，她还没到。我静

---

①　咖啡厅驻唱名歌手保罗斯（Paulus, 1845—1886）于1886年唱红的爱国歌曲。

立在草坪上，太阳无形滋养着这片园地，这里一点、那里一点地点燃一株株小草的草尖，栖息草地上的鸽子好似上古时代的雕像，被园丁的十字镐挖掘出土，置放在这片庄严的地表上；我盯着远方，时时期待见到吉儿贝特跟在女教师身后，出现在那仿佛递出怀中孩童迎受阳光祝福，因而流淌着金光的雕像后方。《辩论报》的忠实老读者已坐在她的单人扶手椅上，始终在那个老位子，正对一名警卫比了个和善的手势，对他大喊："这天气多好呀！"由于公园女职员朝她走去，打算收取椅子的租金，夫人娇滴滴地把十生丁的票券插在手套口，仿佛那是一束花，为了表示对赠花者的友好，寻找最讨人欢心的位置插上。找好位置后，她转了一圈颈子，拉高羽毛长围巾，露出手腕上那一截黄纸，朝租椅女管理员深深妩媚一笑，宛若一个女人指着胸衣对一名年轻男子说："认得您送的玫瑰吗？"

我领着法兰索瓦丝去找吉儿贝特，一直走到凯旋门，都没遇见她，于是我回头朝草坪折返，深信她必然是不会来了；这时，旋转木马前方，那个说话急促的女孩朝我飞奔而来："快，快点，吉儿贝特一刻钟前就来了，不一会儿就要走了。我们在等您来玩一局抓人游戏呢。"我沿香榭大道往前走那时，吉儿贝特正从博瓦希－德·安格拉斯街过来，管家小姐趁着好天气，带着她去帮她采买了些用品，而斯万先生即将过来接他女儿。所以都是我的错；我不该离开草坪的，毕竟我永远无法确定吉儿贝特会从哪个方向过来，是会早一点，还是迟一些。而这场等待最终更令我感觉动人之处，不仅是整座爱丽舍场及整段午后时光，那宛如一片辽阔无垠的时空，当中每一地点、每一瞬间，都可能出现吉儿贝特的身影，另外还有这身影本身，因为我感觉到，在那背后藏有她猛然闯进我心中的时刻为何是在四点、而非两点半的原因，以及她为何戴着高高的出访礼帽，而非嬉戏时的贝雷软帽，为何站在大使剧院[①]前，而非两座傀儡剧场之间。我猜想，吉儿贝特的活动当中有某一项是我不能跟着去的，她非得出门或待在家中；我触及了她不为我所知的神秘生活。也就是这神秘之谜令我困惑，当我依那说话急促的女孩的指令，立刻赶去开始我们的抓人游戏时，我瞥见对我们那么泼辣、莽撞的吉儿贝特，竟然毕恭毕敬地对《辩论报》夫人行了屈膝礼（老夫人则对她说："多好的阳光，暖得像一盆火。"）吉儿贝特回应时甚至带着羞涩的笑容，那腼腆神情令我想到的是一个全然不同的少女，应该是吉儿贝特在她爸妈家、父母的友人在场、或她出门拜访时的模样，完全是我毫无所悉的另一种存在。但这样的存在，除了稍后来找女儿的斯万先生之外，没有任何人让我有过类似印象。这是因为，对我而言，他和斯万夫人——因为女儿与他们同住，因为她受的教育、玩的游戏、建立的友谊全都取决于他们——他们就如同吉儿贝特，也许还更胜吉儿贝特，毕竟他是对她握有至高权力的万能之神，大概正是神的后裔；这对夫妇具有无法触及的未知特质，一种悲痛的魅力。有关他们的一切，皆是我念兹在兹的对象，如此挥之不去，以至于在像这样的日子，斯万先生（过去他和我父母仍有联系，我常见到他，但彼时却

---

　　① 大使剧院（Théâtre des Ambassadeurs），位于爱丽舍场，原是路易十五为接待外国使节兴建，法国第二帝国时期改为表演咖啡厅，后又转为剧场及餐厅。如今则是皮尔·卡丹空间（Espace Pierre-Cardin）。

未引起我好奇）来爱丽舍场接吉儿贝特，一旦我因见到他的灰色礼帽和斗篷式大衣出现而加速的心跳平息下来，他的神态就更令我印象深刻，仿佛一名历史人物，我们才刚读到一系列讲述他的作品，就连最微不足道的特质也令我们津津有味。他与巴黎伯爵的交情，我在贡布雷听说时浑然无感，如今则觉得那真是了不起，仿佛别人都不认识奥尔良王朝成员似的；由于那层关系，他在将爱丽舍场那条林径挤得水泄不通、来自各阶层的庸俗散步人群当中，更显出类拔萃，令我赞叹他愿意跻身其中，不要求他们另眼相看，再说，谁也想不到要这么做，可见他隐姓埋名之深。

　　他礼貌地回应吉儿贝特同伴们的问候，对我也不例外，即使他和我家发生了不愉快，不过，倒是看不出认识我的样子。（这让我想起，彼时在乡下他明明常见到我；那是我还保存着的回忆，尽管深藏暗处，因为自从我再见到吉儿贝特之后，对我而言，斯万的身份主要就是她的父亲，而不再是当初贡布雷的那个斯万；一如现在，连结到这姓氏的想法与过去所了解的那片网络中的概念已然不同。需要想起他时，我再也不使用这过去的观念，他已变成了一号新人物；然而我用一条横向的人工参考线将他与昔日家中那位客人牵系起来；由于在我心目中，除非能让我的爱情有利可图，否则一切皆无价值，所以，当我念及彼时在斯万眼中——也就是此刻在爱丽舍场上，正站在我面前的同一个人，所幸吉儿贝特也许没提过我的姓氏——我常在傍晚时分表现得那么可笑，差人在我母亲与斯万、我父亲和我外祖父母在花园桌边喝着咖啡时，要她上楼进房来跟我说晚安；想起那些无法抹除的过往岁月，我不免一阵羞愧及懊悔。）他告诉吉儿贝特，说他允许她玩一局，可以等她一刻钟，同时像常人一样坐上一张铁椅，用那只菲利普七世[1]那么常握住的手付钱买票，而我们则开始在草坪上嬉戏，惊飞了鸽群，鸽子泛着虹光的美丽身躯，形状像一颗心，宛如鸟类王国中的紫丁香，它们飞至各个庇护所暂避，例如石砌大水盆边上那一只，嘴喙隐入盆中的同时，使得石盆生动起来，接受了它所指派的用途，献上丰盛的果实与谷粒，使鸟儿看起来仿佛埋头啄食；另有一只栖在雕像额头上，宛如某些上古时代艺术品中的一件珐琅饰物，为单调的石材带来缤纷多彩的变化；也像一项象征属性，若冠在女神身上，就相当一个特殊称号，正如安在凡人女性身上一个不同的名字，替她增添一份新的神妙。

在那些阳光普照、但未能实现我愿望的日子中，这一天，我泄了气，无法隐瞒对吉儿贝特的失望。

"我正好有许多事想问您，"我对她说，"相信这一天对我们的友谊而言很重要，可是您才刚来，却立刻就要离开！请您明天尽量早点过来，好让我至少能跟您说说话。"

她顿时容光焕发，开心地蹦蹦跳跳，回应我：

"明天，您想得美！亲爱的朋友，我可不会来！我有一场盛大的点心茶会；后天也不会来，要去一个女生朋友家观赏戴欧多斯国王莅临，从她家窗户看出去，那场面一定很棒！再隔天，要去看《沙皇的信使》[2]，接着圣诞节和新年假

---

① 也就是巴黎伯爵，参见第 17 页注释②。
② 戴欧多斯国王（Rois Théodose），普鲁斯特虚构出的人物，可能是隐射沙皇尼古拉二世在 1896 年 10 月出访巴黎。《沙皇的信使》（Michel Strogoff），是作家凡尔纳（Jules Verne）以沙皇亚历山大二世时代为背景写成的历史冒险小说，1876 年出版后改编为舞台剧，1880 年首演。

期也就快就到了。也许他们会带我去南部。那就太好了！即使这样会害我错过装饰圣诞树。无论如何，就算我留在巴黎，也不会来这里，因为我会陪妈妈四处拜访。别了，爸爸在喊我了。"

我和法兰索瓦丝走回家，走过阳光仍然耀眼的街道，宛如一场盛会结束后的晚上。我的脚步好沉重。

"这倒也不奇怪，"法兰索瓦丝说，"这天气不是这时节该有的样子，太热了。唉！我的上帝呀，这下应该到处都有不少可怜的病人了，想来上天也一样，全都乱了套。"

我强忍呜咽，一面在心中重复着吉儿贝特心花怒放说她往后很久不会再来爱丽舍场。不过，只要一想到她那股只需简单运作就能填满我心神的魅力，我思路深处的内在约束力免不了将吉儿贝特置于那个独特——却也令我痛苦——的位置，即使是在那冷漠的表现上，也早已开始添加某种浪漫；我的泪水中浮现一朵微笑，那正是一个吻的羞涩雏形。当信差送信的时间到来，那天傍晚，一如其他日子，我心想："我会收到吉儿贝特的来信，她终于要告诉我她没有一刻不爱我，要向我解释那神秘的原因：为何她不得不对我隐瞒至今，为何没见到我也能假装高兴，为何一副纯粹只是玩伴吉儿贝特的模样。"

每天晚上，我欢喜地幻想这封信，觉得仿佛真的读着它，把每个句子熟记在心。突然间，我停下想象，惊惶不已。我领悟到，就算我真会收到吉儿贝特的信，也绝对不会是这么一封，因为那是我自己刚刚编造出来的。从那时起，我便竭力回避去想原本期望她会写给我的话语，只怕一说出来，这些话——最珍贵的，最叫人向往的——恰恰就会被排除于可能实现的范畴之外。就算出现不可思议的巧合，吉儿贝特寄给我的正好是我编造的那一封信，一旦从中认出自己的作品，我恐怕也不会有收到一项非出自我之手、觉得那东西真实、新鲜之感，那不会是一份在我心思之外、与我的意志无关、真正由爱而生的幸福。

　　苦等之际，我重读了一页文字，那虽非吉儿贝特写给我，但至少是从她那儿得来的，那是贝戈特的文章，关于令拉辛灵思泉涌的古老神话之美；我将它收在玛瑙弹珠旁，一直带在身边。我的这位朋友，她为了我派人特地找来这篇文章，这番好意融化了我的心；就像人人都需要找理由来证明自己的热情，直到幸福地在所爱之人身上认出那些自己从文学或交游谈论中所学到、而且足以激发爱意的特质，直到有样学样，当成他陷入这场爱恋的新理由，尽管这些特质与他的爱情所寻求的恰恰相反，因为爱意发自本能——就像昔时斯万对于奥黛特美貌的美感特质的看法——我，从在贡布雷那时开始，之所以会爱上吉儿贝特，是因为我对她的生活一无所知，我想投入、体现那一片未知，放下自己从此不再具有意义的生活；此时，如同盘算一项价值无限的好处，我揣想着，在我这过于一目了然、不值一哂的生活中，吉儿贝特夜里可以当我的工作助理，帮我整理资料，有朝一日她会变成卑微的仆人、相处起来轻松又善解人意的合作伙伴。至于贝戈特，这个智慧如神般无穷的老人，因为他，彼时的我甚至尚未见到吉儿贝特的庐山真面目，便已经爱上她，如今我喜欢他，却都是因为吉儿贝特。我读着他谈及拉辛的那儿页文章，同样愉悦地看着以白蜡封印，系着淡紫色缎带的纸张，那册子当初便是包在这纸里，由她带来给我的。我亲吻那颗玛瑙弹珠，那是我女友最美好的心意，不轻浮随便，而是真挚赤诚，虽然洋溢着吉儿贝特神秘生活的魅力，却仍贴近我身边，就住在我房里，睡在我床上。这颗宝石之美，贝戈特这些篇章之美，我很高兴能将之连结到我对吉儿贝特的爱意，仿佛这份爱在我眼中仅剩一片虚无的时刻里，这些美好能给予它某种具体感；可是我发现它们的存在比这份爱还更早，与这份爱并不相似，而且早在吉儿贝特认识我之前，它们的成分便已由天赋或矿物学的法则定型，因此，要是吉儿贝特不曾爱我，无论这册子或宝石的内涵都不会是现在这个样貌，那么也就没有任何事能让我从中读到幸福的讯息。当我的爱情因不断期待隔天能得到吉儿贝特的告白，因而每天晚上将白日里没做好的成果取消、撤除，在我自己心中暗处，则有一个不知名女工不让那拆下的线变成废物，不特意取悦我或为我的幸福工作，以她为其他所有作品所设置的不同方式编排那一条条线。她对我的恋情毫无特别兴趣，也没从一开始就认定我已得到对方的爱，她只收集吉儿贝特一些在我看来无可理解的举动，以及我已原谅的过错。于是，那些举动和过错便都有了意义。这套新模式似乎在说，眼见吉儿贝特不来爱丽舍场，而是去看早场剧，跟女教师一起去逛街购物，准备为新年假期缺席，我径自认为"这是因为她要不是轻浮，就是太乖"，是我想错了，我不该这么告诉自己。毕竟，她要是已爱着我，就不会继续轻浮或顺从家里的意见；而她如果是被迫服从的，那么她的失望之情应与我在见不到她的日子所感受的无异。这套新模式还说，既然我爱吉儿贝特，就该知道爱是怎么一回事；它让我注意到我永远在烦恼如何提升自己在她眼中的地位，因此我还试着说服母亲为法兰索瓦丝买一件橡胶雨衣和一顶缀上蓝色羽毛的帽子，或者最好别再派这个女仆送我去爱丽舍场，她让我脸红（听了我这番话，母亲的反应是我对法兰索瓦丝并不公平，正直的她对我们一向忠心耿耿），还有，这非见到吉儿贝特不可的独特需求，我为此提前好几个月就只挂念着要设法得知她大概会在何时离开巴黎，要去哪里，并且觉得，就算是最舒适的国度，只要她不去，那地方也只是一个流放地，而只要能在爱丽舍场见到她，那么我就只想留在巴黎；这套新模式轻而易举地向我揭示了，无论是那股烦恼，还是那项需求，在吉儿贝特的举动当中都是寻不到的。相反地，她喜欢她的女教师，完全不担心我怎么想。她觉得，如果是为了和教师小姐一起去买些小玩意，不来爱丽舍场也是很自然的，若是为了与母亲一起出门，那更是件愉快的事。甚至假设，她允许我也去同一个地方度假，至少，为了选这个地方，她是顾及了父母亲的意愿和千百种人家跟她提过的趣味消遣，但绝非因为那里本是我家想送我去的地方。当她有时明确告诉我，她对我的喜爱不如对某个朋友多，不如前一天多，因为我粗心害她输掉了游戏，我便求她原谅，问她该怎么做才能让她重新像以前一样喜欢我，才能让她喜欢我多过喜欢别人；我希望她告诉我事实已经如我所愿了，我殷殷恳求，仿佛只凭她依我的行为好坏而说出口的话，就能随意改变她对我的好感，或是为了让我高兴而按我的意愿去改变。难道我不知道，我对她所感受的一切，既不取决于她的行动，也非关我的意愿吗？

　　那无形女工规划的这套新模式最终说的是，一个至今都令我们痛苦的人，虽说我们可以冀望他先前的行为并非出自真心，但那些行为过后却有一种我们的想望无可奈何的清楚明白，而想知道那人未来会有什么举动，我们该问的对象不是他，而是那再清楚不过的状态。

令人耳目一新的这番话，我的爱情听见了；这番话说服它相信，隔天将与先前的每一天无异；吉儿贝特对我的感情已陈旧到无可改变，只有冷漠，在和吉儿贝特的这段情谊里，不过是我在单恋。"确实如此，"我的爱情回应道，"这段友谊已经没有什么可努力的了，不会有变化的。"于是，隔天（或是待某场聚会，如果近期有的话，也许是一场生日宴，新年派对，某个有别于平常的日子，在这样的日子里，时光改头换面卷土重来，抛开过去承袭的积习，不接收过去遗留的愁悲），我会请吉儿贝特放弃我们旧有的情谊，改而建立一段新的朋友关系。

当时我手边总有一份巴黎地图，由于能在上面认出斯万先生和夫人所住的那条街，那地图对我而言就宛如一份藏宝图。出于乐趣，也出于某种骑士精神般的忠诚，无论谈什么话题，我都会提及那条街，由于父亲不似母亲和外婆那样了解我爱情的状况，他问我：

"你为什么老是提起那条街？它又没什么特别之处。那地方住起来是很愉快，因为离布洛涅森林不过几步路，但条件相当的街道也还有不下十条啊。"

我想尽办法在任何话题中都要让爸妈说出斯万这个姓氏；当然，我已在内心不断复诵，但我还需要听见那美妙的发音，让人家为我奏出这段曲调，弥补我无声默念的不足。此外，斯万这个姓氏，虽说我早在很久以前就已认识，现在，对我来说，如同某些最常用的字之于失语症患者，它已变成一个全新的名姓。这个名字始终存在我的思绪中，但我的心思却无法习惯。我将它拆解，拼写，这个字的拼法出乎我意料。习以为常的那个当下，在我眼中，它便不再无邪。听见这名字时的喜悦让我备感罪恶，甚至觉得，要是我试图将风向带到这个名字上，人家就会推测到我的心思，因而转换话题。我只得退而求其次，说些跟吉儿贝特还扯得上关系的主题。我没完没了地叨念着同样的话，即便知道那不过是空话——在离她远远的地方说出口，她根本听不见，都是些没有用的话，一再重述现况，却无力改变——然而，我觉得只要像这样努力搅和吉儿贝特周遭的一切，或许终将能够生出些许快乐。我几番告诉爸妈，吉儿贝特相当喜欢她的女教师，仿佛这说了一百遍的提议终于即将见效，能让吉儿贝特突然走进我家，跟我们一起生活。我再度赞美那位读《辩论报》的老夫人（我曾暗示爸妈，那是一位大使夫人或皇室成员），继续称颂她的美丽，她的雍容，她的高贵，直到有一天，我说，根据吉儿贝特所说的姓氏，她应该是布拉丹夫人。

"噢！那我知道是谁了！"母亲高声嚷了起来，而我则羞愧得红了脸。"当心哪！当心！你可怜的外公应该会这么说。你竟然觉得她漂亮！她糟糕透了，而且一直是那个样子。那是一个门房的遗孀。你不记得了，在你还小那时，每次去上体操课，我得费多大的心思避开她；她根本不认识我，却一直想过来攀谈，总是拿这话当借口，说你'漂亮得不像男孩'。她向来都是见到人就想扑上去认识，她要是当真认识斯万夫人，那肯定是个疯女人，我一直都这么认为。毕竟，虽说她出身相当平凡，至少那绝不会有什么可落我口实的，只是她总是非要跟别人攀关系不可。她糟得很，粗俗透顶，而且还很会制造麻烦。"

至于斯万，为了设法让自己像他，我在餐桌上的时间一直都在拉鼻子、揉眼睛。父亲说："这孩子就像个傻瓜似的，这样会越来越难看。"我特别希望跟斯万一样发稀顶秃。在我眼中，他是这么不同凡响，以至于我觉得，凡是跟我有所往来的人也都认识他，我哪天碰巧就会被带去和他见面，那该会是何等神奇美妙。有一次，我的母亲一如每晚在餐桌上那样，向我们描述起她当天下午的购物行程，她不过说了一句："说到这个，你们猜我在特华卡提耶百货①的雨伞专区遇见谁？斯万。"我原本觉得她的叙述乏味极了，此时瞬间绽放出一朵神秘的花朵。得知那个午后，斯万竟任他超自然的形体清楚显现在人群之中，买了一把伞，这是何等快感，又多么令人唏嘘！诸多大大小小的事件一概无关紧要，唯有这件事在我心中唤醒了我对吉儿贝特的爱振荡出的特殊共鸣。父亲说我对什么都不感兴趣，因为当大家都在谈论正受法国之邀、而且据称是法国盟友的戴欧多斯国王来访可能会带来何等政治影响时，我完全充耳不闻；然而，另一方面，我却渴望知道斯万当时穿的是不是他的斗篷式大衣！

"你们互相打了招呼吗？"我问。

"当然了。"母亲的回答仍带有一丝担忧，就怕若是坦承

---

①　特华卡提耶百货（Les Trois Quartiers），1827 年开幕的百货公司，店名原意为"三区"，取自当时一出卖座喜剧，剧中描述三个来自巴黎不同区的女孩，分别代表商业、财政和贵族。店址邻近玛德莲广场，经过 1840 年到 1850 年的几度扩张，奢华商品应有尽有，是当时巴黎富有的布尔乔亚经常出入的大百货公司。

我们家正在跟斯万冷战，恐怕会有人试图来讲和，而这有违她的意愿，因为她并不想认识斯万夫人。"是他过来打招呼的，我起初没看见他。"

"所以，你们没吵架？"

"吵架？你要我们为了什么吵架？"她激动地回应，仿佛我意图戳穿她虚构了与斯万关系良好的谎言，试图酝酿一场"和解"。

"他可能会记恨你不再邀请他。"

"我们没必要人人都邀；他有邀请我吗？我又不认识他太太。"

"但是以前在贡布雷那时他都常来。"

"是没错！在贡布雷那时他是常来，到了巴黎，他有别的事要做，我也一样。不过你放心，今天下午我们完全不像两个吵架闹翻的人。我们一起待了一会儿，因为店家一直没将他的礼盒送过来。他向我打听你的消息，他告诉我你常跟他女儿一起玩。"妈妈又这么说；斯万的心中竟然有我的存在，这样的奇迹令我喜出望外，更甚的是，那还是颇为完整的存在，在爱丽舍场公园，当我在他面前因爱慕之情而战战兢兢时，他已知道我的名字，知道我母亲是谁，而在我是"他女儿玩伴"这个特质上还能混揉某些讯息，关于我外公外婆，他们一家人，以前我们住的地方，我们昔日生活的某些特点等等甚或连我也不知道的事。但母亲似乎不觉得特华卡提耶百货那个专柜有何特殊魅力，在那儿，斯万看见她的时候，对斯万而言，她代表的是一个与他有共同回忆的人，这驱使他向前打了招呼。

此外，无论她或是我父亲，似乎都不再觉得谈论斯万的祖父母，荣誉经理人的头衔，会是胜过一切的乐趣。我的想象力把某个家族从巴黎社交界单独隔离了出来，视之为神圣不可侵犯，如同这想象先前曾为石城巴黎中的某幢屋子雕刻出马车门廊，令窗户华丽珍贵。但这些装饰只有我一个人看得见。在我父母亲看来，斯万住的屋子就与布洛涅森林区同时期盖起的其他房屋如出一辙，而斯万的家族也和其他诸多交易代理人的家庭并无二致。根据这家族参与整体族群贡献的程度，我父母给予他们的评价大致正向，但不觉得他们有什么独到之处。相反地，斯万家赢得我爸妈欣赏的事物，在其他人家里总也能遇见，层次相当，甚或更高。因此，一发觉他家坐落的地点很好，他们便说起另一户的地点更好，然而那家人与吉儿贝特毫不相干，或是谈起一群比她的祖父更胜一筹的金融人士。要是他们似乎有那么一刻同意我的说法，却都是出于某种误会，而这误会很快就会被澄清，不复存在。这是因为，在关乎吉儿贝特的一切当中，我的父母若要在其情感世界里察觉一份可比色彩领域中的红外线的未知特质，他们还缺乏爱情赐予我的那种额外、瞬时的感应能力。

吉儿贝特告诉我她应该不会来爱丽舍场的那些日子，我试着去一些让自己稍微离她近一些的路线散步。有时，我会带上法兰索瓦丝，往斯万一家的住所朝圣。我要她不断重述从女教师那儿听得、关于斯万夫人的情报。"听说她很相信护身链章。要是听到猫头鹰叫声，或是墙上挂钟滴滴答答，还是半夜看见一只猫，或木头家具咔啦咔啦发出碎裂声响，她就绝对不出门旅行！哎呀！真是个信仰非常虔诚的人呢！"当时我对吉儿贝特是那么地爱慕，以至于途中要是瞥见他们的老管家牵着狗在散步，我便激动得不得不停下脚步，对他的花白鬓须投以充满热情的目光。

"您这是怎么啦？"

然后，我们继续上路，直到他们家的马车门廊前；一名所有门房都无法相提并论的门房守在那儿，他整个人直至制服上的家纹，无不渗着我在吉儿贝特的姓名中感受到的痛苦魅力，他似乎知道我属于那一类人：天生不够资格，永远禁止走进他负责守护的神秘生活，而一、二楼间的窗户仿佛晓得自己将那生活关闭其中，在那高贵垂落的薄纱窗帘之间，它们不似任何窗户，反倒更像是吉儿贝特凝视的双眼。另有几次，我们走向各条大道，我会在杜佛街口守候；我曾听说，常可在那儿看见斯万前往他的牙医诊所；我的想象将吉儿贝特的父亲看得如此与众不同，他在真实人群中的身影为现实注入那么多的奇妙美好，以至于还没走到玛德莲教堂，光是想到就要接近一条超自然身影可能会随时冒出的街道，我便已开始激动。

但更常有的状况是——在见不到吉儿贝特的时候——由于我得知斯万夫人几乎每天都会去"相思木林荫道"环着大湖散步，也会去"玛格丽特王后"林径[1]，我便指挥法兰索瓦丝往布洛涅森林的方向去。对我来说，这座森林就有如那些动物园，可见到各种花草树木和互相违和的景观齐聚一堂；在这里，越过一座小丘之后，可能会发现一个山洞，一

---

[1] 相思木林荫道，即是今日的隆尚马场林荫道（Allée de Longchamp），总长3公里，贯穿了布洛涅森林，与玛格丽特王后林径（Allée de la Reine Marguerite）垂直交会。

片草地，岩石林立，一条河，一沟壑，有一座小丘，一洼沼泽，但我们知道这些景物出现在此只是为了让河马、斑马、鳄鱼、俄罗斯兔、熊和鹭鸶嬉戏，提供它们一块合适或景色优美的场所。至于森林本身同样错综复杂，聚集着各式各样的封闭小天地——让某个种植了红叶树、北美红橡，宛如开垦在弗吉尼亚州的农场后面，接续着一片湖畔的杉木林，或是从一片高大的乔木林之中忽然冒出一身柔软皮毛，伴着如兽般的美丽双眼，一个身手快捷的散步女子——那是女士们的花园；而且——一如《埃涅阿斯纪》①中的香桃木林荫道——为她们种植了单一树种，相思木林荫道上常见名媛丽人往来。远远望见那块岩石，孩子们知道能看见海狮从大石顶端跃入水中，便已兴奋欢喜；同样地，尚未抵达相思木林荫道，树木的香气弥漫，让人远远地便已感受到一种旺盛又绵软的植物个性，极为独特，仿佛就近在咫尺；还有，走近之后，从叶蓬中往上望见的尖梢，那叶丛轻盈而娇俏，带着一种轻佻的风韵，造型妩媚，质感薄透，成千上百的花儿骤然扑下，宛如一群群有翅的珍贵寄生物轻颤；最后，甚至连这些树种既慵懒又甜美的阴柔名称都使我心跳加速，然而那是发自一股对上流圈的渴望，如同那些华尔兹舞曲，只令我们想起舞池入口掌门执事宣告的受邀佳人姓名。有人曾告诉我，能在那条林径上见到某些优雅仕女，尽管并非全数已婚，但大家通常会将她们与斯万夫人一并提起，然而说时大

---

① 《埃涅阿斯纪》（Enéide），古罗马诗人维吉尔创作的史诗，叙述爱神阿佛洛狄忒的儿子埃涅阿斯在特洛伊沦陷后辗转流亡至意大利，最终成为罗马人祖先的故事。香桃木林荫道出现在《埃涅阿斯纪》的第四卷，位于地狱的一座香桃木林，栖息着被爱情所伤的灵魂。香桃木是供奉爱神之树。

多用的是她们的化名；若有化名，这新取的名字不过是某种隐姓埋名的形式，那些想谈论她们的人都会特地留意揭露，以便他人了解。我认为，美——就女性的种种优雅气质而言——受制于各种隐秘法则，而女性被传授了个中诀窍，深谙这些法则，有实现美感的能力，因此，我早一步接受了她们的妆容打扮，马车行头，那千百种细节出现，视之如天启，并投入信仰，如同内心中的一缕灵性，为这转瞬即逝的移动整体赋予经典杰作的严密结构。但我想见到的是斯万夫人，我等候她经过，激动难安，仿佛等的是吉儿贝特；她的父母一如她周遭的一切，皆浸染了她的魅力，激发了我爱屋及乌之心，甚至带来一种更痛苦的烦恼（因为他们与她的接触点正是在她生活中我无权进入的脏腑深处），以及到头来（因为我不久后就知道，后来也自会揭晓，他们并不喜欢我和她一起玩），对那些不遗余力伤害我们的人往往怀有的崇敬之感。

在我心目中，美感价值及上流等级的排名首位是简单利落；当我望见斯万夫人身穿垂幔波兰式女袍，头戴缀有虹雉羽饰的无边小软帽，紧身胸衣上插着一束紫罗兰，行色匆匆徒步穿越相思木林荫道，仿佛那只是最快的回家捷径，同时眨眨眼回应几位乘车的先生，那些人远远就认出她的身影，向她行礼致意，心想不会有别人同她一般风雅，我于是换下简单利落，改将华丽铺张提升至最高的位置，倘若，再也受不了、口口声声说"走到腿快断了"的法兰索瓦丝在我强迫之下，又快步走了一个小时，而我终于在小径尽头、王妃门[1]

---

[1]　此处的王妃门（Porte Dauphine）位于巴黎第十六区，是该森林在布洛涅大道尾端的出入口之一。

这端看见——对我而言如王室般尊贵的意象，像是一位王后驾临，那是日后任何一位真实存在的王后都无法给我的深刻印象，因为，我对她们的权能已有了没那么模糊、较实际的概念——由两匹马拉着飞驰，健马骁勇，劲瘦，曲线饱满有如康斯坦丁·盖伊[①]笔下的图画，一名高大的马车夫端坐驾车席，一身皮草如哥萨克人，旁边坐着一名小厮，令人想起"故人博德诺尔"的"虎儿"[②]，我看见——或该说我感受到其形体在我心上刻下一道大伤元气的清晰伤痕——一辆无与伦比的维多利亚式马车，设计得稍微高一些，使得它在"最新款式"的奢华感中隐隐流露些许怀旧形貌，车厢深处是斯万夫人慵懒地在歇息，如今金黄中仅带一绺灰白的秀发以缀花细发带圈住，大多是紫罗兰，头带以下披泻长纱，她拿着一把淡紫色洋伞，我还看见她温柔地对向她行礼的人们点头致意，唇边挂着一抹暧昧的微笑，当时，我从中只看见一位王后殿下的亲和善意，然而其中其实另有风尘女子特有的不羁挑衅。事实上，那笑容在对一部分人说："我记得非常清楚，那真是美妙！"对另一些人说："我多希望能去啊！可惜运气不好！"对又另一些人则说："只要您愿意当然好！我暂时再排一会儿队，一旦可以，我就超车。"一旦经过的是陌生人，她嘴角挂着的则是漫不经心的微笑，仿佛转身迎向一位朋友的期待或回忆，让他说出："她可真美！"唯独

---

① 盖伊（Constantin Guys, 1802—1892），法国画家，画风轻盈生动，呈现19世纪的军事场面、上流社会、交际场所，波德莱尔曾誉之为"现代生活的画家"。

② "故人博德诺尔"（le feu Baudenord）是巴尔扎克《人间喜剧》中的人物，出现在1837年出版的《纽沁根银行》（*La Maison Nucingen*），本是富家贵公子，买下了漂亮如天使的"虎儿"帕迪（Paddy），后因纽沁根家族败落而破产潦倒。

针对某些男人，她会露出一种尖酸、拘束、胆怯又冷淡的笑，表示："对，没用的东西，我知道您嘴巴毒，没办法忍着不说话！我呀，我才懒得理您！"寇克兰[①]经过，滔滔不绝地发表议论，一群朋友簇拥着他，洗耳恭听，他则比画着手势，对乘车经过的人们戏剧化地大打招呼。然而我只在意斯万夫人，却装作没看见她，因为我知道，车行到猎鸽场[②]附近时，她会叫马车夫超车，接着要他停下，让她下车徒步走完林荫道。在我觉得有勇气从她身边经过的日子，我会拉着法兰索瓦丝往这个方向走。的确，一会儿之后，我会在人行道上瞥见斯万夫人朝我们走来，任由淡紫色裙装的长摆拖曳在身后，穿得就像小老百姓心目中的皇后女王，一身其他女性不会穿戴的锦衣绸缎与贵重饰品，偶尔垂目看着她洋伞的手柄，对往来的人不太注意，仿佛她的重要大事及目标就是活络筋骨，全然没想到自己吸引着众人目光，所有人全都转头看她。只不过，有时在转身叫唤她的猎犬时，她会不动声色地暗暗扫视周遭一切。

就连那些不认识她的人也能警觉到某种独一无二和气势逼人——或许是透过一种心电感应的发射，如同在拉·贝玛演出精彩绝伦之际引爆无知群众如雷掌声的气场——认为那应该是个名人。他们心中自问："她是谁？"有时向路过的人打探，或决心记住她的装扮好作为参考，提供给消息比较灵通、能立即告诉他答案的朋友。其他散步者则是几乎停下脚步，说：

---

① 19世纪名演员，参看第89页注释①。
② 猎鸽场（Tir aux Pigeons），高级运动俱乐部。

"您知道那是谁吗？斯万夫人！这么称呼她，您想不起来？那奥黛特·德·克雷西这名字呢？"

"奥黛特·德·克雷西？我就说嘛！那双忧郁的眼睛……但您知道，她应该也已青春不再了！我还记得我在麦克马洪辞职那天[1] 跟她上了床。"

"我想您最好别让她想起这件事。人家现在可是斯万夫人，一位赛马俱乐部成员、威尔士亲王友人的妻子。再说，她依旧是风华绝代呢。"

"是啊，但您要是认识当年的她，那才真是漂亮！那时她住在一栋风格非常奇特的小宅邸，家里尽是些古怪的中国小玩意儿。我还记得那时我们频频被卖报人的叫喊声打扰，最后她只得叫我起来。"

我没听到那些酸言酸语，却察觉得到她周围因名气招来的一片窃窃私语。我因为焦急而心跳加速，不耐地想到，还要再过一会儿，这些人——我遗憾地注意到当中没有一位会令我感到不受尊重的混种银行家[2]——才会看见一个毫不起眼的陌生年轻男子上前行礼（说实话，我不认识她，但我自认获准能这么做，因为我父母认识她的丈夫，而且我还是她女儿的玩伴），而这位女士的花容月貌、行为不检及姿态优

---

[1]　麦克马洪身为保皇派，与共和派国民议会意见不合，于 1879 年 1 月 10 日被迫辞去总统职务。

[2]　此处的混种银行家，可能隐射于 1879 年当上巴黎市议会主席的塞韦里亚诺·德·埃雷迪亚（Severiano de Heredia, 1836—1901）。参考普法兰欣·古仲（Francine Goujon）的论文《〈追忆逝水年华〉中的同时代人物剪影：编辑与银行家》（Silhouettes contemporaines dans *A La Recherche Du Temps Perdu*. L'Editeur et Le Banquier" in *Revue d'Histoire littéraire de la France*, 119e Année, No. 1, 2019, pp. 113-124）。

雅可是举世闻名。话说斯万夫人已近在眼前，于是我举帽向
她行了一个大礼，手伸得那么长，拖得那么久，使得她禁不
住微微笑了起来。众人哗然大笑。至于她，她从来没见过我
跟吉儿贝特在一块儿，不知道我的名姓，但对她而言——如
同这森林的守卫，或船夫，或是湖里她会丢面包团喂食的鸭
子——我就是她在这里散步时见到的一个次要人物，眼熟，
但不知其姓名，不具个人特色，就跟一个"剧场员工"差不
多。某些日子，我没在相思木林荫道上看到她，而是在玛格
丽特王后林径遇见，那里是想独处、或看似想独处的女性会
去的地方。她独处的时间不长，往往很快就会有个戴着灰色
高筒帽的男性友人过去会合，我不认识那人，而他与她相谈
良久，两人的马车则在后面跟着。

　　这片错综复杂的布洛涅森林事实上是一处人造的天地，
就动物学或神话领域的意义而言，即是一块园地①；今年我
重返旧地，穿越园子去特里亚农②。那是十一月初的某个早
晨，在巴黎，秋日景观在屋内唾手可得，方便独占，却结
束得那么快，根本来不及欣赏，徒留思旧情怀，一股对枯叶
的真心狂热甚至令人难以入眠。在我封闭的房间里，一个月
来，枯叶被想亲眼看见的渴望召唤至脑海，介入我的思绪与
所有正在使用的物品之间，如涡流旋转，一如那些黄点，即
使我们专注凝视，有时仍在我们眼前乱舞。而那天早晨，耳

---

　　①　园地（Jardin）一字源自 12 世纪的罗马高卢字 hortus gardinus，意为
圈起保护的土地，用来种植蔬果或消遣娱乐。16 世纪后逐渐融入乐园（paradisus，
灌溉果树的大片土地）之意。到了 17 世纪，花园亦是养鹰人放飞老鹰的场所。布
洛涅森林即兼具以上各种特色。

　　②　指凡尔赛宫西北部的大、小特里亚农宫。

中不闻前几日的落雨淅沥，见到晴天在拉起的窗帘一角微
笑，仿佛挂在某人紧闭、但泄露出他秘密幸福的嘴角，感觉
得出这些黄叶，我将能细看光线射透它们的叶面，尽显极致
之美；于是，此前当壁炉烟囱里的风势太强，我还能忍住想
去海边的渴望，如今我再也按捺不住，想去看看树木，于是
我起身前往特里亚农，特意经过布洛涅森林。此季此时，这
座园林或许最是繁复多样，不仅因为最缤纷，更因为是不同
以往的缤纷。即使在一览无遗的开阔区块，面对远处一大片
一大片树叶或已落光、或仍保有夏绿的幽暗树林，两行色呈
橘红的马栗树竖立处处，宛如在一幅才刚开始绘制的画作
中，只有它们被画师涂以颜料，其余部分则都不上色，两行
树之间的林径则铺满灿光，方便后来才会添上的人物偶尔前
来散步。

　　更远处，树木覆盖着绿油油的茂密叶丛，唯独一株矮
小、粗壮，截去了顶枝却依然顽强，随风摇晃着一头俗艳的
红发。其他地方仍是现在五月份初醒的树叶，还有一片绚烂
喜气的五叶地锦，以及一株冬日的粉红山楂，当天一早便全
部盛开。布洛涅森林看上去带有苗圃或公园的暂时性和人工
感，有人或为了赏玩花草，或准备一场盛会，在尚未移植
他处的普通树木之间栽植了两三样珍贵树种，那枝叶姿态奇
妙，而且似乎保持周遭净空，以利通风和光照。因此，布洛
涅森林正是在这个季节表露出最多种不同的树种，而且将最
多各自鲜明的区块并列杂陈，组成一个复合体。而且也恰逢
其时。在树未落叶的地方，从被阳光照到的那一点开始，树
木的材质仿佛受到改变，清晨的日光几乎与地平线同高，一
如几个钟头后，在黄昏初始时分，它将再度接近地平线，如

一盏灯光点亮，远远地往树上叶丛投射一道灼热的人造光芒，点燃一株顶层的叶子，而那树干本身仍像一座不可燃的枝状烛台，在蕊尖的火苗对照下黯淡无光。在这里，霞光渐浓，浓似红砖，如绘上蓝色图案的波斯黄墙，粗犷地将马栗树的秋叶与天空紧紧砌合；但在那儿，反而使拼命朝上伸长一根根金色手指的叶丛脱离了满天云彩。在一棵披满五叶地锦的树木中段，太阳嫁接了一大束光，将一大把红花，或许是某种石竹，照映得灿烂且耀眼炫目，不能清晰描绘。布洛涅森林不同的区块在夏季里因为浓密和单调的绿意，容易混融成一片，如今则各自分开。较明亮的空地让人一眼望见几乎能通往森林各处的那个入口，或有一株堪比金焰旗的华丽叶丛标出其位置所在。如同看着一张彩色地图，阿尔曼农维尔、卡特朗草坪、马德里①、赛马场、湖滨水畔，这些无不清晰可辨。某个无用的建筑物时而现迹，一座假山洞，一间磨坊，树木因而分散种植，好让出位置给它，或任它就盖在一片平坦而柔软的草地上。你会觉得布洛涅森林不只是一座森林，它还回应着其中林木奇特的命运；我的兴奋之情不仅来自对秋日的礼赞，更源于一股欲望，一座巨大的喜悦之泉。那份欣喜，心灵起初微有感受，但未辨其因，还不明白那并非任何外物所能启动。因此，观看树木时，我怀着意犹未尽的温柔，这份柔情溢出了林叶，不知不觉指向那幅由群树日日荫蔽数个钟头的散步丽人们所构成的杰作。我朝相思

---

① 这三处分别是位于隆尚林荫道的咖啡店复合式餐厅 Armmenonville，位于卡特朗十字碑附近的旧采石场 Pré Catelan，1855 年后改建为咖啡店复合式餐厅与表演厅；玛格丽特王后林径尽头，弗朗索瓦一世建造的城堡 Château de Madrid，其橘园温室（L'orangerie）在第二帝国时期是一家有名的餐厅。

木林荫道走去。我穿越高大的乔木林，晨光强行将林木重新
划分，修剪了树顶，将不同种类的枝干配在一起，创造出一
束一束的组合，巧妙地引来两株树，借助强大的光与影之
剪，各自切除半边树干与枝叶，编缠剩余的两半，从中造出
或孤独的一柱暗影，与周围的日照划清界限，或单单一缕幽
魂般的亮光，由重重黑影勾勒出其失真、而且抖动不定的轮
廓。当最高处的枝丫被一道阳光染成金黄，浸润在闪烁的氤
氲之中，仿佛仅有这部分从翠绿的淋漓氛围中浮现，而整片
乔木林则宛如全部沉在海面下。因为树木们仍兀自存活，而
且，当树叶落尽，照耀在包覆树干的绿绒表层，或那一球球
星布白杨树顶、色白如珐琅、圆如米开朗琪罗《创世纪》画
中的日与月的槲寄生，那阳光更显灿烂。但这么多年来，基
于某种意义上的嫁接，树木被迫与女性共生共存，令我联想
到森林仙子，如那位敏捷、绚丽的上流社交圈佳人，经过
时，众树纷纷以枝干遮蔽，迫使她像它们一样去感受季节的
强大力量；这些树令我回忆起自己虔诚的年少，那是一段快
乐的时光；那时，我常贪婪不厌地来到这些地方，在此，无
心、却与我有默契的叶丛之中，短暂呈现着一幅幅精妙的女
性优雅姿态。布洛涅森林中的杉木与相思树那令人向往之
美，比我即将见到的特里亚农的马栗树和丁香花更叫人迷
醉，但这份美并非根生于外在事物，并不在我对某段历史时
期的回忆，不在某些艺术作品，或一座门前堆满掌状金叶的
爱情小神庙之中。我来到湖边，一直走到猎鸽场。我自己心
目中对完美的概念彼时曾挪用于一辆维多利亚式马车的高
度，骏马之精瘦身形：那些激昂亢奋的马匹，轻盈一如胡蜂，

充血的双眼一如狄俄墨得斯凶残的牝马[1]，而今，我涌起一股渴望，渴望再见到我曾喜爱之事物，那激切不下于许多年前促使我来到同样这几条路的欲望，我真希望那一刻能再现我眼前：斯万夫人那位高大的马车夫在一个拳头般玲珑、而且跟圣乔治一样稚气的小厮[2]的注目下，竭力驾驭他们惊心动魄地拍动着的钢铁之翼。可惜啊！如今只见汽车穿梭，由蓄着小胡子的机械师驾驶，随行的多是大个子的跑腿听差。那些帽顶低矮得像发冠[3]般的小巧女帽，我想置于现今身体上那双眼睛下端详，看它们是否如我记忆之眼所见的那般迷人。如今所有女帽都是又宽又大，缀满各式花鸟果实装饰。不同于当初斯万夫人穿起来宛如女王的美丽裙装，希腊—撒克逊式的宽松长衫挤出了塔纳格拉陶俑[4]上的那种皱褶，有时则是督政府时期的风格[5]，利宝百货[6]风格的印花薄绸则活像是一张壁纸。那些在过去可能会和斯万夫人一起在玛格丽特王后林径散步的男士们，我在他们头顶上找不到过去那种灰色礼帽，就连别种帽子也没有。他们什么都没戴就出门了。对于所有眼前景象中的这些新事物，我已没有能够注入

---

① 希腊神话中，色雷斯国王狄俄墨得斯（Diomède）会以人肉喂马。大力士赫拉克勒斯打败他后，让他被自己的马匹吃掉。

② "拳头般玲珑"是前述注释中提及的巴尔扎克作品中的句子："un tigre gros comme le poing"。圣乔治在绘画中多是以少年的形象呈现，此处所指的应是曼特尼亚所绘的圣乔治像，现藏于威尼斯学院美术馆。

③ 19 世纪 80 年代流行的是斜挂在头顶的比比帽（bibis）。

④ 塔纳格拉陶俑（Tanagra）是指 19 世纪 70 年代在希腊塔纳格拉墓地挖掘出的陶土小雕像，这些雕像多为女性，身披希腊长袍，袍上有细腻的衣褶。

⑤ 督政府时期是在 1795 年至 1799 年间，此时期的风格介于路易十六的古典风与帝国的华丽风之间。

⑥ 成立于 1875 年的英国伦敦老牌百货公司 Liberty 服装衣料素以碎花、印花风格闻名。

的信念，无法给予实感、一致性、存在价值；它们七零八落地经过我眼前，随机偶然，没有真实感，完全不含昔时那种让我的双眼试图去组合、创造出的美感。都是些名不见经传的女子，我对她们的气质毫无信心，她们的装扮在我看来也毫无意义。但是，当一份信仰消失之后，继之而来的——而且益发强烈，只为掩饰我们已失去赋予新鲜事物实质意义的能力——是一种拜物癖，依恋着那份信仰曾燃起的旧事物，仿佛那些旧时旧物才是神性所在，而非我们自身；仿佛我们如今的缺乏信仰乃源于一项偶发原因，亦即众神之死。

　　多么丑陋啊！我心想：人们怎能觉得这些汽车跟以前的整套马车行头一样优雅？想必我已经太老了——但我生来可不是要活在一个女人把自己捆在甚至不是以布料制成的裙装的世界。曾在这些精巧的渐红叶丛下汇集的人事物若是皆已不复存在，若是粗俗和狂谬取代了这些树林框架出的精致美妙，那么来到这些树下又有何用？多么丑陋啊！既然风韵事物如今已不复存在，为求慰藉，我只能回想自己曾经认识的那些女性。但会对这些帽子上罩着一只鸟笼或一片菜园的丑陋女子目不转睛的人们，见到斯万夫人仅仅戴着一顶浅紫色的系带软皱帽，或小帽上仅仅端正地插着一朵鸢尾花时，又怎能感受她的迷人魅力？我能否让他们了解，那些冬日早晨，我遇见斯万夫人徒步而来，身披獭皮短大衣，头戴一顶简单的贝雷帽，仅插着两枝刀也似的珠鸡羽毛，但那周围气息就令人想起她寓所里的人造暖意，而光是压揉在她胸衣上的那一小束紫罗兰，那鲜艳的蓝花绽放，对照着灰蒙的天空、冰冷的空气、枝丫光秃的树木，即产生一股魅力，如同仅把季节与光阴视为环境背景，如同活在有人味的氛围中，

活在这个女人的氛围之中，而那也是她沙龙里置放在燃着火
的壁炉旁、缎面长沙发前的花瓶及植栽，正透过关起的窗静
观雪花飘落？何况，即使时下的装扮一如当年，我也不会满
足。由于一段回忆中的各个部分能截长补短，而且由我们的
记忆维系平衡，拼凑成一个不许我们放弃或拒绝的整体，我
真希望能去她们其中一人家中结束这一天，在壁面漆成暗色
的寓所里喝上一杯茶，一如当年斯万夫人的香闺（这段叙事
第一个部分结束那一年的来年），在那儿，烛光橙，烈焰红，
菊花团团犹如粉色与白色的焰火，在十一月的暮色昏黄中熠
熠生辉，这样的时刻，一如曾经，而彼时我不懂得从中发掘
一直渴求着的乐趣（且待后文分晓）。但现在，即使这样的
时刻无法引领我得到任何东西，在我看来，似乎也已具有足
够的魅力。我想如脑海回忆这般再过一回。可叹啊！如今只
剩那些路易十六风格 ① 的寓邸，一片纯白之中缀饰着艳蓝绣
球花。此外，人们很晚才会回巴黎。若我请斯万夫人为我重
建这段回忆的种种细节，在我的感觉上，那回忆联系着遥远
的某一年，我无权追溯的某个年份，而那回溯过去的渴望本
身也变得无法触及，如同昔日它徒然追寻的乐趣，因为夫人
可能会从一座城堡给我回音，而她要在那儿待到二月才回巴
黎，远在菊花绽放时节之后。而且，对我而言，那些女子必
须是原来那些，是装扮令我感兴趣的那些，因为，在我还有
信念的时期，我的想象已为她们每个人赋予独特的个性，为
她们各自加诸一则传说。可叹啊！相思木林荫道上——香桃

---

　　① 路易十六风格，又称法国新古典主义风格，在华丽的洛可可艺术之
后，回归简单与秩序，多以自然植物与古代题材为装饰元素。

木林荫道上——我又见到其中几位，但人已老去，不过是往日的她们的可怖鬼影，游游荡荡，在维吉尔笔下的树林中绝望地不知寻找什么。我才正准备往人烟稀少的道路探寻，她们早已逃逸无踪。太阳躲了起来。大自然重新主掌布洛涅森林，而女子乐土这个概念也已烟消云散。仿造的磨坊上方，真正的天空灰暗；风掀细浪，吹皱大湖之水，如一面普通的湖；大鸟疾飞，越过布洛涅森林，如一座普通森林，鸟群尖声鸣啼，一只接着一只，纷纷栖落在高大的橡树上；顶着德鲁伊①的冠冕，带着多多纳②的雄伟庄严，这些橡树仿佛在宣告森林用途已变，已然空无人烟，也助我更了解，原来在现实中找寻记忆里的画面，而非透过感官去察觉，竟是如此矛盾，那些画面终究缺乏来自记忆本身的魅力。我曾体验的现实已不复存在。只要斯万夫人不在同一个时刻以完全相同的模样到来，这大道就不是同一条大道。我们曾去过的地点并非仅属于方便我们定位的空间领域。在形成我们当时生活的层层印象中，它们不过占了薄薄一片；对某个意象的回忆不过是对某个时刻的遗憾难舍；房屋，车道，大街，皆稍纵即逝，可叹啊！一如似水流年。

---

① 德鲁伊（Druide），凯尔特族中的贤士，身份可以是僧侣、医生、教师、先知或法官。其字根之意与橡树有关，意谓"橡木贤者"。据说他们拥有将人变为动物，以及与神明、精灵及动物对话的能力，可透过鸟类飞行的方式或祭品内脏的外观预言未来。

② 多多纳（Dodone），希腊西北部伊庇鲁斯的一个神谕处，供奉母神狄俄涅（Dione）及宙斯。当地祭司会根据风吹橡树叶丛发出的沙沙声响诠释神谕。

译后记

在未来寻回消逝的时间

陈太乙

　　2019 年底，读书共和国的郭重兴社长与木马文化社长陈蕙慧女士邀我重译《追忆逝水年华》，并慨然允诺十年。从此，我不再是普鲁斯特世界的局外人。

　　太难、太长、太绕、不知所云，再也不能拿这些借口来逃避这套传说；而且动作要快，因为，人生真的太短，十年转眼已过了五分之一。然而，即使如此，似乎已过了好久，仿佛还很遥远。终点会安然在那一端等我吗？回首先前的五个十年，惊觉如此匆匆，恍惚自己做了什么，记住了什么……普鲁斯特神启一般地告诉我：答案得往未来去追寻。

　　我尽可能地将前一段翻译人生装进行囊：塞荷的"泛"思想铺就一个包罗万象的宇宙、比斯万稍长的波德莱尔为第二帝国的巴黎涂上现代色彩、与叙事者年纪相近的阿兰呈现某种博学者的样貌，以古典哲思迎对工业革命带来的进步、尤瑟纳尔的文字气场和重建两千年前时空的功力、甚至不漏掉欧赫贝的奇幻想像、三境边界里的失重感，当然，也绝不忘记悉心照顾亲爱的马塞尔至他离开我们那天的塞莱斯特。出发，首先航向充满参考书籍、影音广播、讲座展览、手稿文献，比《追忆》本身更深更广的资料汪洋。Jean-Yves Tadié 的两大册普鲁斯特传记和 Annick Bouillaguet 主编的普鲁斯特辞典常驻案头，Antoine Compagnon 在法兰西公学院讲授的相关课程我听了一遍又一遍。《斯万家那边》自 1913 年初版至今已超过一个世纪，在网路资源丰沛，共享观念发达的时代翻译这套书，非常幸福。

一个世纪后的读者，应当也是幸福的。经过百年来的发展，精神分析已成显学、社会趋向多元与包容、艺术表达更富创意、更摆脱框架，正到了品味普鲁斯特的最佳时刻。因此诞生这项经典重译的计划。感激多位前辈开垦这片土地，如今，我们希望它成为容易亲近的乐园，就像贡布雷的教堂，随时可进去默祷片刻，每个星期日固定去望弥撒；彩绘玻璃雕刻壁画织毯诉说故事，是美的启蒙，文化的传承；守护镇民的日常生活，亦为游子指引家乡的方向；时光在这里流淌，心灵在这里休憩，"若是外面天色灰暗，教堂里必然明媚灿烂"。

然而，如何捉摸短句隐晦不明的意味，处理那些迂回的长句？要安置逗点之间、破折号之间或括弧里的项目，扣紧相隔甚远的关系子句及其先行词，用流畅到位的中文表现且不违背原意，不简化细节（因为所有逻辑都在细节里！）同时令读者乐意细细咀嚼；如何扭转众人对普鲁斯特叨叨碎念的既定印象，进而认识他的幽默、轻盈、灵巧……挑战何其多。很幸运地，出版社时时倾听我的需求，不吝人力物力，给予温暖的支援；我不乏为我解惑的师友，还有挑灯夜读，一面记下每个卡关段落并陪我找出解法的秘密读者，以及，最重要的，一位心思缜密，极其专业，灵魂比我更贴近普鲁斯特的编辑。我想，我们一起为中文读者找到了契合内心独白的阅读节奏。

我以 1987 年的七星文库版及 1988 年的 Folio 版为文本依据，翻译大约一年半，修稿不只六个月。每一次修稿，每一次重读，小范围大范围地重读；每一次重读皆修改，每一次修改皆多一次更贯通原意，更贴近原文，领略更多文学之美，作家之神妙的机会。那亦是激发自己，说服自己尚未枯竭的机会。于是稍懂普鲁斯特为何改稿不停，至死方休：那是与自己的对话，为自己打气，藏着活下去的动力。重读，修改，昨日死，今日生，预约一个理想中的，未来的自己，为她准备后续的旅程。

谨愿此版翻译能令华文读者感受只有透过文字才能体会的真与美。

2022 冬、台北、1117 Café
特别感谢伟杰、嘉汉、惠菁、依婷、菲耶、石淼